KB195742

붉은 그늘

붉은 그늘

고광률 장편소설

파람북

어느 날, 우연히 『그대, 우리의 아픔을 아는가』(정은용)를 읽었다.
그러고는 '잊혀진 전쟁'이 남겨준 그 아픔을 돌아보게 되었다.

하늘을 보며 살자

폭력을 국가가 독점하고 있다는 것은 새삼스러운 말이 아니다. 우크라이나 전쟁을 보면서, 가자지구 전쟁을 보면서, 그리고 최근 한반도의 어수선한 상황을 보면서 끔찍한 생각이 들곤 한다. 폭력이란 정의·인권·평화 구현의 수단이 아닌, 권력과 자본 확장의 노골적인 수단이 아닌가 하는.

정치권력과 한패가 된 글로벌 자본은 전쟁을 소비의 개념으로 보고 있다. 생명은 이윤 추구의 수단이 되었다. 물론 전쟁은 고래로 정의·평화·인권을 앞세웠다. 하지만 팍스 로마나, 팍스 브리타니카, 팍스 아메리카나를 통해 그것이 말짱 양두구육임은 증명됐다.

우리는 분단국으로 휴전 상황임에도 불구하고 전쟁에 대한 공론장이 없다. 정치와 자본 권력이 분단 이념을 기득권과 이해利害관계의 유지·확장 수단으로 악용하며 재생산하고 있을 뿐이다.

1950년 발발한 한국전쟁은 실체적 진실이 규명—통일이 되지 않는 한 불가능하지 않겠는가—되지 않은 상태에서 여전히 장님 코끼리 더듬기에 편승한 가운데 이념과 이해 다툼만 70년 넘게 이어오고 있다. 한국이 재조지은再造之恩을 꾸준히 확대재생산해 주고 있는지라 언제든 자국의 이익을 챙길 수 있는 미국은 한국전쟁을 '잊혀진 전쟁'으로 아퀴 짓고 있는 듯하다. 일본도 자국 패권에 한국의 분단 상황이 나쁠 리 없다.

전쟁을 갑남을녀의 힘과 결정으로 일으킬 수는 없다. 그러나 전쟁에 대한 대가는 이를 결정한 국가나 정치 권력이 아니라, 이 결정에 따를 수밖에 없는 갑남을녀들이 오롯이 감당해야 한다. 침략국이건 피침국이건, 승전을 했건 패전을 했건 피해가 없을 수 없을 터인데, 아무튼 그 피해는 철저히 개인의 몫이다.

한국전쟁을 치른 국가와 정치 권력은 전쟁에 대한 모든 책임을 교전 상대국이었던 북한과 민간인 개인—학살된 양민과 부역자 처벌을 생각해보라—에게 돌렸다. 훈장은 '피해자'가 아니라 '가해자'가 받는 것이 아니던가.

우리는 이런 무도無道한 상황에서 남북 어둠의 세력들이 또다른 전쟁을 주절대고 있다. 끔찍하지 않은가.

내가 미군의 노근리 양민 학살 사건과 한국전쟁 초기 상황을 깊이 들여다보게 된 것은 무도한 어둠의 세력들을 경계하기 위함이다. 나는 이

미군의 야만적 학살과 국가의 방기放棄에 대한 배경과 동기가 궁금했다. 그래서 공부하고 조사하고 답사한 결과, 근현대사적 힘의 구도와 맥락 속에서 벌어진 사건임을 확인하게 되었고, 여전히 끝나지 않은, 어쩌면 우리가 끝내고자 해도 끝날 수 없는, 현재진행형인 사건임을 알게 되었다. 그래서 유민遺民의 숙명을 지고 있는지는 모르겠으나, 이 숙명이 우리가 선택한 숙명—이 책임을 국가와 정치권력에게 미루면 숙명이 될 수밖에 없다—이 되어서는 안 된다는 생각을 하게 되었다.

나는 휴전 상황 속에서의 한-미-일 관계도 짚어보고 싶었다. 하봉자·하남득·도완구 : 하지스·딘 : 고노 마쓰오라는 등장인물은 이 과정에서 탄생했다. 이들의 과거-현재-미래가 휴전의 산물이 아니던가.

내 글의 뿌리는 분노에 있다. 항상 그랬던 것 같다. 아마도 분노 없는 세상이 되거나 분노를 잃으면 내 글도 끝나지 않을까 싶다. 문학은 삶 속에 있지, 삶 밖이나 위에 있지 않다는 믿음 때문이다. 이상한 소설 미학이라고 한다면, 내게 이상한 삶을 준 세상 탓으로 돌리고 싶다. 멍청한 변명이어도 괜찮다.

사실관계에 천착하는 내가 노근리 쌍굴다리를 취재하다가 우연히 정구도 노근리국제평화재단 이사장님을 알게 됐다. 매점에서 아이스크림을 드시는 분께 뭘 물어봤는데, 그분이 정 이사장님이었다. 사실을 알고 사실을 해석하는 데 있어 정 이사장님의 도움이 컸다. 그러니까 이 소설은 우연히 정은용 선생의 『그대, 우리의 아픔을 아는가』를 읽게 되면서 시작되었고, 또 우연히 정구도 이사장님을 만나게 되면서 끝을 맺게 되었다. 이 '지독한 우연'과 두 분께 감사드린다.

나는 조지 오웰과 노엄 촘스키를 좋아한다. 두 분이 지식인의 책무를 일깨워준 때문이다. 분단국 시민으로 살아가는 내가 이 소설을 통해 한 인간으로서, 이야기꾼으로서 해야 할 작은 책무를 한 것이라면 좋겠다. '부끄러움을 알고, 긍휼함을 아는 게 사람'이라고 했다. 공자 말씀이다.

쓰다보니 또 글이 길어져—노근리 쌍굴다리 사연이 어찌 짧을 수 있겠는가— 출판 걱정이 컸다. 내 넋두리를 들은 문예비평가 김미옥 님께서 도와주셨다. 선뜻 출판을 맡아주신 파람북 정해종 대표님께 고마울 따름이고, 꼼꼼하고 열정적으로 편집을 해주신 현종희 님께 감사드린다.

끝으로 이 긴 글과 함께 해주실 독자분들께 감사드린다.

2024년 10월

버드내 앞에서

고광률

주요 등장인물

하봉자(베티 하, 베티 돌빈, 로즈 하)

봉수(헨리크 군데르센)—봉자의 남동생

하남득(미키 하, 찰스 하)

영수—남득의 아들

박여순(나탈리 박, 깜씨)—남득의 처

맥 라마르 하지스Mac Lamarr Hodges

딘Dean—하지스의 손자

해럴드 A. 바커Harold A. Barker

도완구—JMC 회장

도상기—완구의 큰아들. JMC 사장

도상국—완구의 둘째아들

도상수—완구의 막내아들

조성미

엠파이M-Pie(조승서)—성미의 남동생

염명숙—변호사

고노 마쓰오—통역사

기타 등장인물

방이금—도완구의 가정부

제이슨 돌빈Jason Dolvin—하봉자의 전 남편

전덕형—하봉자의 전 남편

전용표—전덕형의 아들

육영근—6선 국회의원

옐로 스카이—육영근의 조카

설강명—조성미의 남편. 금강토건 회장

나삼추—무기상. AnD 컴퍼니 대표

이 글은 사실 기록을 바탕으로 썼으나, 소설이다.

등장 인물명과 기관명이 비슷하거나 같아도 실체는 없다.

차례

1부 장미, 피보다 붉은

1

"디쥬 파티시페잇 인 더 코리안 워 인 나인틴휘프티(1950년 한국전쟁에 참전하셨지요)?"

"……예, 예스, 아이 딧(……그, 그렇소만)."

"온 쥬라이 트웨니세컨드, 이스 잇 코렉트 댓 유 랜딧 앳 포항 포트 온 더 유에스엔에스 데이빗 시 생크스(7월 22일 데이비드 생크스USNS David C. Shanks 호로 포항에 상륙하신 거, 맞으시죠)?"

"……?"

"헤브 유 에버 오퍼레이팃 인 노근리 온 줄라이 투엔티훠, 나인틴휘

프티(1950년 7월 24일 노근리에서 작전을 펼치신 적 있으시지요)?"

"……."

"헬로우? ……돈츄 리멤버(여보세요? ……기억이 안 나세요)?"

"……."

"안츄 미스터 맥 라마르 하지스, 후 훠트 애스 어 코퍼럴 인 지 캄퍼니, 세컨드 버탤리언, 더 세븐쓰 캐블리 뤠지먼트(제7기병연대 2대대 G중대 상등병으로 참전하신 맥 라마르 하지스Mac Lamarr Hodges 씨 아니십니까)?"

AP통신 특별취재팀 기자라고 했는데 기자의 질문이라기보다 경찰관의 심문 같았다. 하지스는 그렇게 다 잘 알고 있으면서 왜 물어보느냐며 따지고 싶었다.

그러나 하지스는 상대방의 윽박지르는 듯한 말투보다 느닷없이 48년이나 지난 한국전쟁에 대해서, 그것도 노근리 작전을 콕 집어서 묻는 질문에 넋이 달아났다. 온전한 통화를 할 수 없었다. 말 그대로 '잊힌 전쟁The Forgotten War'이 아니던가.

1998년 6월 25일에 걸려 온 전화였다.

그러고 나서 10년이 흘렀다.

1만 5,000피트 아래 구름 틈으로 반토막 난 반도가, 사우스 코리아의 밑자락이 그의 시야에 잡혔다. 466고지가 저 아래 어디쯤 있을 것이다. 하지스는 갑자기 호흡이 가빠지고 식은땀이 흘렀다. 앞 좌석 등받이에 붙은 모니터가, 14시간을 날아온 비행기가 58년 전 뱃길로 건넜던 동해를 우회하여 인천 국제 공항으로 북진 중임을 알려줬다.

하지스는 사우스 코리아 영공에 진입할 때 꺼내 본 스트로보드(마분지)가 부스러지지 않도록 접어 조심스럽게 상의 속주머니에 넣었다.

2

밤잠을 설친 남득은 새벽 다섯 시에 일어나 일 나갈 채비를 서둘렀다. 눅진한 새벽 공기가 들러붙었다. 기차의 소음과 진동은 이미 적응된 지라 자장가나 어르는 것과 다름없었으나, 올봄 옆 건물에 새로 들어온 '불기둥교회'가 일으키는 밤샘 기도 소음과 소란은 낯설고 격해서 감당이 어려웠다. 특히 화요일과 금요일 철야 예배 시간에 들려오는 통성기도 소리와 방언은 시위대의 함성 같았다. 하나님은 어떻게 들으실는지 모르겠으나 남득에게는 정신이상자들이 내지르는 고함과 비명과 괴성과 울부짖음이었다. 안 그래도 골목 건너편에 30층짜리 주상복합 쌍둥이 건물이 생뚱맞게 들어서면서 그가 세 들어 사는 건물에는 하루 종일 빛 한 점 옳게 들어오지 않아 스트레스가 컸는데, 성령으로 중무장한 개척교회까지 난데없이 이사를 와 기이한 소음으로 들볶아댔다.

못 견디겠다고 해서 이사를 하는 일은 쉽지 않은 문제였다. 철로 변에 바투 달라붙은 건물은 낡아 써금써금했으나, 1층은 살림집으로, 2층은 음악학원으로 쓰고 있었다. 대전 시내 어디 가서건 이 정도 규모의 건물을 보증금 2,000만 원에 월세 50만 원을 주고 구한다는 것은 밤하늘의 별 따기나 다를 바 없었다. 결국 댓 뺌 이웃인 목사를 찾아가 소음에 대해 항의하고 대책을 요구하며 사정했다. 그러나 만만한 목사가 아니었다. 그는 되레 목에 핏대를 세우며 음악학원에서 일으키는 '깽깽이' 소리 때문에 신성한 예배에 큰 애로를 느끼고 있다면서 방음 시설을 하던지 흡음 시설을 하던지 알아서 하라고 을러댔다. 뿐만 아니라 자기가 구청에 신고하려다가 목회자라 꾹 참고 있는 것이라고 했다. 그러고는 음악을 하는 '딴따라'라서 청각이 지나치게 예민한 것 아니냐며 비아냥거리고는 향락의 잡음과 신성한 복음을 서로 비교하는 것 자체가 죄악인데, 목자인 자신이 일단 참아 보겠다고 했다.

남득은 깽깽이 어쩌고 하면서 남의 음악을 함부로 깎아내리는 목사의 말에 발끈했다. 그러나 남득은 사십 대 중반으로 보이는 목사의 적수가 될 수 없었다. 다부진 역삼각형 체구에 험상궂은 인상—애써 미소를 지었으나, 이마의 흉터 때문에 표리부동한 위장용 웃음 같았다—, 손등에 시커먼 십자가와 하트 문양이 새겨진 토르 망치 크기의 주먹을 어찌 감당하겠는가. 남득은 아마도 신학보다 영성으로 목사 안수를 받았을 것으로 추측되는—김태촌도 목사가 아니었던가— 목사 앞에서 잔뜩 주눅이 든 채 이러지도 저러지도 못한 채 엉거주춤 서 있었다.

"아부지."

비상계단 밑에서 겁먹은 표정으로 둘의 실랑이를 지켜보고 있던 영수가 비실대며 남득을 불렀다. 남득은 영수의 보채는 듯한 소리에 마지못한 양 어정쩡하게 돌아섰다.

"나는 장구동 목사여. 교회 나오셔. 예수 믿고 구원 받으시면 기도 소리와 찬송가가 소음으로 들리진 않을 것이구만."

가파른 철제비상계단을 내려가는 남득의 등에 대고 목사가 설레발을 치며 전도했다.

남득의 집은 쌍둥이 고층건물 골조공사가 끝난 1년 전부터 빛도 볕도 들지 않아 습기 찬 벽에 곰팡이가 피기 시작했고, 한 달 전부터는 옆 건물 기도 소음으로 잠까지 설쳐야 하는 이중고에 빠졌다.

꼭두새벽에 잠이 깬 남득이 부스럭거리자, 잠귀 밝은 영수가 덩달아 일어나서는 남득의 눈치를 살폈다. 영수가 남득의 눈치를 살피는 것은 습관이었다. 아마도 아버지가 홀아비로 살기 때문에 그런 것이 아닐까 싶었다.

"어디 갈라구유?"

검정 보스턴백에 낡은 추리닝을 욱여넣는 남득을 본 영수가 놀란 표정으로 물었다.

"오늘부터 일하러 나갈 거다."

"하, 학원은 어, 어떡하구요?"

영수는 당황할 때마다 말을 더듬는 버릇이 있었다.

"학원?"

"……예, 학원?"

"영수가 하면 되지."

남득이 영수를 빤히 쳐다보며 농으로 받았다.

"내, 내가? 정말로……?"

"왜? 못 해?"

남득은 영수의 반문에 담긴 정확한 뜻을 알 수 없어 반문으로 답했다. 타고난 음감에 연습량이 쌓여 기타와 전자 키보드를 제법 다루는 영수였다. 레슨도 가능한 실력이었다.

학원은 일주일에 수, 금, 토요일 3일 동안 2시간씩 네 타임을 운영했다. 수, 금요일은 저녁 7시부터였고, 토요일은 아침 10시와 오후 1시부터였기 때문에 평일 저녁 6시까지 하는 도배 '데모도'를 알바 삼아 할 수 있었다. 국비로 일부 지원을 해 준다는 도배 학원을 다닐까 했으나, 어차피 학원에서 기술을 배우건, 도배 기능사 자격증을 따건 간에 현장에 나가면 처음부터 일을 다시 배울 수밖에 없다고 하기에 남득은 먼저 시간과 돈을 들여서 학원을 다니기보다 돈을 벌면서 일을 배우는 쪽을 선택했다. 그러다가 자격증이 꼭 필요하다 싶으면 그때 다시 생각해 볼 속셈이었다.

기술과 경력에 따라 초보, 풀사, 중간기술자, 기술공으로 구분이 된다고 했는데, 오늘 남득은 초보도 아닌 초보의 '시다'로 첫 출근을 하는 날이었다. 시다를 하겠다는 사람이 많지만, 아무나 받아주지 않는다고 했다. 남득은 아는 지업사 사장을 통해 겨우 자리를 얻었다. 기술공이 도배 기술 노하우를 관리하기 때문에 연고가 없는 사람은 시다로도 받아주지 않는다고 했다. 아무튼 초보 일당이 7만 원에서 13만 원까지이나, 시다 초보인 데다가 수, 금요일 6시 이후 추가 근무 및 야근과 토요일 작업이 어렵다고 했기 때문에 일당 만 원도 아깝지만, 5만 원으로 해주겠다고 했다. 도배사가 될 것도 아니고, 이 일로 많은 돈을 벌고자 한 것도 아닌지라 남득으로서는 일당의 많고 적음으로 밀당을 할 필요가 없었다. 주업은 음악학원이었다. 그러나 음악학원의 수강료만 받아서는 음악학원 운영을 감당할 수 없었다. 그렇다고 해서 송충이의 솔잎과도 같은 음악학원을 포기할 수는 없었다.

오트밀 가루 한 숟가락을 우유에 타 마신 남득은 영수에게 하루치 용돈—셈을 몰라 한 달치 용돈을 주면 힘들어 했다— 5,000원을 건네주고 보스턴백을 챙겨 집을 나섰다. 남득은 용수가 하루에 5,000원씩을 어디에 쓰는지, 혹은 안 쓰고 모으는 것인지 알지 못했다. 아들이 주전부리를 하지 않고, 오락실에도 가지 않으니 그 돈을 어디에 쓰는지는 알 도리가 없었다. 점심은 노인 복지 센터에서 봉사 대가로 제공해 줬다.

남득은 지난해 직장에서 해고된 영수가 하릴없이 빈둥대며 집에만 있는 것이 보기 싫었다. 8년 동안 다닌 묘판苗板 사출기 공장에서 집게손가락과 가운뎃손가락을 다친 후 산재 판정을 받아 2년 남짓 동안 기술자가 아닌 잡역부로 부렸는데, 지난해 봄 회사가 느닷없이 해고 통보를 한 것이다. 잡역부로 고용했던 것은 산재보상을 퉁치려는 사장의 속임수였다는 것을 뒤늦게 알게 됐다.

공장 내 허드렛일을 하면서 아마도 농땡이를 부렸거나 손실을 끼칠 만한 실수가 있었던 것 같은데, 공장 측에서도 해고 사유를 말해주지 않았고, 남득도 굳이 말썽까지 부려가며 묻고 싶지 않았다. 어차피 열 살 때부터 '농방籠房'이라 부르는 가내 수공업 공장 시다를 시작으로 이곳저곳 옮겨 다니며 오랜 세월 노동을 한 아이였다. 어린 나이부터 16년 동안 비가 오나 눈이 오나, 감기몸살에도 빠지지 않고—사장에게 아파서 일을 할 수 없다고 할 테니 쉬라고 해도 듣지 않았는데, 쉬고 나면 구타와 혼찌검을 당하는 게 무서워서 그러지 못했다는 것을 뒤늦게 알게 됐다— 일을 해왔으니, 비록 스물일곱이라는 이른 나이에 조기 정년퇴직을 해도 이상할 것이 없었다. 남득은 그렇게 받아들이기로 했다.

그러나 집에서 별반 하는 일—집안과 음악학원 청소는 한다—없이 빈둥빈둥 노는 것은 볼썽사납기도 했지만, 그러다가는 삶의 태도가 망가질 것 같아 두고 볼 수 없었다. 그래서 보육원 돌보미를 하도록 조처했는데, 아들이 돌보는 코찔찔이 고아들이 아들을 '바보새끼'라며 놀렸다. 그래서 노인 돌보미로 바꿔주었다. 영수는 거동이 불편한 노인들의 손발이 되어주었다. 노인들도 더러 영수를 바보라고 놀리기는 했으나, 아이들처럼 욕을 하고 조롱을 하거나 손찌검을 하지는 않는다고 했다.

남득은 영수가 한 이 말을 곧이곧대로 받아들이지는 않았다. 소심하고 겁 많은 영수가 눈치껏 남득의 마음을 헤아려주는 것도 있고, 불만을 이야기했다가 아버지에게 되레 야단을 맞을 수도 있다는 걱정 때문에 거짓말했을 수도 있었다. 남득은 영수가 사회성이 부족할 수밖에 없다는 것을 알면서도 부족한 사회성을 늘 트집 잡아 질타하고는 했다.

"헤이, 차알스."

어둠침침한 육교 밑에 조성한 게이트볼 연습장에서 망치 모양의 스틱으로 공놀이를 하던 노인이 남득을 보고는 알은체하며 장갑 낀 손을 흔들어 반갑게 인사했다. 덤프트럭이 지나가는지 진저리를 치는 육교 상판에서 흙먼지가 후드득 떨어져 내렸다.

열쇠집을 차려 열쇠공으로 '개가천선(개과천선)'했다는 전직 털이범 출신 박세갑 노인은 남득을 찰스라고 불렀다. 여왕인 엄마 밑에서 만년 왕세자를 하고 있는 찰스 용모를 빼닮았다고 해서 붙여준 별명인데, 다수의 사람들은 남득을 그 멀대 같은 찰스가 아닌 미남 배우 로버트 미첨을 닮았다고 했다. 그의 풀네임이 로버트 찰스 더먼 미첨인지라 열쇠공 영감이 부르는 찰스가 틀리다고는 할 수 없었다. 남득은 이 터무니없는 별명이 미키라는 자신의 예전 예명보다 마음에 들 때도 있었다. '산재'—업무상 패싸움을 하다가 칼침을 맞았다고 했다—로 다리를 저는 박 영감은 하루도 빠짐없이 아침 일찍 나와서 육교 밑에서 게이트볼 연습에 열중했다.

검정색 보스턴백을 둘러맨 남득은 박 영감에게 고개 숙여 인사한 뒤, 철로변 녹슨 방음벽에 들러붙은 허름한 상점가를 등지고 버스정류장으로 향했다.

3

6·25 전사자 합동 봉안식을 마친 호국영령들의 영현이 지금 막 충혼당으로 봉송되고 있습니다.

서울현충원 현충관에서 열린 한국전쟁 발굴 유해 봉안식 장면이 전파와 지면을 통해 주요 뉴스로 다뤄졌다. 방송 기자는 이번 봉안식은 전반기이고, 후반기에 더욱 크고 성대한 봉안식이 또 있을 것이라고 강조하고는, 창군 70주년을 맞이한 올해 국군의 날 행사는 온 국민의 자유 수호 의지와 염원을 담아 더욱 거국적으로 성대히 치러질 예정이라고 거듭해서 덧붙였다. 레거시 언론사가 정권에 들러붙은 국정홍보처를 자처하는 것 같았다.

뒤이어 광화문 광장의 시위 소식이 이어졌다. 도로를 점령한 시위군중을 드론 샷으로 보여주면서 기자가 경찰 추산 만여 명이 모였다고 했다. 봉안식 뉴스와 시위 뉴스를 묘한 논조와 뉘앙스로 대비시켰다.

아리랑 TV를 통해 기자 멘트를 듣던 앳된 미군 병사가 현장 보도하는 기자를 손가락질하며 저 인파가 어떻게 만 명밖에 안 돼 보이냐면서 비아냥거렸다. 늙어 눈이 어두운 하봉자가 보기에도 족히 그 열 배는 넘어 보였다.

"맘. 이거는 삼십 개월 미만 쇠고기 맞지?"

스테이크를 한입 가득 베어 문 채 텔레비전 화면을 힐끔 바라본 파커 중사가 부푼 자기 볼을 손가락질하며 물었다. 파커는 'BACKDOOR(백도어)' 2년 차 단골이었다.

"얘, 2번 테이블 스테이크 삼십 개월짜리가 맞니? 마이저(수전노) 파커가 물어보란다."

파커의 질문을 받은 봉자가 주방 셰프에게 전하는 시늉을 했다. 그러고 나서 잠시 뒤, "어쩌지? 택을 확인해봤더니 삼십일 개월짜리라는데……"라고 했다. 자문자답이었다.

"왓? 갓뎀!"

과장된 동작으로 포크를 던지고 냅킨을 냉큼 집어 든 파커가 입을 닦고는 인기 코미디언 조 로건 흉내를 내며 호들갑을 떨었다. 스테이크를 이미 말끔히 먹어치운 뒤 보여주는 쇼맨십이었다.

"네가 죽어도 와이프가 먹고살 돈은 벌어놨다고 했잖아?"

그의 쇼맨십을 칭찬한 봉자가 빈 접시를 치우며 농을 건넸다.

국민의 생명과 안전에 대한 대통령의 무책임한 인식과 조치 들을 문제 삼는 시위대에게 대통령은, 미국식이라 할 수 있는 과학과 실증적 사고를 내세워 맞섰다. 대통령은 소의 나이와 광우병은 무관하다면서 유관하다는 주장을 하려면 이를 입증할 합리적 증거를 대라고 권력과 관변 레거시 언론을 동원해 연일 시위대를 윽박질러댔다. 즉 미국 쇠고기를 먹고 광우병에 걸린 사람을 자기에게 데려와 증명하라는 주장 같았다. 대통령의 이런 압박은 마치 신의 존재를 과학적으로 입증하라고 덤벼드는 맹한 무신론자의 주장과도 같았는데, 한 나라의 대통령이 할 말은 아니었다. 결국 대통령이 자국민을 보호하는 것이 아니라 미국의 국익과 미국 육가공업자의 권익을 보호해주려다 발생한 국란이라 할 수 있었다. 봉자 생각이 그랬다.

대통령도 아닌 대통령 당선인 신분만으로, 5년 동안 제기된 절절한 민원으로도 해결하지 못한 대불공단 도로변 전봇대 두 개를 말 한마디로 단 사흘 만에 옮긴 그였다. 당선인 시절에 이미 5년 동안 끌어온 전봇대 민원을 말 한마디로 해결한 빼어난 지도력의 보유자인데, 취임하자마자 쇠고기 따위로 망신을 당할 수는 없다고 생각한 때문인지 대통령은 자신을 뽑아준 국민과 죽기 살기로 싸웠다.

봉자는 텔레비전 보도를 보면서 힐러리 로댐 클린턴이 2002년 발생한 '미순이 효순이 사건'을 두고, 단순한 교통사고를 한국인들이 마치 의도한 사건인 양 확대해서 반미 감정을 고조하고 있다면서 한국전쟁 당시 목숨을 구해준 은혜를 잊었느냐며 배은망덕 프레임으로 매몰차게 질책할 때, 마이저 파커가 힐러리의 주장에 동조하며 게거품을 물고 방방 떴던 일이 새삼스레 떠올랐다. 운전 과실 또는 부주의로 인한 사고임을 시인하고 유족들에게 정중히 사과하고 배상조처를 했다면 잘 마무리 지을 수도 있었던 일이었는데, 되레 두 여고생이 장갑차로 뛰어들어 발생한 사고인 양 호도하며 책임을 회피하다가 문제가 커진 것이었다. 친구 생일 파티에 가던 멀쩡한 여고생들이 불을 본 불나방이 아닐 터인데 왜 갑자기 장갑차 밑으로 슬라이딩을 한단 말인가. 점령군 지위로 무장한 이놈들은 오키나와 미 주둔군이 일본 여고생을 강간했을 때도 마치 그 여고생이 강간을 유도할 만한 행위를 했기 때문에 피 끓는 미군이 유혹을 못 이겨 강간할 수밖에 없었던 것이라는 논리로 뻗댔었다. 아시아인들을 '국gook'으로 보는 못된 버르장머리가 뼛속들이 상존해 있는 방증이었다. 그러니 봉자에게는 파커가 2년 차 단골이어도 허접하고 오만한 가치관을 가지고 있는 제국의 병사인지라 밉상일 수밖에 없었다.

미국산 쇠고기 수입 문제에 대한 대통령의 태도가 힐러리의 발언 취지와 크게 다를 게 없었다. 헌법에 적시된 국민의 건강과 안전을 책임져야 하는 대통령이, 의심과 우려가 된다고는 하지만 과학적 증거가 없으니 30개월 이상 된 쇠고기도 기꺼이 수입하겠다고 선언한 것이다. 이런 선언은 '검은 머리 미국인'이나 할 수 있는 짓이었는데, 대통령이 자국민을 지키기보다 사적 가치관과 미국의 이익을 우선하고 있는 것이 아니냐는 합리적 의심을 부를 만한 행위였다. 갓 부임한 대통령의 국정 제

1과제가 광화문 이순신 제독 동상 앞에 쌓아 올린 선박용 컨테이너 뒤에 숨어서 국민들과 싸움질하는 일이 되고 말았다.

"헤이, 맘."

"하이, 로즈."

봉자가 침울한 생각에 빠져있을 때, 가게로 허둥지둥 들어온 손님들이 호들갑스레 인사를 건넸다. 롤스와 스미스였다. 그 둘이 처음 보는 신병을 하나씩 달고 들어왔다. 본국으로 휴가를 다녀온 롤스가 제식 동작 걸음으로 봉자에게 다가와 포옹을 하고 뺨을 비벼댔다. 정이 넘치는 병사였다. 봉자도 롤스의 뺨을 토닥여주었다. 그가 미국에서 산 선물이라며 중고 LP판을 건넸다. 윈턴 켈리 트리오와 여성 재즈 보컬 도나 드레이크의 협연이 담긴 귀한 앨범이었다. 남들은 거들떠 보지도 않는 한국의 팝에 반해서 입대를 자원해 무조건 한국으로 왔다는 철부지 병사였는데, 버클리 음대 재학생이었다.

'JAZZ BAR ROSE'S BACKDOOR(로즈의 재즈 바, 백도어)'는 야마하 업라이트 피아노 옆에 한 평 남짓한 독주 무대와 열세 개의 테이블을 갖췄는데, 대부분 초저녁에 만석이었다. 취흥이 오르면 즉흥 연주를 원하는 일부 단골들의 성화로 마련한 무대인데, 트럼펫, 색소폰, 콘트라베이스를 준비해뒀다. 백도어는 주로 LP판으로 고전 재즈를 틀어주는 바였다.

"맘이 누굴 닮았는지 생각났어요."

포르투 와인과 훈제 연어를 주문하고 난 스미스가 "유레카!"를 외치고 호들갑스레 말했다. 지난번 왔을 때, 봉자가 할리우드의 옛날 여배우를 닮았는데, 그 여배우가 누군지 떠오르지 않는다며 자기 머리를 쥐어박으며 안달했던 스미스였다.

"할리우드 핀업의 여왕, 베티 페이지! 바로 그 베티 페이지였어요. 맞죠? 맞지?"

스미스가 손가락질로 봉자와 롤스를 잇따라 가리키며 물었다. 롤스가 뜬금없다는 표정으로 "패티 페이지?"라고 묻자, 스미스가 대뜸 "아, 그렇지. 너는 딴따라라 패티 페이지는 알아도 베티 페이지는 모르겠구나"라고 어깨를 으쓱하며 대꾸했다.

"그게 누군데?"

롤스가 물었다.

"마릴린 먼로보다 관능미가 빼어났던 미국 팝 문화의 상징이신 여왕님이 있으셨다."

"마릴린 먼로는 또 누구냐?"

"먼로 누나를 모른다고? 구글에게 물어봐라."

황당하다는 표정을 지은 스미스가 휴대전화를 흔들며 말했다.

봉자는 베티 페이지라는 말을 듣는 순간, 감전이라도 된 듯 정신이 아뜩했다. 어린 스미스가 한물간 베티 페이지를 어떻게 알게 되었는지도 궁금했으나, 잊으려고 애써 묻어둔 일이 갑자기 떠올라 마음이 심란해졌다.

그렇지 않아도 일주일 전에 걸려온 전화 통화 이후, 뒤숭숭한 마음을 겨우 가라앉혀놓고 있었는데, 앙금을 휘저은 듯 또다시 기억이 떠오르게 된 것이다.

"베티는 흑발인데, 맘은 금발이라 제가 헷갈렸던 거였어요."

스미스는 발명자 아르키메데스에서 퀴즈쇼 '제퍼디'의 퀴즈 왕이라도 된 양 신이 나서 떠벌였다.

"베티가 누구냐니까?"

성미 급한 롤스가 스마트폰 검색을 하다가 다시 물었다.

"나는 베티 맘을 사랑할 테니, 너는 패티 킴이나 사랑해라. 패티 킴은 너 줄 테니, 베티 맘은 내가 갖는다고. 됐지?"

"패티 킴?"

"한국 유명 가수 패티 킴의 원조가 패티 페이지다."

"원조?"

"미8군 무대에서 노래한 김혜자가 예명을 패티 페이지에서 따왔다는 말이다, 상병!"

"너는 복무 끝나면 귀국하지 말고 아예 한국인으로 귀화해라."

어린 병사들의 허튼소리를 듣던 봉자는 때마침 들어온 알바에게 주문받은 내용을 인계하고 주방으로 들어가 한쪽 구석에 웅크리고 앉았다. 58년 전의, 더깨가 되어 화석처럼 굳어버린 까마득한 과거가 속절없이 통째로 찾아와 봉자를 옥죄고 있는 까닭을 알 수 없었다.

"하봉자 씨 맞습니까?"

국가보훈처 교류협력계 공무원이 봉자에게 물었다. 호기심 어린 목소리였다. 버르장머리 없는 젊은 공무원은 늙은이를 할머니도 아닌 씨라고 호칭했다.

그 공무원은 하봉자 씨의 연락처를 알아내느라 여러 날 죽을 고생을 했다며 공감할 수 없는 공치사를 했다. 알고자 하면 쉽게 알 수 있었기 때문에 공무원의 말은 거짓이라고 봐야 했다. 봉자는 국가보훈처가 자신의 연락처를 알아냈다면, 어디를 통해서 어떤 방식으로 알아낸 것인지 단박에 짐작할 수 있었다. 밝혀달라고 한 진상은 질질 끌기만 할 뿐 밝혀주지 못하면서, 아니 시늉조차도 안 하면서 피해 유족들 쪽의 신상정보만 무단 노출시키고 있는 것 같아 불쾌했다.

공무원은 업무 스타일이 꼼꼼한 것인지, 대전 장동에 있었던 캠프 AEMS 기지촌에서 10년 가까이 백도어라는 재즈 바를 운영한 로즈 하, 그러니까 하봉자 씨가 확실하지요, 하며 재차 물었다. 공무원은 일흔네 살 할머니를 꼬박꼬박 씨로 호칭했다.

듣기 거북해서, 하봉자는 맞지만, 하봉자 씨는 아니라고 하자, 잠시 침묵으로 뜸을 들인 공무원이 하봉자 씨를 찾는 분이 씨라고 해서 자신도 씨라고 부르게 된 것이라고, 사과가 아닌 변명을 했다. 미국인인 그가 자신을 씨라고 칭했을 리 만무했다. 대체 국가보훈처에서 갑자기 늙은이를 찾는 이유가 뭐냐고 묻자, 버르장머리 없는 상대가 뜬금없이 건강상태를 묻고는 놀라워도 놀라지 말라는 황당무계한 주의를 주고는 물었다.

"맥, 라마르, 하지스 씨를 아시지요?"

공무원이 한 자 한 자 또박또박 말했다. 얼핏 세 사람 이름을 대는 것 같았다.

"……."

잠시 침묵 속으로 가쁜 숨소리만 파고들었다.

"6·25 참전용사, 맥 라마르 하지스 씨를…… 모르시나요?"

침묵을 모른다는 뜻으로 알아들었는지, 아니면 기억을 더듬고 있는 중이라 생각했는지 상대가 재우쳐 물었다. 마치 모를 수 없고, 모르면 안 된다는 듯한 말투였다.

"그 참전용사께서 오십팔 년 만에 한국을 최초 방문하셨는데, 하봉자 씨, 아니 여사님을 뵙고 싶어 하십니다. 그리고 의사소통, 그러니까 영어가 가능하시다면 직접 통화를 하시겠다며 연락처를 먼저 알려달라고 간곡히 부탁했는데…… 어떻게 할까요?"

상대는 하지스가 봉자에게 강림하신 주님이라도 되는 양, 자신이 전도사인 양 달떠서 난리도 아니었다. 봉자는 '간곡히'라는 단어가 '씨' 못지않게 귀에 거슬렸다.

"……."

휴대 전화를 움켜쥔 채 다시 침묵한 봉자는 숨을 고르며 가슴을 진정시킨 뒤에 모르는 사람이기에 만날 의사가 전혀 없고, 연락처도 알려줄 필요가 없다고 한 뒤, 전화를 끊었다. 이제 와서 그가 보고 싶어한다는 이유로 만나줘야 할 이유가 없었다. 행여 그가 연락처를 알아내 직접 전화를 걸어온다 해도 통화할 생각이 없었다. 다 부질없는 짓이 아닌가. 양손을 움켜쥔 그녀가 이런 결의를 다지고 있을 때, 그 공무원으로부터 다시 전화가 왔다.

"전화를 그렇게 일방적으로 뚝 끊으시면 어떡합니까, 할머니?"

할머니에게 투정을 부리는 손자의 말투였다. 그러고는 반 협박조로, "하지스 선생님이 말씀하시기를, 만약 여사님이 만나기 싫다고 하시면, 아니, 안 만나시겠다고 하면, 꼭 만나서 직접 전해줘야만 할 것이 있으니 잠깐만이라도 좋다고 하시면서 만나 달라고 했습니다. 그러니까 잘 생각해보시고 연락 주세요, 여사님"이라고 한 뒤, 전화를 끊었다.

봉자는 전화를 받고 난 뒤에 꼬박 이틀 동안 가게 일을 팽개친 채 집에 틀어박혀 전전긍긍하며 끙끙 앓았다. 그가 만나서 직접 전해주겠다는 것이 무엇인지 궁금했으나, 대수가 아니었다.

잊은 사람, 끝나서 정리된 연緣으로 알았는데, 그의 이름을 듣는 순간, 마법처럼 모든 것이 순식간에 되살아났다. 전쟁이, 아니 학살이 앗아간 아버지와 어머니와 여동생, 그리고 그 학살이 남겨준 상처이자 유산인 남동생과 아들……. 58년 동안 서리서리 쌓이고 곪아 터져서 짓무르고 굳어져 옹이가 된 기억들이 칼이 되고, 창이 되고, 바늘이 되고, 망치가 되어 그녀의 몸과 마음을 베고, 자르고, 찌르고, 쑤시고, 두들겨댔다. 그녀는 자신이 왜 또다시 이런 고통까지 겪어야 하는지 억울하고, 야속하고, 지랄 같았다.

하지만 아들에게는 이 소식을 숨길 수 없었다.

"맘, 베티 마암! 롤스가 맘을 위해 연주한대요."

주방까지 들어온 꺽다리 스미스가 구부정한 자세로 봉자를 찾았다.

눈가를 닦은 봉자가 포르투 와인 한 병을 집어 들고 스미스를 뒤따랐다. 롤스의 연주를 공짜로 들을 수 없었다.

"맘. 제가 기분 상하게 했다면 사과드려요."

"괜찮아, 기분 상한 것도 없고, 사과할 것도 없어. 내 미국 이름이 베티였어."

봉자가 스미스와 롤스 그리고 같이 온 병사 두 명의 잔에 포르투 와인을 따라주며 웃음을 지었다.

"헤이, 롤스. 뭐 해?"

스미스가 잔을 쥔 채 봉자의 표정을 살피고 있는 롤스의 옆구리를 쿡 찔렀다. 그러자 자리에서 일어난 롤스가 무대로 나가 트럼펫을 뽑아 들었다.

알바가 LP판 플레이를 멈추자 잠시 정적이 흐른 뒤에 롤스의 연주가 시작됐다. 마일스 데이비스의 〈타임 애프터 타임〉이었다. 스미스의 말대로 봉자를 위한 연주였다.

4

황사와 유해 성분이 섞인 미세먼지가 공기 중에 잔뜩 섞여 있으니 가능한 한 외출을 삼가는 것이 좋다고 했다. 그래도 외출이 필요하면 나눠 준 황사용 마스크를 꼭 착용하라고 했다.

옐로우 페럴Yellow Peril(黃禍)은 들어봤어도 옐로우 더스트黃砂는 처음 듣는다면서 그게 뭐고, 왜 생기는 것이냐고 묻자, 코디네이터가 한국이 아니라 중국에서 만들어져 편서풍을 타고 오는 것이라고 했다. 한국과는 무관한 황사라는 것을 강조했다. 황해를 건너와 황사냐고 묻자, 황해하고는 무관하고, 몽골 사막과 중국 황토 지대의 모래 먼지가 바람을 타고 하늘 높이 치솟았다가 중국 공단에서 내뿜는 공해 물질과 버무려져 넘어온다고 했다. 아무튼 황사에는 중금속과 각종 화학 물질의 독성 성분이 있어 노약자와 호흡기 질환자들은 각별히 조심할 필요가 있다고 코디네이터가 수차례 강조했다. 하지만 다수의 참전용사는 마스크를 착용하지 않았다. 코디네이터는 패기만만한 참전용사들의 건강을 걱정스러워했다.

하지스는 비행기가 착륙을 위해 몸체를 좌우로 기울일 때 잠깐잠깐 내려다본 공항 주변 풍광에 몹시 놀랐다. 고만고만한 야산 밑으로 자리 잡은 누런 초가와 황톳길과 자드락 논밭이 한국에 대한 기억의 전부인 그로서는 마치 마술을 보는 것 같았다. 뉴저지에서 텔레비전 뉴스를 통해 가끔 한국의 발전상을 보고 놀라기는 했으나, 막상 직접 보니 믿기지 않았다. 466고지를 떠올리며 불과 30여 분 전에 그려본 58년 전 한국의 모습은 지우개질한 듯 사라졌고 뉴저지 못지않은, 신기루 같은 모습이 흰 구름 아래 펼쳐진 것이다. 시스루 같은 뿌연 황사만 벗겨낸다면 더욱 장관일 것 같았다.

하지스는 공항으로 마중 나온 영접관의 인사 말마따나 벅차오르는 묘한 긍지를 느꼈다. 전혀 예기치 못했던 감정이었다. 전통 철학에서 말하는 '부동不動의 동자動者'가 된 기분이라고 할까…….

그러나 공항 입국장에서는 환영 세리머니만이 아니라 작은 소동도 벌어졌다. 방한단이 입국장을 나왔을 때, 시커먼 제복에 시커먼 선글라스를 쓴 공항 순찰경비대가 지켜선 가운데, 피켓을 치켜든 시위자 네댓 명과 공항 직원들이 뒤섞인 채 고함을 지르며 실랑이를 벌이고 있었다. 시위자들은 피켓을 들고 있었는데, '진실을 말하라, 사죄하라, 돌아가라'였다.

황화와 황사를 엮어보려고 용을 썼던 로버트 홀이라는 참전용사가 코디네이터를 불러 시니컬한 말투로 시위자들이 중공군들이냐고 물었다.

호텔 방에 짐을 푼 하지스는 국제도시가 된 활기찬 서울 거리를 활보하며, 미처 알지 못해서 58년 동안 묵혀온 자긍심을 만끽하고 싶은 유혹을 느꼈다. 한국인이 만든 '한강의 기적'이라는 말에 공감하면서 자신이 밑돌을 놓았다는 자긍심이 들었다. 28년 전에 잠깐 한국을 방문한 적이 있었으나, 그때는 사정상 볼 일만 급히 보고 서둘러 돌아가야 했기에 심적 여유도 둘러볼 물리적 짬도 없었다. 그때도 비행기 착륙 전 분명 지상을 내려다봤을 터인데 왜 아무런 느낌도 가질 수 없었는지 알 수 없었다.

하지스는 독한 황사 때문인지, 눈곱 낀 듯 눈이 뻑뻑해 지면서 침침해 졌고 장시간 비행으로 인한 피곤까지 밀려왔다. 공항으로 마중을 나오겠다며 수선을 떨던 딘Dean은 뒤늦게 전화를 걸어 부대에 사고가 생겨 못 나가게 됐다면서 수상식―훈장 전달식을 수상식이라고 했다― 때 대사관에서 보자고 했다. 어떤 사고냐고 묻자, 종종 발생하는 경미한 대민사고인데, 만취한 부하가 자기가 가는 길을 막았다는 이유로 휠체어 탄 지체장애인을 폭행했다고 했다. 폭행이 경미한 사고는 아닌지라 하지스는 사고에 대해 좀 더 묻고 싶었으나 딘이 바쁜 것 같기도 하고, 마음이 심란스러워 전화를 끊었다.

샤워를 한 하지스는 침대에 모로 누워 창밖에 펼쳐진 한강의 기적들을 넋 놓고 둘러보다가 까무룩 잠이 들었다.

마운드에 올라선 거구의 투수가 공으로 저글링을 하고 있었다. 하지스는 왜 투수가 여러 개의 공을 가지고 있는 것인지, 또 저러다가 1루 주자가 도루라도 하면 어쩌려고 마운드에서 허튼 장난질을 치고 있는 것인지 걱정과 조바심을 치다가 미트를 흔들어대며 빨리 투구하라고 고함을 질러댔다. 그러나 어찌 된 일인지 고함이 나오지 않고 마운드의 투수도 낯설게 보였다. 우리 편 투수가 아니었다. 황갈색 빵떡모자를 눌러쓴 뚱뚱한 동양인 같았는데, 짙은 황사 때문에 자세히 볼 수가 없었다. 사진에서 본 마오쩌둥 같기도 했고, 황화와 황사를 동어同語로 만들려고 했던 로버트 홀 같기도 했고, 죽은 바커Harold A. Barker 중사 같기도 했다. 하지스가 감쪽같이 사라진 투수를 찾아 내야를 헤매고 있을 때, 잿빛 먼지가 포연처럼 치솟으면서 나발과 꽹과리 소리가 들렸고, 난데없는 공이 불쑥 날아와 눈두덩을 때렸다. 그런데 공이 아닌 수류탄이었다.

—쾅, 으아악!

하지스가 비명과 함께 몸을 비틀었다. 눈알을 뽑힌 듯 아팠다. 몸을 뒤틀다 사이드 테이블 모서리에 눈두덩을 찧은 것이다. 하지스는 식은 땀을 닦아내고 미니 바에서 캔 맥주를 꺼냈다.

날아오던 야구공이 수류탄이 되어 터진 것이 흉몽인지 길몽인지 알 수 없었다. 싸운 적도 본 적도 없는 중공군이 꿈에 나타난 것도 처음이었다. 한국전에 참전한 펑더화이彭德懷도 아닌 마오쩌둥은 대체 왜 나타난 것인가.

일본 도쿄에서 허둥지둥 군장을 꾸린 하지스는 데이비드 생크스 호에 올라 태풍 헬렌에 시달리며 닷새에 거쳐 오스미 해협, 동중국해, 대한해협을 통과해 7월 22일 포항 앞바다에 도착했다. 영일만 해역에서 히긴스Higgins 상륙정으로 땅에 오를 때까지만 해도 이 작은 반도에서 16개국, 193만 8,000명의 장병이 들러붙어 3년씩이나 지리멸렬한 전쟁을 펼치리라고는 상상하지 못했다. 또 이 전쟁에서 15만 5,000명의 사상자 및 실종·포로가 나오리라고는 상상조차 못했다.

파병 장병들은 겁을 먹기는 했다지만, 그래도 어린아이들 싸움질을 나무라고 말리러 가는 어른의 기세로 동해를 건넜다. 물론 죽음을 떠올리며 과한 불안에 떠는 장병들도 더러 있었으나, 그건 일부 찌질한 겁쟁이들이라 할 수 있었다.

그래서 어른이 나타나 겁을 주면 아이들 불장난이나 싸움질이 끝나듯이 한국전쟁도 곧바로 정리될 것을 믿어 의심치 않았다. '짠' 하고 나타나 포 몇 방으로 본때를 보여주면, 그 즉시 북한 공산군 따위는 똥줄 빠지게 내뺄 것이라 생각한 것이다. 미군이 어떤 군대인가. 독일군은 물론이요, 만주 대륙과 한국, 베트남, 싱가포르, 필리핀을 비롯한 동남아 지역 국가와 오세아니아의 여러 섬까지 침략하여 점령했던 일본제국의 황군들마저 작살내버린 제국의 신군神軍이 아니던가.

한국은 그 일본으로부터 36년 동안 지배를 받아온 식민국이었고, 우리가 5년 전에 해방을 시켜 줬다. 그런 허접한 반도국이 둘로 쪼개져 치르는 전쟁이었다. 적이 개전 사흘 만에 수도 서울을 점령하고, 사흘 동안 점령 수도에 눌러앉아 여유를 부리는 만용까지 부렸다고는 하지만, 최강의 제국 신군이 나타나면 알아서 슬금슬금 뒷걸음질 칠 것이 빤했다. 하지만 그렇다고 할지라도 수년 동안 준비해 온 침략인지라, 적의 체면도 살려 줘야 했기에 한 달가량은 서로가 치열히 싸워야 할 것이라 예상했다. 그러나 단언컨대 한 달 뒤에는 너끈히 전쟁을 마치고 다시 도쿄로 개선해 치안 유지군으로서의 꿈같은 호사를 속개할 것이라고 확신했다. 일본은 담배 한 개비로 여자를 얼마든지 살 수 있는 천국이었다.

그래서 개인화기 점검조차 일일이 하지 않고 전투에 투입이 된 것이다. 개전 6일째인 7월 1일 부산으로 처음 공수되어 전선에 투입된 24사단 특수임무 부대가 그랬다. 당시에는 아군의 패전을 쉬쉬하며 숨기는 바람에 자세한 전황을 알 수 없었다. 돌이켜 보면 알았건 몰랐건 간에 달라질 것은 없었다.

오산 죽미령에 진지를 구축하고 적을 기다리다가 맞닥뜨린 특임대는 빗속에서 총조차 변변히 쏘지도 못하고 참패했다. 첫 단추가 잘못 꿰어진 것이다. 포탄이 날아와 곁에 터져도 그게 우군이 후방에서 쏜 4.2인치 박격포 탄인지, 적의 T-34 전차 포탄인지조차 분간을 못 했다. 두 개 중대가 투입되었는데, 적 앞에서 우왕좌왕했을 뿐, 서로를 지켜주지 못했다. 군장은 물론이요, 개인화기와 탄약마저 내던진 채 줄행랑을 쳤다는 것이다. 동네 불량배쯤으로 얕잡아봤던 적이 전문 싸움꾼들이었던 것이다. 공황과 공포에 빠진 특임대는 전투 교범에 따라 병력을 추슬러서 퇴각할 정신조차 없었다. 각자가 알아서 도망을 쳐야 했다.

평택까지 쫓겨 와서야 올바로 사격조차 하지 못한 원인을 조사한 결과, 소대원 31명 중 12명의 소총이 격발 불량이었던 것이 밝혀졌다. 총기가 부서지고, 더러워지고, 결합이 잘못된 것 등이 원인으로 밝혀진 것이다. 어처구니없는 일이었다.

하지스 소속 부대가 기차 편으로 포항에서 황간까지 이동했을 때, 그 최초의 특임대 교전에서 일병 한 명이 전투 충격으로 미쳤고, 적에게 항복 의사를 밝힌 중위가 적에게 사살되었다는, 그러니까 적이 상상 외로 막강하고 잔인무도하다는 소식이 유언비어처럼 나돌았다. 적이 악마의 불사조로 둔갑했다. 엎친 데 덮친 격으로 아군 정찰기는 퇴각하다가 휴식을 취하고 있는 아군의 정수리에 대고 기총소사를 퍼부었고, 그 바람에 아군이 부상을 당했다는 황당한 소문까지 돌았다. 아군이 피아 식별조차 못하고 있다는 얘기였다.

특임대 패전은 비극의 서막에 불과했다. 이들을 백업해주기로 한 두 개 대대가 규슈 사세호 항을 떠나 부산항으로 상륙해서 안성과 평택 일대에 저지 진지를 구축하고 있었는데, 이들 역시 변변한 전투 한 번 치르지 못하고 15일 만에 대전까지 쫓겨 내려왔다. 오산, 평택, 천안을 거쳐 대전까지 쫓겨 오는 데 15일이 걸렸다는 것이다. 7월 14일, 금강을 끼고 잠시 적과 대치하며 교전한 아군은 금강에 놓인 모든 다리를 폭파하고 대전으로 철수했다. 그러나 부교를 놓고, 얕은 물길을 찾아 금강을 단숨에 건넌 적은 이튿날 곧바로 아군의 덜미를 잡았다. 개전 이후 아군은 애먼 다리와 싸우고, 적은 아군과 싸웠다.

7월 20일, 적이 대전 공략을 위해 여명 공격을 시작했다. 하지스가 속한 부대가 아닌, 24사단 19연대가 맞아 싸워야 할 전투였다.

전선은 계속해서 다급하고, 긴급하고, 위급하게 돌아갔다. 적보다 월등한 화력이 적병을 제압하지 못하고, 계속해서 T-34 탱크에 대책 없이 밀리고 있었다. 게다가 듣도 보도 못한 기만전술을 써가며 죽기 살기로 덤벼드는 적 앞에 아군은 속수무책이었다. 하지스는 이게 '내 전쟁'과 '남의 전쟁'의 차이인가 싶기도 했다.

요코하마 항에서 배속된 통역사이자 자칭 정보원이라는 일본인 고노 마쓰오辛野光雄가 피난민들 속에서 주워 모은 조각 소문으로 아군이 처해 있는 상황을 브리핑했다. 뜬소문으로 실체를 만든 것이다. 적은 앞에만 있는 것이 아니라, 이미 뒤에도 있고 옆에도 있다고 했다. 아군들 속에만 없을 뿐이라고 했다. 고노가 내린 결론이었다.

식민조선에서 태어나 일본 패망 전까지 쭉 조선땅에서 살아왔기 때문에 조선통이라는 그가 사우스 코리아가 처한 현재 상황을 공시적·통시적 시각에서 요약 설명했는데 아귀가 맞았다. 이를 듣고 있는 부대장의 얼어붙은 표정에서 긴장감과 두려움이 읽혔다. 부대장은 작전에 쓰이고 있는 지도 또한 일본이 만든 한국 지도이기에 부대장은 고노의 말을 신뢰하는 것 같았다.

고노가 힘주어 말하길, 조선땅에는 자신들이 다스릴 때부터 이미 빨갱이들이 독버섯처럼 돋아나 곳곳에서 떼 지어 준동하고 있었으며, 자신들이 물러나고 미군 신탁통치를 거쳐 정식 정부가 들어선 이후에도 이를 부정하는 빨갱이들에게 이승만이 여전히 시달리고 있는 형편이라고 했다. 남한만의 단독정부 수립을 거부하여 민란을 일으킨 제주 폭동이 그렇고, 이 폭도들의 진압 명령을 거부한 여수 순천 주둔 국방수비대의 반란이 미군이 처한 위험한 현실을 말해주는 것이라고 했다. 특히 여순 반란군은 부대를 이탈해 뿔뿔이 흩어졌는데, 대다수가 지리산으로 숨어들어 무장한 빨치산이 되었고, 이들이 신출귀몰하며 벌이는 게릴라식 전투력에 이미 많은 한국군과 경찰이 희생된 바 있다고 했다. 그러면서 김일성은 이런 게릴라 부대들이 자신들을 도와 남조선 해방전쟁에서 결정적인 순간에 결정적인 기여를 할 것이라고 호언했다는 것이다. 따라서 고노는 물밀듯이 쳐내려오던 그가 서울에서 사흘간 머문 이유가 남쪽에 산재해 암약하고 있는 빨치산 세력들과 공동 전선 구축을 위한 전략을 구상하느라 그런 것으로 본다고 했다.

달변가인 고노로부터 이런 상황보고를 받은 부대장은 좌불안석이었다.

고노는 이미 겁에 질려 그로기 상태에 빠진 부대장에게 결정타를 날렸다. 그 빨치산들의 거점 아지트가 우리 부대의 등 뒤쪽에 있는데, 거기서부터 이곳까지는 불과 80여 킬로미터이고, 그들이 산길을 타고 이곳까지 제집 드나들 듯이 들락날락하며 양민들을 대상으로 약탈과 방화와 살상을 일삼고 있는 상황이라고 덧붙였다. 그 증거로 인근 양산지서가 방화 습격으로 전소되었고, 여기서 불과 14킬로미터 떨어져 있는 추풍령지서 또한 피습을 당해 경찰관이 사망했다고 했다. 한국 경찰이 빨갱이들의 출몰을 저지하기 위해 인근에 있는 안점 부락을 불태우고 주민들을 소개시켰으니, 상황이 어느 정도인지는 감을 잡을 수 있을 것이라고 했다. 그러면서 덧붙이기를 피난민들 속에 빨갱이가 숨어있고, 우리 부대가 지금 그 빨갱이들 아가리 안에 있는 것이라고 했다.

고노가 수집해서 부대장에게 분석 보고한 이 첩보가 연대를 거쳐 사단 본부까지 올라갔는지, 이튿날 부대 통신병이 접수한 통신문에 같은 내용이 적시되어 있었다. 거동이 수상한 피난민은 모두 색출해서 사살하라는 지시가 하달됐다. 7월 24일이었다. 22일에는 방어선을 침투하는 민간인을 체포해서 방첩대CIC로 후송하라 했고, 23일에는 전선에 들어온 모든 무장한 한국인을 전쟁포로로 취급해 황간으로 후송하라고 했다. 무장한 한국인이란 한국군과 경찰을 포함한 것이었다. 피난민의 이동시간도 10시부터 12시까지로 제한했다. 그러니까 북한군의 전력에 겁먹은 제1기병사단장 게이 장군이 급기야 피난민 사살 명령까지 내린 것이다.

산 너머 대전 쪽으로부터 교전 중인 아군과 적군의 포성이 밤낮없이 끊이지 않았다. 일찍이 필리핀 레이테섬 등지에서 일본군과 싸운 경험이 있는 바커 중사는 이 명령이 뜻하는 바를 소대원들에게 분명히 설명해주었다. 전장에서 피난민과 적은 구분이 불가능한지라, 이는 민간인 학살을 허락한다는 의미라고 했다.

"적과 민간인을 분간하지 말라고요?"

황간에서 영동 방향으로 이동할 때 하지스가 물었다.

"내 판단보다 적의 총알이 빠르다."

바커는 전장에서 분간은 죽음을 뜻한다고 했다. 그러면서 땅바닥에 가래침을 뱉고는, 전투는 오감으로 하는 것이라고 했다. 그는 죽음이라는 단어를 뱉을 때마다 가래침을 뱉고 군홧발로 지그시 눌러 비벼댔다. 주술적 행위 같았다.

7월 25일, 하가리 동쪽 2마일 지점에 도착한 하지스 부대가 하가리와 주곡리 농가를 정찰할 때, 마을은 무인지경이었다. 사흘 전에 제5기병연대 2대대로부터 피난 명령을 받고 주민 대다수가 짐을 꾸려 마을을 떠났기 때문이었다.

해 질 무렵, 주둔지 인근 마을에 대한 정찰과 수색 명령이 떨어졌다. 겁에 질린 부대장이 주둔지 반경 2,000야드 이내에 있는 마을을 중심으로 하되, 특히 취약 지역을 찾아내 샅샅이 수색하라고 했다.

수색 책임은 전투 경험이 있는 부소대장 바커에게 주어졌다. 임무를 받은 바커가 우쭐대며 하지스를 선발조로 뽑았다.

바커 중사를 따라 수색에 나선 하지스는, 얼마 지나지 않아 주민들을 강제 피난시킨 것은 피난을 핑계로 주민들을 감시 가능한 한 곳에 모아두려는 의도가 있음을 알았다. 적의 막강한 기세에 눌려 공포에 빠진 아군은 흰옷 차림의 한국인 전체를 적으로 삼았다. 주민도 잠재적 적이었다. 한국을 구해주겠다고 왔는데, 한국은커녕 자신들을 구하기에 급급한 처지가 되고 만 것이다. 한국을 구하고자 온 것이지 한국민을 구하고

자 온 것이 아니라는 사실이 점점 분명해지고 있었다.

—쾅, 쾅, 쾅!

옛 기억 속을 헤매던 하지스는 갑작스런 노크 소리에 화들짝 놀랐다. 고개를 돌려 문을 노려보던 하지스가 누구냐고 물었다. 긴장 때문인지 목소리가 굳고 갈라져 나왔다.

"여기가 하지스 씨 방이죠? 저는 씨엔씨, 크리스천 네트웍스 컴퍼니 나종구 기자입니다."

문밖의 방문자가 서툰 영어로 자신의 신분을 또박또박 밝혔다.

"그런데요……? 무슨 일입니까?"

하지스가 문고리를 쥔 채 물었다.

"일단, 문 좀 열어주세요."

하지스는 기자라고 해서 일단 안심하고 문을 열었다. 다 열지 않고 한 뼘가량만 열었다.

열린 문과 문설주 틈에 잽싸게 발을 넣은 기자가 곧바로 문을 밀고 들어왔다. 하지스는 하마터면 문에 떠밀려 넘어질 뻔했다. 그가 몸을 가누며 황당해하는 사이에 이엔지 카메라를 든 남자와 수첩을 든 여자가 들이닥쳤다.

문을 힘으로 밀어제치고 들어온 상고머리가 다짜고짜 인터뷰를 요청했다. 하지스는 일정에도 없고 사전 예고도 없었던 인터뷰는 할 수 없다고 했다.

그러자 수첩을 든 여자가 더듬는 영어로 자신들은 '하지스 씨를 곤란하게 할 그런 기자들'이 절대 아니라고 했다. 조각조각 떨어진 여자의 영어 문장을 상고머리 남자가 엮어매주었다.

하지만 하지스는 무례한 침입자들의 요구를 이해할 수가…… 아니, 상대하고 싶지 않았다.

여기자가 말한 '그런 기자들'이 어떤 기자인지는 곧 알 수 있었다. 그들은 공항에서부터 인터뷰 기회를 엿보고 있었다고 하면서, CNC가 인터뷰를 따려는 취지와 목적은 노근리 사태가 학살이 아니라 전투 중에 벌어진 정당한 작전 수행이었다는 것을 밝히기 위해서라고 했다. 인도적 식량 지원이라는 미명하에 적들에게 쌀을 퍼주며 핵 개발을 지원해주고, 자유대한민국을 구원해준 은인을 학살자로 모는 종북 좌파들에 맞서서 빨갱이들의 총칼로부터 목숨과 자유와 정의를 지켜준 위대한 영웅들의 은공을 명백히 밝혀서 기리고, 비난받고 있는 명예를 지켜주고자 특별 인터뷰를 요청하는 것이라고 했다.

그러면서 6·25 사변 당시 미국 북장로회가 한국을 구하기 위해 미군 파견에 일조한 사실과 미국의 사위 이승만이 정통 자유민주주의 정부를 세우고 국부로 칭송받았던 사실을 잊지 않고 있는 CNC는 한국민의 배은망덕한 행위에 사죄하고자 특별 다큐멘터리로 〈전쟁과 진실〉 3부작을 기획한 것이니, 이국땅에서 자유대한민국을 위해 싸우다가 죽어간 전우들의 목숨값이 헐값에 매도당하지 않도록 적극 협조해 달라고 했다. 아니 협조해 줄 의무가 있지 않겠느냐고 윽박질렀다.

우리 교인들이 애걸복걸하여 우리나라를 구해준 만큼 이제 우리 교인들이 나서서 참전용사들의 억울한 누명을 벗겨주고 명예를 되찾아주는 것이 혈맹의 도리라고 했다. 그러니 단 5분 만이라도 좋으니 인터뷰를 하자고 했다. 이들의 억지를 듣다가 지친 하지스는 창밖으로 불야성을 이루고 있는 한강의 기적을 멀뚱히 바라보며 스토커가 따로 없다는 생각을 했다.

하지스는 명명백백한 진실을 꿰고 있는 자신 앞에서 언론인이라는 자들이 거짓을 진실이라고 하면서, 아니 거짓을 진실로 둔갑시키고자 하면서 명예를 지켜주겠다고 하니 말문이 막혔다. 그러니까 언론인이 역사 왜곡의 공범이 되어 거짓 증언을 해달라는 부탁, 아니 강요를 하고 있는 것이나 다름없었다. 노근리 사건을 취재한 AP통신 기자와 상반된 요구를 하고 있었다.

그들의 말을 다 들어준 하지스가 거듭 거절을 해도 막무가내였다. 머지않아 죽을 텐데, 진실을 무덤 속에 매장할 셈이냐고 했다. 죽어서 만날 하나님이 두렵지 않냐고 했다.

하지스는 대체 이들이 이러는 이유를 알 수 없었다. 인터뷰어인 여기자는 넉넉하게 어림잡아 봐도 서른 안팎으로 보였다. 하지스는 그녀에게 한국전쟁에 대해 얼마나 알고 있는지, 서로 죽고 죽이는 전쟁이 뭔지는 아느냐고 묻고 싶었다.

실랑이를 하다가 지친 하지스는 결국 전화로 코디네이터를 불렀다. 상고머리 남자와 카메라맨이 되레 하지스가 부른 코디네이터를 힘으로 밀어내며 내쫓으려고 했다. 코디네이터가 사전 약속도 없이 이러는 법이 어디 있느냐고 따지자, 이미 국가보훈처로부터 사전 허가를 받은 공식 인터뷰라고 했다. 코디네이터는 국가보훈처가 인터뷰이도 모르는 공식 인터뷰를 사전에 허가해 줬다는 말은 믿을 수도, 받아들일 수도 없는 말이라고 반박했다. 설령 그랬다 할지라도 한국 국가보훈처가 미군 방문자를 통제할 권한은 없다고 했다. 여기자가 그렇게 판단할 문제가 아니라며 당장 확인해 보라고 했다. 억지를 부리는 것이었다. 오후 6시 35분이었다. 공무원이 자리에 있을 리 없었다.

그들은 30여 분 가까이 소동을 벌이다가 호텔 보안요원과 경호 경찰에 의해 요란하게 끌려나갔다. 상고머리 남자는 질질 끌려나가면서 보안요원과 경찰들에게 너희들도 빨갱이 새끼들이라며 고함을 질러댔다.

하지스는 그들이 모두 나간 뒤, 불빛에 젖어 번들거리는 검푸른 한강을 물끄러미 바라봤다. 물이 흐르는 방향을 짐작해보려 했으나, 여기자가 보인 언행처럼 알 수 없었다.

그는 캔에 남은 맥주를 비우고, 사이드 테이블에 올려둔 휴대 전화를 집어 들었다.

방한을 환영합니다. 약속한 그 날 그 시간에 그 장소 1층 로비 커피숍 앞에서 뵙겠습니다. 한국시간입니다. 저는 뉴저지 야구모자를 쓰고 왼쪽 옆구리에 '코리아 타임스' 신문을 끼고 있겠습니다.

장문의 문자메시지와 약도를 확인한 하지스는 객실을 나와 국무총리가 참석할 수도 있다—예정에는 없었다—고 해서 늦어진 2층 환영 만찬장으로 내려갔다.

5

방석 위에 누운 도완구는 정신이 알딸딸했다. 찔끔찔끔 마셔댄 낮술 탓이었다. 외따로 떨어져나와 있으니 누구의 눈치도 보지 않고 술을 마실 수 있는 건 크나큰 축복이었다. 지는 노을을 등진 채 납작 엎드린 자세로 바닥을 물걸레질하고 있는 방 여사의 엉덩이를 힐끔힐끔 훔쳐보고 있던 완구는, 6·25 참전용사 방한 관련 뉴스가 나오자 반사적으로 텔레비전 화면으로 시선을 돌렸다. 해마다 한두 차례 방한하는 참전용사들에 관한 소식이었으나 완구는 그때마다 각별한 관심을 쏟았다. 58년째 찾고 있는 참전용사가 있기 때문이었다.

"어이, 엉뎅이 좀 빨랑 치워 봐."

완구가 급히 보청기를 찾아 끼며 소리쳤다. 그러나 방 여사가 어기적어기적거리며 엉덩이를 치웠을 때는 다음 뉴스로 바뀐 뒤였다.

하지만 취기로 흐리멍덩해진 그의 눈빛이 반짝이기 시작했다. 여느 때와는 뭔가 다른 느낌이었다. 그는 리모컨으로 지상파 방송 3사와 YTN, 연합뉴스와 국방 텔레비전 채널을 연달아 찾아서 모두 띄웠다. 거실 겸 응접실인 1층 벽에는 열두 개 방송 채널을 동시에 잡아 볼 수 있는 대형 모니터가 설치되어 있었다. 실내 오크 계단으로 이어진 2층 집무실 벽의 대형 모니터는 36개 채널을 동시에 잡아 시청할 수 있었다.

대다수 방송사 뉴스가 쇠고기 수입 반대 시위 관련 소식이었다. 완구는《국방 채널》뉴스에 주목했다. 강원도 인제군 민통선 내에서의 6·25 전사자 유해 발굴 소식에 이어 공항 입국장으로 줄지어 들어서는 초청 노병들의 모습이 보였다. 줄을 서서 한 사람씩 들어서는 바람에 28명의 쭈글쭈글한 얼굴이 카메라 앵글에 빠짐없이 잡혔다. 개전 초기 참전용사들이 포함되어 있다고 하니, 그 어느 때보다 그놈들이 끼어있을 확률이 컸다. 완구는 마치 표적을 찾는 저격수처럼 '그놈들'을 찾으려 화면을 노려봤다.

1999년 9월 29일, AP통신의 최초 보도에 이어 두 차례의 후속 보도와 2000년과 2002년에 각각 추가 보도를 내보낸 지 6년이 지났고, 또 이제는 두 놈이 다 늙어서 죽을 때가 되었으니, 둘 중 어느 놈이건 방한할 가능성이 커졌다고 할 수 있었다. 범죄자가 자신이 저지른 범죄 현장은 반드시 다시 찾게 되어있다고 하지 않던가. 설령 그렇지 않다고 해도 자신들이 목숨 걸고—목숨까지는 걸지 않았을 수도 있겠으나— 구한 나라가 '한강의 기적'을 이루고 승승장구한다는데, 어찌 그런 모습을 생전에 직접 와서 보고 싶지 않겠는가. 게다가 한국이 국비를 들여서 해마다 모셔오는 게 아닌가.

완구는 안간힘을 써가며 기억을 떠올리고 시선을 집중했으나, 찾고 있는 그놈들은 보이지 않았다. 그때나 지금이나 허우대나 코가 듬직하고 살결이 허여멀건 양놈들은 죄다 그놈이 그놈 같아 분간이 쉽지 않았다. 게다가 하나같이 비슷비슷한 볼캡을 눌러쓰고 시커먼 선글라스까지 쓰고 있어 분간이 더욱 어려웠다. 하지만 두 놈 중 한 놈은 곱상하게 생긴, 혼혈기가 있어 보이는 놈이었기 때문에 늙었다고는 해도, 자세히 살피면 알아볼 수 있을 것 같았다. 그러나 입국장을 나와 대기 중인 버스에 오를 때까지 카메라에 잡힌 각각의 앞뒤 모습을 뚫어지게 살펴봤으나 헛일이었다.

전 재산을 빼앗아 갔고—놈은 스스로 바친 것이라고 주장할 것이다—, 목숨까지 빼앗으려 했던, 그뿐만 아니라 형네 집에서 눈총과 질시를 받으면서도 소까지 내주면서 온갖 공을 처들여 얻어낸 여자까지 날름 빼앗아 간 놈들의 낯짝인데, 어찌 기억을 못 할까 싶었다. '아아 잊으랴 어찌 우리 이날을……'이라는 〈6·25 노래〉 가사만큼이나 결코 잊을 수 있는 놈들이 아니었다. 그러나 58년이라는 장구한 세월이 망가뜨렸을 놈들의 얼굴을 알아본다는 것은 생각처럼 쉬운 일이 아닌 것 같았다. 잠깐 스치듯이 지나간 텔레비전 화면으로는 더욱더 알아볼 수가 없었다. 골수에 사무친 원한인지라 그깟 세월 따위가 무슨 소용이랴 싶었는데, 매년 뉴스를 찾아볼 때마다 그렇지 않다는 것을 인정하지 않을 수 없었다.

완구는 육덕진 엉덩이에 응할 만큼의 힘이 솟지 않는 아랫도리처럼, 원수가 눈앞에 있다 할지라도 알아볼 수 없게 된 자신의 노쇠함과 무정한 세월을 한탄하다가 송수화기를 집어들었다.

어쨌건 완구는 고된 인생 역정 속에서 결정적인 순간 또는 위기 때마다 등대이자 이정표가 되어 주었던 자신의 촉을 믿었다. 그 촉은 무시할 수 없었다. 검은 머리카락 속에 묻힌 새치 한 올을 찾아내듯 양민 틈에 숨어있었던 해방 전 불령선인과 해방 후 빨갱이들을 귀신같이 솎아낼 수 있었던 것도 타고난 촉의 힘이 아니었던가.

"날세……. 허, 이 사람 보게. 내 목소릴 벌써 잊었는가? ……도완구야. ……아니, 죄송할 것까진 없고, 이번 방한한 노병들 명단에 하지스나 바커라는 이름이 있는지 알아봐 주게. ……스펠링은 모르겠고, 미군이야. ……뭐? 풀네임? 그런 건 모르지."

그는 자신이 힘써서 방통위에 꽂아둔 옛 보좌관에게 도움을 청했다. 요정인지, 단란주점인지, 노래방인지 알 수는 없으나, 고막을 찢는 노랫소리가 수화기를 타고 홍청망청 쏟아져 나왔다. 옛 상관이 한 전화인데, 싸가지가 있는 놈이라면 조용한 곳으로 옮겨 통화를 해야 하건만, 제 놈도 이제 클 만큼 컸다는 뜻인지, 흥건한 여인네들 떼창 속에서 완구가 하는 말이 안 들린다며 소리를 질러 되묻고는 했다. 좀 전에 해가 떨어진 초저녁인데 혀까지 꼬여 있는 것 같았다.

완구는 치미는 부아를 참으며, 명단에 그런 이름이 있으면 소속 부대가 어디였는지도 확인해 달라고 했다.

바닥 청소를 끝낸 방이금 여사가 의자에 올라서서 유리벽을 닦고 있었다. 까치발을 딛고 팔을 쭈욱 뻗어 올려 좌우로 걸레질을 할 때마다 양 가슴이 출렁거리고 괴춤으로는 초콜릿빛 속살이 살짝살짝 드러났다. 완구는 그 감질나게 드러났다가 사라지곤 하는 가무잡잡한 속살에 마음이 싱숭생숭했다. 그는 방 여사를 볼 때마다 회춘하는 기분이었다.

그녀의 뒤쪽으로 정원 등 아래 흐드러지게 핀 붉은 덩굴장미가 야트막한 담장을 뒤덮고 있었다. 1950년 7월 삼복더위에 그날 그 집의 야트막한 토담 밑에도 핏빛 덩굴장미가 흐벅지게 피어 있었다.

6

하봉자는 장롱 서랍에서 낡은 보루지 상자를 꺼냈다. 58년의, 아니 6년의 열애 동안 미친 듯이 타올랐던 사랑의 물증들…… 그러니까 누더기가 된 사연과 정한情恨의 찌꺼기들이 담긴 상자였다. 차라리 죽는 게 낫다 싶을 만큼 고달픈 세월이었으나, 그래도 한 가닥의 기대와 희망이 있었기에 그때가 그녀에게는 화양연화였다.

그런데 그 6년 동안 연비燃臂 의식을 치르듯 주야장천 되풀이한 굳은 약속과 철석같은 다짐마저도 모두 거짓이었을 줄이야 어찌 알았겠는가. 아니 그 약속과 다짐은 애당초부터 그가 그녀를 버린 뒤에 벌인 뻔뻔한 사기극이었던 셈이었다.

닳고 해진 상자 안에는 겉봉의 색과 글씨가 누렇게 번지고 바랜 146통의 국제 우편물—모두가 영어였고, 한 통만이 노르웨이어로 쓰인 봉투였다—, 녹슨 알루미늄 미군 군번표, 드림캐처가 들어있었다.

봉자는 아메리카 토착 원주민들의 부적이라는 드림캐처를 꺼냈다. 젓가락 굵기의 버드나무 가지로 만든 원형 고리 안쪽을 그물망으로 거미줄같이 뒤얽고 독수리 깃털을 매단, 손바닥 크기의 장식물이었는데 쥐면 바스러질 듯 낡아 있었다. 불행은 거미줄 같은 그물망에 걸리고, 행운만이 독수리 깃털을 통해 흘러나온다는 인디언 주술용품이었다. 평소에 품고 다니고, 잘 때 머리맡에 걸어두면 효과를 볼 수 있다고 했다. 봉자는 58년이 지난 지금까지도 이 드림캐처가 가져다준 것이 행운이었는지 불운이었는지 알지 못한 채 가보이자 정표인 양 간직하고 있었다.

상복을 걸친 눈딱부리 남자가 봉자가 종살이하는 영동 주인집—日鮮齋(일선재)—에 소달구지를 끌고 느닷없이 나타난 것은 전쟁통인 7월 3일 저물녘이었다. 굴건을 쓰고 누더기 상복 차림을 한 다부진 체구의 낯선 남자가 솟을대문 간에 서서 불량기 가득한 목소리로 "형니임, 완영 형님, 나 왔시다" 하고 소리를 내지르며 불쑥 들어섰는데, 그가 부른 완영 형님이 아닌 병중인 '상어르신'이 이 상복 남자를 증오의 표정으로 맞이했다. 가솔들 모두가 주인어른의 아버지를 상어르신이라고 불렀다. 뼈대 있는 양갓집이 아닌, 땅과 돈만 많은 부잣집이기에 대감마님이라 부르지 못하고 상어르신이라 부른다고 했다.

"이노옴! 이 고얀 놈! 감히 여기가 어디라고 기어들어 왔느냐?"

방문을 열고 양손으로 문지방을 움켜쥔 채 머리를 내민 상어르신이 호령했다. 병마로 비쩍 야윈 모습이 방아깨비 같았다.

"여기가 내 집인데, 내가 왜 못 옵니까?"

남자는 인사 한마디 없이 툭 튀어나온 눈을 부릅뜨고는 대뜸 당찬 대거리질을 했다. 마치 먹이를 노려보는 독사 같은 표정이었다.

조용하던 집에 갑자기 날 선 고성이 오가자 집안 식구와 머슴들이 하나둘 몰려들었다.

"어떻게 이 집을 네 집이라고 하느냐, 이놈아?"

"그동안 이 고대광실과 저 드넓은 논밭전지를 지켜준 게 누굽니까? 저 아닙니까, 아버지?"

대지팡이를 든 남자가 호기롭게 양팔을 내두르며 따져 물었다.

"허튼소리 하지 마라, 이놈아. 네 작은형 완순이의 목숨값이 아니더냐."

"아버지?"

"아버지라 부르지 마라, 이놈아. 애비 초상 치르는 상복으로 나타난 놈이 아버지를 찾느냐. 크아악, 퉤! 네 놈이 그 잘난 고등계 형사질을 천년 만년 해 처먹겠다고 제 형을 밀고한 것이 아니더냐."

상어르신이 문지방 밑의 놋재떨이에 누런 가래를 뱉어가며 소리쳤다.

"상복은 위장복입니다. 다 아시면서 왜 이러세요. 자수를 시킨 것은 형도 살리고 우리도 살기 위해서 그럴 수밖에 없었던 겁니다. 그게 왜 밀곱니까?"

남자는 굴건을 벗었으나, 말대답은 한 치의 물러섬도 없었다.

대청마루 위에 서서 말다툼을 지켜보던 주인어른이 노복 구 영감을 불러 구경하고 있는 가솔들을 모두 물리치라고 일렀다.

"뻔뻔한 놈이로고……."

숨을 고른 상어르신이 넋두리인 양 내뱉었다. 그의 아래턱에 녹물 든 고드름 같은 가래가 들러붙어 있었다.

"제가 자수시키지 않았다면 작은형은 체포당했을 겁니다. 제가 체포를 지연시키고 자수를 시킨 겁니다요, 아버지. 그걸 아셔야지……."

"네놈이 자수하라고 꼬드기지 않았다면 네 작은형은 도망쳐서 살아남았을 것이다. 네 놈이 출세하려고 작은형을 일경에 제물로 바친 게 아니더냐."

"작은형이 체포되기 직전에 자수를 시킨 것이고, 만약 그대로 체포되었다면 작은형은 무조건 즉결 처형이었어요, 아버지. 형이 흥경현興京縣

에서 죽인 일본인이 몇이나 되는지, 형의 죄목이 뭔지나 아시고 이러시는 겁니까?"

"자수를 해서 치욕스러운 고문을 받다가 죽은 것이 사형보다 낫다는 말을 하는 게냐?"

"전들 그렇게 될 줄 알았겠습니까? 야마토 경시警視가 형을 죽이려고 고문을 했겠냐고요? 야마토 경시도 형이 그 정도 고문에 죽을 줄은 미처 생각지 못했다고……."

"이노옴! 그걸 말이라고 하는 게야?"

상어르신의 상체가 방문 밖으로 튕겨 나오는가 싶더니 문지방 위에 엎어졌다. 안중문을 막고 서 있던 구 영감이 달려가 부축하자 컥컥거리며 밭은 숨을 몰아쉬었다.

"우리가, 아니 일경이 죽인 것이 아니라, 형이 묵비권으로 고문을 자초했으니까 자살을 선택한 거라고요."

"무슨 소리냐?"

"자수를 했으면, 마땅히 죄를 빌고 취조에 협조를 했어야지요."

"너는 개만도 못한 놈이다."

상어르신이 남자를 노려보며 말했다.

"……뭐라고욧?"

"너는 인두겁을 쓴 마귀다."

"예…… 그래요, 씨발! 그 개만도 못한 악마가 형을 자수시켰기에 아버지와 당신네들 모두가 이렇게 떵떵거리고 호의호식하며 살 수 있었다는 건 잘 아시죠?"

"그건 모르겠고, 네놈이 호의호식하려고 동족을 팔아먹는 밀정질을 했다는 것은 내가 잘 안다."

"……."

남자가 말문이 막혔는지 대꾸를 못했다.

"아랫것들이 듣고 있습니다. 이제 그만 하시지요. 완구도 일본이 패망하리라고는 생각지 못했을 겁니다요, 아버님."

두 사람의 다툼을 듣고만 있던 주인어른이 더 이상은 안 되겠다고 생각했는지 상어르신에게 슬그머니 다가가 말했다.

"무슨 말 같지도 않은 소리를 지껄이는 게냐? 큰애 너도 잴 닮은 게냐?"

"아버님, 완구 말도 틀리지 않습니다. 완순이를 자수시키지 않았다면 우리 집안은 숟가락 몽댕이 하나 온전히 남아있지 않았을 겁니다요."

"네놈은 오직 돈뿐이로구나. 완구 저놈에게 완순이를 자수시키라고 한 놈이 네놈 아니냐?"

"왜 억지를 부리세요, 아버님. 완순이는 나라를 위해, 완구는 집안을 위해 각자 주어진 운명대로 싸운 겁니다. 그래서 나라가 해방됐고, 집안이 평안한 게 아니겠습니까."

"동생이 형을 밀고해서 죽이고, 그 일로 상심한 네 에미가 죽었는데도 집안이 평안하다는 게야?"

"내가 이 말만은 안 하려고 했는데, 해야겠네."

남자의 말에 상어르신과 주인어른의 표정이 굳어졌다.

"형은 아버지 말마따나 자수할 생각이 없었어요. 도망칠 생각이었지. 그래서 내가 형이 자수를 하지 않고 도망치면 우리 가족 모두가 죽는다고 했습니다. 형 하나 살자고 가족을 다 죽일 셈이라면 도망치라고 했습니다. 그랬더니 자수를 하더군요. 흐흐흐흐!"

"너, 너! 이노옴……."

구 영감에게 몸을 기댄 상어르신은 억장이 무너지는지 말을 잇지 못했다.

봉자는 상어르신과 남자의 다툼 그리고 주인어른의 말을 통해 둘째 주인어른의 죽음이 셋째로 짐작되는 이 상복 차림과 어떤 관련이 있었는지 어림잡을 수 있었다. 한동안 마을을 떠돈 소문에 의하면, 집 나간 둘째가 독립운동을 했는데 일경에게 붙잡혀 고문을 받다가 죽었다고 했다. 그래서 한 배로 애국자와 매국노를 낳은 고통을 못 견딘 노마님이 화병으로 일찍 돌아가신 것이라고 했다. 봉자가 지켜본 노마님의 죽음은 화병이 아닌 자결이었다.

"네 애비가 죽었다더냐, 이 후레자식아. 상복에 대지팡이라니…… 캬악, 퉤!"

고함을 내지르고 누런 가래침을 내뱉은 상어르신이 구 영감에게 방문을 닫으라고 했다.

"동북 삼성과 만주 벌판에서 풍찬노숙하다가 살아 돌아온 자식이 불원천리하고 십 년 만에 아버님을 찾아뵙는 것인데, 후레자식이라니요. 이거 섭섭합니다."

닫힌 방문 앞에 선 남자가 대지팡이로 땅바닥을 찧으며 이죽거렸다.

"썩 꺼져라!"

"구 영감을 길림까지 보내서 일경이 괴롭혀서 못 살겠으니 도와달라며 애걸복걸할 땐 언제고, 이제는 세상이 바뀌었다고 해서 이렇게 괄시해도 되는 겁니까요, 아버지?"

기운이 다한 것인지, 더는 대거리할 가치가 없다고 생각한 것인지 닫힌 방문 안에서는 아무런 대꾸가 없었다. 남자는 화풀이를 하는 양 씩씩거리며 발을 구르고 대지팡이로 땅바닥을 짓찧으며 방문 앞을 떠나지 않았다. 그 모습이 마치 미친 황소 같았다.

잠시 후 긴 침묵 속에서 꽤애액, 하는 기적 소리가 들렸다. 검은 연기를 내뿜으며 역을 지나는 증기 기관차가 거칠고 다급하게 내지르는 기적소리였다. 언제부터였는지 모르겠으나 기차가 영동역을 무정차 통과했다.

분이 풀리지 않았는지 남자가 대지팡이를 내던지고 두건과 상복을 벗어 마당에 패대기쳤다. 그러고는 손짓으로 안중문 밖에 무리 지어 서 있는 머슴과 여종들을 불러 대문간에 세워둔 소달구지의 짐을 내리라고 했다. 미처 정황 파악을 못 한 머슴과 여종들이 어쩔 줄 몰라 서로를 바라보며 머뭇거리자, 내던졌던 대지팡이를 집어 들고 휘두르며 "혼또, 빠가야로!"를 외쳤다. 당장 누구든 두들겨 팰 기세였다.

독이 오른 남자의 패악질에 놀라 소달구지를 향해 비척비척 다가가던 봉자는 코를 찌르고 정수리와 오장육부로 치닫는 역한 냄새에 걸음을 멈췄다. 이미 소달구지에 다가선 머슴들은 하나같이 코를 틀어쥐고 얼굴을 찡그렸다. 찬모 옥천댁은 담 밑으로 달려가 허리를 꺾은 채 토악질을 했다.

욕지기를 불러일으키는 역한 냄새는 소달구지에 실린 부패한 시신에서 나오는 것이었다. 상복 차림의 남자가 소달구지에 시신을 싣고 온 것이다. 머슴들이 남자의 지시에 따라 짐을 모두 내린 뒤에 마지막으로 시신이 든 관과 빈 나무 궤짝을 내렸다. 머슴 장정 둘이 시신이 든 관을 맞들어 내릴 때 낑낑거리며 비틀댔다. 낙엽송 관과 시신 무게에 쩔쩔맬 머슴들이 아니었다.

내린 짐들은 그의 지시에 따라 짚멍석을 깐 마당 한가운데 가지런히 정렬했다. 남자 혼자인데 피난 짐은 일가족 분량이었다. 여기에 대해서는 만나자마자 부자간에 다퉈서 미처 묻지 못했다면 이제라도 의당 물어봐야 할 텐데 묻는 사람이 없었다. 자기 방으로 들어간 주인어른은 꼼짝을 하지 않았다. 봉자가 궁금하다고 해서 물어볼 문제는 아니었다.

코를 감싸 쥔 채 허둥지둥 짐 정리를 끝낸 머슴과 여종들을 남자가 손짓으로 물리쳤다. 혼자가 된 남자는 보따리에서 무명 수건을 꺼내 코와 입을 칭칭 감쌌다. 그러고는 관 뚜껑을 열고 짚멍석 한쪽에 관을 엎었다. 핏물과 진물 범벅인 썩은 시신과 칠성판이 나오고, 시신의 등과 주변에 덩이쇠 모양의 금속 덩어리들이 쏟아져 흩어졌다. 시신과 금속 덩어리 위로 구더기 같은 것들이 꼬물꼬물 기어다녔다.

헛구역질을 진정시킨 남자가 좌우를 살피고는 서둘러 금속 덩이들을 주워 궤짝으로 옮겨 담았다. 금빛 금속 덩이들을 궤짝으로 옮겨 담을 때마다 쇠붙이 부딪치는 소리가 들렸다. 봉자는 부엌 문틈을 통해 땀 범벅이 된 남자가 헛구역질하며 같은 동작을 수십 차례 반복하는 모습을 훔쳐봤다.

잠시 후, 금속 덩어리를 옮겨 담은 궤짝을 닫고 걸쇠로 잠근 남자가 젊은 머슴 둘을 소리쳐 불렀다. 머슴이 마지못한 표정으로 어기적어기적 다가오자 시신을 관에 넣어 내다가 버리든지 묻든지 마음 내키는 대로 하라고 했다. 금속 덩어리 운반을 위한 위장 및 은폐용으로 시신을 사용한 것 같았다. 머리 두건으로 코와 입을 감싼 두 머슴이 서로 눈치를 보며 머뭇거렸다.

"코이츠라가(이놈들이)……."

남자가 대지팡이를 집어 들며 소리치자, 머슴들이 시신을 서둘러 수습해 지게에 지고는 대문 밖으로 사라졌다.

두 머슴이 나가는 모습을 지켜본 남자는 혼자 댓돌 앞까지 끌고 간 나무 궤짝을 번쩍 들고 낑낑대며 주인어른이 있는 사랑방으로 들어갔다.

형제간에 속닥거리는 소리가 들렸고, 주인어른이 장지문을 열고 봉자를 불러 술상을 들이라고 했다. 찬모와 함께 소란스러워 못했던 저녁 설거지를 하던 그녀가 부랴부랴 술상을 차려 방문 앞에 이르렀을 때, 두 형제간에 진지하게 주고받는 말이 들렸다.

남자가 피난을 서둘러야 한다고 했고, 주인어른은 가산을 모두 놔두고는 한 발짝도 움직일 수 없다고 했다. 남자가 집과 땅을 누가 어떻게 가져갈 수 있겠느냐고 하자, 빨갱이들은 무조건 빼앗는다고 하니 남아서 지켜야 한다고 했다. 남자는 빨갱이가 점령하면 지킬 수 없고, 지키려고 했다가는 죽는다고 했다. 주인어른은 그렇다면 차라리 죽는 게 낫다고 했다. 그러자 남자의 헛웃음 소리가 들렸다.

형제간의 대화를 엿듣느라 술상을 든 채 머뭇거리고 있던 봉자가 인기척을 내고 방문을 열자, 남자가 마치 도둑질이라도 하다가 들킨 양 화들짝 놀라며 궤짝 문을 급히 닫았다. 그러나 남자의 몸동작보다 눈칫밥으로 길들어진 그녀의 눈 동작이 잽쌌다. 궤짝에 든 것은 황금이었다. 멀리서 본 금속 덩어리가 금괴였던 것이다.

봉자와 눈을 맞춘 남자가 손에 든 쥘부채를 접어 입술에 대고는 무언가를 봤다면, 지금 본 그 무언가를 절대 말하지 말라고 했다. 말하면 혼꾸멍날 줄 알라고 윽박질렀다. 그러고는 음흉하고 섬찟한 눈빛으로 그녀의 몸을 핥듯이 훑고 나서 난데없이 나이를 물었다. 봉자는 남자의 질척한 눈빛과 혼꾸멍이 무관치 않을 것 같다는 무서운 느낌에다가 처음

보는 처녀의 나이를 묻는 망측한 질문에 낯이 뜨거워져 도망치듯 방을 빠져나왔다.

이튿날 식전 댓바람에 자신의 몸종인 양 봉자를 부른 남자가 의뭉스러운 눈빛으로 아래위를 훑고는 사타구니를 추스르며 냉큼 세숫물을 대령하라고 했다. 낯이 상기된 봉자가 우물로 달려가 세숫물을 떠다 바치자, 세숫물을 움켜서 그녀의 얼굴에 대고 뿌리고는 본집이 어디냐고 물었다. 나이를 다시 묻지 않는 것으로 보아 이미 알아낸 것 같았다.

놋대야를 남자의 발치에 내려놓은 봉자는 '히야까시'를 당하고 있다는 생각에 몸을 사리며 뒷걸음질을 쳤다. 그러자 성큼 다가선 남자가 솔개가 병아리를 채듯 그녀의 손목을 낚아챘다.

"벙어리냐? 아니면, 네년도 나를 '사게스미(괄시)'하는 것이냐?"

남자가 알아듣지 못하는 말을 하며 봉자를 거칠게 끌어안고 물었다. 상복이 아닌 '샤쓰'와 '쓰봉'으로 갈아입었음에도 불구하고 시신 썩는 냄새가 진동했다. 봉자는 이게 대체 무슨 봉변인가 싶었다. 그녀가 남자의 품에서 빠져나오려고 몸을 비틀어 대자, 남자는 양팔로 허리를 더욱 옥죄며 엉덩이를 더듬었다. 허리를 숙인 채 마당을 쓸던 구 영감이 고개를 들어 힐끔힐끔 바라봤다.

봉자가 여기서 20리쯤 떨어진 봉두리에 양친과 동생들이 산다고 했다. 답을 듣고 그녀를 놓아준 남자가 히죽히죽 웃으며 봉두리로 가는 길과 봉두리 지리를 땅바닥에 자세히 그려보라고 했다. 그녀는 삭정이를 주어 들고 쪼그려 앉아 지도를 그렸다. 남자는 지도를 그리는 봉자 곁에 몸을 붙이고 앉아 지분거렸다. 지분거리려 지도를 그리라고 한 것 같았다.

평소처럼 느지막이 일어난 주인어른과 겸상으로 아침을 먹은 남자가 서둘러 금괴 궤짝과 삽을 챙겨 소달구지에 싣고는 집을 나섰다.

봉자는 상복 차림의 남자가 나타난 이후 가슴이 벌렁거리고 속이 메슥거렸다. 마수에 걸려든 기분이었다.

남자는 저녁나절에 빈 소달구지를 몰고 돌아왔다. 흙먼지와 땀 범벅이었다.

우물가로 달려가 웃통을 벗은 남자가 봉자에게 등물을 끼얹어달라고 했다. 등물을 마친 남자가 구 영감이 들고 있는 무명 수건을 낚아채 봉자에게 건네주며 물기를 닦으라고 했다. 등을 닦아주려 했으나 앞가슴을 내밀었다. 고개를 외로 돌린 봉자가 볼록 솟은 아랫배와 앞가슴을 닦자 남자가 하늘을 보고 히죽 웃고는 등을 돌려댔다. 등짝에 지렁이가 붙은 듯한 흉터가 보였다.

등까지 닦아준 봉자가 대야와 수건을 챙겨 돌아설 때 남자가 불러세웠다. 그러고는 잠시 뜸을 들이고는 두꺼운 아랫눈꺼풀을 파르르 떨며 놀라운 말을 전했다. 특무대원들이 봉두리에 들이닥쳐 빨갱이들을 색출해서 떼거리로 처형했다는 소식이었다. 남자는 곧 인민군 편이 될 게 뻔한 놈들을 미리 잡아 죽인 것은 잘하는 짓이라고 했는데, 처음으로 인민군이라는 말을 들은 봉자는 양친이 빨갱이는 아닌지라 안심은 되었으나 그래도 떼거리로 처형했다는 말에 불안감이 들었다.

남자는 남하하면서 본 참상을 들려주며 주인어른을 다시 설득했다. 사 년 전에 토지개혁을 마친 북조선 기준으로 볼 때, 모든 지주가 인민의 적인데, 아버지와 큰형은 대지주이니 이대로 있다가 인민군이 들이닥치면 꼼짝없이 총살당할 게 뻔하다고 했다. 그러면서 집과 땅을 놔두고 일단 문서만 챙겨 도망을 쳐야 살 수 있다고 했다. 그러나 주인어른은 와병 중인 상어르신을 모시고는 고된 피난길에 오를 수 없다고 했다. 상어르신의 병을 핑계로 남자의 강권을 따돌린 주인어른은, 죽고 죽이는 짓은 서로 원수진 사람들끼리나 하는 짓인데, 자신들은 남과 북 어느 쪽에도 원수진 적이 없고, 남에게 원한 살만 한 일도 한 적이 없으니, 형 걱정일랑 말고 친일을 한 사실이 만천하에 드러난 너야말로 위험할 터이니 어서 짐을 챙겨 떠나라고 했다. 남자가 무슨 말을 하는 것이냐고 묻자, 주인어른은 자기도 귀가 있어서 북한이 민족 해방을 위해 친일분자들을 싹 잡아 죽이며 남진하고 있다는 말 정도는 들었노라고 했다.

봉자는 무슨 말인지 알아듣지 못했으나, 재산을 두고 형제간에 가시 돋친 말을 주고받는 것이 틀림없어 보였다.

남자는 설득이 어렵다고 판단했는지 자신이 먼저 남행할 테니 살고 싶으면 생각을 바꿔 늦게라도 뒤따라 오는 것이 좋을 것이라고 했다. 그러고는 짐을 꾸리기 전에 남자가 부탁이 있다고 말했다. 피난길에 마누라를 잃어버려서 밥 지을 여자가 없으니 봉자를 식비食婢로 달라고 했다. 거저 달라고는 안 할 테니 팔라고 했다. 주인어른이 그게 무슨 말 같지도 않은 수작이냐며 펄쩍 뛰었다. 네 입으로 봉자의 마을에 변고가 생겼다고 했으니, 돌아가는 형편을 좀 더 지켜보고 나서 봉두리 집으로 보낼 것이라고 했다. 그러자 남자는 느닷없이 안주인마님에게 쫓아가 형님이 아무래도 어린 년에게 음심을 품고 있거나 관계를 맺은 것이 의심된다고 떠벌였다. 남자가 봉자와 주인어른이 불륜을 저질러온 양 헐뜯으며 사흘 내내 형수인 안주인마님을 들볶았다. 봉자를 내주지 않으면 피난을 포기하더라도 꼼짝 하지 않고 패악질을 계속할 뜻이 있음을 분명히 했다.

그렇게 해서 나흘째 되던 날, 안주인마님 방에 들어갔다 나온 남자가 봉자에게 누런 종잇장을 흔들어 보이며, "너는 이제부터 내 것이 됐다"라고 소리쳤다. 공짜가 아니라 소달구지와 바꿨다고 했다. 봉자는 훗날 남자가 흔들어댄 그 종잇장이 아버지가 돈을 받고 봉자를 주인어른에게 팔아넘긴 노예문서였다는 사실을 알았다. 아버지가 울 밑에 핀 봉숭아를 보고 봉자鳳子라 이름을 지었듯이―엄마가 출생신고를 위해 딸의 이름을 뭘로 지을 것이냐고 묻자, 딸을 낳은 절망감에 주야장천 담배 빨뿌리만 빽빽 빨아대던 아버지가 봉숭아꽃을 보고는 봉자로 짓자고 했다는 것이다― 강아지 팔듯 딸을 노예로 팔았다는 말은 들었지만, 그 증서를 눈으로 직접 본 것은 처음이었다.

여종을 놓고 남사스러운 땡깡을 놓는다고 생각한 안주인마님이 시동생인 남자에게 더는 말썽부리지 말고 당장 종년을 데리고 떠나 달라고 소리쳤다. 봉자가 눈물 콧물 쏟아가며 안주인마님의 치맛자락에 매달렸으나 소용없었다. 주인마님이 매몰찬 목소리로 종년이면 종년답게 조신하게 처신했어야 옳은데 그러지 못한 책임을 져야 한다고 했다. 그 책임이 남자를 따라가는 것이라고 했다.

봉자는 10년 넘게 모셔온 안주인마님의 매정한 태도에 억장이 무너져 숨이 멎는 것 같았다. 아마도 몸에 처녀티가 나면서부터 주인어른이 그녀를 보는 눈과 태도가 달라진 것을 눈치챘기 때문이 아닐까 싶었다. 하지만 그것은 주인어른이 책임져야 할 문제이지 자신이 책임질 문제가 아니잖은가.

하루아침에 봉자는 패륜아에, 호색한이 틀림없어 보이는 생면부지 남자에게 팔려 주인집에서 쫓겨나는 신세가 되고 말았다. 남자는 한 사람이 이고 질 수 있을 만큼의 짐만 챙겼다.

도완구로 불리는 낯선 남자를 따라 영동 일선재를 나선 봉자는 참변을 치렀다는 봉두리에 잠깐 들러 부모님 소식을 확인하고 가게 해달라고 애원했으나 들어주지 않았다. 한시가 급하다며 막무가내로 안 된다고 했다. 또 봉두리는 이미 인민군이 점령했을 것이기 때문에 갈 수도 없다고 했다. 그녀는 그 말을 믿지 않았으나, 안 믿는다고 해서 그의 마음을 돌이킬 수 없었다.

남자와 봉자는 개미 행렬처럼 이어진 피난 대열에 따라붙어 섞였다.

북쪽에서 남쪽으로 줄줄이 내려가는 피난 행렬은 처음과 끝이 보이지 않았다. 닭을 안았거나 개와 돼지를 끌고 가는 피난민도 보였다. 도로 위로 뙤약볕이 터진 바늘쌈 모양 찌르듯 쏟아져 내렸고, 남행하는 미군 차량들이 일으키는 뿌연 흙먼지로 아수라장이었다. 그녀는 미군이 왜 북으로 치올라가지 않고 남으로 내달리기만 하는지 의아했다. 피난 행렬에 섞여 터벅터벅 5리쯤 걸었을 때, 앞쪽에서 미군들이 피난민들을 세운 채 짐과 몸수색을 하며 통제하는 모습이 보였다. 소달구지와 손수레의 통행을 막았다. 피난민들이 달구지와 수레에 실린 짐들 가운데 일부를 이고 지는 모습이 보였다. 걸음을 늦추며 사방을 살피던 남자가 갑자기 봉자를 잡아끌고 길에서 벗어났다.

산 쪽으로 오르는 자드락길로 들어선 남자가 봉자의 뒤를 따르며 말했다. 영동까지 내려오는 피난길에서 자신이 목격한 사실과 주워들은 소문에 따르면 미군이 퇴각하는 큰길로 남행하는 짓은 위험천만한 행위 같다고 했다. 피난 중인 민간인을 사살하는 미군을 여러 번 봤다고 했다.

믿기지 않는 말이었으나, 보지도 듣지도 못한 봉자로서는 믿을 수도 안 믿을 수도 없는 노릇이었다. 그러면서 남자는 자기가 오랜 세월 사지를 넘나들며 정보 계통에서 일해온 사람이니 자기만 믿고 따라오면 사지를 벗어나 살아남을 수 있을 것이라고 했다. 봉자는 남자에게 속한 종인지라 안 믿고, 안 따를 수 없는 처지였다.

남자는 삼봉산을 바라보며 길을 잡았다. 앞서 걷는 봉자는 해진 고무신 속으로 들어온 흙먼지와 흙알갱이를 털어내느라 가다 서기를 반복해야만 했다. 가끔 머리 위로 은갈치 모양의 비행기가 사나운 소리를 내지르며 북쪽으로 낮고 빠르게 날았다. 사람들이 쌕쌕이라고 부르는 비행기였다.

남쪽 능선을 타고 한 시간 남짓 걸음을 서두르던 남자가 구릉길을 따라 산간 마을 쪽으로 내려갔다. 모두 피난을 떠났는지 산간 마을은 적막했다. 봉자는 전쟁이 무엇이기에 깊은 산속에서 땅을 파먹고 사는 촌무지렁이들까지 생계터를 버리고 도망쳤는지 알 수 없어 불안과 공포심이 더욱 커졌다.

자드락밭을 차고앉은 작은 마을로 들어서자 조심스런 걸음으로 사방을 두리번거리며 걷던 남자가 비탈면 위에 자리 잡은 농가를 가리키며 잠시 쉬었다가 점심을 해 먹고 가자고 했다.

봉자는 한시가 급하다며 길을 재촉했던 남자가 갑자기 웬 여유를 부리나 싶었다. 출발한 지 두 시간이 못 됐고, 밥때가 되려면 아직 세 시간은 더 있어야 했다. 남자의 짐까지 이고 진 봉자는 쉬어 가는 것은 반가웠으나, 아침나절까지만 해도 미친 듯이 설레발치며 피난을 서두르던 이 남자가 대체 무슨 이유로 소풍이라도 나온 양 이러는가 싶었다.

남자는 봉자를 달고 농가 마을을 염탐하듯 한 바퀴 빙 돌았다. 그러면서 그는 마누라가 죽었기 때문에 새장가를 들어야 한다는 해괴한 말을 지껄였다. 봉자는 그의 아내가 죽은 것인지, 아내를 잃어버린 것인지, 버린 것인지는 알 수 없었으나, 자신과는 무관한 일인지라 알고 싶지 않았다.

땀으로 멱 감은 그녀는, 헛소리를 씨불여대며 괴나리봇짐 크기의 륙색 하나만 달랑 등에 매달고 앞서 걷는 남자의 뒤를 묵묵히 좇았다. 해진 황갈색 륙색에는 누룽지와 미숫가루가 들어있었다. 봉자는 사지를 짓누르는 보따리를 빨리 내려놓고 싶은 생각뿐이었다.

7

방문 사흘째를 맞이하는 날, 하지스는 은행에 다녀왔다. 쫓기듯 마음이 불안해 둘째 날 다녀오려 했으나, 일정에 빈틈이 없어 짬을 낼 수가 없었다. 일정이 서울에서 진행되고 있을 때 가능한 한 빨리 처리해야 할 일이었다.

한국에서 대여금고를 이용하는 것은 미국처럼 절차가 까다롭지 않았다. 은행 측이 열쇠 사용 방식과 지문 인식 방식 가운데 하나를 고르라고 해서 잠깐 고민하다가, 행여 발생할지도 모를 돌발 변수를 고려해서 양도가 가능한 열쇠 방식을 택했다.

하지스는 브로드 애비뉴에 있는 우리은행 지점과 거래를 트고 있었기 때문에 금고 이용에 따로 갖춰야 할 요건이 없다고 했다. 해외에 파병한 미군의 금융 편의를 위해 설립했다는 커뮤니티 뱅크(CB)가 위탁 운영한 뱅크 오브 아메리카(BoA)보다 5년 전 팬아시아 뱅크를 인수해 영업 중인 우리은행의 고객 서비스가 비교 불가할 만큼 탁월했다.

손자 딘은, 한국에서 받는 방위비 분담금으로 이자 수익에만 열을 올릴 뿐, 환전 수수료도 높고 ATM 시스템조차 부실한 BoA로는 월급만 받는다고 했다. 그러면서 하지스에게 브로드 애비뉴 한인타운에 가서 BoA보다 서비스가 월등한 한국계 은행의 계좌를 개설해서 송금해달라고 했다. 하지스가 딘의 결혼 자금을 송금할 때, 그가 한 요청이었다.

강단講壇 경제에만 밝은 하지스는 실물 경제에 있어 누구보다 영악하고 셈이 빠른 딘의 '충고'에 따랐는데, 대여금고를 이용하면서 그러기를 참 잘했다는 생각이 들었다. 까다롭지도, 까탈스럽지도, 느리지도 않고 심지어 상냥하고 친절하기까지 한 서비스를 받으며 순식간에 볼일을 마쳤다.

두 개의 열쇠 중 하나는 서명한 뒤 봉인해서 은행 측에 건네주고, 남은 하나를 챙겨 오찬장으로 돌아왔다. 그는 '빨리빨리' 문화의 우수성을 체감했다.

스폰서가 차고 넘치는지 오늘 오찬도 호텔에서 거한 규모로 치러졌다. 한국 고유의 밥상머리 교육 문화 영향인지, 음식을 앞에 두고 떠들어대는 말들이 많았다. 스폰서가 여럿이면 때마다 밥상머리 앞에서 기다리는 시간이 그만큼 길어졌다.

오찬을 주관한 기관장은 5분짜리 환영사를 통해 전투 지원 16개국, 의료 지원 5개국, 도합 21개국 참전국 용사들에게 영원히 감사드린다고 했다. 그러면서 준비한 메모지를 보며 일일이 20개국을 호명한 뒤, 미국을 따로 거론하며 '블러드 얼라이언스(혈맹)'와 '프렌드십'이라는 영어를 수십 차례 반복했다. 그러면서 전 정권이 '임프라퍼 인사잇먼트(부적절한 선동)'로 반미 정서를 조장했고, 때문에 혈맹 간에 다소 어색한 거리감이 조성되기도 했으나, 이제는 '이어리버서벌(불가역적) 블러드 얼라이언스'가 될 수 있도록 현 정권에서 단시간 내에 모든 것을 되돌려놓겠다는 것을 이 자리에서 맹세한다고 했다.

이어서 국방부를 대표해서 참석했다는 고위 공직자는 우수하고 호환성이 빼어난 최첨단 미군 장비 도입을 적극 추진해 전투력과 전쟁 억지력을 배가시킬 것이라고 했다. 재향군인회장도 나와서 '재조지은再造之恩'에 대해 '포에버 결초보은'할 것이라는 사자성어를 쓰며 열띤 5분 스피치를 했다. 미리 받은 원고에 없는 사자성어인지 통역이 영역하느라 쩔쩔맸다.

하지스는 열렬하고 비장한 환영 인사말을 들으며 다시금 한국전에 참전한 것 같은 묘한 기분이 들었다. 얼핏 비굴하게 느껴질 정도로 한껏 추켜세우는 환영 인사말에 고무된 미군인 노병들은 박수와 환호성과 휘파람으로 화답했다.

한국을 4년 전에 이어 재방문한다는 한 노병이 환영사 내용이 듣기 낯뜨거울 만큼 과하다면서 불편한 심기를 드러내기도 했다.

하지스도 마음이 씁쓸했다. 한국전 참전 이후 잊고 지냈던 '국(바보)'

과 '머들 헤드(멍청이)'라는 단어가 슬그머니 떠올랐다. 국이란 단어는 아시아인을 비하하는 표현으로 필리핀 전장을 다녀온 바커로부터 들었고, 머들 헤드는 한국인을 무시하는 하지 중장이 공식문서에서 사용했다고 전해 들은 바 있었다.

하지스는 필리핀 전장에서 일본군과 싸워 승리하고는 미군 점령지가 된 일본으로 건너온 하사관들과 알고 지냈다. 그는 자신이 그런 거칠고 사나운—동료들은 용맹하다고 했다— 하사관들과 함께 전장에 나가리라고는 꿈에도 생각하지 못했다.

도쿄에서의 군 생활은 하루하루가 단물 빠는 날이었다. 럭키스트라이크 한 개비면 사병들도 일본 여자와 하룻밤을 즐길 수 있었다. 염가 담배는 만능열쇠였다. 독일에서 염가 담배로 고가의 라이카 카메라와 피아노 같은 귀중품을 살 수 있듯이 일본에서도 요술 램프 같은 화폐 대체재였다. 하룻밤만으로 만족할 수 없다거나 성병이 두려운 병사들은 매달 서른 갑의 담배를 암시장에 내다 팔면 30달러를 벌 수 있었는데, 이 돈이면 맘에 드는 일본 여자와 계약 동거, 즉 '온리원Only One'을 할 수 있었다.

사병의 사생활이 이러니 장교들은 천국에서 사는 바와 다를 게 없었다. 여자로 인해 뒤탈이 생기거나 매이는 것을 싫어하는 자유분방한 장병들은 밤마다 내키는 대로 긴자 거리의 나이트클럽을 돌며 젊음을 즐겼고, 주말이 되면 지르박, 폭스트롯, 투스텝을 즐겼다. 무엇보다 일본인 악단들의 '도쿄 부기우기'와 '차이나 나이트' 연주 솜씨는 본국 연주자들을 빰치는 수준급이었다.

낮에는 수천 명의 병사가 도쿄 황궁 앞 자갈길을 밟으며 열병식을 거행했다. 각을 세운 카키색 군복에 쭈글쭈글한 모자를 쓰고 검정 선글라스를 낀 더글라스 맥아더 장군은 이 승자의 사열을 각별히 즐겼다. 한때 아시아와 태평양 일대 수십 개국을 침탈한 천황 히로히토가 당당한 자세로 백마를 타고 제국 황군을 사열했던 바로 그 광장에서 맥아더가 자신의 병졸들을 데리고 병정놀이하듯 허구한 날 사열을 즐길 때, 패망한 천황 히로히토는 빈 황궁 안에 홀로 틀어박혀 참담함 속에서 분을 삼켜야 했다.

황궁 앞 광장을 짓밟는 병졸들은 맥아더 장군을 향한 충성심 경쟁을 하느라 연일 군화와 철모에 번들번들 광을 냈고 허리띠를 소금물에 담가 은빛으로 표백했다. 점령국 안방을 차지한 제국의 장졸들은 아무 걱정이 없었다. 훈련도 병정놀이하듯 했다. 행군은 야유회이자 소풍이었다. 선발대가 예정된 행군로를 따라 약속된 장소에 맥주를 숨겨놓았고 장졸들은 갈증을 달래느라 이동 중에 찾아 마셨다. 점령군은 미국 보병이라기보다 맥아더 총독 사병私兵 내지는 친위대와 다름없었다. 생사를 가르는 전장을 누비고 다녔던 날쌔고 사나운 근육질 투견들이 뒤룩뒤룩 살쪄서 멍청하고 둔한 애완견이 되었다.

군악대가 멋들어지게 연주하는 〈게리오웬〉—루스벨트 대통령이 세상에서 가장 훌륭한 군대행진곡이라고 극찬했다—에 오와 열을 맞춘 제7기병연대가 사열대 앞을 지나갈 때, 열병식은 언제나 절정에 이르렸다. 장군은, 필리핀 군정 총독으로 복무할 때 현지인을 무참히 학살한 것으로 알려진 아서 맥아더, 즉 그의 아버지가 사랑했다는 제7기병연대를 각별히 총애했다. 아서 맥아더는 인디언 토벌에 남다른 공을 세운 기병 출신이었다.

어쨌든 하지스는 점령국에 주둔한 제국의 병사로서 하루하루가 뿌듯하고 행복했다. 주로 경계 및 순찰 근무와 열병식 예행연습이 하루 일과의 전부였다. 고향 뉴저지에서 코카콜라 옥외 간판 페인트공으로 일을 하다가 갑자기 해고되어 엉겁결에 입대하고 얼떨결에 일본으로 배속된 하지스는 일과 중에 틈틈이, 그러나 정말 열심히 암시장을 들락거리며 돈을 모았다.

뭐든 집어 들고 부대 밖으로 나가면 다 돈이 되었다. 1달러로 담배 10갑들이 한 세트를 사서 암시장에 들고 나가면 10달러에 팔렸다. 전우들은 이 돈을 하늘에서 떨어진 공돈인 양 그때그때 유흥비로 탕진했으나, 하지스는 이 돈을 알뜰살뜰 모아서 고향집으로 송금했다.

이렇게 2년 가까이 유익하고 보람찬 하루하루를 보내고 있을 때, 갑자기 한국전 참전을 명받은 것이다. 멀쩡한 길을 가다 똥을 밟은 기분이요, 마른하늘에 날벼락이었다.

2차 대전 종전 이후에는 전쟁이 종료됐다는 당연한 사실과 히로시마와 나가사키에서 가공할 파괴력을 입증한 원자폭탄이 병력을 대신할 수 있다는 정치적·정책적 판단에 따라 과감하고 대대적인 병력 감원이 이루어진 터라 병사가 부족했다. 하지스가 속한 연대에서만도 하사관 168명이 군복을 벗고 떠났다. 대다수가 전투 경험이 풍부한 역전의 용사들이었다.

하지스가 도쿄의 부대로 배속받았을 때, 이곳 신병들의 지적 수준과 인성에 심각할 정도의 여러 문제가 있다는 소문이 돌고 있었다. 그러나 한국전이 터지자 미8군 사령부는 이런 신병들에다가 영창 수감자들까지 빼내 보탰다. 모자란 병력을 채우기 위한 고육책이었다. 하지스의 상급자인 부소대장 바커 중사도 편집증이 의심되는 사고뭉치로서 대민 사고를 치고 영창살이를 하던 중에 차출된 하사관이었다.

하지스는 각각 두 벌씩의 전투복과 속옷, 두 켤레의 양말, 판초, 철모, 개인화기만 받은 채 생크스 호에 올랐다. 수송선이 출항하기 직전, 트루먼 대통령이 현역 복무기간을 12개월 연장한다는 특별법안을 의회에 제출했다는 소식이 들렸다. 병사들로서는 날벼락의 연속이었다.

간소하게 지급된 보급품을 보고 머지않아 돌아오거나 전쟁이 길지 않을 것으로 짐작했던 하지스는 충격에 빠졌다. 이 충격에서 헤어나지 못한 하지스는 포항 모래펄에 접안한 상륙정 히긴스에서 하선망을 타고 내려올 때 발목을 접질리고 말았다.

샛노란 머리의 부소대장 바커는 징글맞은 악질에 악마 같은 놈이었다. 하지스가 독일 부계에 인디언 모계 혈통이 섞였다는 것을 눈치챈 놈은, 하지스를 놀리려고 수송선 안에서 인디언 모호크족 머리 스타일을 훑내 내 가운데 머리카락만 남기고 양옆을 모두 밀어버렸다. 그러고는 손바닥으로 제 주둥이를 두드려대며 아으호호호, 하는 인디언식 군호를 내지르며 하지스 주위를 토끼뜀으로 맴돌았다. 제7기병연대는 순수 백인 혈통만으로 구성되어 있다고 했는데, 하지스는 자신이 왜 여기에 소속된 것인지 알 수 없었다. 용모상 부계 영향이 도드라졌기 때문인지, 행정상의 착오 때문인지, 아니면 알고도 병력이 부족해 편입시킨 것인지는 알 수 없었다.

부소대장 바커는 거북 등 같은 손등과 팔뚝에 세 개의 까만 하트 문양이 새겨져 있었는데, 대검 끝으로 살갗을 긋고 잉크를 넣어 새긴 문신이라고 했다. 손등의 하트 문양은 아물 때 곪아서 흉터처럼 덩어리져 보였는데 불과 한 달 전에 새긴 것이라고 했다. 필리핀, 버마 전선과 일본에서 각각 한 명씩 여자를 강간하고 목을 잘라 죽인 뒤에 기념으로 새긴 증표라고 했다. 제정신이 아닌 살인마가 어떻게 부소대장이 될 수 있었는지 하지스는 알 수 없었다.

팔뚝 문신을 놓고 '안정과 균형을 중시하는 동양인 국들은 숫자 3을 귀하게 여긴다'며 으스대던 바커의 모습을 하지스가 떠올리는 동안, 세 명의 기관장이 나와서 건배사를 자기네들 서열순에 따라 세 차례나 반복했다. 그러는 동안 비싼 음식이 식어서 마르고 굳어졌다. 세 번째 건배사를 할 때, 누군가가 〈게리오웬〉 선율을 나지막하고 음산하게 흥얼거리는 소리가 들렸다. 지루한 식전 의식에 대한 항의 같았다.

하지스는 〈게리오웬〉 선율에 긴장했다. 이번에 방한한 노병들 가운데 제7기병연대 출신이 없다는 보장이 없기에 불안하고 긴장됐다.

2002년 2월, 한국의 한 방송사 기자와 인터뷰한 장면이 방송되었을 때, '너를 죽여 버리고 싶다, 반드시 찾아내서 죽일 것이다, 갈아 마실 것이다'라는 내용의 협박 전화가 여러 놈으로부터 몇 달간 시도 때도 없이 걸려 와 공황장애를 겪은 적이 있었다. 이번 방문단에 그놈들 중에 한 놈이 없으리라는 보장은 없었다. 모두가 지옥을 흐르는 강이라는 스티기오스 앞에서 골골대는 고령인지라 해를 가할 힘이 있을까 싶지만, 위해를 가하는 힘은 체력이 아닌 원한과 증오인지라 조심할 필요가 있었다.

8

묵은 도배지를 뜯어내고 장판을 걷어내는 데도 요령과 기술이 있었다. '오야'라 불리는 마 여사의 지시에 따라 군대식 작업 분배가 이루어졌다. 한 번 손질에 벽면 한쪽의 묵은 벽지가 포장지인 양 깔끔하게 벗겨졌다. 남득은 통으로 벗겨낸 양팔 두 배 폭의 도배지를 한 동작으로 다룰 수 없어 두서너 조각으로 가위질을 해서 다루느라 작업이 굼뜨고 더뎠다. 그는 벗겨낸 도배지와 장판을 낑낑대며 접고 말아 1층 공동 현관 앞에 세워둔 1톤 트럭 짐칸에 싣는 일을 했다.

모든 일이 오야가 틀어놓은 뽕짝의 가락을 타고 순서와 절차에 따라 일사불란하게 진행되는 것 같았다. 오랜 시간 손발을 맞춰온 숙련공들답게 일을 하면서 가늠을 한다거나 망설이는 것이 없었다. 남득이 도와주겠다는 생각으로 다가가려 하면 이미 끝난 뒤였다.

오야가 가까이서 얼쩡대며 거치적거리지 말고 커피나 진하게 한 잔씩 타서 돌리라고 했다. 남득은 그들이 챙겨온 쇼핑백에서 커피포트와 커피믹스와 종이컵을 찾아 물을 끓여 커피를 탔다. 오야는 믹스 한 봉지에 물 반 컵, 남자는 믹스 반 봉지에 물 한 컵 가득, 여자는 믹스 두 봉지에 물 반 컵을 부어 달라고 했다. 술꾼으로 알려진 오야는 커피를 소주와 섞어 마셨다.

남득은 따로 할 일도 시키는 일도 없어 거실을 혼자 왔다 갔다 하며 두리번거렸다. 그러다가 놀고먹을 수는 없다는 생각에 혹여 할 일이 있나 싶어 방마다 기웃거리고 다니자, 오야가 정신 사나우니까 가로거치지 말고 한쪽에 가서 놀든지 막걸리나 사 오라고 했다. 그게 일하는 거라고 했다.

묵은 벽지를 뜯어내고, 초배지를 붙이고, 새로 붙일 벽지를 재단하는 작업이 오전에 끝났다. 막걸리 심부름을 하고 돌아온 남득은 세 명의 일솜씨가 번개처럼 빨라 놀라울 따름이었다.

"저기, 그쪽……."

암청색 방호복 차림의, 조 여사라고 불리는 초로의 여자가 막걸릿잔을 든 채 남득을 말끄러미 쳐다보며 버벅댔다.

입안 가득 밥을 물고 있어서 그러나 싶었는데, 그게 아니었다. 눈은 남득을 뚫어지게 바라보고 있지만, 생각은 딴 데 가 있는 것 같았다.

“왜 그러세요?”

남득은 자신의 얼굴에 밥알이라도 묻었나 싶어 손바닥으로 입 주위를 닦아내며 물었다.

“아, 맞다. 혹시 파라다이스클럽에서…… 이, 이거, 이거…….”

왼손을 옆으로 내뻗은 여자가 숟가락 쥔 손으로 자신의 갈빗대를 위아래로 쓸어내리는 시늉을 하며 말했다.

“예, 맞아요.”

기타 치는 시늉을 알아챈 남득이 고개를 끄덕이며 대답했다. 내세울 것도 없었으나, 굳이 숨길 필요도 없었다.

“엄마야, 어떡해, 어떡해애. 나 그쪽 팬이었어요. 설마 했었는데, 맞구나.”

남득은 마스크를 벗고 밥을 먹으면서부터 그녀가 왜 자꾸 힐끔거리며 자신을 쳐다봤는지 알 것 같았다.

“아니, 그, 그런데…… 왜 여기서…….”

어쩌다가 여기서 이런 시다 일을 하고 있는 거냐고 물으려다가 일순 놀란 표정을 지으며 말을 접었다.

막걸릿잔을 들고 있는 남득의 왼손을 본 것 같았다. 왼손 집게손가락

한 마디가 없었다. 그것과 이 일을 하는 것과는 무관했으나, 남득은 구태여 말하지 않았다.

오후 작업을 위해 마파람에 게 눈 감추듯 배달 음식을 먹어 치우던 오야와 남자가 뒤늦게 두 사람의 대화에 관심을 보였다.

"형부. 바로 이분이 처녀 시절의 내 청춘을 화끈하게 불살라주신 꽃미남 기타리스트 미키 하라고……."

조 여사가 오야 옆에서 밥을 먹는 남자를 향해 호들갑스럽게 말했다. 일할 때나 밥을 먹을 때나 좀처럼 말수가 적은 남자였다.

"아니 왜, 대전역 옆에 있던 파라다이스 나이트클럽 몰라, 형부?"

남자가 별 반응이 없자 다그치듯 물었다.

"……아, 알지. 대전 토박이가 거길 왜 몰러."

한 박자 늦은 답이었다.

"그려. 바로 거기 밴드 리더이시자 그 유명하셨던 기타리스트가 바로 이분이여, 언니."

이번에는 오야를 보며 말했다.

"알아. 얼른 먹고 일하자."

오야가 막걸릿잔에 남은 소주를 따르며 말했다.

"알아? 언니는 알고 있었던 거야?"

"그래. 전국노래자랑에도 나와서 기타 치며 노래 불러서 상 받으셨잖아."

"기타를 쳤다고? 정말?"

여자가 남득을 바라보며 말했다.

남득은 당혹스럽고 멋쩍었다. 2년 전, 전국노래자랑에 나가 인기상을 받은 것은 사실이었으나, 나가고 싶어서 나갔다기보다 영수와 학원 운영을 위해 나간 것이었다. 영수가 직장 회식 자리에서 어쩌다가 아버지가 가수라고 했는데, 하남득이라는 이름의 가수는 듣도 보도 못했다면서 핀잔을 받고 거짓말쟁이라는 놀림까지 당했다며 울먹였다. 그래서 남득은 부득불 그들에게 아들이 거짓말쟁이가 아니라는 것을 입증해 주려고 이런저런 고민을 하다가 전국노래자랑에 나가 자신이 과거 가수였음을 밝히고 노래를 불렀던 것이다. 물론 학원 홍보에도 도움이 됐다.

하지만 굳이 이런 말을 자신의 입으로 하고 싶지 않아 어정쩡한 미소로 넘어갔다. 기타 코드는 한 토막 없는 집게손가락으로도 얼마든지 잡을 수 있다는 것을 여자가 모르는 것 같았다.

조 여사는 도배지를 손바닥 크기로 오려서 내밀며 사인을 해달라고 했다.

오전까지 '저기', '여기요', '이봐요', 심지어 '하 씨'라고 호칭하며 되는대로 부르던 여자가 오후 작업 중에는 꼬박꼬박 '하 선생님'이라고 불렀다. 하 선생님을 만나서 그동안 먹고 사느라 잃어버리고 빼앗긴 청춘과 낭만을 되찾을 수 있게 된 것 같아 기쁘다고도 했다.

달뜬 여자를 물끄러미 바라보던 오야가 청춘과 낭만 좇다가 폭망한 년이 그걸 되찾았다고 하니 걱정이라고 하자, 한바탕 웃음이 터졌다.

조 여사 덕에 오전에 남득을 데면데면 대했던 팀원들이 오후 작업 때는 화기애애한 분위기 속에서 임의롭게 대해주었다. 왠지 터무니없이 측은해하는 것 같아 부담스러운 면도 있었으나, 호의로 받아들이기로 했다.

조 여사는 남득이 손가락 장애로 도배 일을 한다고 생각한 것인지, 아니면 친밀감을 보이려고 그러는 것인지 이런저런 잔소리까지 하며 일을 가르쳐주려고 했다. 시다 알바로는 제대로 돈을 벌 수 없으니, 지금부터라도 일을 배우라고 했다. 힘쓰는 일이 아니라, 기술과 요령으로 하는 일이니 먹고 살기에 이만한 일도 없다고 했다.

남득이 조 여사의 세심한 관심과 배려 때문에 어쩔 수 없이 열심히 일을 배우고 있을 때, 추리닝 주머니 속에서 휴대 전화가 부르르 떨었다.

"남부경찰섭니다. 하영수 씨 보호자 되시쥬?"

"……예."

머뭇거리던 남득은 주눅이 든 목소리로 답했다. 상대방의 빠르고 뻣뻣한 음성을 통해 사고를 당했다기보다 사고를 쳤을 것이라는 직감이 들었다.

조사가 끝나서 일단 귀가는 시키겠으나, 상대방이 폭행을 당했다고 주장하고 있으니 다시 부를 수도 있다는 말을 하고 전화를 끊었다.

작업이 끝나려면 한 시간 남짓 남았으나, 영수 걱정이 앞섰다. 남득은 오야에게 양해를 구하고 비상계단을 한달음에 뛰어 내려와 큰길로 내달렸다. 남득은 택시를 타고 나서야 풀과 마른 먼지 범벅인 추리닝 차림에 빈손이라는 사실을 알았다. 보스턴백도 챙겨오지 않은 것이다.

예상한 대로 분노 조절 기능에 장애가 있는 영수가 사고를 쳤다. 영수는 자신이 부당하다거나 불의하다고 판단한 언행에 대해서 가차 없이 즉각적으로 반응하고 응징했다. 응징은 보통 상대가 듣는 앞에서 혼잣말로 내뱉는 욕설이 다였다. 이해하려 한다—인지 능력 부족 때문이다—거나 방관 묵인하지 않았고, 쌍욕으로 단호하게 심판하고 징벌했다. 때문에 남득은 종종 영수에게 말하길, 사람은 각자 각자의 스타일이 다르고 형편과 사정이 있는데, 그걸 모르는 상태에서 사람들 각자 각자의 언행을 네 기준과 기분에 따라 함부로 판단하거나 간섭하면 안 된다고 했다. 귀에 못이 박히도록 일러줘서 귀에는 못이 박혔겠으나, 타고난 천성에는 못을 박을 수는 없는지라 가끔 사고가 터졌다. 그러나 욕설로 끝나는 영수의 심판과 간섭이 문제가 되어 경찰이 개입할 정도의 사고는 없었다. 성질머리가 나빠 욕설은 해도 주먹질을 하는 아이는 아니었다. 남을 폭행할 신체와 체력 조건이 아니었다.

폭행 피해자라고 주장하는 상대는 20대 초반의 대학생이라고 했다. 영수가 자신에게 모욕적인 쌍욕을 하고 죽여 버리겠다고 하면서 가슴팍을 수차례 때렸다고 주장했다는 것이다.

경찰은, 가슴팍을 확인할 수는 없었으나 맞았다고 주장한 여자에게서 멍이나 상처 등 폭행 외상이나 흔적을 찾아볼 수 없었다고 했다. 그러나 겉보기에 멀쩡한 여자가 신고와 조사를 마친 뒤에 진단서를 끊어 제출하겠다고 했다는 것이다.

영수의 말을 들어보니 욕은 개에게 한 것이고, 가슴팍을 때린 것이 아니라 밀친 것이라고 했다. 그것도 여자가 먼저 영수의 뺨을 때렸기 때문이라고 했다. 길 가던 두 사람—중국 음식 배달부와 노년의 여자 교인—이 둘 사이에서 벌어진 싸움을 봤는데, 여자가 뺨을 때리는 것은 못 봤고, 영수가 미친년이라는 욕을 하며 여자를 밀치는 것만 봤다고 했다. 두 목격자는 영수가 밀친 것인지 때린 것인지는 판단할 수 없으나 여자가 비명을 지르며 뒷걸음질로 밀려나는 모습을 봤다고 증언했다는 것이다.

경찰은 영수로부터 받았을 장애인증을 남득에게 돌려주며 피해자의 어머니까지 쫓아와서 검찰 송치를 원한다고 하고 갔으나, 자신의 생각으로는 남득과 영수가 같이 찾아가서 사과하고 합의를 하면 될 일 같다면서 너무 걱정하지는 말고 기다려보자고 했다. 그러면서 안쓰럽다는 표정으로 남득의 꾀죄죄한 차림새를 유심히 살폈다.

남득은 유난히 경찰을 무서워하는 영수가 받았을 충격을 생각하니 가슴이 아렸다. 텔레비전 드라마 학습 효과 때문인지 법과 경찰을 끔찍이 무서워하는 아이였다. 경찰서를 나온 남득은 영수의 말도 들어봐야겠기에 곧장 집으로 달려갔다.

사색이 되어 겁에 질린 채 방구석에 웅크리고 앉아 있던 영수가 남득의 물음에 답했다. 당시의 상황을 떠올린 영수가 흥분해서 앞뒤 없이 더듬거리며 횡설수설했으나, 경찰로부터 들은 줄거리가 있어 알아듣는 데 문제가 없었다.

“씨발, 센터에서 일 끝나고 거, 걸어오는데, 그 미친년이, 개를 끌고 오는 거야. 그 개새끼가 나한테로 곧장 막 다, 달려와서 짖잖아. 그냥 이유도 없이…… 내, 내 바짓가랑이를 물고 지랄을 하면서 컹컹…….”

남득은 개소리를 내는 영수에게 욕은 하지 말고 말하라고 했다. 영수는 흥분을 하면 아무 때나, 누구에게나 욕을 하는 버릇이 있었다.

“여자애가 개를 끌고 갔다며…… 그런데 어떻게 너한테까지 달려와서 물어?”

“아, 아니, 개줄이 없었다니까…….”

“그래서?”

“개새끼한테 욕했지. 저리 꺼지라고.”

“욕만 했어?”

“아니, 발로 찼지. 그 개새끼가 내 바짓가랑이를 물잖아.”

“그랬더니?”

“그, 그 미친년이 왜 자기 개한테 그, 그러냐고 지랄을 하잖아. 그래서 개를 묶어 데리고 다니라고 했지. 그랬더니 그년이 갑자기 나를 개새끼라고 욕하면서 싸대기를 때리잖아…… 그, 그래서 내가 씨발…… 이, 이렇게, 이렇게 밀었지.”

욕을 섞은 영수는 두 팔을 뻗고 밀치는 시늉을 했다.

"너한테 개새끼라고 했어?"

"응. 바보새끼라고도 했어."

바보새끼는 영수가 가장 싫어하는 말이었다.

영수의 말을 들은 남득은 사건의 전말을 알 수 있었다. 경찰에게 받은 피해자 연락처로 전화를 걸었다. 피해자에게 정중하고 간곡하게 용서를 구한 남득이 부모님과 통화를 하고 싶다고 하자, 부모님에게 물어보고 연락을 주겠으니 끊으라고 했다. 10분쯤 지나자 문자가 왔다.

휴대전화 번호와 '이리로 해보세요'라는 문자였다.

전화를 받은 상대는 대뜸 4주 진단이 나왔는데, 얼마를 줄 생각이냐고 물었다. 앙칼지고 거만한 중년 여자의 목소리였다. 남득이 얼마를 드리면 되겠느냐고 조심스럽게 되물었다.

"아니 지금 뭐 하자는 거야? 흥정하자는 거야? 4주 나왔다고 했잖아요, 4주. 4주면 형사 구속이야."

남득은 4주가 금액이 아니고, 4주에 매겨진 정찰가가 있는 것도 아닌지라, 다시 물을 수밖에 없었다.

"얼마를 생각하시는지 알아야……?"

"지금 장난하자는 거예요, 흥정을 하자는 거예요?"

상대의 비아냥대는 목소리가 남득의 귀를 찢었다.

"합의를 하자는 건데요."

기어들어 가는 목소리로 답했다. 대화가 길어질수록 점점 더 문제가 꼬여가는 기분이 들었다. 그래서 남득은 전화보다는 만나서 사과드리고 싶다고 했다. 대면을 하면 진심을 담아 무릎을 꿇어 보일 수도 있고, 선처를 빌며 애걸복걸할 수도 있을 것 같아서였다.

"뭐 하자는 거야, 이 사람?"

그러나 상대는 막무가내였다. 어쩌겠는가. 가해자 부모가 아닌가.

"만나 뵙고 용서도 빌고, 어떻게 해드려야 하는지……."

"그런 건 나한테 물어볼 게 아니라, 경찰이나 변호사에게 물어봐야 하는 거 아냐, 4주면 얼마인지?"

상대가 전화를 끊었다. 돈 얘기로 시작한 통화가 돈 얘기로 끝났다.

남득은 이튿날 아침, 다시 경찰서로 담당 형사를 찾아갔다. 통화한 내용을 들려주며 어떻게 해야 하는지 물었다.

"피해자가 4주 진단서를 제출하고 검찰 송치를 원한다면, 그렇게 해줘야 합니다."

"예?"

남득은 눈앞이 아뜩했다. 영수가 구치소에 갇히거나 감옥살이를 할 수도 있다는 말로 들렸다.

"엊저녁에 4주짜리 진단서는 제출했어요."

경찰이 헛웃음을 지으면서 말했다. 남득도 4주짜리 진단서를 끊어줬다는 의사가 원망스럽고, 또 그게 어떻게 가능한지 궁금했다.

"걱정하지 마세요. 검찰에서 알아서 할 겁니다."

"예? 어떻게요?"

"검찰에서 절차상 조사는 하겠지만, 사건을 되돌려 보내거나 주의를 주고 끝낼 겁니다. 기소유예까지 갈 사안도 아니고 하니, 걱정하지 마시고 돌아가 계세요."

경찰이 나름의 법리적 판단을 한 것이겠으나 남득은 그 말이 점쟁이, 아니 예언가의 주술처럼 들렸다.

"주소를 알려주시면 제가 그쪽 분들을 찾아가서 다시 한번 사죄를 드리는 건 어떨는지요……."

"주소는 알려드릴 수가 없고, 말씀을 들어보니 찾아가신다고 해서 달라질 것 같지 않네요. 굳이 그러실 것까지는…… 아마도 문제는……."

경찰이 뒷말을 삼켰다. 아마도 돈이 문제인 것 같다는 말을 하려던 것 같았다.

어찌 됐든 남득은 영수가 경찰보다 더 무서워하는 검사—드라마를 통해 알고 있다—에게 불려가 조사를 받을 수 있다는 생각을 하니 눈앞이 캄캄했다. 모자라고 겁 많은 놈이 무슨 조사를 제대로 받을 수 있으며, 두려움과 압박감을 못 견뎌 정신적 쇼크라도 받으면 어쩔 것인가. 남득은 불안하고 초조했다.

"우리가 사건을 검찰에 넘길 때 별도 의견서를 첨부할 테니, 아버님께서는 이웃에게 진정서를 부탁해보시는 게 좋을 것 같습니다."

"그러겠습니다요."

담당 경찰에게 인사를 하고 남부경찰서를 나온 남득은 영수에게 전화했다. 아침 댓바람에 나와 애면글면하다 보니 어느새 두 시간이 지났다. 배가 고프지는 않았으나, 밥을 굶은 채 한걱정하고 있을 영수가 마음에 걸렸다. 영수에게 역 앞 상가에 있는 맥도날드 상점에서 만나자고 했다.

영수는 아줌마가 와서 청소하고, 반찬을 냉장고 가득 채워놓고 갔다고 했다. 집에 먹을 것이 잔뜩 있으니까 외식으로 돈 쓰지 말고 집밥을 먹자는 말이었다. 남득은 영수가 좋아하는 더블 치즈버거 세트를 사주겠다고 꼬드겼다. 영수는 그래도 싫다고 했다. 속 깊고 겁 많은 영수가 돈 걱정을 하고 있다는 생각이 들었다. 사고를 쳤으니, 돈이 들어갈 것이라는 생각도 하고 있는 것 같았다.

"아버지, 돈 있다. 나와라."

통화를 마친 남득은 정말 돈이 있는지, 얼마나 있는지, 잔고 확인을 위해 휴대 전화를 켜고 문자를 열었다.

550,000, 100,000. 어제오늘 찍힌 입금액이었다. 입금액을 합친 잔고가 1,168,500원이었다. 550,000원은 음원 저작권료였다. 지난해 12월에 고인이 된 엠파이M-Pie가 천국에서 보내주는 돈이었다. 그가 크리스마스이브 자살 직전에 남긴 유서를 통해 자기가 매월 받게 될 음원 저작권료 중 90퍼센트는 가족이 갖고, 10퍼센트는 남득에게 주라고 한 것이다.

그는 죽기 일주일 전, 뜬금없이 전화를 걸어와 서먹하게 안부를 묻고는 마음 같아서는 전부 드리고 싶지만, 그러지 못해 죄송하다고 했다. 남득은 당황스러웠다. 난데없고 엉뚱한 말이기도 했으나, 음원 저작권료의 100퍼센트를 다 준다고 해도 엠파이가 저지른 행위는 돈으로 해결될 문제가 아니었다. 남득은 음원 저작권료에 대해서는 단 한 번도 생각해 본 적이 없고, 잘못을 뉘우치고 있다면, 또 당장 죽는 것이 아니라면 그런 허튼소리로 사람을 모욕하지 말라고 꾸짖었다. 남득은 이미 오래전에 잊은 일—잊지 않았다면 지금까지 어떻게 살아왔겠는가—인지라 왈가왈부하고 싶지 않아 나름대로 절제된 대거리를 한 것인데, 통화를 마치고 나서 곧 괜한 말을 했다는 후회를 하게 되었다. 엠파이가 크리스마스이브에 정말로 죽은 후에야 그 말이 유언이었다는 것을 알게 된 것이다.

정말 꿈에도 생각지 못한 참사였다. 그는 통화 말미에 자신이 가수가 되고, 또 잠시나마 반짝인기를 누릴 수 있었던 것은 오직 스승님이신 남득의 덕이었다며 죽어서는 결코 잊지 않을 것이라고 덧붙였다. 그의 자살 소식이 뉴스를 통해 알려지던 날 밤 10시에 그가 보낸 메시지가 도착했다. 예약을 걸어둔 메시지 같았다.

스승님의 재주와 선하신 마음까지 훔쳐서 저만 행복하게 살다가 먼저 갑니다. 저를 용서해 주세요. 누나도 용서해 주세요. 저보다 많이 힘들어하셨습니다.

남득은 망연자실했다. 21년 전, 그러니까 미발표 악보들을 훔쳐 그중 하나로 데뷔를 하고, 나머지를 후속곡으로 발표해 절정의 인기를 누리고 있던 그즈음에 이미 용서했고—남득이 고발장을 작성하고 있을 때, 그의 누나가 찾아와 뭐든 다 할 테니 동생을 제발 살려달라고 했다—또 잊었다는 답을 하려고 해도 소용이 없었다. 답을 한다고 해서 볼 수 있는 것도, 살아 돌아오는 것도 아니었다.

남득은 용서를 했으면서도 왜 그에게 용서했다는 사실을 말하지 않았는지 후회스러웠다. 자신의 방치와 침묵이 그의 죄책감을 키워 자살에 이르게 한 원인으로 작용했을 수 있었을 것이라는 생각 때문에 괴로웠다. 그는 한동안 자살 방조범이 된 자책감에 시달렸다.

물론 그가 극단적 죽음을 선택한 것은 대중에게 주목받던 인기와 사랑이 백일몽인 양 끝나고 그들로부터 잊혀졌다는, 아니 버려졌다는 사실을 감당할 수 없었기 때문일 것이다. 연예인의 인기는 구름 같고 바람 같은 것이어서 실체도 형체도 없는 한순간의 신기루라는 것을 그토록 똘똘하고 영악하기까지 한 엠파이 조승서가 왜 몰랐을까 싶었다. 만약에 몰랐다면, 그의 누나는 왜 그런 사실을 그에게 알리지 않았을까 싶었다.

입금자가 마미수로 찍힌 10만 원은 도배 시다로 받은 일당 같았다. 받기로 한 일당이 7만 원이었고, 게다가 한 시간이나 일을 덜 했으니 7만 원보다 많을 수 없었다. 남득은 오야 마 여사에게 고마웠다. 성격은 팍팍해도 마음 씀씀이는 넉넉한 여자 같았다.

맥도날드 상점에 먼저 도착한 남득은 영수가 오면 여윳돈이 생겼다는 허풍과 함께 걱정하지 말고 먹고 싶은 것을 맘껏 먹으라고 할 생각이었다. 꼬여버린 합의 문제는 잠시 잊기로 했다.

9

하지스는 밤새 악몽에 시달려 기분이 뒤숭숭했다.

그는 캄캄 무인지경 속을 유영하듯 허우적대고 있었다. 허공을 헤매고 있는 것인지, 움쭉달싹 못하게 붙박여 있는 것인지조차 헷갈렸다. 부소대장 바커가 보이지 않아 불안했다.

절 같아 보이는데, 왠지 낯설지 않았다. 갑자기 보이지 않던 중들이 웃통을 벗고 떼거리로 나타나 하지스를 꼬나보고 있었다. 중마다 손에 무언가를 들고 있는 것 같았다. 갖가지 흉기들이었다. 중들이 아니라 금강역사 같기도 했다. 빨리 절을 벗어나야겠다는 조바심이 들었으나, 몸이 말을 듣지 않아 쉽게 벗어날 수 있는 상황이 못 됐다. 가위눌린 양 몸과 생각이 따로 겉돌았다.

그때 누군가가 뒷덜미를 움켜잡는 것 같아 돌아봤다. 그 순간, 눈앞이 캄캄했다. 철벽 안에 갇혀 있다는 생각이 들었다. 총성이 들리고, 철벽면에 수백 발의 총알이 날아와 부딪혔다. 총알이 튕겨 나가는 소리가 뇌성 같았다. 하지스는 날아온 총알이 철벽을 뚫고 들어오는 것인지, 철벽

안에서 날아오는 것인지 알 수 없었다. 양팔로 몸을 감싼 채 웅크리고 앉은 하지스는 절망과 공포 속에서 꺼이꺼이 울다가 깼다.

하지스는 불안감 때문에 일인실을 선택했으나, 밤마다 악몽에 시달리는지라 이인실로 바꿔달라고 하고 싶었다. 누군가가 곁에 있다면 공포가 덜하지 않을까 싶었다. 그는 불안보다 공포가 힘들었다.

은행에 다녀온 뒤로 큰 불안은 덜었다. 그 때문인지 이제부터라도 룸메이트가 있다면 악몽에 덜 시달리지 않을까 하는 엉뚱한 생각을 하며 방문 일정표를 들여다봤다. 5박 6일 중 나흘째였다.

"또 잠을 설치셨소?"

조식 자리에서 마주친 로버트 홀이 안쓰러운 표정으로 물었다. 오지랖이 넓어 말이 많은 전우였다.

"아, 아니오……."

하지스는 그를 피하고 싶어 손사래를 치며 답했다. 말을 섞으면 장광설을 들어줘야 했다.

"난 중공군 놈들과 치른 장진호 전투가 악몽이었소. 그래서 그 당시 전투보다 더한 악몽은 꿔보지 못했소이다."

홀이 하지스의 대답과 무관한 말을 덧붙였다.

그는, 한국전쟁 발발 25주년 기념 사업으로 1975년 처음 시작한 참전용사 초청행사 때 방한했고, 이후 88서울올림픽 때도 왔으며, 이번이 세 번째 방한이라고 했다. 그래서 그는 매회 비슷비슷하게 치러지고 있는 방한 스케줄을 꿰고 있었다. 서울 국립현충원을 참배하고, 부산 UN 기념공원, 낙동강 격전지, 비무장지대, 월미도를 가는 것이 기본 일정에 속한다고 했다. 자신은 마지막 일정으로 예정된 인사동 문화 체험 행사만이 새로운 일정이라고 했다. 전에는 각각 경복궁과 용인 민속촌을 갔다고 했다.

일흔여덟의 나이에도 다부진 체력과 온전한 기억력을 지닌 그는, 태평양 상공을 날아오는 열두 시간 내내 하지스의 옆 좌석에서 자신이 치른 인천상륙작전, 장진호 전투, 흥남철수작전에 대해 어제 겪은 일인 양 떠벌였는데, 마치 한국전쟁 3년을 혼자서 다 치른 것 같았다. 한국의 대통령 이승만이 개전 초기에 싸워보지도 않고 버린 나라를 미국이 구해주고 지금까지 먹여 살리고 있다는 알 듯 말 듯한 말도 지껄여댔다. 미국 정부로부터 흥남철수작전 시 반공 피난민 구출에 기여했다는 공으로 은성무공훈장을, 한국 정부로부터 태극무공훈장을 받았다는 그는, 한국에 대해 부모와 같은 심정을 가지고 있을 뿐만 아니라, 한국이 이룩한 세계적 위상에 대한 자부심도 지니고 있다고 했다. 그래서 자신은 죽으면 반드시 부산 유엔 묘지의 전우들 곁에 묻힐 것이라고 했다.

일정표를 보니 격전지 탐방 일정으로 낙동강 전선을 가는데, 칠곡군에 있는 낙동강 둔치였다. 하지스가 첫 작전을 치른 영동 노근리와 처음이자 마지막 전투를 치른 466고지는 일정에 없었다.

하지스는 공식 일정을 마치고, 딘의 결혼을 위해 한국에 닷새간 더

머무를 계획이었다. 결혼식 때문에 닷새까지 체류할 이유는 없었으나, 1950년 참전 이후 한국의 초청 방한은 처음—사적 용무로 '도둑 방한'을 한 적은 있었다—이었고, 죽기 전에 한국을 다시 온다는 보장이 없었다. 또 그에게는 이번 방한 기간 중 해야만 할 일들이 있었다.

포항에서 기차를 타고 황간을 거쳐 영동 하가리에 도착했을 때, 하지스 소속 부대의 임무는 적과의 전투가 아니라 아군의 퇴각 지원이었다. 오산 죽미령 전투에서 완패 이후 패주를 거듭하다가 대전에서 적과 맞붙은 아군이 금산과 옥천 두 갈래로 나뉘어 퇴각하고 있었는데, 하지스 부대는 옥천을 지나 영동, 황간 방면으로 퇴각하는 아군을 도와야 했다.

뒤늦게 투입된 3.5인치 로켓포로 대전에서 적의 T-34 탱크를 여러 대 파괴한 윌리엄 딘 소장은 테미고개에서 실종되었는데, 이후 민간인의 신고로 적의 포로가 되었다. 한국의 지리와 한국인의 생리에 대해 가장 잘 알고 있다는 미군 지휘관을 잃은 것이다. 그를 구출하겠다고 한국 민간인을 포함한 아군 결사대 30여 명이 옥천에서 증기 기관차를 몰고 대전까지 짓쳐들어갔다가 몇 명만이 겨우 살아 돌아왔다는 소문이 들렸으나, 확인이 불가했다. 소문을 들은 하지스는 병정놀이 같다는 생각을 했다.

미군 참전 이후 전황은 퇴각의 연속이었다. 대전에서 적의 기세를 누르고 반전 계기를 잡나 싶었으나, 다시 밀렸다. 산 너머 북쪽에서 포성과 포연이 끊이지 않았고, 하지스의 작전지 쪽으로 점점 가까워지고 있었다. 신출귀몰한다는 적의 일부가 황갈색 군복이 아닌 흰 바지저고리를 입고 피난민 틈에 섞여 아군의 방어선을 통과한 후, 아군의 뒤통수를 공격한다고 했다. 아군이 적에게 둘러싸여 고전하고 있다는 말이었다. 적군과 피난민을 가려낼 수 없는 혼란과 공포 속에서 교전하고 있다고도 했다. 남쪽 후방으로부터 반란군이 가담한 게릴라전 소식도 들려오는지라 전황이 안갯속인 가운데 사기가 뒤숭숭했다. 한국은 고래로부터 정규군만 싸우지 않는다는 일본인 통역의 말도 신경이 쓰였다.

"집합!"

지휘 막사에서 작전회의를 마치고 나온 해럴드 A. 바커 부소대장이 고함을 지르고 손뼉을 치며 흩어져 있던 소대원을 불러 모았다.

하천가 모래와 자갈밭에 흩어져 저마다 불안하고 심란한 표정으로 낯선 산천을 망연히 바라보고 있던 소대원이 성미 급한 바커 앞에 서둘러 정렬했다. 자신의 전투 경험을 자랑삼는 부소대장이 겁에 질려 얼빠진 표정을 짓고 있는 소대원을 이해하고 달래주려 하기보다는 겁쟁이 얼뜨기 취급을 하며 조롱하고 기를 죽였다. 전투는 얼마나 잘하는지 모르겠으나, 지휘관으로서는 하자가 많은 인간이었다.

2차 대전이 실업자 700만 명을 구해줬다고 했으나, 종전 이후 대대적인 병력 감원으로 도로 실업자를 양산했다. 그런데 새로운 전쟁이 터져 허겁지겁 부대를 꾸려오느라 결격사유가 밝혀진 놈들까지도 지휘관이 될 수 있었다. 중사인 바커는 '마이가리'로 상사 계급장을 달고 다녔다. 이를 보고도 문제 삼는 상관이 없었다. 전쟁의 힘이었다.

"너, 또 울었나? 병신새끼……."

위머 일병에게 다가간 바커가 빈정댔다. 그러고는 데일리 이병에게 면박을 줬다.

"무서워서 바지에 오줌을 지린 거야?"

긴장 탓에 소변이 잦아진 데일리 이병이 소변을 보다 말고 달려오느라 사타구니를 적신 것이다.

위머는 한국전 파견 병력으로 선발된 충격에다가 복무기간까지 1년이나 연장되었다는 소식을 들은 뒤부터 질질 짜기 시작했는데, 동료들의 참담한 심사까지 도맡아서 대신하려는 것인지 좀처럼 그칠 줄을 몰랐다. 중대장은 그가 정신적으로 받은 충격이 큰 것 같으니, 안 그래도 위태로운 중대원의 집단 사기마저 떨어뜨리기 전에 의무 장교에게 데려가 진료를 받고 합당한 조처를 취하라고 했다. 그러나 바커는 한밤중에 따로 위머를 불러내 한 번만 더 찔찔 짜면 두엄더미에 처박아버리겠다고 을러대는 것으로 조처를 끝냈다.

먹물 출신 중대장은 집단 사기를 중요시했는데, 전투력은 용기이며, 용기는 곧 마음의 중심에서 나오는 것이라고 했다. 하나 마나 한 말이었다. 그러는 자신도 정작 마음을 다스리지 못해 불안에 떨면서 중대원에게 각자의 마음을 잘 다스려야 한다고 훈계했다. 바커가 이런 중대장의 명령을 따를 리 없었다.

위머와 데일리의 기를 죽인 바커가 담배를 꼬나물고 밭 둔덕 위에 우뚝 섰다. 자못 기세등등했다. 그는 두엄더미에서 나는 냄새가 역겹다며 작전지에 도착한 이후 헛구역질을 하며 줄담배를 피워댔다. 그래도 호기로운 표정으로 작전 지도와 전후좌우의 지형을 번갈아 손가락질하며 수색 지역을 가리킨 뒤, 분대 단위로 흩어져 마을에 잔류하고 있는 민간인들을 색출해 16시 정각까지 여기, 이곳으로 모두 끌고 오라고 했다. 그러고는 분대장들을 지도 가까이 오라고 해서 '여기, 이곳'의 위치를 손가락으로 집어주었다.

"야만인 국들이 명령을 거부하거나 비협조적으로 나오면 지체 없이 사살해도 좋다. 질문 있나?"

바커가 지도를 접어 주머니 속에 욱여넣으며 말했다.

"미, 민간인을 주, 죽여도 된다는 말씀입니까?"

솜털이 보송보송한 사디 상병이 농담을 하느냐는 듯한 표정으로 물었다.

"상병은 명령에 따르지 않는 놈이 민간인이라는 건가?"

바커가 입에 물고 있던 담배를 뱉고 위압적인 자세로 다가서며 눈을 부라렸다.

"예?"

"민간인으로 위장한 적에게 총을 맞아 본 적이 없으니 당연히 모르겠지. 자, 이리 와서 여길 봐라."

전투복 상의를 걷어 올려 옆구리 살을 드러낸 바커가 쇠스랑 같은 손으로 사디의 목덜미를 잡아당겼다.

"저, 적입니닷!"

사디가 모가지 비틀린 닭처럼 캑캑거리며 답했다.

소대의 대오 속으로 성큼성큼 들어간 바커가 의기양양한 몸짓으로 관통상을 당한 자신의 옆구리 흉터를 소대원에게 구경시켰다. 관통상 둘레로 자상과 열상 흉터도 여럿 보였다. 흉터가 훈장이라도 되는 양 자랑하는 것 같았다.

"도쿄 긴자에서 시큼털털한 구멍만 빨아대다가 온 놈들이 전쟁을 알리 있겠나."

하지스는 죄 없는 주둔지 민간인을 강간하고 살해한 죄로 영창살이를 한 놈이 어떻게 저런 말을 당당하게 할 수 있나 싶었다. 전쟁은 모든 악을 정당화시킬 수 있다고 믿는 놈 같았다.

"어이, 하지스. 너는 나하고 간다."

캐롤 일병이 운전하는 윌리스 M38 지프에 뛰어오른 바커가 발목을 접질려 걸음걸이가 온전치 않은 하지스를 불렀다.

하지스는 바커가 자신을 대하는 태도를 종잡을 수 없었다. 대체 놈이 왜 자신을 곁에 두고는 입속의 사탕 다루듯이 삼켰다가 뱉었다가 하는 짓을 되풀이해 가며 괴롭히는 것인지 알 수 없었다. 괴롭히고 놀려대면서 가까이 두려는 이유는 또 뭐란 말인가. 하지스는 놈이 무섭고 혐오스러워 가까이하고 싶은 마음이 전혀 없었다. 포항으로 오는 수송선 안에서는 하지스가 소지하고 다니는 드림캐처를 보고 인디언 혼혈이라고 떠벌리며 모멸적 언행으로 놀려댄 놈이 아닌가. 하지스를 놀리느라 모히칸족 전사처럼 머리까지 깎은—이 일로 연대장으로부터 엄중 경고를 받았다— 놈이었다. 하지스는 그러던 놈이 어느 순간부터인가 은근히 자신을 챙겨주는 것 같다는 생각이 들었다. 사이코패스에 이중인격이 의심되는 놈이었다.

"나만 따라다녀라. 그러면 너는 죽지 않는다."

바커가 불편한 발목을 추스르며 지프에 오른 하지스에게 말했다. 그러고는 수통을 건넸다.

시동을 건 지프가 출발하자 앞 좌석에 앉은 바커에게서 술 냄새가 풍겼다. 그가 즐겨 마신다는 포르투 와인 향이었다. 바커는 'S'와 'W'를 대검 끝으로 긁어 새긴 두 개의 수통에 각각 소금물과 와인을 담아서 가지고 다녔다. 소금물은 염분 보충용이 아니라 따로 쓰임새가 있다고 했다.

본래 술을 못 하는 하지스지만, 술도 못 마시는 놈이라는 조롱을 받고 싶지 않았고, 술을 마시면 낯선 전쟁터에서 겪는 불안과 긴장이 조금이나마 풀릴까 싶어 두어 모금 마셨다.

그때 흙먼지를 날리며 달리는 지프 위로 전투기 떼가 급히 날아갔다. 어디에서 오는지 모를, 대오를 갖춘 전투기 편대가 북진하면 잠시 뒤에 포성이 극성을 부렸고, 그 전투기 떼가 남진을 하고 나면 잠시 포성이 뜸했다. 육군은 땅에서 거듭 쫓겼으나, 공군은 하늘을 장악하고 있었다.

소대원을 나눠 실은 3/4톤 J602 카고트럭 두 대와 헤어진 바커의 지프는 주곡리 마을에서 서쪽으로 방향을 잡아 내처 달렸다. 바커가 운전 중인 캐롤에게도 W 표식이 된 수통을 내밀었으나 고개를 저었다. 와인을 거절한 캐롤은 하지스에게 믿음과 성경만 있으면 전쟁터에서 길을 잃거나 죽을 일이 없다고 했다. 그러자 하지스가 자신의 철모를 벗어 캐롤의 철모를 힘껏 내리치고는 십자군 전쟁을 하는 게 아니니 정신 차리라고 했다.

나침반과 성경책을 소지하고 다니는 말더듬이 캐롤은 늘 많은 것을 생각하는 것 같았으나 말이 없었다. 바커는 조식 자리에서 이런 캐롤에게 소대원의 안녕을 기원하는 대표기도를 시켰다. 말 더듬는 캐롤을 괴롭히고 놀리려는 못된 짓거리였다.

공포감으로 입을 앙다문 캐롤은 부릅뜬 눈으로 길과 나침반을 번갈아 힐끔거리며 운전했다. 입대할 때 연상 애인이 선물했다는 나침반에는 은제 십자가가 매달려 있었다.

5분쯤 지나 산비탈에 기대 다닥다닥 붙어있는 농가 마을이 보이자, 바커가 초가들 한복판에 우물과 빨래터를 끼고 있는 원형 공터를 가리키며 지프를 그곳 중앙에 세우라고 했다. 야트막하고 밋밋한 야산을 등지고 있는 50여 호 남짓한 산간 마을은 이미 선착 부대가 소개 작전을 마치고 떠난 터라 적막했다. 집집마다 파손된 문짝이 마루와 마당에 함부로 나뒹굴어 있었고 골목에는 장롱과 가마솥 등 가재도구들이 버려져 있어 괴기스럽게 느껴졌다. 도망치듯 집을 떠난 흔적들 같았다. 우물가를 둘러싼 미루나무에서 매미 떼가 그악스레 울어댔다.

바커는 캐롤에게 지프 곁에 남아서 무전기를 지키며 사주경계를 철저히 하라고 명령했다. 혼자 남아 무전 교신을 담당하라는 말에 말더듬이 캐롤이 죽을상을 지었다. 하지스가 무전기를 메고 가겠다고 했으나, 바커는 하지스가 발목을 다쳤다는 이유를 들어 허락하지 않았다. 말을 더듬는 캐롤이 어떻게 무전 송수신을 한단 말인가.

"기도하면 하나님이 말문을 터주실 거야."

바커는 하지스가 등에 메려던 무전기를 빼앗아 캐롤에게 건네며 말했다.

M1 총열에 빈 배낭을 꿰어 어깨에 걸친 바커는 하지스를 달고 산보를 하듯이 마을 안쪽으로 들어갔다. 그는 〈게리오웬〉 곡조를 흥얼대다가 〈신을 찬양하라, 탄약을 전하라〉를 불렀다. 2차 대전 중 병사들의 히트곡이라고 했는데, 〈더 올드 그레이 메어〉의 멜로디를 딴 노래였다. 하지스는 수색 중에 노래를 불러 젖히는 바커의 만용 때문에 불안감에 떨었다.

바커는 빈집에 들어가 세간살이를 둘러보고는 특이하고 낡은 소품들을 배낭에 주워 담았다. 궁벽한 산간 농가들인지라 값나가는 골동품이 있을 리 없을 터인데도 빈집털이하는 좀도둑 모양 집집이, 그것도 빈 외양간과 헛간까지 빠짐없이 뒤지고 다녔다. 도자기 그릇, 등잔, 벼루, 도장, 서책, 함, 제기祭器 등 이색적으로 보인다 싶은 온갖 잡동사니들을 짚으로 싸서 담았다. 참다못한 하지스가 네 번째 농가로 향하는 바커에게 수색은 하지 않고 뭐 하는 짓이냐고 물었다.

"이 나라의 역사가 오천 년이다. 필리핀 문명사에 버금가는 나라라고. 오래된 나라의 오래된 것은 다 돈이 된다."

바커는 훈장만 돈이 되는 줄 알고 필리핀에서 사람만 열심히 죽이다 왔는데, 뒤늦게 그 나라 골동품과 유물이 더 큰 돈이 될 수 있다는 걸 알게 되었다고 덧붙였다. 그러면서 톱 시크릿을 알려줬으니 자기처럼 나중에 후회하지 말고 눈에 띄는 게 있으면 챙기라고 했다.

50여 가구를 돌며 빈집털이를 마친 바커가 불룩해진 배낭 다섯 개를 지프에 싣고는 작전 지도를 펼쳤다. 일본 점령기에 제작됐다는, 일본어와 '중국어(한자)'로 병기된 행정용 지도였다. 바커가 통역사 고노 마쓰오에게서 빼앗은 지도였는데, 사찰, 고분, 향교 등이 표시된 곳마다 따로 'Bt' 'At' 'Ss'라고 표기를 해두었다.

지도를 들여다본 바커가 마을 뒷산에 갱도가 있는 것 같으니 수색해 보자고 했다.

자세를 낮추고 총구를 전방으로 한 바커가 비탈진 자드락길을 따라 산을 올랐다. 날다람쥐처럼 빠른 그의 걸음을 따라잡지 못하는 하지스는 절룩걸음으로 뒤따라 오르며 투덜댔다.

북진했던 폭격기 편대가 남진한 지 채 30분이 지나지 않았는데, 또 다른 폭격기 편대가 서둘러 북진했다. 동남쪽 바다에서 날아온 B-29 폭격기들은 말똥 같은 포탄을 무더기로 싸지르고는 잽싸게 되돌아갔다. 이번 폭격기들은 고도와 속도로 볼 때, 대전이 아닌 그보다 더 위쪽인 적지 어딘가를 타격하려는 것 같았다. 바커는 전투기들이 머리 위로 날 때마다 급히 몸을 숙이고 엄폐물을 찾아 숨었다. 허세가 심한 바커도 오폭으로 죽는 것을 두려워했다.

하늘의 절대 강자인 B-29 폭격기들의 적은 북한군만이 아니라 지상에 있는 모든 전투 군인과 민간인들이었다. 말로는 가려서 폭격한다고 했으나, 실제로는 그렇지 못해 오폭이 잦았다. 그것이 고의인지 사고인지도 알 수 없었다. 한국군과 아군은 물론 민간인들도 오폭의 공포로부터 자유롭지 못했다. 공군은 오폭 방지와 책임 추궁을 당할 때마다 조종사가 아닌 비행기와 폭탄의 성능을 탓했다. 비행기와 폭탄이 적을 구분하지 못해 벌어지는 사고라는 것이다.

사병들에게는 정확한 전황을 알려주지 않아 제대로 알 수가 없었으나, 오산 전투에서 밀린 아군은 연전연패를 거듭하며 15일 만에 대전까지 밀리는 악전고투를 하고 있었다. 대전 전투는 후속 투입 부대 도착까지 시간을 벌어보려는 아군의 안간힘 같았다.

—타다다다다탕! 타앙!

지도에서 본 폐광을 찾은 파커가 해를 등지고 있는 어두컴컴한 입구에 대고 무차별 사격을 가했다. 그러고는 "테오 아게테 소토니 데로!(손 들고 나와)"하고 서툰 일본어를 반복해서 외쳐댔다.

잠시 뒤, 폐광 속에서 다급하게 울부짖는 듯한 외침이 터져 나왔고, 땅딸보 체격에 늙수그레한 남자가 짐꾸러미 같은 것을 등에 진 채 주춤주춤 걸어 나왔다. 땅딸보 같기도 하고 얼핏 난쟁이 같기도 한 중년 남자가 등에 진 것은 노파였는데, 작고 삐쩍 말라서 부피감도 중량감도 없어 보였다. 거적때기에 싼 나무토막을 둘러맨 것 같았다.

폐광 밖으로 비치적비치적 걸어나온 남자는 두 손을 들어 저항의 뜻이 없음을 보이려고 안간힘을 썼다. 그러나 그때마다 등에 붙은 노파가 아래로 미끄러져 내려오는 바람에 다시 추스르느라 어쩔 줄을 몰라 했다. 남자의 등에 들러붙은 노파는 넋이 나간 양 초점 잃은 눈으로 바커와 하지스를 번갈아 가며 뚫어지게 바라봤다. 겁에 질린 수달 같았는데, 하지스에게는 정신병자이거나 치매 환자로 보였다.

두 다리를 달달 떨고 있는 남자를 몸수색한 바커가 하지스에게 갱도를 수색하라고 했다. 하지스는 플래시 빛을 비추며 폐광 안을 10여 미터쯤 더듬어 들어갔다. 깊이도 길이도 끝도 짐작이 어려웠다. 깊이를 알 수 없는 시커먼 물웅덩이에 가로막혀 더 이상 들어갈 수 없게 된 하지스는 플래시 빛으로 남은 갱도를 대충 살필 수밖에 없었다.

하지스는 남자와 노파의 짐으로 보이는 취사와 취침 도구, 양식 꾸러미를 발견한 입구 안쪽 5미터 지점까지 되돌아 나왔다. 아마도 멀리 갈 수 없어 폐광 속에 눌러앉아 피난할 요량이었던 것 같았다. 폐광 밖으로 나온 하지스는 숨어있는 사람도, 특이 사항도 없다고 보고했다.

바커는 W 수통의 와인을 한 모금 마신 뒤에 폐광석 위에 앉아 있는 남자와 노파의 머리 위로 수십 발의 총격을 가했다.

—타당, 타다다당, 타당, 타다다다당!

빈 폐광 입구에 대고 리드미컬하게 쏘아대는 의미 없는 총질이었다.

노파를 등에 업은 남자를 앞세우고 산을 내려왔을 때, 지프 옆에 있어야 할 조지 캐롤이 보이지 않았다. 무전기도 보이지 않았다. 하지스는 무슨 일인가 싶었다.

"캐……."

캐롤을 부르려고 하는 하지스의 입을 바커가 급히 틀어막았다. 그러고는 귀엣말로 다 같이 뒈지고 싶어서 이러느냐고 속닥였다. 그때 지프 밑에서 무전기를 껴안은 캐롤이 엉금엉금 기어 나왔다.

바커에게 비척거리며 다가간 그는 마을에 수상한 인기척이 있다고 보고했다. 그래서 지프 밑에 들어가 주위를 살피고 있었다고 했다.

30여 분 전까지 노래를 부르며 집집을 샅샅이 뒤지고 다닌 바커인지라 겁먹은 캐롤이 잘못 들었거나, 헛것을 본 것이라고 했다. 하지스도 바커와 같은 생각이었다.

"저, 저기…… 지, 집에 사, 사람이 있는 것 가, 같습니다."

그러나 캐롤은 손가락질로 붉은 장미 덩굴로 덮인 토담집을 가리키며 더듬더듬 말했다. 그는 긴장하거나 흥분하면 더욱 심하게 말을 더듬었다. 바커가 쏘아댄 총성과 섞여서 분명하게 듣지는 못했으나 틀림없는 인기척이라고 했다.

"확실해?"

언덕배기 끝자락에 보이는 토담집과 캐롤을 번갈아 바라본 바커가 윽박지르듯이 물었다. 울상이 된 캐롤이 고갯짓으로 답했다.

바커는 캐롤에게 노파는 두 손을 결박해 지프 뒷좌석에 싣고, 남자는 동구나무에 단단히 묶으라고 했다. 그러고 나서 바커가 토담집을 향해 앞장을 섰고, 하지스와 캐롤이 그 뒤를 따라붙었다.

둔덕길을 돌아 토담집에 다다른 바커가 수신호로 자기가 앞을 맡을 테니 둘은 담을 돌아가 뒤쪽을 맡으라고 했다. 자세를 낮춘 하지스와 캐롤이 재빠르게 집 뒤로 가고 있을 때, 쾅 하며 방문을 열어젖히는 소리가 들렸다. 깜짝 놀라 잠시 주춤했던 하지스가 사립문을 박차고 앞마당 쪽으로 뛰어들었다.

바커가 갑자기 나타난 하지스를 향해 총을 겨눴다. 방문 쪽을 주시하고 있던 바커가 미처 하지스를 알아보지 못했기 때문이었다. 바커와 하지스가 얼떨결에 서로를 향해 겨누고 있는 총구 사이에 한 여자가 서 있었다. 검정 치마 허리춤을 쥔 여자는 겁에 질린 표정으로 바커와 하지스를 번갈아 바라보며 어쩔 줄 몰라 했다.

하지스는 등줄기에 식은땀이 흘렀다. 하마터면 바커를 향해 방아쇠를 당길 뻔한 것이다. 죽었다가 살아난 표정을 지은 바커가 여자에게 양손을 머리 위로 올리라는 제스처를 취했다. 여자가 양손을 들자 치마가 발치로 흘러내렸다. 속바지가 드러난 여자가 치마를 추슬러 올리려 허리를 숙이자 바커가 "스톱, 스톱" 하고 소리쳤다. 그러고는 하지스에게 눈짓으로 여자의 몸수색을, 엉거주춤 서 있는 캐롤에게는 고갯짓으로 방안을 수색하라고 지시했다.

그때 방 안에서 양손을 머리 위에 얹은 남자가 슬그머니 나왔다. 쪽마루에 선 남자는 바커의 손짓에 따라 마당으로 내려섰다. 바커는 남녀에게 눈을 감고, 양손을 들고, 무릎을 꿇으라고 했다.

하지스는 남자와 함께 잘 숨어있었을 여자가 어떤 이유로 방문을 박차고 뛰어나온 것인지 알 수 없었다. 남자는 집안으로 들어온 군인들의 대화를 듣고 나서 북한군이 아닌 미군임을 알고 나온 것 같았다.

폐광에 숨어있던 남녀는 모자지간으로 보였으나, 이들 남녀 관계는 수상쩍어 보였다. 부부나 부녀로는 볼 수 없었고 연인이나 인척 또는 이웃으로도 보이지 않았다. 여자가 남자를 무서워하고 꺼리는 표정이 역력했다.

그러나 바커는 잠복을 하고 있다가 들킨 남녀가 서로 짜고 연기를 하는 것일 수도 있다고 했다. 필리핀에서 이런 연기에 속아 넘어가 동료를 잃었다는 것이다. 때문에 민가로 침투한 게릴라이거나 첩보원일 가능성을 배제할 수 없다고 했다.

하지스에게 남자를 몸수색하라고 명령한 바커가 흘러내린 치마로 속바지를 가린 여자에게 바싹 다가가 표정과 몸매를 찬찬히 훑어보고는 음흉스런 웃음을 지으며 입맛을 다셨다. 바커는 먹잇감을 앞에 둔 맹수 같은 눈초리로 여자의 몸을 샅샅이 더듬고는, 와인 수통을 열어 여자의 입가에 디밀었다. 여자가 미간을 찡그리며 고개를 돌렸다.

바커로부터 심상치 않은 분위기와 위기감을 감지한 여자는 고개를 숙이고 몸을 웅크렸다. 여자 앞에 붙어 앉은 바커는 그러거나 말거나 희귀품을 보는 감식가인 양, 수륙진미를 대하는 미식가인 양 고개를 요리조리 돌려가며 처음 만난 한국 여자를 진지하게 관찰했다.

"필리핀 국보다 예쁜데."

와인을 한 모금 마신 바커가 하지스를 보고 헤벌쭉거렸다.

몸수색 결과, 여자는 특이 소지품을 지니고 있지 않았으나, 남자의 괴춤에서는 총기가 나왔다. 하지스가 건네준 총기를 살핀 바커가 필리핀 전선에서 본 나강 M1895 소련제 권총이 틀림없다고 했다. 바커가 약실과 탄창을 확인했다. 만탄창이었다.

권총과 남자를 번갈아 보는 바커의 표정이 점점 굳어졌다. 여자를 보며 헤벌쭉거리던 표정은 온데간데없었다. 하지스와 캐롤의 표정도 덩달아 굳어졌다. 피난민이라면, 양민이라면 총기를 소지할 이유가 없었다. 그것도 소련제 권총을…….

권총을 보고 순식간에 돌변한 바커의 표정을 살피던 남자가 사색이 되어 어쩔 줄을 몰라 했다. 무어라고 외쳐대며 양손을 미친 듯이 내둘렀다. 권총 소지에 대한 나름의 해명 또는 변명을 하는 것 같았다.

"후 아 유?"

바커가 나강 M1895를 남자의 이마에 겨누고 물었다.

"……?"

눈을 뜬 남자가 질문 뜻을 모른다는 표정을 지었다.

"이즈 잇 저스트 유 투. 오마에라 후타리키리카(너희 둘뿐인가)?"

바커가 무릎 꿇은 남자의 허벅지를 군화 뒷굽으로 짓누르며 영어와 일본어를 섞어 거듭 물었다.

"으으으으윽…… 와타시타치 후타리가 젠부다(우리 둘뿐이다)."

남자가 신음 끝에 일본어로 답했다.

말이 통하자, 바커의 굳은 표정이 누그러졌다. 그는 수통을 열어 다시 와인 한 모금을 쭈욱 들이키고는 여자에게 디밀며 물었다.

"아아 유 투 안 어 팀(둘이 한 팀인가)?"

"……?"

"와타시타치와 잉글리시 와카리마세(우리는 영어 모른다)."

여자가 답이 없자, 남자가 말했다.

"후타리가 히토츠노 치이무데스카(둘이 같은 팀인가)?"

바커가 일본말로 물었다.

"노, 노우! 와타시 니혼진데스(나는 일본인이다)."

남자가 동문서답했다.

"혼또오(정말)?"

하지스가 끼어들었다.

"예쓰, 예쓰."

남자가 고개를 과장되게 주억거리며 답했다.

하지스는 남자가 신분 위장을 위해 거짓말을 한다는 의심이 들었으나, 의심을 해소할 만한 일어 실력이 못 됐다.

눈싸움하듯 남자를 한참 동안 꼬나보던 바커가 캐롤에게 남자의 눈을 가리고 결박하라고 했다. 그러고는 데리고 가서 동구나무에 묶어두라고 했다.

캐롤이 명령에 따라 꿇어앉은 남자를 뒷결박해 일으켜 세우려 하자, 남자가 바커에게 엉금엉금 기어가 매달리며 살려달라고 애원했다. 자신을 죽일지도 모른다고 생각한 것 같았다.

"도오카 와타시오 코로사나이데쿠다사이. 와타시니 킨카이가 아루. 소레오 젠부 야로오(제발 살려주시오. 나한테 금괴가 있소. 그걸 모두 주겠소)."

남자에게 두 발목이 잡힌 바커가 하지스를 바라봤다. 하지스는 어깨를 까불며 자신도 남자 말을 알아듣지 못했다는 제스처를 했다.

다급해진 남자가 보디랭귀지로 종이와 펜을 달라고 했다. 발광하듯이 나대는 게 혼이 달아난 놈 같았다.

"골드, 골드, 골드바! 골드바, 유 노우? 인포메이션! 오케이? 오케이?"

바커와 눈을 맞춘 남자가 그의 군화에 머리를 처박고 절규하듯 외쳤다.

바커는 손목시계를 힐끔 들여다봤다. 시간을 체크하는 것 같았다. 잠시 잦아들었던 포성이 다시 들렸다.

바커는 남자가 금을 주겠다는 것인지, 금과 같은 정보를 주겠다는 것인지, 아니면 뭘 어쩌겠다는 것인지 모르겠다며, 답답하다는 듯 하지스를 바라봤다. 하지스도 답답하다는 듯 또다시 어깨를 들까불었다.

바커는 뙤약볕 아래 마른세수를 하며 잠시 머리를 굴리는 것 같았다. 동양인에 대한 촉이 남다른 그는 위기에 처한 남자가 지껄이는 말이 뭔 뜻인지는 모르겠으나 매우 중요한 것일 가능성이 크고, 그래서 정확히 알아들어야 할 필요가 있다고 직감한 것 같았다.

그는 캐롤에게 즉각 본부로 가서 긴급 상황이 생겼다고 보고하고, 통역사 고노를 데리고 오라고 했다. 명령을 받은 캐롤이 남자를 묶으려던 포승줄을 바커에게 건네주고는 잽싸게 지프로 달려갔다.

"어무니, 어무니이!"

동구나무에 묶인 남자가 짐승처럼 울부짖는 소리가 골짜기를 타고 메아리쳤다. 캐롤이 노파를 지프에 태운 채로 떠난 것 같았다.

"징징대는 게 국들의 특성인가……."

남자의 절규를 들은 바커가 여자를 내려다보며 중얼거렸다.

바커가 추근거리기 때문인지 몸을 잔뜩 웅크린 여자는 바들바들 떨고 있었다.

바커는 남자의 손발을 결박해서 외양간에 있는 구유 속으로 밀어 넣고 거적때기로 덮었다. 그러고는 여자를 끌고 방으로 들어갔다. 바커의 갑작스러운 행동에 놀란 여자가 발버둥 쳤으나 이미 포획된 사냥감이었다.

하지스는 바커가 왜 시간을 체크했는지 알 것 같았다. 벗겨진 치마를 움켜쥐고 포획물처럼 끌려가던 여자가 고개를 돌려 하지스를 바라봤다. 순간 하지스는 알 수 없는 기운에 사로잡혔다. 연민이나 동정심이 아니었다. 여자가 하지스에게 구원의 눈빛을 보냈으나 감당할 처지가 못 됐다. 하지스는 안타까울 뿐 도와줄 수가 없었다. 말릴 수도, 지켜보고만 있을 수도 없었으나, 그렇다고 해서 따로 할 수 있는 것도 없었다. 이미 여자에게 빠져 허우적거리는 바커의 행동은 총구를 벗어난 총알이나 다름없었다. 여자는 강간을 두려워하겠지만, 강간 뒤에 잃게 될 목숨에 대해서는 생각지 못할 것이다. 바커의 악행을 모를 텐데 어찌 알 수 있겠는가.

문지방에 발을 딛고 문설주를 잡은 여자가 악을 쓰며 죽기 살기로 버팅겼으나 바커의 완력을 당해낼 수는 없었다.

외양간에 갇힌 남자는 거적때기 속에서 흐느끼고 있었다. 겁에 질려 훌쩍이던 위머 일병을 보는 것 같았다. 바커가 자신 앞에서 저지르는 패악을 묵인할 수밖에 없는 하지스는 자괴감과 죄책감에 빠졌다. 이런 패악도 전쟁이란 말인가. 절망에 빠진 하지스는 쪽마루 끝에 걸터앉아 담배를 빼 물었다.

방 안에서 우당탕거리며 한동안 실랑이를 벌이던 바커가 밖으로 나왔다. 방으로 들어간 지 채 2분도 되지 않은지라, 하지스는 의아한 눈으로 바커를 쳐다봤다. 벌써 일을 마쳤을 리도, 실랑이 중에 마음이 바뀌었을 리도 없을 텐데, 어찌 된 일인가 싶었다.

"헤이, 하지스! 명령이닷, 들어가라. 총각 딱지는 떼고 뒈져야 억울하지 않을 거 아니냐, 안 그래?"

바커가 하지스의 손에 쥔 소총과 입에 문 담배를 빼앗으며 말했다. 그러고는 수통을 건네고, "좆은 씻고 해라"라고 했다. S자가 표기된 소금물 수통이었다.

하지스는 황당하고 당혹스러웠다.

"시간 없으니 소독하고 빨리 넣으라고, 인마."

바커가 다시 시계를 보며 재촉했다.

수통을 건네받은 하지스는 어찌해야 할지 몰라 황당한 표정으로 바커를 바라봤다. 당황스럽고 난감할 뿐이었다. 하지만 분명한 것은 전범戰犯이 되라—양민 강간은 범죄가 아닌가—는 바커의 명령을 따를 수 없다는 것이었다.

그때, 바커의 손목과 손등에 새긴 검정 하트 문신이 눈에 들어왔다. 그리고 그와 동시에 그가 한 말들과 불길한 예감, 아니 예정된 참극이

머릿속을 강타했다. '국을 먹은 기념으로 새긴 거다.'

"항명하는 거야? 아님, 네 타입이 아니야? 그럼, 내가 할까?"

콧구멍으로 담배 연기를 뿜어낸 바커가 혁대 끄르는 시늉을 하며 말했다. 그러고는 시간이 없으니 빨리 가서 하라고 재촉했다.

수통의 소금물로 페니스를 씻은 하지스가 증오의 눈빛으로 바커를 노려보고는 군화를 신은 채 방으로 들어갔다. 그러고는 곧바로 방문을 닫고 걸쇠로 잠갔다.

홑이불로 아랫도리를 가린 여자가 요 위에 누워서 얼굴을 감싸 쥔 채 흑흑거리며 울고 있었다. 양손과 양발이 묶여 있었다. 손으로 얼굴을 감쌌으나 피멍 든 뺨과 광대뼈가 부어올라 있었다. 바커가 한 짓이었다. 또 바커가 찢어발겼을 여자의 옷가지는 넝마 조각처럼 요 옆에 흩어져 있었다.

인기척을 들은 여자가 얼굴을 가린 손을 떼 하지스를 보고는 묶인 몸을 웅크리며 살려달라고 애원했다.

하지스는 여자를 진정시키려고 양손을 들어 축도하는 자세로 허공을 눌러댔다. 그러고는 천천히 무릎을 꿇고 앉아 집게손가락을 여자의 입에 대고는 조용히 하라고 했다. 이대로 5분쯤 있다가 나갈 생각이었다. 하지스는 눈속임을 하기 위해 여자에게 가짜 비명을 질러 달라고 부탁하고 싶었으나 말이 통하지 않으니 그럴 수 없었다.

"허리, 허리!"

밖에서 바커가 손뼉을 치고 소리를 지르며 재촉했다.

하지스는 여자에게 조용히 있으라고 부탁한 것을 후회했다. 예상 밖의 상황을 맞이한 여자가 가만히 누운 채 멀뚱멀뚱 하지스를 올려다봤다. 하지스도 그런 여자를 멀뚱멀뚱 내려다보는 수밖에 없었다. 그렇게 어정쩡한 침묵 속에서 여자를 바라보던 하지스는 어딘가 낯익은 얼굴이라는 생각이 들었다. 그녀가 동양미를 가진 핀업 여배우 베티 페이지를 닮아 낯익어 보였다는 것을 안 것은 뒷날이었다.

하지스가 여자와 눈을 맞춘 채 적당한 시간이 지나기만을 기다리고 있을 때, 쾅 하는 소리와 함께 걸쇠가 떨어져 나가며 방문이 벌컥 열렸다. 그러고는 헤벌쭉 웃는 바커의 얼굴이 불쑥 들어왔다. 바커가 조커의 표정으로 비아냥거리듯 물었다.

"발을 묶어놓고 하는 기술도 있냐?"

속셈을 들킨 하지스는 대답할 말이 떠오르지 않았다.

조커의 웃음을 거둔 바커가 문지방에 걸터앉으며, 둘이 못하겠으면 셋이 하자고 했다. 셋이 같이 즐기자는 말인지, 둘이 하는 것을 지켜보겠다는 말인지, 하지스로서는 알아들을 수 없는 말이었다.

무엇이 됐건 선택의 여지가 없었다. 하지스는 주문을 외듯 "쏘리, 쏘리" 하면서 여자의 묶인 발목을 풀었다. 여자가 사지를 뒤틀며 저항했다. 그러나 하지스가 여자의 다리를 벌리고 밀어붙이자 어떤 마음에서였는지, 어떤 이유 때문인지는 모르겠으나 여자의 몸이 열렸다. 여자는 섹스 인형처럼 하지스의 몸을 받았다.

하지스는 "쏘리, 쏘리"를 교성처럼 내질렀다. 바커는 하지스가 힘쓰는 것을 지켜보며 여자 대신 신음과 교성을 질러댔다. 이윽고 사정이 끝난 하지스는 성교를 지켜본 바커를 쏘아봤다. 그러고는 그를 향해 "개새끼!"라는 욕설을 씹어뱉었다. 욕설을 들은 바커가 고개를 끄덕거리며 빙그레 웃었다.

"이 여자는 이제부터 내 여자다. 건드리지 마라. 알겠지?"

아랫도리를 추스르고 방을 나온 하지스가 바커를 쏘아보며 경고했다.

"뭐라고?"

바커가 가소롭다는 듯 헤벌쭉거렸다.

"헤이, 헤이. 하지스 씨, 하지스 씨! 참배 끝났습니다."

누군가 하지스의 어깨를 툭툭 치며 말했다. 한국전쟁 당시 미군과 함께 낙동강 전선에서 싸웠다고 자신을 자랑스레 소개한 한국군 퇴역 대령이었다. 영어가 유창한 그 전사는 자원봉사자로서 코디네이터를 도와 방한한 미국 노병들을 성심껏 챙겼다.

"감회를 주체할 수 없을 거요. 나도 처음 왔을 때 그랬소."

세 번째 방한 로버트 홀이 끼어들었다. 그는 황사 마스크를 두 겹으로 쓰고 있었다.

"그래도 그렇지, 예포 소리도 듣지 못했소?"

이동 중인 차 안에서 한국보건산업진흥원이 주관한 참전용사 수기에 응모하여 우수상을 받았다며 자기 자랑을 한참 늘어놓았던 데이비드 리들이 끼어들어 핀잔을 주었다. 그는 짬만 나면 입증 불가한 무용담을 늘어놓으며 자기 자랑을 일삼았다. 하지스는 리들이 바커와 닮은 구석이 있다는 생각에 쓴웃음을 지었다.

10

의심의 여지 없이 놈이 분명했다.

맥 라마르 하지스Mac Lamarr Hodges 1929년생.

1950년 7월부터 11월까지 한국전쟁 참전. 영동 전선 작전 참여. 낙동강 전선 교전 중 부상으로 좌안 실명. 미국 대통령 명예훈장, 동성훈장Bronze Star Medal 수훈. 대한민국 충무무공훈장 수훈(확정).

아들 상기가 보훈처가 배포한 보도자료에서 뽑아 간추린 내용이라며 보냈다. 아버지가 찾는 해럴드 A. 바커Harold A. Barker는 방문자 명단에 없다고 했다.

완구는 하지스가 눈 부상을 치료하고는 곧바로 한국을 떠났을 것이라고 추측했다. 그런데 대체 낙동강 전선에서 어떤 불세출의 전공을 세웠기에, 자국에서 훈장을 두 개씩이나 받은 그에게 58년이나 지난 전공으로 한국에서까지 뒤늦게 훈장을 주겠다고 나선 것인지 알 수 없었다.

미국 대통령 명예훈장은, 죽을 때까지는 연금과 각종 특혜를 받고, 죽으면 알링턴국립묘지에 안장되는, 그야말로 생계 보장과 명예가 동시에 주어지는 최고의 훈장이 아니던가. 완구도 일찍이 조선 독립에 헌신하고 자유대한민국을 지킨 공을 인정받아 두 개의 훈장을 받은 바 있다. 그는 훈장 수여 기준과 심사가 기기묘묘한 것은 미국이나 한국이나 다를 바 없다는 생각이 들었다.

완구는 58년 만에 숙원을 해결할 단초를 잡았다는 흥분으로 인해 들떴다. 그는 주치의가 방 여사를 시켜서 숨겨둔 메이커스 마크를 찾아내 글라스에 철철 넘치도록 따랐다. 아무리 주치의가 꼭꼭 숨겨두라고 일러줬다고 해도 방 여사를 닦달하면 냉큼 찾아서 대령하는 게 술이었다. 완구는 주치의와 방 여사가 왜 그런 하나 마나 한 짓을 약속 대련하듯 반복하는 것인지 이해가 되지 않았다.

주치의는 이 주일에 한 번, 전담 간호사는 일주일에 두 번 각각 '광통재光通齋' 집무실로 찾아와서 완구의 건강을 체크하고 돌봤다. 주치의가 걱정과 잔소리로 금주를 당부하고 가면, 방 여사는 술시중을, 간호사는 술주정을 상대해 주는 것으로 완구를 케어했다. 아마도 그 대가로 그들은 아들 상기로부터 제가끔 진료비와 봉사료와 간호비를 두둑하게 챙길 것이다. 완구는 필요 없다고 했으나, 큰아들 상기는 아버지의 정기적인 건강 체크와 케어가 필요하다고 박박 우기며 의료진을 보냈다. 돈 무서운 줄 모르는 놈이었다.

회사 총괄사장으로 앉힌 큰아들 상기는 업무 진행 상황과 현안을 보고하고 상의한다는 구실로 한 달에 한 차례씩 광통재를 방문했는데, 애초 완구의 강권으로 마지못해서 하는 요식 행위였고 그나마도 점점 흐지부지되어가고 있었다. 업무 진행 상황보고는 대부분 사후 추인을 받으려는 절차였고, 현안 상의는 그렇게 할 테니 그렇게 알고 있으라는 일방적 통보에 가까웠다. 그러니까 큰아들의 매월 한 차례의 방문 목적은 아버지의 근황을 엿보고 심기를 관리하려고 오는 것이었다. 혹여 자신과 아버지 사이가 소원해지면 누군가가 그 틈을 비집고 들어와 이간질이나 장난질을 칠 수도 있다는 우려—완구가 회사에 심어둔 뒷방 늙은이들이 많았다— 때문에 이를 예방하고 관리하고자 하는 짓거리였다. 그걸 빤히 알지만, 안다고 해서 오지 말라고 할 수도 없는 노릇이었다.

아들놈은 올 때마다 내로라하는 최고급, 최고가의 양주를 가져왔는데, 완구는 언제부터인가 아들이 가져오는 술이 기다려졌다. 아들놈은 완구의 술 취향을 바꿔주려는 의도로 그러는 것인지 모르겠으나 듣도 보도 못한 위스키, 코냑, 와인을 주류별, 브랜드별로 사다 날랐다.

중국 지린吉林 출신이라는 조선족 방이금 여사도 아들이 자신의 취향을 저격해 구해준 '맞춤형' 가사도우미였다. 어려서부터 아버지의 눈치를 보며 자라온 상기는 완구의 여자 취향을 누구보다 잘 알고 있었다.

처음에는 시간제로 들러 청소와 빨래만 하고 돌아갔는데, 아들이 어느 날 뜬금없이 가사도우미가 눈썰미 있게 일은 잘하는지, 마음에는 드는지 물었다. 한 달간 인턴 과정을 통해 간을 보게 한 것이었다. 이심전심의 부자간인지라 아들이 질문한 속뜻을 재깍 간파한 완구는 뜨뜻미지근한 반응을 보였다. 썩 마음에 든다는 의사 표현이었다.

오랜 오너 생활을 한 완구는 싫거나 아닌 것만 단호한 의사 표명을 했고 그 외의 경우에는 물에 물 탄 듯 술에 술 탄 듯 뜨뜻미지근하게 반응했다. 명확한 의사 표명을 했을 때 뒷날 발생할 수 있는 책임을 회피코자 하는 경영술이었다.

완구의 생각을 떠본 아들이 이튿날부터 곱게 단장한 방 여사를 지밀상궁인 양 상주시켜 줬다.

방 여사가 들어오고 난 뒤, 내외가 심하고 의뭉스럽기만 한 투덜이 뚱보 청주댁은 내보냈다. 까탈스러운 완구의 입맛에 맞는 음식 솜씨와 정리 정돈 솜씨가 깔끔한 청주댁을 내보내는 것이 아쉽기는 했으나 둘을 데리고 있을 수는 없었다. 비용 때문이 아니라 한 집에 두 여자를 데리고 있는 것은 위험 부담이 컸다. 내보내는 것도 아들이 알아서 했다.

상기 에미는 늙어서도 강짜가 심하고 주제 파악을 못 해 의부증을 달고 사는 마귀 같은 할망구였다. 그 할망구가 없다는 것만으로도 광통재는 완구의 해방구였다.

광통재는 600평 남짓한 대지에 160평 규모로 지은 3층짜리 집무와 살림 겸용 건물이었다. 300평 규모의 앞마당에는 연못을 파고 화단을 조성한 뒤, 진입로를 따라 잔디와 박석을 깔았고, 바위산을 병풍인 양 등지고 있는 뒷마당 120평에는 대숲을 조성했다. 얼핏 고급 주택처럼 보이나, JMC 제2 사옥으로 등록된 건축물이다. 그러나 '독립유공자의 집'과 '국가유공자의 집'이라는 명패가 대리석 정문 양쪽 기둥에 각각 붙어있었다.

비정규직 여직원 한 명이 주중에 출퇴근하며 비서로 근무했고, 계약직 운전기사는 호출만 하면 30분 안으로 링컨 타운카를 댔다.

여비서가 팩스로 받아 전해준 자료에 맥 라마르 하지스의 프로필 사진이 첨부되어 있었으나, 애꾸인지라 명확한 분간이 어려웠다. 그러나 굳이 사진 확인을 하지 않고 촉만으로도 이놈이 하지스라는 확신이 섰다.

도완구는 삼봉산 자락을 끼고 남하했다. 골짜기를 건너고 고개 하나를 넘은 그는, 50여 채쯤으로 이루어진 외진 산간 마을을 발견했다. 인적이 없어 보였다. 마을 아래로는 다락논이 보였다. 빈 마을 같다는 생각에 일단 내려가 보기로 했다.

소달구지를 몰고 서울에서 대전까지 허둥지둥 내려오는 동안에는 포성이 줄곧 등짝에 들러붙어서 따라 내려왔었는데, 지금은 남하하는 거리만큼 포성이 멀어지는 느낌이 들어서 여유가 생겼다. 퇴각하는 미군만 있는 것이 아니라 대전에서 잘 싸워주고 있는 미군도 있어서 전투가 교착 상태에 빠진 것이 아닐까 싶었다. 그는 토비와 마적단에게 쫓겨 다닐 때도 벌벌 떨거나 허둥대지 않았다는 생각이 들자, 자신이 토비와 마적단보다 빨갱이를 더 무서워하고 있다는 생각이 들었다.

남하하는 거리만큼 심리적 안정을 찾은 완구는 앞서 걷는 봉자의 잘록한 허리와 펑퍼짐한 엉덩이 놀림이 눈에 들어오면서 스멀스멀 욕정이 돋아났다. 그는 이역만리 동북 삼성을 헤매고 다닐 때, 밥을 먹다가, 잠을 자다가, 길을 가다가, 언제 어디서 어떻게 비명횡사할는지 모르는 절체절명의 삶을 살았다. 그러나 그때도 챙겨야 할 재물과 즐겨야 할 여자를 눈앞에 두고 포기하거나 미룬 적이 없었다. 영웅 이토 히로부미는 귀찮은 면담자들을 떨쳐버리기 위해 밤마다 여자와 색을 즐겼다지만, 완구는 그와 달리 언제 죽을는지 모르는지라 지금 맞아야 할 여자를 나중으로 미룰 수 없었다.

지금이라고 다를 바가 없었다. 더구나 이 계집은 전시 운반 수단으로 얼마든지 비싼 값에 팔 수 있는 소와 달구지를 내주고 얻은 것이 아니던가. 물론 소달구지와 바꾼 것이 아깝지 않을 정도로 마음에 드는 계집이었다. 처음 보는 순간부터 가슴과 아랫도리를 달뜨게 한 년이 아니던가. 콧대와 광대뼈가 도드라지고 젖혀져 나온 도톰하고 붉은 입술이 한껏 벌어진 나팔꽃잎 같은, 사람을 환장하게 하는 년이었다.

이런저런 계산 하에 서둘러 출발했기 때문에 한두 시간 즐기며 지체한다고 해서 빨갱이들에게 잡힐 상황은 아니었다. 빨갱이들에게 밀리고는 있지만, 나날이 화력을 보강해 온 미군인지라 대전 전투에서는 적어도 이삼일쯤은 너끈히 버텨주지 않겠는가.

개전 사흘 만에 서울을 버리고 대전으로 도망친 이승만이 작전통제권을 통째 미군에게 넘겨줬다고 하니, 이 전쟁은 더 이상 한국군과 인민군의 싸움이 아니라, 미군과 인민군의 싸움이 될 것이 빤했다. 그 막강한 일본의 히로히토 황군을 이긴 미군인데, 지금까지는 인민군에게 일방적으로 밀렸다고 하지만, 더 이상 속절없이 밀리거나 패할 리는 없지 않겠는가. 대전에서 조금만 시간을 벌면 전력을 보강한 미군이 파죽지세로 북진할 것은 틀림없는 사실이었다.

금괴를 실은 소달구지가 한강 가까이 이르렀을 때 바퀴 축이 부러졌다. 욕심껏 실은 짐 무게를 감당키 버거웠던 데다가 길바닥까지 험해 바퀴에 가해진 충격파를 감당치 못한 것이다. 당장 수리를 해야 했다. 실린 짐들을 들고 갈 수도, 버리고 갈 수도 없었다. 바퀴 수리를 마칠 때—어쩌면 방도가 없어 수리를 못 할 수도 있었다—까지 온 가족을 데리고 있을 수는 없었다.

완구는 남하하는 피난길이 여러 갈래가 아닌지라 가족을 먼저 앞세워 보냈다. 바퀴를 고치고 뒤따라가다 보면 만날 수 있을 것이라 생각한 것이다. 그래서 반나절을 헤맨 끝에 바퀴 축을 고치고—파손되어 버려진 수레를 찾아내 바퀴 축을 교체했다— 뒤따라간 것인데, 끝내 이산가족이 되고 말았다. 완구는 남이 보면 안 될 짐 때문에 도움을 받을 수 없어서 바퀴를 교체할 때 혼자 힘으로 수레의 짐을 내렸다가 다시 실어야 했다. 그러느라 꽤 많은 시간이 걸렸다.

소달구지가 한강 다리를 건너고 얼마 지나지 않았을 때였다. 고막을 찢는 폭발음과 검푸른 연기가 밤하늘로 솟구치면서 인도교가 아궁이 속에서 불에 탄 삭정이 뭉치처럼 무너져 내렸다. 다리를 건너던 피난민과 차량들이 폭발 충격으로 하늘로 치솟아 오르기도 하고 다리 밑으로 곤두박질치기도 했다. 달아오른 솥뚜껑 위에 올려진 엿가락처럼 휘어져 녹고 넝마처럼 너덜너덜한 철교 잔해에 들러붙은 사람들이 절규했다. 전혀 생각지도 못한—수많은 피난민이 건너고 있는 다리를 갑자기 폭파하리라고 누가 상상이나 할 수 있었겠는가— 참극이었다. 그 아비지옥을 바라보는 완구는 간발의 차이로 죽었다가 살아돌아온 기분이었다. 목숨이 경각에 달렸다는 말이 무슨 뜻인지를 절감했다.

밋밋한 산을 내려와 마을 뒤편으로 들어선 완구는 도둑고양이 걸음으로 빈 마을을 둘러봤다. 다락논을 앞에 두고 야트막한 초가들이 다닥다닥 이어 붙은 빈한한 마을이었다. 집집마다 방 문짝들이 뜯겨나가 있었고, 가재도구들도 길바닥 여기저기에 버려져 있었다.

그악스런 매미 소리만 들릴 뿐 인기척은 없었다. 완구는 비탈진 마을 진입로와 대각선 방향으로 자리 잡은 초가로 들어갔다. 이웃과 스무 보쯤 동떨어져 둔덕 위에 올라앉은 독립가옥이었다. 방문짝이 성한 집이었고, 지대가 높고 담장이 얕아 시계 확보가 용이해 보였다. 가슴팍 높이 토담에 붉은 덩굴장미가 흐드러지게 피어 있었다.

봉자가 이고 진 짐보따리를 받아 쪽마루에 내려놓은 완구가 안방을 살피고 있을 때, 지프의 엔진음이 들렸다. 외지고 하잘것없는 산간 마을에 지프가 들어올 리 없다는 생각에 귀를 의심했으나, 틀림없는 지프가 흙먼지를 일으키며 동구로 들어서고 있었다.

완구는 쪽마루에 걸터앉아 땀을 닦고 있는 봉자를 급히 안방으로 밀어 넣었다. 그러고는 담장에 몸을 숨기고 지프가 나타난 방향을 살폈다. 엔진음은 계속 들렸으나 지프는 우물 둔덕에 가려져 보이지 않았다. 엔진음만으로는 지프의 정체를 알 수 없었다. 뒤따라오는 차량이나 병사는 없는 것 같았다. 식수를 확보하려고 온 지프일 수 있다는 생각을 하며 완구는 쪽마루에 있는 짐보따리를 챙겨 방으로 들어갔다. 일단 방에서 기다려보기로 했다.

그런데 엔진음이 꺼진 잠시 후, 담장 밖에서 인기척이 들렸다. 놀란 완구는 벽장 문을 열었다. 부엌 쪽으로 내뻗은 벽장이 의외로 넓고 깊었는데 쿰쿰한 냄새가 욕지기를 부를 만큼 심했다. 벽장 안은 어두워 아무것도 보이지 않았다. 누군가가 방안을 살피는지 군홧발 소리와 중얼거리는 소리가 들렸다. 이윽고 벽장 문이 열리고 빛줄기가 들어와 벽장 안을 마구 까불거렸다. 플래시 불빛 같았다. 다행히 불빛은 두 사람이 납작 엎드려 있는 끄트머리까지 닿지 않았고, 들어와서 뒤지지도 않았다.

지독한 고린내 때문이 아닐까 싶었다.

잠시 뒤 두런두런하는 소리와 군홧발 소리가 멀어졌고 다시 온몸을 옥죄는 긴장과 두려움 속에 긴 시간이 흘렀다. 간간이 무언가를 발로 차거나 집어 던질 때 발생하는 소음이 들려왔다. 아무리 기다려도 마을을 떠나는 지프 엔진음은 들리지 않았다.

미군—두런두런하는 소리가 영어였다—이 수색한 집을 다시 올 리 없다는 판단에 벽장을 조용히 빠져나온 완구는 스무 보쯤 떨어져 있는 옆집으로 이동했다. 그러고는 동구 쪽에 있는 우물터를 바라봤다. 공터에 위장막을 두른 군용 지프 한 대가 서 있었고, 어깨에 총을 둘러멘 미군 병사 한 명이 동구나무 앞을 왔다 갔다 하고 있었다.

그때, 타다다다다탕 하는 연발 총성이 들렸다. 뒷산 중턱에서 들려오는 총성이었다.

마을 동정을 살피고 돌아온 완구는 긴장 탓인지 목이 탔다. 벽장 안에 숨어있는 봉자를 불러내 물 한 잔 떠다 달라고 했다. 봉자가 부엌으로 통하는 쪽문으로 나가 뒤란에 있는 샘물을 받아왔다. 부뚜막 위로 허리를 숙인 봉자가 팔을 뻗어 물사발만 쪽문 안쪽으로 건넸다.

"잠깐 이리 들어와 봐라."

완구가 물사발을 건네주는 봉자의 손목을 잽싸게 잡아끌었다. 그 바람에 물사발이 아랫목에 떨어져 쨍그랑하며 깨졌다. 콩기름 먹여 번들거리는 장판지에 물이 쏟아졌다.

완력에 끌려 방바닥에 벌렁 나자빠진 봉자는 눈딱부리 남자의 검은 속내를 간파했다. 이미 수상한 낌새를 눈치챘기에 부엌에서 물사발만 건넸던 것이었다. 자신이 처한 위급 상황에 당황한 봉자는 완강히 저항했다. 벽에 기대 버팅기고 있는 봉자를 눕히려고 요리조리 몸을 까불대던 완구가 방바닥에 엎지른 물 위에서 미끄덩거리다가 엉덩방아를 찧었다.

순간, 봉자가 문지방을 넘어 달아났고, 완구가 달아나는 봉자의 발목을 낚아챘다. 억, 하고 문지방 위에 고꾸라진 봉자의 몸을 사정없이 끌어당겨 등에 올라탔다. 그러고는 바둥대는 양팔을 제압하고 그녀의 몸을 뒤집었다.

그때, 그녀가 몸을 뒤틀며 "아악!" 하는 단말마의 비명을 내질렀다. 완구가 급히 그녀의 입을 틀어막았으나, 비명을 내지른 뒤였다. 깨진 물사발 조각이 그녀의 등을 찔러 피가 흘렀다.

완구가 헝겊 똬리를 풀어 방바닥에 흩어진 사기 조각들을 한쪽으로 치웠다. 그러고 나서 잔뜩 웅크리고 앉아 가쁜 숨을 몰아쉬고 있는 그녀에게 발정난 개처럼 다시 덤벼들었다. 그러나 그녀는 멍석인 양 온몸을 돌돌 말아 저항했다.

"이러지 마세요. 소리 지를 거예욧!"

봉자가 협박하듯 소리쳤다. 비명에 놀란 완구가 당황하며 그녀의 입을 틀어막으려 했기 때문이었다.

"그래? 어, 어디 질러 봐."

완구는 허세로 맞섰다. 미군에게 발각되면 같이 죽을지도 모르는데, 죽고 싶으면 어디 맘껏 소리쳐보라고 했다.

완구의 허세에 봉자가 머뭇거리자, 다시 돌진한 그가 치마끈을 잡아챘다. 그러나 미꾸라지처럼 완구의 손아귀를 벗어난 그녀가 완강히 저항했다. 화가 난 완구는 인상을 쓰며 주먹을 치켜들었다.

그러나 첫 관계를 폭력으로 시작하고 싶지 않았고, 또 밀정 시절 성고문을 통해 여러 여자들을 다뤄 본 경험에 따르면 힘으로 제압할 수 있는 년과 그렇지 않은 년이 있는데, 봉자는 힘으로 제압할 수 있는 년이 아니라는 판단이 들었다. 무엇보다 죽음 따위는 얼마든지 각오하고 소리를 지를 수도 있는 년이라는 판단에 무대뽀로 다루는 것을 포기했다. 완구는 당장 봉자를 포기할 생각도 없었으나, 그렇다고 해서 당장 죽을 생각 또한 없었다.

완구는 생각을 바꿔 시간을 갖고 설득하기로 했다. 흥분과 화를 가라앉히고 봉자 앞에 다소곳이 앉아 통사정했다. 앞으로 우리가 이 야차 같은 전쟁통에서 살아남으려면 서로가 한 몸처럼 믿고 의지해야만 가능하다, 이런 갈등으로 내 마음이 상하면 곤란하다, 그러니 서로가 믿고 주고받는 일심동체가 되어 사이좋게 지내자고 했다. 또 네 눈으로 직접 본 황금을 다른 곳이 아닌 굳이 네 고향 봉두리에 숨기고 온 이유가 무엇이겠냐고 했다. 전쟁이 끝나면 황금을 찾아 너와 같이 살 생각이 있어서 그런 것이 아니었겠느냐고도 했다.

낯간지럽고 간살스러운 거짓말이었으나, 완구는 세상 물정을 너무 몰라 언제 빼앗길지 모를 순결만 지키려고 하는 철딱서니 없는 어린년을 상대로 집요하게 어르고 달랬다. 그렇게 한 시간 가까이 꼬드기다가 설레발을 치고 통사정을 하는 등 온갖 공을 처들이고 있을 때, 갑자기 방문 밖에서 인기척이 들렸다.

미군들이었다. 깜짝 놀라 벌떡 일어서던 완구는 쿵, 하고 방바닥에 고꾸라졌다. 너무 오래 무릎을 꿇고 앉아 있었던 탓에 발이 저려 몸을 가눌 수 없었던 것이다. 엉금엉금 기어 벽을 짚고 일어난 완구는 퇴창 틈서리로 뒤란을 살폈다. 총을 든 미군이 싸리 담장을 덮은 호박 덩굴 앞에 서 있었다. 도망치기에는 많이 늦었다는 것을 알았다. 그때, 봉자가 방문을 박차고 뛰쳐나갔다.

결국 완구와 봉자는 포로가 되었다. 그런데 샛노란 머리 미군에게 몸수색을 당하는 과정에서 뜻밖의 문제가 터졌다. 호신용으로 소지한 소련제 권총이 화근이 된 것이다. 밀정 시절, 독립군에게서 빼앗은 권총이었는데, 피난길에 호신용으로 챙겨온 것이었다. 만주에서 독립운동을 하던 동북항일연군의 잔당이 김일성을 좇아 인민군에 대거 편입하여 자신들을 핍박하고 살육했던 밀정들에 대한 복수를 하고자 명단을 가지고 쫓고 있다는 소문을 들은 때문이었다. 명단에 적힌 밀정들은 잡는 족족 불문곡직하고 즉결 처형한다고 했다. 그것도 죽창과 쇠스랑으로……. 그 흔한 인민재판조차 하지 않는다는 것이다.

완구는 인공 치하에 떨어진 서울에서 이런 사실을 목격하고 가까스로 탈출했다는 피난민으로부터 이와 같은 소문을 전해 들은 뒤에 득과 실을 저울질하며 버릴까 말까 하고 망설여왔던 권총을 버리지 않았다. 헤어진 가족을 찾다 말고 남행을 서두른 것도 이런 흉악한 소문을 듣고 나서였다.

미군 상사가 심문하다 말고 부하를 시켜 통역을 불러오라고 했다. 완구가 일본인 행세를 하며 영어를 모르는 척했기 때문이었다.

통역을 부르러 간 사이 외양간 여물통에 갇힌 완구는 자신이 미군 상사로부터 첩자 혐의를 받고 있는 것이 틀림없다는 생각이 들었다. 자칫하다가는 인민군이 아닌 미군으로부터 적으로 몰려 즉결 처분을 당할 판이었다. 역지사지라고 숱하게 많은 적을 다뤄본 완구로서는 다급했다.

"어무이! 어무이이! 어무이이! 으아아아악!"

지프 엔진음이 멀어지자, 절규와 통곡 소리가 들려왔다. 출상 때나 있을 법한 소란이었다. 호곡성이 매미 울음과 뒤섞였다. 앞서거니 뒤서거니 하며 서로 경쟁하듯 울었다. 완구는 살기 위해서라면 뭐든지 빨리 서둘러야 한다는 생각뿐이었다.

그는 캄캄한 여물통 속에서 알 수 없는 통곡과 매미 울음소리와 미군의 고함과 봉자가 내지르는 비명을 들었다. 비명은 완구에게 내주지 않았던 순결을 미군에게 바치는 소리였다. 완구는 어처구니가 없고 이가 갈렸으나 어쩔 수 없는 노릇이었다. 봉자가 당하고 있는 일은 그년이 선택한 그년의 몫이 아니던가. 그년이 발악하며 시간을 끌지만 않았어도 일을 마치고 이미 이 집을 떴을 것이다. 또 그년이 난동만 부리지 않았어도 미군이 이미 수색을 마친 이 집을 다시 찾아오지는 않았을 것이다.

봉자를 본 두 놈의 미군이 서로 껄떡대느라 총까지 겨누고 실랑이를 하는 것 같았는데, 그것 또한 그놈들끼리 해결할 일이었다.

뭐가 어떻게 돌아가는 것인지 고함과 비명이 끝난 뒤에 난데없는 연발 총성이 들렸다. 그러고는 얼마 지나지 않아 거적때기를 벗겨낸 미군이 발길질로 여물통을 모로 자빠뜨렸다. 여물 찌꺼기를 뒤집어쓴 완구 앞에 낯선 놈이 서 있었다. 통역이라고 했는데, 뜻밖에 일본 놈이었다. 놈은 한국어와 영어에 능통할 뿐만 아니라, 심지어 서툴지만, 중국어까지 하는 것 같았다. 조선 강점기 동안 경성에서 꽤 오래 살아 조선을 속속들이 꿰고 있는 놈이라고 했다. 일단 통역을 하기도 전에 일본인 행세를 했던 완구의 정체가 들통났다.

미군 상사가 군홧발로 완구의 턱주가리를 날렸다. 권총에 거짓말까지 더해진 완구는 엎친 데 덮친 격이었다. 영어를 모르는 척한 것이 뒤늦게 후회막급이었다.

일본인 통역은 심문하는 과정에서 완구를 이유 없이 윽박지르고 핍박하며 미군에게는 간 쓸개를 다 꺼내줄 것처럼 온갖 아양과 간살을 떨어댔다. 미국에게 패배하여 지배받는 국가의 국민이 맞는가 싶었다. 동북삼성에서 완구가 일본군에게 알랑거렸듯이 통역도 미군에게 그렇게 하는 것 같았으나 자신보다 심한 것 같았다.

완구는 자신의 영어 능력으로 미군을 상대하지 않아 일을 키운 것이 통탄스러울 뿐이었다. 깐깐하고 음흉한 일본 놈이 완구가 그려준 약도를 들여다보며 지나치게 세세히 캐묻고 확인을 거듭하는 통에 잔꾀나 꼼수를 부릴 여지가 없었다. 놈이 소지한 인근 행정지도를 펼쳐놓고 약도와 견주며 물어보니 어쩌겠는가.

고노 마쓰오라 불리는 일본 놈은 완구가 하는 모든 말을 제대로 알아듣는 것 같았으나, 손목에 하트 문신을 한 미군 상사는 고노가 통역해주는 말을 제대로 알아듣는 것 같지 않았다. 어설픈 완구의 영어 수준으로 들어도 어떤 이유 때문인지 모르겠으나 놈이 통역을 제대로 하는 것 같지 않았다. 그러니까 놈은 자세와 태도로 간살을 떨어댈 뿐, 전달해야 할 사실을 흐리멍덩하게 감추려고 하는 것이 분명했다.

미간을 찌푸린 미군 상사가 고노에게 얼굴을 바싹 디밀고 질문하는 횟수가 많아졌다. 그리고 죽여 버리겠다는 협박을 할 때마다 침을 뱉었다. 완구와 미군 상사와 통역자 삼자 간에 미묘한 긴장이 흘렀다. 그러나 검은 하트 문신 미군 상사가 이런 흐리멍덩한 상황을 간단하게 해결했다.

"우리 모두가 같이 가서 그걸 찾을 건데, 그 자리에 그게 없으면 너는 죽는다."

완구의 이마에 소련제 권총을 겨눈 미군이 통역을 노려보며 한 말이었다. 이번에도 말끝에 침을 뱉었다. 둘 다 자신을 속일 허튼 생각일랑 하지 말라는 경고 같았다.

심문이 됐건, 신문이 됐건, 고문이 됐건 간에 일찍이 입신의 경지에 올랐다고 자부하는 완구였지만, 그 경험을 역지사지로 쓸 수 있는 방법을 찾지 못해 답답할 뿐이었다. 궤짝을 적이 점령한 지역 또는 적과 교전 중인 지역에 감춰뒀다고 할까 했으나, 그러면 완구 말의 진위를 확인도, 궤짝을 확보할 길도 없기 때문에 가차 없이 죽일 수도 있을 것 같았다. 완구는 자신이 이미 신뢰를 잃었다는 사실을 잘 알고 있었다. 게다가 하트 문신의 난폭한 언행이 이런 추측을 확인해 주고도 남았다.

전시 상황인지라 신원 확인이 불가해 총기를 소지—그것도 소련제가 아니던가—한 완구를 피난 중인 민간인이라고 할 수 없었다. 미군이 보기에 완구는 거동 수상자나 적이 될 수 있었다. 그러니 살기 위해서는 이실직고하는 수밖에 도리가 없었다. 지금으로서는 목숨과 금괴를 맞바꾸는 것 말고 달리 빠져나갈 방법이 없었다. 물론 이들이 금괴를 확보한다고 해서 완구를 살려준다는 보장이 있는 것은 아니었으나, 그건 완구가 생각할 문제가 아닌 하늘의 몫이었다.

결박을 풀어준 미군 상병—상사가 놈을 하지스라고 불렀고, 하지스는 놈을 바커라고 불렀다—이 통역을 통해 '빤스'만 남기고 입은 옷을 모두 벗으라고 했다. 완구는 잽싸게 98식 일본 군복 쓰봉과 삼베 셔쓰를 벗었다. 벗은 옷가지를 챙긴 상병이 봉자가 있는 방 안으로 들어갔다.

바커라 불리는 미군 상사가 방 안으로 들어가는 그의 뒷모습을 꼬나보며 쓴웃음을 지었다. 그러고 나서 벌거벗은 완구를 잠시 애처롭다는 눈빛으로 쳐다본 상사가 배에 두른 복대를 가리키며 그게 뭐냐고 물었다.

완구가 답을 하기 전에 일인 통역이 '센닌바리'라고 한 뒤, 전장에 나간 병사의 무운장구와 무사귀환을 기원하는 마음을 담아 천 명이 붉은 실로 각각 한땀 한땀 수를 놓아 만든 복대인데, 일본식 부적으로 '싸우전스 피펄 오브 니덜'이라고 설명했다. 설명을 진지하게 듣는 것 같았으나, 제대로 알아듣지 못한 상사가 천인침千人針에 수놓은 문양을 손가락질하며 뭐냐고 다시 물었다. 천 리를 갔어도 무사히 천 리를 되돌아올 수 있다는 호랑이를 새긴 것이라고 했다. 그 말을 들은 상사가 복대를 당장 풀어달라고 했다.

빤스 차림의 완구를 다시 결박한 미군이 동구나무에 묶어놨던 눈자위가 퉁퉁 부은 어리바리한 남자와 함께 지프 뒤에 매달았다. 울어서 목이 쉰 남자는 미군에게 자신을 자기 어머니가 있는 곳으로 데려다 달라며 손짓 발짓으로 애원했다.

11

영수가 쇠고기 패티가 들어간 햄버거를 안 먹겠다고 했다. 평소 즐겨 먹던 패티였다. 원산지 표기를 확인한 남득은 미국산이 아닌 호주산이니 안심하라 했지만, 원산지는 얼마든지 속일 수 있다고—아마도 텔레비전 뉴스를 본 듯싶었다— 했기 때문에 쇠고기는 무조건 먹지 않겠다고 했다.

남득은 영수의 이런 단순 무지하고 까다로운 성격을 모르는 바 아니었으나 왠지 짜증이 났다. 굳이 이유를 찾자면, 개 주인이 개 줄 좀 안 묶었다고 해서, 개가 좀 가까이 다가와 짖었다고 해서 과하고 까칠한 대응을 해서 말썽을 일으킨 것도 이런 성격 탓이라는 생각이 든 때문이리라.

영수가 늘 그랬듯이 이번에도 같은 세트 메뉴로 주문을 하자고 했으나, 남득은 따로따로 하자고 했다. 영수는 새우버거를, 남득은 치킨버거를 주문했다.

외식은 남득의 당초 의중과 다르게 서로 등을 돌린 채 말 한마디 없이 각자 주문한 햄버거를 먹는 둥 마는 둥 하고는 끝났다. 영수는 삐친 것인지, 새우버거가 입맛에 맞지 않는지 깨작깨작하다가 반 넘게 남겼다. 남긴 새우버거를 벗겨냈던 포장지로 감싸 주머니에 넣었다. 소심하고, 눈치 빠르고, 음식 가리고, 예민해서 잠귀가 밝은 것 모두가 영락없이 제 엄마를 닮은 것인데, 그 정도가 제 엄마보다 곱절은 심했다.

겁 많고 눈치가 밝은—열 살 때부터 고용살이를 하면서 손찌검을 당하고 눈칫밥을 먹은 탓이리라— 영수가 외식 이후에 부쩍 남득의 표정을 살폈다. 주인에게 매 맞은 강아지가 주변을 빙빙 돌며 눈치를 보는 것 같았다. 그래서 남득은 더욱 짜증이 났지만 참기로 했다.

이튿날, 남득이 도배 일을 마치고 귀가했을 때, 영수가 보이지 않았다. 집에도, 2층 학원에도 없었다. 휴대 전화도 받지 않았다. 불기둥교회에서 저녁 예배를 보는지 해병대가 불러제끼는 군가 창법의 찬송가 소리가 들려왔다.

남득은 이게 무슨 일—해진 뒤에 밖을 나다니거나, 나갈 일이 있는 아이가 아니었다—인가 싶어 영수를 찾아 나섰다. 녹슨 흡음벽을 둘러친 철로 변을 등지고 거미줄처럼 엉킨 골목골목을 찾아다녔다. 땜통처럼 드문드문 남아있는 가게들—성매매 집결지 폐쇄 선언으로 흥청망청하던 사창가가 된서리를 맞게 되자, 대다수 가게도 덩달아 문을 닫지 않을 수 없었다—에도, 재개발된 역 앞 고층 상가에도, 그가 잘 가는 육교 옆 시영 아파트단지 놀이터에도 영수가 보이지 않았다. 평소 영수와 가깝게 지내는 열쇠쟁이 박 노인과 세탁소 사팔뜨기 노 여사에게 물어봐도 보지 못했다고 했다. 남득은 조바심치며 한 시간 남짓 영수를 찾아 헤매다니다가 더는 찾아볼 곳이 없어 집으로 향했다.

예배를 끝마치고 어디로들 가는지 시끌벅적한 소음과 함께 삼삼오오 떼를 지은 낯선 사람들—장 목사가 꼬드겨 만든 광신도들일 것이다—이 어둑어둑한 골목에서 보안등 그림자를 앞세우고 우르르 쏟아져 나왔다.

"하나님께 충성허고 나라에 애국하러 가는 길이니께 한 사람도 중간에 도망치면 안 돼야. 다들 알것지?"

양떼 몰이하는 목동처럼 그들 뒤를 따라 나오는 장구동 목사가 쉰 목소리로 호들갑스럽게 떠들어 대고 있는 신도들에게 다짐을 받고 있었다. 해진 시각에 어디로들 가나 싶었는데, 그들이 손에 든 팻말들을 보자 짐작이 갔다.

불법집회 STOP

나는 LA갈비라도 먹고 싶다

LA갈비 묵고 미친 소 된 사람 있음 나와보라 그래!

반미집회 반대!

"아부지, 지금 오는 거야?"

영수였다. 희고 붉은 깃발을 꽂은 점占 집 담을 등지고 보안등 아래 서 있던 영수가 남득을 보고 반갑게 마주 걸어오며 물었다. 일을 마치고 지금 귀가하느냐는 물음이었다.

영수의 손에도 '나는 미국산 쇠고기가 넘 좋아'라는 손팻말이 들려있었다.

"그러는 너는……?"

팻말 구호—목사나 신도가 써줬을 것이다—를 본 남득은 어처구니가 없었다. 쇠고기 패티를 안 먹겠다고 선언하고 아버지와 신경전을 벌인 전날의 그 아들이 맞는가 싶었다. 하지만 아들을 찾은 안도감에 놀랐던 가슴을 쓸어내리며 되물었다. 그러고는 영수의 손팻말을 슬그머니 빼앗아 담 밑에 세워 놓았다.

"나는 교회에 있었지유."

멋쩍은 웃음을 지은 영수가 고갯짓으로 불기둥교회를 가리키며 답했다. 휴대 전화는 예배를 보느라 꺼두었다고 했다.

노인복지센터 봉사활동을 마치고 돌아왔을 때, 장 목사가 찾아왔다고 했다. 영수의 표정을 살핀 목사가 무슨 걱정이 있느냐고 물었고, 쇠고기를 안 먹겠다고 해서 아버지가 화난 것 같다고 말하자, 그런 건 하나님께 기도하면 한 방에 해결된다고 했다는 것이다. 그래서 목사님을 따라 교회에 가서 기도하고 쇠고기를 아무 걱정 없이 먹을 수 있는 용기를 얻었다고 했다.

팻말을 들고 어딜 가느냐고 묻자, 목사님이 영수가 얻은 용기를 나눠줘야 한다고 해서 나눠주러 가는 길이라고 했다. 남득은 어이가 없었다. 장 목사가 인지 능력 장애가 있는 영수에게 '무단 전도'를 하고 세뇌 교육까지 한 것이다.

"아부지?"

"왜?"

"내 용돈 오천 원씩만 올려줘요."

"왜?"

"그, 그냥……."

영수가 말끝을 흐리고 답을 하지 않았으나, 헌금 때문이라는 것을 알 수 있었다. 그렇지 않고는 일주일 치 용돈으로 갑자기 갑절이 필요할 리 없었다.

"아부지?"

"왜, 또?"

"아부지가 교회 나와서 반주해 주면 하나님이 무지 기뻐하실 거고, 그러면 하나님이 아부지하고 내 소원하고 전부 다 들어주고, 우리 편이 된다고 했어유."

남득은 전도에 눈이 멀어 몰염치해진 장 목사의 사악한 꾐에 순진한 영수가 넘어간 것이라는 생각이 들어 헛웃음이 나왔다

낯가림과 의심이 심한 영수는 모르는 사람과 말을 섞지 않았다. 이런 영수가 모르는 사람에게, 그것도 아버지와 다투기까지 한 사람과 말을 트고 걱정거리까지 털어놨다는 것은 놀라운 일이었다. 무언지 모르겠으나 영수가 큰 걱정과 불안에 짓눌려 있는 것은 아닐까 싶었다. 남득은 그 걱정과 불안이 대체 무엇인지 궁금했다.

남득은 용기 나눔을 통해 애국도 하고 돈도 벌기 위해—일당을 받는 시위라고 했다— 목사를 따라가겠다며 고집을 부리는 아들을 어르고 달래 가까스로 집으로 데려갔다.

남득은 밥 생각이 없었으나, 묵은 반찬들로 저녁상을 차렸다. 벽시계 시침이 8시를 훌쩍 넘어서 있었다. 영수는 식사하는 내내 불안한 시선

으로 남득의 눈치를 살폈다. 평소 같으면 텔레비전을 켜고 드라마를 찾아보며 밥을 먹었다. 영수의 유일한 취미생활이 텔레비전 드라마 시청이었다. 그는 드라마를 보면서, 혹은 이미 본 드라마에 대해서 전개된 상황과 맥락을 짚어가며 등장인물 한 사람 한 사람의 시시비비를 가리며 인물평을 하느라 밥상 위로 밥알 파편이 날아다녔다. 말이 빠르고 어물쩍 넘어가는 부분도 있어 알아들을 수 없는 말도 있었다. 남득은 정신 사나워 듣기 싫었으나, 못 들은 척하며 대꾸를 하지도, 제지하지도 않았다. 영수의 유일한 낙에 대해 왈가왈부하고 싶지 않았다.

남득은 본의 아니게 사소한 일—쇠고기 패티를 먹느냐 안 먹느냐—로 아들과 신경전을 벌이는 지질한 애비가 되고 말았다는 생각에 마음이 편치 않았다.

영수는 자기 몫인 설거지를 하고 나서도 텔레비전을 켜지 않았다. 텔레비전을 등진 채 멀뚱히 앉아 벽 바라보기만 하고 있었다. 텔레비전을 볼 수 있도록 해달라는 일종의 침묵시위였다.

남득은 텔레비전을 켰다. 영수가 즐겨보는 연속극 〈너는 내 운명〉이 방영 중이었다. 텔레비전을 마주 보고 있는 남득은 텔레비전을 등지고 앉은 영수와 자리를 바꿨다. 그러고는 영수에게 쇠고기 패티 따위로 애비 눈치 볼 것도, 그 개와 여자 일로 걱정할 것도 없다고 했다.

먹다 남긴 새우버거는—저녁상을 차릴 때 냉장고 안에 넣어둔 버거를 봤다— 버리면 되고, 네가 잘못한 것보다 먼저 손찌검을 한 여자의 잘못이 크니 걱정할 것 없다고 했다. 그러자 갑자기 울음을 터뜨린 영수가, 그래도 자기가 먼저 욕을 하고 여자를 밀쳤기 때문에 자기 잘못이 먼저고 더 크다면서 엉엉 울었다.

남득은 조서를 꾸민 경찰에게도 이렇게 진술했을 것이라고 생각하니, 부아가 치밀었다. 남득의 사나운 표정을 본 영수가 급히 울음을 멈추느라 딸꾹질을 하고는, "미, 미안해유, 아, 아부지"라고 했다.

남득이 긴 한숨을 내쉬었다. 영수의 솔직하고 순하고 맹한 심성 때문에 곤란과 곤욕을 치른 적이 어디 한두 번이던가.

영수는 사리와 행실의 경중과 경우를 따지는 데 있어서 가히 천부적인 재능과 감을 타고난 놈 같았다. 이 모든 것은 그의 성품에 내재된 가치와 도리에 대한 강박에 바탕을 둔 것 같았다. 드라마를 볼 때마다 비 맞은 중 마냥 중얼대며 끊임없이 불평과 욕을 해댔는데, 개별 등장인물의 언행을 일일이 까발려서 분석하고 평가한 뒤에 나쁜 놈 또는 여자라는 판단을 내리면 욕으로 단죄했다. 그리고 그런 판단이 내려진 등장인물들은 이후 어떤 언행을 보여주건 간에 절대 처음 판단을 바꾸지 않았다.

학교에서 바보라는 놀림과 구타를 당하고 오면, 남득이 달려가서 가해 학생을 야단치고 담임에게 항의했는데, 영수는 자기도 욕을 했으니 아버지가 참아야 한다고 했다. 그때마다 항의하러 간 남득은 맥이 빠졌다. 상대로부터 놀림을 당해서 욕을 한 것일 터인데, 놀림은 문제 삼지 않았다. 영수의 도덕관에 인과 개념은 없었다. 놀림은 자기가 바보이기 때문에—정말 그렇게 생각하고 있는지 남득도 궁금했다— 당한 것이고, 또 놀림만큼 욕도 나쁜 것이라고 했다. 화가 나 집으로 돌아온 남득은 그렇게 잘 아는 놈이니까 앞으로는 어떤 놀림을 당해도 절대 욕을 하지 말라고 윽박지르고는 했다. 그러나 영수는, 그렇지만 자기를 바보라고 부를 때는 화가 나서 참을 수가 없다며 훌쩍거렸다.

급기야 남득이 학교로 찾아가 가해 학생들을 야단치고 교사에게 거세게 항의를 한 것이 새로운 화근을 낳았다. 남득의 잦은 항의 방문에 교사와 급우들도 화가 난 것 같았다. 급우들이 영수를 바보가 아닌 '튀기'의 자식이라고 놀렸고, 담임은 아무리 봐도 영수가 지진아 같으니 특수학교로 전학시키라고 권고했다. 처음에는 권고였으나, 점점 회유와 압박으로 바뀌었다.

특수학교를 몰라서 안 보낸 것이 아니라, 보낼 형편이 안 돼서 못 보낸 것이었다. 그러나 담임은 영수를 손찌검까지 해가며 구박하고, 교장과 교감이 나서서 남득을 독설로 압박하는지라 버틸 수가 없었다. 결국 자퇴시켰다.

그런데 자퇴도 문제가 됐다. 국민의 4대 의무 중 하나인 교육의 의무를 어겼다는 것이다. 그러니까 남득은 국법을 어긴 범법자가 된 것이다. 남득은 교육부 교육복지정책과의 조사를 받아야 했다. 당국은 학생과 학부모를 겁박해 학생의 의무교육을 방해하고 거부한 해당 초등학교를 조사하여 진상을 밝히려 하지 않고, 학부모를 아동학대범 취급을 하려 했다.

남득는 문교부에 진정을 했고, 영수의 사정을 헤아린 문교부가 개입했다. 교육청은 왜 자신들에게 진정을 하지 않고 문교부에 진정을 했느냐며 남득을 힐책했다. 교육청에 진정을 했으나, 5개월이 넘도록 대꾸가 없어 문교부에 진정을 한 것이었다.

어쨌든 우여곡절 끝에 영수는 교육청의 '배려'로 전학을 가서 초등학교를 마쳤다. 그러고는 교육의 의무를 따르기 위해 중학교까지 졸업했다. 다행스럽게도 중학교는 학교장의 관심과 영수를 긍휼히 여긴 교사들의 배려로 무탈하게 마칠 수 있었다.

남득은 이 일을 겪으면서 한국 교육이 1965년이나, 그로부터 26년이 지난 1991년이나 달라진 것이 없음을 절감했다. 남득도 영수 못지않게 힘든 학교생활을 했다. 영수가 바보 취급을 받았다면, 남득은 튀기 취급을 받았다.

어머니가 아버지의 행방을 좇겠다며 군산으로 갈 때, 여덟 살—호적 나이로는 여섯 살이었다— 남득을 고아원에 버렸다. 거기서 외형과 혈통이 다른 남득은 외톨이였다. 아이들은 그를 튀기, 하빠리, 빽사리, 오발탄이라 불렀다. '도루무깡(술래잡기)', '비삭치기(비석치기)', '다마까기(구슬치기)', 딱지치기 등등의 놀이에서도 따돌렸고, 어쩌다 가뭄에 콩 나듯 나오는 원조용 간식도 그들에게 빼앗겼다. 인근에 화교 학교가 있었는데, 창파오와 치파오 차림의 중국 아이들이 등하교할 때마다 우르르 몰려 나가 그들을 '짱꼴라'라고 부르며 욕을 하고 시비를 걸며 돌을 던졌다. 남득에게는 돌만 안 던질 뿐이지, 짱꼴라와 동급이었다.

그즈음에 남득을 불쌍히 여긴 염명숙이라는 아이가 있었다. 그 애는 두 살 아래인 여섯 살이었는데, 동무가 됐다. 아이들이 명숙이를 남득의 '깔치', '요강'이라고 부르며 입에 담지 못할 상스러운 말들로 놀렸다. 그러나 말 그대로 상상을 초월하는 독기와 깡을 타고난 그 애는 살기 띤 눈빛과 표독스러운 표정으로 "종간나새끼들, 모가지래 비틀어서리 죽여 버리갔어!"라고 하며 맞서고는 했다. 물론 그때마다 집단 매타작을 당했다. 그러나 그녀가 놀림과 욕설과 구타에 굴복해서 남득과의 관계를 끊을 거라고 판단했던 그 아이들이 졌다. 그녀는 그 아이들의 못된 짓에 꿋꿋하게 맞섰다. 구타를 피해 도망치려 하거나 구타를 당했다고 해서 울지도 않았다. 피칠갑이 되어서도 괴뢰군들에게서나 들을 수 있을 법한 욕설과 독기로 맞섰다. 그래서 깔치와 요강이 아닌 물귀신이라는 별명으로 불리게 되었다.

'시부대청' 주둔 미군들이 고아원을 위문 방문할 때마다 껌과 초콜릿과 과자를 선물로 나눠줬다. 남득의 몫으로 받은 이 선물들을 아이들이 빼앗았는데—일대일 또는 이대 일로는 얼마든지 상대가 가능한 놈들이었으나, 열댓 명씩 떼거리로 덤벼드는 놈들과 상대해서 이길 힘은 없었다—, 그때마다 명숙이가 원장에게 야무지게 꼰지르고는 빼앗긴 것보다 더 많이 받아다가 줬다.

고아원 원장을 겸직한 바돌로매 목사는 명숙을 애지중지했는데, 이유는 여섯 살에 불과한 명숙이가 열두 살짜리 아이들보다 월등히 총명한 데다가 미군들과 웬만한 의사소통이 된다는 사실이었다. 그래서 담임목사는 명숙을 하나님이 이 땅에 내려주신 축복이자 기적이라고 했다. 주말 오후마다 미군들이 찾아와 영어를 가르치기는 했으나, 그들과 대화할 수 있는 아이는 명숙이가 유일했다. 물론 서툰 영어였으나 대화가 됐다.

남득은 이런 천재 명숙이를 자랑스럽고 사랑스러운 누이처럼 대했다. 성탄절에 위문 방문을 온 그레고리라는 미군 특무상사가 명숙을 유독 귀여워했는데, 남득은 그가 미국으로 돌아갈 때 명숙을 양녀로 데리고 갈 것이라는 소문—명숙과 남득을 괴롭혔던 아이들이 악의적으로 낸 소문이었다는 것이 나중에 밝혀졌다— 때문에 불안에 떨기도 했다. 자신의 엄지손가락 크기만 한 소울 패치를 멋지게 기르고 다닌 그 미군 상사는 소울 패치만큼이나 멋진 카드 마술 솜씨로 아이들에게 놀라움과 기쁨을 줬다. 그때마다 명숙은 미군 상사 발치에 턱을 고이고 앉아 넋을 잃은 양 그의 손놀림을 주시하고는 했다.

전쟁통에 태어난 명숙은 미군 폭격에 부모 형제를 잃고 할머니와 단둘이 살아남아 난민촌 '충북녘'에 단칸 '하꼬방'을 짓고 정착했다. 정착하고 싶어 정착한 것이 아니라 갈 곳이 없었다. 할머니의 고향인 황해도 곡산으로 돌아갈 수 없게 되었기 때문이었다. 남과 북이 갈렸기 때문에 정전이 됐건, 휴전이 됐건, 종전이 됐건 고향으로 돌아갈 수 없는 것은 매일반이었다.

그 할머니가 몸이 늙어 쇠하고 병까지 들자 명숙이를 고아원에 버리고, 정확히 말하자면 주일예배 중에 대예배실에 남겨두고 잠적했다. 그러고는 3년이 지나 갑자기 나타난 할머니가 명숙을 삼성 장군의 애첩이 홀로 산다고 소문난 '청기와집' 양녀로 보내고는 다시 잠적했고, 이후 나타나지 않았다.

남득은 공책 크기의 철판에 별 세 개를 붙인 검정색 세단이 청기와집 담장—담장 위에는 둥그렇게 말린 철조망이 둘러쳐져 있었고 그 철조망에는 전기가 흐른다고 했다— 밑에 반나절쯤 주차되어 있다가 돌아가는 것을 본 적이 있는데, 어느 날인가는 동네 아이들이 그 세단 별 판에서 별 하나를 떼어내는 것을 본 적도 있다.

명숙이가 삼성 장군 애첩의 양녀가 된 경위는 알 수 없었다. 다만, 명숙이를 눈여겨 보아온 그 예수쟁이 애첩이 똘똘하고 야무진 그녀가 탐이 나서 잠적한 할머니를 삼성 장군의 '빽'으로 찾아내 돈을 주고 샀다는 소문이 나돌았다. 남득은 이 소문 또한 명숙이를 시샘하는 충북녘 사람들이 지어낸 악담이라 생각했다. 인형도 아닌 사람인데 어떻게 돈을 주고 살 수 있단 말인가. 남득은 그레고리가 명숙을 미국으로 데려가지 않은 것을 천운이라고 생각했다. 청기와집과 충북녘은 도랑을 사이에 두고 10여 미터쯤, 고아원과는 신작로를 사이에 두고 50여 미터쯤 떨어져 있었으나, 그 이후 남득은 염명숙을 볼 수 없었다. 남득은 본래 사람이 아니었던 명숙이가 천사가 되어 하늘나라의 별이 된 것이라고 생각했다.

군산에서 남득의 정상적인 학교생활이 어렵겠다고 판단한 어머니는 1963년 파주로 이사했다. 어머니가 아들의 교육과 장래를 위해서라며 파주를 택한 것이다. 군산에서는 더 이상 아버지의 행방을 쫓을 수 없다고 판단한 것도 이사 이유로 작용했을 것이다. 그때까지만 해도 남득은 어머니에게 소중한 존재였기에—남득은 당시에 그렇게 믿었고, 지금도 그렇게 믿고 있다— 갖은 고생 끝에 겨우 다진 생활 터전을 버리고 미지의 교육 터전을 찾아 엑소더스를 한 것이다.

파주 미군 기지촌은 군산 영화동 기지촌과는 비교가 불가할 정도로 규모가 크고 수준이 높았다. 일제 시대의 군용 비행장 자리에 들어선 군산 미 공군기지는 동북아 전략 기지라고 해서 최신예 전투기 등을 대거 배치했다고는 하나, 그래봤자 대대급 공군과 군속이 전부였다. 때문에 그 당시에는 기지촌이라고는 해도 시청 주변에 올망졸망 조성된 자그마한 환락가라고 할 수 있었다.

그러나 파주 용주골 기지촌은 모름지기 1963년 당시 떠오르는 신흥 상업 지구였다. 비어드Beard와 보몬트Beaumont 캠프로 향하는 양 갈래 길 입구에 있던 자그마한 농가들 속을 비집고 들어온 상점가와 유흥가와 집창촌이 우후죽순처럼 번창하고 있었다. 양공주만 500여 명이라고 했는데, 상대하는 미군의 피부색에 따라 양공주들의 '계급'도 나뉘었다. 흑인 병사를 상대하면 '흑인 여자'로 불렸고, 이 흑인 여자가 백인 병사를 상대하면 안 된다는 불문율이 있었다. 또 한국인을 상대하는 매춘부는 따로 있었는데, 집창촌 또한 뚝 떨어져 따로 있었다.

기지촌 규모가 컸던 만큼 거주 인구도 많았고, 전쟁통에 낳은 튀기들에다가 양공주들이 낳은 튀기들도 많았다. 전시에 이런저런 사정으로 외국군에게 몸을 더럽힌 여자들이 양공주가 되어 미군들에게 몸을 판다고 했다.

취학 대상 튀기가 흔하다고 해서 국가가 혼혈아 전용 초등학교를 세워주지는 않았다. 순혈을 주장하는 단군의 자손들인지라 전쟁이 낳은 외래종 혼혈 자손들은 사람 취급을 하지 않았다. 자신들과 다르게 생겼다는 이유로 죄악시하며 차별하고 경멸하고 왕따시켰다.

단군의 자손들은 자신들이 지켜주지 못해 탄생한 자신들의 자식들을 책임지지 않고 유기했다. 자신들의 무능으로 오랑캐와 왜놈들에게 잡혀가 능욕을 치르고 천신만고 끝에 살아 돌아온 환향녀還鄕女를 화냥년으로 만들어 스스로 책임을 회피코자 했던 치졸하고 비겁한 역사를 기꺼이 받아들여 재탕했다. 혼혈이 순혈들에게 빌붙어 먹겠다거나 해코지하는 것도 아닌데, 피부색과 생김새가 다르다는 이유만으로 멸시하고 천대하고 구박했다.

그래도 이사를 해서 좋았던 점은, 군산의 학교에서는 찾아보기 힘들었던 튀기가 파주에서는 한 반에 서너 명 이상 되었다는 점이었다. 남득은 심적 의지가 크게 됐다.

그러나 미군 물건을 쌔비다가 잡혀 길거리에서 아작나는 '슬렉키

slicky 보이'를 보는 일이나, '근로 재건대'로 불리는 넝마주이들의 피 튀기는 '나와바리' 다툼을 보는 일이나, 포주들 간에 벌이는 칼부림을 보는 일이나, 양공주들이 대낮에 미군들에게 개처럼 두들겨 맞고 살해당하는 것을 보는 일이나, 갈곡천 둔치에 내다 버린 치즈처럼 희거나 숯덩이처럼 검은 사생아들의 시신을 보는 일은 무엇보다 참혹한 일상이었다. 남득은 자신을 위해 이사를 한 어머니가 고마웠고, 자신을 내다 버리지 않은 어머니를 사랑했으나, 매일같이 보고 겪는 세상은 생지옥이었다. 아무튼 파주 용주골에 살게 된 남득은 미군들의 온갖 만행을 보면서 일찍이 초등학교 때 세상의 모든 불행을 목격하고 말았다. 당시에는 더 이상 이 세상에 존재하는 불행이 있을까 싶었다.

영수가 남들보다, 아니 남들에 비해 못하는 것은 두 가지뿐이었다. 글을 읽고 셈을 하는 것이었다. 키 151센티미터에 42킬로그램의 왜소한 몸매였으나, 신체 활동에 장애는 없었다. 그러나 글자와 수를 알지 못하는지라 정신지체장애 3급 판정을 받았다. 나이가 차서 군 입대를 해야 했기에 병무청 신체검사를 받은 결과였다. 글자와 수를 알지 못하는 것이 자신을 건사할 수 없는 심각한 장애로 작용했다. 남에게 피해를 주지 않는 혼혈아가 박해를 받았듯이, 남에게 피해를 주지 않는 정신지체장애아도 박해받는 삶을 살아야 했다.

심란한 마음에 꺼들리던 남득은 집안 청소를 시작했다. 청소를 하기에는 너무 늦은 밤 11시였다. 1층 방과 거실 벽지에 핀 물곰팡이를 닦아냈다. 30층짜리 쌍둥이 건물이 들어선 뒤부터 사흘에 한 번씩 하는 곰팡이 제거였다. 결로 현상으로 생긴 물기도 닦아내야 했다.

드라마를 보면서 눈치를 살피던 영수가 텔레비전을 끄고 급히 마른 수건을 챙겨 2층으로 올라갔다. 남득은 영수에게 남은 드라마를 마저 보라고 했으나, 재미가 없어 그만 봐도 된다고 했다. 물론 거짓말이었다. 드라마가 재미없어서가 아니라, 악기에 낀 습기 닦는 일을 깜빡한 것 같았다. 저녁 시간을 불기둥교회에서 보내느라 악기 닦는 일과를 거른 것이 아닐까 싶었다.

남득은 청소를 하면서도 심란한 생각을 떨칠 수 없었다. 경찰은 검찰의 정상 참작과 선처가 있을 것이니 아무 걱정을 말라고 했으나, 가해자 부모의 입장에서는 무조건 그 말만 믿고 가만히 있어도 되나 싶었다. 그래서 일을 하는 낮에도 짬을 내서 피해자 부모에게 수차례 전화를 걸었는데 발신자 차단을 해놨는지 아예 받지 않았다.

청소를 마칠 즈음에 길바닥과 창을 두드리는 세찬 빗소리가 들렸다. 추적추적 내리는 비였다. 선풍기와 제습기를 틀었다.

창가에 선 남득은 길바닥을 축축하게 적시는 빗줄기를 바라보며 한동안 울적한 생각에 빠져 있다가 잠자리에 들었다. 심신은 녹초인데 잠이 오지 않았다.

점점 의식을 또렷하게 만들어주고 있는 빗소리를 헤아리며 이리저리 뒤척이고 있을 때, 휴대 전화가 빛을 반짝이며 진저리를 쳤다. 자정이 넘은 시간이었으나, 남득은 낮에 전화를 받지 않던 피해자 부모일는지도 모른다는 생각에 벌떡 일어나 발신자를 확인했다.

조애란 여사였다. 일을 하던 중에 갑자기 다가와 남득의 귀에 대고 오카리나를 배우고 싶다고 속삭이던 그녀가 슬그머니 알려준 전화번호였다. 그녀는 자신의 휴대 전화 번호를 적은 쪽지를 건네며 혹 자기가 전화를 걸었을 때, 모르는 번호라고 해서 안 받을지 몰라 미리 알려주는 것이니 그리 알라고 했다. 남득이 황당한 표정을 지으며 알겠다고는 했으나, 자정을 넘긴 시간에 걸려온 조 여사의 전화를 무턱대고 받을 수는 없었다. 아마도 비 때문에 건 전화인 듯싶었다.

휴대 전화기의 진저리 속에서 빗소리가 그악스러워졌다. 그럴 리 없겠지만, 남득은 오늘 밤 꿈속에 박여순이 찾아와 주기를 기도했다.

12

코디네이터가 황사 주의를 다시 당부했다. 고비사막 모래 분진과 중국 공단의 중금속이 섞인 초여름 황사가 사흘째 지속 중이라고 했다. 봄에만 드문드문 생겼던 황사가 언제부터인가 여름에도 발생하고 있다고 했다. 그러니까 다들 고령인 점을 생각해서 버스 안에서도 나눠준 마스크를 쓰는 것이 건강에 좋을 것이라고 반복해서 안내했다. 코디네이터는 매일 아침마다 새 마스크를 나눠줬다.

버스가 국립현충원을 벗어나자 하지스는 차 창밖으로 스치는 황사 속 도심 풍경을 물끄러미 바라봤다. 차량 동선을 짤 때 고려한 것인지 같은 행선지를 오고 가는데도 바깥 풍경이 새로웠다. 하지스는 여기가 언덕배기같이 나지막한 산과 올망졸망한 논밭 그리고 꾀죄죄한 흰옷 차림 천지였던 58년 전의 그 한국이 맞나 싶었다.

하지스가 탑승한 1호차가 경찰 순찰차의 꽁무니에 바짝 붙어 다시 한강 다리를 건넜다. 한강 위의 다리가 많기도 했지만 마치 쾨니히스베르크 다리의 한 붓 그리기를 하듯이 강을 건널 때마다 다리가 달랐다. 세 개의 철교와 한 개의 인도교뿐이었던 한강에 수십 개의 다리와 철교를 놓았다는, '한강 다리의 기적'을 자랑이라도 하려는 것 같았다.

옆자리에 앉은 떠벌이 로버트 홀이 88올림픽 때도 와 봤지만 그새 더욱 몰라보게 달라졌다면서 코디네이터가 민망해할 정도로 과장된 리액션을 거듭했다. 그는 어디 가서 무얼 보건 "오우, 갓 댐!"하고 탄성을 내지르고 호들갑을 떨었다. 탄성과 호들갑이 틱장애 같았다. 하지스는 바람잡이처럼 구는 이런 리액션이 필요해 한국 정부가 그를 거듭 초청하는 것이 아닌가 싶었다.

자리에서 일어나 마이크를 잡고 의자 팔걸이에 엉덩이를 걸친 코디네이터가 오찬을 하러 호텔로 가기 전에 국립중앙박물관을 들를 것이라고 했다. 오찬을 마치고는 북쪽으로 올라가 판문점과 GOP를 견학하고 남쪽으로 다시 내려오는 것이 오늘 예정된 스케줄이라고 했다.

반포대교를 건너 한강 우안 도로로 들어선 버스가 딸꾹질하듯이 가다 서다를 반복했다. 고향 뉴저지 교통 체증보다 심했다. 선도하는 순찰차 앞에 나타난 경찰 사이드카가 길을 뚫어보려고 안간힘을 썼으나 어림없었다. 재봉선의 바늘땀처럼 다닥다닥 붙은 차들이 평지의 물처럼 더디게 흘렀다.

"보스턴 범퍼 투 범퍼 교통 체증 같구만."

창밖을 내다보던 홀이 조바심을 치며 떠벌였다. 전립선 문제로 틈만 나면 화장실을 들락날락했었는데, 탑승 전, 이동시간이 15분밖에 안 걸린다는 말에 참기로 했다가 곤욕을 치르는 것 같았다. 굳은 표정으로 앉았다 일어났다를 반복하고 있는 홀을 보며 사자처럼 전장을 누비고 다녔을 전사가 오줌보 때문에 쩔쩔매는 것을 보면서 하지스는 만감이 교차했다.

한국에 온 지 나흘이 됐으나, 하봉자로부터는 아무 소식이 없었다. 혹시나 하는 마음에 버릇처럼 휴대 전화를 꺼내 확인해 보고는 했지만, 대표 인솔자가 아침 8시 정각에 보내주는 금일 스케줄 안내 문자와 손자 딘으로부터 온 문자가 전부였다.

할아버지 미안. 대사관에서 봐.

오늘 저녁에도 하지스를 만나러 부대를 나올 수 없다는 뜻이었다. 대민 사고 뒤처리가 생각보다 쉽지 않은 것 같았다.

종종걸음치던 버스가 속력을 냈다. 휴대 전화를 만지작거리던 하지스는 다시 한번 더 방기웅 주무관에게 전화를 걸어 부탁하고 싶었다. 하지만 만날 의사가 전혀 없다는 뜻을 단호하게 밝혔다는 말을 수차례나 강조해서 전해준 공무원에게 같은 부탁을 다시 한다는 것이 구차하기도 하고 만만치도 않은 문제인지라 난감할 따름이었다.

아직은 시간이 있으니 참고 좀 더 기다려보기로 했다. 하봉자가 살아 있다는 것과 연락처를 안 것만 해도 큰 행운이었다. 때문에 어떻게 해서든지 만날 방법이 있을 것이라는 확신이 들었다.

"움직이지 맛!"

하지스가 소리쳤다.

문지방을 넘어서려던 바커가 움찔했다.

사정을 마친 하지스가 방을 나왔을 때, 페니스를 소독하라며 바커가 다시 S자 수통을 건넸으나 뿌리쳤다. 마당에 떨어진 수통에서 소금물이 흘러나왔다. 바커는 피식하며 바람 빠지는 듯한 웃음을 짓고는 수통을 주워 자신의 페니스를 씻었다.

그 모습을 본 하지스는 경악했다. 바커가 어느 정도의 악질인지, 아니 어느 만큼의 패악질을 저지를 수 있는 놈인지는 알지 못했으나, 손등과 팔뚝에 새긴 검정 하트의 의미는 충분히 알고 있었기 때문이다.

하지만 아무리 그래도 그렇지 바커가 방금 전 자신과 성교를 마친 여자와 그것도 거의 혼절 상태에 빠진 여자와 바톤 터치하듯이 그 짓을 이어서 하리라고는 생각지 못했다. 하지스가 여자와 섹스를 한 것은 바커의 강요 때문이 아니라 여자를 살리기 위해서였다. 바커는 자신이 전쟁터에서 강간한 국들을 모두 죽였다고 했다. 그 증표라며 손등과 팔뚝에 새긴 검정 하트 문신을 자랑질하지 않았던가.

사정을 마친 하지스가 "이 여자는 이제부터 내 여자다"라고 외칠 때, 반문을 내지르며 뜨악한 표정으로 바라봤던 바커가 댓돌 위에서 쪽마루 위로 급히 한 발을 올렸다. 그때 하지스가 바커의 등 뒤에 총구를 겨누고 외친 것이다.

그러나 잠시 멈칫했던 바커는 곧이어 문지방을 넘어 방 안으로 한 발을 내디뎠다. 순간, "탕!" 하고 날 선 총성이 울렸다. 문설주 옆의 토벽이 총알에 깊이 팼다. 토벽 파편이 튀어 바커의 왼뺨을 때렸다. 탄착점과 바커가 두어 뼘 거리였다.

"이 새끼가……."

바커가 권총을 뽑으며 돌아섰다.

"내 여자라고 하지 않았습니까!"

하지스가 바커를 노려보며 외쳤다.

"뭐, 뭐얏? 네 여자?"

바커가 피식하고 웃으며 물었다.

"그래, 내 여자! 내 여자가 됐다고……. 그러니까 그 여자 건드리면 죽인다."

하지스가 사정을 하듯이 경고했다.

그러나 잠시 하지스를 꼬나본 바커가 방문을 향해 몸을 돌렸다. 죽일 수 있으면 죽여보라는 태도였다.

"타, 타, 타, 타, 탕!" 하고 총성이 울렸다. 타 타 타 타 타앙, 메아리가 연발 총성을 되뇌었다.

연발 사격에 놀란 바커가 방 문턱 위에 엎어졌다. 총소리에 놀라 엎어진 것인지, 총알을 피하려 엎드린 것인지 미동조차 없었다.

"그 여자 건드리면 내가 죽인다고 했잖아, 이 개새끼얏!"

M1 소총의 탄약 여덟 발을 다 쏴서 비운 하지스가 잡석 축대에 기대어놓은 바커의 소총을 집어 들었다. 사태의 심각성을 인식한 바커가 양손을 머리 위에 올리고 천천히 일어났다. 전장에서 오발로 인한 사망 사고나, 우발적 사망 사고나, 충동적 사망 사고는 언제 어디서든 발생할 수 있는 아주 흔하디흔한 일이 아니던가. 피아 구분 없이 이런 사고로 위장해 여럿을 죽인 바커인지라 이런 개죽음을 모를 리 없었다. 얼굴색이 하얗게 질린 바커가 천천히 몸을 돌려 권총을 내려놓고 하지스를 향해 고개를 까닥까닥했다. 하지스의 말을 따르겠다는 제스처였다.

여자를 바커의 검정 하트 문신으로 만들 수 없었다. 자신이 보는 앞에서 바커가 그녀를 강간하고, 죽이고, 시신을 훼손하는 사이코패스 짓거리를 하도록 놔둘 수는 없었다. 아니 방조범이 될 수 없었다.

바커는 동해를 건너는 생크스 호에서 소대원들을 모아놓고 자신의 엽기적 악행을 대단한 전공戰功인 양 자랑질한 악마 같은 놈이었다. 강간한 여자를 굳이 죽일 이유가 뭐냐고 묻자, 국이 내 씨를 받아 애를 만들어 키우는 것은 자신과 하나님에 대한 모독이라고 했다. 시신을 불태우는 이유를 묻자, 십자군의 번제燔祭라고 했다.

박물관 관람은 시간 관계상 30분만 한다고 했다. 예상치 못한 교통 정체로 그렇게 된 것이니 널리 양해 바란다고 했다. 하지스는 그 교통 정체 현상이 쇠고기 수입 반대 시위로 수도 서울의 교통이 마비된 결과라는 것을 알고 있었다.

박물관에 도착한 하지스는 코디네이터에게 고려 시대 금동불상을 보려면 어디로 가야 하느냐고 물었다.

13

식칼에 손가락을 베고 또 접시를 깼다. 하봉자는 여느 때와 달리 사흘째 앞치마 주머니에 휴대 전화를 넣고 일을 했다. 방 주무관으로부터도, 하지스로부터도 전화는 오지 않았다. 단호히 거절은 했으나 행여나 하는 마음에 기다리고 있었다.

봉자는 자신이 한심스러웠다. 길고 긴 세월 동안 아무런 소식 없이 잘 살아온 사람이 이제 와서 갑자기 무엇 때문에, 뭐가 아쉽다고, 무슨 바람이 들어 옛 여자를 만나겠다며 애면글면하겠는가. 그녀는 그렇게 생각을 다잡으며 널뛰는 마음을 달랬다. 하지만 그러면서도 여전히 연락이 기다려졌다. 그가 알아야 할 것이, 아니 그에게 알려줘야 할 것이 있기 때문이었다. 아주 많이 늦어지기는 했지만, 꼭 알려줘야 할 것이 있었다. 그녀는 방 주무관과 통화를 하는 동안 한순간의 자기연민과 격정과 분노에 꺼들려 그걸 깜박하고 성급하게 만남을 거절한 것이었다. 봉자는 좀 더 기다려보기로 했다.

광목 홑댓보를 둘둘 말아 아랫도리를 가린 봉자는 방문과 멀찍이 떨어진 구석에 웅크리고 앉아서 바들바들 떨었다. 늑대를 피했나 싶었더니 사자를 만난 꼴이었다.

방 안으로 들어온 두 번째 미군은 다른 사람이었다. 주먹질과 발길질을 하고 옷을 찢어서 벗겨놓고 나간 미군이 아니었다. 희묽고 곱상한 얼굴이 샌님 같아 낯익었다. 물론 처음 대하는 서양인이었다. 표정이나 행동거지가 앞선 미군처럼 흉포하지 않아서 그런 것인지, 눈빛을 마주쳤을 때도 무섭지 않았다. 앞선 미군에게 곤죽이 되도록 얻어맞은 끝이라 그럴 수도 있었다. 알 수 없는 노릇이었지만 봉자는 그가 거침새 없이 편하다는 느낌마저 들었다.

봉자의 묶인 발치에 무릎을 꿇고 벌서듯 앉은 미군은 마치 축도를 하는 신부처럼 양손을 번쩍 치켜들고 느린 일본어와 영어로 뭐라 지껄여 댔는데, 표정과 태도로 볼 때 무언가를 묻는 것 같기도 하고 부탁을 하는 것 같기도 했다. 그러나 알아들을 수 없었다.

미군은 정말 복음을 전하는 신부처럼 진지하고 근엄한 표정으로 봉자와 눈을 맞춘 채 같은 말과 손짓만 반복했다. 그러나 아무리 반복을 한다고 해도 알아들을 수는 없었다.

뒷날 돌이켜 생각해보니, 미군이 조바심치며 반복해서 물었던 말은, "니혼고데키마쓰카" "스코시다케 마떼" "캔 유 스피크 잉글리쉬?" "돈 워리"였다.

봉자와 미군이 다급하고 초조한 분위기 속에서 서로를 바라보며 어쩔 줄을 몰라 하고 있을 때, 방문이 벌컥 열리고 흉포한 미군이 방 문턱에 걸터앉았다. 그러고는 아랫도리를 움켜쥐고 까불거리며 히죽히죽 웃고는, "허리, 허리"라고 했다.

봉자의 발치에서 무릎을 꿇은 채 어쩔 줄 몰라 하던 미군이 방 문턱에 걸터앉아 히죽히죽 웃고 있는 미군을 노려본 뒤, 그의 발목을 묶은 끈—거름 삼태기에서 뽑아낸 삼끈이었다—을 풀었다. 그러고는 허리띠를 끌러 바지를 까내리고 봉자의 사타구니로 거칠게 파고들었다.

봉자는 비명을 내지르고는 이를 악문 채 죽을힘을 다해 양 무릎을 조였으나 역부족이었다. 허벅지를 벌려 짓누르는 힘을 당해낼 수 없었다. 곧 묵직한 것이 찌르듯이 찢듯이 파고들었고 생살을 후비는 고통이 느껴졌다. 아아악, 하는 봉자의 비명과 "쏘리, 쏘리"하는 미군의 잔말이 서로의 몸부림 속에서 뒤엉켰다. 담배 연기를 뿜어내며 지켜보던 미군이 "베리 굿, 베리 굿"을 외쳐대며 박수를 쳤다.

짧은 순간, 쇠말뚝 때려 박듯 강렬한 몸짓을 마친 미군이 문지방에 걸터앉은 미군을 향해 "퍼크 유!"라고 외쳤다. 바지를 추스른 미군이 방을 나서며 흉악한 미군에게 말했다. "디스 우먼 이즈 마이 와이프." 봉자는 이 말이 무슨 뜻인지 알지 못했다.

한바탕 울음을 쏟아낸 봉자가 횃댓보로 사타구니의 피를 닦아내고 있을 때, 마당에 선 두 미군이 격한 말다툼을 하는 것 같았다. 몇 차례 고성이 오갔고, 곧이어 한 발의 총성과 수십 발의 총성—봉자는 수십, 수백 발로 들렸다—이 연이어 들렸다. 집이 통째 무너져 내릴 것 같은 총질이었다. 수십 발의 총성이 울릴 때 문지방을 넘어서던 흉악한 미군이 고꾸라졌다. 봉자는 이제 다 같이 죽겠다는 생각이 들었다. 그러나 다행인지 불행인지 두 미군은 서로에게 총질을 하지 않고 다툼을 끝냈다.

봉자는 다툼을 끝낸 미군들에 의해 30여 분 가까이 방 안에 갇혀 있었다. 옷은 넝마가 되어 입을 수가 없었다.

쪽마루에서 두런두런거리는 소리, 윽박지르는 소리, 사정하는 듯한 소리가 들렸다. 미국말과 일본말과 한국말이 앞뒤 없이 뒤섞였다. 이미 몇 차례 들어 귀에 익은 목소리도 들렸고, 낯선 목소리도 들렸다. 처음 듣는 굵뜬 목소리는 세 나라말을 모두 하는 것 같았다. 잔뜩 겁에 질린 작은 주인 남자의 목소리 뒤에 처음 듣는 남자의 목소리가 따라붙었다. 주인 남자의 말을 미국말로 바꿔 미군들에게 전해주는 것 같았다.

쪽문을 열고 살그머니 부엌으로 간 봉자는 항아리에 담긴 물을 떠 피가 묻은 허벅지와 사타구니를 씻었다. 무슨 심각한 이야기들을 주고받는 것인지, 방 안에 있는 그녀에게 신경 쓰는 사람은 아무도 없었다. 그녀는 부엌 뒷문을 통해 달아날까 했으나, 알몸인지라 그럴 수 없었다. 또 달아나다가 들키기라도 하면 총에 맞아 죽을 수 있다는 생각도 들었다. 별수 없이 아랫도리만 씻고 방으로 다시 기어들어 온 그녀는 '造福(조복)'이라 수를 놓은 횃댓보로 알몸을 감싼 채 오들오들 떨며 웅크리고 앉아 있었다. 물그릇 조각에 찔린 등이 쑤시고 아팠으나 손이 닿지 않아 어쩔 도리가 없었다.

밖에서 남자들이 주고받는 말은 주인 남자의 말을 빼고는 알아들을 수 없었다. 주인 남자는 자신이 봉두리에 묻어뒀다는 황금에 대해 말하는 것 같았다. 봉자는 두 귀를 곤두세우고 주인 남자가 하는 말을 새겨들었다.

"이걸 입어라. 이 옷이 더 안전할 것이라고 한다."

얼마나 지났을까, 방 안으로 들어온 미군이 옷가지를 던져줬다. 봉자를 덮치고 총질을 한 미군이었다. 주인 남자의 옷이었다. 방문 밖에 선 일본인이 미군이 하는 말을 통역해 주었다.

봉자는 샌님처럼 보였던 그 미군도 무서운 사람이라는 생각이 들었다. 그가 밖에서 총질을 해댈 때 방 안으로 날아들어 온 총알 한 발이 벽에 박혔다.

횃댓보를 치마처럼 두르고 일어선 봉자는 옷을 던져준 남자를 향해 등을 돌렸다. 찔린 상처를 본 미군이 어딘가로 달려갔고, 잠시 뒤 양철로 된 약통을 가져와 봉자의 등을 치료했다.

봉자는 자기 앞에 놓인 당꼬바지와 면뽀쁠링 샤쓰를 주섬주섬 입었다. 알몸으로 다닐 수는 없었다. 옷이 자루처럼 컸지만, 입을 수 없을 정도는 아니었다.

빤쓰 차림이 된 주인 남자는 삼끈으로 양손이 묶인 채 흉악한 미군의 발밑에 강아지처럼 앉아 있었다.

옷을 다 입고 방을 나오자, 대검을 뽑아 든 미군이 봉자를 돌려세우고는 두어 뼘 길이의 땋은 머리를 무 자르듯 싹둑 잘랐다. 봉자가 머리카락을 만져보니 머리채를 바투 잘라 선머슴 더벅머리 모양이었다. 각반脚絆을 찬 통역이 배시시 웃으며 옷도 머리도 잘 어울려 '아쿠타로(악동)' 같아 보인다고 했다. 미군은 봉자의 선머슴 같은 모양새에 만족하는 것 같았다.

부하가 봉자에게 하는 짓을 지켜보던 흉악한 미군이 얌전히 앉아 있는 주인 남자를 걷어찼다. 주인 남자가 비명을 지르며 데굴데굴 굴렀다.

잘린 머리채를 손에 든 미군은 상관의 행동을 못 본 체했다. 미군은 봉자에게 할 말이 많은 것 같았다. 미군이 하는 말을 통역사가 전달했다. 미군은 많은 말을 또박또박 끊어서 길게 했고, 통역사는 그 말을 적고 짧게 한국말로 바꿨다. 길게 뱉은 말들을 통역이 한꺼번에 모아서 짧게 처리하자, 미군이 눈알을 부라리며 개머리판을 을러멨다.

"우리, 에 또…… 베에군米軍 뒤를 따라오지 마라." "절대 큰길로 나가 걷지 마라." "산자락을 타고 남쪽으로만 가라. 서둘러 가라."

미군이 그녀가 산을 타고 가야 할 남쪽 방향을 손가락질로 일러주었다. 그러고는 봉자의 얼굴을 뚫어지게 바라봤다.

"황간역까지 빨리 가면 남쪽으로 가는 기차가 있다. 그걸 꼭 타야 한다. 자, 이거…… 너를 지켜줄 것이다."

미군이 품속을 뒤적거리더니 무언가를 꺼내 건넸다.

둥근 테두리에 새의 깃털이 달린 손바닥 크기의 장식품이었다. 미국 여자들의 노리개 같았다. 장식품을 건네준 미군이 바커의 눈을 피해 잠시 등을 돌려 윗옷 속에 손을 넣었다가 돌아섰다. 그러고는 자신의 가슴팍에서 꺼낸 무언가를 봉자의 손에 쥐여주며 말했다.

"내 이름은 하지스다. 하, 지, 스."

봉자가 받아쥔 쇳조각을 가리키며 말했다. 그러고는 그녀의 이름을 물었다.

"하봉자. 하, 봉, 자."

"하?"

놀라운 표정으로 두어 차례 '하, 하'를 반복한 미군이 손을 내밀었다.

머뭇거리던 봉자가 손을 내밀어 미군의 손을 맞잡았다.

악수를 마친 미군이 그녀의 손가락을 가리키며 뭔가를 물었다. 걱정스러운 표정이었다. 통역사가 봉자에게 다가와 붉게 물든 손톱을 살펴보고는 담 밑에 핀 봉숭아꽃을 뜯어 미군에게 보여주며 말했다. 질문에 대한 답을 하는 것 같았다.

답을 듣고 난 미군이 봉자를 보고 빙그레 웃음을 지으며 뭐라고 중얼댔는데, 통역사가 핏물이 아니라 다행이라 했다고 전했다. 봉자는 미군의 천진스러운 웃음이 지금의 상황과 어울리지 않아 생뚱맞다는 생각이 들었다. 주인 남자를 아무 이유 없이 폭행한 미군은 어디로 갔는지 보이지 않았다.

미군과 헤어져 마을 뒷산으로 올라간 봉자는 무거워진 짐 보따리를 내려놓고 살폈다. 무슨 뜻인지 모를 외국 글씨가 박힌 양철 깡통 세 통이 들어있었다. 식량 통이라고 했다.

봉자는 미군이 가라고 알려준 방향이 아닌 주인 남자와 걸어온 산길을 되밟아 걸었다. 혼자서 피난할 자신도 없었지만, 생사조차 모르는 가족과 떨어져서 혼자만 살겠다고 피난을 갈 수는 없었다.

주인 남자로부터 고향 소식—네 아버지도 끌려가 돌아가셨을 것이라는—을 들었을 때부터 당장 봉두리로 달려가고 싶었다. 그러나 주인 남자에게 팔린 몸이 되었고, 주인이 된 그 남자가 허락을 해주지 않는지라 그럴 수 없었다. 하지만 이제 그 주인 남자는 미군이 어딘가로 데려가고 없었다. 다시 만날 일은 없을 것 같았다. 그녀는 흉악한 미군 덕에 뜻밖에도 10여 년의 종살이를 마치고 자유의 몸이 되었다.

봉자가 산등성이와 산자락을 타고 북동쪽을 향해 부지런히 걷는 동안 여전히 머리 위로 쌕쌕이가 날고 그악스러운 매미 울음 가운데 쿵쿵대는 포성이 들렸다. 봉두리와 가까워질수록 포성도 가까워지고 있어 지옥으로 들어가는 것처럼 무서웠다.

하지스의 말을 거슬러 남쪽이 아닌 북동쪽 방향으로 가고 있었으나, 큰길로 나가지 말라는 그의 말은 지켰다. 미군이 큰길로 가면 죽는다고 통역을 통해 수십 번을 일러주었기 때문이었다. 그가 거짓말을 할 이유가 없었다. 주인 남자가 큰길을 피해 산길을 택했던 것도 어떻게 해보려는 음심 하나만으로 그러지는 않았을 것이라는 생각이 들었다.

나무가 우거진 산 아래로 얼핏얼핏 큰길이 보였다. 뙤약볕 아래 영동쪽에서 밀려 내려오는 희끗희끗한 피난민 행렬이 끝없이 이어져 있었다. 멀리서 내려다보니, 마치 허연 엿가락이 길바닥에 잔뜩 들러붙어 있는 것 같았다.

대전 싸움도 미군들이 힘에 부쳐 밀리는 것 같았다. 쇠죽솥 크기의 짐을 한 보따리씩 이고 진 피난민들은 지친 걸음으로 양쪽 갓길을 따라, 차량에 실려 퇴각하는 미군들은 길 복판을 따라 계속 꾸역꾸역 밀려 내려오고 있었다.

봉자는 걷는 내내 찢어진 아랫도리가 쓰셨고, 물집이 터진 발가락과 발바닥도 쓰라리고 아팠다. 그녀는 강간을 당할 때, 정신적 충격은 그리 크지 않았다. 이미 일선재에서 겉은 점잖으나 속이 검은 주인어른의 손을 깊이 탄 몸이었다. 그래서 정신적 고통보다 육체적 고통이 컸다. 그녀는 얼얼한 통증에 시달리며 생에 대한 자신의 집착이 수치스럽다는 생각이 들었다.

백마산 자락을 돌아 봉두리 뒷산을 타고 내려온 봉자가 집에 도착했을 때는 어둑발이 마을을 뒤덮은 뒤였다. 고향마을은 아무런 일도 없었다는 듯 물에 잠긴 수초처럼 조용하고 평온했다. 유년 시절 동무들과 놀며 보고 자란 한갓진 모습 그대로였다.

그러나 텅텅 빈 그녀의 집은 버려진 듯 썰렁했다. 괴상하리만큼 적막한 집 안팎을 둘러보며 가족을 찾았으나 아무도 내다보는 사람이 없었다. 불길한 생각에 휩싸인 봉자는 그때까지도 머리 위에 이고 있던 짐을 방문 앞에 내던지고는 큰고모가 사는 집을 향해 달려갔다.

부엌에서 뛰어나온 큰고모가 아무런 기별도 없이 갑자기 나타난 봉자를 단박에 알아보지 못했다. 더벅머리에 남장을 한 때문이었다. 그러나 잠시 후 큰고모가 봉자를 덥석 끌어안고 울부짖었다.

"아이고, 봉자야. 이게 다 뭔 일이다냐."

아버지는 엿새 전 느닷없이 들이닥친 경찰 손에 끌려가 죽었고, 어머니는 죄 없는 아버지를 빨갱이로 몰아 죽인 놈들과 한마을에서 한시도 같이 살 수 없다면서 두 동생을 데리고 마을을 떠났다고 했다.

봉자가 가족을 뒤따라가겠다고 했다. 고모와 고모부가, 지금은 전쟁통이라 그래도 이 외진 산골짜기에 들어박혀 있는 것이 안전한 피난이라며 말렸으나, 듣지 않았다.

아버지가 죽었을 것이라고 일러준 주인 남자의 말은 거짓이 아니었다. 아버지를 경찰이 왜 잡아가 죽였느냐고 물었다. 오빠를 잃은 고모는 슬픔과 분노를 주체하지 못해 통곡만 했고, 고모부가 답을 했다.

엿새 전, 아침 댓바람에 흙먼지를 일으키며 나타난 GMC 트럭 한 대가 동구 밖에 서더니, 총을 든 군인들이 집으로 들이닥쳐 "복길이 있남? 복길이는 어서 나와봐라" 했다. 논물을 보러 나가려고 뒤란에서 삽과 곡괭이를 챙기던 아버지가 "내가 복길인디, 뭔 일이래유?" 하고 묻자, 군인 둘이 솔개가 병아리 낚아채듯 아버지를 덮쳐서는 철삿줄로 두 손을 꽁꽁 묶어 끌고 갔다고 했다. 짐승처럼 끌려가던 아버지가 발버둥 치며 대체 왜 이러는 것인지 영문을 말해달라고 하자, 개머리판으로 머리를 깨트려 트럭에 싣고 갔다는 것이다.

고모부가 보니, 트럭 짐칸에는 이미 이 마을 저 마을에서 잡혀 온 사람들이 잔뜩 실려 있었는데, 마치 볏가리, 아니 썩어서 내다버리는 농작물처럼 차곡차곡 쌓여 있었다고 했다.

고모부의 말을 믿을 수 없는 봉자가 경찰이 아버지를 죽인 것이 맞느냐고 다시 물었다. 그러자 고모부는 경찰이 아니라 특무대(CIC) 영동분견대 요원들이라고 했다.

그날 저녁, 트럭에 실려 간 사람들이 모두 총살되어 매장됐다는 소문이 마을에 돌았고, 소문은 사실로 밝혀졌다. 심지어 그들 가운데 일부는 하루 전에 자신들이 매장될 구덩이를 직접 팠다고 했다.

어머니가 이장에게 찾아가 왜 아무 죄가 없는 봉수 아버지를 끌고 가 죽인 것이냐고 묻자, 자기가 알기로는 장차 남침한 빨갱이들과 한 패거리가 될 것이 뻔한 불순분자들을 미리 골라내 죽일 수밖에 없어서 그런 것이 아닐까 싶다고 했다.

어머니는 이장에게 다시 물었다. 좌익 빨갱이 짓을 한 보도연맹원들을 잡아 죽였다고 하던데, 보도연맹과 아무 상관이 없는 봉수 아버지는 대체 왜 잡아가 죽인 것이냐고…….

이장이 답을 할 수 있는 질문이 아니었다. 억장이 무너진 어머니가 20리 길을 미친 듯이 뛰어 영동경찰서로 달려갔다. 여기저기 묻고 물은 끝에 '처단반'을 찾아가니 바쁘니까 김일성이한테 가서 물어보라고 했다. 어머니는 내 남편이 이승만이 백성인데, 왜 우리 국부 이승만을 놔두고 김일성이에게 물어보라 하느냐며 죽을 각오로 대들었다.

권총까지 뽑아 들고 위협을 하던 경찰이 마침내 명부를 펼쳐놓고 손가락질로 짚어가며 "하복길이라고 했나? 하복길이, 하복길이라…… 여 있네, 빨갱이 새끼!"라고 했다는 것이다. 그러면서 그 '저승 명부'에 적힌 놈들은 죄 빨갱이새끼들이라 빨갱이 괴뢰 새끼들과 들러붙기 전에 국법에 따라 예비 검속을 통해 먼저 처단한 것이라고 했다는 것이다. 그러면서 눈알을 부라린 처단반원이 너도 동조자로 즉결 처형당하고 싶지 않으면 더 이상 공무집행을 교란하지 말고 당장 꺼지라면서 머리끄덩이를 잡아 쫓아냈다는 것이다.

아버지는 울 밑에 핀 봉선화도 좋아 했지만 밭두렁 야생화도 좋아하는 순박한 농사꾼이었다. 이념과 사상은커녕 글조차 모르는 데다가 나라의 주인이 순종 왕인지 이승만 대통령인지도 모르는 무지렁이였다. 피부색이 모두 누렇고 볕에 그을려 까만데, 빨갛고 파란 사람은 대체 어디에 있느냐고 묻는 사람이었다. 그래서 어머니는 명부를 인정할 수 없었다.

집으로 돌아온 어머니가 다시 이장을 붙잡고 탄원했다. 연일 어머니에게 시달린 이장이 버틸 수가 없어 자신과 친분이 있는 사찰과 경찰을 찾아가 알아본 결과, 천부당만부당한 사실이 밝혀졌다.

명부의 하복길은 1936년생 하복길이었다. 그 하복길이는 개울 건너 윗마을 굴피집에 사는 약초꾼의 열네 살짜리 아이였다. 그 아이는 보급투쟁을 하는 빨치산이 아랫말까지 쳐내려왔을 때, 그들의 강요에 따라 고구마 두 자루를 산밑 상엿집까지 날라줬다는 죄목으로 보도연맹에 강제 가입을 하게 됐는데, 1912년생 아버지와 1936년생 그 아이를 혼동한 것이다. 그러니까 아버지가 굴피집 아이를 대신해 죽은 것이다. 아버지가 잡혀간 직후, 어수선한 낌새를 눈치챈 그 아이는 마을을 잽싸게 떠나 도망쳤다고 했다.

고모부가 보도연맹원들을 떼로 처형했다는 구덩이를 찾아갔으나, 쉬파리 끓는 구덩이가 흙과 핏물로 덮여 있어 아버지의 시신은 확인할 길이 없었다고 했다. 처단반원들이 시신들을 곱게 묻어준 것이 아니라 불태워 훼손한 뒤에 묻었다고 했다.

접근을 제지하는 감시원과 몸싸움을 해가며 매장지를 본 어머니는 제정신이 아니었다고 한다. 아무 죄 없는 굴피집 아이를 원망하면서도, 그 아이가 사람 백정들의 손아귀에서 무사히 빠져나가 목숨을 건사한 게 천만다행이라고 했다는 것이다. 어머니가 지서에 가서 확인하고 항의를 한 것이 화근이 되어 야차 같은 처단반원들이 명부에 적힌 36년생 하복길을 잡겠다며 마을을 급습했는데, 이미 아이가 도망친 뒤였다.

봉자는 아버지의 죽음에 관한 자초지종을 듣고 나서는, 어머니와 동생들이 언제, 어디를 향해 어느 길로 갔느냐고 재우쳐 물었다. 눈물 콧물 범벅이 된 고모가 쉰 목소리로 말하길, 어머니가 봉자를 꿈에 봤는데 혹시나 그 애가 올는지도 모른다며 기다리다가 한식경 전 해거름녘에 떠났다고 했다.

봉자는 미군의 말을 따르느라 영동-황간 큰길로 오지 않은 것이 후회됐다. 뒤늦게 남쪽 방향도 아닌 북쪽 방향으로 거슬러 가면서 미군의 말을 무조건 따른 자신의 고지식함과 맹함이 한스러웠다. 만약 큰길을 탔다면 어머니와 동생들을 만났을 수도 있었을 것이다.

큰고모가 봉자의 남장이 흉하다면서 옷을 갈아입고 가라고 했다. 반닫이에서 꺼내준 검정 몸뻬와 몽당 저고리로 갈아입은 그녀는 서둘러 마을을 벗어나 남쪽으로 향했다. 이미 해가 져 길이 어두웠으나, 아침까지 기다릴 여유가 없었다. 아버지가 묻혔다는 5리 밖 매장지를 들러 보고 싶었으나 무서워 그럴 수가 없었다. 야간 포성이 등짝에 들러붙는 것 같았다.

하봉자는 35년 전 미국으로 보냈다가 석 달 만에 주소불명으로 되돌아온 드림캐처와 알루미늄 인식표를 종이상자에서 꺼냈다.

14

삼태기에서 뽑아낸 칡으로 뒷짐결박을 당한 도완구는 어머니를 울부짖다가 기진한 땅딸보 남자—새끼줄로 묶었다—와 함께 지프에 끌려갔다. 칡과 새끼줄로 손목을 묶은 두 남자를 포승줄로 다시 묶어 지프 뒤 범퍼에 매달아 끌고 갔는데, 흉악하게 생긴 부소대장 바커의 지시에 따라 운전병이 가속페달로 완급을 조절하는 바람에 걷다가 뛰기를 반복해야 했다.

걷고 뛰기를 네댓 차례 반복한 두 남자는 숨이 차올라 몸을 가눌 수 없었다. 결국 지프의 속도를 따라잡지 못해 엎어진 채로 짚단 모양 질질 끌려가느라 온몸이 피투성이가 됐다. 흙먼지를 일으키며 짚단처럼 끌려오는 두 남자를 돌아본 부소대장이 수통을 들어 허공에 대고 축배 시늉을 하며 낄낄댔다. 야차 같았다. 팬티 차림인지라 알몸과 다름없는 완구의 맨몸은 길바닥의 흙과 잔돌에 쓸리고 갈려 말 그대로 피떡이 되었다.

자드락길을 이렇게 5리쯤 내달려 영동-황간 간 큰길에 이르렀을 때, 목 뒤로 두 손을 깍지 낀 한 무리의 청장년들이 총을 겨눈 미군들의 재촉을 받으며 끌려가는 모습이 보였다. 인근 농가 마을에서 젊은 남자들만 따로 추려낸 것 같았는데, 그들을 마치 짐승 다루듯이 큰길가로 몰아갔다. 미군들은 그들이 피난민들과 섞이지 않도록 신경을 쓰는 것 같았다.

지프에서 팔짝 뛰어내린 부소대장이 인솔 책임자로 보이는 미군 장교 중위에게 다가가 손짓으로 북쪽을 가리키며 무언가를 물었다. 완구는 귀를 바짝 세웠으나 거리가 멀어 들을 수 없었다. 추측건대 전선의 전황을 묻는 것 같았다.

그사이 일본인 통역사도 지프에서 내렸다. 그는 더위에 지쳐 흐느적거리며 걷고 있는 피난민들을 붙잡아 세워놓고는 한국말로 이런저런 질문을 쏟아냈다. 피난민들은 통역사가 보고 겪지 않은 곳에서 벌어진 일들을 알려줄 수 있는 정보원들이었다. 통역사도 나름대로 전황을 파악하고자 애쓰는 것 같았다.

부소대장은 중위와 담배 한 대 태울 시간만큼 긴 대화를 나누고 돌아왔다. 지프로 돌아온 그는 범퍼에 매단 땅딸보를 떼어내 장교에게 넘겨줬다. 넘겨줄 때 '프리즈너'라고 했다. 땅딸보가 적군이라는 뜻이었다.

인솔 미군들의 땀과 때에 절어 후줄근한 군복과 부대 마크—흰 바람개비가 아니었다—로 볼 때, 부소대장과는 소속 부대가 다른 것 같았다.

땅딸보를 넘겨받은 중위가 서둘러 자리를 뜨려 할 때 부소대장이 다시 그를 붙들고 무언가를 물었다. 짜증 난 중위의 표정이 일그러졌으나, 부소대장은 개의치 않았다. 이번에는 주머니에서 지도를 꺼내서 펼쳐 들고는 손가락을 짚어가며 무언가를 세세히 묻고 확인까지 받는 것 같았다.

촉이 빠른 완구는, 그가 왜 자신이 잡은 포로까지 넘겨주며—포로 생포는 전공에 포함된다— 시간에 쫓겨 짜증 내는 장교를 붙잡고 있는 것인지 알 것 같았다. 그가 알고 싶어 하는 것이 무엇인지, 그에게 물어보려는 것이 무엇인지 감을 잡을 수 있었다. 또 왜 자신이 아닌 땅딸보를 포로로 만들어 중위에게 넘겨준 것인지도 알 것 같았다.

부소대장은 완구가 그려준 약도의 존재 여부와 실제 위치를 알아보려는 것 같았다. 그러니까 약도에 표기된 지점의 상황을 파악하고 직접 찾아가서 궤짝을 확인하거나 확보하려고 사전 조사를 하는 것 같았다.

부소대장이라는 놈이 전쟁이 아닌 전리품, 아니 염불이 아닌 잿밥에 눈이 먼 것이었다. 놈은 아마도 궤짝 속의 황금을 확인하기 전까지는 완구를 놓아주지 않을 작정인 것 같았다. 거짓이라면 죽이겠다고 했으니 금괴의 진위, 유무가 판가름 나기 전에 놓아줄 리가 없었다. 완구는 전쟁 포로이자 장차 금괴와 교환될 인질 취급을 받았다. 소련제 나강

M1895 권총을 근거로 해서 얼마든지 적으로 만들어 죽일 수도 있었고, 금괴 확보를 위한 인질로 잡아뒀다가 결과에 따라 팽烹을 당해 죽을 수도 있는 상황에 처했다. 물론 죽일 때는 적의 스파이 혐의로 죽일 것이 분명했다.

'포로'를 넘겨준 부소대장이 뒤 범퍼에 묶여 있던 팬티 차림 완구를 지프 뒷자리에 태웠다. 지프가 5리 남짓한 거리를 빠른 속도로 달렸다. 잠시 후, 미군 주둔지—하가리 미군 숙영지라고 했다—로 보이는 하천 둔치 길에 도착하자, 완구의 발목을 묶어 천막으로 지은 야전 막사에 가뒀다. 탄약 상자와 C-레이션 상자로 가득 찬 창고용 막사였다.

부소대장 바커의 부대는 농가 마을로부터 동쪽으로 7리쯤 떨어진 강변과 큰길 사이 모래 둔덕에 위치해 있었다. 하천수가 느적느적 흐르는 얕고 좁다란 하천 건너편으로 불쑥 솟아오른 철둑이 보였고, 뙤약볕에 잔뜩 달궈진 그 철둑길을 따라 기차가 아닌 미군들이 떼 지어 남하하고 있었다. 터벅터벅 힘없이 걷는 모습으로 볼 때 싸움에 져 퇴각하는 것 같았다.

황간역 위, 북쪽으로는 상·하행 기차 운행이 모두 끊어진 것 같았다. 큰길로는 미 군용 차량들이, 철길로는 패전 미군들이 끊임없이 밀려 내려왔다. 피난민들은 미군들을 위해 길을 양보해야 했다.

창고용 막사에 갇힌 완구는 통풍구를 통해 쫓기는 듯한 미군의 움직임을 보며 대전도 곧 적의 수중에 떨어질 것이라는 불안한 예감이 들었다. 미군의 움직임이 장마철을 앞두고 저수지 제방에 집을 지은 개미들이 이동하는 것과 흡사해 보였다. 완구는 봉두리도 속히 적의 수중에 떨어지기를 바랐다.

부소대장 바커는 부대장에게 완구를 프리즈너도 아닌, 적의 1급 스파이라고 보고하는 것 같았다. 지휘 막사가 창고용 막사와 붙어 있어 주고받는 대화를 엿들을 수 있었다.

잠시 후, 하지스 상병이 완구를 지휘 막사로 옮겼다. 완구가 들어오자 바커가 소련제 권총을 번쩍 들어 보이고는 부대장에게 건넸다. 권총을 받아쥔 부대장은 무덤덤한 눈빛으로 피떡이 된 완구를 힐끔 쳐다봤을 뿐 별다른 관심을 보이지 않았다. 의외였다. 바커를 부하로서 신뢰하지 않는 것인지, 완구를 스파이로 보지 않는 것인지는 알 수 없었으나 부대장은 바커와 완구를 상대하지 않고 둘러싸여 있던 위관급 장교들과 중단했던 회의를 이어갔다.

바커가 머쓱한 표정을 짓고 서 있자, 부대장 곁에 있던 대위가 어서 나가라는 손짓을 보냈다.

오밤중에도 미군들의 남하는 계속됐다. 해가 지면 보이지 않았던 전폭기가 달빛 속에서 쌕쌕거리며 밤새도록 날아다녔고, 포성과 섬광이 끊이지 않아 불안과 공포에 시달렸다. 완구는 쪽잠조차 이룰 수 없었다. 어제부터 전폭기가 부쩍 많이 보였는데, 야간 작전을 펼치는 것은 개전 이후 처음 보는 모습이었다. 불리한 전세 극복과 미군의 퇴각 지원 때문이 아닐까 싶었다.

결국 잠을 포기한 완구가 불안에 쫓겨 틈틈이 막사 밖을 내다보고 있을 때, 갑자기 북쪽에서 시뻘건 불길과 희뿌연 연기가 뭉게구름처럼 피어올랐다. 이것이 미군의 주곡리 농가 방화였고, 초토화 작전이었다는 것은 전쟁이 끝나고 많은 세월이 흐른 뒤에 알게 되었다.

그러고는 난데없는 둔중한 연발 총성이 어둠을 찢어발겼다. 완구는 등골이 오싹했다. 적의 기습인가 싶었으나, 응사가 없는 것으로 보아 적의 기습은 아닌 것 같았다. 교전이 없으니 적의 기습일 리 없었다. 만약 적이 옥천과 영동을 지나 이 시간에 이곳까지 닿을 수 있을 것이라는 예측을 했다면, 미군들이 노출된 하천 변에서 한갓지게 야영을 하고 있을 리 있겠는가.

원인 모를 총성과 폭발음이 콩밭에 불이 난 듯 계속됐다. 피난민들을 몰아놓은 백사장 쪽에서 들려오는 총성이었다. 단말마의 비명과 통곡과 살려달라는 고함이 인육 타는 냄새와 뒤섞였다. 분명 적과의 교전 상황이 아닌데, 기관총과 야포 소리와 어린아이와 소 울음이 연이어 어둠 속에서 뒤엉켰다. 철둑길로는 여전히 터벅터벅 퇴각하는 미군 병사들이 보였다. 완구는 이 아귀가 틀어진 상황들이 이해되지 않았다.

미군들은 뿔뿔이 흩어져 있던 피난민들을 자정이 가까워진 시간에 갑자기 하천 변 백사장 한 지점으로 몰았다. 피난민들을 몰아놓은 그 백사장 쪽에서 새벽녘에 총성이 울린 것이다.

부소대장 바커가 큰길가에서 인계한 땅딸보와 한 무리의 청장년들은 목 뒤로 두 손을 깍지 낀 자세로 백사장에 엎드려 있었다. 미군이 이들을 따로 감시했는데, 아마도 그들 중에 적이 섞여 있다고 의심을 하거나, 모두를 아예 적으로 간주하는 것 같기도 했다.

완구는 통풍구를 통해 총성과 함께 어둠을 오려내는 빛 조각들이 날을 세울 때마다 썩은 짚단처럼 피난민들이 픽픽 쓰러져 나자빠지는 모습을 지켜봤다. 따로 분류해 감시하던 청장년들도 파편처럼 흩어지는 핏줄기와 함께 단말마의 비명을 지르며 나뒹굴었다.

이런 살육전을 엿보던 완구는 불안과 공포로 사색이 되어 온몸을 사시나무 떨 듯했다.

주곡리와 하가리 주둔 미군은 26일 새벽 1시 30분, 상부로부터 즉시 퇴각하라는 명령을 받았다. 밤새 주곡리 방향에서 끊임없이 들려온 총성과 포성은 피난민들에게 가해진 것이었다. 미군의 무차별 총질에 많은 피난민과 짐 실은 달구지를 끌던 소들이 영문도 모르는 채 죽어 나갔다고 했다. 삽제굴 주변 언덕에 진지를 구축하고 적을 기다리던 7기병연대 2대대 병력이 공황 상태에 빠져 무고한 피난민들에게 총격을 가한 것이었다.

미군은 적과 피난민을 굳이 구분하려 하지 않는 것 같았다. 그들은 민간인 복장으로 위장한 적들이 많기 때문에 식별 불가한 민간인은 얼마든지 죽일 수 있다고 했다. 그러나 미군 복장으로 위장을 한 적들이 있기 때문에 미군을 죽여야 한다고는 하지 않았다.

인민군은 미군으로부터 빼앗은, 혹은 그들이 버리고 도망친 전투복과 무기를 이용해 미군을 죽였다. 인민군을 만난 미군은 자신들의 목숨을 챙기느라 싸우기보다는 도망치기에 바빴는데, 그러느라 버리고 간 우수하고 멀쩡한 무기들은 적들이 공짜로 챙겼다. 그 무기들로 남한군과 미군을 죽였다.

전쟁이 끝난 뒷날 이 일에 대한 진상을 조사할 때, 그 당시 도로에 설치해 둔 미군의 지뢰지대를 통과하기 위해 북괴군들이 피난민들을 앞장세워 보냈기 때문에 발생한 계획적 학살이었다고 주장했다. 그러나 완구는 이 주장이 근거 없는, 아니 사실과 다른 거짓 주장이라는 것을 잘 알고 있기에 코웃음을 지었다. 하지만 완구가 이런 미국 측의 거짓 주장을 까발릴 이유도, 사실관계를 증언하고 나설 이유도 없었다. 사실보다 힘이 진실인 세상에 살면서 사실이 좀 왜곡됐다고 해서 빨갱이 편에 설 수는 없지 않겠는가. 또 진실이 밝혀진다 해서 죽은 사람이 살아 돌아오는 것도 아니고…….

어쨌든 창고 막사에 갇혀 있던 완구는 그날의 그 불지옥 속에서 무사했다.

"유 아 프리(석방이다)."

바커였다. 한바탕 총성이 지나가고 난 뒤에 불쑥 나타난 그가 얼굴 가득 미소를 띤 채 미군 전투복 한 벌과 엄지손가락 크기의 금 한 덩이를 완구 발치에 툭 내던지며 말했다. 갑자기 퇴각 명령을 받은 미군이 숙영지를 철거하느라 부산스럽게 움직이고 있을 때, 놈이 나타난 것이다. C-레이션 박스에 기대앉은 완구를 내려다보는 놈의 입이 귀에 걸려 있었다. 다가와 머리라도 쓰다듬어줄 태세였다. 금괴를 찾았다는 뜻이었다.

그가 부대장에게는 뭐라고 보고를 하고 풀어주는 것—부대장은 시종일관 완구에게 관심이 없었다—인지, 또 찾은 금괴들은 어떻게 했는지 궁금했다. 그러나 물어볼 처지도 아니었고, 물어본다고 해서 놈이 답을 해줄 것 같지도 않았다. 하기야 답을 들은들 무슨 소용이란 말인가.

완구는 땅바닥에 쓸려 피떡이 된 알몸 위에 전투복을 꿰입었다. 꾸덕꾸덕 굳어가던 피딱지가 옷에 쓸려 욱신거릴 때마다 진저리를 쳤다. 품이 커서 헐렁한 전투복을 입고 소매와 바짓가랑이 밑단을 둘둘 말아 올린 완구는 놈이 투전판의 개평인 양 발치에 던져준 금 조각을 챙겼다. 그러고는 놈의 가슴팍에 붙은 명찰을 뚫어지게 바라봤다.

Harold A. Barker

바커가 금 조각을 챙긴 완구를 막사 밖으로 데리고 나왔다. 미군의 학살로 가족 친지들을 잃은 피난민들이 호곡 속에서 짐을 꾸리고 있었다. 완구는 피난민들이 호곡하는 검붉은 백사장이 저승 같았다. 핏빛 하천이 요단강으로 보였다.

"땡큐, 국. 굿 바이. 고우!"

완구를 백사장으로 데려간 바커가 군홧발로 완구의 엉덩이를 힘껏 걷어차며 말했다. 완구가 피로 물든 모래밭에 엎어질 때, 자지러지는 울음소리가 들렸다. 경기 걸린 아기의 울음소리였다.

야전 시설물들을 해체해 트럭에 실은 미군이 한군데 몰아두었던 피난민들을 다시 큰길로 내몰아 줄을 세웠다. 철로 위를 걸어 퇴각하는 미군은 보이지 않았다.

어느새 시뻘게진 해가 불쑥 떠올라 모래 웅덩이에 고인 핏물을 달구고 있었다. 시신이 널린 백사장에는 파리떼가 꼬여 들고 푸른 논 위로는 백로가 날았다. 경기 걸린 아기의 자지러지는 울음소리와 그악스러운 매미 울음소리가 용오름인 양 하늘 높이 솟구쳤다.

2부 노근리, 2008

1

"차알스, 우리 찰스 집에 있는가? 손님이 찾아왔다네."

열쇠장이 박세갑 노인이 호들갑을 떨었다. 그의 굽은 등 뒤로 낯선 젊은 남자 둘과 검정색 밴이 서 있었다. 불광을 낸 구두코처럼 삐까번쩍해 보이는 밴이었다.

빨간 아침 해와 검정 밴을 등지고 선 두 남자가 남득을 보자 꾸뻑 폴더 인사를 했다. 머리를 사타구니에 처박는 듯한, 상스러워 보이는 인사였다.

남득은 꼭두새벽에 무대뽀로 찾아와 조폭 똘마니처럼 구는 이들이 못

마땅하기도 했으나, 그렇다고 해서 대놓고 무시할 수도, 용건도 묻지 않고 무조건 돌아가라고 내칠 수도 없는 노릇인지라 멍한 표정으로 바라만 보고 있었다.

두 남자 틈에 끼어 있다가 비척비척 한쪽으로 비켜 선 박 노인은 마치 자신이 따야 할 최신형 금고의 잠금장치 앞에 서 있기라도 한 듯 호기심과 탐구심 가득한 눈으로 남득과 차림새가 튀는 두 남자와 삐까번쩍한 밴을 번갈아 바라보느라 정신이 없는 것 같았다. 그렇게 한동안 눈알을 굴리며 분위기를 살피던 박 노인은 샛노란 형광빛 양복 차림에 파란색 선글라스를 낀 남자에게 시선을 고정시켰다. 깎아놓은 밤톨 모양 머리를 샛노랗게 물들인 이 남자가 신곡 하나로 요즘 인기 상종가를 치고 있는 트로트 가수 옐로 스카이라는 걸 모를 리 없기 때문이었다. 노랑머리를 바라보는 박 노인이 경이롭다는 표정을 지으며 벌어진 입을 다물지 못했다. 남득은 노인도 저런 팬심을 가질 수 있다는 것이 새삼 놀라웠다.

"선생님을…… 드디어 이렇게 뵙다니, 정말 영광입니다."

매니저로 보이는 배불뚝이 검정 양복이 신세계백화점 쇼핑백을 불쑥 내밀며 너스레를 떨었다. '영광입니다'라고 할 때 리듬을 탔는데, 노랑 밤톨 머리의 히트곡에 나오는 '사랑입니다' 곡조의 패러디였다. 말투가 삼류 나이트클럽 사회자 같았다.

검정 양복이 건넨 쇼핑백을 남득이 받지 않자, 그 쇼핑백을 밤톨에게 쥐여주며 등을 떠밀었다. 등이 떠밀려 몸이 휘청 꺾인 밤톨이 급히 중심을 잡았다. 검정 양복은 자신의 손목시계를 가리키며 밤톨에게 서둘러 용건을 마치라는 눈짓을 보냈다. 인기 절정인 가수인지라 스케줄에 쫓기는 것 같았다.

슬랩스틱 코미디언 같은 두 남자를 바라보던 남득은 뒤늦게 밤톨 옐로 스카이가 두 해 전 크리스마스이브에 죽은 엠파이의 동료였다는 기억이 떠올랐다.

옐로 스카이는 엠파이로부터 남득에 대해서 이런저런 얘기를 전해 들은 바 있어 꼭 한번 뵙고 싶어 찾아온 것이라고 했다. 그동안 여러 차례 전화를 드렸으나 연결이 되지 않아 결례를 무릅쓰고 불쑥 찾아오게 되었다는 것이다.

대문을 등지고 선 남득은 어딘지 모르게 가식적인 태도를 보이고 있는 밤톨을 외면한 채 그가 하는 말을 건성으로 들었다. 집으로 들일 손님이 아닌 것은 분명해 보였다. 밤톨의 말이 끝나자, 남득은 조승서—엠파이의 본명이다—가 생전에 그 쪽에게 어떤 말을 어떻게 했는지는 모르겠으나 자신은 그런 사람이 아니라고 하고는, 무언가 잘못 알고 찾아온 것이니 돌아가라고 했다.

당황스러워하며 비비적거리는 두 남자를 등지고 집으로 들어간 남득은 잠시 후 보스턴백을 둘러메고 다시 나와서는 일을 가야 한다며 막아서 있지 말고 길을 터 달라고 했다.

"잠깐이면 됩니다, 선생님."

써금써금한 2층 건물을 뜨악한 표정으로 둘러보고 있던 노란 밤톨이 남득의 앞을 막아서며 말했다.

"그럴 시간이 없네."

남득이 불편한 표정을 지으며 말했다.

"그럼 일단 선생님께서 가시는 곳까지 제 차로 모셔드리면서 잠깐 말씀을 드리는 건……."

밤톨이 남득의 보스턴백을 잡으며 말했다.

"일 없네. 늦었으니 어서 비키시게."

남득이 객쩍은 웃음을 지어 보이며 단호하게 답했다.

"그럼, 오늘은 이것만 드리고 가겠습니다."

밤톨이 들고 있던 각대봉투를 쇼핑백 안에 넣어 건넸다. 각대봉투 안에 찾아온 용건이 들어있는 것 같았다.

남득은 페인트 모션으로 두 사람 사이를 비집고 나가 보스턴백을 고쳐 맸다. 두 남자가 남득을 부르며 쫓아 왔으나, 남득은 버스정류장을 향해 바삐 달렸다.

남득이 골목 모퉁이를 막 돌아서려 할 때, "충성!" 하는 외침이 들렸다. 걸음을 멈춰 돌아보니 노란 밤톨 머리가 거수경례를 하고 있었다. 남득은 노란 머리의 뜬금없는 거수경례가 무슨 뜻인지 알기에 몹시 거슬렸으나 못 본 척 내처 걸었다. 이번 버스를 놓치면 꼼짝없는 지각이었다. 그는 오야보다 조애란 여사에게 책잡히는 것이 싫었다.

유행이 돌고 도는 만큼 트로트도 언젠가는 부활할 줄 알았다. 그러나 이토록 빨리, 그것도 세대를 초월해 휘황찬란하게 부활할 줄은 몰랐다. 오비 세대가 추억과 향수로 부르고 즐겨도 충분히 고맙고 또 신기한 노릇이라 할 수 있었는데, 젊은 세대까지 찾아서 부르고 즐겼다. 아니 지위고하, 남녀노소를 막론하고 누구나 부르고 즐겼다.

그러나 트로트를 부르는 신세대 가수 대다수가 창작곡이 아닌, 흘러간 노래 가운데 시대 취향에 맞는 곡을 골라 불렀다. 마치 1960년대 인기 통기타 가수들이 주로 우리 정서를 저격한 번안곡을 불러 인기를 누렸던 것처럼 이들도 전 세대를 풍미한 옛 트로트를 새롭게 편곡, 개작하여 새로운 창법으로 불렀다.

이렇게 해서 인기 정상에 등극한 몇몇 가수들에게는 왕년의 유명 히트곡 제조기였던 트로트 작곡가들—음악을 공학적으로 하는 장사꾼들이었다—이 들러붙어 맞춤형 신곡을 만들어줬다. 곡보다 가수의 인기가 하늘을 찌르는 세태가 되었기 때문에 히트곡과 히트 가수의 입지가 바뀌었다. 과거에는 훌륭하고 멋진 노래가 가수를 유명하게 만들었으나, 지금은 거꾸로 인기 가수가 그렇고 그런 노래를 훌륭하고 멋지게 만들었다.

그러나 대다수 가수들은 형편이 어려웠다. 신곡을 받아 부르기가 하늘의 별 따기였다. 그래서 자기 곡이 없었다. 옛 곡에 조미와 감미료를 쳐서 불렀다.

옐로 스카이도 그랬다. 물론 어쩌다 한 곡이 떠 인기를 얻었다고는 하지만, 최고라 할 인기는 아니었다. 인기를 얻은 곡은 너무 단물을 우려냈기에 이제 떫고 쓴맛이 나는 중이었다. 그러니까 그 곡이 말라 죽기 전에 다른 곡을 띄우지 못하면 밤톨도 대중에게 버림받고 하루아침에 잊힐 수 있었다. 그래서 옐로 스카이가 죽은 동료 엠파이를 빌미로 소속사 대표—시내버스 안에서 받은 명함을 보니 검정 양복은 매니저가 아니었다—까지 데리고 다짜고짜 들이닥쳐 남득에게 SOS를 청하려는 것이었다.

남득은 그 요청을 받아들일 수 없었다. 무엇보다 곡을 만들 생각이 없었다. 엠파이 조승서에게도 만들어주지 않은 곡인데, 새삼 일면식도 없는 자에게 어찌 곡을 만들어줄 수 있겠는가. 결국 곡을 만들어주지 않아 승서가 죽은 것일 터인데, 그가 죽고 난 지금에 와서 작곡을 한다는 것은 도덕적으로도 있을 수 없는 일이 아닌가. 남득은 조승서의 죽음이 오롯이 자기의 탓이라고 생각했다.

남득은 유년 시절부터 대중음악 속에서 자랐다. 물론 트로트가 아닌 록이었다. 백인의 컨트리 음악과 흑인의 리듬 앤드 블루스가 섞인, 리듬감이 강한 음악이었다. 엄마와 함께 미군 기지촌을 전전하며 외롭게 산 때문이었다. 어려서는 군산과 파주의 기지촌에서 죽 살았고, 커서는 동두천 기지촌에서 잠깐 살았다.

엄마가 동거남인 미군 병졸에게 헌신짝 모양 차이고, 두 번째 사귄 미군 장교와 신병 치료를 핑계로 미국으로 떠날 때까지 남득은 파주 기지촌 단칸방에서 홀로 자랐다.

남득이 음악적 재능을 인정받은 것은 '오비스캐빈'이 '심지다방'으로 불리던 시절, 그러니까 열여덟 살 때였다. 지금도 잊을 수 없는 것은, 꿈에 부풀어 심지다방으로 노래 오디션을 받으러 가던 날, 길거리에서 불시 장발 단속에 걸려 경찰에게 가위로 머리를 잘리고 바리캉으로 이마빡에서부터 짱배기까지 외길을 내버리는 바람에 동대문시장에서 삿갓—모자가 아니라 굳이 삿갓을 사서 쓴 이유는 지금도 불가사의인데, 반항심 때문이었을 것이다—을 사 쓰고 무대에 섰던 추억이다. 그때 미국인이라고 우겼었는데, 영어가 짧아 들통난 것은 여전히 아쉬움으로 남아 있다.

당시 군사독재정권이 통기타 가수들을 반골 좌파로 찍어 한창 핍박과 탄압을 가할 때였는데, 결국 심지다방은 마리화나 담배인 '해피스모크'를 거래하고 음란행위를 했다는 혐의를 씌워 문을 닫게 만들었다. 그 이태 전인 1970년 해프닝도 탄압의 구실이 되었다. 부실공사—철근이 아닌 뇌물로 골조를 만들었다—를 한 와우아파트의 붕괴로 서른세 명이나 깔려 죽은 참사로 민심이 흉흉했었는데, 객기 충만한 가수 조영남이 제 흥에 겨워 '신고산 타령'을 부르다가 갑자기 가사를 와우아파트 붕괴로 바꿔 부른 것이다. 서울시장 면전에서 개사改詞로 세태와 권력을 조롱한 그는 즉각 군에 강제 징집을 당했다. 그리고 1975년에는 영화 삽입곡이었던 〈고래사냥〉과 〈왜 불러〉가 건전한 미풍양속과 지엄한 공권력을 은유와 막말로 희롱했다는 이유로 재까닥 금지곡이 되기도 했다. 아무튼 그즈음은 군바리의 기분이 법이 되는 삼엄한 군사독재 시대였다.

뿐만 아니라 히피 문화를 무비판적으로 끌어들인 통기타 가수들 탓에 대통령의 금쪽같은 외아들이 대마초 중독자가 되었다는 이유로 미국에서 들여온 포크 음악이 퇴폐와 불순으로 규정되어 싸잡아 된서리를 맞았는데, 이로써 남득의 음악 인생 또한 싹도 띄우기 전에 말라비틀어지고 말았다. 남득의 인생도 청바지, 장발, 생맥주, 미니스커트, 통기타와 함께 숙청당하고 만 것이다.

늦바람이 나서 연하의 미군 장교와 결혼한—남득에게는 숨긴 비밀 결혼이었다— 엄마는 이 시기를 포함해 10년 가까이 남득을 버린 채 미국에서 지냈다. 남득 모르게 미국 국적을 얻은 엄마는 베티 돌빈Bettie Dolvin으로 변신해 5년 동안 사기 결혼생활을 했는데, 그나마도 막판에는 남편 제이슨 돌빈과 시댁을 먹여 살리느라 갖은 고생을 다 했고, 결국은 약쟁이가 된 남편의 학대와 폭력을 못 견뎌 번 돈을 몽땅 빼앗기고—엄마는 준 것이라고 주장했다— 알거지가 되어 귀국했다. 그게 1976년이었다. 연하남의 거짓 사랑으로 병은 고쳤다지만, 그놈에게 사기와 폭력과 농락과 착취를 골고루 당하고 버림받은 것이다. 남득은 엄마가 자신에게 거짓말을 한 대가라고 생각할 수밖에 없었다.

엄마가 도미한 지 4년째 되던 해였을 것이다. 와야 할 생활비 대신 엉뚱한 편지 한 통이 날아왔다. 뒤늦게 한 문장으로 결혼 사실을 실토한 엄마가 자신의 미국 생활 고충을 구구절절 털어놓고는 더 이상 생활비를 보낼 수 없는 형편이 되었다, 그리고 이제는 너도 클 만큼 컸으니 충분히 알아서 살 수 있을 것이라고 했다.

엄마로서 해야 할 몫은 다 했고 또 여기까지라고 생각하니까 앞으로는 알아서 살아가라는 통보이자 훈계였다. 아닌 밤중에 홍두깨를 맞은 기분이었다. 남득은 엄마가 말하는 클 만큼이 어느 만큼인지, 여기까지가 어디까지인지는 모르겠으나, 자신이 클 만큼 컸다고는 생각하지 않았다.

그러나 엄마의 판단기준에 따를 수밖에 없었던 법적 미성년자 남득은, 엄마의 결혼선물로 모자간의 연을 끊어주었다. 엄마가 원하는 것이 그것일 거라고 확신했기 때문이었다.

버려진 남득은 먹고 살기 위해 공사장 노가다를 뛰었다. 비계 발판널을 타고 벽돌과 모래와 자갈을 질통으로 져 날랐다. 그러다가 새로 결성키로 했다는 밴드에 로커 겸 기타리스트로 들어갔다. 대체 연주자였다. 처음 1년 동안은 나이트클럽을 전전하며 디스코와 블루스 음악을 연주했다. 그렇게 뜨내기 연주와 대체 연주자로 경력을 쌓은 뒤에 관광호텔 지하 나이트클럽의 전속 밴드가 되었다. 대전 시내와 유성 지역을 포함해 모객 실적 1위 클럽이었다.

남득은 '미키 하Mickey Hah'라는 예명을 짓고, 스모그 같은 담배 연기 속에 게슴츠레한 조명이 깔린 나이트클럽에서 초저녁부터 새벽녘까지 전기 기타를 치고 히트 팝을 불러 젖혔다. 지친 심신은 암거래되고 있는 대마초로 달랬다.

그 무렵에 '깜씨'라고 불리는 '나탈리 박Natalie Park', 박여순을 만났다. 그녀는 초콜릿 색 피부에 또렷한 이목구비와 균형 잡힌 몸매로 나이트클럽에서 최고의 인기를 누리는 간판 댄서이자 스트립 걸이었다. 나탈리 박은 클럽 사장이 지어준 예명이라고 했다.

남득은 뭇사람들의 눈에 띄는 미모와 그 미모에서 나왔을 것이라 예상되는 거만하고 교만한 태도가 탐탁지 않아 관심을 두지 않았다. 생김새만 믿고 싸가지없이 나대는 '재수 없는 년'이었다.

남득은 그 재수 없는 년과 단짝이자 언니라 불리는—합숙소에서 같은 방을 쓴다고 했다— 댄서에게 호감을 느꼈다. 170센티미터가 넘는 큰 키에 밤무대 댄서로는 어울리지 않는 수수한 외모와 그에 걸맞은 무던한 성격을 가진 혼혈 여자였다. 아버지가 호주 군인이라는 것만 알 뿐, 누구인지는 모른다고 했다. 1만 7,164명 중 한 명이 그의 아버지일 터였다. 그녀의 엄마는 오스트리아와 오스트레일리아를 구분하지 못해 그녀에게 아버지가 오스트리아 사람이라고 했다는 것이다. 한국전쟁에 오스트리아군은 참전하지 않았다. 어쨌든 그녀가 화장, 아니 분장을 지웠을 때 눈 밑의 주근깨가 바글바글 드러났는데, 남득은 그 주근깨가 마치 밤하늘의 은하수만큼이나 아름답고 신비로웠다.

남득은 나탈리 박이 자신을 쳐다볼 때마다 어딘지 모르게 낯이 익다는 생각이 들었다. 그런데 그것이 친밀감이 아닌 거부감이었다. 물론 당시 그 이유를 찾을 이유도 없었으나, 돌이켜 보니 그럴만한 이유가 있는 것은 아니었다. 굳이 원인을 찾자면 그녀의 외모와 분위기가 엄마를 닮았다는 데서 온 비호감 때문이 아니었을까 싶다. 지금도 크게 달라진 것은 없지만 그 당시에는 엄마에 대한 증오가 차고 넘칠 때였다. 그 증오가 그녀에 대한 무의식적 비호감의 정체였던 것 같다.

아무튼 그 당시 원인불명의 비호감을 이유로 외면해 온 그녀—그녀가 외모와 분위기뿐만 아니라 이기적 성격까지 엄마를 빼닮았다는 사실은 사귄 지 석 달 만에 알게 되었고, 불행인지 다행인지 모르겠으나 이런 충격적 사실을 알게 된 것은 이미 관계가 깊어진 뒤였다—가 어느 날 느닷없이 남득을 붙잡고 사랑을 고백했다.

"내가 남득 씨 애를 낳아줄 수 있는데, 어때?"

기막힌 사랑 고백 방식이었다.

애정 때문에 애를 버린 여자와 애정 때문에 애를 낳겠다는 여자가 서로 달라 보이지 않았다.

"미키 씨?"

"……예?"

"이 일, 하루 이틀만 한다는 거 아니었어?"

재단한 벽지를 들고 자동 풀칠 기계로 가던 조애란 여사가 따지듯 물었다.

"……?"

닷새째 일을 나온 남득이지만 질문의 뜻을 알 수가 없었다.

"내가 기술을 가르쳐 줄 테니까, 내친김에 우리랑 한 팀으로 쭈욱 같이 다니자. 어때?"

조 여사의 말에 남득은 어정쩡하고 멋쩍은 웃음을 지을 수밖에 없었다.

비 내리던 밤 자신의 전화를 왜 받지 않았느냐고 묻지 않는 조 여사가 남득은 고마웠다. 그리고 다행스러웠다.

남득은 엊그제 이 일을 소개해 준 지업사 여사장과 전화로 주고받았던 말이 떠올랐다. 칠순 여사장이 도배 일은 막노동이라 고된데, 해 보니 예술가도 할 만한 일이더냐고 물었다. 비아냥이 아닌 측은함이 밴 목소리였다.

남득은 이런저런 말을 주고받던 끝에 다들 좋은 분들 같다고 하고는, 자신의 나이트클럽 딴따라 경력을 알아본 조 여사라는 분이 각별히 잘 대해준다고 했다.

"내 그럴 줄 알았어, 그 음흉한 과부년. 그 미친년은 허우대 멀끔한 남자만 보면 사족을 못 써요. 그래서 지 남편에게 쫓겨난 년인데, 쯧쯧…… 쫓겨난 지 몇 달이나 됐다고 으이고……. 아직도 정신을 못 차렸네. 그년이 영수 아빠를 아는 년인 줄은 몰랐네. 아무튼 조심해."

여사장이 전화를 건 용건이 남득의 근황이 걱정되어서라기보다 조 여사의 동향을 파악하고 남득에게 그녀에 대한 주의를 환기시키기 위한 것이 아니었나 싶었다.

조 여사가 남득의 과거를 아는 년, 아니 알아볼 년인 줄 알았다면 남득을 그 팀에 넣어주지 않았을 것이라는 말을 덧붙이고는 팀을 바꿔주겠다고 했다.

여사장이 덧붙인 말에 의하면, 조 여사는 둔갑술을 갖춘 색녀에 꽃뱀이었다. 색으로 사지를 녹여버리는 '그 백여시'에게 걸리면 골수까지 쪽쪽 빨릴 수 있다고 했다. 그래서 조심해야 한다고 했다.

남득은 조 여사가 색녀, 꽃뱀, 백여시라면 노老 여사장은 마귀할멈인가 싶었다. 조 여사를 악마화시키는 것이 팀을 바꿔주겠다는 이유로 들리는 것이 아니라 칠순 노파의 허황되고 부질없는 질투로 느껴져 황당하고 안쓰러웠다. 그러나 남득은 뒤늦게 자신이 여사장의 유도심문에 걸려든 것이라는 생각이 들었다. 그러니까 결국 안쓰러워할 사람은 여사장이 아니라 자신이었다.

일당으로 얼마를 받았느냐는 여사장의 물음에 10만 원을 받았다고 했다. 그러자 갑자기 과민반응을 보이며 이것저것 꼬치꼬치 캐묻다가 급기야 내뱉은 말이 "내 고년이 그럴 줄 알았어"였다. 일당에 대한 질문은 여사장이 던진 미끼였던 것이다. 남득은 '고년'이 오야 마미수인 줄 알고—일당으로 10만 원을 준 이는 조 여사가 아니라 마미수 아닌가—

여사장의 상스러운 욕을 이해하지 못했는데, 나중에 보니 고년이 조 여사였던 것이다. 여사장은 남득이 걱정이 돼서 하는 말이라고 여러 차례 토를 달았는데, 그 지나치게 과한 토가 걱정인지, 시샘인지, 저주인지, 질투인지 모를 말들이었다. 통화를 마친 남득은 오히려 이토록 과하게 조 여사를 악마화시키면서 자신을 숙맥 취급하는 여사장의 저의가 뭔지 의심스러웠다.

아무튼 칠순 노파가 이혼녀 욕하는 소리를 듣고 있자니, 웃을 수도 없고 뭐라 대꾸할 수도 없는 고욕이었다. 남득은 통화를 마치기 전에 마미수 팀에 그대로 있기를 원한다고 분명히 밝혔다.

데모도를 닷새째 하며 도배 일을 맛본 남득은 재미있고, 전망—음악학원보다는—도 밝고, 새삼 의미도 있는 일이라는 생각이 들면서 더 늙기 전에 아예 이 일로 들어설까 싶었다.

옛것을 버리고 새것을 얻는 일이었다. 점쟁이가 거구종신去舊從新이라고 말한 올해 운수가 혹 도배질이 아닐까 싶기도 했다. 밥벌이로서는 음악보다 수십 배 수월할 것 같았다. 주업으로 도배사를, 부업으로 음악 강사를 하면 될 일이었다.

음악가로서의 꿈은 접은 지 오래였고, 이제는 감이 떨어져 트렌드와 시대 감성을 제대로 읽지도, 잡아내지도 못해 작사도 작곡도 불가한데, 월세조차 댈 수 없는 음악학원을 호구지책 삼아 붙들고 애면글면 사는 것보다는 도배를 주主, 음악을 부副로 삼고 맘 편하게 사는 것도 나쁘지 않을 것 같았다. 이 풍진 세상을 살아오면서 만고풍상을 다 겪어 봤다는 노회한 여사장이 이 일을 소개해 준 참뜻과 조 여사가 이 일을 가르쳐주겠다고 꼬드기는 참뜻이 어쩌면 여기에 있는 것이 아닐는지 싶었다. 조 여사의 제안에 남득의 심사가 스산했다.

남득이 미몽 속에서 홀로 북 치고 장구 치며 김칫국을 들이켜고 있을 때, 풀칠 기계 앞에서 그 모습을 지켜보고 있던 조 여사가 다시 물었다.

"어때? 내가 잘 가르쳐주겠다니까. 본래 이 기술은 며느리에게도 안 가르쳐주는 거야……. 얘, 안 그러니?"

안달이 난 조 여사가 풀 기계에서 나오는 도배지를 받아 정돈하고 있는 오야에게 지원을 요청했다. 외모만 보고 조 여사보다 손위인 줄 알았던 오야가 손아래인 것 같았다.

"……."

일보다 남득에게 정신이 팔린 조 여사를 못마땅하게 여기고 있는 오야가 말없이 째렸다.

"언니? 사람 하나가 더 필요하다고 했잖아?"

그러거나 말거나 조 여사는 오야를 '언니'라고 부르며 다그쳤다. 남득은 '얘'와 '언니' 사이에서 둘의 위아래를 분명하게 가늠치 못했다.

"기술 있는 사람이 필요하다고 한 거지……."

오야가 마지못해 대꾸했다.

"그래서 기술을 가르치겠다는 거잖아, 지금."

조 여사가 억지를 부렸다.

"언니. 우리는 도배사지, 도배 핵교 선상님이 아니에요."

오야가 지지 않고 맞받았다.

"얘 좀 봐. 도배에 이론이 따로 있는 것도 아닌데, 도배사가 선생님 하면 안 된다는 법이라도 있어?"

"왜 없어? 있어. 도배사가 도배질 안 하고 선생질, 연애질하면 호랭이가 잡아가."

"뭐, 뭐? 어머, 얘 좀 봐. 그런 법이 있다고……. 웃기셔, 증말."

"내가 철딱서니 없는 언니 때문에 방금 만든 법이여."

오야는 정색을 한 채 이죽대며, 몸이 단 조 여사는 속마음을 숨기느라 깐족거리며 입씨름을 주고받았다. 그러다가 기계 풀질이 끝났다.

"맞아요, 아무에게나 안 가르쳐주는 기술이에요, 미키 씨. 됐어?"

풀 기계 전원을 끈 오야가 조 여사를 흘겨보며 남득에게 말했다. 그러고는 조 여사의 등을 떠밀며 허튼소리 그만하고 일이나 하자고 재촉했다.

"박자 감각이 있으니까, 도배 감각도 있지 않겠어. 안 그래?"

정배솔을 집어 든 조 여사가 오야를 돌아보며 말했다.

"언니는 도배가 노래야?"

"도배도 예술이야."

오야의 퉁에 조 여사가 맞섰다.

남득을 꼬드길 결심이라도 했는지 조 여사는 말발에 밀리지 않으려고 애를 쓰는 것 같았다. 이러다 둘이 말다툼을 벌이는 것은 아닌지 남득은 조마조마했다.

풀칠한 도배지를 들고 도배 사다리에 올라섰던 오야가 사다리에서 내려와 카세트 플레이어의 볼륨을 한껏 올렸다.

—당신은 못 말리는 땡벌 당신은 날 울리는 땡벌 혼자서는 이 밤이 너무너무 길어요.

남득은 소음 때문에 이웃집에서 항의하러 오지 않을까 걱정됐다.

오야도 한 성깔 하는 여자 같았다. 남득은 당장 내일부터 도배 기술을 정식으로 배우든지 그만 나오든지 둘 중 하나를 선택해야 할 것 같았다. 그러지 않으면 조만간 오야와 조 여사 간에 싸움이 붙거나, 오야의 지청구와 조 여사의 눈총을 견뎌내기 힘들 것이라는 생각이 들었다.

시내버스에서 내린 남득은 집으로 가다 말고 발길을 틀었다. 영수에게는 전화를 걸어 늦을 것 같으니 먼저 저녁을 먹으라고 했다.

'주거니 받거니'에 들러 막걸리라도 한잔하고 들어가야 할 것 같았다. 심란하거나 울적할 때면, 가끔 가볍게 혼자 하는 술이었다.

"일 댕겨오는 길인가비?"

풀 딱지 묻은 보스턴백과 차림새를 본 '월남대포' 얼금뱅이 주인이 남득을 보고는 잽싸게 알은체했다. 호객 행위로 이웃 가게와 다투고 자기 가게 쓰레기를 옆 가게로 쓸어 보내는, 드세고 얌체라고 소문난 동갑내기 주민이었다.

주거니 받거니에서 모두부 한 조각에 막걸리나 한잔 걸치고 들어갈 요량이었던 남득은 별수 없이 월남대포로 갈 수밖에 없었다. 그가 남득을 본 이상, 그의 술집을 지나쳐 다른 술집으로 들어갈 배짱은 없었다. 그러니까 얼금뱅이 털보의 막무가내식 뒤끝을 감당할 배짱이 없었다. 남의 감정 상하는 일은 밥 먹듯 저지르면서도 자기가 손톱만큼이라도 서운하거나 손해 보는 일을 당했다 싶으면 어떤 식으로건 꼭 앙갚음하는 모진 인간이었다. 무엇보다 그가 영수를 예뻐하니—예뻐하는 척만 하는 것이라 할지라도 별수 없었다— 신경을 써야 했다.

털보는 월남전 참전 상이용사였다. '역전곱창' 옆에 월남대포를 차려 숯불 돼지갈비에 곱창까지 끼워 팔았다. 역전곱창 사장이 업종 선점과 상도덕을 내세워 시비를 걸었다가 본전도 못 찾았다. 베트콩과 싸우다가 다리 한 짝을 내주고 왔다는 맹호부대 출신 상이용사의 막강 전투력을 당할 수 없었다. 마른 체구에 얼굴이 동글동글하게 생긴 곱창집 사장은 농사꾼 출신이었다.

털보는 남득에게 각별한 사람이었다. 남득도 월남전에 참전하고 싶었다. 그러나 혼혈아는 한국군에 입대조차 할 수 없는지라 월남전에는 당연히 갈 수가 없었다. 혼혈아에게는 국방의 의무를 주지 않았고, 그만큼의 권리도 주지 않았다. 국민이라고는 했으나 아웃사이더였다. 차별과 따돌림을 받는 이방인이었다.

포크 음악이 된서리를 맞아 방황할 때, 모든 꿈이 깨진 남득은 죽어버리고 싶었다. 그래서 생사를 넘나든다는 파월장병이 되어볼까 했던 것인데 받아주지 않았다. 동두천 미군 캠프를 비루먹은 강아지 꼴로 기웃거릴 때, 미8군 밤무대에 설 기회가 몇 번 있었다. 그러나 왠지 모르게 미군이 싫었다. 미군이 엄마를 빼앗아 갔다는, 그래서 자신의 삶을 힘들게 만들었다는 생각 때문이었을 것이다. 결국 나이트클럽 딴따라가 될 수밖에 없었다.

하지만 이 털보를 만나 그의 무용담을 들은 뒤부터는 파월장병에 대한 동경과 미련의 찌꺼기들이 깔끔히 사라졌다. 털보는 취하고 흥이 오르면 어김없이 숨겨둔 금송아지를 보여주듯 자신의 전공을 들먹였는데, 베트콩을 죽일 때 어떻게 죽였고, 죽인 뒤에 시신을 어떻게 학대했는지 주절주절 늘어놓으며 자랑했다. 두피와 살가죽을 벗긴 얘기, 배를 갈라 창자를 꺼냈다—곱창을 씹으며 이 말을 들을 때는 화장실로 달려가야 했다—는 얘기, 그러고 나서 포로의 몸을 목까지 땅에 묻고 발길질로 차서 머리를 떼어내 공놀이를 했다고도 했다. 머리를 떼어낼 때 대검을 쓰는 것이 아니라, 군홧발로 여러 번 킥을 해서 떼어낸다는 것을 강조했다. 수십 차례 킥을 하면 두개골이 몸에서 떨어져 나온다는 것이다.

남득은 이 말을 뻥이라 믿고 싶었다. 지어내거나 과장된 얘기가 아니라면 도무지 사람 짓이라고 할 수 없는 얘기들이었기 때문이다. 어쨌든 그의 무용담 중 단 1퍼센트만 사실이어도 끔찍했는데, 그의 말을 듣다

보면 그렇게 처형했다는 상대가 베트콩인지 민간인인지조차 분간이 되지 않았다. 그래서 물어본 결과는 묻지 않음만 못했다.

"허, 이 양반. 뭘 모르는구만. 베트콩이나 민간인이나 다 같은 적이여. 베트콩 이꼬르 민간인, 민간인 이꼬르 베트콩. 그걸 갈라 보려고 했으면 나가 요렇게 살아 돌아왔겠어. 역시 촬스는 낭만적인 사람이여. 흐흐흐."

그가 남득에게 낭만적이라고 하는 말은 순진하다, 세상 물정 모른다는 뜻이었다.

그는 삼십칠 년 전의 이야기를 어제 일처럼 리얼하게 주절주절 묘사했다. 털보는 베트남 어린 처자가 서빙을 하고 있는데도 아랑곳하지 않고 이런 흉악무도한 짓거리를 가문의 자랑인 양 지껄여댔다.

아무튼 그는 그런 전공의 대가로 돈을 벌어 월남대포를 차린 것이었다. 남득은 이런 주인이 하는 술집에서 술을 마시고 싶지 않았다. 그러나 어쩔 수 없이 매번 끌려 들어왔다.

"여자들에게 인기 많은 우리 촤알스 씨가 동네 할망구의 애간장까지 녹이는 재주가 있는 줄은 알았지만, 왕년에 한가락 했었다는 건 나가 몰랐네. 맞는가?"

새벽녘에 옐로 스카이가 다녀간 것을 알고 하는 말 같았다.

남득은 털보의 얽은 상판대기만큼이나 상스럽고 모욕적인 말본새가 못마땅해 얼굴을 찡그렸다. 남득이 동네 여인네들과 거리를 두고 산다는 사실을 호사가이자 떠벌이인 그가 모를 리 없을 텐데, 지업사 여사장이 일거리를 알선해 준 걸 가지고 찍자를 붙으려는 것 같았다. 털보야말로 돈 좀 가지고 있다는 여사장에게 침을 흘리며 잔뜩 눈독을 들이고 있다는 소문이었다. 외다리지만 힘과 방중술이 좋다고 했는데, 가끔 스캔들을 일으켜 부부싸움을 벌이는 것을 보면 어느 정도 사실 같기도 했다.

천장에 매달아 놓은 기름기 낀 텔레비전에서 미국산 쇠고기 수입 반대 시위 관련 뉴스가 꼬리를 물고 이어졌다. 집회 인원이 점점 증가하고 있으며, 시위가 폭력화되고 있다고 했다. 언론은 날이 지날수록 시위의 주장보다 폭력에 방점을 찍어 보도했다. 분단국의 업보요 단골 메뉴인 북한 사주니 지령이니 하는 말도 끼어들었다.

쇠고기 수입 반대 촛불 시위대 수십 명이 청계광장에서 열리고 있는 한국전쟁 사진전 전시 작품 수십 점을 훼손하고 방화했다며, 주최 측이 광우병국민대책회의를 상대로 소송을 제기하겠다는 보도가 흘러나왔다. 촛불 시위를 반미 프레임으로 엮으려고 무던히 애를 쓰는 것 같았다.

"저 빨갱이새끼들 다 쏴 죽여버려야 해. 미국 놈들이 지들 안 먹는 걸 주는 것도 아니고, 지들도 먹는 걸 주는 건데 왜 저 개지랄들을 떠는 거여? 우리처럼 돼지고기만 처먹든가, 안 사 처먹으면 되지, 왜들 지랄이여 지랄이……. 안 그려, 추알리?"

고엽제 전우회 회원으로서 광우병 쇠고기 수입 반대 시위를 반대하는 시위를 다녀왔다고 자랑한 털보가 의족으로 바닥을 쿵쿵 찧어대며 울분을 토했다.

밑반찬에 막걸리만 한잔하고 갈 수 없어서 돼지갈비를 시켰으니—털보가 마주 앉는 바람에 2인분을 시켰다—, 남득은 자리를 털고 일어날 수도 없었다.

다행히 가게 문을 닫고 귀가하던 사진관 주인이 창가에 앉은 둘을 보고는 윙크를 보내며 알은체했다. 남득은 구세주라도 만난 양 잽싸게 손짓으로 그를 불러들였다. 노老 사진사 로마도 과거 잘나가던 시절—1960, 70년대 웃돈을 얹어주며 서로 모셔가려고 했던 극장 간판 화가였다—의 영광을 되새김질하며 사는 분이지만, 로마 아저씨는 나름 예술가인지라 순수와 낭만이 남아있었다. 남득은 노 사진사의 걸고 의뭉스런 입담 속에 여전히 남아있는 순수와 낭만의 찌꺼기들을 좋아했다. 노 사진사도 같은 예술인이라면서 남득을 각별히 대했다.

난봉꾼이었던 노 사진사의 철 지난 연애담과 음담패설이 털보의 피비린내 나는 무용담을 무찔러주었다. 둘 다 어디까지가 사실인지 알 수 없는 이바구들이었으나, 또 술값이 예상보다 더 나오기는 했으나 나름대로 웃고 즐길 수 있는 술자리가 되었다.

막잔을 비우고 불콰해진 남득은 자리에서 슬그머니 일어났다. 영수가 집에서 혼자 기다리고 있는 것을 알기에 그만 일어나야 했다. 그런데 화장실을 다녀오겠다고 바삐 나간 노 사진사가 오래된 통기타를 들고 헐레벌떡 돌아왔다. 고물상 주인이 애지중지하는 통기타였다. 낡았지만 스즈키 Three S-W380 명품 통기타였다.

노 사진사는 자기가 술값을 이미 계산했으니, 이 분위기에 어울릴만한 노래 한 자락을 들려달라고 보챘다. 뒤따라온 통기타 주인도 연주를 부탁했다.

생각지도 못한 즉석 연주 요청에 난색을 짓던 남득은 더 이상 버티지 못하고 신청곡을 말하라고 했다. 술값 걱정은 덜었으나, 공술을 마실 수는 없지 않은가. 그는 손수건을 꺼내 통기타를 닦고 조율했다. 썩어도 준치라 했던가, 기타의 파지감把持感과 음색이 달랐다.

그의 신청곡은 뜻밖에도 사이먼과 가펑클의 〈험한 세상의 다리가 되어〉였다. 털보가 술값을 깎아줬다는 억지를 부리며 자기 신청곡도 받아줘야 한다고 했다. 절대 술값을 깎아 줄 사람이 아니었으나 말씨름하기보다 얼른 한 곡 더 뽑고 일어나는 것이 나을 것 같았다. 그의 신청곡은 이미자의 〈동백아가씨〉였다. 남득이 전국노래자랑에 참가해서 인기상을 받은 곡이었다.

〈험한 세상의 다리가 되어〉에 이어 〈동백아가씨〉를 부르는 동안 동네 사람들이 하나둘 모여들었다. 예닐곱 명이 술집 앞에 서서 남득의 노래를 들었다. 얼핏 지업사 칠순 여사장도 보였는데, 남득을 바라보는 눈빛과 표정이 심술궂어 보였다. 털보가 노래 듣기는 뒤로 한 채 이런 여사장과 눈을 맞추려고 애쓰고 있었다.

주거니 받거니 술손님들도 마시던 술잔을 내려놓고 찾아와 남득의 노래를 들었다. 〈동백아가씨〉가 끝나자, 술집 안팎에서 박수와 환호성이 터지고 누군가가 껑충껑충 뛰어오르며 '앵콜'을 외쳤다. 그들 틈에 영수가 보였다. 텔레비전 드라마에 빠져 있다가 왁자지껄한 소리를 듣고 뛰어나온 것 같았다. 팔짱을 낀 영수가 남득과 눈을 맞추고는 뿌듯한 표정으로 좌중을 쓰윽 훑었다.

2

하지스는 만찬장을 일찍 빠져나왔다. 'AnD 컴퍼니'라는 중소 방산업체가 로비 차원에서 협찬한 만찬이었다.

객실로 돌아온 그는 간단히 샤워를 하고 서둘러서 짐을 정리했다. 서울에서의 나흘 일정은 끝났다. 내일은 아침 일찍 부산으로 이동해야 했다. 숙소가 바뀌기 때문에 미리 짐을 정리해둬야 했다. 하지스는 본래 행동이 굼뜬 데다가―이 때문에 바커에게 당한 수모가 많았다― 근육류머티즘까지 앓아 손놀림이 더디고 어설펐다. 늙음은 허접한 질병들과의 불화와 타협이었다.

아침에 갈아입을 속옷을 미리 꺼내 놓으려 트렁크를 연 하지스는, 속옷가지를 넣은 망사 파우치의 위치가 바뀐 것을 보고는 섬뜩한 느낌이 들어 자신도 모르게 객실을 둘러봤다. 달리 의심되는 변화는 없었다. 침대와 사이드 테이블, 다탁과 소파, 옷장도 그대로였고, 욕실도 마찬가지였다. 트렁크만 누군가의 손을 탄 것이 분명했다.

호텔 하우스키퍼가 투숙객의 트렁크를 뒤졌을 리는 없을 것이다. 무언가 찝찝하고 석연찮은 느낌 속에 정체불명의 불안이 전신을 감쌌다. 누군가가 짐 뒤짐을 한 것 같았으나 따로 없어진 물건은 없었다. 내용물을 하나하나 꺼내 점검하고 짐 정리를 다시 한 그는, 트렁크를 닫기 전에 휴대 전화로 촬영했다. 대조를 해보기 위해서였다.

컨시어지를 불러 클레임을 걸까 했으나, 되레 이목만 끌 수 있는 허튼 짓인지라 그만뒀다. 하지스가 불쾌하고 불안한 마음을 추스르려고 방안을 서성대고 있을 때, 노크 소리가 들렸다. 놀란 하지스가 문 쪽을 노려보며 누구냐고 물었다. 그러나 상대는 대답 없이 노크만 했다. 여섯 번 두드리는 노크였다. 투숙 첫날 무례한 CNC 기자들의 난입 사건을 겪은 뒤, 방문자가 누구라고 밝히건 간에 여섯 번 노크 소리에만 문을 열어주기로 코디네이터와 약속했다.

문을 열자, 문 앞을 비켜 모로 서 있던 코디네이터가 각대봉투를 내밀었다. 만찬장에 안 보여서 객실로 찾아왔다고 했다. 하지스가 주머니에서 지갑을 빼 들자, 손을 들어 저으며 개인적으로 선물하는 것이니 돈은 받지 않겠다고 했다. 그래도 인화료는 줘야겠다고 하자, 한국에 왔으니 한국인의 인정人情 문화 가치를 존중해주는 것이 금전적 가치보다 크다고 했다. 하지스는 그 말이 앞으로는 사적 부탁을 하지 말아 달라는 뜻으로 들렸다.

하지스는 코디네이터가 돌아간 뒤, 각대봉투 안에 들어있는 사진 두

장을 확인했다. D6 크기로 인화한 사진이었다. 국립박물관에서 고려 금동불상 전시 코너를 보고 나오면서 뮤지엄 숍에 들러 도록을 구입했었다. 그러고는 화장실로 가서 그 도록 속의 금동불상 사진을 휴대 전화로 접사하여 코디네이터에게 인화를 부탁했다. 안 그래도 기다리고 있던 사진이었는데 때맞춰 도착한 것이다.

휴대전화로 시간을 확인한 하지스는, 도착 첫날 받은 문자메시지를 찾아 약속 시간과 장소를 재차 확인했다. 왠지 만남을 취소해야 할 것 같았으나, 그러면 되레 더 큰 의심을 받을 수 있을는지 모른다는 생각이 들었다. 이미 덫에 걸린 것이라면 그게 어떤 덫인지 알아야 벗어날 방법도 찾을 수 있지 않겠는가.

그는 옷걸이에 걸어둔 아웃룩으로 갈아입고 호텔 후문을 통해 이면도로로 나왔다. 아직은 시간 여유가 있었다.

그는 인도 없는 큰길가를 따라 30분쯤 산책하듯 걷다가 등 뒤에서 손님을 내려준 택시를 잡아탔다. 목적지를 일러주자마자 LA다저스 모자를 쓴 늙수그레한 기사가 강속구를 던지듯 택시를 몰았다. 방금 전 손님에게 화가 난 것 같기도 했다. 10분쯤 달렸을 때 하지스가 목적지를 바꿔 달라고 말했다.

기사가 급브레이크를 밟아 속도를 줄이며 룸미러로 하지스를 째려봤다. 하지스는 움찔했다. 기사가 이번에는 변덕쟁이 손님 하지스에게 화가 난 것 같았다. 룸미러 속에서 하지스와 눈을 맞춘 기사가 새로 일러준 목적지를 서툰 영어로 되물었다. 그의 발음을 새겨듣는 데 1분가량이 걸렸다. 그사이 계면쩍어하는 기사의 얼굴이 벌겋게 달아올랐다. 하지스가 보기에는 화가 많지만, 소심하고 친절한 기사 같았다.

하지스가 목적지를 착각해 미안하다는 변명을 해대고 있을 때, 기사가 날쌘 제비처럼 순식간에 속력을 높여 연달아 앞지르기와 차선 변경을 하고는 날 선 클랙슨 소리들을 무시한 채 수면 위를 박차고 올랐다가 곤두박질치는 돌고래 쇼인 양 유턴까지 했다. 놀란 하지스는 하마터면 욕설을 내지를 뻔했다. 은행에서는 좋게 받아들여졌던 '빨리빨리 문화'가 다 좋은 건 아니라는 생각이 들었다. 하지만 덕분에 미행 걱정은 안 해도 될 것 같았다.

뒤차가 바짝 따라붙으며 마구 울려대는 클랙슨 소리를 무시한 기사는 손가락으로 네비게이션 화면을 거칠게 두드렸다. 뒷좌석에 앉은 하지스에게 목적지로 옳게 가고 있는지 확인해달라는 뜻 같았다. 매우 위험한 기사였다. 하지스는 급히 고개를 끄덕이고는 목적지를 바꿔서 미안하다고 다시 사과했다.

늙수그레한 기사는 하지스의 말을 알아들었는지 못 알아들었는지 야구모자를 고쳐 쓰고는 랩을 하듯이 "댓스 올 라잇, 오케이, 예쓰, 예쓰"를 반복하며 제비와 돌고래의 몸짓 같은 곡예 운전을 다시 시작했다. 기사의 곡예 운전에도 불구하고 약속 시간보다 10분가량 늦어졌다. 노회한 기사가 정직한 코스를 택하지 않은 것 같았다.

옆구리에 신문을 끼고 야구모자를 눌러쓴 남자는 로비에 피규어인 양 붙박인 채 하지스를 기다리고 있었다. 가까이 다가가 보니 〈코리아 타임스〉 신문과 뉴저지 로고타이프로 장식한 야구모자였다. 만나기로 약속한 상대가 틀림없었다.

"물건은 안 가져오셨습니까?"

라운지 커피숍에 자리를 잡고 쌍방 간 신분을 확인한 상대가 뉴저지 모자를 벗어 다탁 위에 올리며 퉁명스레 말했다. 사무적이고 굳은 목소리였다. 그는 하지스가 건넨 두 장의 실물 사진을 무심히 훑어보고는, 아니 들여다보는 척하고는 잽싸게 눈동자를 굴려 북적이는 커피숍과 입구 쪽을 살폈다.

"뭘 마시겠소?"

하지스가 상대의 분주한 눈을 바라보며 물었다. 통역 없이 혼자 나온 것을 보니 나름대로 영어에 자신감이 있는 남자 같았으나, 그래도 혼자 나왔다는 점이 하지스는 찜찜했다. 혼자 나왔다는 것 자체가 의심을 살 만한 문제는 아니었다. 그러나 그의 어수선한 눈빛과 버거워 보이는 몸놀림, 서두르는 듯한 언행은 물론이요, 행색마저도 뭔가 고지식해 보이는 어설픈 구석이 있었다. 뭔지 모르는 어줍살스럽고 모호한 낌새가 느껴졌다. 서두르는 듯한 언행과 달리 느긋해 보이려고 애쓰는 표정과 태도도 마음에 걸렸다. 이런 위험한 거래를 처음 하는 것이 아니었기에 하지스에게도 나름의 촉이 있었다.

"실물은 가지고 오셨나요? 실물부터 봅시다."

하지스의 몸을 훑던—거래하기로 한 금동불상은 옷 주머니에 들어갈 수 있는 엄지손가락 크기였다— 상대가 거래를 재촉했다. 흥정은 건너뛰고 당장 거래를 하자는 말투였다. 하지스는 자신도 모르게 상대의 재촉이 못마땅하다는 표정을 지었다.

생각과 판단이 필요했다. 의심이 해소돼야 거래가 진행될 수 있는 것 아닌가. 훑어보는 시늉만 했던 사진을 쓸데없이 반복해 들여다보고 있는 것도 미심쩍었다. 고려 금동불상 전문가라면 단박에 알아볼 수 있는 사진이었다. 금동불상을 사겠다고 나온 사람이 금동불상에 대한 공부 없이 이 자리에 나왔다는 것은 어불성설이 아닌가.

금동불상을 공부한 매수자라면 사진에 찍힌 물건이 국립중앙박물관 전시품인 줄 모를 리 없을 것이고, 사진이 실물을 촬영한 것인지, 있는 사진을 접사촬영한 것인지 못 알아볼 수 없는 일이다. 진짜 매수자라면 냉큼 따지고 들거나 자리를 박차고 일어나야 옳았다.

자신이 구매하겠다는 고가의 유물에 대해 무지한, 아니 물건의 진위에 대해서는 관심조차 보이지 않은 채 무조건 물건부터 보자고 덤벼드는 구매자가 어떻게 있을 수 있겠는가. 그러니 하지스는 상대가 수상할 수밖에 없었다.

"가격 먼저 불러보시오."

하지스가 실물을 보자고 보채는 상대의 눈을 쏘아보며 말했다. 하지스도 상대처럼 주변을 파악해 보고 싶었으나, 불필요한 경계심을 주는 것 같아 눌러 참았다. 누군가가 트렁크를 뒤졌다는 것은 예사로운 일이 아니었다.

"얼마를 드려야겠소?"

실물을 보자고 보채던 상대가 가격 흥정을 먼저 할 수도 있다는 듯 물었다. 얼마를 부르든 매입할 의사가 있으니 어서 실물이나 보여달라는 뜻 같았다.

"그쪽에서 가격이 정해지면, 다시 연락을 주시지요. 그럼, 이만……"

하지스가 다탁 위의 사진과 각대봉투를 챙겨 자리에서 일어섰다. 더 이상 지체하며 남자를 상대할 필요가 없었다.

멀리서 지켜보고 있다가 차 주문을 받으려고 다가온 여직원이 자리에서 일어나 돌아서던 하지스와 부딪혔다. 쟁반의 물컵이 황금빛 코흐 곡선 문양 카펫 위로 떨어졌다. 하지스가 여직원에게 미안하다는 표정을 지었다.

"얼마를 원하는 거요?"

남자가 다급한 목소리로 하지스의 뒤통수에 대고 물었다.

떨어져 깨진 물컵 조각을 주워 여직원에게 건넨 하지스는 아무런 대꾸도 하지 않은 채 침착한 걸음걸이로 커피숍을 벗어나 호텔을 빠져나왔다. 그러고는 때마침 들어온 보행 신호를 보고 잽싸게 건널목을 건너가 택시를 잡았다.

그는 곧장 숙소로 향하지 않고 중간에 내려 횡으로 한 블록을 걸었다. 그러고도 마음이 놓이지 않아 인파로 북적이는 상가 이면도로를 10여 분가량 걷다가 다시 빈 택시를 잡아타고 숙소로 돌아왔다. 미행을 따돌리겠다는 깜냥으로 나름의 트릭을 쓴 하지스는 객실로 돌아오고 나서야 신분이 노출되어 타깃이 됐다면 뉴저지 모자가 숙소를 모를 리 없을 것이라는 생각이 들었다. 너무 긴장한 탓에 판단력이 흐려진 것이었다.

트렁크 내용물을 뒤섞은 누군가가 뉴저지 모자일 수 있었다. 하지스는 숨이 가빠지면서 가슴이 벌렁거렸다. 무엇이 언제부터 어디서부터인지는 모르겠으나 아무튼 무언가 잘못되어 가고 있다는 생각이 들었다.

문화재 전문 수집가—브로커일 수도 있다—가 한 나라의 대표 박물관인 국립중앙박물관에서 소장하고 있는 고려 금동불상을 알아보지 못할 리가 없었다. 국보는 아니라고 해도 보물로 지정된 불상이 아니던가.

하지스는 그 야구모자가 대체 어디까지 얼마만큼이나 알고 있는지 불안했다. 밀매 물건을 특정하고 쫓는 것이 아니라, 밀매 전과를 보고 쫓는 것이라면 아직 빠져나갈 방법은 있었다. 그러나 밀매할 물건을 가지고 한국에 들어왔다는 것을 알고 쫓는 것이라면, 이미 덫에 걸렸다고 봐야 했다. 어쨌든 이미 덫에 걸렸거나 적어도 그물망 안에 갇혀 조여지고 있는 중이라고 판단하는 것이 옳을 듯싶었다. 밀거래에 대한 첩보는 확보했으나 하지스의 방한 신분과 자격 때문에 함부로 덤벼들지 못하고, 함정을 파놓고 '결정적 순간'을 노리는 것일 수도 있었다.

하지스는 야구모자 남자의 어리바리하고 어정쩡한 태도를 믿고 싶었다. 그가 보여준 태도에 의하면 거래 물건이 금동불상이라는 것 외에는 아는 것이 없다고 봐야 했다. 또 국립박물관 소장품을 디밀었는데도 의문을 제기하거나 별다른 반응을 보이지 않았다는 것은, 그가 물건 거래가 아닌 그 외의 것에는 일체 관심이 없다는 방증일 수도 있었다.

그렇다면 어리바리한 구매자로 볼 수도 있겠으나, 하지스가 보기에 야구모자는 문화재 회수보다 밀거래범 체포를 우선시하는 전문 사냥꾼이라 할 수 있었다. 그러니까 그에게 있어 문화재는 범죄를 입증하는 증거에 불과한 것이다. 밀거래범을 잡는다고 해서 반드시 문화재를 회수할 수 있는 것은 아니었다. 야구모자와 하지스는 서로에게 어정뜬 밑밥만 던진 꼴이었다.

하지스는 매도 물건을 보여주지도 물건의 족보와 이력을 특정하여 말하지도 않았기 때문에 한숨을 돌릴 수 있었다. 또 서둘러 헤어지지 않았던가. 남자와 말을 섞거나 시간을 함께할수록 남자에 비해 하지스가 얻는 것이 없다는 판단 때문이었다.

하지만 전혀 얻은 게 없는 것은 아니었다. 하지스는 남자와의 만남을 통해 자신이 문화재 밀거래범으로 국제적인 수배자 명단에 올라 있을 수도 있다는 생각을 했다. 오래전 일이라고 해서, 자신이 잊었다고 해서 방심할 문제가 아니었던 것이다.

해럴드 A. 바커가 한국전쟁에 참전해 수집, 아니 약탈과 도둑질한 물건 중에 말 그대로 다수는 잡동사니와 허접한 골동품들이었다. 그러나 국보와 보물급에 준하는 문화재가 수십 점이나 포함되어 있었다. 물건을 감정한 전문가들은 한국 정부나 기관이 존재 여부를 몰라서 그렇지, 알면 문화재로 지정될 가능성이 큰 것들이라고 했다.

바커가 한국에서 탈취한 약탈품은 배낭 여섯 자루 분량이었다. 배낭에 들어가지 않는, 부피가 크고 무게가 나가는 물건들은 부대 숙영지를 이동할 때마다 추려내서 버렸다. 태울 수 있는 것들은 태워 없애고, 태워 없앨 수 없는 것들은 부수고, 이러지도 저러지도 못하는 것들은 땅을 파고 깊이 묻었다. 심술궂고 탐욕스럽기도 한 사이코패스인지라, 자기가 가져가지 못할 물건들은 소각하고 파괴하고 훼손하고 은닉했다. 민가나 향교나 고찰 등에서 절취한 고서화들은 액자나 족자에서 그림과 글만 오려내 챙겼다. 부피와 무게를 줄이기 위해서였다. 이렇게 하고서 남은 것이 배낭 넷을 가득 채웠는데, 하지스가 이것들을 다시 한 자루 분량으로 간추려 재정리했다.

이때 배낭 안에서 바커가 일러준 금괴 약도를 발견했다. 나강 M1895 포로가 스트로보드(마분지)에 그려준 약도였는데, 당초 표기한 ×표에 또 다른 ×표가 추가로 표기되어 있었다. 추가된 ×표는 바커가 표기한 것이 분명했다. 하지스는 추가된 ×표를 보는 순간, 절에서 궤짝을 옮길 때 가벼워진 궤작의 무게와 금붙이가 아닌 돌이 부딪치는 듯한 소리 때문에 가졌던 자신의 의심에 나름의 확신을 가졌다.

하지스는 자기 사물을 챙긴 배낭 한 자루에다가 따로 네 자루의 배낭을 추가해서 귀국할 기지機智나 변통력變通力, 수단이나 백이 없었다. 그래서 자신의 배낭에, 바커 몫의 배낭 한 자루—전사한 전우의 유언에 따라 유족에게 전해줘야 할 유품들이라고 우겼다—를 추가한 것이다. 하지만 귀국하고 나서 알고 보니, 두서너 자루의 배낭에 희귀하고 값진 전리품을 잔뜩 담아 귀국했다는 사병이 한둘이 아니었다.

하지스는 참전 5개월 만에 귀국했다. 1950년 크리스마스 전이었다. 그는 바커가 넘겨준 전리품이 어떤 가치를 갖고 있으며, 그 가치가 금전적으로는 얼마에 해당하는지를 알아야 했기에 한국의 5,000년 문화와 역사를 따로 독학했다. 당시에는 한국에 대한 이렇다 할 문헌이 없어 애를 먹었다. 나름대로 공부를 하고 나서 일본과 중국 문화재 전문가에게 물건들을 보여주었다. 물건의 가치와 거래 시세 등을 가늠해보기 위함이었다.

귀국 중에 취급 부주의로 깨져서 버린 도자기 다섯 점—청자 두 점, 백자 두 점, 분청사기 한 점— 외에 두 점의 고려청자는 미국 내에서 경매로 처리했다. 그리고 스위스에서는 고려 시대 금동불상과 청동은입사향완 두 점, 조선 시대 백자 달항아리를, 프랑스에서는 고려 시대 은제도금사리병과 탱화를, 일본에서는 조선 시대 조충도와 찻사발을 각각 팔아치웠다. 1970년 불법 문화재 거래를 규제하는 유네스코 협약이 생기기 전이었다. 이중 달항아리를 판 16만 달러는 바커의 유족에게 위로금으로 전해줬다. 귀부인의 푸짐하고 기름진 엉덩이를 떠오르게 하는 허연 달항아리는 소대원이 성주의 한 고택에서 약탈한 것을 바커가 갈취한 것이었다.

그러고 여섯 점의 물건이 남았는데, 5년가량 묻어두었다가 밀매 루트를 찾아 각각 나눠서 팔았다. 1986년 국제박물관위원회와 1995년 유니드로와UNIDROIT 협약으로 인해 문화재 밀거래가 국제적으로 강화되었다고는 하지만, 문화재 밀거래와 관련해서는 국내법도 없고 국제 협약에도 일체 가입하지 않은 스위스에서 얼마든지 세탁을 해 경매시장을 통한 거래가 가능했다.

고만고만한 소품들은 1999년 박하지만 신뢰할 수 있는 일본 수집상 와타나베 상에게 떨이로 넘겼고, 값이 떨어지는 불화, 책가도, 관아도官衙圖, 조충도, 간찰簡札 등은 박사과정 중일 때 족자와 액자로 표구해 대학원에 기증하거나 도움이 필요한 스승과 지인들에게 뇌물성 선물로 줬다. 그러니까 학위 취득과 교수 임용에 한국 문화재가 기여한 공이 없다고 할 수 없었다.

그 뒤로 소문을 들은 몇몇 소장가들이 남은 물건이 있다면 자신들도 매수할 의사가 있다는 연락을 해왔으나, 매도할 물건이 없다고 잡아뗐다. 그렇게 또 10년을 자숙하며 지냈다.

2002년 한일 월드컵 이후 갑자기 해외 문화재 환수에 혈안이 된 노무현 정권의 문화재청이 따로 챙겨서 관리해오고 있는 정보가 없다고는 할 수 없었다. 만약 있다면, 위험에 빠진 것으로 봐야 했다. 하지스는 잠깐 둘러본 국립박물관에서 자신이 스위스에서 밀매한 문화재 두 점이 놀랍게도 한국으로 돌아와 국보가 되어 있는 것을 두 눈으로 확인했다.

한국 당국이 그동안 자신과 거래한 자들을 역추적해왔다면, 그래서 꼬리가 밟혔다면 미국에서 출국하기 전부터 이미 타깃이 된 것으로 봐야 했다. 철저한 보안 거래를 했으나, 세상에 비밀은 없는 법이다.

그러나 하지스는 물건을 거래하지 않는 한 아무 문제도 발생하지 않을 것임을 잘 알고 있었다. 밀거래만을 목적으로 한 방한이 아니라, 한국전쟁 참전용사 공식 초청 방한이라는 사실을 한국 당국이 모를 리 없기 때문이었다.

나강 M1895를 소지한 남자로부터 약도를 받은 바커는 꼬리에 불붙은 버펄로처럼 조바심치며 나댔다. 남자가 자기 목숨과 맞교환을 하려고 준 금괴 약도였다. 평상심을 상실한 바커는 잠시도 가만히 있지를 못했다. 입안에 든 빵을 뺏길까 봐 전전긍긍하는 어린아이 같았다. 돈이 될는지 안 될는지, 팔 수 있을는지 못 팔 수도 있을는지 모르는 문화재가 아닌 환금성 100퍼센트의 보물지도, 아니 금괴 약도였다. 그러니 오죽하겠는가.

그는 2연대 임무로 하명 받은 퇴로 확보 및 후방 지원 작전보다 금괴가 들어있다는 궤짝 확보 묘책을 찾느라 동분서주했다. 안면을 튼 대대와 연대 통신병들에게 접근해서 보물지도를 가지고 있으니 찾을 수 있도록 도와달라고 구워삶았다. 그들이 동요할 만큼의 분배를 약속하고는 전방의 아군 부대 위치와 교전 상황 등을 물었다.

새로운 것을 알아내 달라는 것도 아니고 알고 있는 정보를 귀띔해달라는 것이었다. 그러나 통신병들은 기밀 사항이라며 뻗댔다. 기밀 값을 올리려는 수작이었다. 하지만 결국 하지스의 수완에 넘어간 통신병들은 보물지도를 반신반의하면서도 협조에 응했다.

대전을 손아귀에 넣은 적들이 옥천을 지나 남으로 짓쳐 내려오고 있으나, 아직 영동까지는 오지 못했다는 정보를 얻었다. 약도에 표기된 봉두리는 영동에서 동남 방향으로 2마일쯤 떨어져 있었다.

확보한 정보를 바탕으로 작전 지도에서 약도의 위치를 재확인한 바커는 적의 움직임과 공방 상황으로 볼 때, 서두른다면 큰 무리 없이 봉두리까지 다녀올 수 있다는 판단이 섰다. 문제는 부대를 벗어나 봉두리까지 갈 구실을 찾는 일이었다. 작전 지역과 가깝다고는 하지만 봉두리는 담당 지역이 아니었고, 아군은 계속 밀려 퇴각을 거듭하고 있는 상황이었다.

바커의 엄지손톱 밑에 피가 맺혔다. 시간에 쫓기는 그가 잔머리를 굴리느라 손톱을 물어뜯었던 탓이다. 하지스를 들들 볶아댔으나—도쿄에서의 군수품 밀거래 수법을 과장 섞어 떠벌였기 때문이었다—, 볶아댄다고 해서 작전지를 이탈할 묘수가 나오는 것은 아니었다.

그런데 이튿날 오후, 뜻밖의 상황이 발생했다. 갑자기 주둔지 철수 명령이 떨어진 것이다. 천우신조라고나 할 수 있을 법한 두 가지 비상 상황이 겹쳐 떨어진 명령이었다.

하나는, 보은 가도 방면에서 저지 임무를 수행하던 27연대가 적에게 뚫렸다는 것이고, 이 정보를 입수한 연대장이 전투 경험 없는 부대원을 이끌고 당장 적과 맞서 싸우는 것은 무모한 교전이라고 보고, 일단 후퇴하는 것이 낫다는 판단을 한 것이다. 물론 상부의 허락을 받은 판단이었다.

의지하고 있던 27연대가 맥없이 뚫렸다고 하자, 부대가 두려움으로 우왕좌왕했다. 또 다른 하나는 이런 혼란 상황 속에서 터졌다. 공황상태에 빠진 부대가 갈팡질팡하고 있을 때, 포르투 와인으로 매수해 둔 연대 통신병으로부터 귀가 번쩍 뜨일만한 정보를 얻게 되었다. 철수 준비를 하던 병사 일부가 감쪽같이 사라졌다는 것이었다. 그것도 네댓 명도 열댓 명도 아닌 119명이라고 했다.

바커는 이 실종 사건을 놓칠 수 없었다. 부대의 위기는 바커의 기회였다.

전장에서는 작전상 필요하다고 판단하면 이런 탈영 사실—필리핀 전선에서도 있었다—쯤은 얼마든지 숨기거나 무시할 수 있다는 것을 여러 차례 경험한 바 있는 바커였다. 바커는 100명이 넘는 병사들이 집단으로 실종됐다는 사실을 열심히 떠벌리고 다녔다. 안 그래도 공포와 불안에 벌벌 떨고 있는 겁쟁이 병사들의 분위기가 술렁거릴 수밖에 없었다. 그는 이 분위기를 키웠다.

바커는 계통을 밟아가며 중대장과 상급 부대장을 찾아갔다. 자진해서 수색조를 꾸려 실종된 병사들을 찾아오겠다고 했다. 부대장은 그의 겁박 같은 제안을 거절할 이유도, 거절할 수도 없었다. 어떤 부하가 코앞에 적이 밀려온 상황에서 철수하지 않고 실종된 전우들을 찾겠다고 나서겠으며, 또 어떤 상관이 이런 부하의 제안을 물리치고 실종된 부하들을 버려둔 채 퇴각을 하겠다고 할 수 있겠는가.

부대장은 지휘권과 군율과 기강과 사기를 지키기 위해서라도 병사들의 무단 실종 사실을 묵과할 수 없었다. 말은 실종이라 했으나, 사실상 탈영이 아닌가.

바커는 통역사 고노 마쓰오를 포함한 12명의 수색조—사실상 추적조—를 꾸려 세 팀으로 나눴다. 하지스, 어리바리 울보 위머, 고노를 자신이 속한 알파 팀이라 하고, 나머지 8명을 둘로 나눠 오메가와 베타 팀이라고 했다.

선두에 선 M38A1 지프가 출발하자, 신이 난 바커는 하지스에게 귀엣말로 하늘과 하나님이 자신을 돕고 있다며 우쭐댔다. 하나님이 자유 수호를 위해 야만인들의 땅에서 국들과 목숨 걸고 싸우고 있는 자신을 갸륵히 여겨 축복하느라 금괴를 내리는 것이라고 했다. 그러면서 "오, 그대는 보이는가, 이 새벽의 여명 속……" 하며, 난데없는 국가를 목이 터져라 불러 젖혔다. 운전병 캐롤에게는 찬송가를 부르라고 명령하고는 선창했다.

"나는 예수 따라가는 십자가 군사라……."

오메가와 베타 팀을 M602 트럭에 태워 뒤따르게 한 바커는 곧장 4번 국도를 치달려 영동 방면으로 쏜살같이 북진했다. 탈영한 병사들이 적이 있는 북쪽으로 달아났을 리 없을 터인데, 바커는 북쪽으로 향했다. 피난민들은 계속해서 꾸역꾸역 남하하고 있었다.

주곡리를 지나 3마일쯤 달린 바커가 차를 세우고 트럭에 탄 추적조를 모두 하차시켰다. 그러고는 지나온 4번 국도를 되돌아 내려가면서 오메가 팀은 좌를, 베타 팀은 우를 맡아서 각각 반경 100미터 안쪽을 중심으로 수색하라고 명령했다. 빈 트럭도 추적조와 일정한 거리를 유지하면서 같이 남행하라고 했다.

이해가 안 되는 명령이었다. 길을 잃고 헤매는 맹인 병사들을 찾는 것이 아니라, 집단 탈영병을 찾는 수색인데, 그렇게 해서는 될 일이 아니지 싶었다. 그러나 바커의 폭압적인 명령에 감히 토를 다는 부하는 없었다. 바커가 어리둥절한 표정으로 주춤거리고 있는 부하들에게 알파 팀은 좀 더 북쪽으로 올라가 수색할 것이라고 했다. 그러니까 적과 떨어진 지역을 수색하게 된 오메가와 베타 팀은 다행으로 알고 냉큼 움직이라며 재촉했다.

좌우로 흩어져 엉거주춤 서 있던 추적조가 출발하자, 지프에 뛰어오른 바커는 캐롤에게 계속해서 북상하라고 명령했다. 뒤엉킨 피난 행렬 때문에 주행 속도가 더뎌지자, 바커는 손에 쥐고 있던 곰방대로 캐롤의 철모를 탕, 하고 내리치며 다그쳤다.

"밀어 버렷!"

포성이 귓전에 들러붙듯 점점 더 가까워졌다. 손에 든 나침반과 지도와 길가의 나무판자 이정표를 번갈아 보던 바커가 영동 못미처에 이르자 지프를 동쪽 방향으로 유도했다. 우회전한 지프가 동쪽으로 1마일쯤 달렸으나 위치를 파악할 수 있는 이정표가 나타나지 않았다.

길을 찾지 못하는 바커가 고노에게 나침반과 지도를 넘겼다. 그러고는 사우스 코리아에서 태어나 자란 놈이니 봉두리로 가는 길을 알 것이라면서 빨리 찾아 내라고 생떼를 썼다. 사우스 코리아 전체가 고노의 고향 동네가 아닐진대 봉두리가 어느 골짝에 붙어 있는지 어찌 알겠는가.

흙먼지 속에서 다시 2마일쯤 내처 달리자 오른쪽으로 빠지는 삼거리가 나타났다. 고노가 손짓과 고함을 지르며 우회전하라고 외쳤다. 소달구지가 겨우 다닐만한 노폭이었다. 그 길을 1마일쯤 달리자 두 번째 삼거리가 나왔고, 또 우회전을 했다. 그렇게 마른 흙길을 달려온 지프가 버드나무 가지가 늘어진 천변을 끼고 1분쯤 더 달렸을 때, 허름한 집단부락이 나왔다. 산밑을 깔고 앉은 환촌형 농가 마을이었다.

마을 초입을 위병처럼 지키고 선 돌 장승 앞에 지프를 세우라고 한 바커는 고노와 머리를 맞대고 다시 약도를 들여다보며 ×자 표식 위치를 찾았다. 바커가 독도법과 한국 지형지세에 밝은 고노의 코치를 받았다. 고노가 캐롤 일병에게 마을 중앙을 통과해 길이 끝나는 지점까지 달리라고 지시했다.

일본 도깨비 머리 같은 짚더미를 뒤집어쓴 마을은 죽은 듯이 고요했다. M38A1 지프가 거친 굉음과 흙먼지를 일으키며 마을을 관통할 때, 인적을 느낄 수 없었다. 정말 도깨비 마을 같았다.

바커는 마을을 통과하면서 지프에 장착한 브라우닝 경기관총을 허공에 대고 위협 사격을 하듯 갈겨댔다. 타다다다다다탕! 골짜기에 갇혀 맴도는 총성이 괴기스럽게 들렸다.

하지스는 미친 듯이 경기관총을 쏘아대며 킬킬거리는 바커를 바라보며 그의 행동이 허세가 아닌 두려움 때문임을 알 수 있었다.

"캐롤은 차량과 무전기를 지키고, 각자 흩어져서 근방을 샅샅이 수색한 뒤에 12시 정각에 이곳으로 집합한다, 이상. 질문 있나?"

오메가와 베타 팀에게 내린 명령과 다름없는 허튼 명령이었다. 하지만 왜 허튼 명령을 내린 것인지 빤히 알고들 있는지라 질문은 없었다.

바커가 비무장한 고노에게 자신의 M1 소총을 건넸다. 그러고는 하지스와 듀엣으로 마을을 수색하라고 했다. 오메가와 베타 팀에게 내렸던 것과 같은 명령이었다. 자신의 독자 행동을 위해 가당치 않은 명령을 내린 것이다. 그러나 바커의 속셈이 무엇인지를 잘 아는지라 하지스와 고노는 그의 명령에 따랐다.

하지스와 고노가 마을 안쪽으로 들어가는 것을 확인한 바커는 지프 옆구리에서 삽을 뽑아 들고 야산을 향해 잽싸게 뛰어올랐다. 신이 난 바커가 어깨춤을 추며 산으로 달려가는 뒷모습을 숨어서 지켜본 하지스는 고노를 데리고 곧장 지프로 되돌아왔다.

하지스는 조용한 마을 전체가 야생 벌집으로 보여 무서웠다. 바커의 허튼 명령에 놀아날 이유도 없었고, 무엇보다 비무장한 농민들이 사는 마을이라고는 하지만, 또 인적마저 찾아볼 수 없기는 하지만, 오히려 그것이 더 공포스러웠고 또 위험한 상황일 수도 있었다. 여기라고 해서 농민으로 위장한 적이 숨어있지 않는다고 확신할 수 없었다. 이런 상황에서 비전투원인 고노와 짝지어 낯선 농가를 아무런 사전 정보 없이 쑤시고 다닌다는 것은 자살행위가 될 수 있었다.

"우, 우리가 여기는 왜 오, 온 겁니까?"

캐롤이 빨아먹고 있던 투시 롤Tootsie Roll을 손바닥에 뱉고는 물었다. 그도 바보가 아닌지라 여기는 수색 대상 지역에서 아주 멀리 떨어져 있는 곳인데 왜 여기까지 와서 수색을 하고 있으며, 부소대장은 대체 무엇 때문에 삽을 챙겨 어디로 간 것이냐고 덧붙여 물었다. 그러고는 불안해 죽겠다며 징징거렸다. 적이 무서워 탈영한 애들이 무엇 때문에 적과 가까운 곳으로, 아군 27연대가 패퇴했다는 곳으로 북상을 해서 텅 빈 농가 마을에 숨어들었겠느냐고 했다. 맞는 말이었다. 말더듬이 캐롤은 행불, 실종은 거짓 표현이라며 탈영이라고 못 박았다.

하지스가 불안과 흥분으로 제 정신을 잃은 캐롤을 단도리해야겠다는 판단이 들었다. 그래서 그는 대답 대신 자꾸 징징거리며 허튼소리를 해대면 복귀할 때 떼놓고 갈 수도 있고, 복귀해서 허위사실 유포에 대한 책임을 물어 군법회의에 넘길 수도 있다고 겁박했다. 캐롤은 하지스의 말에 토를 달지 않고 입을 굳게 다물었다.

20여 분쯤 지났을까…… 바커로부터 무전 연락이 왔다. 캐롤에게 하지스를 찾아서 연결하라고 했다. 곁에서 무전 교신을 들은 하지스는 5분가량 긴 뜸을 들였다가 바커와 교신했다. 자신이 있는 위치를 일러준 바커가 하지스에게 운반용 들것을 가져오라고 했다.

농가에서 지게를 찾은 하지스가 경사진 야산자락을 딛고 200여 미터쯤 올라가자, 석등 옆 궤짝 위에 올라앉아 곰방대를 물고 있는 바커가 보였다. 그는 임계리 마을 농가에서 얻은 곰방대에 럭키 스트라이크 담뱃가루를 으깨 넣어 피웠다.

바커 뒤로 둘레석을 두른 다섯 기의 한국식 무덤이 비탈면을 따라 나란히 자리 잡고 있었다. 약도에 그려진 대로였다. 상석 옆에 흙 묻은 궤짝—금괴가 들어있는—이 놓여 있었고, 궤짝을 파낸 자리의 잔디가 덧대고 기운 헝겊쪼가리처럼 엉성하게 덮여 있었다.

개선장군 표정을 한 바커가 지게를 지고 온 하지스를 반겼다. 바커는 궤짝이 무거워 혼자 힘으로 옮기기는 버거울 테니 지게는 놔두고 그냥 같이 들어 옮기자고 했다.

하지스는 지게로 옮길 수 있다고 고집했다. 궤짝을 바커와 맞들어 지게 위에 올린 하지스는 금괴의 무게가 생각보다 가볍다는 느낌이 들었다. 나강 M1895가 말하기를, 금괴는 15관, 125파운드라고 했었다. 그 무게로 느껴지지 않았다.

궤짝을 지프에 실은 바커는 무덤 같은 마을을 되짚어 나오며 허공에 대고 또다시 경기관총을 난사했다. 소개 작전을 한 마을 같지는 않았으나, 지프가 들어와서 한 시간 가까이 머물다 나갈 때까지 한 사람의 주민도 눈에 띄지 않았다.

왔던 길을 되돌아가던 바커는 무전으로 오메가와 베타 팀의 수색 상황과 위치를 물었다. 특이 징후가 없다는 답을 들은 그는 알파 팀도 같은 상황이라며 좀 더 수색한 뒤에 합류할 테니 하던 수색을 천천히 계속하라고 지시했다.

하지스는 바커의 교신 내용이 이해되지 않았다. 금괴가 든 궤짝을 찾았으니 이제 오메가, 베타 팀과 합류하면 될 터인데 무슨 수색을 좀 더 하겠다는 것인지 알 수 없었다.

그러나 그 이유는 금방 알 수 있었다. 교신을 마친 바커가 오던 길에 봐둔 사찰을 들러야겠다고 했다. 하지스는 황당했다.

"그만하시고 갑시다. 실종 전우 수색작전을 나온 게 아닙니까?"

뒷좌석에 탄 하지스가 바커의 뒤통수에 대고 말했다.

"수색작전을 하러 가는 것이다, 상병! 놀러 가자는 게 아니야."

고개를 돌린 바커가 하지스를 노려보며 답했다.

"계속 이러시면 곤란합니다."

하지스는 바커의 넉살머리가 어이없어 쏘아붙였다.

"차 세워!"

바커가 소리쳤다.

놀란 캐롤이 급브레이크를 밟았다. 지프가 멈춰 서자, 캐롤과 자리를 바꿔 앉은 바커가 운전대를 잡았다. 그러고는 액셀러레이터를 밟기 전에 뒷좌석에 실린 궤짝을 턱짓으로 가리키며 하지스를 향해 물었다.

"저걸 부대로 가져가자는 거냐?"

"……."

하지스는 대꾸할 수 없었다.

"부대에 기증 하자고? 아니면, 상납……? 분배……?"

바커가 다그치듯 물었다. 짜증스럽다는 목소리였다.

하지스는 답을 할 수 없었다. 그러고 보니 하지스는 금괴를 찾은 이후의 문제에 대해 생각해본 적이 없었다.

바커의 말인즉, 사찰로 가는 이유가 금 궤짝 처리 때문이라는 것이다. 말을 마친 바커가 액셀러레이터를 힘껏 밟았다.

하지스는 그저 어안이 벙벙할 뿐이었다. 금괴 문제보다 전시 작전 중인데 정말 이래도 되나 싶었다. 바커는 전시 작전을 사유화하고 있었다. 거기에 동조, 동참하는 것은 군법회의 회부감이 아닌가.

"하, 하지만…… 그래도 이러는 건…… 아, 아니잖아요."

하지스는 흠씬 두들겨 맞은 개가 낑낑거리듯이 쥐어짜는 목소리로 중얼거렸다.

바커는 잡친 기분을 되살리려는 듯 〈게리오웬〉을 힘차게 불러 젖히며 과속과 곡예 운전으로 지프를 몰았다. 하지스는 요동치는 지프에서 금방이라도 튕겨져 나갈 것 같았다.

지프가 숲이 우거져 그늘로 덮인 가파른 산자락을 타고 올랐다. 20여 분을 거칠게 치달린 지프가 문짝 없는 기와를 얹은 큼지막한 대문을 비켜 지났다. 나무 기둥 두 개가 세워진 대문 이마빡에는 중국어로 쓴 판자때기가 붙어있었다. 하지스가 모르는 글자였다.

사찰 마당으로 들어온 지프가 탑을 한 바퀴 돌며 흙먼지를 일으키고는 멈춰 섰다. 시동을 끄자 갑작스런 고요와 적막감이 찾아들었다.

운전석에 앉은 채 권총을 빼든 바커가 주위를 두리번거리고 있을 때, 잇닿아 있는 여러 방문 가운데 하나가 삐죽 열렸다. 방문을 열고 나온 반백의 터벅머리 남자가 지프 쪽을 향해 걸어오며 양손을 공손히 모으고 고개를 숙였다. 당황하는 빛이 없었는데, 마치 기다리고 있던 손님을 맞이하는 자세였다.

터벅머리 남자가 인사를 건넬 때 하지스는 지프에서 뛰어내려 구토를 했다. 차멀미와 체기가 겹친 탓이었다.

지프로 바짝 다가선 남자가 멈칫했다. 하지스는 쪼그려 앉은 채 구토를 계속했다.

구토를 마친 하지스가 군홧발로 흙을 긁어 토사물을 덮고 있을 때 누군가가 물바가지를 건넸다. 쪽진머리에 잿빛 복장을 한 늙은 여자였다.

하지스는 입안을 헹궈내고 남은 물을 마셨다.

하지스가 일어나 빈 바가지를 돌려줬을 때, 합장을 한 세 명의 중들이 긴 그림자를 드리운 채 이끼 낀 오층탑 앞에 나란히 서 있었다.

"여기 대표가 누구냐?"

하지스의 구토가 끝나기를 기다린 바커가 중들을 권총으로 겨누며 물었다. 머리를 조아리고 있던 고노가 합장 자세로 통역했다.

"소승이, 대표올시다만……."

무심한 눈빛으로 바커를 바라보고 있던 늙수그레한 중이 고노에게 시선을 돌리며 답했다.

"열외 일 명 없이 여기로 집합시키라고 해라."

짝다리를 하고 선 바커가 험악한 인상을 쓰며 말했다.

"이게 전부요."

바커의 말을 눈치로 알아들은 주지가 통역 전에 답했다.

"절이 이렇게 큰데, 중이 셋뿐이란 말인가?"

권총으로 주지를 겨눈 바커가 의심스런 눈빛으로 물었다. 그러고는 하지스와 캐롤을 향해 눈짓을 보냈다. 절을 뒤지라는 명령이었다.

"당신도 사회주의자요?"

주지가 물었다. 뜬금없는 질문이었다.

"사회주의자는 우리의 적이다. 그들을 쳐부수라는 하나님의 명을 받고 우리가 온 것이다."

모욕이라도 당한 듯 잠시 당황한 표정을 지은 바커가 '하나님'을 강조하며 윽박지르듯 답했다.

"하나님은 중을 못 믿소?"

주지가 바커의 답을 비아냥거리듯 물었다.

"교, 교전 중에는 나만 미, 믿는다. 그 누구도 믿지 않는다."

당황한 바커가 버벅거리다가 동문서답했다.

캐롤이 버벅거리는 바커를 안쓰러운 표정으로 힐끔 바라봤다.

"선한 사람도 죽이겠구만……."

주지가 안타깝다는 표정으로 중얼거렸다.

고노가 통역하지 않았다. 바커도 주지가 중얼댄 말을 굳이 통역에게 묻지 않았다.

수색을 마치고 돌아온 하지스와 캐롤이 여기 있는 다섯 명이 전부라는 주지의 말이 맞는다고 했다.

"북쪽은 불자들을 인민의 생피를 빨아먹는 흡혈귀들이라 한다 들었소. 그건 그렇고…… 당신네들이 피난을 가라 하지 않았소? 그래서 다들 급히 남쪽으로 내려갔고, 소승을 뺀 이 두 스님도 뒷정리가 끝났으니, 내일 날이 밝는 대로 여길 떠날 거요. 그런데 당신들은 어느 부대 소속이요?"

"보면 모르겠소? 우린 아메리칸 십자군이요."

"십자군 어느 부대?"

주지가 다시 물었다.

—타앙!

바커가 대답 대신 허공에 대고 권총을 발사했다. 그러고는 "흡혈귀들을 막아주러 온 하나님의 직속 근위 부대다"라고 답했다.

바커가 절을 찾아온 것은 약탈을 하러 온 것—금괴만 숨기고 갈 바커가 아니었다—일진대, 주인에게 자신의 신분과 소속을 밝히는 약탈자가 어디 있겠는가.

바커가 다섯 명 모두를 한 덩어리로 묶어 한방에 몰아넣으라고 했다. 중들은 별다른 저항을 하지 않았다. 다만 고노의 손을 잡은 주지가 약탈은 감수하겠으나, 살상만은 막아줄 것을 부탁했다.

"예. 큰스님."

고노가 대덕大德의 법문을 대하는 양 쩔쩔매는 태도로 답했다.

다섯 명 감시는 캐롤에게 맡겼다.

바커가 지프에 실린 궤짝을 내리라고 했다. 지시를 받은 하지스가 뒷좌석에서 궤짝을 내려 고노와 맞들었다. 키가 작은 고노 쪽으로 궤짝의 무게가 쏠렸다. 순간적으로 무게를 못 이긴 고노가 기우뚱하고 넘어지는 바람에 궤짝이 땅바닥에 떨어졌다. 궤짝과 잠금장치가 튼튼했던 탓인지 내용물이 쏟아지지는 않았다.

하지스는 바닥에 떨어진 궤짝이 뒹굴 때, 궤짝 속에서 데그럭거리는 소음을 들었다. 엉뚱한 소리였다. 금붙이가 부딪쳐 나는 소리가 아닌 돌멩이가 부딪쳐 나는 듯한 둔탁한 소리였다. 그러고 보니 궤짝을 든 고노가 넘어지기는 했으나, 다시금 무게가 생각보다 가볍다는 생각이 들었다. 무게에 소음까지 모두 의심스러웠다.

키 높이를 낮춰 궤짝을 맞든 하지스는 바커의 뒤를 따라 절의 중앙 상단에 위치한 큰 건물로 들어갔다. 처마 밑에 써 붙인 중국어 네 자가 보였으나 역시 읽을 수 없었다. 궤짝을 건물 안으로 들여놓자, 건물 안에서 궤짝을 받은 바커가 하지스와 고노를 건물 밖 돌계단 아래에서 기다리라고 했다.

바커는 20여 분이 지난 뒤에 건물 밖으로 나왔다. 땀범벅이 된 그가 양팔에 무언가를 잔뜩 안고 나왔다. 갖가지 모양의 불구佛具들과 양탄자처럼 둘둘 만 그림이었다. 궤짝은 불당 안에 숨겨두고 불당 안에 있는 물건들을 훔쳐 나온 것이다.

곧이어 사찰 이곳저곳을 돌아다니며 구석구석을 탈탈 턴 바커는 급기야 마당 중앙에 있는 오층탑과 석등을 지프로 박아 무너뜨리고 그 속엣 것까지 챙겼다.

바커가 제집처럼 절을 뒤짐하는 모습과 조개껍질 까듯 탑 속을 열어 보는 등 능수능란한 행동거지로 볼 때, 그가 평소 떠벌렸던 말처럼 아시아의 사찰 구조를 꿰뚫고 있는 것 같았다.

바커는 한 시간 가까이 약탈한 사찰의 물건들을 차곡차곡 지프에 실었다. 그러고는 캐롤이 있는 승방을 향해 돌아갈 테니 다섯 명의 결박을 풀어주고 빨리 달려오라고 소리쳤다.

뒷자리에 탄 하지스와 고노는 바리바리 쌓아 올린 약탈품 틈새에 모잽이로 끼어 앉아야 했다. 바커가 물건이 손상되지 않도록 조심하라고 했다. 바커는 올 때와 달리 산길을 더디게 운전했다.

지프가 영동-황간을 잇는 4번 국도로 들어서자, 도보로 퇴각하는 병사와 차량으로 후송되는 부상병과 피난민들로 뒤섞인 도로가 난장판이었다. 퇴각병과 피난민들 모두 허둥지둥했다.

반질반질한 황톳길 위에 뜨문뜨문 시신들이 널브러져 있었는데, 토사물인 양 짓뭉개져 바닥에 들러붙은 시신들도 보였다. 차바퀴에 수차례 깔리고 발에 밟혀 으깨진 것 같았다. 이빨을 드러내고 혀를 내민 들개들이 미처 거두지 못한 시신들 주위를 어슬렁거렸다.

버려진 시신들을 보고 비위가 뒤틀린 하지스는 지프 밖으로 목을 빼낸 채 헛구역질을 했다. 이미 토악질을 한지라 생목만 토해냈다.

그는 7월 2일 전쟁 참전 이후, 단 한 발짝도 북진하지 못하고 23일 동안이나 내처 남진만 거듭하고 있는 전황이 어처구니없고 창피하고 안타까웠다. 대체 무엇이 문제이기에 이토록 처참한 지경에 내몰리고 있단 말인가. 물론 무엇이 문제인지 전혀 모르는 것은 아니었으나, 그렇다고 해서 문제를 모두 다 아는 것도 아니었기에 답답하고 두렵고 절망스러울 따름이었다.

적은 예상보다 강했다. 적화통일이라는 목적이 또렷했고 무기를 뺀 조직력, 전투력, 사기 모두 빼어났다. 그러나 무기가 스스로 싸울 수는 없는 노릇이었다.

바람이 없으면 노를 저어 배를 몰 방안을 찾아야 할 터인데, 노 젓는 법은 배우지 않고 일본 점령지에서 어영부영하며 음주가무만 즐겨온 대가를 톡톡히 치르고 있는 것이 아닌가 하는 생각을 버릴 수 없었다. 제때 한 바느질 한 땀이 급할 때 아홉 땀을 던다 했으나, 아예 한 땀의 바느질조차 하지 않고 놀기만 했던 것이 화근이 된 것이다.

군인이 훈련 없이 승전 성과에 취해서 허구한 날 점령국의 단물만 빨아먹은 대가가 이토록 처참했다. 또한 적을 열등 동물 '국'이라고 비하하고 무시한 오만도 연전연패의 원인이라고 할 수 있었다. 바커가 지금 보여주고 있는 사적 일탈 행동만 봐도 알 수 있지 않은가.

물론 이런 우리 군을 굳게 믿는다면서, 자기 나라 힘으로는 제대로 싸워보지도 않은 채 우왕좌왕하다가 전시 작전권을 통째 내주고 대구로 달아났다는 한심한 한국군 통수권자도 한몫하고 있다고 봐야 할 것이다. 하기야 한강 다리를 끊어 보급을 차단함으로써 자국의 군인들을 적에게 몽땅 넘겨준 멍청한 통수권자에게 무얼 바라겠는가. 무능하고 무책임한 지도자가 이끄는 나라의 정체 모를 내전인데 아무 책임이 없는 이국의 병사들이 대체 무슨 자격과 이유로 참전해 이 개고생을 하며 죽어 나가야 하는지 하지스는 알지 못했다.

하지스는 밑도 끝도 모를 회의와 절망감 속에서 차멀미와 사체가 썩어가는 악취에 시달리며 헛구역질을 해댔다. 지프에서 내려 몇 발자국 만이라도 걷고 싶었으나 그럴 수 없다는 사실을 알기에 더욱 고통스러웠다. 하지스는 지프에 실린 물건들을 집어 던지고 싶었고, 목놓아 울고 또 소리치고 싶었다.

지프가 가리 터널 부근에 이르렀을 때, 서행하고 있는 M602 트럭의 꽁무니를 따라잡았다. 오메가와 베타 팀은 탈영 병사 119명의 행방은커녕 도망친 방향조차 가늠치 못했고, 그들이 산속에 버리고 간 장비들만 일부 수거했다고 했다.

3

결재 서류를 들여다보던 도완구는 대체 사장이라는 놈이 무슨 꿍꿍이 속으로 무슨 짓거리를 벌이고 있는 것인지 의심스러워졌다.

단발머리 팔등신 여비서의 보고는 입고 온 치마만큼이나 짧았는데, 얄미울 정도로 청산유수였다. 완구는 그녀가 보고하는 업무 용어를 도무지 알아들을 수 없었다. 완구에게는 뇌쇄적이고 똑똑하고 상냥하기까지 한 여비서인지라 평소에는 용어를 좀 못 알아들었다 해도 묻지 않고 대충 넘어가 주었다. 그러나 지금 책상 위에 올라와 있는 결재 서류는 사약賜藥 성분이 들어있는 것 같아서 대충 넘길 수가 없었다.

화가 난 완구는 돋보기를 벗어 서류 위에 내던졌다. 그러고는 아래층에 있는 방 여사에게 보청기를 가져오라고 냅다 소리쳤다. 보고를 처음부터 다시 상세하게 들어야만 할 것 같았다. 이놈이 애비 회사를 제 계집 궁둥이 주무르듯이 하더니, 뭔가 간 큰 장난질을 치고 있다는 의구심을 떨쳐 버릴 수가 없었다.

'미스와인선발전'에서 '미美'로 뽑힌 지방대 출신 여자를 특채해서 '광통재'로 겸직 발령을 낸 뒤로는 사장인 자신이 해오던 서면과 구두보고를 이 여직원을 통해 갈음했다. 그러니까 자기 심복인 여비서를 파견해 전령이자, 메신저이자, 스파이로 써먹고 있는 것이다.

사장은 자기가 바빠 늘 광통재까지 찾아가 대면보고를 할 수 없는데, 아버지가 컴맹이라 전자결재가 어려우니, 어쩔 수 없이 여직원을 파견하는 것이니 '양해를 부탁드린다'고 했다. 그러면서 겸직 직원은 아버지의 여성 취향도 고려하고, 입이 무거운 여직원을 어렵게 선발한 것이라고 했다. 완구는 이 변명을 들으면서 이게 자식이 애비에게 할 말이며, 사장이 회장에게 할 말인가 싶어 기분이 언짢았으나 전혀 틀린 말은 아니기에 참고 넘어갔다.

여직원은 완구의 질문에 답을 못할 정도로 입이 무거웠다. 업무를 몰라 입이 무거울 수밖에 없는 것 같았다. 어쨌든 이 여직원은 '아들의 눈', 그러니까 감시 카메라라고 봐야 했다. 그녀는 본사 종합비서실에서 근무하다가 월요일과 목요일 오전 11시에 보고서와 결재서류를 가지고 광통재로 왔다.

완구는 방 여사가 보청기를 찾아오는 동안 맞은편에 공수 자세를 하고 서 있는 여비서를 힐끔힐끔 훔쳐봤다. 쳐다보지 않으려 애써도 자꾸 눈이 갔다. 완구는 여비서에게 보청기를 찾아올 때까지 소파에 앉아 기다리라고 했다. 눈치를 살피던 여비서가 잠시 쭈뼛쭈뼛하고는 괜찮다고 했다.

방 여사와 달리 그림의 떡에 불과했지만, 시쳇말로 눈앞이 아찔할 만큼 쭉쭉빵빵이라서 눈이 가지 않을 수 없었다. 결국 이런 우회 자극이 춘심을 불러일으켜 방 여사와의 사고를 재촉한 것이 아니었겠나…… .

나름의 화류계 경험이 충만하고 아직은 남은 기운이 충분한 완구인지라 눈요기만으로는 춘정을 다 다스릴 수 없었다. 결국 이 여비서로 인해 비아그라를 챙겨놓게 되었다. 사내로서 마음과 몸이 따로 노는 것은 죽은 목숨이 아닌가. 완구는 산목숨인지라, 당연히 몸과 마음을 맺어줘야 했다. 남우세스러워서 주치의가 아닌 운전 기사에게 부탁해 구하려 했으나, 혹시 모를 부작용을 고려해 주치의의 처방을 받기로 했다. 주치의는 놀랍고 부럽다는 표정으로 완구를 바라보고는 기사 편에 처방전을 건넸다.

하지스의 방한 사실을 확인한 날 저녁, 자축을 위해 숨겨놓은 코냑 카뮈를 찾아 꺼내 놓고는 1층 응접실에 앉아 깔짝거리고 있는데, 설거지를 마친 방 여사가 적적해 보이는데 대작해드리겠다면서 마주 앉았다. 불감청이나 고소원이 아닌가. 마침 구성진 비가 유리창에 들러붙어 핥듯이 흘러내리고 있었다. 그녀가 낯에 입김까지 호호 불어가며 티 없이 닦은 유리창이었다.

완구는 코냑을 치우고 와인을 내오라고 했다.

"옴마, 우리 회장님. 내래 와인 파라는 거 어치케 아셨습네까?"

방 여사가 '토레스 마스 라 플라나'를 가져오며 콧소리로 호들갑을 떨었다. 헤픈, 푼수기 있는 여자라는 생각이 들었다.

완구는 나름 비싸고 귀해서 아끼는 술이었으나, 술값 이상을 뽑을 수 있다는 판단에 기꺼이 즐기기로 했다. 먹던 육포를 안주 삼아 쭈뼛쭈뼛한 분위기 속에서 와인 한 병을 순식간에 비울 즈음, 이야기가 동북 삼성을 내달리게 되었다. 방 여사의 고향이 지린吉林이라고 했다. 요녕성, 길림성, 흑룡강성은 만주 벌판과 함께 완구가 일찍이 밀정으로서의 사명과 대망을 품고 청춘을 불사른 '나와바리' 아니던가. 지연地緣과 취기가 엉켜 세대를 초월한 둘은 각자의 옛 추억을 끄집어내 뒤섞으며 한껏 허우적거렸다. 완구의 선창으로 광복군 김학규가 〈밀양 아리랑〉을 개사해 부른 〈광복군 아리랑〉도 합창했다. 광복군 신분을 가진 위장 밀정이었던 완구는, 해방 이후 김구를 공산주의자라고 지목한 김학규와 잘 알고 지냈던 사이였다.

와인 두 병을 비울 때까지 여전히 빗줄기가 창을 핥았다. 완구가 호박전이 생각난다고 했다.

"생각나는 건 먹어야지요."

방 여사가 요망한 말로 답했다. 그러고는 엊저녁에 된장찌개를 끓이고 남은 호박이 있다며 부엌으로 나간 여자가 호박전을 부치는 사이 완구는 직접 24시간 편의점으로 달려가 막걸리를 사 왔다.

방 여사는 술에 취할수록 독립군 완구에 대한 존경과 감사의 표현을 말보다 몸으로 하려고 애썼다. 한 지붕 아래에서 각방을 쓰며 서로가 보낸 싱숭생숭한 밤을 불쏘시개 삼아 밑불을 피웠다.

"회장님이래 지르박 추실 줄 아십네까?"

술이 오른 방 여사가 어깨를 들까부르며 물었다.

완구는 순간 미스와인이 방 여사의 몸매에 들러붙어 뒤엉켰다. 완구가 어찌 지르박을 못 추겠는가. 술에 따르는 가무라면 능란한 젓가락 장단만큼이나 일가견이 있는 그였다. 그가 살아오면서 주색에 빠져, 좀 더 정확하게 표현하자면 주색으로 인해 잡힌 약점으로 빼앗긴 지국支局만도 다섯 곳이었다. 물론 다 소읍의 지국—주로 소읍을 돌며 사고를 친 때문이다—이라고는 하지만, 가입자 수를 모두 합치면 6,500여 가구였다. 시세로 쳐서 정상 매각을 했다면 10억은 넘게 받을 수 있는 사업체였다. 20년 전 10억이다. 지금도 큰아들놈이 툭하면 걸고넘어지는 게 바로 이 치부였다. 하지만 완구는 자신이 벌고 자신이 날린 자산이기 때문에 아들놈이 이를 문제 삼는 것은 얼토당토않은 개수작이라고 했다. 게다가 20년 전의 일이 아니던가.

지르박은 방 여사 식 전희前戲였다. 지르박으로 서로 비벼대고 엉키고 꼬이고 하다가 방 여사의 수작질에 넘어가—완구는 그렇게 생각하고 싶었다— 사고를 치고 말았다. 미스와인 때문에 받아놓았던 비아그라를 결국 미스와인이 빙의한 방 여사를 위해 사용했다. 완구는 오랜만에 방 여사의 수작을 큰 무리 없이 받아줄 수 있어 뿌듯했다.

깔짝깔짝 감질나게 내리며 그칠 듯 말 듯 하다가 다시 펑펑 쏟아져 내린 호우도 한껏 분위기를 띄워 주었다. 그런데 이게 우발적 단일 사고로 끝나지 않고 정례적 합환 의례가 되었다. 한적한 곳에서 한 지붕 아래 허구한 날 둘만 붙어있다 보니 색이 동할 때마다 사고를 치게 된 것이다. 늘 방 여사가 적극적이었다.

잦은 복용으로 약발이 떨어진 탓인지, 잦은 합환으로 기운 자체가 탈진이 된 때문인지 지난밤에는 약발이 듣지 않아 한 알을 더 복용했는데, 그 부작용 때문인지 양물이 좀처럼 눕지를 않고 성화를 부렸다.

여비서가 도착하는 11시에 맞춰 비트적비트적 2층 집무실로 올라가 자리를 잡고 앉기는 했으나, 잔뜩 독이 올라 있는 양물이 거치적거려 몹시 불편했다. 왼손을 바지 주머니에 넣어 양물을 지그시 누르고 있는 완구는 돌장승인 양 굳은 몸이 되어 방 여사의 도움을 받아야 했다.

방 여사가 보청기를 찾아오는데 10분이 넘게 걸렸다. 그녀라고 해서 제정신일 리가 있겠는가. 완구가 애써 허공을 바라보며 여비서를 소파에 앉으라고 재촉했다.

1층 응접실을 한참 동안 헤집고 다니던 방 여사가 완구의 침실이 있는 3층으로 올라갔다.

잠시 후 3층에서 내려온 방 여사가 소파에 앉아있는 여비서를 힐끔 쏘아보고는 보청기를 건넸다. 보청기를 건네줄 때 여비서를 등진 방 여사가 완구에게 눈을 흘기며 입을 삐죽 내밀며 뭐라고 중얼거렸는데 알아들을 수는 없었다. 아마도 질투 같았다.

보청기를 낀 완구가 여비서에게 좀 전에 한 말을 처음부터 차근차근 다시 들려달라고 했다. 소파에서 일어난 여비서가 완구의 맞은편에 공수 자세로 섰다. 그러고는 잔뜩 긴장한 목소리로 좀 전에 한 말을 반복했다.

"지금이 타이밍인데, 서둘러 정리하지 않으면 관리가 불가능하게 되고, 그렇게 되면 서비스 경쟁에서 밀려 가입자들이 대거 빠져나갈 것이고, 또 그렇게 되면 해당 지사가 망하는 것은 물론이요, 회사 전체의 이미지와 경쟁력에 불필요한 손실을 끼쳐 경영 전반에 위기를 초래할 수밖에 없다, 그래서 1,000여 세대 미만 소규모 단위를 관리하는 네댓 개 지사들은 제값을 쳐준다고 할 때 당장 처분해야 한다, 그러지 않으면 공룡들이 좌지우지하는 업계에서 도태되는 것은 시간문제이고, 그때 가서는 공룡 경쟁사들이 또, 똥값으로도 사지 않을 것이다, 라고 하셨습니다, 회장님."

여비서가 '똥값'이라는 표현을 어렵사리 내뱉었다. 아마도 사장이 그녀에게 그렇게 표현해야만 늙은 회장이 똑바로 알아듣는다고 했을 것이다.

완구는 아들놈이 먼저 매각을 하려고 했던 것이 아니라, 경쟁사들이 제값을 쳐줄 테니 매각하라는 제안을 했기 때문에 지사 처분을 서두른다는 것을 알 수 있었다.

유선 방송 시장의 구조가 재편되었기 때문에 구조조정은 반드시 필요한 과제였다. 아들놈의 말마따나 선택과 집중을 해야 할 시점이기도 했다. 그러나 제대로 흥정도 못 해보고 빼앗기듯이 당장 팔고 싶지는 않았다.

"지금처럼 관리해 나가면 된다고 전해."

완구가 떼쓰듯 말했다.

"예. 그, 그런데…… 그렇게 하면 앞으로 배보다 배꼽이 더 커져서…… 아니, 유지관리비가 수익금보다 더 들어간답니다, 회장님."

"뭐얏?"

완구가 침을 튀기며 눈을 부라렸다.

놀란 양 제 입을 가리며 급히 한 발짝 물러선 여비서가 자신은 사장이 한 말을 가감 없이 전하는 것뿐이라고 했다. 사실 그대로를 전해야 회장님이 상황의 심각성과 시급성을 똑바로 알 수 있다고 했다는 말까지 덧붙였다.

'사실에 입각한 보고'를 하라는 것은 완구의 지시이기도 했다. 보고할 때는 사실 그대로 즉, 보태거나 빼지도 꾸미지도 말고, 있는 그대로, 보고 들은 것 그대로를 전하라고 했다. 그렇게 못 하겠으면 녹화를 떠오든지 녹음을 해오든지 글로 받아오든지 하라고 했다. 그래서 고상한 여비서의 닭똥집 모양 어여쁜 입에서 '똥값'이라는 허접한 단어가 튀어나온 것이다.

바닷가 구석에 소읍 단위로 흩어져 있는 500가구 미만의 가입자와 5,000여 가구 미만의 소도시 가입자를 처분하는 것까지는 어쩔 수 없는 일이라고 해도, 100만 이상이 사는 대도시에 구축한 만여 가입자 규모의 지사를 처분한다는 것은 받아들이기 힘들었다. 더욱이 부산 지사까지 처분한다는 것은 조강지처를, 아니 장자長子를 팔아버린다—물론 조강지처와 장자 둘 다 문제이기는 하나—는 것만큼이나 말도 안 되는 짓거리라는 생각이 들었다. 자존심은 물론이요, 근본마저 내다버리는 것이라 할 수 있었다. JMC의 모태가 부산 지국이 아닌가.

1962년, 삐삐선으로 다방에 음악을 전송—일본에서 배워온 것으로 당시에는 법적 근거조차 없었다—하던 유선 방송은, 이후 여관에 삐삐선을 깔아 영상까지 전송하게 되었고, 33년이 지난 1995년에는 다채널 케이블 텔레비전 시대가 열리면서 노다지를 캐는 사업이 되었다. 그러니까 완구가 이 사업에 본격적으로 뛰어든 것은 잘 나가던 가발 공장이 방화로 쫄딱 망한 1971년이었다.

처음에는 후발 케이블 텔레비전이 영세한 삐삐 유선 방송을 통째로 먹어버리거나 고사시킬 것이라고 생각했다. 그러나 인프라 하나 없이 맨땅에 헤딩하듯 정치적 판단 하나로 어느 날 갑자기 탄생한 케이블 텔레비전은 고전을 면치 못했다. 젖이 필요한 갓난쟁이였고, 장차 이유식도 필요한 아기였던 것이다.

이렇다 할 콘텐츠, 그러니까 볼거리도 없는 데다가 가입비와 시청료까지 비싸니, 속 빈 강정이자 공갈빵과 다름없는 케이블 텔레비전이었다. 가입자 확보가 어려운 것은 당연지사였다. 앙꼬 없는 찐빵을 누가 사 먹으려 하겠는가.

안 그래도 개점휴업 상태를 벗어나지 못해 비틀거리고 있는 와중에 1997년 IMF 구제 금융까지 덮쳤으니, 당초 무모하게 추진한 사업 자체가 좌초될 수밖에 없는 위기에 처하고 만 것이다. 인허가 장사로 돈을 챙긴 정부가 나 몰라라 할 수는 없었다. 로비자금까지 왕창 쏟아부었을 업자들이 가만히 있겠는가.

결국 케이블 텔레비전을 살리기 위한 긴급 수혈이 필요했다. 그래서 그동안 케이블 텔레비전 시장 참여를 법으로 봉쇄했던 기존 삐삐 유선방송 사업자들의 참여를 전격 허용해 주기로 했다. 시장과 판을 키우기 위한 조처였다. 이로써 나름대로 전국 방방곡곡에 빵빵한 가입자들을 확보하고 있는 유선 방송 사업자들이 케이블 텔레비전 사업에 합법적으로 뛰어들 수 있게 된 것이다.

완구는 초대박이 났다. 굳이 비유하자면 완구가 자체 발행해 알음알음 불법 유통되고있던 위폐가 어느 날 법정 화폐로 둔갑을 한 것이다. 그것도 수십 수백 수천 배로 평가절상되어서…….

대망의 2000년대를 맞이하면서 케이블 텔레비전이 자리를 잡고, 유선 유료 방송 시장에 디지털 케이블 텔레비전과 위성 DMB 등 다양한 방송 플랫폼이 생겨나면서 방송 시장이 더욱 커지게 되었다. 이런 상황 속에서 내년부터 시작하기로 한 IP 텔레비전 시대가 맞물리게 되면서 케이블 방송 업계에 합종연횡과 인수합병이 활발하게 진행되고 있었다. 그동안에는 정부가 언론 통제의 필요성 때문에 금지해 왔던 보도 기능까지 곧 내줄 것이라는 소문이 나돌았다.

이런 노다지 시장을 공룡 대기업들이 놔둘 리가 없었다. 대기업이 막강 자본력을 앞세워 물밑에서 케이블 방송사를 인수해 터를 다지고는 소리소문없이 사업을 확장해 나가기 시작했다.

이 과정에서 덩치에 비해 자본력이 약한 JMC가 먹잇감이 된 것이다. 물론 대기업이 작정하고 JMC를 타깃으로 삼은 것도 있지만, JMC 또한 커진 시장을 옳게 감당하려면 마땅히 공격적으로 사업 확장을 해야만 옳았다. 하지만 그런 자금 여력이 없는 JMC로서는 소규모 사업장의 정리와 매각으로 질적 경쟁력을 갖출 수 있도록 시설과 장비를 보강해야 할 필요가 있었다. 질적 혁신을 바짝 서둘러 작지만 강한 기업을 지향해야 했다. 안 그러면 고래 싸움에 낀 새우 꼴이 될 수 있었다.

하지만 아무리 그렇다고는 해도 사업 모태인 부산 지사를 애비와 공식적인 상의—선택과 집중을 해야 할 때이기 때문에 여차하면 부산 지사를 처분할 수밖에 없다는 사전 언질은 받은 바 있었다—도 없이 처분하려고 한다는 것은 아들놈이 쿠데타를 모의하고 있는 것과 다름이 없었다.

"이렇게 다 내주고 나면 뭐가 남겠나?"

내던졌던 볼펜을 다시 집어 든 완구가 매각 대상 다섯 지국과 두 개 지사 명단에 동그라미를 치고는 눈을 치떠 여비서를 올려다보며 물었다. 여비서에게 할 질문은 아니었다.

"사장님께서 매각 정보가 새나가면 협상이 불리해지기 때문에 서두를 수밖에 없었고……."

"뭐얏?"

소스라치게 놀란 완구는 여비서의 말을 자르며 소리쳤다.

이미 매각을 했다는 말이 아닌가. 여비서가 하지 않아도 될 답을 하는 바람에 완구는 지사 매각 건이 사전 결재가 아니라 사후추인이라는 사실을 알게 된 것이다. 그러니까 사후추인을 받아오라고 여비서를 보낸 것이었다.

완구는 울화가 치솟았다. 보안 유지를 핑계로 애비와 매각 문제를 상의하지 않았다니…… 이게 말인가, 방귀인가. 게다가 그 선택과 집중을 판단하는 주체는 마땅히 창업주이자 소유주이자 경영주인 애비가 아니던가. 선택과 집중을 판단하는 기준과 관점을 택하여 정하는 것이야말로 완구의 고유 절대 권한이었다. JMC는 완구에 의해, 완구가 만들어, 완구가 경영하는 완구의 회사였다.

그럼에도 불구하고 아들놈은 총괄사장직을 맡은 뒤부터 생전 보도듣도 못한 말을 씨불여대며 애비를 무시하기 시작했다. 다운사이징, 식스 시그마, 이알피, 비피알 등등을 읊어대더니, 근자에는 피봇팅이니, 그린 워싱이니…… 등등을 씨불여대며 애비를 윽박지르고 있었다.

아들놈이 늙은 애비의 무식을 볼모로 눈깔을 부라린 채 혓바닥을 비틀어 댈 때마다 기가 죽어 의기소침해질 수밖에 없는 것은 완구가 피할 수 없는 사실이었다. 그는 아들이 사용하는 빠다 친 용어를 누구에게 대놓고 물어볼 수가 없어 돋보기를 끼고 영어 사전을 뒤져봤지만, 무슨 영문인지 최신 개정판 사전에도 그런 단어는 나오지 않았다. 인터넷 검색을 하면 알 수 있다고 하는데, 컴퓨터는 켜고 끌 줄도 모르는 컴맹인지라 답답한 노릇이었다. 가끔은 술 먹지 말고 컴퓨터나 배우라고 한 아들의 핀잔을 듣지 않은 것이 후회되기도 했다.

그러나 외팔이인 지 애비는 삼복더위와 엄동설한에도 하삼도下三道의 내로라하는 깡패 새끼들—삐삐선을 깔 때는 법도 영역도 없는지라 오직 힘과 깡의 싸움판이었다—과 싸워가면서 전봇대를 기어 오르내리며 한 집이라도 더 가입자를 늘리려고 온갖 개고생을 했는데, 그렇게 천신만고 끝에 한 땀 한 땀 바느질하듯 늘려놓은 가입자들인데, 그걸 하루아침에 통째로 공룡 기업의 아가리에 쑤셔넣겠다고 하니, 아니 이미 쑤셔넣고 나서 사후추인을 받겠다고 제 놈이 직접 온 것도 아니고 여비서를 보냈으니 억장이 무너지고 가슴이 터져 나갈 노릇이었다.

안 그래도 아침부터 와인을 홀짝거린 탓에 발그레해진 완구의 얼굴이

용광로처럼 시뻘겋게 달아올랐다. 그는 화를 참지 못해 허공에 대고 욕설을 내뱉으며 고래고래 소리를 질렀다.

완구는 아래층에서 욕설을 듣고 달려온 방 여사를 손짓으로 내쳤다. 그러고는 송수화기를 집어 미스와인의 손에 쥐여주며 당장 사장과 전화 연결을 하라고 소리쳤다.

"아부지이. 지가 시방은 좀 바쁜디, 이따가 전화 드리면 안 될까, 요? 지가 바로 하것습니다요."

바쁘다는 핑계는 화와 잔소리의 예봉을 피하기 위한 아들의 상투적인 수작이었다. 어리광과 콧소리라니 참 가관이었다. 제 놈이 딱히 할 일이 없을 터이니—애비가 평생 쌔빠지게 해놓은 일을 국으로 관리만 하며 결과만 빼먹고 사는 놈인데, 할 일이 있어서 바쁘다면 그것이야말로 진짜 문제였다— 절대 바쁠 리 없었다. 또 전화하겠다는 약속을 한 번도 제대로 지킨 적이 없는 놈이었다.

"니가 무얼 하느라고 바쁜데?"

완구가 윽박지르듯이 물었다.

곁에 서 있는 미스와인이 민망한 표정을 지으며 고개를 돌렸다.

"문광위 위원과 약속이 있습니다."

완구는 이놈이 애비와의 전화 통화를 피하려고 별 거지발싸개 같은 거짓말을 다 꾸며낸다 싶었다. 하지만 사실을 확인할 수 없는지라 거짓말을 한다고 시비를 걸 수는 없는 노릇이었다.

"도대체 그 문광위 놈들은 왜 자꾸 만나는 거냐? 뭐 때문에 내 돈을 그놈들 밑구멍에다가 쑤셔 박는 거냐구?"

"왜 이러세요, 회장님! 품위를 지키셔야죠. 우리 대 제이엠씨가 어디 동네 구멍가겝니까? 그리고 아부지, 아니 회장님. 지금은 회장님 때처럼 개, 아니 개미 새끼처럼 죽어라 하고 일만 한다고 해서 뭐가 되는 세상이 아니에요. 지금은 그런 단순한 아날로그 세상이 아니라고요."

"그럼 뭔 세상인데?"

"디지털이요."

"뭔 털?"

듣고 있던 미스와인이 웃었다.

"디지요, 디지…… 털!"

"미친놈. 영(0)허고 일(1), 그 둘로 된 세상이 복잡하다는 거냐?"

완구는 주워들은 말을 내질렀다.

"……."

기세등등하던 아들놈이 주춤했다. 하지만 물러설 놈이 아니었다.

"아부진 하나만 알고 둘은 모르는 게 문제여. 음과 양, 이 둘로 된 게 세상인데, 아부진 그게 간단하다는 겨?"

"시끄럽다."

이놈이 또 애비를 핫바지로 알고 윽박지르듯이 훈계하려 들었다. 게다가 배울 만큼 배운—아니 가르칠 만큼 가르친— 이놈은 대체 누굴 닮았기에 다혈질에 말본새까지 이토록 상스럽단 말인가.

완구는 뒷목을 잡았다. 애비가 어떻게 해서 만든 사업체이고, 제 놈을 어떻게 가르쳤는데……. 애비 돈으로 처바른 아이비리그 MBA 과정을 마치고, 애비 사업체에 들어와 온갖 호사를 다 누리는 놈이 애비에게 어찌 이토록 오만방자하게 굴며 무시하고 괄시를 하며 대든단 말인가.

"네놈이 또 날 가르치겠다는 거냐, 시방?"

"아부지, 왜 또 억지를 부리시나……."

"회장님이라고 불럿!"

"아부지? 내 말도 좀 들어봐요. 아부진 아직도 양어깨에 삐삐선과 사다리 둘러메고 원숭이 새끼…… 아니, 원숭이처럼 전봇대 타던 시절을 살고 계신 거예요. 시방 우리 업계는 케이티, 에스케이, 엘지 같은 공룡들이 뛰어들어 장악하고 있는 정글 같은 시장입니다. 우리가 제때제때 줄 거 주고, 받을 거 받고, 먹을 거 찾아 먹지 못하면 한순간에 왕따 당하고 폭망하는 겁니다요, 아부지. 개네들 자금력과 로비력을 생각해 보세요. 지금 선택과 집중을 하지 못하면 죽습니다요, 아부지. 죽는다고욧, 끽!"

놈이 소리를 지르는 바람에 고막이 터져나가는 것 같았다. 보청기 증폭 때문이었다.

완구는 아들놈이 내지른 소리뿐만 아니라, 그 소리를 통해 짚어준 상황 때문에 기가 죽었다. 아들놈의 음흉한 속내와 경영 방식이 못마땅하다고 해서 무조건 제동을 걸며 무시할 수만도 없는 노릇이었다.

선택과 집중은 오직 자신의 권한임을 분명히 밝히고 아들의 독단적 의사 결정을 되돌리려던 완구의 생각은 애저녁에 멀찍이 달아나 버리고 말았다. 아들이 말한 그 공룡들이 돈과 로비력으로 정재계와 시장을 휘젓고 다니면 피라미 JMC가 당해낼 수 없다는 것은 불을 보듯이 뻔한 일이었기 때문이다.

하지만 제깟 놈이 애비 앞에서 아무리 잘 났다고 설쳐대도 대통령이 왜 정보통신부를 없애고 방통위를 새로 만들어서 자기 측근을 위원장에 떡하니 앉혔는지를 모르는 놈이었다. 그러니까 행정에 있어서의 집행과 관리 감독의 차이를 제대로 알지 못하는 놈이었다.

완구는 돈을 뿌려도 관리 감독권을 가진 문광위가 아니라, 집행 권한을 가진 방통위에 뿌려야 한다는 걸 알려주려다가 말았다. 이 말을 해주면 애비가 문광위에 돈 뿌리는 것을 허락했다고 할 놈이었다. 아니, 방통위에도 돈을 뿌리고 다닐 놈이었다. 일의 순서와 관官의 속성도 모르면서 학교에서 책으로 배운 지식과 인터넷에 떠도는 조각 정보만 가지고 애비를 가르치려 드는 천둥벌거숭이 같은 놈이었다.

"야, 문 닫앗! 기다리라고 했잖앗, 씨발! 통화 중인 거, 안 보엿, 으이씨!"

아들놈이 송수화기를 입에 댄 채 소리를 내질렀다. 비서가 아니면 기사에게 질러대는 소리일 터인데, 완구는 자신에게 지르는 소리로 들렸다. 송화기 반대편에 애비가 있다는 것을 어찌 모르겠는가.

앞에 모잽이로 서 있던 여비서는 수화기 밖으로 흘러나오는 통화 내용이 듣기 민망했는지 창가 쪽으로 댓 발작 물러섰다.

욕까지 들은 완구는 아들에게 그만 전화를 끊자고 했다.

“너무 억울해하시지 마세요, 아부지. 지금은 걔네들이 제값 주고 사 갔지만, 좀 더 지나면 우리가 걔네들에게 거저 줄 테니 제발 받아 달라고 사정을 해도 안 받아줬을 겁니다.”

아들이 완구를 아이 달래듯 말했다.

“무슨 개소리냐?”

“아버지! 왜 자꾸 이러세요. 우리가 자선사업 하는 겁니까? 장사는 수지 타산이 안 맞으면 접는 거 아닙니까? 수익 대비, 비용이 더 들어갈 게 빤한데, 손실 나는 지사와 지국을 어느 바보가 운영합니까요. 그때 가서 가입자들에게 적자 보는 장사를 더 이상 할 수가 없어서 송출을 못 해주겠다고 하면, 아 예 그렇게 하세요, 합니까? 그들이 펄펄 뛰며 위약금과 손해배상까지 요구할 텐데, 그렇게 되면 돈도 돈이지만 회사 이미지는 또 어떻게 되겠어요.”

바보가 되어버린 완구는 대꾸할 말이 없었다.

전화를 끊은 완구는 올라온 결재서류 일체에 사인을 해서 여비서에게 건넸다. 배꼽 인사를 한 여비서가 엉덩이를 실룩거리며 내빼듯이 나갔다.

완구는 책상 서랍에서 엊그제 마시다 숨겨둔 카뮈를 꺼내 병나발을 불었다.

오늘은 더 이상 할 일이 없었다. 일이 있어도 하고 싶지 않았다. 아랫도리는 어느새 수그러들어 있었다. 아들과의 통화 중에 시든 것 같았다.

카뮈를 들고 의자에서 일어난 완구는 저린 다리를 끌고 어기적어기적 창가로 다가갔다. 정오의 태양 빛이 내리꽂히는 창밖을 내다보며 홀짝홀짝 병나발을 불었다. 이 모습을 본 방 여사가 채신머리없어 보인다며 퉁을 준 뒤, 와인 잔을 가져다줬다.

아름다운 건축물 탐방 코스가 된 광통재는 개방된 명소이자 관광 코스가 되어 구경 오는 사람들로 1년 내내 북적였다. 광통재가 세계적 거장의 작품이라 국내외 건축학도들에게도 건축 답사 필수코스가 됐다고 했다. 처음에는 국내외 건축학도들만 들렀으나 일반 관광객들도 들르는 관광 명소가 된 것이다. 오늘도 탐방객들이 찾아와 광통재 안팎으로 서성이고 있었다.

대부분의 탐방객들은 담 밖 골목길에서 인솔자의 설명을 듣고 나서 안으로 들어와 조용히 둘러보고 나갔다. 떠들어도 두런두런하는 수준이었다. 그런데 이번 탐방객들은 들어오면서부터 시끌벅적했고 카메라와 스마트폰으로 촬영을 하거나 스케치북에 연필과 펜으로 뭔가를 열심히 끄적거리기도 했다. 살가죽이 희멀겋고, 키가 크고 코도 큰, 앳돼 보이는 노랑머리들이었다. 완구는 모든 탐방객들이 다 못마땅했으나, 노랑머리들이 들락날락하는 것이 특히 싫었다. 그들만 출입을 막는 것은 인종 차별이라 안 된다고 했다. 그리고 방통재 개방 취지는 JMC의 이미

지 관리와 홍보용이니 참으라고 했다.

팥죽색의 코르텐 강판을 야트막하게 두른 담장—아마도 그 거장이라는 노인네가 자기가 설계한 건물을 자랑질하려고 담 높이를 낮춘 것 같았다— 안에서 20여 명의 젊은 청춘 남녀들이 왁자지껄하며 광통재를 살펴보고 있었다. 그 청춘 남녀들은 건물 여기저기를 손가락질하며 열심히 지껄여대는 땅딸이 가이드를 어미닭을 쫓는 병아리들처럼 졸졸 따라다니고 있었다.

완구가 창가로 바짝 붙어 서서 내려다보니 백묵 같이 하얀 피부와 숯검댕이 같은 검정 피부가 뒤섞인 외국 학생들이었다.

광통재는 집무실 겸 관사로 지은 건물인데, 과다 노출증 환자의 옷차림처럼 판유리로 지어져 사생활 보장이 허당인 집이었다. 거주자가 주인이 아니라 구경꾼이 주인인, 주객이 전도된 집이었다. 그래서 완구가 시공 때 허리 높이로 설계된 담장을 최소 2미터 이상 높여 달라고 요구했는데, 설계자도 아닌 아들놈이 나서서 불가능하다고 했다. 시공 전이나 시공 중에 심지어는 완공 후라 할지라도 구조 변경 시에는 반드시 설계자의 허락을 받도록 계약이 이루어졌기 때문이라고 했다. 설계비와 시공비를 내는 사람이 누군데, 그게 무슨 말 같지도 않은 소리냐고 따져 묻자, 무식한 건축주라는 국제적인 망신—국제적 건축가이기 때문에 문제가 생기면 국제적 망신을 당할 수 있다고 했다—을 당하지 않으려면 그런 소릴랑은 하지 말라고 윽박질렀다.

어쨌든 아들놈이 외국의 유명 건축가를 데려다가 바위산 밑에 지어 준 명품 건축물이라고는 했으나, 완구에게는 유배지 숙소나 다름없는 집이었다. 완구가 이 유리 상자 같은 건물로 위리안치圍籬安置된 데는 그럴만한 사연이 있다.

언제나 용광로처럼 끓어 넘치는 열정과 활력이 문제였다. 세월을 따라 욕정이 시들지 않는 것도 병이었다. 마음에 드는 여자를 보면 색이 동했는데, 마음 따로 몸 따로 놀지 않고 둘이 쌍으로 놀았다. 요즘은 가끔 둘이 따로 놀 때가 있어 비아그라가 필요했다.

〈따오기〉 동요 가사처럼 '잡힐 듯이 잡힐 듯이 잡히지 않는'—아니, 잡혀줄 듯이 잡혀줄 듯이라고 할 수 있다— 요괴 같은 여자를 만난 것이 문제였다. 이 미꾸라지 같은, 아니 꼬리 백 개가 달린 여우 같은 여자가 회사 지분을 조금만 주면 잡혀줄 의향이 있다면서 꼬리를 쳤다. 그 '조금만'이라는 미끼가 5퍼센트였다. 여우, 아니 승냥이 빰치는 요물이 아닌가 싶었으나, 그건 이성적 판단이었고 감정은 정반대 쪽에서 널을 뛰었다. 좌우지간 갖고 싶었다.

피난길에 영동 본가 일선재에서 봉자라는, 종마 같은 종년을 보고 첫눈에 색이 동했던 것과 유사한 느낌이었는데, 벗어날 수가 없었다. 완구는 자신의 의지와 상관없는 운명적인 사랑에 빠졌다는 것을 직감했다. 그때 욕정에 꺼들려 허우적대다가 금괴 15관을 통째 날려버린 경험이 있는지라 정신을 차려야 했다. 아무튼 행인지 불행인지는 모르겠으나 완구에게 이런 운명적인 색정과 사랑이 왕왕 쌍으로 찾아왔다.

마음이 급해진 완구가 여자에게 일단 같이 살아보자고 했다. 5퍼센트 문제는 살면서 궁리해 보자고 했다. 일단 입안에 들어오면 삼키고 시치미를 뗄 요량이었다.

그러나 만만한 여자가 아니었다. 여자가 동거하자는 것이냐, 결혼하자는 것이냐, 라고 물었다. 여자는 완구처럼 말을 돌리지 않았다.

경험 많고 노회한 완구는, 자신에게 동거나 결혼 따위는 거추장스러운 껍데기일 뿐, 오직 중요한 것은 사랑하고 있다는 사실이라고 했다. 여자는 완구가 그렇게 요령부득의 흐리멍덩한 사람이라면 동거가 아닌 결혼을 하고 싶다고 했다. 요괴 같은 년이 상하이로 도망가 머물며 이 밀당을 주도했는데, 완구에게는 선택의 여지가 없었다.

그러나 조강지처가 시퍼렇게 살아있고 장성한 아들 둘—호적상 숨겨둔 아들까지 치면 셋이다—이 있는데, 말이 안 되는 요구였다. 전쟁통에 헤어졌던 마누라를 애써 찾은 것이 뒤늦게 후회됐지만, 당시에는 마누라를 찾지 않으면 어린 두 아들도 찾을 수 없는 상황이었다.

완구는 이 말이 안 되는 요괴의 제안을 말이 되게 만들었다. 요설妖說로 여자를 꼬드긴 것이다. 정상인에게는 요설이 먹히지 않지만, 요괴에게는 먹히는 법이었다.

당장 이혼은 할 수 없는 처지였고, 또 나랏법이 이중혼을 금하고 있으니, 일단 이미 확인된 둘의 오공본드 같고 찰떡같은 사랑과 서로의 뼈를 녹여놓은 속궁합을 담보로 성혼 서약을 한 뒤, 차차 돌아가는 형편을 보자고 했다. 처와의 관계는 오래전에 깨진 요강 같은 것이어서 다시 고쳐 쓰기 어렵고, 또 처가 병약한 데다 방랑기—해외여행을 제집 드나들듯 했다—까지 있는지라 급사 또는 비명횡사를 할 가능성이 크니, 그렇게 되면 이중혼이라고는 하지만 성혼 서약이 장차 유효할 수도 있지 않겠느냐고 했다. 물론 변호사의 도움도 받았다.

여자는 말 같지 않은 귀신 씻나락 까먹는 소리지만, 일단 귀국할 테니 그 변호사 입회하에 성혼 서약을 하자고 했다. 회사 법무팀 소속 변호사가 위법한 성혼 서약을 말로 자문해 주는 것과 서면 보증을 해주는 것은 질적으로 다른 문제라며 그럴 수 없다고 뻗댔다. 완구는 법적 보증을 서라는 것이 아니라 입회를 하라는 것이니, 그렇게만 해주면 포르쉐로 사례를 하겠다고 했다. 결국 둘이 만나 성혼 서약에 인감도장을 찍고 볼뽀뽀를 할 때 변호사가 동석을 해주었다. 그 자리에서 여자의 기습 요청에 따라 변호사를 끼운 성혼 서약 기념사진을 촬영했다. 이게 77세 때 일이었다.

카뮈를 다 비운 완구는 얼음 없이 가득 채운 코냑을 시켜 원샷으로 들이켰다. 수전증 때문인지 술이 손등으로 흘렀다. 완구는 방 여사 몰래 손등을 혀로 핥았다.

마녀 같은 마누라가 완구의 노년 행복을 위해 이혼을 해줄 리도, 없던 병이 갑자기 들어 급사할 리도 없었다. 마누라는 완구에 대한 원혐이 깊었다. 사변통 피난길에는 금괴를 독식하려고 처자식까지 따돌리려 했고, 그 뒤로도 갖은 잔꾀를 부려 자신을 '제거'하고자 주야장천, 호시탐탐 기회를 노려온 간특한 남편으로 규정지은지라, 평생을 의부심疑夫心과 공황장애 속에서 노심초사하며 살아온 정금숙 여사였다. 그런 여자가 완구에게 급사나 비명횡사라는 자비나 긍휼을 베풀어 줄 리가 없었다.

성혼 서약의 실효 개시를 조바심치며 기다려왔다는 여자가 어느 날 느닷없이 결별을 선언했다. 자기 나이가 조만간 불혹이 되기 때문에 더 이상은 기다려 줄 시간이 없다는 것이었다. 기다림의 힘들기로 치자면 그녀보다 37살이나 더 먹은 완구가 아니던가. 완구는 여자의 조급증과 나약한 인내심이 당황스러웠다. 겨우 5년이 지났을 뿐인데, 50년을 기다려준 양 온갖 원망과 저주를 쏟아부으며 완구를 혼인빙자 파렴치 사기범으로 몰아갔다. 완구가 보기에는 중간 정산을 하겠다는, 그러니까 먼저 돈을 좀 챙겨놓겠다는 여자의 몽니 같았다.

공갈 협박에 시달리던 끝에 이태리 명품 주방 가구와 기기 수입 대리점을 차려줬다. 그녀가 평소 원하던 것이었다. 명품 주방 기기 딜러였던 여자가 수입 대리점 점주가 되는 것이 꿈이라고 했었다. 완구는 대리점 지분의 51퍼센트를 줬다. 여자는 대리점 사업을 극대화할 수 있는 인프라 구축을 위해 인테리어 사업을 병행해야 한다고 했다. 압박 솜씨가 노름판의 타짜처럼 능란했다. 호구 잡힌 기분이었다. 그래도 JMC 지분 5퍼센트에 비하면 수천, 수만 배 나은 선택인지라, 요구대로 해주었다.

여자가 업체명을 'Dio's I&K'로 지었다. 뜻이 '신의 인테리어와 부엌'이라고 했다. 주방 기기 대리점은 서울과 부산의 대형 백화점 내에, 인테리어업체는 백화점으로부터 100미터 이내에 제가끔 짝을 맞춰 차려주었다.

그것이 끝이 아니었다. 사업이 제 궤도에 오를 때까지는 JMC의 전폭적인 도움과 지원이 필요하다고 했다. 단순 홍보 협조가 아니었다. 종합유선방송사 소유주인 완구의 기득권과 영향력으로 영업을 해달라는 것이었다. 인색한 성격에, 사회적인 대인관계조차 변변찮은 완구는 사노私奴처럼 취급하는 임원들을 닦달해 집집이 주방 가구 세트와 기기를 교체토록 하고, 다섯 개 지방 지사와 시골 거점 지국에는 인테리어 리모델링을 하도록 조처했다. 그러고도 보채는 여자를 위해 완구는 주방 가구와 기기 판매 목표치를 임원별로 할당해 주고, 인테리어 일감을 찾아서 지속적으로 대주라고 했다. 종합유선방송사 JMC가 Dio's I&K의 영업 대행사처럼 운영됐다.

이렇게 해서 2년쯤 지난 어느 날, 당시 전무였던 큰아들이 괴이쩍은 보고서를 들이밀며, 아버지의 불여우가 백 개의 꼬리 중 하나로 아버지의 부하를 홀려서 회사를 말아먹고 있으니 살펴보라고 했다. 그러니까 완구의 최측근인 재무 담당 상무가 불여우와 재산 공동체가 되어 얼마를 해 처먹었는지 보고서를 보면 알 수 있을 거라고 했다. 완구는 연놈이 재산 공동체라면, 당연히 육체 공동체도 되었을 것이라는 생각에 끓어오르는 배신감과 타오르는 질투로 이성을 잃었다.

아들이 윤색한 '첩보'를 접한 완구는 분노와 배신감으로 치를 떨며 여자를 만났다. 첩보의 진위와 자초지종을 여자로부터도 들어보고 확인할 필요가 있었다. 타인은 물론이고, 아들이 콩으로 메주를 쑨다고 해도 믿지 않는, '의심하기'가 좌우명인 완구였다.

여자는 완구가 제기한 의문 가운데 다른 것들은 거들떠보지도 않고, 오 상무와 붙어먹었다고 주장하는 증거를 먼저 대라고 했다. 물증이 됐건 정황증거가 됐건 아무튼 그 증거를 대면 자기가 그걸 보거나 듣고 나서 완구의 질문에 답을 해주겠다고 했다.

완구는 당황했다. 물증과 정황증거가 없어서라기보다—아들이 여자가 오 상무와 붙어먹은 것과 관해 법적 효력을 가질만한 증거를 준 것은 없었다— 여자의 입에서 그런 법률용어가 튀어나오는 것이 당황스러웠던 것이다.

오 상무의 횡령, 착복, 편취에 해당하는 물적 증거는 여럿 있었다. 그러나 이것을 여자와 짜고 같이 해 먹었다는 증거가 없었다.

순간적으로 돈보다 질투에 눈이 멀었던 완구가 첫 단추를 잘못 꿰는 바람에 되레 여자에게 역공의 빌미를 주고 말았다. 흥분과 분노 때문에 사안의 앞뒤와 경중을 헷갈려 매듭을 푸는 순서와 갈래를 가리지 못하고 마구잡이로 나간 탓에 공수가 역전되고 말았다. 색정과 순정을 구분하지 못해 자신을 순정파라고 주장하는 순진무구한 완구에게는 또 다른 치명적 결점이 있었는데, 종종 돈보다 여자의 색에 휘둘린다는 것이었다. 이와 달리 여하한 경우에도 이재理財를 우선으로 하는 큰아들 상기는 이런 완구의 결점을 철저히 파고들어 이용했다. 큰아들놈은 미녀 발밑에 십 원짜리 동전이 떨어져 있다면 동전을 냉큼 줍지 여자를 먼저 보는 놈이 아니었다.

여자가 완구와 맺은 성혼 서약서와 변호사와 함께 찍은 성혼 기념사진을 디밀었다. 이 물증으로 폭로와 고소를 병행하겠다는 협박이었다. 그런데 여자의 이런 황당한 협박에 대처하기도 전에 더욱 난처하고 곤란한 문제가 생겼다. 미처 예상치 못한 일이었다.

큰아들 상구가 이 문제를 여자와는 다른 기준과 방식으로 비틀어 완구에게 협박, 아니 공갈을 쳤다. 아들놈은 애비인 완구 편에 서서 가해자인 여자를 적절히 설득, 회유하거나 겁박을 통해서라도 문제를 해결해야 할 터인데, 그러지를 않고 오히려 피해자인 애비를 질책하며 공갈을 처대기 시작했다.

어찌 된 일인지 아들놈도 여자와 마찬가지로 돈 문제가 아닌 완구의 형사적 약점을 물고 늘어졌다. 그러니까 아들놈에게 불알이 잡힌 것이다.

이런 부도덕하고 파렴치한 이중혼 사실이 언론에 밝혀지기라도 하면 JMC가 입을 이미지 손상과 금전적 손실이 막대할 수밖에 없다는 것은 불을 보듯이 빤한 불행이라고 했다. 그러니 원만한 사태 수습을 위해 아버지가 선제적 조처를 해야 한다고 했다. 그러면서 아버지가 JMC 회장이기 때문에 문제가 더욱 커질 수 있으니 경영 일선에서 은퇴하겠다는 발표를 해야 한다고 했다. 일종의 위장 이혼 같은 위장 은퇴라고 했다. 그러고 나면 여자에게 자신이 '믿을만한 친구들'을 보내 잘 타일러보도록 하겠다는 것이다.

완구가 그렇게 해결할 요량이라면 먼저 그 믿을만한 친구들을 여자에게 보내는 것이 어떻겠느냐고 했다. 그러자 아들은 믿을만한 친구들의 성공 가능성이 100퍼센트가 아니기에, 만약 순서를 바꿨다가 예기치 못한 문제가 발생하는 날에는 아버지와 회사는 돌이킬 수 없는 윤리적 치명상을 입어 사회적 공적公敵이 될 것이라고 했다. 독박을 쓰라는 말이었다.

완구는 자신과 자신의 회사가 입는 치명상은 감당할 각오가 되어 있다고 했다. 여자를 진심으로 대했기 때문에 하늘을 우러러 떳떳하다고 주장했다.

"아부지, 아부지. 하나가 터지면 덩달아 다 터지는 겁니다."

아들놈이 미국 범죄학자가 말했다는 '깨진 유리창 이론'을 들먹이며 완구의 숨겨진 죄가 많음을 상기시켰다. '깨진 유리창 이론'을 알지 못하는 완구는 미국 유학을 다녀온 놈이 그렇다고 하니, 그런 줄 알 수밖에 없었다.

완구는 새삼 인간이 혼자이고, 세상에는 믿을 놈이 한 놈도 없다는 사실에 치를 떨었다. 하지만 산전수전 공중전까지 다 겪으며 살아온 완구가 그따위 양키들 이론 따위에 휘둘릴 수는 없었다. 아들의 수습책은 아무리 생각을 해봐도 이참에 경영권을 강탈하기 위한 말 같지도 않은 개수작인지라 완강히 뻗대보았다.

그러나 총괄사장 도상기는 완구가 그동안 쥐락펴락하며 자신의 아바타처럼 부려 먹던 아들놈이 아니었다. 완구가 바지 사장으로 앉힌 상기는 어느새 막강한 영향력을 가진 실세 사장이 되어 있었던 것이다. 바지 사장이어도 직원들이 볼 때는 회장의 친아들이자 떠오르는 태양이었던 것이다.

아들의 제안을 거부한 이후, 숨 가쁘게 돌아가며 엇나가기 시작한 상황들은 완구의 힘으로 통제가 불가능했다. 하나가 터지면 덩달아 다 터진다고 한 아들의 말을 증명이라도 하듯이 아직 터지지도 않은 상황인데 완구의 부도덕하고 불법적인 스캔들과 비위 사실들이 여기저기서 봇물 터지듯이 쏟아져나왔다. 자칫 만주 시절 밀정 노릇을 한 사실까지 까발려질 판이었다.

완구는 이 모든 상황들의 배후에 아들이 있을 것이라는 강한 확신이 들었으나, 이를 증명할 물증도 없었고, 물증이 있다 한들 대적할 힘도 없었다. 아들놈이 이미 회사를 실효 장악하고 있었다.

설령 힘이 있다 한들 큰아들과 집안싸움을 해서 얻을 수 있는 것이 없었다. 완구는 아들의 바람대로 경영 일선에서 물러났다.

그러니까 광통재는 이때 쿠데타에 성공한 아들이 뒷방 늙은이가 된 아버지를 위해 지어준 전별餞別 선물이었다. 여직원을 통해서 하는 사후 보고, 사후추인 등은 예우 차원의 요식 행위에 불과한 것이었다. 완구는 이빨 빠진 호랑이요 실권 없는 상왕이었다.

건물을 설계할 때 건축계의 세계적인 거장이라는, 염소수염 노인네가 자신을 찾아와 세 시간씩 다섯 차례나 인터뷰를 했다. 염소수염은 완구와의 처음 만남에서 왼팔이 의수인 것을 알아보고는 사고를 당했냐고 물었다. 빨갱이들과 싸우다가 그렇게 됐다 하자, 그는 빨갱이가 뭔지 모르는지 잠시 떨떠름한 표정을 짓고는 눈을 감은 채 사색에 빠졌었다. 염소수염은 장애가 사고思考와 행동 양식과 동선에 미치는 상관성이 있기 때문에 이를 행위 공간과 어떻게 매치시키느냐가 설계의 키워드라고 했다. 물론 완구는 못 알아들을 장광설이었다.

골초인지, 애연가인지 모를 염소수염은 광통재 터가 올려다보이는 허름한 카페를 통째로 빌려 한 달을 허송세월하다가 포르투갈로 돌아갔다. 설계도 아니고, 콘셉트와 스케치와 드로잉만 한 달 동안이나 했다는 것이다.

아들놈이 애비가 벌어놓은 돈을 물 쓰듯이 한다는 증거였다. 집을 지었어도 한 달이면 다 지었을 터인데, 생각하는 데 한 달이 걸리고, 또 포르투갈로 돌아가 그 생각을 도면에 옮기느라 여섯 달이나 걸렸다는 것이 이해가 되지 않았다. 아들이 회삿돈으로 그 카페를 얻어준 것이라고 하니 돌아버릴 지경이었다.

참다못한 완구가 이게 뭐 하는 짓거리냐고 하자, 그 건축가는 건물이 들어서는 터의 공간과 시간을 읽고, 그 위에 설계를 하기 때문이라고 했다. 터가 책이 아닌 땅바닥인데, 읽을 게 뭐가 있으며, 텅 빈 땅바닥에서 시간을 읽는다는 것이 무당이나 할 소리지 건축가가 할 소리냐며, 네가 지금 국제 사기꾼에게 고급 사기를 톡톡히 당하고 있는 것이라고 일러줬다. 그러자 이미 그 염소수염에게 가스라이팅을 당한 아들은 그 거장께서 지어줄 공간이 아버지의 새로운 노년 생활을 신세계로 이끌어 줄 것이니 그리 알고 제발 국으로 가만히 있으라고 했다. 그러고 이 집은 염창동 신사옥 설계와 함께 진행하는 것이라 싸게 했으니 너무 배 아파하지 말라고 했다.

완구는 그동안 아들이 왜 사옥 신축을 앞두고 완구의 귓구멍에 못이 박히도록 글로벌을 외쳐댔는지 알 것 같았다. 하지만 그 큰 사옥까지 이런 돈 먹는 하마 같은 늙은이에게 맡겼다는 말을 듣고는 억장이 무너지는 것 같았다.

아무튼 이렇게 해서 지은 집인데, 이 집을 짓고 나서 지상파 방송, 국내외 유명 건축 잡지와 수차례의 인터뷰를 했고 단숨에 예술을 아는 뒷방 늙은이로 유명 인사가 되었다. JMC 사주로서가 아니라, 광통재 집주인으로서 유명 인사가 된 것이다. 건물이 얼핏 서툴고 엉성해 보이지만, 교巧가 있고, 교가 있으나 졸拙하다고 했다. 뭔 말인지 도통 모르겠으나 집이 졸한 것과 완구의 졸한 인품이 서로 닮았다고 했다.

완구는 뭘 모르는 놈들이 염소수염의 인품을 자기에게 덮어씌우는 것이 못마땅했다. 그러나 집이 곧 사람이고, 사람이 곧 집이니 그렇게 볼 수밖에 없는 것이고, 그래서 이 광통재는 포르투 마르코 데카나베제에 있는 산타마리아 교회처럼 성과 속을 아우른 명작이라고, 알아들을 수 없는 말들을 했다. 결국 완구는 이 집에 어울리는 주인 행세를 하기 위해 염소수염을 기를 수밖에 없었다.

울 안에서 왁자지껄하던 외국인 학생들이 정원 잔디 마당을 마구 짓밟고 다녔다. 열댓 명의 학생들이 흩어져 잔디를 짓밟고 다녔는데, 전에 없던 일이었다. 그러면서 몇몇 학생은 건물에 바짝 들러붙어 장독에서 된장을 찍어 맛을 보듯이 벽체를 쓰다듬고 두드려보며 구석구석을 핥듯이 들여다보고 있었다. 그때 캠코더를 들고 비트적비트적 뒷걸음질 치던 놈이 화단에 흐드러지게 핀 덩굴장미를 짓밟아 뭉갰다. 캠코더가 그렇게 덩굴장미를 뭉갤 때 박석 모서리에 걸려 넘어진 다른 두 놈이 목수국을 엉덩이로 깔고 앉았다. 그러고도 태연히 일어난 두 놈이 뭉갠 목수국은 돌아보지도 않고 노닥거리고 낄낄대며 마당을 휘젓고 다녔다. 탐방객이 아니라 무례한 점령군들 같았다.

염소수염을 어루만지며 이들의 노는 양을 꼬나보던 완구가 급기야 "저런 개새끼들이……" 하며 쌍욕을 내지르고는 한달음에 달려나갔다. 화를 주체하지 못한 채 너무 급하게 복층 계단을 내려오다가 그만 발을 헛디뎌 층계참에 곤두박질쳤다. 순간, 정신이 아뜩했으나, 마침 아래층

거실에서 지켜보고 있던 방 여사의 도움으로 가까스로 몸을 추슬러 현관 홀을 빠져나갔다.

"헤이, 갓 뎀! 유 가이스(너희들)……."

덩굴장미를 짓밟아 뭉갠 남자애와 목수국을 깔아뭉갠 남자애들을 삿대질로 가리키며 목청껏 고함을 내지르던 완구의 표정이 일순간에 얼어붙었다. 마치 악귀라도 본 표정이었다.

"헉! 아, 아니, 너…… 너, 너는? 네놈이 어, 어떻게 여길……."

땅딸막한 상고머리 남자애에게 다짜고짜 달려들던 완구가 몸이 굳은 듯 동작을 멈추고는 더듬거리며 어쩔 줄 몰라 했다. 하지만 곧이어 남자애에게 달라붙은 완구가 드잡이질을 시작했다.

순식간에 벌어진 일인지라 완구를 뒤따라 나온 방 여사가 손 쓸 틈이 없었다.

"이, 이놈! 이 네놈이…… 나, 나를 죽이려고 예까지 온 거냐?"

엉겁결에 쓰러진 남자애의 몸 위에 올라탄 외팔이 완구가 그의 멱살을 틀어잡아 조이며 소리쳤다.

"와이? 워스 롱?"

놀란 남자애가 버르적거리며 항의했다. 완구가 늙었다고는 하지만, 타고난 깡과 남은 완력을 다해 죽기 살기로 짓눌러대는지라 밑에 깔린 남자애는 발만 버르적거릴 뿐 빠져나오지 못했다.

"빠악! 빠아커, 빠커! 바커…… 네 이노옴!"

4

도완구는 자신을 에워싸고 있는 것이 연기인지, 안개인지, 포연인지는 모르겠으나 앞이 보이지 않았다. 냄새도 느낄 수 없었다. 어둠 속 같기도 했다. 아무튼 무간지옥인 양 천지사방을 분간할 수 없었는데, 어디선가 강렬한 빛줄기가 날아왔다. 화살이거나 총알 같은 빛이었다. 가슴이 불에 덴 듯 뜨거워지면서 터질 것 같았다. 여전히 사방은 보이지 않았다.

가슴이 터질 듯한 충격에 비명을 지르다가 눈을 떴다. 천지사방이 온통 빛으로 칠갑이 된 백색 공간이었는데, 온전한 형체를 알 수 없는 갖가지 부유물들이 제가끔 무중력 공간 속을 떠다녔다. 꿈인지 생시인지 알 수 없었다. 팔과 다리와 머리와 몸통이 폭발하듯 손가락, 귀, 눈알, 창자, 똥, 머리칼 등으로 나뉘어 흩어졌다. 그렇게 허공에 흩어진 시신의 잔해들이 자갈과 쇳조각과 흙덩이가 되어 완구를 뒤덮었다. 완구는 들러붙는 그것들을 뿌리칠 수도 달아날 수도 없었다. 달아날 몸뚱이가 없었다.

붉은 십자 완장을 찬 군의관이 무표정한 얼굴로 혀를 차며 중얼댔다. “이거이 도살장 아이간?” 완구는 허공을 떠도는 부유물 속에서 잘린 손목과 발목, 빠져나와 터진 눈알과 잘려 나온 코와 귀 조각…… 그리고 자신의 팔을 봤다. 그러고는 “저, 저거…… 내 팔…… 저거…… 저거……” 하고 외쳐댔다. 완구는 그렇게 외치면서도 자신의 두 팔은 멀쩡한데, 허공을 떠도는 저 팔이 왜 자신의 팔이라고 생각되는지 알 수가 없었으나, 그 팔을 향해 허우적거렸다.

엄지손가락만 한 금덩이를 던져준 바커가 완구를 피난민들 속으로 밀어 넣었다. 밤새 피난민들을 향해 총질을 해대던 미군들이 보이지 않았다. 모든 게 도깨비 장난질 같았다. 아마도 새벽녘에 모두 남쪽으로 떠난 것 같았다.

부모 품을 벗어나 멋모르고 하천 변 자갈밭에서 깡충깡충 뛰어다니다가 미군의 총격에 즉사한 어린아이의 시신이 피 웅덩이 속에 그대로 너부러져 있었다. 미군은 무리를 벗어나려던—이탈이나 도주 목적이 아니라, 용변을 보기 위한 움직임이었다— 청장년만 죽인 것이 아니라, 멋모르고 움직이는 어린아이까지 죽였다. 움직이는 대상은 애어른을 가리지 않았다.

완구는 피난민 대열에서 벗어나 따로 남행을 할까 생각하다가 그렇게 되면 빙 돌아가는 길인지라 그만뒀다. 미군에게 잡혀 이미 이틀을 지체한 상태였다. 자칫하다가는 남진 속도가 예상보다 빠른 인민군에게 뒷덜미가 잡힐 수도 있었다. 그렇게 되면 목숨을 구하고자 금괴를 내준 것조차 소용없는 짓이 될 수 있었다. 일단 황간까지는 미군이 퇴각한 큰길을 따라 내처 가는 것이 좋을 듯싶었다. 운이 좋으면 거기서 남으로 가는 마지막 피난 열차를 탈 수도 있을 것이다.

그런데 7리쯤 걸어 서송원 마을 근처에 다다랐을 때, 새벽녘에 사라졌던 미군이 갑자기 나타나 길을 막았다. 그러고는 걸음을 멈추고 길가에 늘어서서 불안에 떨며 우왕좌왕하고 있는 피난민들을 경부선 철길 쪽으로 마구 밀어 올렸다. 미군의 명령을 받은 수많은 피난민들이 뒤엉킨 채 철둑 위로 기어 올라갔다. 소달구지는 가던 길을 내처 갈 수 있었다.

둔덕 위 철길은 손바닥만 한 그늘 한 점 없는지라 지친 피난민들의 온몸이 뙤약볕에 완전히 노출될 수밖에 없었다. 불볕더위였다. 더위 먹고 지친 노인들은 헐떡거렸고, 철부지 아이들은 칭얼대며 울었다. 수백 미터 앞이 쌍굴다리였고, 5리 남짓만 더 가면 황간면 소재지였다.

철길로 올라서며 뒤엉켰던 피난민들의 행렬이 어느 정도 가지런해지자, 이번에는 미군이 피난민들에게 정지 명령을 내렸다. 그러고는 철길 위에 주저앉히고는 짐보따리 검색을 시작했다. 피난민 속에 숨어든 적을 찾아내려는 것 같았다. 일본에서 장기간 주둔하다 온 미군들인지라, 어설픈 일본어로 말을 걸어오는 미군도 있었다.

짐을 더디게 풀거나, 무언가—아마도 귀중품이거나 금붙이일 것이다—를 감추려는 기미가 보인다 싶으면 개머리판으로 머리와 어깨와 등을 가리지 않고 불문곡직 내리찍었다. 여기저기서 단말마의 비명이 터져 나왔다.

미군은 피난민들이 임시 잠자리와 취사를 위해 챙긴 도끼, 낫, 톱, 망치, 가위, 부엌칼 따위를 무기로 판단해 압수했다. 그러는 동안 통신병은 소맷귀로 줄줄 흐르는 땀을 닦아가며 침목 위에 올려놓은 무전기에 대고 고래고래 소리를 지르며 야단스럽게 교신했다.

4번 국도를 타고 북쪽에서 밀려 내려오는 피난민들은 계속해서 후미에 들러붙었다. 후미가 거대한 옹이처럼 부풀어졌다. 흰색 무리들이 얼추 300여 미터에 달했다.

미군 복장 때문에 별도의 조사를 받은 완구는 군복과 금덩이를 빼앗겼다. 속옷 바람이 된 완구가 난감한 표정을 짓고 있을 때, 찢기고 땀이 차 더러워진 도포 차림을 한 노인이 자신의 봇짐에서 옷가지를 꺼내 건네줬다. 상투를 틀고 양태가 좁은 갓을 쓴 곰보 노인이었다.

짐 뒤짐을 마친 피난민들은 주저앉은 김에 점심 끼니를 때우기 위해 저마다 보따리에서 먹을거리를 꺼냈다. 대다수가 식사라기보다 요깃거리를 꺼내 먹었다. 개울물을 떠다가 보리미숫가루를 타 마시는 사람들도 보였다.

완구는 작열하는 허공의 태양열과 설설 끓는 대지의 복사열 속에서 요기하는 피난민들을 물끄러미 바라봤다. 홀몸으로 보이는 곰보 노인이 완구에게 손바닥 절반 크기의 인절미 한 조각을 건넸다. 사방에서 매미가 울어댔다. 한갓지고 평온한 정오였다.

잠시 한숨 돌릴 휴식을 맞이하고 있을 때, 정찰기 한 대가 윙 하는 소리와 함께 머리 위를 돌다가 사라졌다. 그러고는 잠시 뒤, 교신을 하다 말고 급하게 무전기를 챙긴 통신병들이 철둑을 뛰어 내려가며 뭐라고 소리치자, 후미 쪽에서 미처 짐 수색을 끝내지 못한 미군들도 급하게 철둑을 달려 내려가기 시작했다.

그러고 나서 잠시 후 남쪽 하늘에 비행기가 나타났다. 두 대였다. 비행기는 땅을 향해 곤두박질치는 거대한 은갈치처럼 철길 위로 달려들었다. 피난민들이 하늘을 올려다보며 머뭇거리고 있는 사이에 비행기가 물똥을 싸듯 폭탄을 쏟아부었다. 곧이어 천지가 무너지는 듯한 굉음과 함께 아비규환이 펼쳐졌다. 여기가 무간지옥인가 싶었다. 찢긴 살점과 옷 조각들이 쪼개진 자갈들과 함께 튀어 올랐다. 뿐만 아니었다. 몸에서 떨어져 나간 팔다리와 머리통들이 날아올랐고, 온몸이 도끼질당한 장작인 양 통째 날아오르기도 했다.

완구는 눈 앞에 펼쳐진 살상이 믿기지 않았다. 탱크로 땅을 제압한 적에게 이제는 비행기로 하늘까지 제압당했다는 생각이 들자 공포와 절망감에 사로잡혔다. 그런데 알 수 없는 일이 벌어졌다. 피난민들에게 맹폭을 가한 적의 폭격기가 돌아가자마자 미군의 기관총과 박격포탄이 날아든 것이다.

완구는 비명과 총성 속에서 이게 무슨 참변인가 싶었다. 적이 하늘까지 장악했단 말인가. 그는 피난민을 공격한 비행기가 적기가 아닌 미군 세이버 전투기였는 사실을 휴전 이후, 먼 훗날이 되어서야 알았다.

달궈진 철로와 포연으로 휩싸인 인근에 수십 구의 시신이 나뒹굴었다. 토막 나거나 뭉그러진 시신들이었다. 완구는 살아남아야겠다는 생각에 철길 위에 널브러져 있는 솜이불을 끌어다가 뒤집어쓰고 잽싸게 엎드렸다. 순간, 완구는 날갯죽지와 팔뚝이 끊어지는 듯한 고통을 느끼며 으악 하는 단말마의 비명과 함께 상체를 벌떡 일으켰다. 햇볕에 한껏 달구어진 선로에 맨살이 닿아 화상을 입은 것이다. 살 타는 비릿한 냄새가 코를 찔렀다. 화들짝 놀란 완구가 몸을 급히 일으킨 순간, 무언가가 날아와서 팔꿈치를 때렸다. 화상의 고통이 너무 컸던 때문인지 팔꿈치를 가격당한 통증은 크게 느끼지 못했다. 팔꿈치에서 피가 흘러나와 팔뚝을 적셨으나, 살아남는 것이 급해 다시 이불을 뒤집어쓰고 철길 위에 엎드렸다. 인육 타는 냄새가 콧속을 찔렀다.

그때 어디선가 어머니를 찾는 소리가 들렸다. 귀에 익은 목소리였다. 지프 뒤에 같이 묶여 있었던 땅딸보 남자였다. 그 남자가 헤어진 어머니를 찾는 소리였다. 지프에 매달려 질질 끌려가면서도 자신의 노모를 애타게 부르짖었기에 그 목소리를 잊을 수 없었다.

이불을 들추이 고개를 들고는 소리 나는 쪽을 찾았다. 시신이 널브러져 있는 철길 위를 바람에 날리는 넝마 조각으로 보이는 한 남자가 사방을 두리번거리며 비치적비치적 걷고 있었다. "엄니, 엄니이, 엄니……" 그는 마법사가 주문을 외우듯이 어머니를 불렀다. 어쩌면 제정신을 잃은 듯싶었다. 철둑 위에서 움직이는 물체는 오직 그 남자뿐이었다. 바람 한 점이 없어 산천초목도 움직이지 못했다.

타타타타탕! 타타타타타타탕! 타타타타타타, 타앙!

수백 발의 십자 포화가 남자를 향했다. 남자의 작달막한 몸뚱이가 나무 공이 부러지듯이 두 동강 났다.

잠시 총성이 뜸해졌다. 솜이불이 피에 물들고, 팔꿈치에 극심한 통증이 몰려왔다. 더 이상 이러고 있으면 안 된다는 생각이 들었다. 이미 도망을 쳤어야 했는데, 침목에 걸려 넘어지면서 발목을 삐끗하는 바람에 기회를 놓친 것이다.

완구는 솜이불로 온몸을 둘둘 감았다. 그러고는 철둑 아래 도랑을 향해 몸을 굴렸다. 도랑에 처박힌 그는 서둘러 몸을 추슬렀다. 완구는 무쇠 솥단지를 머리에 뒤집어쓰고 내달리는 남자의 뒤를 쫓아 무조건 달렸다.

타타타타탕!

앞서 달리던 사내가 피를 뿌리며 고꾸라졌다. 완구는 그의 몸뚱이에 걸려 넘어지는 바람에 살 수 있었다.

살고자 들어온 쌍굴다리 밑은 생지옥이었다. 뛰어서 달아날 수 없는 여자와 노약자들이 대다수였다. 목이 말랐으나 다리 밑으로 흐르는 실개천이 걸쭉한 핏물인지라 마실 수 없었다.

쌍굴다리 벽에 기대앉은 완구는 겨우 가쁜 숨을 돌렸다. 피난민들을 철둑 위로 밀어 올린 것은 모두 사살하려는 의도가 아니었나 싶었다. 철로는 작전로로서의 이동과 수송 기능을 상실했으나, 도로는 미군과 장비들의 신속한 퇴각 작전로로 확보할 필요가 있었다. 영동읍 쪽에서 포성과 총성이 잦아졌다는 것은 적과 미군이 치열한 교전을 치르고 있다는 뜻이었다. 완구는 미군이 자신들의 퇴각에 방해가 된다는 이유로 피난민들을 마구잡이로 죽였을 것이라고는 생각할 수 없었다.

완구는 역겨운 피비린내와 꿉꿉한 땀내로 가득한 쌍굴다리 안에서 간헐적인 무차별 총격에 짓시달리며 나흘 동안이나 갇혀 있으리라고는 생각지 못했다. 적 비행기의 폭격을 잠시 피했다가 미군의 오해—미군 총격은 오해로 볼 수밖에 없었다—가 풀리면 다시 피난길에 오를 것이라 믿었다.

처음에는 제 발로, 나중에는 미군의 강압적 의도에 따라 쌍굴다리 안으로 몰려 들어온 500여 명의 피난민은 덫에 갇힌 신세가 되고 말았다. 미군은 시둘러 쌍굴다리가 훤히 들여다보이는 앞뒤로 100여 미터 지점에 각각 참호를 파고 기관총을 설치했다. 그러고는 피난민들이 뒤엉켜 들어앉은 쌍굴 안에서 인기척이 날 때마다 총격을 가했다. 한두 발 쏘는 위협 사격이 아니라 수백 발의 총격을 20여 분 가까이 쏟아붓고는 했다. 그러고도 탄창을 새로 교체해 다시 수백 발의 총격을 더하기도 했다. 처음에는 고함을 내지르며 사격을 했으나 시간이 지나자 사격만 가했다.

사격을 당할 때마다 궁형 다리 밑에서는 비명과 통곡과 절규 속에서 수십 구의 시신이 발생했다. 개울은 시신에서 나온 선지피로 더욱 검붉게 변했다. 걸쭉해진 핏물은 흐르지 못하고 고여 굳어졌다.

피난민들은 시신을 방패 삼았다. 죽은 자의 시신을 끌어다가 자신의 몸뚱이를 덮거나 쌍굴 입구 쪽으로 밀어놓았다. 부모들은 각자의 어린 자식들을 감싸 안고 자신들의 등을 입구 쪽으로 돌린 채 웅크리거나 엎드렸다.

사격이 멈췄을 때 미군 병사 몇몇이 몇 차례 다리 밑으로 어슬렁어슬렁 다가와 기웃거리며 피난민들을 살폈는데, 피난민 가운데 몇몇이 굴 속을 두리번거리며 쏼라쏼라 지껄여대는 미군에게 다가가 서툰 토막 영어로 말을 붙이기도 했다. 말이 아닌 몸으로 하는 절박한 하소연이었는데, 우리는 적이 아니니 제발 죽이지 말아 달라는 것 같았다. 하지만 소용없는 짓이었다. 어젯밤까지만 해도 미군 곁에 붙어 다녔던 일본인 통역은 어디로 갔는지 보이지 않았다. 완구도 나서서 피난민들에게 총질을 하는 이유를 묻고 싶었으나 그만뒀다. 허세를 부리다가 죽고 싶지 않았다. 미군들은 쌍굴 다리 안의 동태를 살피고 다시 다리 안쪽을 향해 무차별 총질을 해댔다.

이웃 마을로 마실이라도 온 친지인 양 쌍굴다리로 어기적대며 다가와 기웃거리는 미군의 속내는 모르겠으나, 통역이 없으니 대화를 하려고 찾아오는 것은 아닌 것 같았다. 원점사격을 하고 표적지를 확인하러 오는 사격수 같은 태도였다. 미군은 피난민 몇몇이 토막 영어로 울부짖는 애원을 개 짖는 소리인 양 듣는 둥 마는 둥 하다가는 돌아가서 다시 사격을 가하는 짓을 일과처럼 반복했다.

쌍굴다리에 갇힌 지 사흘째 되는 날 추적추적 비가 내렸다. 비 비린내와 피비린내가 뒤엉켜 고통스러웠다. 완구는 쌍굴다리가 미군이 피난민 사냥을 위해 판 함정임을 알았다. 그물망에 걸려든 사냥감들이 버르적거릴 때마다 총알을 빗발치듯 쏟아부었다. 이런 아비규환 속에서도 생명이 탄생했다. 사내아이였다. 아기가 울었고 아기 아버지가 이로 태를 갈랐다. 산모는 우는 아기에게 젖을 물렸다. 그러나 아기 울음소리에 날아든 총알이 산모의 가슴을 관통했다. 피칠갑이 된 아기가 다시 울었다. 피난민의 지청구가 아기 아버지를 닦달했다. 아기 울음으로 자신들이 총알받이가 되게 생긴 때문이었다. 결국 아버지는 갓 태어난 자신의 아들을 서송원 개천에 거꾸로 처박았다.

비 때문인지 사격이 전날보다 뜸했다. 둘째 날부터는 쌍굴 안으로 날아드는 총알보다 쌍굴 밖 옹벽을 때리는 총알이 많았다. 쌍굴 안으로 날아드는 총알도 굴 상단과 아치형 천장을 때렸다.

나흘째 되는 날 아침, 완구는 더 이상 타는 갈증을 이길 수 없어 개울물을 손바닥으로 떠 삼켰다. 비가 내렸으나, 개울물은 핏물과 썩은 송장의 육즙이 응고되어 묵처럼 굳어 있었다. 마실 수 없어 씹어 삼켰다. 완구는 삼킨 것을 게워냈다. 곁에 있던 피난민이 인상을 쓰며 무어라 말을 했는데 알아들을 수 없었다. 총성이 쌍굴 안에서 일으킨 공명으로 청각이 무뎌졌기 때문이었다. 완구가 토악질을 하고 있을 때 네댓 발의 총알이 쌩굴 벽을 때렸다.

완구는 자신을 윽박지르는 욕설과 총성 속에서 까무룩 의식을 잃었다.

"동무들 시체를 치우는 일은 나중에 하고 숨이 붙어있는 인민이래 먼저 찾으라요."

"이래 많은 인민을 어드러캐 죽인 거이가?"

"여, 여기래 와 보라우. 이 동무래 숨이 붙어 있어야. 저쪽으로 개져다가 눕히라요."

적십자 완장을 두른 군의관이 팔뚝 뼈를 절단해야 살 수 있다며 입을 벌리고 나뭇가지를 물렸다. 그러고는 톱날로 상완골을 썰었다.

"으아악!"

불안과 공포 속을 헤매다가 의식을 찾았으나 완구는 눈꺼풀이 떨어지지 않았다. 크레졸 냄새가 콧속을 찌르는가 싶더니 두런두런 떠드는 소리가 귓속에서 스멀거렸다.

완구가 달라붙어 쓰러뜨리고 깔고 앉았던 외국인은 견학생들을 인솔해 온 건축과 교수라고 했다. 부주의하고 무례한 학생들의 행동을 사과하려고 완구에게 다가가다가 예상치 못한 봉변을 당한 것이다.

"폭력적이고 공격적으로 변하신 것 같습니다. 환각과 기억 장애로 인지 기능에 손상이 온 것 같습니다."

"증상이 심한가요?"

"뇌가 손상된 거니까…… 그런데 최근에 특정인을 찾거나 원망하거나 그러십니까?"

"글쎄요……. 왜요?"

"지난번 왕진 때, 집착형 불안정 애착 증상을 보이셔서 물어본 것입니다."

"아무튼 아버님을 스물네 시간 모시는 여사님 말에 의하면, 근자에 별다른 이유 없이 화를 내신다거나, 걸음걸이도 더듬으시고, 눈동자도 불안하다고는 했습니다. 전에 안 하시던, 없는 말을 지어내시기도 한다는군요."

"작화증이네요. 베르니케 뇌병증 같습니다."

"술 때문인가요?"

"예. 알콜성 치매가 의심됩니다. 좀 더 지켜보지요."

의식이 돌아온 완구는 주치의와 큰아들 상기가 주고받는 수상한 수작질을 끝까지 듣기 위해 눈을 감은 채 죽은 듯이 누워 있었다.

주치의가 내과 전문의가 아닌 정신과 전문의라는 것이 의아했는데, 아들의 말본새가 주치의로부터 자신이 원하는 답을 얻어내려고 유도하는 것 같았다.

지그시 어금니를 깨문 완구는 아들놈과 주치의가 나간 뒤에 천천히 눈을 떴다. 그는 환자복 차림으로 링거 주사를 꽂은 채 1인 병실에 누워 있었다.

“이제 정신이 좀 드셨수?”

오랜만에 보는 마누라가 알은체를 했다.

완구는 떴던 눈을 다시 감았다.

“그놈에 술이 웬수여, 웬수!”

귓구멍에 못이 박힌 마누라 지청구였다.

정금숙 여사를 뒤따라 들어온 방 여사가 그녀의 뒤통수에 대고 입을 삐죽댔다.

5

하지스는 또 밤잠을 설쳤다. 아무리 생각해도 어제 만난 뉴저지 야구 모자 남자가 수상쩍었다. 브로커가 아닌 문화재 밀거래 단속요원일 가능성이 컸다. 그가 밀거래 혐의를 잡았다고 할지라도 상대가 공식 초청된 참전용사 신분인지라 조심스럽게 접근할 수밖에 없었으리라.

하지스는 이런 불안감에다가 초저녁부터 시작한 광화문 광장 시위—미국산 쇠고기 수입을 성토하는 시위였다—가 자정 무렵까지 계속되는 바람에 소음에 시달렸고, 새벽녘에 설핏 든 선잠마저도 악몽으로 시달렸다.

숙소가 광화문 광장과 붙어있는 큰길가 옆 호텔이라 주변이 어수선하고 시끄러웠다. 밤 9시가 넘어서자 호텔 측이 광장과 한 발짝이라도 멀리 떨어진, 큰길을 등진 쪽으로 객실을 재배정해 주었다. 하지만 그랬다고 해서 확성기 소음과 함성과 구호와 박수 소리로부터 벗어난 것은 아니었다. 빨리빨리 문화로 30년도 안 돼 한강의 기적을 이룬 다이내믹한 민족답게 시위 또한 열정적이고 격정적이었다.

여느 날보다 기상이 한 시간 빨랐다. 조식 후에 곧바로 부산으로 이동하니 각자의 짐들을 빠짐없이 정리해서 내려오라고 했다.

개인 짐들은 로비에 모아 두고 몸만 버스에 오르라고 했다. 극진하고 세심한 배려였다. 입국 시에도 보안 검색 없이 입국 심사대를 더블 도어 통과하듯 프리 패스했다. 도우미를 자원한 군사학과 대학생들이 따라붙어 거동이 불편한 노병들의 짐들을 버스에 옮겨 실었다.

노병들이 거들먹거리거나 또는 꿈지럭거리며 다섯 대의 버스에 나눠 탔다. 1호차에 승차한 인솔 공무원이 코디네이터의 통역 도움 없이 오늘 일정을 시간대별로 더듬더듬 안내했다. 인솔자는 오늘 일정이 장거리 이동인 데다가 빡빡하니 각별한 주의와 협조를 부탁드린다고 했다.

"잠들을 설치셨을 것 같아 이동수단을 바꿔 편하고 빠른 고속열차로 모시겠습니다."

계획대로라면 버스 이동이었다. 호텔 측이 늦은 밤까지 시위 소음에 시달린 투숙객들에게 보상을 해준 것인가 싶었으나, 그건 아니었다.

'AnD 컴퍼니'라는 방위산업체 대표가 KTX 탑승권과 만찬 협찬금으로 1만 달러를 후원했다고 했다. 본래 김해까지 가는 항공권을 보내왔는데, 비행기로 이동하는 경우에는 호텔에서 김포, 김해에서 부산까지 거리를 다시 버스로 이동해야 하기 때문에 되레 번잡스럽고 불편하니, KTX 표로 바꿔 달라고 했다는 것이다.

코디네이터의 말을 들은 데이비드 리들이 자리에서 벌떡 일어나 박수를 유도했다. 그는 상사로 전역을 했다고 했는데 가는 데마다 나서고 설쳐댔다. 잘난 척과 허풍이 심해서 누구도 가까이하거나 그의 옆으로 가려고 하지 않았다.

그는 또 풍만한 살집과 달리 까탈스럽고 불만이 많아서, 뭐가 됐건 자기 마음에 들지 않는 일이다 싶으면 인솔자를 불러 핀잔을 주고 호통을 치기 일쑤였다. 그런 리들이 자리에서 벌떡 일어났을 때, 또 무슨 트집을 잡으려고 저러는가 싶었는데 박수를 유도하자 인솔자가 안도의 숨을 내쉬었다. 리들은 한국에 묵은 빚을 받으러 온 사람같이 당당하고 거칠게 굴었다.

버스로 다섯 시간 거리를 기차로 2시간 30분 만에 이동한다고 하니, 다수의 노병은 반기는 눈치였다. 대신 내려가는 길에 들르기로 한 낙동강 전선은 올라올 때 버스로 들르겠다고 했다. 그러면서 다들 동의하느냐고 물었다.

다시 자리에서 일어선 리들이 박수를 유도했다. 그러고는 피로에 지친 근육을 풀어줘야 한다면서, 비좁은 버스 안이라 몸을 풀 수는 없으니, 군가를 불러 입 근육이라도 풀자고 했다. 그러고는 통로로 나온 리들이 불끈 쥔 주먹을 위아래로 흔들어대며 〈케이슨 송Caisson Song〉을 선창했다. 리들이 선창한 군가는 국적과 육해공군 구분 없이 다들 아는 곡이었기에 하나둘 따라 부르기 시작했고, 곧 어중띤 합창이 됐다.

채 10분도 안 돼 서울역 앞에 도착한 버스는 정차 공간을 찾느라 한참을 꿈지럭거렸다. 이윽고 버스가 정차한 뒤 참전용사들이 하차할 때, 역 광장을 등지고 횡으로 열을 맞춰 서 있던 한국 군인 다섯 명이 '충성'하며 힘찬 경례를 올려붙였다. 마중 나온 관계자들인가 싶었는데, 그게 아니라 휴가를 받아 각자의 고향으로 가기 위해 서울역을 찾은 군인들이라고 했다. 인솔자의 말에 의하면, 버스 옆구리에 '한국전쟁 유엔 참전용사 초청 방한'이라고 써 붙인 현수막을 보고 자발적으로 달려와 경의를 표한 것 같다고 했다.

KTX 두 량이 전용 객실로 배정되었다. 하지스는 문득 1950년 7월 22일 포항에서 탔던 기차가 떠올랐다. 58년 전이었는데, 당시 그 기차는 전선으로 가는 저승행 기차였다.

하지스는 떠벌이 리들과 욕쟁이 리처드 해머와 눈치껏 떨어져 앉았다. 해머는 한국행 비행기 안에서 만난 전우였다. 로버트 홀 옆좌석이었다.

하지스는 해머가 옛 전우들을 마구잡이식으로 싸잡아서 욕하는 소리를 다시 듣고 싶지 않았다. 그는 진실로 위장한 흉기로 과거의 전투 행위를 현재의 평화 시 관점에서 난도질하는 옛 전우들의 만행을 받아들일 수 없다고 했다. 전시에 벌어졌던 일을 평화 시의 관점으로 재판단하는 것은 빨갱이들도 안 하는 '저질 테러'라고 했다. 때문에 노근리 사건과 관련된 인터뷰에 응해 피난민 편을 든 놈들과 전투 행위를 학살 행위로 둔갑시켜 호도한 놈들은 개만도 못한 새끼들이라고 했다. 그런 놈들이 자유를 수호하다가 이국땅에서 장렬하게 산화한 전우들의 죽음을 헛되게 하고 모욕하는 놈들이 아니겠냐며 분개했다. 그러면서 하지스에게 동조를 구했다. 하지스는 그가 욕을 한 '개만도 못한 새끼'가 바로 자신이었기에 멋쩍은 웃음만 짓고 말았다.

한강을 건넌 기차가 속도를 올린 뒤부터 꾸벅꾸벅 졸다가 쪽잠이 들었던 하지스는 누군가가 귓전에 대고 부르는 소리에 눈을 떴다. 대각선 방향에 앉아있는 리들이 하지스를 바라보며 어서 전화를 받으라고 했다. 오랫동안 전화벨이 울렸는지, 다들 하지스를 향해 곱지 않은 시선을 보내고 있는 것 같았다. 하지스는 휴대 전화기를 들고 서둘러 객실 밖 통로로 나갔다.

"저를 못 믿으셔서 그냥 가신 겁니까?"

상대가 서툰 영어로 지청구하듯 물었다.

"……."

"국립중앙박물관에 전시되어 있는 유물을 보여주고 가격을 물으면, 저보고 뭘 어쩌라는 겁니까?"

"……."

하지스는 대꾸하지 않았다. 적어도 그가 사진을 본 당시에는 그것이 국립중앙박물관 소장 유물이라는 것을 몰랐던 것이 분명했다. 그게 어떻게 알고도 모르는 척할 수 있는 일이었겠는가. 만약 알고도 모르는 체했다면 더 의심받을 일이었다.

하지스는 상대의 말을 듣고는 역시 자신의 의심이 옳았다는 확신이 들었다. 적어도 믿을 수 있는 놈은 아닌 게 분명했다.

"다음에 물건을 가져와서 다시 연락하겠소."

하지스는 이동 중이라 더 이상 통화가 곤란하다며 양해를 구했다.

통화를 마치고 자리로 돌아왔을 때, 기차가 곧 대전역사에 도착한다는 안내 방송이 나왔다. 잠시 뒤면 고속열차가 영동을 지날 것이고, 주곡리, 하가리, 노근리 그리고 삽재굴과 쌍굴다리를 멀찍이 비껴 지나갈 것이다. 구글 지도를 통해 KTX 노선을 검색한 하지스는 만감이 교차했다. 기차가 시속 300킬로미터 안팎으로 달린다고 했으니, 그의 만감과는 무관하게 어디를 통과하는지도 모르는 사이에 이 모든 곳을 순식간에 지나가 버리고 말 것이다. 당시의 구불구불한 옛 철로가 아닌 직선화된 KTX 전용 철로를 달릴 터이니 그럴 가능성이 컸다.

봉두리 야산 무덤가에서 금괴가 든 궤짝을 찾은 날, 바커는 수색조와 바로 합류하지 않고 사찰로 향했다. 하지스가 제지했으나 듣지 않았다. 바커가 이미 계획한 일 같았다. 나중에 그의 작전 지도를 보니, 그날 들렀던 사찰에 'Bt'라는 붉은 표식이 되어있었다. 그는 자신이 소지한 지도에 약자로 붉거나 푸르게 표식한 곳은 모두 들렀다.

바커는 사찰 식구들을 모두 감금하고는 금괴 궤짝을 대웅전으로 옮긴 뒤에 도적질을 했다. 하지스가 고노와 함께 궤짝을 들어 대웅전 문 앞에 있는 바커에게 전달했다. 바커는 혼자 힘으로 낑낑대며 궤짝을 대웅전 안으로 옮겼다.

수색조와 합류한 뒤에 부대로 복귀한 바커는 천연덕스럽게 허위 보고를 했다. 그는 수색은 물론, 척후까지 철저히 하고 왔는데 실종된 부대원 119명의 행방은 묘연하고 적과의 거리가 가까워졌으니 여기서 머뭇거리고 있을 것이 아니라 서둘러 이동해야 한다고 했다.

바커의 보고를 받은 부대장은 초조하고 착잡한 표정으로 아무것도 묻지 않은 채, "어떻게 한 명도 못 찾는단 말인가……"라는 탄식을 내뱉고는 고개를 주억거렸다.

서둘러 군장을 챙긴 부대가 하천 변의 피난민들을 뒤로 하고 남행을 시작했다. 부대장은 황간을 지나 추풍령을 등진 지점에서 방어진지를 구축할 것이라고 했다. 빠르게 진격하고 있는 적을 단 1분이라도 지체시키는 것이 연대에 주어진 임무라고 했다. 하지만 연대는 어찌 된 일인지 말과 다르게 적과 부딪쳐 싸우지는 않고 쫓기듯 내처 달아나기에 바빴다.

부대가 추풍령 방면으로 바삐 퇴각하고 있을 때, 새로운 임무가 하달

됐다. 일찌감치 대구로 내려가 둥지를 튼 미 제8군 사령부로부터 피난민 통제지침이 내려왔다고 했다. 25일 저녁 6시 대구 임시정부청사에서 열린 피난민대책회의를 통해 피난민과 민간인의 이동통제지침이 결정됐다는 것이다. 방어선을 넘는 피난민의 이동을 금지한다는 결정이었다. 한국의 내무부 차관, 미 대사관 1등 서기관, 8군 고위급 지휘관들이 상호 협의한 작전이라고 했다. 또한, 바다 건너 도쿄에 머물며 전쟁 일체를 지휘하고 있는 맥아더 장군에게도 보고하고 승인받은 작전이라고 했다. 장군은 어찌 된 일인지 전장에서 진두陣頭 지휘를 하지 않고, 일본에서 진미陣尾 지휘를 하고 있었다.

이 작전에 따라 새롭게 주어진 임무는, 여하한 경우에도 피난민이 전선을 넘어오게 해서는 절대 안 된다는 것이었다. 전선의 기준은 적과 가장 가까이에 있는 아군의 작전 지역, 즉 하지스의 부대가 있는 지역이라고 했다.

피난민들 속에 잠입한 다수의 적이 섞여 있고, 이들을 식별해서 가려낼 수 없으니 모두 적으로 취급해야 한다는 것이다. 가려서 뽑아낼 수 있는 잡초가 아니라 물에 섞인 잉크와 같아서 검문검색으로는 잡아낼 수 없는 적이라고 했다.

각자의 고향집에 안주하고 있는 민간인들을 소개시켜야 한다면서 빠짐없이 불러내 강제 피난을 시킨 뒤에 내려진 명령인지라 하지스는 이게 대체 뭔가 싶었다. 피난민들 가운데 적이 있다면, 이 피난민과 적을 섞어놓은 것이 미군이 아니던가.

부대는 이동을 멈추고, 로긴리Rokin-Ri—통역사 고노 마쓰오가 말하길, 본래 녹은리綠隱里인데, 실용적인 일본인들이 한자 표기가 쉬운 노근리老斤里로 바꾼 것이라고 했다— 못미처에 소달구지 검문을 위한 임시 초소를 설치했다. 그러고는 H중대가 큰길과 붙은 야산 자락에 여러 개의 임시 참호를 파고 진지를 구축한 뒤에 기관총을 거치했다. 중화기 중대는 이미 미8군 지휘부가 적으로 간주한 피난민들이 몰려오고 있는 철길 쪽을 겨냥해 캐리바50 기관총과 박격포를 배치했다. 하지스 소대와 소속 중대는 검문검색 조였다.

찌르듯 내리쏘는 햇빛 속에 갑자기 나타난 정찰기 한 대가 저속으로 두어 차례 선회 비행을 하고 돌아갔다. 마치 갈매기의 한갓진 활공 같았다. 조종사를 육안으로 볼 수 있을 정도의 저공비행이었다. 그러고는 얼마 지나지 않아 쌔애액, 하는 날 선 소음과 함께 은빛 세이버 전투기 두 대가 날아왔다. 전투기는 철로 위의 피난민들을 겨냥해 절굿공이 같은 포탄을 퍼붓고 지나갔다가 되돌아와서 남은 포탄을 다시 쏟아부으며 기총소사를 가했다.

야산 자락 참호에서는 이 맹폭을 피해 철둑 아래로 흩어져 이리저리 달아나는 피난민들을 향해 박격포와 기관총 사격을 가했다.

예기치 못한 상황에 겁에 질려 몸을 숙인 하지스는 고개를 들 수 없었다. 전투기가 두 대뿐인지, 더 있는 것인지 확인할 수 없었다. 순식간에 폭음과 함께 희뿌연 흙먼지가 일고 튀어 오른 자갈들이 살점과 섞여 사방으로 튀었다. 몸에서 떨어져 나온 팔다리가 터진 봇짐과 뒤섞여 허공으로 날아올랐고, 흰옷 차림의 사람들이 통째 날아올랐다가 떨어지기도 했다. 폭음과 폭발 열기로 아카시아 나뭇잎들이 폭죽놀이를 하듯 흩어져 날렸다.

검문검색 도중에 갑자기 폭격을 당한 하지스와 바커는 전투기가 날아간 하늘에 대고 욕설을 내지르며 철둑을 급히 달려 내려와 도롯가 참호를 향해 죽기 살기로 뛰었다. 기관총탄이 두 사람을 향해서도 날아들었다.

넋이 나간 피난민들도 철둑 양편으로 흩어져 죽을 둥 살 둥 달아나다가 풀썩풀썩 엎어지고 꼬꾸라졌다. 넘어진 사람들 대다수는 다시 일어나지 못했다. 부모와 떨어진 아이들은 소금기둥이 된 양 멈춰 선 채로 목 놓아 울부짖었다.

하지스는 대전과 영동의 적을 공격하러 가던 전투기 조종사가 착각을 일으켜 오폭을 하는 줄 알았다. 전투기가 아군을 적으로 알고 폭격했다는 소문을 이미 여러 차례 들은 바 있었기 때문이다.

그런데 그건 아닌 것 같았다. 오륙백 명의 흰옷 차림을 어떻게 황갈색 군복의 적과 오인할 수 있겠는가. 조종사가 남쪽과 북쪽을 구분 못 하는 바보이거나, 흰색과 황갈색을 구분 못 하는 색맹일 리는 없었다. 게다가 전투기 폭격과 동시에 철둑 아래 넘어지고 쓰러진 피난민들을 향해 중화기 중대가 기관총 사격을 가하고 있었다. 이 또한 오인 사격일 리 없었다.

오갈 데가 없게 된 피난민들이 공중 폭격과 지상 사격을 피해 사방으로 흩어졌으나 집중포화 속에서 우왕좌왕하고 갈팡질팡하다가 피를 뿌리며 줄줄이 널브러졌다. 살아남은 피난민들은 야트막한 수로를 타고 은폐 엄폐물을 찾아 달리다가 철둑 아래 드문드문 뚫린 배수구와 쌍굴다리 안으로 몰려들었다.

폭격과 기총 소사를 퍼부은 F-86F 전투기가 돌아가자, 하지스의 소총 중대에도 사격 명령이 떨어졌다.

공중의 전투기 폭격과 지상의 기관총 사격에 쫓겨 넋이 달아난 피난민들이 쌍굴다리 밑으로 달아났다. 미군은 몸 숨길 곳을 찾지 못해서 좌충우돌하고 있는 피난민들에게 조준 사격과 위협 사격을 가하면서 소몰이하듯 쌍굴다리 쪽으로 몰아넣었다. 전투기의 기총 소사를 피해 비좁은 배수구에 숨어있던 피난민들에게도 사격을 가해 쌍굴다리로 몰아넣었다. 그러나 미군의 십자 포화를 피한 몇몇 사람만이 살아서 쌍굴다리 밑으로 기어 들어갈 수 있었다. 피난민들이 삽시간에 몰려든 쌍굴다리 밑은 작대기로 쑤셔놓은 벌집 같았다.

하지스는 공포와 고통 속에서 절규하며 발버둥 치는 그들의 모습이 불구덩이 속에 쓸어 넣은 구더기 떼 같다는 참혹한 생각이 들었다. 가슴팍에 소총을 움켜쥔 하지스는 포탄의 열기와 피비린내로 헛구역질을 했다.

공포에 넋이 나간 사디 상병은 오줌을 싸 젖은 사타구니에 고개를 처박고 양쪽 귀를 손바닥으로 틀어막은 채 꺼이꺼이 울고 있었다. 위머 일병은 철둑 방향을 등지고 앉아 온몸을 부들부들 떨며 초점 잃은 눈으로 허공을 바라보고 있었다.

하지스는 무릎 높이로 판 참호 속으로 뛰어 들어가 토악질을 했다. 하늘에 대고 헛총질을 하고 있던 데일리 이병이 하지스에게 다가와 피난민들을 가리키며 "저들이 적입니까?", "이게 전쟁입니까?"라며 울부짖었다. 데일리의 눈도 초점이 없었다.

"겁쟁이 새끼들이 여기 다 모여 있었네. 쏴라, 쏴! 어서 쏘라고, 이 병신 같은 새끼들아!"

바커였다. 박격포병 옆에서 쪼그려 쏴 자세로 총질을 하고 있던 그가 하지스 쪽을 보고는 득달같이 달려와서 악다구니를 쓰며 욕설을 퍼부었다.

참호 바닥에 코를 묻은 채 토악질을 하고 있던 하지스가 바커의 욕설에 고개를 들었다. 그러고는 총을 든 채 몸을 일으켜 바커를 노려봤다. 여차하면 개머리판이라도 휘두를 기세였다.

역시 기세등등하게 달려온 바커인지라 하지스의 독 오른 눈길에 당당히 맞섰다. 둘의 기 싸움이 만만치 않았다. 하지스가 끝내 물러설 기미가 없자 결국 바커가 고개를 돌렸다. 이미 농가 마을에서 하지스의 사나운 성질을 겪은 바 있기 때문이었다.

하지스의 기세에 밀려 고개를 돌린 채 잠시 멀뚱히 서 있던 바커는 하늘에 대고 총질을 하고 있는 캐롤에게 달려가 군홧발로 그의 옆구리를 거칠게 내질렀다. 애먼 화풀이였다.

캐롤이 비명을 내지르며 나뒹굴자, 이번에는 개머리판으로 그의 철모를 내리치며 말했다.

"이 새끼들…… 이것들이 다 적이네."

"우리가 저, 적이라고욧?"

몸을 일으킨 캐롤이 바커에게 달려들며 물었다.

"그래. 죽여야 할 적을 앞에 두고 죽이지 않는 겁쟁이들이 적이다."

바커가 뒷걸음질을 치며 답했다.

하지스는 캐롤에게 다가가 그의 총을 빼앗았다. 캐롤의 눈빛이 예사롭지 않았기 때문이다. 자칫 난동을 부릴 수도 있었다.

자신의 총을 빼앗긴 캐롤이 하지스를 노려봤다. 초점을 잃은 눈이었다.

"재가 적입니까? 부소대장님은 저 아이, 저 아이가 적으로 보입니까?"

캐롤이 철둑 밑에 쓰러져있는 어린아이의 시신을 가리키며 울부짖었다.

"네 눈깔에는 저 아이만 보이나?"

바커가 맞받았다.

"……?"

"저 많은 사냥감들이 다 민간인으로 보이냔 말이다?"

바커가 캐롤을 윽박질렀다.

"사, 사냥감이라뇨? 저, 저는 다 미, 민간인으로 보입니닷!"

캐롤이 말을 더듬을 때마다 침을 튀겼다.

"뭐얏?"

바커가 개머리판으로 캐롤의 가슴팍을 내질렀다. 캐롤은 악, 하고 비명을 질렀으나 넘어지지 않으려고 안간힘을 쓰며 꼿꼿한 자세를 지켜냈다.

"흰옷만 입고 있다고 해서 다 민간인이 아니라고 몇 번을 말해야 알아듣겠나? 저 민간인들이 우리 전우들을 죽였다고 몇 번이나 말을 해줬는가 말이닷!"

바커가 안타깝다는 듯이 소리쳤다.

"어, 어떤 민간인이요? 비무장한 저, 저들 민간인이 대체 무엇으로 우리 저, 전우들을 죽였답니까? 도, 도끼로? 토, 톱으로? 나, 낫으로?"

캐롤이 소리치며 바커에게 대들었다. 제정신이 아닌 것 같았다.

"어이, 하지스!"

바커가 캐롤의 거친 대거리를 지켜보고 있는 하지스를 불렀다. 그러고는 허리춤에서 권총을 빼 들었다.

상황이 심상치 않다고 판단한 하지스가 바커에게 바짝 다가갔다.

"하나님만 믿고 설쳐대는 이 말더듬이 새끼를 어떻게 할까?"

총구를 캐롤의 이마에 붙인 바커가 물었다.

하지스는 잠시 난감한 표정으로 허공을 바라보다가 바커를 쏘아봤다. 캐롤을 죽이면, 너도 죽이겠다는 눈빛이었다. 사방에서 들려오는 총성과 포성 속에서 잠시 팽팽한 긴장감이 흘렀다.

"새끼들……. 네놈들은 전쟁이 뭔지 모르지? 대가리로 판단을 해도 뒈지는 거고, 대가리에 감상이 차도 뒈지는 거다. 그렇게 하다 뒈진 놈들을 레이테섬 전투에서 숱하게 많이 봤다. 문제는 네놈들만 개죽음을 당하는 게 아니라, 네놈들 때문에 나도 개죽음을 당할 수 있다는 사실이다."

하지스의 눈빛에 눌려 권총을 거둔 바커가 주절거렸다. 마치 하나만 알고 둘은 모르는 천둥벌거숭이 같은 네놈들 때문에, 전우들은 물론이요, 자신까지도 개죽음을 당할 수 있다는 사실을 일깨워주려는 말 같았다.

그때, 야포 포탄이 그들 옆으로 날아와 쾅, 하는 폭발음과 함께 터졌다. 오발이거나 탄착점 계산을 잘못한 포탄 같았다. 잽싸게 땅에 엎드렸다가 오뚜기처럼 발딱 일어선 바커가 아군 속에도 적이 많다며 고개를 절레절레 저었다.

하지스는 한국전쟁에 참전해 치른 첫 전투가 비무장 민간인 학살이라는 사실이 믿기지 않았다. 쌍굴다리가 있는 노근리는 전선이 아니었다. 아군 5, 7, 8연대가 시차를 두고 주둔한 후방이었다. 적과 피난민을 오인할 수 없는 지역이었다. 이 쌍굴다리 학살 만행은 26일 정오부터 29일 새벽까지 사흘에 거쳐 60시간 동안 자행됐다. 60여 시간 동안 쌍굴다리를 앞뒤로 포위한 채 500여 명의 갇힌 피난민들을 향해 무차별 사격을 가했다. 단 한 명이라도 살아서 밖으로 나오게 하지 말라는 명령이 하달됐다.

6

아들로부터 아무런 연락도 오지 않았다. 택배를 받았다면 기별을 줄 만도 한데 시치미를 떼고 있었다. 기분은 나빴지만 그렇다고 해서 이해 못 할 일은 아니었다. 4년 동안이나 서로 아무 연락 없이 지내다가—1976년 미국에서 귀국 이후, 1983년 10월 동생 봉수를 찾으려고 KBS 이산가족 찾기 특별 생방송을 할 때, 2004년 5월 아버지의 유골이 묻힌 봉두리 보도연맹 희생자 매장지를 발굴할 때 아들이 찾아와 만난 적이 있다— 보도듣도 못한 내용물이 담긴 우편물을 받았으니 어쩌면 이쪽의 연락을 기다리고 있을는지도 모를 일이었다. 아무리 그래도 그렇지 먼저 연락을 할 수는 없단 말인가. 하봉자는 아들의 무정함이 야속하고 괘씸했다.

봉자가 제이슨 돌빈과 결혼한 뒤부터는 에미가 연락을 해도 무시했던 놈이다. 그러니 뭘 바라겠는가. 그래도 그렇지 이번은 경우가 다르지 않은가. 자신이라면 궁금해서라도 연락을 했을 것이다. 봉자는 미친년 널뛰듯 종잡을 수 없는 사념에 꺼들리고 있는 자신이 한심스러웠다.

"헤이, 로즈. 여기 위스키……."

볼일—암거래상은 10분 전에 자리를 떴다—이 끝났을 비거가 가지 않고 뭉그적거리다 술을 시켰다.

"이거 병갈이한 건 아니겠지?"

잭 다니엘을 가져다주자 또 헛수작질이었다. 봉자는 이런 자발스럽고 천박한 놈을 어쩌다 단골로 만든 것—상대를 파악해 불친절하게 대했다면 단골이 될 수 없었다—인지, 짜증스러웠다. 그러나 조만간에 테네시 위스키인 700밀리리터 잭 다니엘 한 병을 키핑해 두고 예전처럼 1년 내내 밀 튀밥과 함께 찔끔찔끔 마셔대는 모습은 볼 수 없을 것이라는 생각이 들자 새삼 안쓰러웠다.

상사인 어윈 A. 비거는 얼마나 든든한 뒷배를 가지고 있는지 외출 외박과 금주령이 내려진 한미연합훈련 기간에도 부대를 나와 암거래 영업—주로 영내 면세 맥주를 매달 수십 짝씩 빼돌려 팔았는데, 유통기간이 지나 폐기물 처리된 맥주도 한국 군납업자의 판매망을 이용해 전국에 유통시켰다—을 하고 술까지 느긋하게 처마시다가 귀대하는 놈이었다. 키리졸브, 폴 이글, 을지 포커스 렌즈 훈련 때도 영외 출입이 자유자재인, 민간인 같은 놈이었다. 놈은 항상 그랬지만, 남과 북의 분위기가 험악해진 속에서도 변함없이 홀로 자유로운 주한미군이었다.

대통령 한 사람이 바뀌었을 뿐인데, 대북 관계가 하루아침에 대화 무드에서 치킨게임 양상으로 돌변했다. 한번 붙어보자는 식이었다. 대북 정책도 전봇대 뽑아 옮기듯이 밀어붙이면 된다고 생각하는 것 같았다. 강 대 강 대치가 치킨게임으로 치닫자 방산 업체와 무기상들은 대목을 맞아 살판이 났다.

적일수록 가까이하면서 속내와 움직임을 살펴야 할 터인데, 멀리 밀쳐내면서 무시하고 상종치 않으려 하니 적의 생각이나 움직임을 제대로 파악할 수가 없었다. 국가정보원이 제3국을 통해 수집한 대북 정보를 가공하고 각색해서 대통령에게 보고한다고 했다. 대통령에게 북한과 휴전선은 통치와 정쟁의 수단이자 도구에 불과했다. 때문에 북에 대한 사실보다 바라는 사실을 만들어낼 거리 또는 소스가 필요할 뿐이었다. 오죽하면 봉자에게도 선을 대보려 접근했을까…….

봉자는 '백도어'로 찾아온 통일부 관료에게 북이 조만간에 쇼를 할 터인데 관람료를 달라는 쇼이니 준비를 잘 해두시라는 하나 마나 한 말만 건넸다. 관료는 하나 마나 한 말을 진지하게 받아들이며 탐색을 하듯 이것저것 캐물었다. 봉자는 아는 게 없어 따로 해줄 말이 없다고 했다. 또다시 어설프게 엮여 엄한 고생—파주 시절 봉자가 장교들을 '케어'한다는 사실을 안 안기부 요원이 그녀에게 빨대를 꽂았었다—은 하고 싶지 않았다.

대통령이 통치 잇속으로 미국 군사 무기를 대거 사들이며 대북 긴장 관계를 한껏 조장해 대고 있었으나 주한미군은 그러거나 말거나 개의치 않고 태평했다. 한반도에서의 전쟁에 대한 판단이나 결단은 미국의 몫인지라, 한국 대통령이 아무리 찧고 까불어댄다고 해도 신경 쓸 이유가 없었다. 콧방귀를 뀌면 자칫 이용당할 수 있다는 판단에 한국 대통령이 조장하는 긴장 분위기를 무시하는 것 같았다. 다만 그 긴장 분위기 속에서 미국은 여느 때처럼 챙길 것을 놓치지 않고 잘 챙기고 있었다.

비거 상사가 한미연합훈련 기간임에도 불구하고 평시처럼 외출 외박을 자유자재로 하며 '자영업'을 하고 여유롭게 음주 시간까지 즐길 수 있는 것도 이런 맥락에서 봐야 할 것이다.

비거는 봉자에게 고가의 군용 양주를 얼마든지 헐값에 제공해 줄 수 있다고 했다. 면세 양주를 빼내 주겠다는 말인데, 자기 밀매 영업을 도와주는 조건이었다. 떼돈을 벌게 해주겠다며 밀거래 중간책을 제안한 것인데, 범법은 하고 싶지 않았다.

비거는 영내의 주류 등을 영외로 반출하는 일뿐만 아니라, 영외의 물건들을 영내로 반입하는 일도 하고 있었다. 봉자는 비거를 3년째 알고 지냈으나, 앞으로 볼 날이 얼마 남지 않았다는 것을 예감할 수 있었다. 보름 전에 백도어를 찾아와서 조용히 비거의 뒤를 캐고 간 CID 사내가 두 시간 전부터 구석진 자리에 죽치고 앉아있었다. 그는 병맥주 한 병을 두 시간째 마시고 있었다.

봉자의 백도어는 비거의 밀거래 영업장이었다. 그는 후미진 이면도로에 있는 작고 허름한 재즈 바에서 은밀히 면대면 흥정을 하고 현찰 정산을 했다. 봉자는 놈의 뒤를 누가 봐주고 있는지는 알 수 없었으나, 그가 최근에 '약쟁이'가 됐다는 것은 알고 있었다.

어느 날부턴가 봉자는 비거의 표정과 행색에서 돌빈을 봤다. 비거의 눈빛에 제이슨 돌빈이 있었다. 돌빈이 약에 중독된 것을 알았을 때, 그의 눈빛에서 개흙 바닥의 사금 같은, 초췌함 속에 뒤뚱거리는 듯한 낯선 광채를 자주 엿볼 수 있었다.

비거는 잭 다니엘 두 잔을 마시고는 급히 일어섰다. 그러고는 평소와 달리 허둥대며 서둘러 계산을 치르고는 가게를 빠져나갔다. 무언가 이상한 낌새를 느낀 것 같았다. 느긋하게 죽치고 앉아 있던 사내도 서둘러 비거의 뒤를 따라 나갔다.

봉자는 비거를 다시 볼 수 없을 것이라 생각하며 그와 사내가 앉았던 테이블을 정리했다.

걸레질하다가 아들에 관한 생각을 되찾은 봉자는 괜한 짓을 했나 싶어 후회가 들었다. 연락이 없는 것에 대한 서운함도 불만도 사라졌다. 되레 햇수로 59년이 지난 지금에 와서, 아마도 아들이 애써 갈무리해 두었을 과거사를 다시 끄집어내어 긁고 터뜨려서 덧내는 무책임한 짓을 벌인 것이 아닌가 싶어 두려움과 미안한 생각이 들었다.

서송원리 인근 철둑에서 겪은 비행기 폭격을 잊을 수 없었다. 봉두리를 벗어난 그녀는 큰길을 피하라는 하지스의 당부를 더 이상 따를 수 없었다. 엄마와 두 동생이 큰길을 따라 남쪽으로 내려가고 있는 것이 분명했기 때문이었다. 그들을 빨리 따라잡는 일이 무엇보다 급했다.

허둥지둥 걸어 남하하는 피난민들의 끄트머리에 따라붙은 봉자는 미군이 갑자기 피난민들을 앞쪽부터 철둑 위로 올려붙이는 것을 보고는 얼른 큰길을 벗어나 산자락 쪽으로 붙었다. 무언가 석연치 않은 느낌 때문에 미군의 지시를 따르면 안 된다는 생각이 들었다. 하지스가 미군이 있는 큰길을 피하라고 한 당부도 한몫했다.

짐 수색을 당하고 있는 피난민들 위로 자그마한 비행기 한 대가 비스듬한 자세로 낮게 날았다. 그러고 잠시 뒤, 남쪽 하늘에서 은빛 갈치 같은 두 대의 비행기가 갑자기 곤두박질치듯이 내려오더니 개구리 알을 까듯 포탄을 쏟아부었다.

먼저 날아온 작은 비행기가 피난민들의 머리 위를 빙빙 돌다가 사라졌을 때, 봉자는 미군이 거동이 더딘 피난민들을 도울 방법을 찾기 위해 숫자를 파악하는 것이 아닐까 하고 생각했다. 피난민들을 거칠게 함부로 다루고는 있으나, 어쨌든 우리를 구해주려고 온 미군이 아닌가.

그런데 그 미군이 우리에게 폭탄을 쏟아붓고 총질을 해댈 줄이야 어찌 알았겠는가. 봉자는 터지는 폭탄과 빗발치는 총탄과 비명 속에서 이게 꿈인지 생시인지 분간을 할 수 없었다. 땅이 꺼지는 듯한 진동과 허공을 메운 포연으로 천지 분간이 어려웠다. 땅이 떨고 산이 울었다. 봉자는 사지가 굳고 숨통이 막혔다.

철둑 반대편의 야산자락에서 비행기 폭격을 목격한 봉자는 짐보따리를 버리고 산 중턱을 향해 죽기 살기로 뛰었다. 철둑 위에서 흩어져 내려온 피난민들 가운데 젊은이들이 순식간에 봉자를 밀쳐내고 앞서 달렸다.

그런데 봉자를 추월해 달리던 젊은이들이 하나둘 픽픽 꼬꾸라졌다. 어찌 된 일인지 산중턱에서도 총알이 날아오고 있었다. 봉자는 총알을 피하느라 산자락을 타고 옆으로 달아났다.

골짜기를 타고 산중턱으로 도망친 봉자는 숨을 돌리고 아래를 내려다봤다. 지옥도였다. 철둑 위와 아래쪽에는 폭격과 총격으로 죽어 널브러진 시신 천지였고, 살아남았지만 미처 산으로 달아나지 못한 피난민들은 배수구와 쌍굴다리 안으로 들어가고 있었다. 미군은 이러지도 저러지도 못한 채 어쩔 줄 몰라 갈팡질팡하는 피난민들을 닭 몰이하듯 쌍굴다리 안으로 몰아넣었다.

봉자는 박격포탄에 쫓긴 피난민들이 쌍굴다리 쪽으로 달아나는 것을 멀리서 내려다봤다. 마치 수백 기의 무덤을 파헤치고 그 속에 든 해골들을 끄집어내 흩어놓은 것 같았다. 말 그대로 생지옥이었다. 그 생지옥 속에서 살아남고자 솜이불로 몸을 감싸고 달리거나 솥단지와 키를 머리에 뒤집어쓰고 뒤뚱거리며 달리는 사람들도 보였다.

세 살배기 봉수를 업고 있을 엄마와 봉순이는 끝내 찾을 수 없었다. 너무 멀리 떨어진 거리였고, 정신이 투미해지고 시야마저 뿌예져 식별이 어려웠다. 봉자는 자신만 살고자 너무 멀리 달아났다는 생각에 눈물이 쏟아졌다. 미안하고 부끄러웠다. 그러나 다시 철둑과 쌍굴다리 쪽으로 내려가 가족을 찾을 용기는 없었다. 봉자는 쪼그리고 앉아 대성통곡했다.

얼마나 지났을까. 폭격과 총격이 잦아든 뒤에 미군이 산속으로 달아난 피난민들을 향해 내려오라고 했다. 미군에게 붙잡힌 피난민이 미군의 명령을 받아 방송했다. 이 말을 듣고 산을 내려간 피난민들은 사살됐다.

미군들이 쌍굴다리 앞뒤를 포위하고는 기관총과 박격포를 배치하기 시작했다.

"야, 임마! 죽으려고 이러고 있어? 미군들이 올라오는 거 안 보여."

붙박인 듯 서서 아래를 내려다보고 있는 봉자를 누군가가 거칠게 잡아끌며 소리쳤다. 지게에 피난 짐을 진 아저씨였다. 짐 위에 높이 올라앉은 어린아이가 그악스럽게 울고 있었다. 아저씨가 봉두난발한 봉자를 사내로 본 것이다.

아저씨의 말을 듣고 나서야 미군들이 총질을 하며 어기적어기적 올라오는 모습을 본 봉자는 혼비백산하여 산등성이를 치달렸다.

그날 엄마와 두 동생을 잃었는데, 엄마와 봉순이는 아직껏 생사조차 알 수 없게 되었다. 아마도 죽었을 터인데, 시신조차 찾지 못했다. 시신을 찾지도, 그날 그때 그곳에서 엄마와 봉순이를 봤다는 증언을 해줄 목격자도 찾을 수 없었기 때문—철둑 위와 쌍굴다리에서 학살된 대다수가 주곡리와 임계리 주민들이었으나, 타지인인 엄마와 두 동생은 아는 사람이 없어 증언할 목격자를 찾을 수 없었는데, 경우가 비슷한 다른 희생자들도 마찬가지였다—에 봉자는 58년이 지났어도 엄마와 동생들을 그 자리에서 잃었다는 사실을 입증할 길이 없었다. 여러 차례 여러 경로를 통해 주장해왔으나 인정받지 못했다.

그때 세 살배기였던 막내는 1983년 이산가족 찾기 특별 생방송을 통해 가까스로 생존 사실을 확인했다. 봉자가 방송에 나가 당시의 사연을 밝힌 지 다섯 달 만에 헨리크 군데르센이라는 사람으로부터 연락이 왔다. 한국어를 한마디도 못 한다는 그는 통역을 통해 1950년 7월 노근리 인근에서 미군에 의해 유아遺兒로 발견되어 노르웨이로 보내졌다고 했다.

봉자는 헨리크 군데르센이 된 하봉수를 방송국 측의 배려로 5분가량 화상 상봉했다. 그러고는 대면 상봉 없이 노르웨이어로 쓴, 잘 컸고, 잘 살고 있고, 앞으로도 잘살 것이니 하봉자 씨도 건강하게 잘 살아가라는 엽서 한 통을 보냈을 뿐, 이후 연락 두절이 되었다. 같은 핏줄이라고는 하지만 봉자가 영동 천석지기 부잣집 일선재에 팔려가 종살이를 할 때 태어난 막냇동생인지라 서로 쌓은 정이 없어 데면데면했다. 그래서 그런지 봉자도 화상 상봉 이후 보고 싶지도 않았고, 연락을 하고 싶다거나, 연락이 기다려지지도 않았다. 화상 상봉이 막내에 대한 모든 애틋함과 그리움의 끝이었다. 막내 하봉수와의 혈연관계는 먼 이국땅 스타방에르에서 헨리크 군데르센이라는 이름으로 거듭 태어나서 인정받는 가구디자이너로 잘살고 있다는 것으로 봉자의 삶 속에서 갈무리됐다.

훗날 쌍굴다리 학살 참상을 상세히 알고 난 뒤 짐작건대, 봉수가 살아남은 것은 엄마와 봉순이가 자신들의 목숨을 바쳐 지켜냈기 때문일 것이라는 생각이 들었다. 쌍굴다리 생존자들이 하나같이 증언하기를, 자신이 살고 모두를 살리고자 우는 신생아를 개울물에 처박을 수밖에 없었던—포위하고 있던 미군은 아기 울음소리에도 총격을 가했다— 무도한 부모도 있었으나, 어린 자식을 살리고자 가슴에 품은 채 총을 맞고 죽은 부모도 있었다고 했다. 당시에는 산 자들이 살고자 서로 시신들을 끌어다가 방벽인 양 쌓고 이불인 양 덮었다고 했다.

봉자는 봉수와의 화상 상봉을 통해 자신도 노근리 희생자 유족이라는 증거와 확신을 가질 수 있었다. 그러나 헨리크 군데르센은 한국에 와서 이를 증언해 달라는 봉자의 요구를 거절했다. 그는 엄마와 작은누나를 기억조차 못 했기 때문에, 그들의 생사를 증언할 수 없다고 했다.

틀린 말이 아니었다. 당시 젖먹이로 생후 20개월이었던 봉수가 무엇을 봤다고 증언할 수 있겠으며, 증언한다 한들 누가 그 증언의 효력을 인정해 줄 수 있겠는가. 또 하봉수가 쌍굴다리에 있었다는 증거가 없으니 — 그가 유아로 발견된 날짜와 장소를 미군은 'Early July, 1950. South Korea's Central Front(1950년 7월 초. 사우스 코리아 중부 전선)'라고 기록해 두었다 — , 엄마와 봉순이 또한 쌍굴다리에 있었다는 것을 입증할 수 없었다.

한미 양국 진상조사반은 박말녀와 하봉순이 그때 그곳, 즉 쌍굴다리 또는 철둑 위에 있었고, 그곳에서 죽었을 것이라는 사실을 입증해 줄 근거가 전무한지라 노근리 양민 학살 희생자로 인정할 수 없다고 했다. 조사반은 안타깝게도 하봉자 씨와 같이 딱한 처지에 있는 것으로 보이는 유족이 많지만, 지금으로서는 어쩔 도리가 없으니 양해해달라고 했다. 그러고는 덧붙이기를 이와 같은 문제 해결을 위해 다각도로 노력하고 있다고 했다.

놀랍게도 수백 명이 한날한시에 죽었다고 하나, 쌍굴다리 인근 어디에도 무연고자의 묘 한 기를 찾아볼 수 없었다. 타지 피난민들의 희생은 모두 잊힌 것이다. 봉자는 해방 이후 63년을 분단 이데올로기의 억압과 통제 속에서 살았다지만, 아무리 그렇다 해도 어떻게 이런 일이 가능한지 이해가 되지 않았다.

노근리 쌍굴다리 양민 학살은 1994년 이전까지만 해도 세상에 알려진 바가 없었다. 제주 4·3사건이 발발 30년 만에 「순이 삼촌」이라는 소설로 세상에 드러났듯이, 노근리 양민 학살 만행도 발발 44년 만에 『그대, 우리의 아픔을 아는가』라는 한 권의 실화 소설을 통해 세상에 처음으로 드러났다. 둘 다 미군이 개입된 학살이었다. 봉자는 이 소설을 읽고 엄마와 봉순의 죽음을 짐작했다.

봉자는 유족으로 인정받지 못했으나, 철둑 위와 쌍굴다리 학살 만행에 대한 진상이 규명되고 학살 당사국인 미국의 대통령이 이를 인정했다는 것만으로도 구천을 떠돌고 있을 엄마와 봉순이의 원혼을 조금이나마 달래주었을 것이기에 불만은 없었다. 다만 봉자가 바란 것은 유족 인정이 아니라 엄마와 봉순의 죽음에 대한 진상을 밝혀 희생자 명단에 올려 애도하고 기리는 것이었기에 그 원통한 죽음을 입증해 줄 목격자를 끝내 찾지 못하고 있는 것이 아쉬울 뿐이었다.

쌍굴다리 학살 만행은 진실이 밝혀지기까지 지난한 어려움이 있었다. 1960년 10월 희생자 유족인 정은용 씨의 주도로 주한미군 소청사무소에 손해배상 청구를 낸 뒤에 2001년 미국이 이 사실을 인정하고 '깊은 유감'을 표명하기까지 41년 동안 진실 규명에 관한 각고의 노력이 있었다.

실화 소설로 학살을 폭로한 아버지와 그 아들 정구도 씨가 일상과 생계조차 포기하고 사건에 대한 진상 규명을 위해 흩어져 있는 온갖 기록을 다 뒤지고 다녀도 이렇다 할 물적 자료를 찾을 수 없었다. 그러다가 천신만고 끝에 찾아낸 최초의 물적 근거가 통일부가 미국국립문서기록관리청(NARA)에 있는 원본을 복사하여 마이크로필름으로 보관한 1950년 8월 19일 〈조선인민보〉 기사였다. 7월 29일 황간에서의 양민 학살 기사도 있었다. 철둑 위와 쌍굴다리에서 벗어나 피난길에 올랐으나, 황간에서 죽은 양민도 있다는 뜻이었다.

피해 유족들이 대통령에게 보낸 진정서를 청와대가 국방부로 보냈는데, 국방부는 이 진정서를 미8군으로 보냈다. 6·25 개전 당시 적과 제대로 싸워보지도 않고 도망치던 이승만이 자국민의 생명과 안전을 미국 손아귀에 통째 내맡겼듯이, 김영삼 정부도 미군의 양민 학살 만행을 규명해 달라고 제기한 자국민의 청원을 가해국인 미국에게 떠넘긴 것이다. 고양이에게 생선을 맡긴 격인데, 주권국의 대통령이 자국민 학살 피해 규명을 학살자에게 맡긴 것이다. 상식을 벗어난 짓으로 주권 국가가 할 짓이 아니었다.

미국 정계는 이 문제 제기를 재조지은再造之恩에 대한 배은망덕 차원에서 접근했고, 당시 참전 미군 일부는 파렴치한 사회주의자들의 음모에 불과하다며 일축했다. 더욱 놀라운 것은 한국 국회와 일부 고위 관료들까지 반공 이념의 프레임을 덧씌워 희생자와 유족들을 반미주의자로 몰아갔던 일이다. 문민정부라고 했지만, 양두구육이었다. 군사독재 시절 정부보다 더하면 더했지 덜한 게 없었다.

그러나 진실과 정의를 향한 유족들의 집념과 열정은 막을 수 없었다. 유족들은 1997년 접근 방법을 바꿔 행정적 청원에서 법리적 대응으로 나갔다. 한국 정부를 상대로 주한미군지위협정에 근거한 손해배상신청서를 제출했다. 그러나 황당하게도 검찰청에서 신청서 접수 자체를 거부했다. 분개한 유족들은 방송국 카메라 기자를 대동한 듯한 위장술을 써서 가까스로 신청서를 접수할 수 있었다.

그러나 배상심의회에서 그 신청서는 주장만 있을 뿐 증거가 없고, 또 전투 활동 중에 발생한 피치 못할 사고이기 때문에 민사청구권에서 배제된다는 사유를 들어 기각됐다. 신청서를 낸 44명의 피해자 유족들은 분노했고, 포기하지 않았다.

이후 쌍굴다리 희생자와 그들의 유족은 물론이요, 이 학살 참사를 말하는 자들 모두가 마치 국익을 저해하는 반역자이자 불순분자로 규정하여 감시 및 관리 대상으로 삼았다. 주도자는 사찰 대상이 되었다. 이들 모두 유민遺民이 된 것이다.

봉자는 문득 자신에게 있어서 노근리학살 만행이 진행형이듯, 아버지를 모르고 사는 아들 남득의 짓밟힌 삶 또한 진행형일 것이라는 생각이 들었다.

7

"오빠…… 이번 한 번만이야…… 도와줘요."

"……."

휴대 전화를 쥔 채 어금니를 앙다문 남득은 침묵했다.

밥상 앞에 앉은 영수가 전화를 받고 나서 3분여가 지나도록 아무런 말이 없는 남득을 불안한 눈으로 힐끔힐끔 훔쳐봤다.

'불기둥교회'에서 울부짖는 통성기도 소리가 들려왔다. 개척 교회라고는 하지만, 목사와 신도들이 시도 때도 없이 모여서 방성통곡을 하며 예배와 간구를 하는 것 같았다.

"그 진상이 오빠를 불러 달래요. 옵빠…… 내 말 듣고 있는 거죠?"

"……."

"옵빠?"

"그 친구가 잘했잖아? 잘하잖아?"

침묵을 깬 남득이 대꾸했다. 남득은 2년 전에 자신은 이제 나이도 먹었고, 감도 떨어져 더는 오브리 반주를 할 수 없다며 후배를 소개해 줬고, 그동안 네댓 차례나 불려 나간 그 후배가 잘 해냈다는 소식을 전해 들은 바 있기에 묻는 말이었다.

"예. 잘해요."

"그런데?"

남득은 수저질을 멈춘 채 통화를 엿듣고 있는 영수에게 눈을 부라리며 물었다.

"……."

이번엔 상대가 침묵했다.

"그 친구가 실수라도 했나?"

남득이 재우쳐 물었다.

"아뇨. 하, 하지만 제가 모르는 실수가 있었는지 모르죠. 어쨌든 갑자기 오빠를 불러 달래요. 올 거죠, 오빠?"

조성미가 막무가내로 보챘다. 남득은 그녀의 근성과 끈기를 알고 있었다.

"미안해."

남득은 거절했다. 환갑을 코앞에 둔 나이에 "야, 너, 인마, 이 새끼" 따위로 불리기도 싫었고, 상스러운 반말지거리와 치욕스러운 욕지거리도 듣기 싫었다. 저희끼리야 술에 꽐라가 되어 귓구멍이 헐 만한 음담패설을 주고받든 말든, 보는 눈알이 짓무를 듯이 서로 주무르고 핥고 빨고, 그러다가 심지어는 앉은방아를 찧든 말든 상관할 바 없었다. 그러나 자기들이 쥐고 있는 돈과 권력이면 뭐든 다 할 수 있고, 해도 된다고 생각하는 짐승만도 못한 놈들에게 더 이상 개 취급을 당하고 싶지 않았다.

"육 의원이 오빠를 부르는 거예요. 그 인간이 직접 나한테 전화를 해왔다고요, 오빠를 꼭 데리고 오라고. 그러니까 오빠, 제발…… 저를 봐서라도 이번 딱 한 번만 와줘요."

성미가 통사정하며 매달렸다. 육 의원에게 협박을 받은 성미의 통사정이었다. 하지만 육 의원이라면 더더욱 가고 싶지 않았다. 군가 반주를 군악대 삘이 아닌 뽕짝 삘로 한다며 무릎을 꿇으라 하고는 슬리퍼를 벗어 뺨을 때린 인간이었다. 취기에 한 행동이라고는 하지만, 놈의 인성이었다. 오브리가 생업이었으나, 그만두기로 결심한 이유가 육 의원에게 당한 그 짓 때문이었다. 그런데 그놈이 남득을 찾는다는 것이었다.

"미안해. 군악대를 부르라고 해."

"오빠, 정말 왜 이래요?"

성미가 짜증을 내며 소리쳤다.

"……."

남득은 성미의 짜증이 어처구니가 없었으나, 육 의원의 파쇼적 성격을 모르지 않기에 너야말로 왜 이러는 것이냐고 대거리를 할 수가 없었다.

—지금까지 지내온 것 주의 크신 은혜라.

침묵 속으로 찬송가가 파고들었고, 찬송가 속으로 성미의 목소리가 파고들었다.

"어부동 버스 종점으로 오시면 우리 기사 애가 기다리고 있을 거예요. 여섯 시예요. 여섯 시까지 오세요, 오빠. 버스는 육십삼 번이에요. 택시는 안 타실 거잖아요."

남득이 웬만해서는 택시를 타지 않는다는 것을 아는 성미가 지선 버스 노선번호까지 알려주고는 전화를 끊었다.

"아부지. 음악 하러 가나요?"

수저를 놓고 밥상머리에서 물러앉은 영수가 물었다. 통화 내용을 엿들은 것 같았다.

"밥 다 먹었니?"

"예."

남득은 점심상을 치우고 설거지를 서둘렀다. 그러고는 영수에게 세탁소에 가서 맡겨놓은 무대복을 찾아다 달라고 했다. 주인아저씨에게 반짝이가 붙은 빨간색 상의와 흰색 바지를 달라고 하면 내줄 것이라고 했다. 세탁소에는 파란색 상의와 검정 바지의 무대복도 있었다.

"아부지 이건 뭐야?"

현관에서 신을 찾아 신던 영수가 신발장 앞에 놓인 택배 상자를 가리키며 물었다. 온 지 며칠이나 지난 상자인데 왜 아직도 열어보지 않느냐는 채근이었다. 택배 상자 옆에 옐로 스카이가 놓고 간 백화점 쇼핑백이 나란히 놓여 있었다.

남득은 발송자를 확인하고 나서 그대로 처박아두었던 택배 상자를 뜯었다. 어머니가 보낸 택배였다.

부스럼 딱지가 낀 부식된 알루미늄 군번표와 색 바랜 새의 깃털로 장식한 원형 고리가 들어있었다. 주술물 같은 고리였다. 남득은 상자에 들어있는 메모 쪽지를 꺼내 펼쳤다.

네 생부 Mac Lamarr Hodges 씨 연락처와 물건을 보낸다.

만나서 전해드려라.

A4 용지에 손글씨로 낙서하듯 삐뚤빼뚤 적은 메시지였다. 메시지 내용이 뜬금없어서 남득은 생부가 아버지의 다른 표현이라는 것을 뒤늦게 알았다. 메시지 밑에 낯선 이름과 연락처가 당구장 표시를 달고 적혀 있었다.

남득은 황당했다. 난데없이 아버지라니……. 그는 택배 상자의 발송자와 수신자의 이름과 주소와 전화번호를 다시 확인했다. 틀림없었다.

만에 하나의 경우로 둘 다 동명이인일 확률이 있다고 할지라도, 둘 다 동일한 휴대 전화 번호를 가질 수는 없지 않은가. 이름이야 개별적으로 짓지만, 통신사가 주는 전화번호는 같은 번호일 리가 없었다.

생부. 낳은 아버지라니……. 남득은 한 손에 A4 용지를 쥔 채 또 다른 손으로 상자 안의 물건을 꺼내 살폈다. 'Hodges'의 군번표와 깃털 달린 둥근 나무 고리였다. 남득은 4년 동안 아무런 연락이 없던 엄마가 난데없이 보내온 택배를 폭발물이라도 되는 양 두려운 시선으로 바라봤다.

늙은 엄마가 장난을 칠 리—그럴 사이도 아니다— 없었다. 그렇다면 혹여 치매에 걸려 이상한 짓을 하는 것은 아닐까 의심스러웠다. 아버지에 대해서는 지금까지 몇 차례 물어봤으나 그때마다 묵비권과 거짓말로 회피해 온 엄마였다. 그런 엄마가 아버지와 관계된 골동품 두 점과 아버지와 관계된 문장 두 줄을 보내온 것이다.

아무리 매몰차고 비정한 엄마라지만, 이건 아니지 싶었다. 지나치게 일방적이고 불친절하고 무책임한 언동, 아니 자백이 아닌가…….

남득은 엄마의 처사가 놀랍고 어처구니없어 화가 났다. 32년 전인 1976년 미국에서 귀국했을 때, 엄마는 아버지의 전사 사실을 확인했노라고 분명히 말했었다.

그런데 지금에 와서 갑자기 전사했다고 한 아버지의 연락처를 보내니, 그를 만나서 정체불명의 골동품을 되돌려주라는 심부름을 시키고 있는 것이다. 그러니까 사자를 만나서 사자의 물건을 전해주라는 황당한 명령을 내린 것이다. 치매나 노망이 아니고서는 내릴 수 없는 명령이 아닌가.

엄마는 자신의 병을 치료하고 아버지를 찾아 돌아오겠다며 1967년 미국으로 건너간 지 3년 만에 아버지가 전사한 사실을 확인했다고 했다. 그러고는 곧바로 재혼—엄마의 병을 고쳐주겠다며 데려간 미군 장교 놈과 결혼을 한 것인데, 남득은 이를 재혼으로 규정했다—을 하고 이름까지 베티 돌빈으로 바꾸지 않았던가. 그렇게 재혼한 지 3년 만에 생활비 송금을 중단했고, 그로부터 3년 뒤에 갑자기 나타나서는 이혼을 하고 돌아왔다고 했다.

택배 상자 앞에 앉은 남득은 머리를 둔기로 얻어맞은 양 정신이 아뜩하고 멍했다. 눈앞이 뿌옜다. 아버지가 살아있고 지금 한국에 와 있는

데, 자신은 만나고 싶지 않으니 너는 찾아가서 만나보라는 것이었다.

이제 와서 대체 왜, 무슨 이유로, 어떤 의미가 있기에 생부를 만나라고 하는 것이며, 또 만나라 한다고 해서 만나야 할 이유가 있단 말인가. 재혼을 하려고 멀쩡하게 살아있는 아버지를 죽었다고 했단 말인가. 아니면 생사 확인 없이 죽었다는 거짓말을 했단 말인가. 어쩌면 처음부터 제이슨 돌빈이라는 장교 놈과 눈이 맞아 병 치료와 아버지를 찾겠다는 핑계를 대고 도미했을 가능성이 컸다.

남득은 영수가 돌아오기 전에 상자에서 꺼낸 군번표와 주술물과 쪽지를 도로 넣고 테이핑했다. 이제 와서 엄마가 왜 아버지에 관한 소식과 이런 물건을 건네주고는, 자기를 대신해서 전해주라는 것인지 모르겠으나, 남득은 이미 남만도 못한 존재가 되어버린, 오래전에 화석이 되어 가슴속에 굳어버린 하지스 씨를 만날 생각이 전혀 없었다. 58년 동안 단 한 차례라도 봤다거나 단 한마디의 말조차도 나눈 바 없는 완벽한 타인이었다. 아무런 그리움이 없었다. 그런 타인을 생부라는 이유만으로 만날 수는 없었다.

엄마가 아버지 하지스를 찾아주겠다며 군산 영화동 미군 기지촌을 찾아가 생활—당시 미군 부대 세탁물을 주로 다뤘으나, '울프팩'으로 불리던 미 공군기지 내의 군인들과 짜고 군수품을 몰래 빼다 파는 보따리상의 시다를 잠깐 하기도 했다—할 때, 여덟 살 남득은 고아원 생활을 했다. 하지스 때문에 갑자기 고아원에 버려진 남득은 '튀기'라는 이유로 '이지메'를 당했고, 배를 곯고 매를 맞아가며 2년을 보내야 했다.

그러고 나서 8년이 지나 남득이 중2가 되었을 때, 파주 용주골 미군 기지촌 생활을 하던 엄마는 아버지를 찾을 수 있게 됐다—당시 그 말이 거짓말일 수 있다는 생각을 하고 들었기에 어떤 거짓말을 했는지는 기억에 없다—며 미국으로 건너갔다. 그 뒤에 남득은 우울증과 불안 장애로 교사들로부터는 문제아 취급을 받아야 했고, 급우들로부터는 고아원 시절 버금가는 이지메를 당해야 했다. 남득은 백의민족에 엉겨 붙어 기생하는 버러지 잡종 취급을 받았다.

용주골 기지촌에 살 때, 양공주 엄마는 진상 변태 미군을 상대한 날이면 만취 상태로 귀가했는데, 그때마다 남득을 앉혀놓고 거짓 순애보를 읊어대며 말했다. 사랑하는 아들을 먹여 살리면서, 잃어버린 사랑을 찾아다니려니 이렇게 살 수밖에 없다고 했다. 그러니 네가 엄마의 이 풍진 삶을 가엾게 여기고 이해해달라고 했다. 너도 크면 진실된 사랑 때문에 치러야만 하는 가혹한 대가가 있다는 것을 알게 될 것이라고 했다. 남득은 엄마의 술주정을 받으며 자신에게는 그런 사랑 따위가 찾아오지 않기를 기도했다.

남득은 다 커서 쉰여덟 살이 되었으나, 여전히 엄마가 말한 진실된 사랑도 풍진 삶도 전혀 이해되지 않았다. 돌이켜 보면 엄마의 주사酒邪들은 철부지 자식에게 자신의 삶을 정당화하기 위해 내뱉은 감언이설이요 조삼모사였다. 엄마는 '튀기 자식'을 낳은 책임을 사랑인 양 포장해서 이를 다하는 척 흉내만 내다가 포기하고 말았다.

그래서 생부의 소식을 택배 상자에 담아 보낸 것도 숨겨진 의도가 있을 것이라고 의심하지 않을 수 없었다. 살아있는 생부를 자식에게 알려주지 않은 무도한 엄마라는 죄는 안 짓겠다는 나름의 계산 때문일 수 있었다.

—주의 친절한 팔에 안기세 우리 맘이 평안하리니.

남득은 2층 학원으로 올라갔다. 창문을 연 교회에서 짐승처럼 울부짖는 찬양 소리가 건물을 뒤흔들었다. 힘 좋고 목청 좋은 장구동 목사가 박자를 맞추고 흥을 돋우느라 떡메를 내리치듯 주먹으로 강대상을 내리치고 있었다. 목사의 목소리가 크고 앙칼스럽고 걸걸해서 돼지 멱따는 소리 같았는데, 군가 창법을 흉내 내는 것인지 첫 소절을 힘껏 내지르고 발까지 쿵쿵 굴러 대는 바람에 건물이 요동쳤다.

남득은 짜증과 화가 솟구쳤다. 그러나 장 목사는 목 놓아 찬양할 때마다 성령의 은혜가 샘솟는다고 했다. 장 목사와 물리적 충돌을 포기한 남득으로서는 참고 듣는 수밖에 없었다. 그가 강대상을 내리치는 주먹으로 남득의 뺨을 친다면 광대뼈가 주저앉을 것이 뻔하지 않겠는가.

원장의 나약함과 용렬함 때문에 애먼 수강생들이 창문을 꽁꽁 처닫고 연습을 하느라 구슬땀을 비질비질 흘리고 있었다. 위압적인 복음성가와 음을 겨누며 악기를 연주하는 수강생들의 표정에서 열의와 투혼이 엿보였다. 남득의 실력 하나를 믿고 찾아온 수강생들이라고는 하지만 여기저기 쩍쩍 금이 가서 틈이 벌어진 벽에, 줄줄 새는 빗물로 곰팡이가 핀 천장에, 눅진눅진한 실내 공기에, 옆 건물에서 무자비한 소음까지 들이치는데도 정신을 놓지 않고 연습에 열중인 수강생들이 눈물겹게 고마울 따름이었다.

남득은 편의점으로 달려가 시원한 음료수를 사다가 얼음을 넣은 잔과 함께 수강생들에게 바쳤다. 수강생이 여기서 더 빠져나가면 학원 문을 닫아야 했다. 남득은 학원을 이전하지 않는 한 남은 수강생들의 의리와 투혼이 언제까지 지속될 수 있을는지 알 수 없었다.

무대복을 찾으러 보낸 영수는 30분이 지나서 돌아왔다. 하도 오랜만이어서 무대복을 어디에 놔뒀는지 몰라 무대복을 찾느라 시간이 걸렸고, 또 다림질을 다시 하느라 시간이 걸렸다고 했다. 일흔을 넘긴 세탁소 사장 노 여사가 기억력이 흐려지고 손놀림이 예전만 못해진 탓이었다.

영수가 찾아온 무대복과 기타를 각각 케이스에 넣은 남득은 집을 나서 버스 정류장으로 향했다. 2년만인지라 어부동 별장 창고에 처박혀 있을 반주기 상태를 점검해야 했고 실수를 하지 않으려면 예행연습도 해야 했다. 남득은 성미에게 차를 종점으로 5시까지 보내 달라고 했다. 한 시간 당겨 가겠다는 말이었다.

대청호 상류 물가에 자리 잡은 3층짜리 별장은 오래된 농가 마을— 농가들이 음식점과 민박집들로 바뀌어 성업 중이었다— 뒤편 고개 너머에 있었다. 별장으로 가려면 마을을 지나 낚싯바늘 모양으로 굽은 비탈을 넘어야 했다. 승용차 한 대가 겨우 다닐 수 있는 비좁고 경사진 고갯길이었는데, 그 고개가 마을과 별장을 구획 지어주었다. 시계와 소음을 막아주는 별장의 천연 가림막이기도 했다.

남득을 태운 검정 봉고차가 흙먼지를 날리며 고개를 넘어설 때, 기사가 차창을 열고 날망에 서서 망을 보고 있는 검정 양복 차림 사내와 주먹 인사를 나눴다. 감시자를 세운 것 같았다.

경사진 잔디 마당 끄트머리가 장마에 불어난 담수에 잠겨 있었다. 별장 뒤편으로는 대청호 둘레길이 지나고 있었고, 앞쪽으로는 청남대가 아스라이 보였다. 야산자락 밑에는 조립식으로 지은 마구간과 생뚱맞아 보이는 스위스풍의 목조 별장 두 채가 자리 잡고 있었다. 조성미의 두 번째 남편이 모두 사들여 회사 소유로 돌려놓았다는 시설물들이었다. 마구간에는 벤츠 마이바흐 가격과 맞먹는 승마용 말이 두 필 있다고 했다.

물목 건너 희끄무레한 물안개 속에 하루 작업을 마친 포클레인과 덤프트럭들이 나란히 늘어서 있었다. 4대강 사업을 하는 준설 작업용 중장비들로 보였다.

봉고차가 야자 매트 길을 지나 별장에 닿자, 차 소리를 듣고 뛰어나온 조성미가 남득을 반갑게 맞이했다. 타고난 성품이 낙관적인 데다가 얼굴이 곱고 표정까지 해맑은 탓인지 세파에 찌든 티를 찾아볼 수 없었다. 누가 봐도 스트리퍼와 술집 마담을 하며 온갖 진상들을 제압해 온 화류계의 여장부로 보기 힘든 외모였다. 만고풍상도 아직은 성미의 타고난 성미性味를 이기지 못하는 것 같았다.

죽은 아내는 생전에 이런 성미를 두고, 소리에 놀라지 않는 사자처럼, 그물에 걸리지 않는 바람처럼, 진흙에 더럽혀지지 않는 연꽃처럼, 늘 물에 물 탄 듯 술에 술 탄 듯 아무 생각 없이 무소의 뿔처럼 살다가 그대로 죽을 년이라고 했다.

남득은 아내 박여순의 우수에 젖은 표정과 다른 성미의 해맑은 표정을 좋아했다. 어쩌다가 눈을 마주칠 때면 그 순간만큼은 걱정근심을 잊을 수 있어 좋았다. 그래서 지루하고 고달팠던 나이트클럽 시절, 여순은 서로 기대고 감싸는 동료였고, 성미는 스승이었다.

아마도 박여순이 프러포즈를 하지 않았다면 성미와 연이 되었을 수도 있었다. 또, 8년 전에 이혼한 그녀를 설 회장이 채뜨리지 않았어도…….

잠시 허튼 생각에 빠져 있다가 성미와 눈이 마주친 남득은 얼굴을 붉혔다. 속내를 들킨 것 같아 창피했다.

작달막한 키에 금강역사처럼 다부진 체격의 사내가 남득의 무대복을 냉큼 받아 드는 성미를 힐끔 쳐다봤다. 경호원 같았는데, 남득은 왠지 감시를 당하는 느낌이 들어 불쾌했다. 사내가 남득을 보고 사납게 짖어 대는 로트와일러를 제지했다.

전자 기타 케이스를 챙긴 남득은 사내가 열어 준 현관문으로 들어갔다. 앞서 들어간 성미가 실내 계단 밑에 있는 창고용 쪽방으로 안내했다. 남득은 그 쪽방으로 들어가 무대복으로 갈아입고 반주기를 점검하고 기타를 조율했다.

성미가 이른 저녁을 따로 챙겨줄 때, 악보 뭉치를 건네주었다. 오늘 참석자들이 부를 십팔번 곡이라고 했다. 연락이 안 되는 손님과 처음 오는 손님도 있어 다 받아내지는 못했다며 멋쩍게 웃었다. 남득은 굳이 안 해도 될 이런 수고를 성미가 왜 했는지 아는지라—육 의원은 상대를 을乙로 규정하면 사소한 꼬투리를 잡아 학대하는 주사가 있었다— 미안하기도 하고 마음이 짠하기도 했다. 남득은 자신이 성미에게 과한 심통을 부린 것 같아 미안했지만, 내색하지 않았다. 그녀 앞에서는 모든 언행을 조심해야 했다.

그녀의 남편인 설강명 회장이 호스트로서 이미 와 있을 텐데 기척이 없었다.

7시가 되기 30분 전부터 봉고차가 들락날락하며 참석자들을 하나둘 실어 나르기 시작했다. 그들은 각자의 차로 별장까지 들어오지 않았다. 보안상 이유 같았다.

위계 상의 오름차순으로 참석자들이 도착했다. 예상대로 설강명 금강토건 대표가 이미 와 있었고—참석자를 태운 봉고차가 도착하자 대문 밖으로 나가 이들을 하나하나 맞이했다—, JMC 도상기 사장, 무기 판매상인 앤드(AnD) 컴퍼니 나삼추 대표는 함께 도착했다. 남득이 익히 알고 있는 고정 초대 멤버였다. 토호 세력인 설강명, 도상기, 나삼추는 아삼륙이었다.

그러고는 배불뚝이 육영근 의원이 뉴 페이스 두 명을 거느리고 10분 늦게 도착했는데, 나중에 서로 통성명할 때 보니, 주한미국대사관 관료와 주한미군 영관 장교라고 했다. 두 사람은 인사를 하는 둥 마는 둥 했는데, 성만 밝혔을 뿐 관등성명은 밝히지 않았다. 거드름새가 보이는 영관 장교는 남득이와 같은, 한국계 혼혈—취해 놀다가 실수로 고백한 것이다—이었다.

육 의원의 사회로 간단한 통성명과 수인사가 끝나자, 한복 차림을 한 성미를 선두로 2층에 대기하고 있던 여자들이 실내 계단을 타고 내려왔다. 성미의 눈짓에 따라 다섯 명의 젊은 여자와 한 명의 중년 여자가 참석자들을 향해 목례를 올렸다. 그러고는 성미의 손짓에 따라 여자들이 각자의 짝을 찾아 앉았다.

육 의원이 남자가 여자를 선택하는 전통적 방식이 아니라, 여자가 남자를 간택하는 리버럴한 방식으로 짝을 맞춘 것이니 설령 짝이 맘에 안 들어도 양해를 해달라며 설레발을 쳤다. 남득이 보기에 중년 여자—물론 이 여자도 상당한 미인이다—를 빼고는 다들 젊고 쭉쭉빵빵한 미인인지라 양해 따위는 필요할 것 같지 않았다.

원숙미와 노회한 카리스마가 돋보이는 중년 여자는 가장 어려 보이는 JMC 도상기 사장 옆에 앉았다. JMC 사장이 육 의원을 향해 형수님을 빼앗아 죄송하다는 헛소리를 지껄이며, 자신은 영계보다 기술과 경험이 풍부한 누님이 좋다고 했다. 둔중한 몸집과 달리 말이 가벼웠다.

중년 여자를 뚫어지게 바라보고 있던 육 의원이 입맛을 다시며 괜찮다고 했으나, 표정은 전혀 그렇지 않아 보였다. 대갓집 주인 영감이 본마나님을 어린 연적에게 빼앗긴 듯한 표정이었는데, 아마도 중년 여자의 예사롭지 않은 아우라 때문인 것 같았다.

"형님. 남자들에게도 선택권을 줄까요?"

눈치 빠른 설 회장이 육 의원을 보며 말했다.

"……."

육 의원이 대꾸 없이 떨떠름한 표정을 지었다.

"예?"

설 회장이 답을 재촉했다.

"아, 아니야…… 리버럴이 좋아."

중년 여자를 바라보고 있던 육 의원이 황급히 눈을 돌리며 말했다.

"육 의원님의 특명을 받들어 오늘은 쇠고기 요리를 뺐어요. 다들 맘껏 즐기세요."

성미가 어색해진 분위기에 끼어들어 짝짓기를 매듭지었다. 육 의원을 뺀 남자들이 만족스러워하는 표정인지라 짝을 짓는 문제로 더이상 어색한 분위기를 만들 필요가 없었다.

정신이 돌아온 육 의원이 오늘 물주는 앤드컴퍼니 나삼추 대표이고, 채홍사는 JMC 도상기 사장이고, 책임 기획 및 진행자는 4대강 공사 수

주로 떼돈을 벌고 있는 금강토건 설강명 회장이라고 했다. 그러고는 덧붙이기를 노래와 반주는 최고의 명가수이자 명연주자인 미키 하라고 소개했다.

육 의원이 뜬금없이 소개한 미키 하를 다들 멀뚱멀뚱 쳐다보고만 있을 때, JMC 사장이 손뼉을 치며 다 같이 큰 박수로 맞이하자고 외쳤다. 박수가 터지자, 남득은 벌떡 일어나 머리를 숙이고는 빵빠레 음악으로 화답했다.

스스로 막내로 자리매김한 JMC 사장이 좌석을 돌며 잔마다 술을 채웠다. 발렌타인 30년산이었다. 술을 따르는 도 사장이 오늘 이 자리에 초대받은 여성들이 연예계나 화류계 출신이 아닌 요조숙녀들이라고 밝혔다.

"알바생들이라는 말인가?"

푼수데기 육 의원이 알은체를 했다.

"경제 관련 용어는 오늘 이 자리의 금기어가 아닌가요, 의원님?"

도 사장의 대꾸에 모두가 웃었다.

음주, 가무, 자유시간 순으로 진행한다고 일정을 소개한 육 의원이 첫 건배사로 "우익 보수!"를 외쳤다. 우익 보수는 우측부터, 좌익 척결은 좌측부터 파도타기 원샷을 하는 것인데, 좌익을 척결하려면 우익 보수가 우선되어야기 때문에 우측 파도를 먼저 타자고 했다. 또 육 의원이 덧붙이기를, 자유롭고 평등한 음주 문화 선도를 위해 파도타기 원샷을 기본 주법으로 한다고 했다.

육 의원이 말하는 평등은, 좌장인 자신이 참석자들에게 한 잔씩 따라주고 그들로부터 한 잔씩 받아 마시는, 즉 한 잔씩 따라주고 다섯 잔을 받아 마시는 짓을 안 하겠다는 것이고, 자유는, 마시기 싫거나 못 마시겠는 사람은 잔을 받지 않아도 된다는 것이었다.

그러나 참석자들의 개별 건배사에 따라 술이 여섯 순배를 돌고 나자, 육 의원은 더 이상 파도타기 원샷만을 고집하지 않았다. 그는 중간중간에 구실을 만들어서 짝을 지어주고는 팔짱을 끼고 러브샷을 하도록 이끌었다. 음주 분위기를 이끌어 가는 수준으로 치면 국회의장감이었다.

정치와 경제 관련 얘기를 금기어로 한 그들은 음담패설과 연예인 스캔들을 화제로 삼았다. 중년 여자가 유창한 영어로 이들의 한국적 음담패설을 미국식으로 재해석하여 통역할 때마다 두 미국인이 박장대소를 하며 어쩔 줄 몰라 했다.

가끔 금기를 어기고 아부와 찬양을 위해 현직 대통령을 들먹였는데, 군부독재 시절의 호칭이었던 '각하'가 부활했다. 그때마다 육 의원은 못마땅한 표정을 지으며 술잔을 비웠다. 대선 이후 논공행상에서 밀려 몹시 삐친 것 같았다.

그 누구보다 대통령 덕을 보고 있는 나삼추가 위대하신 각하의 전봇대 영도력을 위해 건배했다. 순간, 육 의원의 표정이 굳어졌으나 나 대표는 괘념치 않았다. 나 대표는 육 의원과의 인간관계보다 대통령과의 실익 관계를 우선하는 것 같았다. 친 대통령 파와 비 대통령 파로 나뉜 분위기였다.

중년 여자는 두 미국인에게 전봇대 관련 에피소드를 통해 '전봇대 영도력'을 이해시키느라 진땀을 뺐다.

그들이 뻘밭을 뒹구는 강아지들처럼 마구 짖어대며 여자들과 뒤엉켜 질탕하게 마시고 떠들고 주물러 대는 동안 남득은 노래와 반주로 이들의 비위를 맞추며 흥을 돋우었다. 남득은 한 시간 넘게 혼자 노래를 했는데, 신청곡에 동요와 군가는 물론이요, 요들송과 타령도 있었다. 정말 요조숙녀들이라서 그런지 노래를 자청하는 여자가 없었다.

육 의원이 미국인을 위해 한국민요와 전통시조도 해보라고 했는데, 아직 거기까지는 이르지 못했다고 했다. 이 대꾸가 버르장머리 없다고 생각했는지 폭탄주를 말던 도 사장이, 카드를 칠 줄 알면 화투도 칠 수 있는 게 아니냐며 황당한 비유로 야료했다. 어찌 된 일인지 육 의원은 트집을 잡지 않았다. 미국인도 이런 난잡한 분위기에 물들었는지, 트레몰로 주법으로 〈알함브라 궁전의 추억〉을 연주해 보라고 주문했다.

남득이 전자 기타를 들어 보이며 난감한 표정을 짓자, 주방에서 술자리를 지켜보고 있던 성미가 통기타를 가져다줬다. 미국인들은 남득의 연주에 감탄의 욕설과 기립박수를 보내며 각각 10달러짜리 지폐를 던져주었다.

1부 음주가 끝나자, 육 의원의 제의에 따라 10분간 인터미션을 갖고 2부 가무로 들어갔다. 한 시간 반으로 예정된 2부는 두 시간 넘게 계속

됐다. 영계 파트너의 극진한 수발에 감동한 육 의원이 일찍 취하는 바람에 통제가 헐렁해졌다. 트로트와 팝송과 엔카를 마구잡이로 불러 젖혔고—미국인들도 이에 질세라 컨트리 송으로 가세했다—, 그러다가 모두가 만취하자 쌍쌍이 색의 경지로 넘어갔다. 무아지경 속에서 물고 핥고 빨아대느라 가무가 멈췄다. 개판, 아니 난교장亂交場 같았다. 남득은 이들을 보며 연주하고 노래했다.

—이 풍진 세상을 만났으니 너의 희망이 무엇이냐.

노래를 듣고 주방에서 뛰어나온 성미가 고개를 저으며 조롱하지 말라고 말렸다. 노래를 멈춘 남득은 이들의 무아지경을 위해 메들리 연주곡을 틀었다.

자신의 파트너와 내외를 한 채 강 건너 불구경하듯 광란을 지켜보고 있던 설 회장이 남득을 노려봤다.

나삼추 무기상이 국방위 소속 의원을 모신 자리이니만큼 2부 마무리 곡으로 군가 두 곡을 불러야 한다고 했다. 군가는 〈전선을 간다〉와 〈전우야 잘 자라〉인데, 다 같이 일어나서 힘찬 반동과 함께 합창하자고 했다.

그러나 노래가 시작되자 첫 소절부터 가사를 몰라 옹알이하듯 웅얼거렸고, 반동이 뭔지 몰라 허우적거렸다. 호기롭게 군가를 제안한 나 대표도 가사를 몰랐다. 같은 군 미필자인 남득이 봐도 한심했다.

두 명의 미국인과 요조숙녀들은 가사를 모를뿐더러 분위기조차 낯설고 허접해 어쩔 줄 몰라 했고, 나머지 참석자들은 서로를 바라보며 입술만 들썩거릴 뿐이었다. 결국 반주만 울려 퍼졌고, 두 번째 부르기로 했던 곡은 없던 것으로 했다.

10시 20분에 2부가 끝났다. 2부가 끝나자, 덜 취한 여자들이 만취해 흐느적거리는 파트너들을 부축해 일어섰다. 그러고는 짝을 지어 흩어졌다.

어수선한 가운데 육 의원에게 슬며시 다가앉은 나삼추 무기상이 상 밑으로 무언가를 건넸다. 육 의원이 건네받던 봉투를 바닥에 떨구자, 도상기 사장이 잽싸게 주워서 다시 건넸다. 그러고는 자리를 피해주었다.

"말씀하신 만큼만 넣었습니다요, 의원님. 더 필요하시면……."

취해 비틀거리던 나삼추 무기상이 머리를 조아린 채 말했다.

육 의원이 봉투 쥔 손을 허우적거렸다. 뭔지 모르지만 더는 필요치 않다는 뜻 같았다. 봉투를 받은 육 의원의 표정이 천진난만했다.

"어이, 이봐…… 이보게."

거실에 혼자 남은 육 의원이 꼬인 혀로 미키 하를 불렀다.

반주기와 악기를 챙기던 남득이 급히 달려가 고개를 숙였다.

취기를 못 이겨 자리에 털썩 주저앉았다가 다시 일어난 육 의원이 남득에게 "오늘 너무 자, 잘했어. 아주 훌륭했어"라고 하고는 봉투를 건넨 뒤, 덥석 껴안았다. 그러고는 귀엣말로 "옐로 스카이 알지? 잘 부탁하네"라고 했다.

뜻밖의 말을 들은 남득은 불에 덴 듯 화들짝 놀랐다. 포옹에서 풀려난 남득은 한 걸음 물러서서 뜨악한 눈으로 육 의원을 바라봤다. 육 의원이 그런 남득에게 성큼 다가와 더욱 억세게 끌어안으며 말했다. "난 복수할 줄도 알지만, 은혜 갚을 줄도 아는 놈일세."

남득은 그가 정말 술에 취한 것인지, 취한 척하는 것인지조차 알 수 없었다. 야당 의원들이 왜 육영근을 개만도 못한 놈이라고 하면서 무서워하며 설설 기는 이유를 알 것 같았다. 남득은 육 의원 앞에서 〈희망가〉를 흥얼거렸던 것이 후회스러웠다.

계단 밑 창고 방에 들어가 뒷정리를 하고 옷을 갈아입고 악기와 무대복을 챙겨 나오자, 앞치마를 두른 성미가 봉고차까지 따라 나와 배웅했다.

"오빠, 수고했어. 정말 고마워, 오빠."

성미가 봉고차에 오르는 남득을 돌려 세워 포옹을 하고 뺨에 키스했다. 화들짝 놀란 남득은 성미를 밀쳐내며 거실 쪽을 바라봤다. 다행히 암막 커튼이 쳐진 상태였다.

대문간에 서서 둘을 지켜보던 금강역사 사내가 고개를 돌려 대문 밖으로 어기적어기적 걸어갔다. 설 회장이 봤다면, 저놈이 일러바치기라도 한다면 큰 탈이 날 수도 있는 일이었다.

설강명이 조성미와 재혼한 이듬해 20세 연하의 여자를 얻어 딴 살림을 차렸다고 해도, 그러고 나서 서로가 5년째 별거 중이라고 해도 성미는 실제적이며 법적으로 그의 아내였다. 그가 모르리라 생각하고 두어 차례 만났다가 들통이 나는 바람에 갈비뼈 한 대와 이 한 대가 부러진 적이 있었다.

남득은 오늘 이 자리가 부르는데 오지 않고 배겨날 수 있는 자리가 아니라는 것을 누구보다 잘 알고 있었다. 6선 의원인 육영근은 설강명 회장의 뒷배였다. 육의 권력이 설의 돈을, 설의 돈이 육의 권력을 지켜줬다.

성미는 둘은 입술과 이빨 사이라고 했으나, 남득이 보기에는 악어와 악어새 관계였다. 육영근이 배 터지게 먹다가 남긴 찌꺼기를 설강명이 주워 먹었다.

그러니 남득 따위가 어찌 시중들러 못 오겠다며 버팅길 수 있겠는가. 남득은 육 의원이 아니라, 설 회장 때문에 성미의 청을 거절할 수 없었다. 성미를 위해서 가야 했다. 가지 않으면 설강명이 성미를 가만히 두지 않는다는 것을 알기에 가야 했다. 결국 성미를 위해서는 선택의 여지가 없었다.

검정 봉고차가 남득을 버스 종점에 내려주고 돌아갔다. 봉고차 기사는 시간이 늦기는 했지만, 아직 막차가 있으니 종점에 내려주면 안 되겠냐고 했다. 성미가 그에게 집까지 태워다 주라고 한 것 같았다. 남득은 된다고 했다.

남득은 공회전을 하면서 발차를 기다리고 있는 텅 빈 버스에 올랐다. 그는 운전기사만 있는 버스 안에서 봉투를 꺼내 열어봤다.

현찰이 아닌 수표가 들어있었다. 50만 원인데, 굳이 수표로 줄 이유가 없었다. 이상하다는 생각에 수표를 확인한 남득은 깜짝 놀랐다. 1,000만

원이었다. 혹시나 싶어 다시 봐도 작대기 하나에 동그라미가 일곱 개였다.

남득은 성미에게 전화했다. 송화기를 손바닥으로 감싼 채 속삭이듯 액수를 말하고, 돈을 잘못 준 것 같으니 확인해달라고 했다.

"……그, 그게…… 오빠, 그냥 가져가시면 돼요."

잠시 뜸을 들이던 성미가 답했다. 그녀는 반주 가격이 왜 1,000만 원인지 알고 있는 것 같았다. 그래도 터무니없는 액수였다. 멋모르고 무조건 큰돈을 받을 수는 없는지라 왜 1,000만 원인지 알아야 했다. 세상에 공짜가 없듯 오브리 출장 한 번에 1,000만 원은 업계에서 있을 수 없는 금액이었다.

"그게 무슨 말이야? 백만 원도 아니고, 천만 원이라고, 천만 원! 못 들었어?"

"노랭이 개가 육 의원 조카예요. 오빠를 왜 불렀는지, 왜 천만 원을 줬는지 아직도 모르겠어요? 오빠한테 조카를 부탁하려고 부른 거라고요."

남득은 기가 막혔다. 마치 범죄 음모에 빠진 기분이었다.

"너는 알고 있었구나. 그, 그렇지?"

화가 나 목소리가 떨렸다.

"오빠? 나를 그렇게밖에 안 봐요? ……맹세코 아니에요. 오빠가 천만 원을 받았다는 말을 듣고 나서 알게 된 거예요. 오빠가 눈치가 없는 거예요."

"……?"

음주 상해 사고를 일으키고 뺑소니 사고를 쳤을 때, 노랭이를 기소유예로 구해준 것이 그의 작은아버지인 육 의원이라고 덧붙였다.

"이건 아니야."

남득이 신음처럼 뱉었다.

"옵빠? 행여라도 그 돈 돌려줄 생각일랑 하지 마세요. 그러면 뒷감당 못 해요."

"……."

남득은 말문이 막혔다. 50만 원짜리 노래와 반주인데 1,000만 원이나 준 것도 기막힌 일이었으나, 그 1,000만 원을 무기상으로부터 삥뜯어 자기 돈인 양 건넸다는 것도 기가 막힌 일이었다. 그들에게 1,000만 원은 남득의 1,000원과 맞먹는다는 뜻이었다. 그런데 그 1,000원을 돌려주면 뒷감당을 못 하게 될 것이라니…….

남득이 휴대 전화를 쥔 채 어쩔 줄 몰라 하며 허둥거리는 사이에 가르릉 대며 노인네 가래 끓는 소리를 토하던 버스가 출발했다. 남득은 버스에서 내리고 싶었으나, 그럴 수 없었다.

버스가 막 종점을 벗어나려 할 때, 검정 봉고차가 튀어나와 버스를 가로막았다. 급브레이크를 밟은 버스 운전기사가 욕설을 내뱉을 때, 봉고차에서 내린 여자가 버스로 뛰어왔다. 설강명이 내외하던 파트너였다.

옐로 스카이는 망나니였다. 음주운전 사고를 내고는 운전자를 바꿔치기하고—그것도 두 번씩이나—, 대마초 상습 흡연에 준강간 행위까지……. 세간에 '유권무죄, 무권유죄有權無罪 無權有罪'라는 신조어를 만들어 낸 놈들이었다.

남득은 성미에게 하려던 제습기 선물 고맙다는 인사를 또 잊었다. 〈희망가〉를 막아줘서 고맙다는 말도 못 했다. 늘 그랬다.

아내 박여순이 죽은 뒤 26년 동안 조성미로부터 받은 도움이 많았다. 그런 점에서 그녀는 스승이라기보다 후견인이었다. 일자리를 소개받은 것도 많았지만, 공짜로 받은 현물과 급하게 빌려 쓰고 갚지 못한 현금도 만만치 않았다. 이생에서 갚지 못할 빚을 많이 진 여자였다. 그럼에도 불구하고 고맙다는 말 한번을 제대로 표현한 적이 없었다. 고마워한다고 말하면 왠지 그녀가 멀어지거나 떠날지도 모른다는 생각이 들었기 때문이었는데, 이 또한 그렇게 생각하는 근거가 무엇인지 알지 못했다. 알고 싶지도, 찾을 생각도 없었다. 그러나 만약 저승에서 박여순과 조성미를 같이 만난다면 어떤 처신을 해야 옳을는지 알 수 없었다.

8

부산역에 도착한 노병들은 대합실 한쪽을 차지한 채 20분가량 머물렀다. 코디네이터가 잠시 휴식을 취하며 화장실에도 다녀오고 볼일들을 보라고 했다. 기차에 실은 짐을 버스로 옮겨 신는 시간이 필요한 것 같았다.

꿈지럭거리는 것이 부담스러운 다수의 노병은 한 곳에 서 있거나 빈 자리에 앉아있다가 안내에 따라 도롯가에 대기하고 있는 다섯 대의 대형 관광버스로 향했다. 호텔에서 서울역까지 노병들을 실어 나른 버스가 아니었다.

버스에 오르기 전에 짐칸에 실린 각자의 짐을 확인하라고 했다. 없어진 짐은 없는지, 짐 상태는 이상이 없는지를 꼼꼼히 살펴보라는 것이었다. 대다수가 자기 짐이 있는지만 확인하고는 이상 없다고 했다.

하지스는 트렁크에 넣은 약을 꺼내야 한다고 했다. 얼핏 짜증스러운 표정을 지은—차선 하나를 점령하고 있어 교통체증이 심했다— 기사가 하지스가 일러준 회색 트렁크를 잽싸게 찾아 건넸다. 차들이 밀리자, 심술궂은 운전자들은 불필요하게 클랙슨을 울려댔고, 사나운 운전자들은 차창을 열고 욕설을 퍼붓기도 했다. '빨리빨리 문화'의 역기능 같았다.

하지스는 굼뜬 동작으로 트렁크를 받아 여는 순간, 두 뼘 길이로 끊어서 맨 위의 다운 점퍼에 올려놓았던 치실의 모양새와 위치가 바뀐 것을 보았다. 누군가가 트렁크를 열어 건드리지 않았다면 대각선 방향으로 교차하여 늘여놓은 치실이 돌돌 말려서 한쪽에 몰려 있을 이유가 없었다. 박물관 도록의 위치도 바뀌어 있었다. 굳이 사진 파일을 열어 비교해 볼 필요도 없었다.

누가, 언제 주인의 허락 없이 짐칸의 짐을 건드렸는지 물어볼 수도 없었다. 인솔자나 코디네이터에게 물어본다고 한들 그들이 오는 동안 내

내 짐을 지키고 있었던 것이 아니기에 알 리가 없을 터였다. 트렁크를 확인하고, 소화제 펩토비스몰을 챙긴 하지스가 트렁크를 닫아 짐칸 앞에 버티고 선 기사에게 도로 건넸다.

하지스는 '물건'을 소지하지 않고 일찌감치 은행 금고에 보관해 두기를 잘했다는 생각이 들었다. 하지만 느낌이 안 좋았기 때문인지 가슴이 다시 벌렁벌렁 뛰었다. 뒤늦게 소화제가 아닌 신경안정제를 챙기지 못한 것이 아쉬웠다.

브로커를 수상히 여겨 적당히 따돌린 것은 잘한 짓 같았다. 이제 예정대로 물건을 처분하기는 어려울 것 같았고, 대여금고의 키와 물건에 대한 처분 권한을 손자 딘에게 넘기는 방법을 찾는 것이 안전할 듯싶었다.

"여기가 진짜 그 부산이란 말이오! 홍콩 같소, 홍콩."

버스가 경찰 순찰차의 에스코트를 받으며 짙푸른 바닷가를 따라 뻗은 도로를 느적느적 이동하고 있을 때, 하지스의 뒷좌석에 앉은 누군가가 벌떡 일어나 차 창밖을 바라보며 거친 억양으로 소리쳤다.

아가일 앤 서덜랜드 하이랜더스 보병 연대 소속으로 홍콩에서 복무하다가 부산항을 통해 한국전에 참전했다는 플로이드 라니 예비역 중령이었다.

"오우, 부산을 잘 아세요?"

그의 감탄사를 들은 인솔자가 자리를 박차고 일어나 리액션을 했다.

의례적인 리액션이었으나, 턱수염 짙은 라니는 격하게 반응했다. 그는 영국군으로 당시 부산 교두보 방어 임무에 목숨을 걸었노라고 했다. 그는 그때 목숨 걸고 싸운 자신과 전우들이 있었기에 홍콩 같은 지금의 부산이 있는 것이 아니겠느냐면서 공치사를 늘어놓기 시작했다.

"고맙습니다, 중령님."

인솔자가 북 장단을 맞추듯 그의 공치사에 추임새를 달고는 거수경례를 붙였다. 그러자 감정이 고조된 중령은 자신이 죽으면, 부산 유엔 묘지의 전우들 곁에 묻히겠다고 했다. 그러려면 어떤 절차가 필요하냐고 인솔자에게 물었다. 하지스는 유엔 묘지 인기가 놀라울 따름이었다.

부산 유엔 묘지는 세계 유일의 유엔 묘지이다. 유엔군이 남의 나라 내전에 참전하고, 또 그렇게 많은 전사자를 낸 전쟁이 없으니, 당연히 세계에 하나뿐인 유엔 묘지일 수밖에 없었다.

하지스는 그가 유엔 묘지에 묻히겠다고 한 발언이 즉흥적인 것이라기보다 무언가 그만의 그럴만한 사정이 있을 것이라는 생각이 들었다.

라니의 장황한 부산 찬사가 끝나자 인솔자가 말을 이어받았다.

세계 1차 대전 종료일이자, 영국과 캐나다 등 영연방 국가의 현충일인 11월 11일에 '턴 투워드 부산' 유엔참전용사 국제추모의 날 행사를 한다고 했다. 2007년부터 시작한 국제추모의 날 행사인데, 전투지원 16개국, 의료지원 5개국과 함께 전사한 참전용사들의 자랑스러운 넋을 기린다고 했다.

코디네이터가 인솔자를 도와 한국전에서 전사한 유엔군만 15만

4,881명인데, 그중 미군이 3만 6,940명으로 압도적인 숫자라고 했다. 압도적인 숫자라는 말에 비위가 상했는지, 라니가 호승심을 드러내며 영국 군도 많다고 하면서 코디네이터에게 몇 명인 줄 아느냐고 다그치듯 물었다.

"미군 다음입니다. 4,908명이네요. 결코 적지 않은 숫자입니다. 대단히 고맙습니다"

급하게 지참한 자료를 뒤적인 코디네이터가 라니를 향해 답을 한 뒤 정중히 머리를 조아렸다.

"그 누구보다 가장 열심히 싸운 건 우리 터키 용사들이었소. 1만 4,936명이 참전해서 741명이나 하늘나라로 간 거요. 확률상 가장 많이 죽었으니 그 어떤 나라 군인보다 질적으로 열심히 싸운 게 아니겠소? 그래서 우리가 한국을 형제 나라라고 하는 거요. 형제가 아니라면 죽기 살기로 싸울 이유가 없는 게 아니겠소?"

라니와 코디네이터가 주고받는 대화가 못마땅했는지, 출입문 맞은편에 앉아 있던 한 노병이 서툰 영어로 끼어들었다. 불퉁하고 걸걸한 목소리로 따지듯 끼어들었는데, 자부심과 시샘이 남다른 노병 같았다.

"예, 고맙습니다. 다들 목숨 걸고 싸우셨다는 걸 잘 알고 있습니다."

인솔자가 터키 노병의 말에 건성으로 대꾸했다. 그러자 발끈한 노병이 "다들? 다들이라고 했소? 형제여, 내가 분명히 본 사람으로서 말하오만, 다들 목숨 걸고 똑같이 싸운 건 아니라오"라며 토를 달았다.

딴생각을 하고 있던 하지스는 그의 말에 움찔했다.

그때 다급하게 "아임 쏘리, 쏘리"를 외치는 여자의 목소리가 들렸다. 보호자로 동행한 터키 노병의 딸이었다. 그녀가 급히 자리에서 일어나, 아버지가 한국전에서 입은 부상으로 아직도 외상후스트레스장애를 심하게 앓고 계셔서 이러는 것이니 다들 한때의 전우로서 너그러운 마음으로 이해와 양해를 부탁한다며 울먹였다.

여자의 말을 들은 하지스는 아마도 그 외상이 다른 나라 부대와 연관이 있는 것 같다는 느낌이 들었다.

유엔기념공원에 도착한 노병들은 무덤 없는 영국 연방국의 '386 용사'를 추도하는 기념탑과 터키 그리스의 참전 기념비 앞에 섰다. 16개 나라의 전사자 1만 1,000여 구가 안장되어 있었으나, 그동안 8,700여 구가 본국으로 돌아갔고, 지금은 2,300구의 유해만이 남아있다고 했다. 1995년 법을 제정해 영구적인 법적 묘역으로 만들었고, 유엔총회의 결의를 통해 이 묘역을 성지로 만들었다고 코디네이터가 자랑했다.

영국 부대사와 무관, 국가보훈처장이 참석한 가운데 57년 만에 비무장지대에서 몇 점 유골로 발굴된 영국 참전용사의 안장식이 엄숙히 치러졌다. 플로이드 라니처럼 이국땅 유엔 묘역에 묻히고 싶어 했는지는 모르겠으나, 한 참전용사의 오래된 유골이 그의 유족들이 시무룩한 표정으로 지켜보는 가운데 정중히 안치됐다.

의장대의 조총이 발사되고, 나팔수의 연주 속에 고인의 오래전 충성을 기리는 묵념이 이루어졌다. 안장식이 치러지는 동안 라니와 터키 노병은 훌쩍훌쩍 울었고, 하지스의 눈자위도 붉어졌다. 안장식을 마치고, 턴 투워드 부산 유엔참전용사 국제추모의 날 행사가 식순에 따라 진행됐다.

하지스는 정치적 의도가 엿보일 만큼 지나친 비장함과 형식으로 더디게 진행되는 긴 행사가 지루하고 피곤했다.

내일 방한 일정은 낙동강에 가서 전승기념행사를 하고, 곧장 350여 킬로미터가량을 북상해 DMZ로 간다고 했다. 전승기념행사지인 칠곡군 낙동강 둔치는 하지스가 한쪽 눈을 잃은 466고지로부터 서쪽으로 50여 킬로미터쯤 떨어져 있는 곳이었다.

하지스는 충북 영동군 이북 땅을 밟아본 적이 없었고, 466고지에서 처음이자 마지막 전투를 치른 뒤 전상 제대를 했기에 DMZ는 그의 한국전쟁과 무관했다.

하늘로 우뚝 치솟은 유엔군 참전 기념탑 아래에서 단체 기념사진을 찍은 뒤에 공식 오찬을 위해 서둘러 호텔로 이동했다. 인솔자가 이동하는 버스 안에서 부산 시내의 교통 혼잡이 예상되어 예정되었던 퍼레이드를 취소한다고 했다. 전국으로 퍼진 쇠고기 수입 반대 가두시위가 부산에서도 치러지기 때문인 것 같았다. 대신 바닷가 야경 투어를 주간 투어로 바꿔서 하고, 야간 투어 때 자유시간을 주겠다고 했다. 빡빡한 일정으로 이미 피로에 지친 노병들은 그러든지 말든지 알아서 하라는 듯

시큰둥한 표정이었다.

하지스는 휴대 전화를 꺼냈다. 딘과 따로 통화할 이유는 없었으나, 아무래도 트렁크를 검색당한 것 같아 찜찜했고, 그래서 정황 확인이 필요했다.

"할애비다. 별일 없지?"

"없지. 왜?"

"사고수습은 잘 되고 있나 궁금해서……. 별일은 없는 거지?"

전화한 의도를 밝힐 수 없는 하지스가 능청스레 물었다.

"할아버지. 얘네 참 이상한 놈들이야. 피해당사자 측과 합의가 다 끝났는데, 아무 상관도 없는 시민단체가 끼어들어서 일을 복잡하게 만들고 있어, 씨발. 이것도 의병 문화야?"

고노 마쓰오 통역이 한국전쟁 때 피난민 속에 섞인 민간인 적에 관해 말하면서 조선은 옛날부터 정규군이 아닌 의병이 싸우는 이상한 나라라고 했는데, 주한미군으로 간다는 딘에게 이 말을 들려준 적이 있었다. 그래서 시민단체도 의병으로 봐야 하느냐는 질문이었으나, 딘이 시민단체의 성격을 모른다고 볼 수 없기에 빈정대는 말로 알아듣고 따로 대꾸하지 않았다.

"우리 딘이 제법 컸구나. 그런데 수습이 꼬인다고 하니 걱정이구나."

하지스가 어르듯이 말했다.

"우리가 걱정할 건 없어. 한국 경찰이 다 알아서 할 거야. 그러니까 할

아버지도 걱정하지 마."

한국 경찰이 시민단체를 상대로 미군이 저지른 사고를 뒷수습한다는 말로 들려서 이해가 되지 않았으나, 굳이 물을 필요는 없었다.

하지스는 딘과의 통화를 마치고는 만약 물건과 관련하여 별일이 있었다면 딘이 먼저 연락을 해왔을 것이라는 생각이 들었다. 결국 도둑이 제 발 저린다고, 평상심을 잃은 자신이 불필요하게 조바심치는 것이 아닌가 싶었다.

딘은 통화 말미에 훈장 전달식에는 어떤 일이 있어도 꼭 참석할 터이니, 아무 걱정 말라고 했다. 그 문제로 전화를 했다고 생각하는 것 같았다.

사고로 중대원 전체가 영외 출입금지 명령을 받았지만, 하지스 가족은 할아버지-아버지-아들 삼대가 한국의 자유와 평화 수호를 위해 복무했거나, 복무 중이므로 그에 합당한 명예로운 특전이 있다고 했다. 그 특전 중 하나가 영외 출입금지 열외라고 했다.

한국 정부가 58년이나 지난 과거 전공을 들먹이며 난데없이 훈장을 줄 테니 받으러 와달라는 통지를 받았을 때 하지스는 당황스러워 어리둥절했다. 무언가 착오가 생긴 것이 아닐까 싶었다. 연락을 받은 시점도 묘했다. 방송 인터뷰를 통해 노근리 피난민 학살을 증언한 한 달 뒤였다.

하지스는 한국 정부로부터 훈장을 받을만한—그것도 무려 58년이나 지나서— 전공을 한국전쟁에서 세운 바가 없었고, 466고지 전투에서 바커를 구하려다가 부상당한 몫으로는 이미 미국 정부로부터 은성무공훈장을 받은 바 있기에 사양의 뜻을 표했다. 그러나 한국 측에서는 초기 참전용사로서 여러모로 기여한 바가 크기에 충분히 받을만한 자격이 된다고 우겼다.

참전 초기에 기여한 바가 있다면, 상부의 명령에 따라 아군의 원활한 퇴각을 지원해 주고 노근리 쌍굴다리에서 피난민을 적이라 하여 공격한 일에 가담한 것밖에 없는지라 하지스는 당황스러웠다. 게다가 당사자가 마다하는 훈장을 왜 굳이 수여하겠다는 것인지, 왜 꼭 받아야만 한다는 것인지도 알 수가 없어 당황스러웠다.

방한 이튿날, 주한미국대사관으로부터 연락이 왔었다. 한국 보훈처 측과 상의한 결과, 훈장 전달식을 방한 마지막 날에 갖기로 했다면서 그리 알고 참석하라는 것이었다. 참석할 수 있느냐는 질문이나 참석해달라는 요청도 아닌 참석하라는 통보 같았다.

하지스는 당사자인 자신에 관한 일인데, 당사자를 뺀 제삼자들끼리 멋대로 상의해서 결정했다는 일방적인 통보를 받고는 몹시 불쾌했다. 그래서 자신은 처음 듣는 말이니, 수상과 참석 여부를 고민해 보고 나서 연락을 주겠노라고 했다. 그러자 대사관 측은 이 건은 한미 양국 간의 외교적 문제이기 때문에 민간인 신분인 하지스 씨가 왈가왈부할 문제가 아니라며 윽박지르듯이 말했다. 쓸데없는 고집과 참견으로 나라 위신을 망가뜨리지 말라는 뉘앙스였다.

이렇게 옥신각신하던 중에 손자 딘으로부터 연락이 왔다. 할아버지의 훈장 수훈을 축하하고, 전달식에 반드시 참석하겠다고 했다.

"어디서 그런 연락을 받은 것이냐?"

대사관으로부터 온 통지를 부대장이 전달해 주었다고 했다. 그러면서 딘이 묻지도 않은 뜻밖의 말을 쏘아붙이듯이 덧붙였다. "할아버지, 그냥 받아!"

그게 무슨 뜻으로 하는 말이냐고 물었다. 그러자 같은 답이 왔다. "할아버지. 내가 힘드니까, 그냥 받으시라고요……."

하지스는 당황스럽고 불쾌했으나, 손주와 다툴 문제가 아니었다.

그런데 이제 생각해 보니 한국 정부가 주겠다는 훈장과 관련해서 께름칙하고 미심쩍은 부분이 한두 가지가 아니었다.

수여식이 아닌 전달식을 하겠다는 것도 그렇고, 그 전달식 방식—아마도 공항에서의 피켓 시위 같은 불상사가 수여식장에서 기습적으로 발생할 수도 있다는 염려 때문이 아니었을까 싶기는 했지만, 그래도—도 이상했다. 전달식을 미8군이 아닌 미국대사관에서 한다는 것이 찜찜했다. 굳이 그래야만 할 이유가 있다면, 노근리 학살과 관련해 하지스가 언론에 출연해 사실 증언을 한 때문이 아닐까 싶었다. 이 문제로 손자가 곤란을 겪고 있다는 말은 들었다.

딘은 할아버지가 언론을 통해 노근리 학살을 시인하는 듯한 발언을 한 것을 보고 나서 진위 여부를 떠나 그에게 실망했다고 했다.

실망한 이유를 물었다.

과거에 벌어졌던 일을 현재의 상황과 관점, 가치 기준 등으로 판단하고 심판하려 드는 것은 옳지 않다고 했다. 더구나 언론을 상대로 그렇게 한 것은 잘못이라고 했다.

"무엇이 잘못이라는 거냐?"

"선한 목적을 완수하다가 벌어진 실수잖아."

"목적이 선했다고 해도 인륜을 벗어난 학살 행위였다. 아무리 세월이 지났다지만, 학살을 실수라고 주장할 수는 없다, 딘!"

"정당한 명령에 따라 벌인 작전이었잖아?"

"정당한 명령이라 해도 인륜을 벗어난 명령은 정당할 수 없고, 또 그런 명령을 따르면 안 된다는 걸 모르는 게냐?"

유대인 600만 명의 살해 계획을 짜고도 군인으로서 정당한 명령에 따랐을 뿐이라며 결백을 주장한 나치 복무자 아돌프 아이히만을 유죄로 판결한 뉘른베르크 국제군사재판 사례를 일러주고 싶었으나 참았다. 손자가 이런 논쟁을 받아들일 것 같지 않았기 때문이다.

"할아버지가 한 그 증언은 대단히 부적절하고 어리석고, 또 국민과 군인 정신에도 위배되는 짓이었어요."

하지스는 딘이 말하는 그 국민과 군인 정신이 무엇이냐고 묻고 싶었으나 혼례를 앞둔 손자와 다투는 짓은 피하고 싶었다. 다만 한국에서 전쟁이 일어나지 않기를 바랄 뿐이었다.

아버지 시버슨과 사이가 좋지 않은 딘은 하지스를 따르고 기댔다. 하는 일 없이 빈둥거리기만 하다가 마약에 손을 대기 시작한 딘을 강제 입대시킨 뒤, 장교로 만들어 한국으로 보낸 것이 아버지였다. 탭 댄서가 꿈이었던 딘은 그 과정에서 아버지와의 관계가 더욱 나빠졌고, 장교 임관을 한 뒤로도 5년이 흘렀으나 서로 남남처럼 지냈다.

할아버지가 아버지에게 상속한 재산을 닷컴 주식에 이어 프라임 모기지 상품에 몽땅 투자해 통째로 날린 일을 한국 험프리스 기지에 있는 작은손자 딘과 오키나와 후텐마 기지에 있는 큰손자 존은 아직 모르고 있었다. 딘과 존이 아버지 시버슨의 소식을 묻지 않는데, 굳이 파산 사실을 일러줄 이유가 없었다.

딘이 한국에서 사귀던 여자와의 결혼을 아버지에게 허락받아 달라고 부탁했으나, 그런 말을 꺼낼 계제가 아니었다. 딘이 한국 여자와 사귀고 있다는 사실을 알게 된 시버슨은 이미 헤어지라고 한 바 있었고, 만약 헤어지지 않고 국gook과 결혼까지 한다면 부자 관계는 끝이라고 했다. 주한미군으로 복무한 시버슨이 놀랍게도 한국인을 국이라고 비하했다.

이에 맞선 딘은 아버지 때문에 한국에 와서 한국 여자를 만나게 된 것이고, 한국 여자가 대체 뭐가 어때서 비하하고 증오하는지 모르겠다며, 그런 저급한 인종차별주의자라면 자기가 먼저 절연하겠다고 으름장을 놓았다. 부자간의 치킨 게임이었다.

하지스도 시버슨으로 인해 딘 못지않은 충격을 받았다. 한국 여자를 국으로 비하하고, 사귀는 것조차 반대하는 시버슨을 이해할 수 없었다.

그러나 시버슨이 할머니를 따르지 않았던 점을 생각하면 전혀 이해가 안 가는 것도 아니었다. 그녀는 인디오였다.

하지스는 해운대 광장 너머로 검푸른 벨벳처럼 펼쳐진 바다를 물끄러미 내려다봤다. 저물녘 광장은 인파로 시끌벅적댔으나 파도는 조용했다. 때 이른 더위로 예년보다 한 달 일찍 파라솔을 설치했다는 해변에는 성급한 해수욕객들로 득시글했다.

하봉자로부터는 아무런 연락도 오지 않았다. 방 주무관이 그녀와 통화를 했노라고 알려온 지 닷새째였다.

주무관이 말하기를, 그녀는 하지스를 만날 의사도 없으며, 하지스에게 그녀의 연락처를 알려주는 것도 단호히 거부했다고 했다.

466고지에서 한쪽 눈을 잃고 치료가 끝나 귀국했을 때, 뉴저지 시골집에는 어머니만 있었다. 아버지가 동네 술집에서 만난 떠돌이 백인 여자와 사귀어 딴살림을 차렸다고 했다. 하지스가 도쿄 주둔 2년 동안 벌어서 부쳐온 돈을 아버지와 그녀가 몽땅 챙겨 떠났다고 했다. 그 여자와 한집에서 같이 살아도 좋으니 아들이 올 때까지만이라도 떠나지 말아 달라고 애원한 어머니를 개 패듯 패고 떠났다는 것이다.

한국전쟁은 하지스의 귀국 후에도 2년 반 동안 계속됐다. 상이군인으로 제대한 하지스는 보상금과 연금으로 어머니와 먹고살 수는 있었으나, 이렇다 할 직장을 구할 수 없었고, 제대로 된 미래를 꿈꿀 수 없었다.

귀국 후 3년이 넘도록 그렇게 허송세월을 하던 하지스는 바커의 전리품 덕을 보게 되었다. 배낭 속의 잡동사니들이 환금換金 보물이었다. 잡동사니 일부를 처분했을 뿐인데 살림살이에 여유가 생겼고, 가난 때문에 포기할 수밖에 없었던 학업을 시작할 수 있게 되었다. 실현 가능한 미래를 설계할 수 있게 된 것이다.

이렇게 되자, 걱정근심을 덜게 된 어머니가 하지스의 결혼을 재촉했다. 어머니의 미래는 하나뿐인 아들 하지스의 결혼에 있었던 것이다.

하지스는 한국전쟁 중에 만난 여자를 찾아서 결혼하겠으니 기다려 달라고 했다. 1953년 7월 지리한 협상 끝에 한국전쟁이 휴전 선언을 할 때쯤이었다. 이승만 대통령이 휴전 협상 중에 반공 포로라고 주장하며 느닷없이 2만 5,000명을 일방적으로 석방하는 바람에 협상이 더욱 더디게 진행되었다.

하지스는 군번표와 어머니로부터 받은 드림캐처를 하봉자에게 줄 때, 자신의 목숨과 행운과 미래까지 모두 그녀에게 맡긴 것이라는 사실을 뒤늦게 알게 되었다. 그는 참전 기간 내내 그리고 귀국한 이후 줄곧 한시도 그녀를 잊어본 적이 없었다. 하지스가 봉자를 자신의 여자라고 외치며 상관인 바커에게 총구를 겨눴을 때, 이미 목숨을 내놓은 것이나 마찬가지였다.

하지스는 그날 그 농가에서 그녀와 처음 눈이 마주친 순간, 그녀가 자신에게 운명 지어진 여자라는 것을 느꼈던 것이다. 때문에 그 여자를 찾아서 결혼하는 것이 그의 숙명이자 미래라고 생각했다.

전쟁터에서 단 한 차례 만난 생면부지의 여자를, 그것도 태평양 건너 미개한 극동아시아에 살고 있는, 아니 살아있는지 죽었는지조차 알 수 없는 황인종 여자를 찾아내서 결혼하겠다는 하지스의 말을 그의 어머니는 귓등으로 들었다. 처음에는 생김새와 이름밖에 모른다는 여자를 언제, 어떻게, 어디 가서, 어떤 수로 찾아내 결혼을 하겠다는 것이냐고 물으며 빈정댔다. 그러면서 틈만 나면 허튼소리 말고 어머니가 골라주는 순혈 백인 여자와 결혼하라고 했다. 히스패닉도 절대 안 된다고 했다.

어머니는 바커의 유물을 밀매해 갑자기 생긴 떼돈이 있는 한 아들의 혼혈이나 외짝 눈쯤은 아무 문제 될 것이 없다고 자신하는 것 같았다.

그때부터 하지스는 쫓겼다. 하봉자 찾는 일을 서둘렀고, 몰입했다. 어머니의 성화로 대학 진학은 했으나, 학업을 미루고 하봉자를 찾는 일에 돈과 시간을 쏟았다. 꼬박 2년 동안 미국 전역에 흩어져 있는 한국전 참전 전우들과 전쟁이 끝났어도 평화 유지를 위해 주둔군으로 남아있는 미군들을 대상으로 하봉자의 소식을 수소문했다. 또 UNKRA(국제연합한국재건단)와 OEC(경제조정관실)에 줄을 넣어 한국 정부의 도움을 요청했다. 충북 영동 지역과 가까운 곳에 주둔하고 있는 미군 부대에는 현상금까지 걸었다.

그러나 바닷가 모래밭에서 잃어버린 실핀을 찾는 꼴이었다. 전우와 주한미군들로부터는 출처 불명의 뜬구름 잡는 소문들을 서너 건 전해 들었을 뿐—찾았으니 현상금을 먼저 보내 달라는 경우가 많았다—이었고, 한국의 공공기관들은 전후 복구를 위해 미국으로부터 얻어내는 것과 얻어낸 것을 떼먹는 일에만 열을 올릴 뿐, 다른 문제에는 관심조차 없는 것 같았다. 그들은 공무원을 동원해서 연고지를 중심으로 최선을 다해 하봉자를 찾아보고 있으나 아직까지는 행방이 묘연하다, 그러나 포기하지 않고 계속 찾을 터이니 안심하고 기다리라는 의례적인 답만 약식공문 형식으로 보내왔다.

이렇게 하지스가 하봉자를 찾은 지 3년이 더 흘러 5년째가 됐을 때, 하봉자가 하지스를 찾았다. 뉴저지 시골집으로 하봉자의 편지가 날아온 것이다. 편지를 받은 날이 1957년 6월 30일이었다.

하봉자와 연락이 닿아 서신을 주고받고 있다는 사실을 안 어머니가 어느 날 하지스를 불러 선언했다. 당신이 관 속에 눕기 전에 둘의 결혼은 불가하다고 했다. 어머니는 비소 가루가 담긴 병을 보여줬다. 당신의 선언을 허투루 알고 행동한다면 그게 아니라는 것을 증명하기 위해 비소를 먹을 것이라고 했다. 그러고는 병뚜껑을 열었다.

하지스는 그때 하봉자와의 결혼이 불가하다는 것을 깨달았다. 어머니의 말을 믿고, 따를 것이라고 다짐했다. 그 다짐을 못 믿은 어머니가 덧붙였다. "네가 그 동양인 여자와 결혼하는 날, 그 결혼식장에서, 또는 우리 집에서 이 독약을 모두 한입에 털어 넣은 에미를 보게 될 것이다."

하지스는 어머니가 딸도 아닌, 아들에게 왜 이렇게까지 하는 것인지 이해가 되지 않았다. 아버지에게 버림받은 복수를 얼토당토않은 방식으로 애먼 아들에게 하려는 어머니를 도무지 이해할 수 없었다.

어머니는 아버지에게 자신이 버림받은 이유를 인종 문제로만 보려는 것 같았다. 어머니는 아버지에게 버림받은 이유와 책임을 자신의 문제가 아닌 인종 문제로 오롯이 떠넘기고 싶었던 것이다.

어쨌든 하지스는 죽겠다며 덤벼드는 어머니를 이길 재간이 없었고, 어머니도 이런 사실을 누구보다 잘 알고 있었다. 하지스는 어머니가 인정하지 않는 결혼을, 어머니가 없는 삶을 살아갈 자신이 없었고, 무엇보다 아버지에게 버림받은 어머니의 심기를 거스를 수 없었다. 하지스는 하나님의 뜻에 따라, 아니 어머니의 터무니없는 뜻에 따라 1957년 12월 25일 순혈 백인과 결혼했다.

하지스는 어머니가 짝지어준 백인 여자와 결혼을 하고도 하봉자와 변함없이 서신을 주고받았다. 결혼한 하지스는 시치미를 뗀 채 멀고 먼 태평양과 봉자의 순정을 은폐 엄폐물로 삼아 그녀와 문자로 거짓된 열애를 한 것이다.

하지스는 결혼 이듬해 아들을 낳았고, 그 이듬해 딸을 낳았고, 또 그 이듬해 아들을 낳았으나, 이를 숨기고 하봉자에게 달콤하고도 뜨거운 서신을 보냈다. 그리고 그에 뒤지지 않는 답신을 받았다.

하지스는 봉자를 잊을 수 없었고, 버릴 수도 없었고, 자신이 처한 사실을 고백할 용기도 없었다. 그래서 이루어질 수 없는 사랑을 포기하지 못한 채 거짓 서신을 보낼 수밖에 없었다.

처음에는 상대가 받을 충격이 걱정되고 미안해서 배려하는 마음으로, 그다음에는 이번을 넘기고 다음에 밝히겠다는 생각으로 미룬 것인데, 차일피일이 쌓여 결국 숨기는게 되고 만 것이다. 그녀에게 들통이 난 1967년까지 10년 동안 속여 온 것이다. 물론 그녀는 어쩌다 보니 숨기게 된 것이 아니라 의도적으로 속인 것이라며 분노했다.

하지스는 그 10년 동안 선의로 한 거짓 열애가 봉자의 청춘과 미래의 모든 가능성을 앗아가 버렸다는 사실을 뒤늦게 깨달았다. 결국 자신의 무책임한 거짓이 봉자의 삶을 송두리째 망쳐버린 것이다.

하지스에게 이런 철면피한 연애사가 있다는 사실을 아들 시버슨과 손자 딘은 알 리 없었다.

하지스는 시버슨으로부터 딘의 사랑을 지켜주고 싶었다.

9

도완구는 한복 정장으로 곱게 차려 입힌 방이금 여사를 대동하고 안내에 따라 자신의 이름표가 놓인 귀빈석 앞자리에 앉았다. 안내는 매각이 결정된 JMC 부산 지사장이 했다.

부산 지사장은 완구가 삐삐선을 깔아 유선 음악방송을 개업한 이듬해인 1972년, 사무실 앞 네거리에서 풀빵 장사를 하던 이농민이었다. 당시에는 나이가 같아 친구처럼 지냈다.

완구는 그해 풀빵 장사와 구두닦이—이북이 고향인 삼팔따라지 동년배였다—를 하던 두 친구를 꼬드겨 '망깔이' 겸 영업 사원으로 영입했다. 당시에는 풀빵 장사와 구두닦이 수입이 좋았으나, 완구가 구라를 풀어 유인한 것이다.

완구는 이 오찬에 초대받기 위해 JMC 회장 명의로 비용의 3분의 1을 협찬했다. 행사 주관 부처가 완구를 초대하는 조건으로 협찬 요청을 한 것이다. 그래도 명색이 국가기관인지라 위신을 세운답시고 협찬 명목을 내걸어 기업으로부터 삥뜯은 것이다. 쥐꼬리만 한 예산을 받아 폼나게 행사를 치르려니 어쩌겠는가.

돈길을 꿰뚫고 있는 토건 대통령이 취임하자마자 국가 예산을 4대강 사업에 몰빵했고, 그 바람에 다른 부처의 사업 예산들이 깡그리 쪼그라들었다고 했다. 그래서 정부 기관들이 제대로 된 행사를 치르려면 기업의 후원을 받아야 한다고 했다. 기업은 호구가 아닌지라 후원에 걸맞는 대가를 약속받는다고 했다. 대통령의 물욕과 이 물욕이 빚은 4대강 사업을 핑계로 주관 부처가 기업들로부터 준조세를 뜯어내는 것이라 볼 수 있었다. 정치가 숫맷돌, 돈이 암맷돌이 되어 나라 살림을 갈아 먹고 있었다.

완구는 협찬 요구에 기분이 상했지만, 대어를 낚기 위한 밑밥 값으로 쳤다. 15관 금괴가 어디 대어에 비길 바인가…….

시향市響에서 온 현악 사중주단이 베르디 곡을 연주하고, 두 명의 지역 고위 관료가 앞서거니 뒤서거니 나와 오찬사와 건배사를 했다. 밥값의 3분의 1을 낸 완구에게는 세레머니 끄트머리에 건배사 기회가 겨우 주어졌다.

“이 자리에 계신 한국전쟁 참전용사 여러분의 건승과 행복을 위하여!”

이 한마디와 뒤따라붙은 통역이 500만 원짜리 건배사였다.

지정된 헤드테이블에서 식사를 하는 둥 마는 둥 하던 완구는 ‘Hodges’라는 이름표가 놓인 건너편 테이블로 슬그머니 자리를 옮겼다.

완구가 외눈박이가 된 하지스를 알아보지 못하듯이, 하지스도 의수를 착용한 완구를 알아보지 못하는 것 같았다.

“전상을 당하셨군요.”

쯧쯧 혀를 찬 완구가 하지스에게 악수를 청하며 서툰 영어를 건넸다.

“……아, 예.”

낯선 완구를 잠시 올려다보던 하지스가 어정쩡한 자세로 손을 내밀었다.

완구는 소매를 걷어 의수를 보여주며 자신도 한국전쟁으로 팔을 잃은 상이군인이라고 너스레를 떨었다. 같은 상이군인으로서의 유대감 때문에 알은 척을 한다고 판단을 했는지, 경계를 푼 하지스가 완구의 손을 맞잡았다.

이름표를 보고 하지스임을 확인한 완구는 될 수 있는 한 상대와 눈을 맞추지 않으려고 애썼다. 가해자는 피해자와 달라서 가해 사실을 잊어버리거나 아예 기억조차 못 한다고 하지만, 그렇다고 해도 안심할 수는 없는 노릇이었다. 혹여 상대가 완구를 알아본다면 경계심과 의구심을 가질 것이 뻔했다. 그렇게 되면 낭패였다.

선 채로 악수와 대화를 나누고 있는 모습을 본 부산 지사장이 완구에게 의자를 가져다줬다. 완구가 백발의 등 굽은 동갑내기 지사장의 수발을 당당히 받았다.

완구는 서툰 영어와 능숙한 일어—그 당시 하지스가 일어를 어느 만큼 했었기 때문에 부러 일어를 섞은 것이다—를 섞어가며 몇 가지 신중하고 절제된 질문과 대화를 이어 나갔다. 상대가 일어를 알아듣는 것 같았다. 완구는 그가 자기가 찾던 맥 라마르 하지스가 틀림없다는 확신이 들었다.

지금 이 자리에서는 1950년 7월 24일 완구가 장미 넝쿨 담장 초가집에서 만났던, 그러니까 발목을 접질려 다리를 절룩였던 그 하지스가 맞는지, 즉 해럴드 A. 바커와 같이 있었던 그놈이 맞는지만 확인하면 그만이었다.

아들 도상기가 보도 팀장을 시켜 취재를 빌미로 조사한 결과, 1999년 모 지상파 방송사가 도미 취재 과정에서 확보한 G중대의 생존자 명단을 확인했는데, 거기에 해럴드 A. 바커라는 이름은 없었다고 했다. 바커가 사망했다면, 궤짝의 행방을 알만한 놈은 하지스와 말더듬이 운전병과 일본인 통역사 고노 마쓰오일 것이다. 운전병은 이름이 기억나지 않아 찾아볼 수가 없었고, 고노는 수십 년 동안 일본을 드나들 때마다 갖은 방법을 동원해 찾았으나 헛수고였다.

그날 증발된 119명의 탈영병을 찾는다며 수색조에 차출되어 바커와 동행한 하지스가 궤짝의 행방을 알고 있을 가능성이 컸다. 57킬로그램이 넘는 궤짝을 바커 혼자 가지고 다니기는 어려웠을 것이다.

"서울 수복 작전에서 한 팔을 잃었소."

완구는 비껴 앉은 하지스가 묻지도 않은 말을 했다.

디저트 이후에 나온 커피를 마시며 창밖의 해운대 앞바다를 내려다보고 있던 하지스가 완구를 향해 고개를 돌렸다.

그때 헤드테이블에서 좌불안석하던 방 여사가 완구에게 자기 옆으로 빨리 오라는 눈짓과 손짓을 보냈으나 못 본 체했다. 헤드테이블에 앉은 그 누구도 방 여사를 상대해 주지 않아 유기아처럼 어쩔 줄 몰라 하고 있었다.

하지스가 고개를 돌려 성한 오른쪽 눈으로 완구의 왼쪽 의수를 바라봤다. 동병상련의 애틋함이 느껴지는 눈빛이었다. 완구도 같은 눈빛으로 화답했다.

"개전 초기에 참전하셨나 보오?"

완구가 리플릿을 집어 슬며시 다시 보는 척하고는 물었다. 이미 수차례 자세히 살펴본 리플릿이었다.

충무무공훈장 수상자에 대한 간략한 소개가 인쇄되어 있었으나, 낙동강 전투에서 부상당했다는 사실만 공적功績 사항으로 짤막하게 적혀 있었다.

"……."

하지스가 말없이 고갯짓으로 답했다.

상대가 경계심을 푼 것 같지는 않았으나, 오찬 자리가 곧 마무리될 것 같아 완구는 좀 더 나갔다.

"영동-황간 전선에서 코리언 레퓨지 미션을 수행하셨겠네요?"

완구가 영어사전을 보고 미리 준비한 'Korean Refugee Mission(민간인 피난 임무)'이라는 단어를 말하자, 하지스의 표정이 급히 굳어졌다.

상악골이 도드라질 만큼 입을 꽉 다문 하지스가 완구를 바라봤다.

"개전 초기에 투입된 미군들의 희생이 컸던 것으로 알고 있소. 고맙소이다."

완구가 급히 두서없는 군말을 덧붙이고는 자리에서 일어섰다.

"……."

이번에도 상대는 완구를 바라보고 있을 뿐 아무 대꾸가 없었다.

완구는 그의 리액션이 못마땅했으나, 미심쩍은 표정을 지은 채 꼬나보고 있는 놈에게 더 이상 말을 걸어 주의를 환기시킬 필요가 없었다.

그는 테이블 위에 있는 맥주잔을 원샷으로 비운 뒤 자리를 떴다.

술기운이 떨어지니 몸이 떨리고 불안했다. 헤드테이블로 돌아온 완구는 손놀림이 빠른 방 여사의 도움을 받아 남아있는 맥주를 모조리 걷어 마셨다.

10

하지스는 격전 방문지로 자신이 눈알을 잃은 466고지가 아닌 낙동강 전선 칠곡 지구로 선정됐다는 것이 다행이라는 생각이 들었다. 물론 방한 용사 전체의 공식 탐방지로 466고지가 선택될 가능성은 희박하다—소부대 전사戰史로서는 의미가 있으나 전쟁사로서의 의미는 크지 않기 때문이다—고 할 수 있겠으나, 그 고지가 선정되면 안 된다는 이유가 있는 것도 아니었다. 그래서 혹여라도 466고지가 선정됐다면 꼼짝없이 그날, 그 자리로 되돌아가 잊고 살았던 악몽을 생생하게 떠올리게 될 터였다.

466고지 전투는 하지스가 군인으로서 생애 최초이자 마지막으로 치른 실전이었고, 어쨌든 승리한 전투였다. 그러나 노근리 코리언 레퓨지 미션에 버금가는 악몽이었다.

하지스는 노근리 피난민 학살에 대한 하나님의 벌을 466고지에서 받았다고 생각했다. 아이러니하게도 바커가 그 벌을 자초했다. 그는 분명 노근리 악령에 사로잡혀 있었다.

여전히 적들은 죽기 살기로 밀고 내려왔다. 그러나 우리 부대는 죽기를 각오하고 밀어붙이는 적에 맞서 싸우는 시늉만 내다가 퇴각하는 짓을 반복하고 있었다. 마치 전의를 상실한 복서가 엉덩이를 빼고 링 사이드를 빙빙 돌며 시간이 가기만을 기다리는 꼴이었다. 하지스는 비겁한

복서가 된 기분이었다. 그러나 부대는 이것이 작전이라고 했다.

T-34 탱크를 앞세운 적의 남하를 지연시키기 위해 아군은 지나온 길에 M15 대전차 지뢰와 M24 대인 지뢰를 매설하고 탱크의 무게를 견딜 만한 모든 다리를 폭파했다.

악착같이 쫓아오는 피난민들을 떨쳐내고 지연전을 펼치며 퇴각을 하면서 시간을 버는 것이 작전이고 전술이라고 했다. 그러나 시간은 적의 수중에서 작동하고 있었다. 개전 사흘 만에 서울을 점령한 적은 무슨 속셈이 있었는지는 모르겠으나 그곳에서 사흘 동안이나 뭉그적거렸다. 그러나 그 뒤로는 그들의 뜻에 따라 거침없는 남하를 하고 있었다. 그러니까 아군은 적이 장악한 시간에 군더더기를 덧씌우는 작전을 펼 수밖에 없었다.

하지스는 미군의 지연전 속에서 무고한 민간인의 희생만 늘어나고 있다는 생각에 마음이 무거웠다. 미군의 소개령에 따라 강제로 피난길로 내몰린 영동, 상주, 김천, 왜관 지역의 수많은 민간인이 길에서 죽었다. 무고한 죽음이었다. 왜관교와 득성교를 폭파할 때, 다리와 함께 폭사한 민간인만 해도 수백 명이 넘었다. 하지스는 이 처참한 죽음들을 지켜봤다.

낙동강에 방어선을 그은 게이 사단장은 남쪽 강안 아래로 퇴각하라는 명령과 함께 부대 후위에 따라붙어 다리를 건너려고 하는 피난민을 철저히 제지하라고 명령했다. 수천 명에 이르는 피난민이었다. 한국전쟁이 끝난 뒷날 게이는 회고록을 통해 다리 폭파 명령은 시의적절한 결단이었다고 당당하게 말했다. 그러면서 무덤덤한 말투로 덧붙이기를 폭파와 함께 수백 명의 피난민이 하늘로 솟아오르는 것을 봤노라고 했다. 게이도 하지스가 본 것과 똑같은 것을 본 것이다.

다리 폭파로 피난길이 막힌 민간인들은 적의 수중에 떨어졌다. 한국 대통령이 수도 서울을 버리고 허겁지겁 도망친 뒤에 서둘러 한강 다리를 폭파해 서울 시민과 자국의 군인 절반 이상을 적의 수중에 떨궈놓았듯이, 미군 또한 왜관교와 득성교를 폭파해 자신들이 피난길로 내몬 민간인들을 고스란히 적의 수중에 떨궈놓았다. 왜관교를 폭파할 때, 적의 주력 부대는 24킬로미터 밖에 있었다. 대구로 도망쳐 있던 한국 대통령은 자국민들을 적의 수중에 고립시켜놓고 또다시 부산으로 줄행랑을 친 뒤였다.

하지스 판단에 게이의 다리 폭파 명령은 지휘관으로서 불요불급한 명령이었다. 적군의 기세를 지나치게 의식한 결과였다.

게이가 금을 그은 낙동강을 마지노선으로 서부와 북부 방어선을 구축했다. 동북쪽 왜관부터 서남쪽 마산까지 110킬로미터에 달하는 서부 방어선은 미군 네 개 사단과 한 개 여단이 나눠 맡고, 왜관부터 동쪽 방면 포항까지 60킬로미터에 달하는 북부 방어선은 한국군 네 개 사단이 나눠 맡는다고 했다.

낙동강을 낀 서부 방어선은 시계가 틔어있어 산악을 낀 북부 방어선에 비해 상대적으로 적과 맞서 싸우기에 유리했다. 미군은 야포를 쏘아댈 시계 확보가 중요했다.

하지스 부대도 일단 서부 방어선 안에 들어앉았다. 무장한 군인은 방어선 안에 웅크려 있고, 비무장 민간인은 방어선 밖에 버려져 있는 꼴이었다. 군인이 작전을 이유로 민간인의 생명과 안전을 적에게 내준 이상한 형국이었다. 하지스가 본 초기의 한국전 양상은 이렇듯 이상했다.

파죽지세로 남하하던 적은 미군이 똬리를 틀고 선점한 낙동강 전선에서 주춤했다. 방어선에 바싹 들러붙은 적은 조바심치며 연일 이곳저곳을 마구 쑤셔댔다. 그러다가 방어 밀도가 허술한 지점을 찾아냈다 싶으면 마치 금 간 틈으로 물이 스며들 듯이, 그림자가 담을 넘듯이 침투했다.

왜관 지역 방어를 맡은 미 제1기병사단의 방어선이 이렇게 뚫려 순식간에 적을 앞뒤로 맞아야 하는 위급 상황에 처했다. 본대는 앞의 적만으로도 버거운지라, 뒤에 들러붙은 적을 감당할 수 없었다. 감당하려면 예비대를 투입해야 했다. 그러나 적의 거세진 공세를 막아내느라 예비대는 닥닥 긁어 모두 투입한 상황이었다. 예하 공병대대까지 보병대대의 전투 임무를 담당하고 있는 터라, 지원을 받거나 따로 빼낼 수 있는 병력이 전무했다.

후방에 거머리처럼 들러붙은 적이 516, 466 두 고지를 순식간에 점령했다. 본대의 뒤통수를 적의 총구에 내준 절체절명의 상황에 빠진 것이다.

이때, 하지스 소속 대대에게 466고지의 적을 알아서 퇴치하라는 명령이 떨어졌다. 이때부터 부소대장인 바커가 갑자기 설쳐대기 시작했다.

마치 불을 보고 미쳐 날뛰는 불나방 같았다.

그는 중대장에게 선봉을 자원했다. 당황한 중대장이 머뭇거렸다. 명령만 받았을 뿐 작전 계획도 없는 상태였다.

너럭바위에 걸터앉아 참모들과 작전을 구상하고 있던 대대장이 시끄럽게 나부대고 있는 바커를 보고는 직접 소리쳐 불렀다.

“자신 있나, 상사?”

대대장이 바커의 가짜 계급장을 보며 물었다.

“옛썰!”

부동자세로 선 바커가 대대장을 뚫어지게 바라보며 소리쳤다.

주변의 장병들이 바커를 주시했다.

장병들의 시선이 바커에게 집중되고 있는 것을 본 대대장이 다시 물었다.

“괜찮겠나?”

하나 마나 한 질문이었다.

“옛썰!”

대대장의 질문은 받은 바커가 더욱 힘차게 소리쳤다.

대대장은 바커의 기세를 통해 부대원의 사기를 진작시키려고 하나 마나 한 질문을 덧붙인 것 같았다.

“계획이 있나?”

작전이 있느냐는 질문이었다.

"옛썰!"

"뭔가?"

"지금 여기엔 없고, 가면 있습니다."

"그래?"

표정이 굳어진 대대장이 말했다.

"옛썰!"

"좋다. 가랏!"

선문답을 마친 대대장이 지휘봉을 번쩍 쳐들고는 큰소리로 바커의 자원을 허락했다.

불안과 공포와 죄의식—노근리 작전 트라우마였다— 속에서 퇴각만 해온 소대원은 그의 광기 어린 행위에 경악했다.

악령에 사로잡힌 그가 저승사자의 명령을 받아 소대원 앞에 섰다. 그가 중대장에게 소대의 전열을 가다듬고 사기를 북돋아 주고 싶으니 훈시를 허락해 달라고 했다. 그러고는 중대장이 멈칫거리는 사이에 제멋대로 일장 훈시를 시작했다.

예기치 못한 기습이야말로 필승의 절대 요소이고, 전쟁터에서는 필사즉생의 용기가 필요한데, 그걸 몰라서 살고자 하면 죽고 죽고자 하면 반드시 산다고 했다. 바커는 바다 건너 멀리 일본 도쿄의 지휘부에 틀어박혀 작전을 지휘하고 있는 맥아더의 말을 빌려 자신의 말인 양 지껄였다.

훈시를 마친 바커는 못마땅한 표정을 짓고 있는 중대장을 데리고 막사 안으로 들어갔다. 10분쯤 지나 그들이 막사 안에서 나왔을 때 바커가 무슨 얘기를 했는지 중대장의 표정에서 의연함이 엿보였다.

바커는 중대장이 지켜보는 앞에서 분대장들을 불러 모아 일본이 만든 행정지도를 펼쳤다. 그러고는 작대기로 사판沙板 위에 화살표를 그려가며 해가 저물 때까지 그가 짠 작전을 예행연습했다. 그러니까 대대장에게 지금 여기에서는 작전이 없다고 한 답은 거짓말이었다.

소대원에게는 분대장들과 나눈 이 예행연습을 다시 설명하며 각자의 머릿속에 각인될 수 있도록 전투 상황을 실전처럼 디테일하게 그려보라고 했다. 그는 자신이 짚어준 모든 상황을 몸에 익히고 있어야 생존 가능성이 높아진다고 했다. 그러지 않고 교전 상황에서 머리를 쓰다가는 사망 가능성이 높다고 했다. 교전은 생각이 아니라 육감으로 하는 것이라고 했다. 적의 총탄이 생각보다 빠르다는 것을 잊지 말라고 했다. 바커야말로 교전은 말이 아니라 총탄이 한다는 것을 모르는 것 같았다.

그런데 이렇게 잔뜩 들떠 게거품을 잔뜩 문 떠버리 바커가 말더듬이 캐롤과 설전이 붙었다. 바커가 떠벌릴 때 캐롤이 이를 듣지 않고 눈을 감은 채 기도를 한 것이 사달이 된 것이다.

"눈 떠라! 정신 차려서 내 말을 들어야 산단 말이닷!"

바커의 고함에 눈을 뜬 캐롤이 고개를 들었다. 그러고는 바커를 향해 씹어뱉듯이 말했다.

"사, 사람이 마음으로 자기의 길을 계획할지라도 그 걸음을 인도하시는 자는 여호와시니라. 바커 부소대장님의 아무리 후, 훌륭한 작전을 짠, 짠다고 해도, 그 작전을 이루어 주시는 분은 저 위에 계신 하나님이십니다."

손에 든 성경을 펼쳐 잠언 16장 9절을 찾아 읽은 캐롤이 손가락으로 하늘을 가리키며 말했다.

"자, 작전도 내가 짜는 것이고, 그걸 이, 이루는 것도 나, 나닷!"

바커가 캐롤의 말투를 흉내 내며 자신의 가슴팍을 두드렸다. 그러고는 성큼성큼 캐롤에게 다가가 하늘을 가리키고 있는 그의 손가락을 꺾으며 덧붙이기를 전장에는 하나님이 없으니 자신의 명령을 믿어야만 살 수 있다고 하며 윽박질렀다.

손가락을 꺾인 캐롤이 날 선 비명을 내질렀다. 그러면서 다시 맞섰다.

"우리가 이 땅에 온 것은 하나님의 며, 명령입니다. 사람의 걸음은 여호와께로서 말미암나니 사람이 어찌 자기의 길을 알 수 있으랴. 자자, 잠언 20장 24절 말씀입니다."

"이 자식, 봐라. 어이, 하지스. 우리가 크루세이더스 오브 저스티스(십자군)야, 솔저 오브 갓(신군)이냐고?"

캐롤의 성경을 빼앗아 땅바닥에 집어 던진 바커가 애먼 하지스를 쳐다보며 물었다.

"우리가 솔저 오브 갓이면 좋은 거 아닙니까?"

답을 얼버무린 하지스가 성경을 주워 바커에게 건넸다.

바커가 자신의 행동이 과했다고 생각했는지, 성경을 받아 캐롤에게 건넸다.

하지스는 왠지 이 불필요한 면박과 설전이 불경스럽고 불길하게 느껴졌다.

해가 지기 전부터 거무죽죽해진 하늘이 끄물끄물해지더니 비를 예보했다.

시무룩하고 절망적인 표정으로 저녁을 먹는 둥 마는 둥 한 소대원이 7시 정각이 되자 이동을 시작했다. 해는 남아있었으나 먹장구름으로 사위가 어두웠다.

466고지는 부대의 동남 방향에 솟구쳐 있었다. 적은 L자형으로 깎아지른 암석 계곡과 평평한 초지로 이루어진 남동 방향을 등진 채 아군과 대치하고 있는 북서 방향에 집중되어 있었다.

이동을 시작한 소대는 적의 육안 관측과 유효 사거리 밖에서 북쪽 빗면을 돌아나간 뒤에 둘로 나눠서 동쪽으로 치우친 I자형 계곡의 급경사면을 공략할 것이라고 했다. 하지스는 이해가 되지 않았다. 거의 90도 각인 I자 계곡 공격이라니…… 풍차를 공격하는 돈키호테가 떠올랐다.

소대원은 바커를 뒤쫓아 이동했다. 완만한 구릉지를 따라 지그재그로 500여 미터쯤 이동했을 때, 하지스는 소대가 동쪽이 아닌 남쪽으로 치우쳐 이동하고 있다는 것을 직감했다. 캐롤이 지니고 다니는 나침반을 빼앗아 확인해 보니 사실이었다. 겨우 500미터를 이동하면서 별다른 이유 없이 다섯 차례나 쉬며 전진 속도를 더디게 하는 것도 의심스러웠다. 바커는 쉴 때마다 시계를 들여다봤다. 속도와 시간을 조절하는 게 분명했다. 무전병에게 무전기를 끄라고 한 것도 이상했다.

다섯 번째 10분간 휴식을 취하고 다시 출발해서 10여 미터쯤 갔을 때, 하지스가 댓 걸음쯤 앞서가는 바커를 불렀다. 사판 위에 그려준 이동 경로를 크게 벗어났다는 것을 알면서 무작정 따라갈 수만은 없었다. 바커는 하지스가 부르는 소리를 못 들은 척하고는 내처 전진했다.

무언가 이상하다는 느낌에 하지스가 사방을 둘러보는 순간, 소대원 전체가 적의 관측과 사정거리 안에 들어와 있다는 사실을 알았다. 하지스는 다급한 목소리로 다시 바커를 불렀다.

그때, '타앙!' 하는 단발 총성이 들렸다. 바커가 왼편에 드러난 466고지 방향으로 방아쇠를 당긴 것이다. 오발 사고가 아니었다.

"뭐 하시는 겁니까?"

타타타타탕!

팔을 잡은 하지스를 거칠게 밀쳐낸 바커가 자세를 낮추고는 둔덕 끄트머리를 향해 내달리며 미친 듯이 사격을 시작했다.

하지스는 바커가 왜 저러나 싶었다. 정말 미쳐서 발광을 하는 것이 아닌가…… 그게 아니라면 스스로 표적이 되어 저럴 이유가 없었다.

타앙타앙타앙타앙타앙…… 바커의 총성이 메아리쳤다. 그러고 그 메아리 끝에 또 다른 총성이 이어졌다.

따콩 따콩 따콩 따따따따따……

적의 응사였다.

I자 경사면에서 콩을 볶는 듯한 총성이 울려 나오고, 섬광이 번뜩이고, 주변의 바위 조각과 흙이 튀었다.

"사격! 응사하랏!"

낮은 포복으로 기어 엄폐물을 확보한 바커가 손나발을 만들어 응사를 명령했다.

총알이 기총 소사인 양 하늘에서 쏟아져 내렸다. 암석 급경사면의 8부 능선에서 내리꽂는 총알이었다. 5부 능선에서도 총알이 날아왔는데, 정수리와 등짝을 관통할 각도였다. 머리 위에서는 총알이 빗발치듯 쏟아지는데, 소대원은 시야만 가려진 잡목숲 아래 옹기종기 모여 있었다. 폭이 10여 미터도 못 되는 잡목숲 밖은 시계가 트인 개활지로 사선射線이었다. 소대원은 조롱 속에 갇힌 새의 신세였다. 사지에 갇힌 것이다.

바커는 퇴각 명령이 아닌 사격 명령을 반복했다.

그때 466고지 반대편에서 아군의 총성과 포성이 들렸다. 총성과 포성에 익숙해진 하지스는 소리만으로 피아 식별이 가능했다.

하지스는 중대장의 표정이 바뀐 이유를 비로소 알 것 같았다. 바커의 작전은 소대가 고지를 점령하는 것이 아니라, 중대의 고지 점령을 지원하기 위한 유인작전인 것이다. 바커가 중대장과 짜고 자기 소대원을 승전 제물, 아니 미끼로 바친 것이다.

"개새끼!"

여기저기에서 거친 욕설이 터져 나왔다. 소대원도 뒤늦게 돌아가는 상황을 보고 하지스와 같은 판단을 한 것이다. '개새끼들'이 아니라, '개새끼'라는 것은 적이 아닌 바커를 특정한 욕설이었다.

응사를 포기한 소대원이 총성과 각자 내뱉는 욕설 속에서 뿔뿔이 흩어져 달아났다. 그렇게 흩어진 소대원 대다수가 적의 유효 사거리 안에서 바커를 저주하며 비명횡사했다. 참혹한 죽음이었다.

지휘력을 잃은 바커가 각자 살고자 뿔뿔이 달아나다가 각자 죽어 나가는 소대원을 통제할 방법은 없었다.

"사격! 사격하라! 흩어지지 마라!"

너럭바위 뒤에 몸을 숨긴 바커는 응사하라는 공허한 명령만 반복해서 질러댔다.

흩어지고 남은 대여섯 명의 소대원이 땅에 엎드려 머리를 처박은 채 허공에 대고 헛된 총질을 해대고 있을 때, 엎친 데 덮친 격으로 번개가 번뜩이며 장대비가 쏟아지기 시작했다. 번갯불에 소대원의 위치가 노출됐다.

조명탄 같은 번갯불 속에서 총알은 장대비처럼, 장대비는 총알처럼 쏟아졌다.

바커가 폭우로 포병의 화력 지원을 기대할 수 없게 되었다며 미친 듯이 웃었다.

그렇게 20여 분 동안 일방적인 집중 사격을 받고 났을 때, 466고지로부터 날아오던 총알이 뜸해지는가 싶더니, 하지스의 등 뒤에서 우레와 같은 기관총 소리가 들렸다. 뒤늦은 아군의 지원 사격이었다.

엄폐물 뒤에 머리를 처박은 채 몸을 웅크리고 있던 하지스가 고개를 들어 사방을 둘러봤다. 바위를 등진 바커의 모습이 사이키 조명 같은 번갯불 속에서 설핏설핏 보였다. 머리를 뒤로 젖힌 그가 양손으로 가슴을 감싸 쥐고 있는 것 같았다. 철모도 소총도 보이지 않았다. 적탄에 맞은 것 같았다.

"부소대장님, 부소대장님!"

대답이 없었다.

소총을 등 뒤로 맨 하지스가 바커를 향해 진흙탕을 엉금엉금 기어갔다. 고개를 쳐든 채 자신을 향해 기어 오는 하지스를 본 바커가 한 손을 들어 올려 좌우로 크게 저었다. 오지 말라는 뜻이었다.

I자형 사면에서 날아오는 총알보다 I자형 사면을 향해 날아가는 총알이 더 많았다. 이런 상황에 용기를 얻은 하지스는 머리를 땅에 처박고 바싹 엎드린 채 빗물 웅덩이 속을 물방개처럼 빠르게 기어나갔다. 그러

고는 상체를 젖힌 채 가슴팍을 감싸쥐고 있는 바커에게 다가갔다. 잠시 잦아들었던 총알이 번갯불 속에 다시 빗발쳤다. 그러나 이대로 바커를 버려둘 수 없다는 생각뿐이었다. 좀 전까지만 해도 죽이고 싶었으나, 죽어가는 것을 놔둘 수는 없었다.

빗물에 흠뻑 젖어 몸에 찰싹 들러붙은 군복 때문에 그의 정확한 부상 부위와 정도를 가늠할 수가 없었다. 어둠 속에서 빗발치는 장대비와 총알을 구분할 수 없듯이 군복을 적신 빗물과 핏물도 구분할 수 없었다. 하지스가 그의 군복 상의를 걷어올렸다. 피에 물든 '센닌바리'가 보였다.

"부소대장님!"

하지스가 눈을 감고 있는 바커의 뺨을 때리며 큰 소리로 불렀다.

왜 일본군의 가미카제 같은 이런 작전을 구사했는지 묻고 싶고, 따지고 싶고, 질타하고 싶었으나 그럴 계제가 아니었다.

"하…… 하지스……."

하지스를 부를 때, 그가 감싸 쥔 손바닥 밖으로 검붉은 피가 솟아 나왔다. 피로 말을 하는 것 같았다.

복부가 아닌 심장 아래쪽에 총을 맞은 것이 분명했다. 자신은 전투에 '최적화된 몸'이라고 했으나, 그렇다고 해서 총알이 비껴갈 리 없었다.

"여기 부상자가 있다. 누가 없나? 무전병! 무전병!"

손가락 사이로 뿜어내는 핏물을 보고 벌떡 일어선 하지스가 손나팔을 만들어 미친 듯이 외쳤다. 구원병들은 대체 어디쯤 와 있단 말인가.

무전병도 무전기도 구원병도 보이지 않았다. 보이는 것은 섬광 속에서 어둠을 벅벅 긁어내리는 장대비뿐이었다.

"하…… 하지스…… 미, 미안……."

바커가 안간힘을 다해 일어서서 소리치고 있는 하지스를 잡아당겼다. 또다시 피가 뿜어져 나왔다.

"바커! 말하지 마. 말하지 말라고. 여기 부상자닷! 바커 부소대장님이 총에 맞았다! 총 맞았다고……."

고개를 가로저으며 바커의 입을 막은 하지스가 울부짖었다.

총성 속에서 천둥이 울고, 섬광 속에서 번개가 번쩍였다. 하지스의 울부짖음에 달려오는 병사도, 대꾸하는 병사도 없었다. 비와 천둥과 번개와 총소리뿐이었다.

바커가 핏물이 흐르는 손으로 허리춤을 더듬었다. 손목에 새로 새긴 두 개의 시커먼 하트가 보였다. 수통을 찾는 것 같았다. 아마도 와인을 담은 W자 수통을 찾는 것 같은데, 소금물을 담은 S자 수통만 보였다.

5미터쯤 떨어진 물웅덩이 가에 W자 수통이 보였다. 수통은 멀쩡했다. 이동 중에 떨어뜨린 것 같았다.

"이런 게 죽음과 삶의 맛인가?"

바커가 핏물로 젖은 손바닥으로 볼을 타고 흐르는 빗물을 훔쳐 넘기며 말했다.

"……?"

하지스는 말뜻을 몰라 대꾸를 할 수 없었다.

"내 죽음에 상대의 삶이 있고, 상대의 삶에 내 죽음이 있다고……."

바커가 하지스의 얼굴을 양손으로 어루만지며 말했다.

"……."

"내 죽음이 너의 삶이라고 생각해라……. 아무 생각하지 말고, 아무도 믿지 말고, 너는 꼭 살아서 돌아가라."

숨조차 가누지 못해 헉헉거리는 바커가 뜻 모를 군말을 유언인 양 주절댔다. 어쩌면 이동 중에 하지스가 자신을 불렀을 때, 못 들은 척했던 것에 대한 늦은 답변 같았다.

그는 죽어가면서도 늘 그래왔듯이 죽음이라는 말끝에 액막이 침을 뱉으려고 애썼다. 하지만 침 대신 튀어나온 핏덩이가 턱수염 끝에 맺혔다.

"잠깐만 기다려요, 바커."

하지스는 바커가 숨을 거두기 전에 수통을 가져다주고 싶었다. 그는 포복 자세를 취하고 수통을 향해 기었다. 그에게 마지막으로 그가 좋아하는 포르투 와인 한 모금을 먹이고 싶었다. 그렇게 해서 보내고 싶었다.

"으악!"

하지스는 오함마로 눈두덩을 가격당한 충격에 정신을 잃고 뒤로 자빠졌다.

기관총탄에 튄 바위 파편이 하지스의 왼쪽 눈두덩과 이마를 강타한 것이었다.

하지스는 잘난 척하고 자기과시를 하기 위해 지나치게 설쳐대던 바커가 반드시 큰일을 저지를 것이라는 불안감을 항상 가지고 있었다. 영동 하가리 하천 변 작전지에 도착하면서부터 그는 자신의 그 잘난 전쟁 체험을 앞세워 자유의 화신 코스프레를 하며 지나치게 설쳐댔다. 부대가 적과 단 한 차례의 싸움도 없이 후퇴만을 거듭할 때도 자존심 상하고 모욕적이라고 투덜댔다.

그에게 적은 미개한 야만인 '국'에 불과했다. 그는 그 야만인 국을 구하려고 온 것이 아니라 지배하기 위해 온 것이라고 했다. 그 국에게 죽임을 당한 것이다.

캐롤의 말에 의하면 바커의 죽음은 교만에서 비롯된 예정된 죽음이었다. 그가 크루세이더스 오브 저스티스가 아니라, 제국의 군인으로 싸웠기 때문이라고 했다.

그래도 그가 양민이 아닌 분명한 적과 제대로 된 싸움을 하다가 죽었다는 것은 참전용사의 행운이자 영예였다. 많은 전상자가 예상됐던 그날 전투에서 선공후사의 작전으로 희생을 최소화시켰다는 공적으로 그의 무덤 위에 최고의 훈장인 '메달 오브 아너'가 놓여졌다.

물론 그의 가미카제식 작전을 두고 군사재판까지 들먹인 생존 소대원도 있었으나 제국의 군대는 승전을 이끈 용맹무쌍한 전사자 편이었다.

바커는 적들이 쓴 전략을 본떠 적의 뒤를 쳤다. 그는 최소의 희생으로 적의 주력을 칠 수 있는 최적의 조건을 만들어주기 위해, 중대원의 사상을 줄이기 위해 적의 뒤를 집적거린 것 같았다.

바커의 죽음으로 여섯 개의 배낭은 하지스의 차지가 되었다.

11

하봉자는 어둠침침한 거실 소파에 앉아 반송되어 온 택배 상자를 물끄러미 내려다봤다.

보냈던 상자 그대로, 받는 이 주소와 보내는 이 주소만 맞바꿔 반송시킨 것이었다. 뜯어보니 보낸 내용물이 그대로 들어있었다. 아마도 포장테이프를 뜯어 내용물 확인만 하고는 한쪽 구석에 방치했다가 되돌려 보낸 것 같았다.

상자 안에 든 쪽지를 읽었다면 전화 한 통쯤은 걸어올 줄 알았다. 그러나 아들은 끝내 침묵으로 일관했다. 봉자는 괘씸하고 허망하다는 생각이 들었다.

습관적으로 틀어놓은 텔레비전에서는 용공 세력들이 쇠고기 문제를 악용해 적화통일을 획책하고 있는 혐의가 포착되어 국가안보가 위협을 받고 있다는 뉴스가 흘러나오고 있었다. 알맹이는 없고 껍데기만 번지르르한 방송 뉴스였는데, 시청률에 도움이 된다 싶으면 확인되지 않은 SNS의 글도 베껴서 보도했다.

택배 상자를 뚫어지게 바라보고 있던 봉자는 알 수 없는 분노와 모욕감을 느꼈다. 택배 상자를 반송시켰다는 사실 자체보다 그 속에 든 내용물을 보고도 그것에 대해 일언반구도 없다는 것에 대한 분노와 모욕감이 컸다. 마치 자식으로부터 자신의 존재를 무시당하고, 자신의 삶마저 통째로 부정당한 듯한 느낌이었다.

봉자는 당장 전화를 걸어 어미가 부탁한 물건을 반송한 이유와 의미를 따져 묻고 싶었다. 하지만 애써 마음을 진정시키며 기다려 보기로 했다.

여느 때처럼 국제중앙시장에서 장을 봐 백도어로 갔으나 일이 손에 잡히지 않았다. 하지스와의 만남을 거절한 것에 대한 미련은 없었다. 아들에 대한 분노와 모욕감도 허허로운 일시적 감정이었기에 수그러들었다. 하지만 자신이 오랫동안 아들로부터 무시와 부정을 당해왔다는 생각에 꺼들려 부아가 치솟는 것만은 어쩔 수 없었다.

봉자는 뒤틀린 심사를 좀처럼 되잡지 못해 쩔쩔맸다. 주방 아줌마에게 안줏거리 손질을 넘기고 재즈 바를 나온 그녀는 도롯가에 세워둔 차에 올라 시동을 걸었다.

그녀는 남동생 봉수, 아니 헨리크 군데르센의 생존을 확인한 뒤에 어머니와 여동생 봉순의 죽음을 밝히기 위해 노근리 양민학살사건과 관련해서 밝혀진 자료들을 모조리 찾아서 살펴봤다. 그러고는 그 자료들을 바탕으로 관련 생존자들을 한 사람 한 사람씩 수소문해서 만나봤다. 5년 동안 26명을 만났다.

노근리 학살사건 생존자들 가운데는 이미 병들고 늙어서 죽은 사람들이 많았다. 외상후스트레스장애를 겪어온 그들은 여느 노인들과 달리 늙음을 버텨낼 여력이 달렸던 것 같았다. 환각과 환청의 고통을 견디지 못해 자살한 사람, 미쳐 버린 사람, 아예 기억을 잃어버린 사람도 있었다. 또 어제 일처럼 아주 또렷이 기억하고 있으나, 그 기억을 말하고 감당키 어려운 고초를 겪은 바 있어 이제는 벙어리로 살겠다는 사람도 있었다.

어쨌든 생존자 중에는 어머니와 동생들을 알거나, 봤다는 사람이 없었다. 공중 폭격을 받던 철둑에서도 기관총 사격을 받던 쌍굴다리 밑에서도 어머니 박말녀와 동생 하봉순을 봤다는 사람을 찾지 못했다. 젖먹이 사내아기와 함께 있었다고 해도 그런 아기와 함께 있는 피난민이 한두 가족이 아니었기에 알 수 없다고 했다. 또 당시 상황은 떼거리로 몰려온 저승사자가 각자의 숨통을 틀어쥐고 있었고, 그 코쟁이 저승사자들이 어느 순간에 함께 있는 일가친척의 목숨을 낚아채 갈는지 모르는 아비지옥이었기 때문에 다른 누군가를 눈여겨볼 상황이 아니었다고 했다. 틀린 말 같지는 않았으나, 그래도 그 누군가 한 사람도 어머니와 동생들을 보지 못했을 리 없다는 기대감을 떨쳐버릴 수 없었다. 그러나 어쩌겠는가. 보지 못한 그들을 탓할 수는 없는 노릇이 아닌가.

봉자는 아버지와 어머니와 여동생을 잃었으나, 그 주검을 보지 못했고, 그 주검의 행방조차 알지 못했다.

봉자는 고속도로 톨게이트로 들어서며 어쩌면 자신이 살 수 있었던 것이, 지금 살아있는 것이 '일선재' 주인집 둘째 아들인 호색한 도완구와 하지스 때문일 수도 있다는 생각이 들었다. 호색한은 미군을 믿지 말라고 했고, 하지스는 미군이 다니는 큰길을 피하라고 했다. 만약 그들이 그런 말을 해주지 않았다면 자신도 그때 노근리에서 코쟁이 저승사자의 총탄에 불귀의 객이 되고 말았을 것이라는 생각이 들었다.

"전쟁터에서 군번표는 군인의 목숨이야. 그 군인이 아가씨를 사랑했었나 보네."

군산 영화동 기지촌에서 만난 미군에게 하지스의 군번표를 보여주자 그가 대뜸 건넨 말이었다. 군인이 전장에서 죽었을 때, 시신 대신 군번표를 거둬 간다고 했다. 그래서 군번표가 시신이 되기도 한다고 했다.

"미친놈이네. 처음 보는 이국 여자에게 자기 생사를 통째 맡긴 거잖아, 안 그래?"

또 다른 미군—세탁과 다림질이 끝난 군복을 찾아갈 때 1센트라도 값을 깎지 않고는 못 견디는 놈, 그러니까 문둥이 콧구멍에 묻은 밥풀도 떼어 먹으려고 덤벼들 놈이었다—이 하지스가 전쟁터에서 군율을 어긴 '미친놈'이라며 곁에 있는 동료에게 동의를 구했다.

인식표라고도 부르는 군번표는 두 조각이 한 세트라고 했다. 전사했을 때, 한 조각은 시체에 박아 사자를 식별해 주는 증표이고, 다른 한 조각은 유족에게 보내는 전사 통지문의 물증이라고 했다.

그래서 봉자는 하지스가 준 군번표는 자기가 짐작했던 사랑의 물증임을 재차 확신할 수 있었다. 그랬다. 그래서 하지스는 반드시 찾아야 할 가치와 의미가 있는 사람이었고, 또 평생을 함께할 유일한 사랑이라고 믿었던 것이다.

그가 군번표 한 조각과 함께 건네준 드림캐처는 악귀를 쫓고 행운을 가져다주는 인디언 부적이라고 했다. 그는 드림캐처를 줄 때, 일본인 통역을 통해 어머니로부터 받은 것이라고 했다. 어머니가 무운장구를 기원하며 아들에게 준 행운의 부적까지 봉자에게 선뜻 건넨 것이었다.

그러니 이것들이 하찮은 알루미늄 조각과 깃털 나부랭이가 아닌 것이다. 그가 준 목숨이자 행운의 증표인 것이다. 이보다 더 확실한 증표가 어디에 있겠는가. 짜리몽땅 바커는 도완구가 배에 두른 '센닌바리'가 무운장구를 비는 부적이라는 것을 알고는 즉각 빼앗아 허리에 차지 않았는가.

봉자는 드림캐처를 한동안 몸에 지니고 다녔다. 파주에서 양공주로 일할 때는 공중목욕탕에 갈 때도 부적인 양 늘 지니고 다녔다. 미군에게 몸을 팔 때도 잠을 잘 때도 머리맡에 항상 걸어두었다. 혈혈단신인 봉자에게 드림캐처는 곧 하지스이자 수호신이었다. 하나님을 믿은 뒤에도 항상 성경책 곁에 두었다. 하지스를 정리한 1976년까지 그랬다. 제이슨 돌빈과 헤어져 한국으로 귀국한 해이다.

군산 '클럽 블랙 스카이' 뒤에 있는 골방에 갇혀 집단윤간을 당할 때도 드림캐처가 그녀의 목숨을 지켜줬다. 그녀는 드림캐처가 하지스처럼 윤간을 막아주지는 못했지만, 목숨을 지켜줬다고 믿었다.

군복 세탁 일을 그만두고 나이트클럽 카운터에서 캐셔로 일하던 봉자는 화장실을 다녀오다가 술 취한 미군들에게 붙들려 폭행과 윤간을 당했다. 모두 100킬로그램이 넘어 보이는 거구들이었는데, 백인 넷에 흑인 하나였다.

발버둥 치며 죽을 둥 살 둥 비명을 질렀으나, 클럽을 들썩이며 쩌렁쩌렁 울려대는 음악 소리에 묻혔다. 문밖을 분주하게 오가는 인기척은 계속해서 들렸으나 골방에서 터져 나오는, 살려달라는 외침과 비명에 관심을 갖는 사람은 없었다.

윤간은 긴 시간 동안 계속됐다. 봉자를 올라탄 백인은 로큰롤 음악에, 흑인은 블루스 음악에 맞춰 아랫도리를 놀렸다. 놈들은 장난하듯 강간했다.

봉자는 첫 번째 백인 거구가 아랫도리를 까고 덤벼들 때 죽을힘을 다해 저항했는데, 놈이 벨트 버클을 채찍처럼 휘둘렀고 주먹을 날렸다. 그녀는 어느 순간 이러다가는 정말 죽을 수도 있겠다는 생각이 들어 저항을 포기했다. 마지막으로 현무암 하르방 같은 흑인 놈이 덤벼들었을 때는 아랫도리의 골반이 터져나가는 것 같았다.

일을 치른 놈들은 각자 1달러와 5달러를 봉자의 알몸 위에 던져놓고 나갔는데, 군표를 놓고 간 놈도 있었다. 봉자가 속옷 차림—겉옷은 갈가리 찢겨 입을 수가 없었다—으로 엉금엉금 기어 카운터로 돌아왔을 때, 그녀를 대신해 카운터를 지키고 있던 업주—분명히 지배인에게 맡기고 갔는데, 업주가 있었다—가 대체 한 시간 동안이나 어디 가서 무슨 지랄을 떨다 왔느냐고 닦아세웠다. 그러면서 말도 안 되는 생트집을 잡으며 온갖 욕설을 퍼부어댔다. 속옷 차림에 터지고 찢어진 몰골을 보면서도 그랬다.

업주는 잭나이프를 꺼내 허공에 대고 휘두르다가 봉자의 목에 디밀고는 한 번만 더 '자기 몰래 씹을 팔다'가 걸리면 그 자리에서 멱을 따버리겠다고 으름장을 놓았다.

봉자는 윤간을 당하고도 신고는커녕 하소연조차 할 곳이 없었다. 미군들의 죄를 따져 물을 법이 없는지라 한국은 그들의 무법천지였다. 그녀는 사천왕 닮은 체구의 미군들에게 한 시간 가까이 '돌림빵'을 당하고도 살아남을 수 있었던 것에 감사해야 할 따름이었다.

그날의 이후로 봉자는 카운터 캐셔 겸에서 '9번 방 공주'로 불렸다. 업주가 바라던 대로 된 것이다.

그녀가 옥구 아메리칸 타운의 클럽 블랙 스카이에 들어온 것은 하지스의 행방을 수소문하기 위해서였다. 그녀가 여덟 살이 된 아들 남득을 고아원에 맡기고 군산으로 온 것은 1958년 5월이었는데, 그때는 아메리칸 타운이 없었다. 봉자는 미군들 속에 있어야 미군이었던 하지스의 소식을 얻어들을 가망성이 있고, 또 미군들 속에 있어야 영어를 배울 수 있고, 그래야 하지스를 찾을 수 있다는 생각에 무작정 미군 부대가 있는 군산으로 갈 수밖에 없었던 것이다.

미군 장병의 군복을 세탁해서 다림질해 주는 일을 했다. 미군 부대 안을 드나들 수 있는 세탁부와 청소부가 있었는데, 이것도 연줄이 있어야 가능했다. 연줄 없는 봉자는 세탁부가 받아온 장병들 군복을 빨아서 다림질해 주는 일을 하청받았다. 백인 군복을 다루는 세탁부와 흑인 군복을 다루는 세탁부가 따로 있었다. 양공주들도 세탁 일감을 줬다.

봉자는 이 일을 미군 부대 밖에서 한국인 세탁부를 통해서 했기 때문에 미군을 접할 기회가 없었고, 또 일이 바빠 미군을 만나러 다닐 짬이 없었다.

그러다가 1960년대에 들어서면서 점점 넘쳐나는 달러로 영화동이 영화롭게 거듭났다. 미군의 배설 욕망을 채워주는 양공주와 그들을 시중드는 뽀이들이 나날이 늘었으나 공급이 수요를 감당치 못했다.

미군 부대에 차고 넘치는 미제 물건들은 야매상과 협잡꾼들이 빼내 팔았다. 봉자도 이때 잠깐 미군 군수품 밀매상과 엮인 적이 있었다. 골목마다 암달러상과 깡패들도 판을 쳤다. 미군 부대에 빌붙어 생계를 유지하고 돈을 버는 사람들만 수천 명에 달했다. 이 숫자는 나날이 늘었다. 미군들이 쓰다 버리거나 쓰고 버린 쓰레기도 귀한 생활용품으로 쓰였다.

이렇듯 흥청망청하는 분위기 속에서 봉자도 주말이면 미군들로 들끓는 나이트클럽의 카운터 캐셔 걸로 변신을 하게 된 것이다. 사장은 출근 첫날부터 미군의 잠자리를 상대하는 아가씨가 턱없이 부족하다며 봉자에게 미군을 상대하라고 꼬드겼다. 금방 떼돈을 벌 수 있다고 했다.

얼굴도 예쁘고 몸매도 잘 빠져 인기가 많을 것이기 때문에 3:7이 아니라 6:4로 분빠이해 줄 수 있다고 했다. 봉자는 떼돈을 벌기 위해 군산에 온 것이 아니었다. 그녀는 미군 부대를 오게 된 사연을 들려주고 캐셔 걸의 수입으로 만족한다—계산할 때 거스름돈을 팁으로 주고 가는 미군도 꽤 됐고, 봉자의 외모를 보고 팁을 주는 미군도 있었기에 가외 수입도 짭짤했다—며 정중히 거절했다.

봉자는 나중에 자신이 당한 집단윤간은 업주가 불량 미군들과 짜고 꾸민 악랄한 흉계라는 사실을 알았다. 그녀를 '양공주'로 만들기 위해 미군들에게 윤간을 사주한 프로젝트였던 것이었다. 미군들과 나이트클럽에서 떼거리로 논 뒤에, '맨투맨 놀이'를 가던 동료이자 라이벌—평소 봉자의 인기를 대놓고 시샘했다—인 양공주가 귀띔해 줬다.

"너 거기 닦아 먹은 그 새끼들 일반 사병 아니야. 사쪼(사장)하고 친한 이 식스, 이 세븐들이야."

E-6는 하사, E-7은 중사를 뜻한다고 했다.

다섯 명의 미군으로부터 윤간을 당한 봉자는, 58년 전 그날, 그 초가에서 하지스가 자신을 덮치려던 상관을 총으로 막아준 것이 얼마나 엄청난 일이었는지, 또 어떤 의미를 갖는 것인지 새삼 깨달을 수 있었다.

악몽 같은 기억에 꺼들린 봉자는 눈시울이 붉어졌다.

갑자기 침방울 같은 비가 투두둑 떨어지자, 와이퍼가 호들갑스레 작동했다. 봉자는 깔끔하게 도색한 초등학교 담벼락에 붙여 차를 세우고 문구점 안으로 뛰어 들어갔다. 마침 꽃도 파는 가게였다. 장우산이 없어 아동용 비닐우산을 샀다. 미키마우스가 그려진 우산이었다. 우산값을 치르려고 지갑을 열던 봉자는 계산대 옆 철제 선반 위에 놓인 비닐 팩을 집어 들었다. '봉숭아꽃물들이기'라고 쓰인 비닐 팩이 봉자의 마음을 설레게 했다.

노근리 쌍굴다리가 보이는 곳에 다다른 봉자는 공사 현장을 목격했다. 4만여 평 부지 위에 조성할 계획이라고, 뉴스를 통해 알게 된 평화공원 공사가 착공된 것 같았다. 노근리 특별법이 제정된 지 4년 만에 희생자들의 원혼을 기리고 인권과 평화를 드높이기 위해 짓는 평화공원이라고 했다.

그녀는 가랑비 속에서 덤프트럭들이 쏟아놓고 간 흙무더기들을 포클레인들이 고르게 다지고 있는 공사장을 한동안 바라보다가 쌍굴다리와 철둑 위를 배회했다. 철둑 위에 서서 공사 현장을 물끄러미 내려다보던 봉자는 무언가 집히지는 않지만, 서운하고 소외당한 듯한 기분이 들었다. 오랜 세월 동안 피해 유족들이 나서서 온갖 박해와 핍박과 감시를 딛고 우여곡절을 이겨낸 끝에 그날의 진상을 규명해 냈고, 또 AP통신을 비롯한 국내외 언론의 협조를 받아 가해국을 상대로 진상 수용을 요구한 끝에 마침내 미국 대통령으로부터 공식적인 유감 표명까지 받아냈다. 이렇게 되자 미국의 눈치만 보고 있던 우리 국회가 마지못해 특별법을 제정하고, 그 특별법에 따라 우리 정부가 노근리 양민학살 만행을 기리고 항구적인 평화를 기원하기 위해 역사공원—공식적 명칭이라고 했다—을 짓기로 한 것이다.

힘없는 민초들이 온갖 핍박과 훼방에도 굴하지 않고 결속하여서 국가가 알량한 분단 이데올로기를 빌미로 58년 동안이나 내팽개친 역사적 진실을 되찾아 온 것이다. 봉자는 진실과 정의, 인권과 평화의 승리를 스스로의 힘으로 쟁취한 민초들이 자랑스러웠다.

하지만 봉자는 2004년 노근리특별법이 제정되자 다시 청원하였으나 끝내 인우보증隣友保證을 할 수 없어 피해자 유족으로 인정받지 못했다. 어머니와 여동생이 이 모든 과정에 익명으로 참여하고, 그 결과로부터는 외면당하고 말았다는 서운함과 아쉬움을 떨칠 수 없었다. 또 미국이 유감 표명을 했고, 이 평화공원이 지어졌다는 이유로 어머니와 여동생의 억울한 죽음이 영구히 잊혀지는 것이 아닌가 하는 우려와 두려움도 지울 수 없었다.

어쩌면 저 평화공원이 지어짐으로서 박말녀와 하봉순은 역사에서도, 평화에서도 깔끔히 잊히고 제거된 것이 아닐까, 박말녀와 하봉순의 참혹한 죽음은 끝내 헛된 죽음으로 역사와 기억 속에서 사라지고 마는 것이 아닐까, 결국 진상 규명조차 할 수 없는 미스터리가 되고 마는 것인가 싶어 괴로웠다.

보푸라기같이 바람에 날리던 비가 철삿줄 같은 장대비가 되어 내리꽂혔다. 장대비가 마구 쏟아져 내리자 시트 파일을 박던 항타기 소음이 멈췄다.

기차가 철로 위로 거친 물보라를 뿜어내며 내달렸다. 그녀는 물보라를 일으키고 장대비를 가르며 사라지는 기차의 꽁무니를 바라봤다. 그러고는 기차가 사라진 빈 철로를 하염없이 바라봤다. 마치 그날의 학살은 기차처럼 사라지고 입증할 수 없는 기억만이 빈 철로 위에 남아있는 것 같았다.

미키마우스 비닐우산이 비바람에 뒤집히는가 싶더니 갑자기 천둥이 치고 번개가 번쩍였다. 그녀는 그날의 폭격인 양 화들짝 놀랐으나, 땅에 박힌 시트 파일처럼 꿋꿋하게 버팅겼다. 그러나 잠시 후, 견디기 힘든 외로움과 격한 서러움에 짓눌려 털썩 주저앉고 말았다. 그녀는 그 자리에 엉덩이를 깔고 앉아서 목 놓아 울었다. 그렇게 한참을 울고 나서 일어났다.

집중호우를 맞은 공사장은 폭격에 파열된 복부처럼 흉하고, 적막했다.

비 내리는 철둑 위에 서서 중장비들이 멈춘 공사장과 빈 철길과 58년 전 7월 자신이 도망쳤던 그 여름날의 야산을 한참 동안 바라본 봉자는 뒤집혀 망가진 우산을 챙겨 쌍굴다리로 내려왔다.

쌍굴 안쪽을 향해 양방향에서 미친 듯이 쏘아댄 총탄의 자국들이 진상조사반이 흰색 페인트로 표시한 둥근 원 안에 갇혀 있었다. 봉자는 그 도드라지고 생뚱맞은 원형의 흰색 표식들이 마치 노근리 피난민 학살 전말에 대한 전부를 말해주는 것처럼 지나치게 강조되어 있다는 생각이 들어 불편했고, 노근리 피난민 학살에 대한 모든 조사와 검증과 판단이 종결됐다는 상징적 표식으로 과장한 것 같아 부아가 치밀었다.

봉자는 총탄의 물증은 진상 규명의 시작에 불과할 뿐 끝이 아니라는 주장을 하고 싶었다. 그녀는 조사반들끼리 공감하고 공인했을 원형 표식들을 바라보며 속이 메슥거렸다. 원형 표식이 된 수백 발의 총탄이 노근리 학살을 규명할 일부 증거는 될 수 있을지언정 전체 증거는 될 수 없었다. 철둑과 쌍굴다리에서 300여 명의 생목숨이 죽어 나갈 때, 수천, 수만 발의 총탄을 퍼부었다. 전투기가 쏟아부은 포탄과 기총 소사, 박격포탄과 캐리버 50 기관총의 탄흔들과 그 주검들은 모두 어디로 갔단 말인가. 왜 여기 보이는 것만이 노근리 학살의 전부이고, 끝이 될 수 있단 말인가. 왜 더 이상 나아가지 않는가.

봉자는 미국 대통령의 두루뭉술한 유감 표명 속에 어머니와 동생의 죽음을 절대 포함시킬 수 없었다.

철삿줄 같던 빗줄기가 가랑비로 변했다. 비의 변덕이 심했다.

주차장으로 간 봉자는 차에서 꽃다발을 꺼내 개천 둔치로 향했다. 어머니와 동생의 행방을 수소문하고 다닐 때, 아래턱 반쪽이 총격으로 날아간 일흔 노파가 봉자의 손목을 잡고 데려와서 가리켜준 곳이다.

노파가 말하길, 버려져 구더기가 파먹고 있는 시체 몇 구를 이곳에 묻는 것을 보았노라고 했다. 당시 그 많았을 시신들은 모두 어디에 묻혔느냐고 물었으나, 그건 노파도 알지 못한다고 했다. 본 바도 들은 바도 없다고 했다. 봉자가 만난 다른 피해자와 유족들 역시 알지 못한다고 했다.

개천 둔덕 아래 붉은 장미 한 다발을 놓고 머리를 숙인 채 망연히 서 있던 봉자는 갑자기 반송되어 온 택배 상자가 떠올랐다. 그 택배 상자는 돌려받을 물건도 아니고, 또 돌려받았다고 해서 그것으로 끝낼 물건이 아니라는 생각이 들었다.

노근리를 벗어날 때, 포탄처럼 쏟아져 내리며 속옷까지 몽땅 적셨던 폭우가 거짓말인 양 그쳤다. 공사 현장 위로 쌍무지개가 떠오르고 있었다.

돌아오는 길의 산천은 모두 허여멀금했다. 노근리에만 내린 국지성 호우였다.

비에 흠뻑 젖어 돌아온 봉자는 백도어로 가지 않고, 집으로 향했다. 물에 빠진 생쥐 꼴로는 가게에 갈 수 없었고, 오한까지 들어 손님을 맞을 상태가 아니었다. 살갗에 소름이 돋고 몸이 으슬으슬 떨렸다. 몸과 마음이 상한 날 일을 하다가는 손님과 시비가 붙었다. 그녀의 징크스였다.

더운물로 샤워를 한 봉자는 잭 다니엘을 꺼내 마셨다. 텔레비전 대신 오디오를 틀었다. 빌리 홀리데이의 〈안녕, 고통이여Good morning, heartache〉가 흘렀다.

—내 여자다. 건드리면 죽이겠다.

아이 턴드 앤 토스트 언틸 잇 심드 유 해드 곤(네가 떠날 때까지 뒤척였지)
밧 히어 유 아 위드 더 다운(하지만 너는 새벽과 함께 있구나)

환청인가. 흠칫 놀라 거실을 둘러보던 봉자는 볼륨을 줄이고 자신의 이마를 짚었다. 이마가 뜨거운데, 몸이 떨렸다. 그녀는 아스피린을 찾아 입에 넣고 잭 다니엘을 들이켰다. 연거푸 두 잔의 위스키를 스트레이트로 마신 봉자는 휴대 전화를 집어 들고 단축키를 눌렀다.

상대가 전화를 받지 않았다. 발신음을 1분 이상이나 보내는데도 받지 않았다. 봉자는 손에 든 휴대 전화를 노려보며 거칠어진 호흡을 가다듬었다. 관자놀이가 지끈거렸다. 심호흡을 네댓 차례 반복하고 나서 다시 단축키를 눌렀다. 일삼아 1분 이상의 신호음을 5분 간격으로 계속해서 보냈다. 다섯 번째 단축키를 눌렀을 때, 전원이 꺼져있어 음성 사서함으로 연결된다는 안내 멘트가 들렸다.

"이 새끼가……."

욕설을 내뱉으며 휴대 전화를 다탁 위에 내던진 봉자는 거친 숨을 몰아쉬며 베란다로 나갔다.

태평양을 건너 먼길을 왔을 제국의 젊은 장병들이 일과를 마친 캠프 험프리스가 깊은 어둠 속에 평화롭게 누워있었다. 난간을 짚고 서서 한

동안 잠든 미군 부대를 내려다보던 봉자는 무언가 떠오른 듯 다탁으로 가 좀 전에 내던졌던 휴대 전화를 집어 들었다. 그러고는 또 다른 단축 키를 눌렀다.

"영수냐? 나, 할미다."

"에…… 예, 누우, 누구세요오?"

"할미라고. 아빠 바꿔라."

"하, 할머니?"

"빨리 바꿔!"

"아, 아빠. 하알머니 전환데……."

"뭐?"

놀라서 묻는 남득의 목소리가 들렸다.

곡이 바뀌어 〈불행도 가까이 Glad to Be Unhappy〉가 흘렀다.

"빨리, 빠알리. 아빠…… 빠알리……."

영수가 어쩔 줄 몰라 하며 허둥대는 가운데 침묵이 흘렀다.

"너냐?"

잠시 후, 봉자가 물었다.

"……."

휴대 전화를 아직 영수가 들고 있다면 대꾸가 없을 리 없었다.

"에미 말 잘 들어라. 하지스, 아니 네 생부를 네가 만나고 안 만나고는 네 맘이겠지. 그러나 그가 언제 다시 올 수 있을지, 언제 죽을지는 내가 알 수 없다. 죽으면 못 오겠지."

단숨에 내뱉고 거친 숨을 몰아쉬었다.

"오십팔 년 만에 네 생부가 불원천리 너를 만나보겠다고 왔는데, 네가 그 생부를 안 보겠다면, 네가 자식 된 도리를 어기는 것이다. 아니지, 네 생부 하지스보다 네 놈이 더 나쁜 놈이 되는 것이다. 알겠니?"

봉자는 얼토당토않은 거짓말을 지어냈다. 하지스가 남득의 존재를 알리 없었다. 게다가 알고 있다고 해도 58년 만에 나타난 생부라면 마땅히 죄인이어야 했다.

"……."

아무런 대꾸가 없었다.

"알겠느냐고 묻잖아? 왜 대답이 없어! 이……"

송화구에 대고 악을 쓰던 봉자가 가까스로 욕을 삼켰다.

"……하시던 말씀이나 마저 하세요……."

대꾸할 말이 없다는 답이었다.

"……그, 그렇다고. 넌, 나하고는 다르다고……. 그리고, 그러니까, 이번이 마지막이 될 수 있다고 생각하고, 그러니까…… 네, 네놈이 잘 알아서…… 아, 아버지에게…… 후회 없이……. 이, 이 말을…… 해줘야 할 것 같아 저, 전화했다. 흐흑……."

봉자는 두서없이 횡설수설하며 더듬거리고 울먹이다가 끝내 울음을 터뜨렸다.

"울지 마세요."

"……그래, 고맙구나. 내 말을 알아들은 거지?"

"……."

긴 침묵이 흘렀다.

"고맙다. 잘 지내거라."

울음을 추스르고 전화를 끊은 봉자는 빈 잔에 잭 다니엘을 가득 따라 들이켰다. 그러고는 거실 바닥에 주저앉아 통곡했다.

경계초소마다 불을 밝힌 미군 부대가 눈물 속에서 뭉그러져 뒤틀렸다.

3부

유민遺民의 순정

1

하지스와 데이비드 리들 그리고 예닐곱 명을 뺀 나머지 미군 참전용사는 재방한자들이었다. 떠버리 로버트 홀처럼 세 번째 방한자도 있었다.

하지스는 자기 자랑에 빠진 리들 상사—방한 이튿날부터 훈장을 매단 군복 정장 차림이었다—가 유독 시끄럽게 나댔던 이유를 뒤늦게 알게 되었다. 그는 한국전쟁 중에 38선을 두 차례나 넘나들며 극한의 전투를 치렀다고 했다. 펑더화이의 중공군과도 수차례나 맞붙어 싸웠는데, 마오쩌둥의 장남이자 인민지원병 1호—중국은 미국과의 관계를 우려해 국가의 공식적 파병이 아닌 개별적 자원에 의한 항미抗米 지원군으로 규정했다—라고 하는 마오안잉이 자신들의 부대와 전투 중에 전사한 것이라고 떠벌였다. 그러나 하지스가 알기로는 마오안잉은 1950년 11월에 B-26 폭격기가 투하한 네이팜탄에 죽었고, 또 리들이 스스로 밝힌 한국전 참전일은 그 이듬해인 1월이었다. 그러니까 리들의 자기 자랑 가운데 적어도 절반 이상은 그가 전해 들었거나 전사 자료를 바탕으로 대충 지어낸 것들임이 분명했다.

낯이 두꺼운 리들은 DMZ에서도 남들이 믿거나 말거나 입증 불가한 공치사를 늘어놨다. 그는 남북을 두세 차례 오르락내리락하며 죽음의 공방전을 벌였다고 했다. 인민군을 밀고 올라갔다가 중공군에게 밀려 내려왔다고 했다.

하지스는 듣도 보도 못한 중공군—그러고 보니 방한 첫날 꿈속에서는 봤다—에 대해서 떠벌였다. 그들은 항미원조를 위해 나선 지원군들로서 전투를 무기가 아닌 맨몸뚱이로 했다고 했다. 즉 인해전술인데, 사람이 곧 총탄이고 포탄이었다는 것이다. 지금도 북, 꽹과리, 나발, 피리 소리가 귀에 쟁쟁하다고 하면서 엄살인지 자랑질인지 모를 악전고투 사례를 주절주절 늘어놨다. 그의 말을 듣다 보면 한국전쟁을 혼자 다 치른 것 같았다. 뿐만 아니라 아직도 그 전쟁을 치르고 있는 것 같았다. 하지스는 이런 미덥지 않은 흰소리를 들으려고 꿈에 애먼 중공군이 나타났던 것이었나 싶었다.

판문점 앞에서의 로버트 홀 수다도 결코 리들에게 뒤지지 않았다.

1953년 7월 휴전 협정서에 조인할 때, 조선인민군 최고사령관인 진지첸(김일성)은 철 펜에 잉크를 찍어서 했고, 중국 인민지원군 사령관 펑더화이는 붓에 먹물을 찍어서 했는데, 국제연합군 총사령관인 미 육군 대장 마크 클라크는 만년필로 했다고 했다. 그는 서명용 필기구로 사용한 철 펜과 붓과 만년필을 인민군과 항미 지원군과 연합군이 사용한 각각의 무기 수준이라고 생각하면 된다고 했다. 하지스는 한국전쟁 초기 전투에서 압도적인 무기를 가지고도 연전연패한 사실을 몰라서 하는 말인가 싶었다.

그러면서 혼자 흥분한 홀은 중국의 스물한 곳 목표 지점에 원자폭탄을 투하하자는 맥아더의 말을 들어 먹지 않은 나약한 겁쟁이 트루먼 때문에 38선이라는 이 불필요한 철조망이 생기게 된 것이고, 이 손바닥만 한반도의 반쪽에서 죄 없는 후배 미군들이 아직껏 개고생을 하고 있는 것이라고 했다. 그래서 당시 맥아더는 겁쟁이 트루먼에게 경례조차 부치지 않았다고 했다.

홀의 말을 듣던 하지스는 문득 해럴드 A. 바커가 떠올랐다. 이렇다 할 전투 한 번 치르지 못하고 적에게 밀려 영동에서 낙동강 하안까지 속절없는 퇴각을 거듭하자, 바커는 자존심이 상한다면서 원폭 한방이면 끝날 전쟁인데, 그걸 왜 안 써먹고 전쟁을 질질 끄는 것인지 모르겠다며 울화통을 터뜨렸었다. 그는 얼치기 '국'에게 밀려 퇴각하는 것을 치욕으로 생각했다.

그러고 보니 바커도 다른 의미에서의 원폭 피해자라 볼 수 있었다. 히로시마에 떨어뜨린 '리틀 보이'와 사흘 뒤 나가사키에 떨어뜨린 '팻맨', 이 두 방의 원폭으로 자칫 질질 끌 수도 있었던 태평양전쟁을 조기에 승리로 이끌었던 것이 아닌가. 그래서 이렇듯 막강한 살상력이 검증된 원폭을 보유했다는 자신감으로 태평양전쟁이 끝나자마자 실전 경험을 갖춘 전투 병력을 대폭 줄인 것이다. 역전의 용사들을 대거 전역시켜 전투력이 저하된 것이고, 또 그 때문에 얼치기 전우들과 함께 싸우다가 전사한 것이라고 생각할 수도 있을 것이니, 결국 바커의 생전 주장에 따르면 원폭이 그의 죽음과 무관하다고 볼 수만은 없을 것 같았다.

하지스는 방한 일정을 치르는 동안 하루하루 더해가는 긴장과 초조함 속에서 틈틈이 휴대 전화를 들여다봤다. 하지만 하봉자와 관련된 어떤 연락도 오지 않았다.

조바심이 난 하지스는 맥박이 빨라지면서 가슴까지 뛰었다. 동승한 의료진의 도움을 받아야 할 것 같았다.

만약 이대로 귀국한다면 생전에는 그녀를 만날 가능성이 없을는지도 몰랐다. 하지스는 남은 삶을 여한 없이 마무리 짓고 싶었다.

하봉자와의 연락은 1976년 끊겼다. 모든 것이 갑작스러웠고 일방적이었다. 갑자기 NJCU(뉴저지시티대학교) 경영대학원으로 찾아온 그녀는 미국 생활을 접고 한국으로 귀국하는 길에 들렀다고 했다. 미국 생활이라니……? 그런데 그 말이 전부였다. 그녀는 자기 할 말만 할 뿐 하지스의 물음에는 답하지 않았다.

그녀는 미국을 떠나기 전에 얼굴은 한 번 보고 가야 할 것 같아 찾아온 것이니 부담 갖지 말라고 했다. 강의 중이었다면 이렇게 얼굴 마주대하지 않고 먼발치서 얼굴만 보고 갈 수 있어 좋았을 텐데, 이렇게 연구실에서 마주 보게 되어 유감이라고 했다. 복이 없는 년이어서 그렇다고 했는데, 알아들을 수 없는 말이었다.

그 말이 그날 만남의 전부였다. 하지스는 갑자기 나타난 시크하고 와일드한 여자가 26년 전의 하봉자라고는 믿기지 않았다. 여윈 몰골의 그녀는 말도 표정도 담담하고 매몰찼다.

넋이 나간 하지스가 어쩔 줄 몰라 헤매는 사이에 그녀는 10분 전에 들어온 연구실을 바람처럼 빠져나갔다. 차 한 잔, 대화 한마디 나누지 못했다. 꿈결 같았는데, 하지스는 가위가 눌린 듯 아무것도 할 수 없었다.

하지스는 그녀에게 어떤 해명이나 변명도 하고 싶지 않았다. 아니 할게 없었다. 이제 와서 그게 다 무슨 소용이란 말인가. 그러나 사죄하고 싶었다. 용서를 빌고, 용서받고 싶었다.

하지스는 주머니에 넣은 휴대 전화를 꺼내 들었다. 더 이상 이것저것 생각해 가며 재고 기다리고 할 형편이 아니었다. 가슴이 벌렁댔다.

"방 주무관님. 정말 미안하오만, 한 번만 더 부탁합시다."

방기웅 주무관에게 전화를 건 하지스는 마지막 부탁이라면서 내일 있을 훈장 전달식에 하봉자를 초대해달라고 했다. 그녀가 오건 안 오건 초대만 해달라고 했다. 지푸라기라도 잡는 심정이었다.

그녀가 올 리 없다고 생각하지만, 그래도 포기할 수는 없었다. 그녀가 하지스의 수훈을 어떻게 생각하고 있을는지—서신을 주고받을 때, 노근리에서 그녀의 가족이 희생당했다는 사실을 들었다—도 의문이었다. 안 좋게 생각할 가능성이 컸다. 그러나 다른 지푸라기가 없었다. 훈장 전달식을 구실로 한 번 더 매달려보는 수밖에 없었다.

"전화나 받으실는지 모르겠습니다만…… 연락을 드려보겠습니다."

방 주무관이 측은하다는 말투로 답했다. 친절하고 공손한 공무원이었다.

"고맙소, 고맙소."

하지스는 보이지 않는 상대에게 고개를 숙여 가며 고맙다는 말을 반복했다. 미국 같으면 어림도 없는 일이 아니던가.

하지스가 훈장 전달식에 참석하기로 결심한 것은, 하봉자를 만날 수 있는 마지막 기회가 될 수도 있다는 실낱같은 믿음 때문이었다.

옆 좌석에 앉은 로버트 홀이 하지스가 연신 굽신거리며 통화를 하고 있는 모습을 못마땅한 시선으로 흘겨봤다.

2

남득은 열쇠장이 박 노인으로부터 전해 받아 신발장 옆구리에 처박아

두었던 악보를 꺼내 펼쳐놓기는 했으나 난감했다. 남득이 내친 백화점 쇼핑백을 옐로 스카이가 박 노인에게 건네주며 전달을 부탁하고 갔다는데, 그 안에 악보가 들어있었다. 비닐 각대봉투 안에 다섯 장의 악보가 들어 있었던 것이다. 박세갑 노인은 쇼핑백을 전달해 주는 대가로 5만 원을 받았노라고 자백했다.

육영근 의원한테 받은 돈을 돌려주지 못했으니, 악보를 마냥 팽개쳐 둘 수는 없는 노릇이었다. 피할 수 없다는 심경으로 들여다봤으나, 쉽지 않아 보였다.

노랫말과 음이 따로 놀았고, 리듬도 어중간했다. 화장이 들뜬 것처럼 발라드, 디스코, 라틴 리듬이 뒤엉켜 겉돌았다. 누군가가 멋을 부려 곡을 쓰고 음을 지은 것 같았는데 시간에 쫓긴 것이 아니었다면 건성으로 만든 테가 역력했다. 발라드 음감을 빌려 트로트의 멋을 내려고 한 몇몇 소절들은 반드시 손을 봐야 할 것 같았다. 마치 된장찌개를 은그릇에 담아놓은 꼴이었다. 어떤 톤으로 어디서부터 어떻게 손을 봐야 할는지 전전긍긍하다가 밤이 깊어졌다.

그때 휴대 전화가 울렸다. 밤 10시였다. 낯선 번호였는데 받으니 옐로 스카이였다. 큰아버지 육 의원으로부터 무슨 말을 전해 들었는지, 아니면 본래부터 버르장머리가 없는 놈인지 말본새가 기고만장이었다. 식전 댓바람에 선물까지 싸 들고 찾아와 고개를 숙이며 사정을 하고 간 그놈이 맞는가 싶을 만큼 무례했다. 가수를 뒷배와 돈으로 하는 줄 아는 놈 같다는 업계의 소문이 사실 같았다. 남득은 이놈이 왜 연예계에서 개망나니 취급을 받으며 왕따를 당하는지 짐작이 갔다.

"언제까지 봐주실 수 있죠? 내가 좀 급한데……."

아직 악보를 보지도 못했다고 하자, 빚 독촉을 하는 사채 수금원 같은 말투로 물었다. 돈을 받았으니 결과물을 냉큼 내놓으라는 으름장으로 들렸다.

"맘만 먹으면 금방 보시잖아요?"

남득은 황당했다. 트로트를, 아니 음악을 얕잡아보는 놈이 틀림없었다.

노래방이 등장하면서 트로트 열풍이 불자, 2004년 장윤정이 〈어머나〉 한 곡으로 전 세대를 아우르는 폭풍 인기를 누렸고, 2년 뒤에는 박현빈이 〈빠라빠빠〉로 초대박을 치자 트로트가 도전 가치가 있는 블루오션으로 떠오르며 소나 개나 덤벼들었다. 신파, 애조, 명랑, 낭만을 저급문화로 취급해 트로트를 수준 낮은 키치 음악으로 하대하고 홀대하던 분위기가 바뀐 것인데, 아이돌 그룹으로 데뷔한 옐로 스카이도 이런 분위기가 팽배할 때 공공연하게 뽕짝 혐오 발언을 하고 다녔던 놈이었다.

놈의 말본새로 볼 때, 어차피 봐줄 수밖에 없는 처지를 잘 알고 있으니, 쓸데없는 자존심을 내세워 시간 끌려 하지 말고 당장 봐달라고 을러대는 것 같았다. 세상 살아가는 기본자세가 안 된 놈이었다.

"악보가 맘에 안 들어서 봐달라고 준 거 아닌가?"

남득은 '네 마음은 건성이었어 그래서 생각 없이 고백한 거야 그래서 또다시 내 사랑을 날려버렸어'라고 쓴 노랫말을 들여다보며 물었다.

"예?"

"마지못해서 건성으로 지은 악보를 건성으로 봐주지 않으려고 노력하는 중일세. 영감이 올 때까지 기다리게."

남득이 못마땅한 심사를 드러냈다.

"죄송합니다요, 선생님. 제가 사정이 너무 급하다 보니 그만……. 그런데 그 영감님이 언제쯤 오나요?"

농반진반으로 물은 그가 이미 유명 음반사와 녹음 날짜가 잡혀 있다고 했다. 곡도 미완인데 무슨 말인가 싶었으나, 음악을 아버지의 돈과 숙부의 권력으로 밀어붙이는 놈이니 가능할 것 같았다. 대중예술도 부자들의 손아귀에 있었었다.

"영감이 언제쯤 오실는지는 영감이 알지 않겠나……. 기다려 보게."

남득이 빈정대며 답했다.

악보가 옐로 스카이와는 맞지 않았다. 남득이 알고 있는 옐로 스카이의 스타일과 이미지, 감성과 음색과는 거리가 있는 곡이었다. 선글라스에 베잠방이를 입은 꼴이었다.

"이게 본래 자네 곡으로 지은 것인가?"

"예?"

옐로 스카이가 놀란 듯 물었다.

"자네 곡이 아닌 것 같아서 물어본 걸세."

"……뭐라는 거야, 씨……."

남득은 상대가 웅얼대다가 내뱉는 욕설을 들었다.

대거리를 할 가치가 없는지라 남득은 가만히 전화를 끊었다.

어머니 전화는 받지 않을 생각이었다. 옐로 스카이의 욕설을 듣고 전화를 끊은 뒤에 곧이어 걸려 온 전화여서 그가 시비를 걸려고 다시 한 전화인 줄 알았는데, 액정 화면에 '하봉자님'이라고 떴다. 남득은 전화를 받지 않았다.

어머니의 주장은 사부곡思夫曲으로 위장한 억지 폭력이었다. 아버지를 찾는다는 구실로 평생 남득을 팽개친 어머니였다. 마치 자신만이 시대의 희생자인 양, 지고지순한 사랑을 찾아 헤매는 지어미, 아니 성녀聖女인 양 코스프레하며 살아온 사람이 아니던가.

그런 어머니가 어느 날 갑자기 이상한 물건과 이상한 쪽지를 보내온 것이다. 당신 입으로 이미 오래전에 죽었다고 말한 아버지가 지금 한국에 와있으니 만나보라는 종용을, 아니 강요를 하며 재촉을 하고 있는 것이다. 생부라는 이유만으로 이러는 게 어디 가당키나 한 말인가…….

남득은 어쩌면 어머니가 그를 만나고 싶은데, 알량한 자존심도 있고 멋쩍기도 해서 아들을 내세워 적당한 재회 구실을 만들려는 꼼수가 아닌가 하는 생각이 들었다. 아버지가 살아있다는 것은 놀라운 일이었으나, 어머니와 아버지의 실체 없는 사랑놀음에 더 이상 휘둘리고 싶지 않았다. 어쩌자고 둘의 허깨비 같고 실속 없는 망상 같은 사랑에 자신을 자꾸 끌어들이려 한단 말인가.

그러나 어머니의 전화를 안 받는다는 것은 쉬운 일이 아니었다. 그녀는 언제나 플랜 B를 준비하고 사는 여자였다. 그녀의 플랜 B는 영수의 휴대 전화였다.

"이번이 마지막이 될 수 있다고 생각하고, 그러니까…… 네, 네놈이 잘 알아서…… 아, 아버지에게 후회 없이……."

어머니가 울면서 말했다. 남득은 어머니의 눈물을 많이 보아왔으나, 어쩌면 그 눈물이 악어의 눈물일 수도 있겠다는 섬뜩하고 불경한 생각이 들었다. 처음 든 생각이었으나 낯설지 않았다.

어머니는 늘 그랬듯이 지극히 이기적이고 뻔뻔한 자기주장을 마치 고승대덕의 가르침인 양 전달했다. 이번 가르침의 주제는 인륜이었다.

어머니는 남득에게 이 가르침과 깨달음을 주려고 전화를 한 것이라며 호통을 치며 훈계했다. 어머니의 기세등등한 목소리가 귀에 쟁쟁했다.

택배 상자를 열고 녹이 슨 군번표를 본 순간, 남득은 그것이 누구의 것인지, 무엇을 의미하는 것인지 단박에 알아차렸다. 그러나 죽었다는 그가 생존해 있다는 것에 대해서는 생각지 못했다. 당연하지 않은가. 그래서 종이쪽지에 적힌 내용은 충격적이었다. 종이쪽지에 적힌 번호로 연락을 하면 살아있는 아버지와 닿을 수 있다는 것이니 어찌 충격을 받지 않을 수 있었겠는가.

남득은 손톱 끝을 씹었다. 대체 무엇을 어떻게 해야 할는지 판단이 서지 않았다. 남득으로서는 'Mac Lamarr Hodges' 씨를 만날 이유가 없었다. 소포 내용물 또한 가지고 있을 이유도, 전달해 줄 이유도 없기에 반송할 도리밖에 없었다. 반송할 것을 반송했다고 해서 오밤중에 전화를 걸어 난리를 부린 것이다.

—내으게 부울가아튼 성령 쾅! 내으게 화으산 가아튼 성령 쾅쾅! 넘치네이.

〈내게 강 같은 평화〉를 개사한 복음성가를, 장구동 목사가 강대상을 내리치며 신도들과 함께 불러 젖히고 있었다. 불기둥교회의 심야 예배를 알리는 알람이었다.

파주 용주골로 이사를 간 지 2년이 지났을 때 엄마가 변했다. 엄마가 스스로 알아서 변한 것인지, 미군들이 엄마를 변화시킨 것인지는 알 수 없었으나 이전의 엄마가 아니었다.

미군들 사이에서 알게 모르게 주목받아 왔다는 엄마의 미모가 빛을 발하고 있다는 소문이 돌았는데, 남득의 귀에도 들어왔다. 엄마는 자신이 인기 연예인이라도 된 것처럼 굴었다. 화장과 옷차림은 물론이요, 표정과 태도도 눈에 띄게 달라졌다. 남득의 존재를 감추려고 하는 듯한 낌새도 보였다.

엄마가 상대하는 고객도 불특정 다수의 사병이 아닌 소수의 몇몇 장교로 바뀌었다고 했다. 미군들이 치켜세우던 핀업 걸 베티 페이지Bettie Page처럼 된 것이다. 이즈음 가끔 검정 양복 차림의 건장한 한국인 사내가 베티 페이지가 된 엄마를 찾아왔다. 이 사내는 새벽녘에 찾아와 잠든 엄마를 깨웠다. 그를 따라 나간 엄마는 대략 한 시간 남짓 만에 돌아왔다. 아무튼 '집단골'에서 흑인들만을 상대하는 양공주들에게는 엄마가 진짜 베티 페이지나 다름없었다.

그러나 이런 인기가 오래가지 못했다. 하늘의 질투 탓인지, 인기 절정을 누리며 상종가를 치던 엄마는 어느 날부터인가 광대뼈가 도드라지고 눈 밑에 거무스름한 멍이 지더니 시름시름 앓기 시작했다. 엄마는 동네 병원을 수차례 들락날락하던 끝에 대학병원을 다녀왔고, 용산 미군기지 내에 있다는 브라이온 올굿 육군 병원을 다녀왔다. 뱃속에 혹이 생겼다고 했는데, 더 이상은 말해주지 않았다. 엄마가 씨도 모르는 동생을 무려 다섯이나 감쪽같이 죽여 버렸다는 사실은 엄마의 동료들을 통해 나중에 알게 되었다.

전지전능하다는 미군 군의관들도 어쩌지 못하는지 엄마의 병은 낫지 않았고, 집에 누워 약만 먹었다. 여섯 달 동안이나 미군 병원을 오가며 통원치료를 받았으나 차도가 없는 것을 지켜보면서 남득은 엄마가 복용하는 약이 엄마의 말과 다르게 치료제가 아닌 진통제라는 사실을 알았다.

자기들끼리 당번을 정해 매일같이 병문안을 오는 '의리의 누나들'이 빨리 입원 수술을 해야 한다고 했으나, 엄마는 약이 듣고 있어 곧 나을 것이니 방정 떨지 말라고 했다.

이러던 중에 잘생긴 미군 장교 하나가 엄마를 찾아왔다. 루테넌트 커널(중령)이라고 했는데, 척 봐도 바람기가 차고 넘치는 놈이었다. 서로 반가워하는 것을 보니 절친한 사이 같았다.

말똥 두 덩어리가 붙은 모자를 벗어 방바닥에 놓은 중령이 10달러를 주며 남득을 방 밖으로 밀어냈다. 쫓겨난 남득은 만화방에 가서 배금택의 『미스 도돔바』, 허명웅의 『꼬마 미스코리아 오미자』, 김봉남의 『꼬마 인디언』을 탐독했다. 모두 신간이었다. 두어 시간 가까이 만화 삼매경에 빠져 있다가 집으로 돌아왔을 때, 중령은 가고 없었다.

중령이 다녀간 이튿날, 엄마는 다짜고짜 그놈과 함께 미국으로 가야겠다고 했다. 중령과 상의하고 밤새 생각한 결과를 알려주는 것이라고 했다. 일방적 통보였다.

남득은 그 중령 새끼가 누구냐고 물었다. 어떤 사이냐고 물은 것인데, 엄마는 알고 지내는 제이슨 돌빈 중령님이라고 했다. 이름과 계급만 말해준 엄마는 그동안 함구하고 있었던 자신의 병증에 대해 상세히 들려주었다.

엄마의 자궁벽에서 독버섯 여러 송이가 앞다퉈 자라고 있다고 했다. 일을 열심히 하다 보면 어쩔 수 없이 생기는 흔한 직업병인데, 천만금이 있어도 한국의 의술로는 고칠 수 없는 난치병이라고 했다. 그러면서 또 앞에 한 말을 바꿔 다른 말을 했는데, 설령 고칠 수 있다 해도 그런 큰돈이 없을뿐더러, 또 그동안 모은 돈을 다 써버리면 남득의 미래가 없어지기 때문에 그럴 수 없다고 했다. 치료와 돈이 뒤섞여 갈피를 잃은 말이

왔다 갔다 했다.

그래서 친구인 돌빈 중령님의 '굿윌(선의)'로 병도 고치고, 아버지도 찾기 위해 미국행을 결심한 것이라고 했다. 고심 끝에 내린 결정이니 엄마의 뜻에 따라 달라고 했다.

남득은 한국에 있으면 죽을 수밖에 없는 불치병을 고치고 또 아버지를 찾기 위해 미국으로 가겠다는 엄마를 말릴 수 없었다. 어린 남득으로서는 여자 꼬드기는 재주가 빼어난 중령 놈의 재간을 당해낼 수 없었다.

그때부터 즉, 돌빈이 엄마를 낚아채 간 1967년부터 남득은 버려진 아이로 자랐다. 엄마가 미국에 간 첫해에 10달러를 우편환으로 보내왔다. 외환 위기였던 그해 1달러는 272원이었다. 그 달러를 누나들이 환전수수료 없이 원화로 바꿔다 줬다. 적지 않은 돈이었다. 환전수수료를 내면 달러당 260원이었다. 남득은 엄마가 보내주는 달러로 6년을 살았다.

사고무친, 혈혈단신이 된 남득은 모두가 꺼리는 혼혈아인 데다 사귐성이 없어 외로움을 많이 탔다. 배달의 한민족인 엄마는 한국에서 완전체였으나, 남득은 성경 속 유다처럼 차라리 태어나지 않았으면 좋았을 튀기였다. 엄마가 그리웠으나, 그렇다고 해서 미국으로 갈 수는 없었다.

2년이 지났을 때 남득은 엄마가 자신을 버린 것이라고 생각했다. 병은 이미 고쳤을 것이고, 아버지를 찾는데 2년 이상이 걸릴 수는 없었다.

그러나 엄마의 미국 체류는 2년이 아니라 10년이었다. 병은 고쳤지만, 아버지를 찾지 못해 더 머물러야 한다고 했는데, 거짓말이었다.

남득은 병을 고치러 간 것은 맞는 것 같은데, 아버지를 찾으러 갔다는 것은 새빨간 거짓이었다는 것을 알게 되었다. 그 미군 장교 제이슨 돌빈과 사실혼 관계로 산 것이었다. 그러니까 엄마가 말한 돌빈의 '굿윌'이 '언페이스풀 러브(부적절한 사랑)'였던 것이다. 바람둥이 장교 놈이 거짓말을 한 것인데, 결국 엄마는 그 꾐에 빠져—어쩌면 알고도 선택한 것일 수 있었다— 자식을 버리고 달아난 것이었다.

엄마가 미국으로 건너간 지 6년째 됐을 때, 그러니까 남득이 고등학교를 졸업한 이듬해 돈이 끊겼다. 10월 유신이 선포된 해였다. 엄마는 돈 대신 보낸 짤막한 서신을 통해 너도 이제는 우리 나이로 어엿한 스물두 살이 되었으니 자기 밥벌이는 자기가 알아서 할 때가 됐다고 했다. 양육이 끝났으니 앞으로는 스스로 알아서 살아가라는 통보였다.

매달 오던 생활비가 끊어지자 대학 진학은커녕 당장 먹고살 일이 걱정이었다. 음악을 한답시고 허투루 쓰기도 했지만 이런 일이 닥칠 줄은 예상하지 못한지라 따로 저축해놓은 돈도 없었다. 물론 약간의 여윳돈은 있었으나 당장의 끼니를 해결해 줄 정도였다.

호적의 만 나이로 십구 세가 된 해인지라 군 입대를 해서 월남전에 자원할 생각이었다. 그러나 혼혈아인 남득은 월남 파병은 물론이요 군 입대조차 할 자격이 없었다. 어린 시절 '튀기새끼'는 군에도 못 간다는 놀림을 받은 적이 있었으나, 그게 사실은 아닐 거라고 생각해왔던 것이다.

음악적 재능을 인정받으려 통기타를 둘러매고 서울을 드나드는 일도 돈이 떨어져 어렵게 되었다. 게다가 포크 음악은 반항적이고 반사회적인 히피 놈들이나 하는 짓이고, 불온하고 불량스럽다는 이유로 통제 단속되면서 사양길로 접어들었다. 군사독재 시절이라 가능했다.

미8군의 고고 리듬이 기존의 트로트를 재해석했다. 남득은 이 트렌드를 좇지 못했다. 미8군에서 경음악을 할 기회가 서너 번 있었으나, 그러고 싶지 않았다. 내 어머니를 강간하고 성적 노리개로 삼은, 남득이 아는 모든 '착하고 순한 누나들'을 성적 노리개뿐만 아니라 개만도 못하게 취급하고 있는 미군들의 즐거움을 위해 자신의 위대한 음악 혼—당시 남득은 정말 그렇게 생각했다—을 바칠 수는 없었다. 미군을 지렛대로 삼아 음악적 재능을 인정받고 그들을 벗어나면 그만이라는 생각도 해봤다. 그러나 어머니의 삶을 송두리째 빼앗고, 저주받은 자신을 탄생시킨 미군 앞에서 음악적 영혼을 팔고 싶지 않았고, 또 그들 앞에서는 팔 만한 재능을 발휘할 수도 없을 것 같았다.

파주와 동두천을 오가며 방황하던 남득은 거처를 대전으로 옮겼다. 한때 어린 시절의 추억이 깃든 청주로 갈까 하는 생각도 했으나, 어려서 잠시 살았던 난민 판자촌 '충북녘'은 1972년 철거됐고, 연락이 닿는 연고자도 없었으며, 또 도시가 작아 일자리를 찾기도 어려울 것 같아 청주와 가깝고 전국 교통의 중심지라고 하는 대전을 택했다.

휴대용 미니 카세트를 들고 노가다판을 다니며, 펄시스터즈와 김추자의 고고 음악을, 조용필의 〈돌아와요 부산항에〉를 들었다. 그러다가

1977년 최초의 대학가요제가 열렸다. 샌드페블즈가 〈나 어떡해〉를 불러 대상을 받으며 그룹사운드 시대가 열렸다. 남득은 그룹사운드가 유행을 이끌 때 음악을 다시 시작했다. 파라다이스 관광호텔 나이트클럽 밴드 연주자가 된 것이다.

10층짜리 최신식 호텔의 소유주는 종합반 과외 학원으로 단기간에 떼돈을 번 2선 국회의원이었으나, 실질 경영주는 그의 남동생이었다. 호텔 지하 1,000평 규모에 달하는 나이트클럽은 그의 건달 남동생이 감방에서 사귀었다는 주먹이 도맡아 운영했다. 이 친구가 정계 실세들과 줄을 대고 있다는 조폭 보스였는데, 그가 2선 의원을 협박해서 직접 클럽 운영권을 땄다는 소문과 남동생의 소개를 받은 2선 의원이 그를 스카우트한 것이라는 서로 다른 두 가지 소문이 떠돌았는데, 진위는 알 수 없었다.

1980년대는 혜성처럼 나타난 비지스의 디스코 열풍에 따라 '닭장'이라고 불린 디스코 나이트클럽 전성기였다. 테이블당 기본 안줏값만 내면 누구나 찾아와 반라의 누드 쇼를 보며 눈요기를 하고 발바닥에 땀이 나도록 막춤을 즐길 수 있는 곳이었다.

박정희 사망 후에 겨우 되찾은 민주와 자유의 숨통을 틀어쥔 전두환 신군부가 오랜 군사독재와 개발독재 시대를 살아오면서 뼛골 빠지게 돈만 버느라 짓눌렸던 욕망을 맘껏 폭발해 보라는 것인지 여흥과 향락을 묵인하고 장려했다. 광주 학살로 정권을 얻은 신군부는 국민을 어르고 달래느라 서둘러 프로 야구도 만들어주고, 밤새도록 실컷 마시며 놀 수 있도록 야간 통행 금지—1945년 9월 7일 맥아더의 포고령에 의해 실시됐다—도 풀어주면서 민심 수습을 위해 뒷구멍으로 3S(스포츠·섹스·스크린) 정책을 숨 가쁘게 펼쳤다. 물론 삼청교육대를 만들어 사회기강확립이라는 명목으로 공포 분위기도 조성했다. 여기에 그치지 않고 계층 간 통합과 국민 교육열을 충족시켜 주기 위해 공권력으로 과외 금지와 사립대학 설립을 강권하기도 했다.

물론 이 쿠데타에도 미국의 암묵적인 동의와 지지가 있었다. 신군부가 공수부대를 투입해 민주와 자유를 외치는 광주 시민을 빨갱이의 준동이라며 탱크로 밀어버렸는데, 전시가 아닌 상황에서 미국의 허락 없이는 특수 부대를 후방으로 이동시켜 민간인 시위 진압에 투입할 수 없었다. 1950년 개전 초기에 서울 시민들을 버리고 달아난 이승만이 우리의 군사 작전권을 미국에게 통째 넘겨주었기 때문이다. 남득은 미8군을 떠났지만, 한국은 여전히 미국의 영향권 아래 있었다.

신군부는 미국의 묵인하에 광주 시민을 학살하고, 3김(김대중·김영삼·김종필)을 숙청하고, 민의를 짓밟았다. 그러고는 정권을 찬탈했다.

경제는 호황이었고 고용 또한 최고조였다. 정부가 일자리를 만들려고 굳이 애쓰지 않아도 고등학교만 졸업하면 기업들이 알아서 데려다가 썼다. 수출이 호조이니 일을 하고자 하는 사람은 일할 수 있었다. 레거시 언론과 일부 국민들은 이런 신군부를 민주와 자유의 이름으로 한껏 찬양

했다. 컬러텔레비전과 프로 야구만으로는 만족하지 못하는 사람들을 위해서 먹고, 마시고, 춤추고, 흘레붙을 수 있는 유흥 산업을 촉진시켰다.

나이트클럽 딴따라인 남득도 신군부가 이미지 세탁과 미화를 위해 벌인 문화 유흥 정책의 낙수효과를 누렸다. 음악도 이러한 시대의 가식과 위장에 맞춰 펑크를 추구했다.

파라다이스 나이트클럽에서 3년째 연주와 노래를 부르며 먹고 살던 1981년 겨울, '나탈리 박'을 만났다. 본명이 박여순이었다.

전속 무용수 나탈리 박은 무대 위에서 캉캉 춤을 췄고, 밤 10시와 통금 해제 기념으로 자정에 두 차례 샤워 쇼를 했다. 비키니 차림으로 반 평 남짓한 유리 부스에 들어가 사방에서 뿜어대는 물줄기를 맞으며 공연했다. 술과 담배와 음악과 춤에 취해 정신 줄을 놓은 손님들은 팔등신 스트리퍼들이 허우적거리는 이 막간 '물쇼'에 환장을 했다. 스트리퍼들이 다섯 개의 부스에 흩어져서 제각각 정액처럼 내쏘는 물줄기를 받아마시며 몸을 뒤틀고 구부리고 젖히기를 반복할 때 객석의 손님들이 사지를 배배꼬며 기립했다. 그러고는 절정에 이른 스트리퍼들이 혓바닥을 날름거리면 손님들은 환호성을 지르고 자지러지는 시늉을 하며 절규했다.

나탈리 박이 중앙 유리 부스를 차지한 프리마 발레리나였다. 이 발레리나가 남득에게 사랑을 고백했다.

남득은 나탈리 박이 싫지는 않았으나, 그렇다고 해서 좋아하는 것도 아니었다. 다만 그녀가 엄마를 닮아 볼 때마다 불편하기는 했다. 여자가 너무 예쁘면 남자들의 손을 탄다는 사실도 무시할 수 없었다. 아무튼, 이런저런 이유로 부담스러운 여자였다.

예상대로 사귀는 남자도 있는 것 같았다. 그럼에도 불구하고 그녀의 대시가 집요하고 간절했다. 뒷날 안 사실이었는데, 이즈음에 남득에게 호감을 갖고 있던 조성미를 나탈리가 포기시켰다고 했다.

사내 연애 금지가 규율인지라 둘은 클럽 밖에서 몰래 사귀었다. 그렇게 1년 5개월쯤 사귀었을 때 꼬리가 밟혔다.

어느 날 보스의 심복에게 끌려간 남득은 영문도 모르는 구타와 고문을 당했다. 심복은 '나와바리' 관리 중에 시비가 붙어 삼청교육대에 잡혀갔었는데, 보스가 빼내 줬다는 놈으로 별명이 '스카페이스'였다. 입가에서 귀밑까지 난 칼자국이 기괴했다.

그가 남득에게 왜 하고많은 사과 중에 금단의 사과를 따 먹었느냐고 물었다. 남득은 그의 질문을 알아듣지 못했다. 그래서 피브이시 파이프로 또 맞았다.

나탈리가 금단의 사과인 줄 어찌 알았겠는가. 하지만 왜 그런 사실을 미리 공지해주지 않았느냐고 따질 수도 없는 노릇이었다. 젖은 걸레처럼 곁에 널브러져 있는 나탈리가 원망스러웠다.

사내 연애 금지 규율이 금단의 사과들 때문에 만든 것이라고 했다. 스카페이스는 보스의 여자들을 금단의 사과들이라고 칭했다. 나탈리도 보스가 가끔 베어 먹는 금단의 사과들 가운데 하나였던 것이다.

독립운동이나 민주화 운동을 한 것도 아닌데, 통닭구이에 물고문까지 했다. 고문이 디스코 춤만큼이나 유행하던 시절이었다. 그는 삼청교육대에서 맛본 고문이라며 통닭구이와 물고문을 자랑스럽게 재현했다.

지하 술 창고로 끌려와 무차별 구타를 당한 뒤에 사내 연애 금지를 어긴 대가를 치러야 한다는 사실을 알았을 때, 그게 통닭구이와 물고문일 것이라고는 생각지 못했다. 자기들끼리 짬짜미로 정했다는 사규 위반에 대한 대가치고는 지나치게 과했다.

그날 음악다방에서 커피를 마시다가 같이 끌려온 박여순은 통닭구이와 물고문만 당하지 않았을 뿐, 남득에 못지않은 모진 구타를 당했다. 스카페이스 일당은 무지막지한 백정 같은 놈들이었다.

구타와 고문을 당한 이튿날, 말쑥한 감색 양복 차림의 사내가 나타났다. 일본 출장에서 막 돌아온 보스라고 했다. 밤새 갇혀 있었던 것은 보스의 출장 때문이었다는 것을 뒤늦게 알았다.

철문이 열리고, 빛을 등진 채 성큼성큼 들어온 보스가 곧장 남득 앞으로 다가왔다. 무릎을 꿇은 자세로 고개를 들었으나 빛을 등지고 있어 얼굴을 볼 수 없었다. 다만 형체만 가늠할 수 있었는데 코미디언 이기동처럼 짜리몽땅한 볼품없는 체구였다. 갓등 빛을 머리 위에 아우라처럼 두른 그가 남득 앞에 구부리고 앉아 애써 덤덤하고 차분한 목소리로 물었다. 부하들을 의식해서 감정을 자제하는 것 같았다.

"너냐?"

계집애 같은, 앳된 목소리였다.

"……."

보스의 질문에 이어 남득의 옆구리에 주먹이 꽂혔다. 답을 안 해 맞은 것 같았는데 숨을 쉴 수가 없었다.

주먹을 날린 사람은 스카페이스였다. 얼굴의 칼 맞은 흉터가 실지렁이처럼 꿈틀댔다.

"이 새끼 기타리스트잖아? 그런데 튀기였어?"

남득을 내려다보며 혼잣말인 양 중얼거린 보스가 스카페이스에게 물었다. 계집애처럼 가늘고 앙칼진 목소리였다.

"예."

스카페이스가 머리를 조아리며 답했다.

"잘 튀겨졌네. 그렇지?"

보스가 남득의 피멍이 든 턱을 잡고 좌우로 흔들며 말했다.

"예. 그런 것 같습니다요."

"재가 튀김을 좋아해서 튀기를 좋아하나?"

보스가 구석에 처박혀 신음 중인 박여순의 등을 바라보며 혼잣말인 양 중얼거리고는 돌아섰다. 스카페이스가 종종걸음으로 창고 밖까지 따라 나가 보스를 배웅했다. 콘크리트 바닥을 울리는 보스의 규칙적인 구둣발 소리가 남득에게 공포감을 불러일으켰다.

보스를 배웅한 스카페이스가 킥킥대며 다가와 남득 앞에 쪼그리고 앉았다. 그러고는 바지 뒷주머니에서 전지가위를 꺼내 들었다. 전지가위를 본 부하 한 놈이 잽싸게 남득을 자빠뜨려 가슴팍에 올라탔고 또 다른 놈이 손목을 움켜잡았다. 남득은 옴짝달싹할 수가 없었다.

"보스께서 사과 값을 받으시란다."

그러고는 왼손 집게손가락 한 마디를 잘라냈다.

"아악!"

남득의 비명이 보스의 구둣발 소리에 깔렸다.

"보스 여자하고 빠구리 튼 기념품으로 보관해라."

바닥에 떨어진 손가락 한 마디를 남득의 입속에 욱여넣으며 말했다.

남득은 그때 여순이 임신 중이라는 사실을 모르고 있었다. 평소에도 침울하고 말수가 적은 여자였다. 고향을 물어도 입을 닫고 있었는데 거듭 묻자 광주라고 했다. 가족 관계를 묻는 말에는 입을 꾹 다물고 있다가 눈물만 지었다. 가족 관계를 알아내는 데 한 달이 걸렸다.

물론 그녀의 임신을 알았다고 해도 폭력을 막아줄 수 없는 불가항력적 상황이었으나, 적어도 여순에게 가하는 놈들의 무차별적인 물리적 구타만은 목숨을 걸고서라도 막았을 것이다. 남득은 무희인 그녀가 몸살과 복통을 이유로 수개월 동안 물쇼에서 빠졌을 때 눈치를 챘어야 했다. 그러나 생각이 거기에까지 미치지 못했다.

지하 술 창고에서 풀려나 응급실로 실려 간 그녀는 응급수술로 출산을 하고는 이틀 뒤에 죽었다.

수술을 마치고 혼수상태에서 잠깐 깨어난 여순이 말했다.

"나 말고는…… 어떤 년도…… 절대 사랑하지 않을 거…… 라고 약속해 줘."

"……으응."

남득은 고개를 주억거리며 답했다. 유치하고 황당해서 농담인 줄 알았다. 그러나 그녀의 진지한 표정을 보고 유언이라는 것을 알았다.

"믿어도 돼?"

여순이 다짐을 원했다.

"응, 믿어도 돼."

코를 훌쩍이며 답했다.

"약속."

그녀가 미소 지으며 이불귀 밖으로 새끼손가락을 내밀었다.

남득은 그녀의 손가락에 자신의 손가락을 걸어 다짐했다.

"내 아들 보고 싶다."

그녀가 말했다.

"으, 응. 봐야지."

남득이 울음을 삼키며 얼버무리듯 말했다. 그녀에게 아들을 보여주고 싶었으나 중환자실로 신생아를 데려올 수는 없었다.

잠시 후 아들을 볼 수 없는 상황이라는 것을 안 그녀가 천장을 올려다보며 시를 읊듯 말했다.

"우리 아들 이름은…… 영수로 해. 하, 영, 수. 우리 영수를…… 잘 부탁해."

"……영, 수."

남득이 그녀가 일러준 이름을 되뇌었다.

그녀가 아들 이름을 영수라고 지은 사유는 그녀가 죽고 한 달쯤 지난 뒤에 알게 됐다. 그녀의 부탁에 따라 그녀의 아버지를 찾아갔다. 나주 외곽에 있는 허름한 정신병원이었다. 그는 다른 입원 환자들과 달리 환자복이 아닌 낡고 헤진 예비군복을 입고 있었다. 대위 계급장을 단 군복이었다. 그 대위가 남득을 보자마자 말했다.

"영수냐? 이 징헌 놈. 어디 갔다가 이제서야 왔다냐?"

영수는 그녀가 끔찍이 아꼈던 남동생이었다. 그는 1980년 계엄군의 총탄에 즉사했다고 했다.

3

하지스는 마지막 일정에 따라 용산 전쟁기념관으로 가는 일행과 작별했다. 전쟁기념관을 들른 뒤에 남는 시간을 봐서 인사동 거리를 거닐 예정이고, 보훈처와 앤드(AnD) 컴퍼니가 공동 주관하는 공식 작별 만찬을 갖는다고 했으나, 하지스는 개인 사정을 이유로 양해를 구했다. 작별 만찬 모임에 빠지는 것은 아쉬웠지만, 손주와 예비 손자며느리와의 피치 못할 약속 때문에 어쩔 수 없다고 했다.

이제 일행과 한국에서 다시 만날 일은 없었다. 작별 인사를 할 때 자칭 대장 노릇을 하던 로버트 홀이 하지스에게 다가와 호들갑스레 포옹을 하고 뺨에 입을 맞췄다. 죽기 전에 다시 만날 수 있을는지 모른다는 이유였다. 자기가 죽으면 부음을 할 것인데, 화장 후 유엔 묘지 전우들 곁에 묻힐 것이니 꼭 들러 조의를 표해달라고 했다. 그러면서 귀엣말로 그 전에 한국에서 다시 볼 수 있으면 좋겠다고 했다. 네 번째 방한 초대를 받고 싶다는 말이었다.

하지스는 호텔 진입로에 진을 치고 있던 다섯 대의 버스가 큰길로 들어설 때까지 양손을 흔들어 작별 인사를 했다. 배웅을 마친 하지스는 다시 호텔로 들어가 라운지 체어에 앉았다. 방기웅 주무관이 호텔 입구에 도착하면 전화를 주겠다고 했다. 프런트 뒤쪽 이미지 월에 대륙별 시간을 알려주는 전자시계들이 걸려 있었다. 한국 시각은 10시 32분이었다.

바지 주머니에 손을 넣어 대여금고 키를 만지작거리던 하지스는 고개를 왼쪽으로 크게 틀어 라운지를 둘러봤다. 오른쪽 외눈으로 왼쪽을 봐야 하니 어쩔 수 없었다. 각별히 수상쩍어 보이는 사람은 없었다. 30분가량 여유가 있었다. 은행 대여금고에 가서 보관 물건을 확인하고 싶었으나, 불필요하게 위험을 자초하는 짓 같아 그만뒀다.

무인 신문 부스로 가 〈뉴욕 타임스〉를 샀다. 금융 시장 붕괴 가능성과 신용부도 스와프에 대한 기사가 비중 있게 실려 있었다. 1987년 10월

블랙먼데이가 터지자 그린스펀이 화폐 발행기를 자주 돌리기 시작했고, 이후 20년 동안이나 가속을 붙여 왔으니 금융 위기는 예정된 것이나 다름없었다.

올 2월 열린 G7 회담에서 행크 폴슨 재무장관이 취한 어정쩡하고 무책임한 발언과 한 달 뒤 현금 보유고가 고갈된 베어스턴스의 주식이 JP 모건 체이스에 주당 2달러라는 똥값에 팔렸을 때 이미 금융 위기가 시작된 것으로 봐야 했다. 하지스뿐만 아니라 일부 경제 전문기자들도 그렇게 보고 있었다.

그러나 이런 지적도 때늦은 지적이었다. 그럼에도 불구하고 금융 위기를 경고한 기획 기사 밑에 달아 붙인 박스 기사는 정반대의 논조를 띠고 있었다. 대다수의 경제 관료와 경제학자들은 금융 위기설은 시장 교란을 노리는 불온세력의 루머에 불과하고, 신용평가기관들의 최근 평가 보고서에 따르면 다수의 금융 관련 기관들이 트리플 에이 또는 더블 에이 수준을 유지하고 있는 상황이라고 했다. 때문에 아무런 근거 없이 건실한 금융 시장을 음해하는 짓은 국익을 저해하는 무책임한 짓이라는 충고와 경고를 한 인터뷰와 논평 기사가 함께 실렸다. 그 악의적 예측과 거짓 주장들이 시장의 신뢰를 무너뜨리는 저주가 되어 진짜 위기를 부를 수도 있다는 기자의 의견도 곁들여져 있었다. 하지스가 보기에 1퍼센트의 사실을 99퍼센트의 사사로운 의견들로 왜곡한 기사들이었다.

하지스는 1980년 이후 실물경제를 무시하고 관련 법규를 억지로 뜯어고쳐 가면서 무모하게 팽창한 금융업이 이미 통제 불가한 블랙홀에 빨려들었고 파탄에 이르는 것은 시간문제라는 사실을 직감하고 있었다.

지난해 초, 느닷없는 금리 조정을 할 때 제정신을 가진 사람이라면 이상 조짐을 느낄 수 있었을 것이다. 아마도 진실된, 아니 양심 있는 경제학자라면 누구나 받았을 느낌이 아니겠는가. 자산 인플레이션을 못 봤을 리가 없었다. 하지만 거품경제가 꺼지기 전에 챙길 수 있는 이득을 챙기도록 시간을 벌어주기 위한 꼼수와 거짓 주장들이 기승을 부리고 있었다. 그럼에도 불구하고 다수의 일반 투자자들은 무너질 수밖에 없는 이 배수의 진을 보여줘도 믿으려 하지 않았다.

물론 에클스 빌딩(연방준비제도 본부) 근무자들과 금융공학자들이 만든 거품경제도 경제였다. 경제 공학으로 거품경제를 부풀린 빌런들이 그 속에서 앞다퉈 이득을 챙겨갔다. 마치 정치인들이 정치를 똥구덩이 속에 처박아놓고 모든 사람들이 구리고 더럽다고 거들떠보지 않을 때 그 속에서 알짜 이득을 챙겨가는 것이나 다름없었다. 버려진 거품과 똥은 언제나 없는 자들이 감당해야 할 몫이었다.

금융기관들이 돈세탁, 고객사기, 뇌물 증여 등 범죄행위를 해왔다는 사실들이 속속 밝혀지고 있고, 위험천만한 금융파생상품들이 기하급수적으로 양산되어 오래전부터 폭탄 돌리기를 하고 있는 상황인지라 파국은 받아놓은 밥상이었다. 그러나 시장은 이를 받아들이려 하지 않았다.

이런 사실을 모를 리 없는 언론이 시치미를 뚝 뗀 채 딴소리를 하고 있었다. 경영자나 관료나 학자나 금융 로비스트나 언론인이나 다 똑같은 놈들끼리 실체가 없는 허깨비 경제 공학을 찬양하며 서로 북 치고 장구 치며 짬짜미를 하고 있는 것이다.

은행은 금융 시장을 한껏 부풀렸다. 원금 갚을 능력이 없다는 것을 빤히 알면서도—원금은 채무자가 못 갚아도 보험사를 상대로 받아낼 수 있기 때문이다— 마구잡이식 대출로 고율의 이자 장사만 해 먹었다.

시버슨도 이 거품경제의 덫에 걸렸다. 닷컴 관련 주식을 샀다가 버블 사태로 지난 2000년 봄에 큰돈을 잃었다. 회복 불가능한 규모의 돈이었으나, 만회를 위해 백병전을 하듯이 덤벼들고 있으니 조만간 남은 돈마저 거덜이 날 수 있었다. 빼야 하는데, 넣고 버티면 언젠가는 잃은 돈을 단박에 회복할 수도 있다는 기대감 때문에 남은 돈마저 몽땅 밀어 넣고 뻗대는 상황이었다.

아들 시버슨은 하지스의 말보다 주류 경제학자들이 떠들어대는 요설을 믿었다. 아들에게 폴 볼커, 데이비드 맥코이, 글렌 후버드, 리처드 펄드, 헨리 폴슨 주니어, 벤 버냉키, 스콧 탤벗은 경제의 신이었다. 그래서 아들은 이들의 말은 복음福音처럼, 아버지의 말은 괴담처럼 받아들였다. 이런 아들에게 하지스가 해줄 투자 자문은 없었다.

하지스는 돈을 잃고 실의에 빠져 있는—그러나 지금까지 잃은 것은 곧 닥칠 대재앙의 전조일 뿐이라는 사실을 인정하려 들지 않았다— 아들 생각을 하며 신문을 접었다. 시버슨이 남은 돈마저 몽땅 털릴 것이라는 생각을 하자 화가 치밀며 울적해졌다.

접은 신문을 가방에 넣느라 허리를 숙이고 있을 때, 누군가가 등 뒤에 대고 "하지스 선생님?" 하고 속삭이듯 물었다. 하지스가 고개를 들어 끄덕이자, 자신이 방기웅 주무관이라고 했다.

악수를 건넬 틈도 없이 그가 입구에 차를 대놨으니 트렁크를 달라며 서둘렀다. 방 주무관이 트렁크를 끌고 흰색 차량 쪽으로 뛰어가 짐을 싣고는 차 문을 열어주었다. 하지스는 차에 타고 나서야 뒷좌석에 누군가가 앉아있었다는 사실을 알았다. 하지스는 옆 좌석의 동승자가 누구인지 궁금했으나 대놓고 쳐다볼 수도, 물어볼 수도 없는지라 머뭇거렸다.

"인사는 두 분께서 직접 나누시고, 저는 식사 장소로 모시겠습니다."

차를 출발시키기 전에 잠깐 고개를 돌린 방 주무관이 농을 건네듯 말했다.

하지스는 옆자리에 앉은 한복 차림 노부인이 하봉자임을 직감했다. 그러나 순간적으로 몸과 정신이 얼어붙은 그는 아무것도 할 수 없었다. 상대가 하지스라는 것을 알고 있었을 하봉자 또한 왼 고개를 튼 채 미동조차 없었다.

하지스는 갑작스럽게 닥친 상황이 버거워 눈을 감았다. 방 주무관의 깜짝쇼가 충격으로 다가온 탓이었다. 심장이 벌렁대며 가슴이 터질 듯한 통증이 느껴졌다. 아무런 귀띔 없이 하봉자를 데리고 불쑥 나타난 방 주무관이 야속했다. 그러나 그는 고집 센 암탕나귀처럼 버팅기던 하봉자를 데려온 것에 대해 스스로 우쭐해하는 것 같았다.

큰길 한쪽을 점령한 시위대로 교통이 혼잡했다. 차량과 시위대가 뒤엉킨 도로에서 교통정리를 하는 교통경찰과 전경들이 우왕좌왕하고 있었다. 옆자리에 앉은 하봉자는 여전히 고개를 외로 튼 채 차창 밖만 바라보고 있었다. 무슨 생각을 하고 있는지 궁금했으나 물어볼 수 없는 노릇이었다.

하지스는 차가 막히는 것이 갑갑했다. 폐소 공포증 환자인 양 숨이 가빴다. 차창을 열었으나 방 주무관이 바람에 최루 가스와 초미세먼지가 섞여 있으니 얼른 닫아달라고 했다. 하지스는 창문을 닫고 크로스백에서 신경 안정액을 꺼내 마셨다. 하봉자가 좌불안석인 하지스를 힐끔거렸다.

하지스가 안절부절못하는 사이에 혼잡한 도로를 곡예 운전으로 벗어난 방 주무관이 인사동 한정식집으로 갔다. 대한민국 보훈처에서 대접하는 오찬이라고 했다.

“이분이 바로 선생님께서 만나 뵙고 싶다고 부탁하신 베티…… 아니, 하봉자 여사님이십니다.”

룸에 자리를 잡고 앉았을 때, 자세를 가다듬은 주무관이 새삼스레 하봉자를 소개했다. 굳은 분위기를 바꿔보려는 행동 같았다. 신경 안정액을 마셨음에도 불구하고 하지스는 여전히 가슴이 갑갑했다.

하지스는 하봉자를 쳐다볼 마음의 준비가, 아니 용기가 나지 않아 눈을 내리깐 채 목례를 건넸다. 하봉자가 그 인사를 받았는지 안 받았는지는 그녀를 쳐다보지 못해 알 수 없었다. 1976년 그녀가 느닷없이 학교로 찾아왔을 때의 만남은 시간도 짧고 황망한 가운데 순식간에 끝났다. 그러나 지금의 만남은 그렇게 끝낼 돌발적 만남이 아니었다.

하지스는 하봉자와 무슨 말을 어떻게 해야 할는지 떠오르는 생각이 없었다. 오직 만나고 싶다는, 또 만날 수 있을까, 라는 생각뿐이었지, 만나면 무엇을 어떻게 해야 할는지에 대해서는 생각지 못한 탓이었다.

귀띔 없이 깜짝쇼를 연출한 주무관이 약속했다. 자신은 비켜줘야 한다고 생각했는지 겸연쩍은 웃음을 지은 주무관이 즐거운 시간을 보내시라는 인사를 건네고 룸을 나갔다.

방 주무관이 나가자 더욱 무거운 침묵이 내려앉았다. 하지스는 하봉자가 등진 초충도를 멀뚱히 바라봤다. 병풍 속의 나비가 날고 개구리가 울어주었으면 좋겠다는 황당한 생각이 들었다. 멀리서 미국산 쇠고기 수입 반대 구호와 거친 호루라기 소리가 들려왔다.

서로가 시선을 피한 채 몸만 비틀어 대고 있는 사이 칠첩반상이 나왔다. 그러나 밥상만 내려다보고 있을 뿐 침묵이 계속됐다. 한국의 전통 악기 연주 소리가 침묵 속으로 파고들었다. 벽에 붙은 스피커에서 나오는 소리였다. 현악기의 여운이 침묵보다 무거웠다.

하지스는 침묵을 더 이상 견딜 수 없었다. 마치 고문을 당하는 것만 같았다. 그는 가만히 일어나 룸을 나갔다. 룸을 나왔으나 갈 데가 없었다. 사방을 두리번거리다가 화장실로 들어갔다. 변기에 앉아 물을 내리고 흐느꼈다. 하봉자를 만나서 변변한 말 한마디조차 건네지 못하고 쩔쩔매고 있는 자신이 야속하고 원망스러웠다. 하지스는 그동안 몰랐던 자신을 보는 것 같아 당황스러웠다.

그렇게 한참을 흐느끼며 울고 있을 때, 누군가가 화장실 문을 조심스레 두드렸다. 음식점 매니저라고 하며 도와드릴 일이 없는지 물었다. 영어를 할 줄 아는 매니저 같았다. 아마도 누군가가 화장실에서 나오는 울음소리를 듣고 음식점 측에 일러준 것 같았다.

세수를 하고 표정을 추스른 하지스가 룸으로 돌아왔다. 하봉자가 어딜 갔다 오느냐고 물었다. 하지스를 바라보며 그렇게 묻고 있는 그녀의 눈자위가 짓물러 있었다. 하지스는 대답없이 자리에 앉아 어색한 웃음을 지었다.

손수건을 챙겨 넣은 하봉자가 수저를 가리키며 밥을 먹으라고 했다. 하지스가 수저를 들었으나 먹는 둥 마는 둥 했다. 하봉자도 먹는 시늉만 냈다. 음식이 차려졌던 그대로 남았다.

두 사람은 방 주무관의 뒤를 쫓아 인근 커피숍으로 자리를 옮겼다. 스타벅스였다. 주무관이 주문을 받아 계산을 치르고 커피와 차를 가져다줬다. 그러고는 또다시 등을 진 채 멀찍이 떨어져서 앉았다. 이번에도 차를 한 모금 마신 봉자가 먼저 입을 열었다. 그녀가 입을 열지 않으면 침묵이 계속될 것 같았다.

"눈은 언제 그렇게 된 건가요?"

32년 전 NJCU 연구실에서 만났을 때도 봤을 텐데 그때는 묻지 않았던 질문이었다.

"오십팔 년 전이오."

비로소 입을 연 하지스가 한복 차림의 그녀를 쳐다보며 답했다. 문득 58년 전의 그녀 모습과 지금의 모습이 한데 뭉그러지면서 이물감이 느껴졌다. 58년 전과 지금을 이어줄 별다른 기억이 없어서 그런가 싶었다. 1976년의 깜짝 만남이 58년의 이쪽저쪽을 잇는 가교가 될 수 없었다. 1960년대 중후반에 오륙 년 가까이 주고받았던 서신 교환도 박제된 기억일 뿐이었다.

"너무 늦게 왔어요. 이렇게 늦게 와야 할 이유라도 있었는지 묻고 싶네요."

왜 왔느냐고, 무슨 염치로 왔느냐고 따져 묻고 싶었으나, 소용없는 짓이라는 생각이 들었다.

"……."

하지스는 대꾸할 말이 없었다. 결별 선언을 하고 연락을 끊은 것은 그녀가 아니던가.

"고마웠어요. 살면서 잊은 적이 없었어요."

카모마일 찻잔을 만지작거리고 있던 그녀의 손끝이 떨렸다.

"미안하오. 요, 용서…… 하구려. 날 용서하구려."

하지스가 울컥하며 고개를 숙였다.

하고 싶었던 말을 한 하지스는 고개를 숙인 채 한동안 꼼짝도 하지 않았다.

대로에서는 시위 군중과 대치한 진압 경찰이 물대포를 쏘아대고 있었다. 통유리창 너머로 보이는 그들의 쫓고 쫓기는 동작들이 팬터마임 같았다.

찻잔을 만지작대던 그녀가 숄더백에서 무언가를 꺼내 테이블 위에 올렸다. 오래된 드림캐처와 군번표였다. 하지스는 기나긴 세월 동안 어쩌면 그녀와 자신을 이어준 정표였는지도 모를 드림캐처와 군번표를 물끄러미 바라봤다. 뭐라 할 말을 찾지 못해 우물쭈물했다. 또다시 가슴이 먹먹했다.

"오십팔 년이면 두 세대가 지난 거예요. 이제 와서 무슨 말이 필요하겠어요."

하봉자가 그의 마음을 읽기라도 한 듯 말했다.

하지스는 두 세대라는 말에 아들 시버슨과 손자 딘을 생각했다.

"이것들도 돌려드리고, 알려드려야 할 것이 있어서 왔어요."

드림캐처와 군번표를 가리킨 그녀가 석 장의 사진을 꺼내 다탁 위에 올려놓으며 말했다.

하지스가 석 장의 사진을 집어 들었다. 그러고는 한 장 한 장 찬찬히 살펴본 하지스가 하봉자를 바라봤다. 사진에 대해 묻는 표정이었다. 아니 묻는다기보다 자신의 짐작을 확인받고자 하는 것 같았다.

"국민학교 입학식 때, 중학교 입학식 때, 2000년 루이스 칼데라 육군성 장관이 대책단을 이끌고 한국에 왔을 때 쌍굴다리 앞에서 아들과 함께 찍은 사진이에요."

"뭐, 뭐요?"

하지스가 벌어진 입을 다물지 못했다.

물대포에 쓰러진 시위자를 실은 앰뷸런스가 경적을 울리며 통유리창 앞을 지나갔다.

"하, 남, 득. 하지스 씨 아들입니다."

봉자의 말이 앰뷸런스 경적과 뒤섞였다.

"대체 왜 이런 이야기를……."

하지스가 넋 나간 표정으로 그녀를 바라봤다. 왜 지금 와서 이런 말을 하느냐고 묻고 싶은 것 같았다.

"미안해요. 아이를 볼모로 하지스 씨를 붙잡고 싶지 않았고, 부담을 주고 싶지 않았어요. 다른 뜻은 없었어요."

하봉자가 망설임 없이 답했다. 준비한 답 같았다.

"하, 하지만…… 오십팔 년이오. 오십팔 년 동안이나 어떻게 아무 말 없이……."

자존심 때문이냐고 묻고 싶었으나 그러면 안 될 것 같았다.

하지스는 또 말을 잇지 못했다. 58년 동안이나 어떻게 아무 말 없이 아이를 혼자서 키웠느냐고 물어야 할지, 58년 동안이나 어떻게 자식이 있다는 사실을 숨겨 온 것이냐고 물어야 할지, 58년 동안이나 어떻게 자식에게 아버지의 존재를 숨길 수 있었느냐고 따져 물어야 할지 도무지 알 수가 없었다. 어쩌면 하지스의 결혼 사실을 알았기 때문에 혹여 아이를 빼앗기지 않을까 싶어 알리지 않은 것일 수 있겠다는 생각도 들었다.

"혹 그 아이를 만날 생각이 있으시다면, 이리로 연락하세요."

그녀가 남득의 연락처가 적힌 메모 쪽지를 테이블 위에 올려놨다.

군번표, 드림캐처, 석 장의 사진, 메모 쪽지가 다탁 위에 나란히 올려졌다. 하봉자와 하지스의 오롯한 58년이었다.

하지스는 착잡하고 참담한 표정으로 다탁 위에 올려진 58년을 내려다볼 뿐 아무 말이 없었다.

봉자는 하지스의 침묵을 견디기 힘들었다. 자리에서 일어난 그녀가 멀리 떨어져 등을 지고 앉은 주무관에게 다가갔다. 그녀는 답답해서 그러니 밖으로 나가 걸었으면 좋겠다고 했다.

주무관은 2시가 되려면 아직 시간이 많이 남았고, 밖은 캡사이신 물대포를 쏘아대 공기가 맵고 좋지 않으니 좀 더 앉아있다가 일어나는 것이 어떻겠느냐고 했다. 그러나 봉자는 말없는 하지스와 마주 앉아 있는 것보다 밖이 나을 것 같았다. 그녀는 할 말도 없으면서 자신을 만나자고 한 하지스를 이해할 수 없었다.

그녀는 인사동 거리를 걷고 올 테니 주무관은 여기서 하지스 씨와 기다려도 좋다고 했다.

잠시 후 주춤거리던 하지스가 봉자를 따라 나서자 주무관도 뒤를 따랐다.

4

하지스는 이국의 낯선 거리를 걸으며 하남득이라는 낯선 이름을 되뇌었다. 하남득의 실체를 그려보려 애썼으나, 본 적도 들어본 적도 없는지라 그려지지 않았다. 생각 밖에 있는 것을 어찌 생각해 낼 수 있겠는가. 하지스는 답답하고 괴로워 눈앞이 막막할 뿐이었다.

그가 두 번째 온 인사동 거리는 낯설었다. 전통이 남은 거리라고 했으나 28년 전에 본 전통조차 찾아볼 수 없었다.

1980년 3월 인사동에 왔었다. 쿠데타로 18년 통치했다는 군부 독재자가 암살되어 '민주화의 봄'을 맞이했다고 해서 한창 어수선할 때였다. 그해 1월에 자칭 S상사 주재원이라는 사람이 뉴저지 시골집을 찾아왔다. 그와 동행한 늙수그레한 사람이 준비해 놓은 물건을 살펴봤다. 주재원이 보유 물건 전부를 보고 싶다고 했으나, 일부만 보여줬다.

물건 감정을 마친 동행자와 마당으로 나가 귀엣말을 나눈 주재원이 희망 가격을 물었다. 하지스는 전문가로부터 미리 받은 감정가의 두 배를 불렀다.

구매 희망자가 한국에서 재력과 안목이 있는 문화재 애호가라고만 밝혔을 뿐, 실체를 밝히지 않아 구매 의지를 가늠해 보기 위해 내질러본 호가였다. 호가를 듣고 다시 동행자와 귀엣말을 주고받은 주재원이 양해를 구하고 다시 마당으로 나가 어딘가로 통화를 하고 들어왔다. 그러고는 뜻밖의 제안을 했다. 직접 만나 흥정을 하고 싶은데 한국으로 와줄 수 있겠느냐는 것이었다. 방문 경비 전액을 부담하겠다고 했다.

하지스로서는 거절할 이유가 없었다. 안 그래도 한국을 방문하게 되면 꼭 가봐야 할 곳도 있었다. 그래서 당시 동두천 캠프 케이시 야포 여단에서 근무하고 있는 아들 시버슨을 만난다는 구실로 한국을 방문했고, 그때 인사동에 들른 적이 있었다. 그때도 지금처럼 가두시위가 있었다. 진압 경찰과 시위 군중이 서로 공방을 주고받으며 쫓고 쫓기는 살벌한 게릴라식 폭력 시위였다. 경찰은 최루탄을 쏘고 곤봉을 휘둘렀으며, 시위대는 투석으로 맞섰다. 하지스가 겪은 한국은 다이내믹한 나라였다. 이런 야생의 민족을 길들여 부려먹는 모국이 새삼 위대한 나라라는 생각이 들었다.

하지스는 미국에서 만났던 주재원을 따라 뿌연 최루 가스를 뚫고 깨진 보도블록 조각들을 피해 좁은 골목 안쪽에 있는 찻집으로 따라 들어갔다. 한국 전통 가옥이 아닌, 잔돌 깔린 정원이 있는, 도쿄에 주둔할 때 본 일본풍 가옥을 닮은 찻집이었다.

구석진 방으로 들어갔을 때 검정 패딩점퍼에 LA다저스 야구모자를 푹 눌러쓴 노인이 웅크린 자세로 벽 쪽에 기대앉아 하지스를 맞이했다.

노인이 마스크를 착용한 것은 감기 때문이니 양해해 달라고 했다. 멀찌감치 떨어져 앉은 것도 감기 때문이라고 했다.

하지스는 불쾌했으나 내색하지 않았다. 뚱뚱한 몸매의 노인과 통역 없이 대화했다.

좌식 다다미방에서 다탁—하지스의 찻잔만 놓여 있었다—을 사이에 두고 만난 구매자는 세계 각지에 흩어져 있는 자국의 분실 문화유산을 되찾으려는 애국의 뜻으로 하는 일이니 도와달라고 했다. 도둑맞은 내 물건을 되찾겠다는 것이니 웬만하면 적당한 선에서 양보해달라는 뜻으로 들렸다. 감정가의 두 배를 요구한 하지스는 멋쩍었다.

하지스는 거북목에 붕어 눈알을 가진 구매자와 합리적인 가격 흥정—하지스가 시세대로 하겠다고 하자 상대도 동의했다—을 마치고, 그의 가족이 경영한다는 최고급 호텔 특실에서 일박을 한 뒤 귀국했다. 아들 시버슨과는 그날 인사동에서 점심을 함께했다.

이튿날 아침에 주재원이 호텔로 찾아와 관광과 숙박 비용을 책임질 터이니 더 머물다 가라고 요청했으나 정중히 거절했다. 추가 거래 의사가 있다는 뜻이었으나 불안해서 그럴 수 없었다. 하지스는 더 머무를 수 있는 형편이 된다면 관광이 아니라 꼭 찾아가 봐야 할 곳도 있었다. 그러나 아무런 준비 없이 그곳을 간다는 것은 경솔하고 위험한 짓이라는 판단이 섰다.

시버슨도 한국 정세가 몹시 불안하니 서둘러 귀국하는 것이 좋겠다고 했다. 구매자는 이런 정세를 거래의 적기로 본 것 같았다.

그때 거래한 물건이 국보가 됐다고 했는데, 국립중앙박물관 전시실에는 그 물건이 없었다. 빼돌려진 문화재를 헐값에 밀거래하고 이를 잘 세탁해서 공개한 뒤에 적당한 시기에 감정을 받아 국보로 둔갑시켜 탈세와 자산 형성 수단으로 삼는다고 했는데, 바커의 말처럼 5,000년의 장구한 역사가 있기에 가능한 일이 아닐까 싶었다. 하지스는 가진 자에게는 역사도 돈벌이 수단이 된다는 사실이 새삼 놀라웠다.

"고맙습니다, 선생님."

인파의 흐름에 따라 거리의 상점 진열품들을 기웃거리며 아이쇼핑을 하고 있을 때 하지스에게 다가온 방 주무관이 은근한 목소리로 말했다.

하지스는 무엇이 고맙다는 것인지 알 수 없었다. 훈장을 받아주기로 해서 고맙다는 것인가…….

"미8군 측에서 전달식을 하고 싶었는데, 선생님이 현역 군인이 아닌 민간인 신분이신지라 대사관 측에 양보를 한 것이라고 합니다."

훈장 전달을 미8군이 아닌 대사관이 하게 된 데 대한 주무관의 어쭙잖은 해명이었다.

하지스는 이미 딘을 통해서 그의 노근리 관련 언론 인터뷰가 미군의 명예를 실추시켰다는 이유로 미8군 측에서 훈장 전달 거부뿐만 아니라, 한국 정부의 보훈 결정에도 강한 불만을 나타냈다는 것을 알고 있었다.

손자 딘의 말에 따르면, 하지스의 언론 인터뷰 내용에 대해서는 진실을 말한 용기 있는 군인다운 행동이었다는 측과 사실과 기억을 왜곡시켜 미군의 명예를 훼손하고 국익을 저해한 악행이었다는 측으로 나뉘었고, 한국 정부의 훈장 수여에 대해서는 전시 한국에서 있었던 모든 미군의 작전 행위에 대한 정당성을 공인해 주는 증표이자 면죄부가 될 것이기 때문에 늦었지만 받는 것이 당연하다는 측과 자유와 평화를 수호하기 위해 목숨을 걸고 싸운 전투에 대해 이미 폭력적 치욕과 수모를 가해 미군의 명예를 더럽혔기 때문에 그런 가해국 정부가 주는 훈장을 받는다는 것은 자존심마저 팽개친 수치스러운 행위라고 하는 측으로 나뉘었다고 했다. 손자가 왜 이 문제로 자신의 중대원을 대상으로 구두 여론조사까지 했는지는 모를 일이었다.

어쨌든 주한 주둔군 입장에서 볼 때 하지스가 언론 인터뷰에서 밝힌 진실이 몹시 불쾌하게 다가왔을 것은 틀림없어 보였다.

방 주무관이 하지스가 이해하지 못하고 있는 감사에 대한 징표라면서 닥종이찰흙으로 빚은 인형을 선물했다. 성춘향과 이도령 인형이라고 했다. 그가 하지스와 하봉자를 번갈아 바라보며 로미오와 줄리엣은 비극적 사랑으로 끝났지만, 성춘향과 이도령은 역경을 딛고 해피한 사랑으로 맺어졌다고 했다.

주한미국대사관은 성곽처럼 높이 쌓아 올린 선박용 컨테이너 뒤편에 있었다. 방 주무관이 시위대로부터 대사관을 보호하기 위해서라고 했다.

목적지가 코앞에 있었으나 미국산 쇠고기 수입 반대 시위로 인한 교통 통제 때문에 길을 돌아 가까스로 시간에 맞춰 도착했는데, 정문에서 외부 차량 출입을 통제했다. 평상시에 비자를 발급받으려는 사람들로 대사관 담을 겹겹이 싸고돌던 행렬도 보이지 않았다. 시위를 핑계 삼아 대사관 측이 비자 발급을 중단한 것 같았다.

방 주무관이 신분증을 보여주며 국가보훈처에서 수훈자를 모시고 온 공무 차량이라고 했으나, 사람만 들어갈 수 있고 차량은 들어갈 수 없다고 했다. 주차 공간이 없다는 것이 이유였다. 하지스와 하봉자를 내려준 주무관이 인근 유료 주차장을 찾아 차를 주차시키고 뒤따라가겠으니 먼저 들어가라고 했다. 후진을 한 주무관이 경비에게 가까운 주차장의 위치를 묻자, 눈을 치뜬 경비가 짜증을 부리며 그런 건 알아서 찾아가라고 했다.

방 주무관에게 퉁을 준 경비의 지시를 받아 검문검색과 출입 절차를 밟은 하지스와 봉자는 출입증을 목에 걸고 8층 전달식장으로 올라갔다.

"오우, 할아버지."

딘이었다. 먼저 도착해 복도에서 기다리고 있던 전투복 차림의 손자가 반갑게 달려와 하지스를 포옹했다.

식장은 썰렁했다. 회의실 같았는데 훈장 전달식을 알리는 안내판 하나 없었다. 아무런 격식 없이 이루어진 훈장 전달식은 채 5분도 안 걸려 끝났다. 대사가 아닌 반팔 와이셔츠 차림의 공보과장이 훈장을 대리 전달했다.

대한민국 3등급 충무무공훈장이 피자 배달처럼 공보과장의 손에서 하지스의 손으로 옮겨졌다. 이게 다인가 싶어 머뭇거리며 기다렸으나, 별도의 축하 말이나 기념사진 촬영조차 없었다.

국가보훈처를 대표해 하객으로 참석한 차장이 무안당한 표정을 지으며 당황해하는 것 같았다. 하지스도 어이가 없었다. 받으러 오라고 하지 말고 페덱스로 배달을 시켜줬더라면 좋았을 것이라는 생각이 들었다.

하지만 상한 마음이 오래가지 않았다. 처음 보는 예비 손자며느리가 꽃다발을 한 아름 안겨주며 스스럼없이 볼 키스를 하고는 축하 인사를 건넸다. 장미 꽃다발이 초라했던 전달식 분위기보다 과해 멋쩍었다. 마치 분에 넘치는 대접을 받는 기분이었다. 손자며느리의 권유에 따라 여러 포즈로 기념사진도 찍었다.

대사관 측에서 그냥 보내기가 뭐했는지, 아니면 예정되어 있었던 것인지 응접실로 안내해 커피와 다과를 내왔다. 공보과장은 급한 언론 브리핑이 있다며 서둘러 자리를 떴다. 보훈처 차장과는 수인사조차 하지 않았다.

하지스가 종이컵에 타 온 믹스커피를 한 모금 마시는 시늉을 하고 초코파이 한 봉을 집어 들었을 때, 방 주무관이 허겁지겁 달려들어 왔다. 주차장을 찾아 헤매느라, 또 급히 뛰어오느라 애를 쓴 그는 소나기라도 맞은 듯 온통 땀범벅이었다.

잔뜩 굳은 표정을 짓고 있던 차장이 주무관을 돌려세워 복도로 데리고 나갔다. 아마도 허접한 전달식에 대한 책임을 애먼 주무관에게 물으려는 것 같았다.

하지스는 집어 들었던 초코파이를 내려놓고 자리에서 일어섰다. 엉거주춤한 자세로 앉아있던 하지스의 일행도 모두 따라 일어섰다.

주무관이 하지스에게 다가와 성의 없는 전달식으로 마음을 상하게 해드려 미안하다고 했다. 차장으로부터 질책을 받은 것 같았다. 하지스는 마음이 상하지 않았고, 또 마음이 상했다고 해도 방 주무관이 사과할 일이 아니라며 주눅 든 그를 위로했다. 그러고는 마음이 상한 사람은 차장인 것 같으니 잘 달래주라고 했다.

하지스는 전달식이 끝나자마자 작별 인사를 하려고 다가온 하봉자에게 잠시만 시간을 내달라고 했다. 의아심과 호기심이 뒤섞인 눈으로 자신과 하봉자를 주시하고 있는 딘과 여자애를 무시할 수 없었다. 서로 인사는 시키는 것이 옳을 듯싶었고, 또 하봉자와 이렇게 헤어지는 것이 두려웠다.

"한국전쟁 때 이 할아버지를 도와주셨던 분이시다. 하 여사님이다."

달리 뭐라 소개할 말이 떠오르지 않았다. 시간도 시간이고 자리도 자리지만, 손자에게 구구절절 소개할 사람은 아니지 않은가.

"오우, 마이 갓! 할머니를 여기서 이렇게 뵙게 될 줄이야……. 어메이징 그레이스!"

딘이 뜻밖의 반응을 보이며 호들갑을 떨었다. 무언가 아는 게 없이는 보일 수 없는 반응이었다. 하봉자도 하지스만큼이나 놀란 것 같았다.

"……."

당황한 하봉자가 딘을 멍하니 바라봤다. 당황스럽기는 하지스도 마찬가지였다. 이런 와중에 예비 손자며느리가 딘에게 할머니가 누구시냐고 재우쳐 물었다.

"내 할머니가 되실 뻔한 분……. 어, 그건 아닌가? 아무튼 할아버지가 사랑하셨던 분. 맞죠?"

속사포를 쏘듯 답을 한 딘이 하지스를 보며 물었다.

하지스는 뒤늦게 하봉자 이야기를 딘에게 들려준 기억이 났다. 시버슨의 결혼 반대로 딘이 괴로워할 때 용기를 주고 응원을 하느라 약간의 각색을 해서 들려준 적이 있었다. 하지만 이놈에게 이런 푼수기가 있는지는 몰랐다. 하지스는 계면쩍은 표정으로 하봉자를 바라봤다. 그녀도 당황한 기색을 넘어 난감해 하는 기색이었다.

하지스는 이 돌발 상황을 어떻게 수습해야 할는지 몰라 쩔쩔맸다. 그러나 그럴 필요가 없었다.

"제 각시를 소개할게요, 할머니 오진주예요."

넉살 좋은 딘이 한국어로 예비 신부를 소개했다.

"처음 뵙겠습니다. 오진주예요."

하봉자에게 인사를 한 진주가 하지스가 들고 있는 장미 꽃다발을 빼앗아 하봉자에게 건넸다. 그러고는 물었다.

"그래도 돼죠, 할아버지?"

하지스가 고개를 끄덕였다.

"한국 사람은 하와이를 진주만이라고 부른다면서요. 제가 하와이를 얻은 겁니다, 할머니."

딘이 진주의 팔짱을 끼며 말했다.

"반가워요. ……그리고 결혼 축하해요."

딘의 넉살에 넘어간 하봉자가 웃으며 말했다.

"우리가 아버지 반대에도 불구하고 결혼할 수 있는 건 할아버지 덕이라고 했지. 정확하게 말하면 할아버지가 아니라 이분 덕이야. 할머니, 고맙습니다."

진주에게 너스레를 떤 딘이 하봉자를 덥석 안아 올렸다.

두 발이 허공에 뜬 하봉자가 봉변이라도 당한 듯 어쩔 줄 몰라 했다. 진주가 딘이 안아 올린 하봉자에게 넙죽 고개를 숙여 감사하다고 했다.

하지스는 딘의 행동이 불안했으나 어쩔 수 없었다. 딘의 넉살 때문에 8층 복도에서 한바탕 소동이 벌어졌고 지나다니던 대사관 직원들이 힐끔힐끔 쳐다봤다.

하봉자 곁에 바싹 달라붙은 딘이 엘리베이터로 현관 홀까지 내려오면서 이런저런 말들을 주고받았다. 영어와 한국어가 뒤섞인 대화였다.

하지스는 혹여 딘이 실언이나 결례라도 범하지 않을까 싶어 불안하고 초조했다. 사귐성과 붙임성이 뛰어나다고는 하지만 다혈질에 폭발물 같은 놈이라 걱정스러웠다.

하지스는 그들이 주고받는 대화를 통해 시버슨도 딘에게 하봉자에 대한 이야기를 했다는 사실을 알았다. 할아버지도 한국 여자를 죽도록 사랑했지만, 부모님의 말씀을 듣고 포기했다고 했다는 것이다.

시버슨이 아들이지만 비열한 구석이 있는 놈이었다. 자기 논리로 자기 아들을 설득시키지 못했으면 그만이지, 왜 자기 아버지의 사랑을 호도하여 아들을 겁박하려 했단 말인가. 아무튼 딘에게 봉자를 어떻게 소개해야 할는지에 대해서는 더 이상 고민할 필요가 없었다.

현관을 벗어나 밖으로 나온 일행이 서로의 눈치를 살피며 주춤거리고 있을 때, 하봉자의 팔짱을 낀 딘이 "할머니 같이 가요"라고 했다.

하봉자를 데려온 방 주무관—주무관을 닦달하던 차장은 공보과장을 만나 항의를 하겠다고 하고는 먼저 헤어졌으나, 항의를 하러 갔는지는 의문이었다—이 어떻게 하겠냐는 듯이 그녀를 바라봤다.

쇠고기 수입을 반대하는 시위대의 함성이 다시 들려왔다. 최루탄 터지는 소리도 들려왔다.

하지스가 바람잡이처럼 함부로 구는 손자를 한쪽으로 불렀다. 그러고는 대체 왜 이러는 것이냐고 물었다.

"그럼…… 그만 가시라고 할까, 이대로 헤어질 거야?"

딘이 눈을 흘기며 따지듯 물었다.

"……."

하지스는 대꾸를 할 수 없었다.

"할아버지가 보내드리라고 하면 그렇게 할게."

"내, 내가 아니라, 저분 생각도 해줘야……."

"저분 생각하지 말고, 할아버지 생각이나 말해? 이대로 헤어질 거냐고?"

"……."

하지스는 답을 할 수 없었다.

하지스가 머뭇대자 딘이 하봉자에게로 다시 달려갔다.

어차피 가는 방향이 같고, 도착지도 같으니 평택까지 같이 가자고 하는 딘의 제의를 하봉자는 굳이 거절할 수 없었다.

하지스는 꽃다발을 든 하봉자를 무심코 바라봤다. 장미꽃처럼 붉은 그녀의 무명지 손톱이 보였다. 붉은색 매니큐어는 아니었다. 봉숭아 물을 들인 손톱 위에 밴드가 붙어있었다.

방 주무관이 하지스의 짐을 옮겨 실어야 하니 자신의 차를 가져올 때까지 정문 밖에서 잠깐만 기다려달라고 했다.

그사이 오진주가 차를 가져와 일행 곁에 세웠다. 빨간색 마이바흐였다. 꽤 잘 나가는 식자재 군납업자의 막내딸이라던 딘의 말이 사실인 것 같았다.

"이 차는 어떻게 들어온 거냐?"

하지스가 조수석에 앉은 딘에게 물었다. 대사관에서 초청한 당사자가 탑승한 공무차량은 주차 공간이 없다는 이유로 진입 허용조차 하지 않았는데, 마이바흐는 어떻게 들어와 주차까지 했는지 궁금해서 물어본 것이었다. 물론 마이바흐가 먼저 왔을 것이기 때문에 그때는 주차 공간이 있었다고 볼 수 있었다. 그렇다고는 해도 고압적 태도를 보인 한국인 경비가 분명히 외부 차량은 주차가 불가하다고 하지 않았던가.

"왜?"

별것도 아닌 걸 왜 묻느냐는 말이었다.

"아니다……."

하지스는 말끝을 흐렸다. 굳이 이유를 알아 무엇 하겠는가 싶었다. 주둔군 현역 장교의 위세—또는 마이바흐의 위세—가 새삼 대단한 것일 수도 있겠다는 생각이 든 때문이었다.

하지스는 소나타를 몰고 다니며 땀나게 뛰어다니는 주무관에게 미안하고 안쓰러울 따름이었다. 문득 일본 천황궁 앞마당에서 무력을 과시하며 오와 열을 맞춰 행진했던 옛 시절이 떠올라 쓴웃음이 나왔다.

갔는 줄 알았던 보훈처 차장이 뒤늦게 나타났다. 체면치레조차 못 한 분풀이로 애먼 방 주무관만 다그친 그가 하지스를 배웅하기 위해 뻘쭘한 자세로 서 있었다.

방기웅 주무관 차량에 있던 짐을 옮겨 싣고, 그와 헤어진 빨간색 마이바흐가 광화문 앞을 지나 독립문 쪽으로 향했다. 시위로 인해 혼잡한 대로를 우회하는 것 같았다. 비가 오려는지 눅눅한 바람이 불며 하늘이 흐리멍덩해지고 있었다.

좋은 차이기도 했지만, 진주의 얌전하고 섬세한 운전 솜씨가 물 흐르듯 부드럽고 매끄러워 순풍에 돛 단 배를 타고 있는 듯한 느낌이 들었다. 이런 편안함 때문이었을까. 앞좌석 커플의 뒷모습을 바라보던 봉자는 묘한 감회와 감정에 꺼들렸다.

젊은 한국 여자와 젊은 현역 미군, 늙은 한국 여자와 늙은 퇴역 미군이 같은 차에 탄 채 같은 방향으로 가고 있었다. 앞은 이제 시작하는 쌍이고, 뒤는 곧 마무리를 지어야 할 쌍이었다. 하봉자는 묘한 감회와 감정의 정체가 시샘과 질투일는지 모른다는 생각에 고개를 세차게 흔들었다. 굳은 자세로 앞을 바라보고 있던 하지스가 갑자기 고개를 세차게 젓는 하봉자를 바라봤다.

마포대교에 들어선 차가 가다 서다를 반복했다. 바깥 차선 한 개를 차단 띠로 막아 통제하고 있었다. 난간에 보행 환경 개선 공사를 한다는 공고 현수막이 걸려 있었다. 정체되고 있는 차 안에서 한강을 골똘히 바라보고 있던 하지스가 차를 잠깐 세워달라고 했다.

"왜?"

딘이 물었다.

"어지러워서 토할 것 같구나."

식은땀에 젖은 얼굴을 감싸쥔 하지스가 힘겹게 말했다.

일차선을 달리던 차가 가까스로 바깥 차선으로 빠져나오기는 했으나 정차할 수는 없었다. 정차할 공간을 찾느라 마이바흐가 주춤주춤하자 뒤따르던 차량들이 경적을 울려댔다.

"여긴 다리 위라서 위험해요. 조금만 참아 보세요. 다리 건너서 적당한 곳에 세울 게요."

안절부절못하는 진주를 바라보던 딘이 하지스에게 말했다.

"세웟! 당장 세우라고! 어서!"

하지스가 고함을 내질렀다. 마치 발작을 하는 것 같았다. 당장 세우지 않으면 차 문을 열고 뛰쳐나갈 것만 같았다.

하지스의 고함에 놀란 진주가 브레이크를 밟고 비상등을 켰다. 하지스가 차문을 벌컥 열고 뛰쳐나갔다. 뒤따라 내린 딘이 트렁크에서 비상삼각대를 꺼내 설치했다. 성질 사나운 운전자가 삼각대를 설치하는 딘에게 쑥떡을 먹였다.

차단 띠를 넘어 난간으로 가던 하지스가 거센 강바람에 휘청했다. 먹구름 틈새에 낀 해와 거친 강바람을 안은 하지스가 철제난간에 가슴팍을 붙인 채 버티고 섰다. 그러고는 머리 위로 팔을 올려 상체를 젖혔다가 고꾸라지듯이 앞으로 숙였다.

차 안에서 이 모습을 본 봉자가 악, 하고 비명을 질렀다. 그가 강으로 뛰어내리는 줄 알았기 때문이었다. 봉자는 차가 밀리는 다리 위에서 뜬금없이 차를 세우라고 하고는 다리 난간으로 달려간 하지스의 행동을 예사롭게 볼 수 없었다. 게다가 봉자가 알고 있는 마포대교는 투신자살 명소가 아니던가.

잠시 후, 손에 들고 있던 무언가를 강물에 던진 하지스가 번뜩이는 물비늘을 한동안 쏘아보다가 차로 돌아왔다. 무덤덤한 표정이었다.

"됐다, 가자."

하지스가 마이바흐 뒤에 비상 삼각대를 세우고 차량 통제를 하고 있는 딘에게 소리쳤다.

봉자는 다시 출발한 차가 영등포역사 앞을 어기적거리며 지날 때쯤, 비즈니스센터 콘솔 위에 놓여 있던 훈장 케이스가 사라진 것을 알았다. 그가 차에서 내리기 전까지만 해도 그 자리에 있었던 케이스였다.

딘도 하지스가 두통이나 멀미 때문에 차를 세우라고 소리친 것이 아니었다는 것을 알아챈 것 같았다. 차 안의 분위기가 무거워졌다. 분위기 메이커였던 딘도 침묵을 지켰다. 윈도 브러시가 앞유리에 들러붙는 빗물을 거칠게 밀어냈다.

봉자는 차가 톨게이트를 벗어나 평택 초입에 들어섰을 때, 택시를 타겠으니 그만 내려달라고 했다.

진주가 차를 세우려 속도를 줄이고 차선을 바꾸자 딘이 말했다. 정중한 말투였다.

"바쁘시지 않으시다면 저희들과 차 한잔 같이 하시고 가세요. 부탁드립니다."

"……."

하봉자가 답을 망설였다.

그사이 카페 이름을 불러준 딘이 진주에게 곧장 그리로 가자고 했다. 룸미러로 잠시 봉자의 눈치를 살핀 진주가 차를 출발시켰다.

얼떨결에 카페까지 함께 가게 된 봉자는 오늘이 하지스와 예비 손자며느리의 첫 상견례라는 것을 알게 되었다. 예비 손자며느리 오진주에 대한 별도의 소개는 없었으나, 입성과 꾸민 액세서리 등으로 볼 때 재력가의 여식으로 보였다. 딘이 '빅 박스'의 막내딸이라고 했다. 군납업체 빅 박스 회장은 평택의 토호였다.

넉살 좋은 딘이 봉자를 그랜맘이라고 부르며 자기들의 결혼식에 초대할 테니 와달라고 했다. 봉자는 딘이 치근대는 것 같아 불편했다. 그녀는 이 미군 장교가 오진주를 이런 식으로 얼렁뚱땅 꼬셔서 꿰찼나 싶었다.

차를 마시는 동안 딘이 보급 장교라는 것을 알았고, 군납업체와 보급 장교라는 관계가 둘의 인연과 무관하지 않을 것이라는 생각이 들었다. 봉자는 그랜맘이라는 호칭이 듣기 거북하다고 하고 싶었으나 말을 섞다 보면 또 다른 것으로 엮일 것 같아 입을 꾹 닫았다.

말없이 찻잔을 비운 봉자가 일어섰다. 하지스가 헤어지는 것을 아쉬워하는 것 같았으나, 그녀는 이미 헤어져야 할 때를 넘겼다고 생각했다.

하지스가 방 주무관을 통해 전화로 전한 말—만나서 꼭 전해줄 것이 있다고 했다—이 봉자를 만나기 위한 미끼였을 것이라고 생각하고 싶지는 않았으나, 전해 줄 것이 있었다면 벌써 전해줬을 것이라는 생각이 들었다. 궁금하다고 해서 물어볼 수는 없었다. 또 그가 전해주겠다고 한 것을 받을 요량으로 그를 만난 것이 아닌지라 굳이 물어볼 이유가 없었다. 서로 죽기 전에 얼굴이라도 볼 수 있는 마지막 기회가 아닐까 싶어 나온 것이 아니던가.

그래도 찝찝한 기분은 남아있었다. 그가 전해주겠다는 것이 혹 봉자가 생각하는 그것이 맞는다면 결코 단념하고 싶지 않았다. 그러나 그렇다고 해서 그걸 기다리기 위해 무작정 앉아있고 싶지는 않았다. 때문에 더는 함께 있어야 할 이유가 없었다.

그와 풀어야 할 회포는 이 정도면 충분했다. 아니 과했다. 자신을 잊지 않고 찾아준 것과 살갑게 대해준 하지스와 딘이 고마웠다.

"와주실 거죠?"

딘이 따라 일어서며 물었다.

"……."

봉자는 허허로운 눈웃음을 짓고 돌아섰다. 결혼식 초대에 응할 수 없었다.

우산을 든 하지스가 카페 밖까지 따라 나왔다.

"와줬으면 좋겠소."

딘이 한 말을 그가 반복했다. 다시 만나고 싶다는 말이었다. 딘의 아버지가 결혼식에 참석하지 못하기 때문에 신랑 측 하객이 추레하다면서 와달라고 사정했다.

봉자는 그런 가당치 않은 이유가 어디 있느냐고 묻고 싶었으나 참았다. 혼사를 앞둔 사람이 아니던가.

"남득이는 만나 보실거죠?"

봉자는 우산을 씌워주는 하지스에게 말했다.

"……."

하지스는 가타부타 답을 하지 않았다.

봉자는 남득이 당신 아들이니 만나줬으면 좋겠다고 정중히 당부했다.

"와주겠소?"

하지스가 물었다.

"……."

봉자도 답을 하지 않았다. 결혼식에 와주면 아들을 만나겠다는 뜻으로 들려 기분이 상했다. 봉자는 이 사람이 본래 이렇게 무모하고 뻔뻔하고 끈질긴 사람이었나 싶었다. 하기야 그랬으니 자기 직속 상관을 총으로 협박해 여자를 구해낼 수 있었던 것이고, 또 결혼 사실을 감쪽같이 숨긴 채 6년 동안이나 거짓 편지를 보내 여자의 몸과 마음을 붙잡아 둘 수 있었던 것이 아니었겠나. 그 무모함과 뻔뻔함과 끈질김으로 왜 자신을 챙겨주지는 않았단 말인가.

언제 앞서 나왔는지 택시를 잡아놓은 딘이 봉자를 기다리고 있었다. 둘이 말씨름을 하는 사이에 택시를 잡아둔 것 같았다. 봉자가 차에 오르자, 하지스가 우산을 접어 건넸고, 딘이 고개를 숙여 인사한 뒤 차 문을 닫아주었다. 그녀는 딘에게 손을 흔들어 감사를 표했다.

하지스는 가로수 밑에 선 채 봉자가 탄 택시의 꽁무니를 하염없이 바라봤다. 오늘 하루가 꿈만 같았다. 그녀가 왼손 무명지 손톱에 물들인 붉은 봉숭아 꽃물이 눈에 선했다.

빗속에 서서 붙박인 채 택시가 사라진 쪽을 멍하니 바라보고 있던 하지스는 봉자에게 전해주려던 것을 깜박했다는 생각이 들었다. 그녀가 딘의 결혼식에 와주기를 바랄 수밖에 없었다. 다시 만날 수 없다면, 우편으로 보내는 것은 적절치 않으니 방 주무관을 통해 전달하는 수밖에 없겠다는 생각이 들었다.

딘이 흠뻑 젖어서 카페로 돌아온 하지스에게 하봉자와의 인연을 캐묻기 시작했다. 아버지에게 듣고 이해할 수 없었던 궁금증을 묻는 것이라고 했다. 손자와 손자며느리에게 들려주는 덕담이 될 것이니 솔직한 답을 달라고 했다.

하지스는 신부님께 고해성사하듯이, 손자와 진실게임을 하듯이 질문에 솔직하게 답했다. 시버슨이 딘에게 들려줬다는 자신과 하봉자의 이야기는 모두 부정적이고 악의적이었다.

하지스가 아들 시버슨에게 자신과 하봉자에 관한 이야기를 들려준 적이 없으니 아마도 시버슨이 할머니로부터 들은 이야기일 것이다. 자신과 하봉자의 결혼을 극렬히 반대했던 그녀가 손자에게 사실대로 또는 좋은 이야기를 들려줬을 리는 없었다.

묻지 않아도 누군가에게 몽땅 털어놓고 싶었던 이야기였다. 하지스는 시간 가는 줄 모르고 딘이 묻지 않은 말까지, 오진주가 묻는 말까지 주저리주저리 답했다.

할아버지로부터 생각했던 것 이상의 애틋하고 절절한 순애보를 들은 딘이 눈시울을 붉혔다. 그러고는 짓궂게 웃으며 친할머니가 이런 사실들을 모르고 돌아가신 게 천만다행이라고 했다. 만약 살아생전에 이런 사실들을 아셨다면 엄청난 배신감에 치를 떠셨을, 아니 어쩌면 할아버지를 죽였을는지도 모른다며 너스레를 떨었다. 딘의 말을 전적으로 부정할 수는 없었다.

딘은 할아버지가 귀국하시기 전까지 봉자 할머니와 좋은 추억을 만들 수 있도록 도와드리겠다고 했다. 딘의 말을 듣고 있던 하지스는 문득 잊고 있었던 하남득이 생각났다. 그는 하남득의 연락처가 적힌 쪽지를 꺼내 들여다봤다.

하봉자는 하지스와의 만남이 믿어지지 않았다. 꿈을 꿨거나 환상 체험을 한 것이 아닌가 싶었다. 58년 전의 하지스와 58년 동안의 하지스와 58년 후의 하지스가 갖는 의미를 알 수 없었다. 봉자는 하지스가 왜 여럿으로 나뉘어 머리와 가슴에서 제가끔 따로 노는 것인지 알 수 없어 답답했다.

1950년 7월 24일 오전 11시 30분쯤에 맥 라마르 하지스 상병을 농가에서 처음 만나 같이 있었던 시간은 두 시간 남짓이었다. 그리고 오늘 그를 만나 같이 있었던 시간은 오전 11시 50분부터 오후 5시 15분까지 다섯 시간 남짓이었다. 물론 1976년 그의 연구실에서 잠깐 만난 적이 있지만, 얼굴만 본 것이 전부였다. 그러니까 58년 전 2시간 남짓한 만남이 봉자의 전 생애를 움켜쥐고 있었던 것이다.

봉자는 이제 끝내고 싶었다. 더 이상 미련 따위에 꺼들리고 싶지 않았다. 하지스를 수소문하기 위해 군산 미군기지에 발을 디딘 봉자는 클럽 블랙 스카이 사장의 농간으로 윤간을 당한 뒤 '9번 방 여자'와 '베티 하'로 불렸다. 봉자는 군산에서 9번 방 여자로 미군 사병들을 받았고, 파주에서는 베티 하로 미군 장교들을 받았다.

일반 사병을 받으나, 장교를 받으나 양공주, 양갈보인 것은 매한가지였다. 봉자는 파주 용주골 시절 얼굴과 몸매, 흑발까지 베티 페이지를 쏙 빼닮았다고 해서 미군들의 인기와 사랑을 한 몸에 받았다. 미국 내 반전 운동으로 징병제가 모병제로 바뀌면서 사병의 질이 부쩍 떨어졌을 때였다. 그러니 동료들로서는 엘리트 장교들만을 상대하는 봉자가 부럽지 않을 수 없었다. 속칭 출세한 양공주였다.

양공주의 인기와 사랑은 돈으로 나타났다. 인기가 솟은 만큼 화대도 올랐고 찾는 손님도 줄을 섰다. 번호표라도 나눠줘야 할 판이었다. 하지만 봉자는 번호표 대신 손님을 가려 받았다.

'선택받은' 장교들은 베티 페이지와 섹스만이 아닌 추억까지 쌓기를 원했고, 낭만적인 일부 장교들은 연인이 되기를 원하기도 했다.

미군 장교들로부터 인기가 많다는 소문이 돌자, 한국 정보기관에서도 하봉자를 찾았다. 조용히 찾아온 검정 정장 차림 기관원들은 미군 장교와 친하면 자신들과도 친해야 한다고 했다. 처음에는 아는 것을 말해달라고 했지만, 시간이 지나면서 알아봐 달라는 것이 많아졌다.

봉자의 인기가 매상에 도움이 안 된다는 것을 뒤늦게 안 포주가 봉자의 영업 스타일을 방해했다. 그러나 봉자는 포주가 함부로 대할 수 있는 양갈보가 아니었다. 미군 장교들이 우상으로 떠받드는 핀업 걸 베티 페이지였다. 포주가 봉자를 함부로 대할 수 있어도 봉자를 떠받드는 미군 장교들을 그렇게 대할 수는 없었다. 게다가 봉자를 필요로 하는 기관원들도 있었다. 미군 장교와 한국 기관원이 봉자의 뒷배였다.

봉자를, 아니 베티 페이지를 사랑했던 한 미군 장교가 그녀를 패는 포주의 이마빡에 권총을 대고 말했다.

"한 번만 더 내 여자를 패면 죽여 버리겠다."

그래도 돈벌이를 포기하지 못한 포주가 봉자를 갖은 방법으로 핍박했으나, 자신에게 권총을 겨눌 수 있는 장교가 한둘이 아니라는 것—방아쇠를 당기지 않을 것이라는 보장이 없었다—을 안 그는 더 이상 봉자를 괴롭히지 못했다. 몸을 파는 게 아니라, 사랑을 나누는 양갈보는 포주에게 필요치 않았다. 그래서 봉자는 용주골에서 번 돈과 장교들이 준 팁으로 몸값을 지불하고 프리랜서가 되었다.

서른 살 때였다. 프리랜서가 된 지 두 해 만에 병을 얻었다. 세코날이 듣지 않았다. 경찰은 뒤를 봐주고, 국가는 한 달에 한 번꼴로 강사들을 초빙해 양공주들을 대상으로 국가관과 '바이 미 드링크Buy me drink'를 위한 서비스 교육을 시켜주면서 주기적으로 성병 검사도 해 왔으나, 허점이 많았다.

호사다마라고 여기며 이 또한 지나가리라고 생각했는데, 그게 아니었다.

봉자는 은퇴할 수밖에 없었다. 은퇴를 하니 벌이가 없었다. 벌이가 없어도 돈은 나갔다. 남득이가 중1인지라 번 돈을 치료비로 몽땅 쓸 수 없었다. 통증이 심해 마약의 유혹을 받았다. 미군들 사이에 떠도는 마약을 구하는 것은 어려운 일이 아니었다. 하지만 언 발에 오줌 누는 어리석은 짓은 하고 싶지 않았다.

봉자는 비 새는 하꼬방에 앓아누웠다. 대책이 없었다. 앓다가 앓을 기운조차 잃으면 죽어야 할 판이었다.

그때 제이슨 돌빈이 찾아왔다. 봉자에게는 백마 탄 기사였고, 남득에게는 날강도였다.

돌빈이 한국 복무를 마치고 미국으로 돌아갈 때 봉자를 데려가 치료를 해주었다. 그리고 결혼했다. 왜 결혼을 해서 데려가지 않고, 데려가서 비싼 돈을 들여—의료보험 혜택을 받을 수 없었다— 병을 치료해준 뒤에 결혼한 것인지는 3년이 지난 뒤에 알게 됐다. 그가 유부남이었던 것이다. 그래서 먼저 결혼을 할 수 없었던 것이다. 물론 결혼을 하긴 했으나, 이중혼으로 쇼이자 사기극이었고 법적 효력이 없는 사실혼일 뿐이었다.

베티 하라는 미국명으로 미국 생활을 시작한 봉자는 돌빈이 근무하는 군기지로부터 50킬로미터나 떨어져 있는 외딴곳에서 혼자 살았다. 그의 아내와 아들과 딸은 기지 내 장교 숙소에 살고 있었다.

봉자에게 돌빈은 하지스에 이어 제2의 생명의 은인이었다. 그가 결혼 사기를 쳤다고 해서 그를 버릴 수 없었다. 아니 그가 봉자를 버리면 낯선 이국땅에서 살아갈 방도가 막막했다. 그러나 돌빈은 반려자는커녕 한국에서처럼 그녀의 기둥서방조차 되어주지 못했다. 불법무기반출, 마약 소지 및 복용 등의 혐의로 면직을 당한 것이다.

봉자가 뒤늦게 알게 된 바에 따르면, 그의 아내가 봉자의 존재를 알게 되었고, 이로 인해 잦은 충돌과 불화를 겪었다고 했다. 둘 중 하나를 버려야 했는데, 둘 다 버릴 수 없어 고민에 빠진 돌빈이 마약을 가까이하게 되었고, 중독된 뒤에는 마약값을 구하기 위해 무기를 밀반출하다 적발됐다고 했다. 그녀가 이 모든 사실을 세세히 안 것은 6년이 지난 뒤였다. 돌이킬 수 없게 된 것이다. 착한 줄로만 알았던 돌빈이 의지 박약자였던 것이다.

봉자는 아내에게 이혼당한 민간인 제이슨 돌빈과 같이 살아야 했다.

군에서만 살다가 면직당한 그가 사회에 나와 할 수 있는 일이 없었다. 연금도 없었다. 그는 할 줄 아는 게 없는 무능력자였고, 할 줄 아는 게 있어도 하지 않는 건달이었다.

봉자가 여기저기 뛰어다니며 허드렛일을 했으나 입에 풀칠할 정도의 빠듯한 수입이었다. 그러나 돌빈은 마약을 끊지 못하고 더욱 깊숙이 빠져들었다. 그는 환각 속에서 폭력을 행사했다. 본래 갈보였으니 거리로 나가 몸을 팔라고 했다. 다시 몸 파는 일을 할 수 없는 그녀는 몸 쓰는 일을 쉬지 않고 닥치는 대로 했다. 그렇게 3년 동안 일을 해서 5만 달러를 모았다. 봉자는 그 5만 달러가 든 적금통장을 돌빈에게 주고 미국을 떴다. NJCU 연구실로 하지스를 찾아간 것이 그즈음이었다.

무일푼으로 귀국한 그녀는 살길이 막막했다. 그래서 사채업자 전덕형의 마구잡이식 구애를 뿌리칠 수 없었다.

"손님. 여기 아닌가요?"

봉자는 택시기사의 말에 화들짝 놀라 차창 밖을 바라봤다. 택시가 굵은 빗줄기 속에 네온사인을 밝힌 백도어 앞에 멈춰 서 있었다.

5

일본 오키나와 미군 전투비행단 군수과에 1등 중사로 근무하고 있는 큰손자 존은 왔으나, 하봉자는 끝내 보이지 않았다.

딘과 진주가 3주 전 신부님과 혼인 면담을 마치고 혼인 문서가 담긴 노란 봉투를 제출했다는 파밀리아 채플에서 간소한 결혼식을 가졌다. 하지스는 서신이 든 축의금 봉투를 보고 나서야 하봉자가 다녀갔다는 것을 알았다.

"할아버지 옛사랑 오실 거야, 오시기로 했어요. 오시면 꼭 잡아야 돼. 고우 고우!"

딘과 진주가 어젯밤 백도어를 깜짝 방문해 하봉자에게 청첩장을 주고 왔다고 했다. 할아버지가 대전 유성에서 자신들과 함께 이틀가량 머물 예정이라는 말도 전했다는 것이다. 그래서 하지스는 결혼식 내내 짬짬이 뒤를 돌아봤다. 그러나 결혼식장에 온 그녀가 접수대만 들렀다가 가리라고는 생각지 못했다. 하지스는 손안에 들어온 보물이라도 놓친 양 아쉬웠다. 하지만 접수대를 지키며 그녀를 기다릴 수는 없는 노릇이었기에 어쩔 수 없다는 생각이 들었다.

하지스는 밀봉된 봉투를 뜯었다.

하지스. 당신은 나의 은인이자 원수예요. 당신이 나를 살렸지만, 내 삶을 빼앗아 갔어요. 그래서 한때는 당신을 만난 것과 당신이 나를 살린 것을 원망했어요. 다시 돌아보고 싶지 않은 삶이에요. 당신을 보면 여전히 생명의 은인이라는 소중한 기억보다 악몽 같은 과거가 떠올라 견딜 수가 없어요.

난 내 삶을 망친 당신의 거짓을 용서했어요. 당신도 남은 삶을 부채감이나 죄의식 속에 살지 않기를 하나님께 기도해요.

그리고 당신이 외눈이 된 사실을 내게 말하지 않은 것처럼 나도 당신에게 아들이 있다는 사실을 말하지 않았어요. 후회는 없어요.

왜 말하지 않았냐고요? 난 당신을 진정으로 사랑하게 되었고, 그 진정한 사랑이 우리가 원치 않았던 아들로 인해 왜곡되는 걸 바라지 않았어요. 나쁜 엄마지요. 아들보다 자신의 사랑을 더 귀하게 여긴 년이니…….

다시 말하지만, 아들의 이름은 하남득이에요. 싱어송라이터이자 기타리스트이고, 생계를 위해 클럽에서 노래하고 연주를 할 때, '미키 하'라는 예명으로 불렸답니다. 혹 아들을 만날는지 몰라서 드리는 사전 정보예요. 못 만나고 귀국하시더라도 꼭 기억하세요.

내가 당신에게 아들이 있다고 말하지 않았듯이, 아들에게도 아버지가 살아 계시다는 것을 말하지 않았어요. 아니 죽었다고 했어요. 당신이 한국에 입국하고 나서 당신이 살아있다는 것을 알렸는데, 당신보다 며칠 일찍 알린 것이에요.

당신은 아들에게 아무런 소회가 없겠으나, 아들은 당신이 살아있다는 것을 알았으니 당신과 나에 대한 원망이 얼마나 클까요. 그럴 수밖에 없겠지요. 당신이 아버지로서 그런 아들을 이해하리라 믿어요.

떠나기 전에 그 아들, 하남득을 보고 가라는 것이 당신에게 드리는 생애 마지막 부탁입니다.

내가 당신을 얼마나 사랑했는지는 나보다 당신이 더 잘 알고 있으리라 믿어요. 그 사랑, 아니 그 순정을 믿으신다면 제 부탁을 들어주세요.

그리고 당신이 언론에 나와 노근리 민간인 학살사건에 대해 증언하는 인터뷰를 봤어요. 진실과 정의에 대한 당신의 용기에 감사와 존경을 표해요. 그때 난 당신이 나를 살려준 사람이 확실하다는 것과 내가 알고 사랑한 그 진실된 사람이었다는 사실을 다시금 알게 되었어요. 그 인터뷰를 보면서 피난민을 향해 단 한 발도 쏘지 않았을 당신(나는 그렇게 믿어요)이 자랑스러웠고, 당신의 무죄는 묻어둔 채 학살 만행을 증언하고 사죄하는 모습을 보며 가슴이 너무 아파 많이도 울었답니다. 내 울음이 당신에게 위안이 되기를 바래요. 그리고 당신이 한강 다리 위에서 왜 차를 세웠는지도 알고 있답니다.

늘 건강하고 행복하기를 빌어요.

맥 라마르 하지스. 당신을 변함없이 사랑할 거예요.

6

도완구는 하지스가 개인 사정으로 한국에서 닷새간 더 머물 예정이라는 것을 알았다. 큰아들 도상기가 보훈처를 통해 알아낸 하지스의 일정을 확인해줬다. 상기는 아버지가 하지스라는 특정인에 대해 지대한 관심을 갖는 이유를 묻지 않고 알아봐달라는 것을 모두 알아봐 주었다.

방이금 여사가 어젯밤에도 꼬리를 쳤다. 몸이 따라주지 않아서 섹스를 못 한 적이 없었는데, 닷새간의 연이은 강행군에 몸과 성욕이 따로 놀았다. 비아그라도 듣지 않았다.

방전된 몸을 방 여사가 장난감인 양 조몰락거리며 가지고 놀았다. 시동을 걸어보려고 온몸 구석구석을 건드려보며 점검했다. 배터리 나간 자동차를 밀어서라도 시동을 걸려는 운전자처럼 집요하게 덤벼들었다. 결국 그녀는 시동을 걸었다. 그러고는 기를 빨아가며 새벽까지 진을 뺐다. 대체 아들놈이 이런 요부를 어디서 구했을까 싶었다.

지난주에 '광통재'를 다녀간 상기가 아버지의 기력이 쇠해 보인다면서 공진단을 보냈다. 완구는 애비의 건강을 걱정한다는 놈이 술과 보약—어쩌면 방 여사까지—을 같이 챙겨주는 이율배반적 행위를 이해할 수 없었다.

지난번 바커의 환영과 싸우다가 혼절해 입원했을 때 의심스러운 언행을 보이기는 했으나, 아무리 호래자식이라 해도 애비를 죽이려고야 하겠는가 싶었다. 상기는 정욕이 급작스럽게 감퇴하면 일찍 돌아가신다며 민망한 걱정을 대놓고 했다. 정욕이 곧 건강 아닌가. 그러니 상기가 애비의 건강을 염려하는 것은 틀림없는 사실 같아 기뻤다.

완구는 바커에게 빼앗긴, 아니 넘겨준 금괴를 포기할 수는 없었다. 청춘을 바쳐 동북 삼성과 만주 벌판에서 풍찬노숙하며 목숨 걸고 일해 얻은 '퇴직금'이 아니던가. 금괴를 다시 찾을 수는 없다 해도 사라진 금괴의 행방에 대해서는 반드시 알고 싶었다.

바커가 죽었다—남의 금괴를 처먹었으니 일찍 뒈질 수밖에—는 게,

그래서 금괴의 행방을 쫓기가 어렵게 되었다는 게 아쉽기는 하지만, 하지스라는 놈이 꿩 대신 닭인 양 살아서 제 발로 와준 것은 천만다행이라 할 수 있었다. 하지스…… 그놈이 눈뜬장님처럼 자신을 알아보지 못한 것이 다행스럽기는 했다.

그러나 다른 한편으로는 여간 기분 나쁜 게 아니었다. 그 자식이 어떻게 나를 잊을 수 있단 말인가. 완구는 달모어 21년산을 맥주잔에 가득 따라 마셨다.

회령 위쪽에는 김일성이 이끄는 동북항일연군이, 상해에서는 김구의 광복군이, 중경에서는 김원봉의 조선의용대가 조국 광복을 위해 일본군과 일전을 치를 만반의 준비를 갖추고 있었다.

미국에게 질 리 없다고 철석같이 믿었던 일본의 패색이 짙어지고 있었다. 화무십일홍이라는 말처럼 점령 침탈했던 아시아 13개국과 크고 작은 섬 수십 개를 몽땅 잃고 본토 방어에 사력을 다하고 있는 풍전등화 같은 상황에 처한 것이다.

완구는 주이석이라는 위장 신분으로 항일연군에서 암약하는 밀정이었다. 반일 신문 〈대양보〉에 침입해 한글 활자 1만 5,000개를 훔쳐낸 선배 밀정 엄인섭처럼 영웅이 되는 것이 완구의 꿈이었다.

조선군 사령관 구니아키는 도완구를 하야시 마사오林正夫라고 불렀으나, 밀정 신분을 감추기 위해 창씨개명을 등록하지 않았다. 배신한 밀정에 의해 신원이 노출된 모연募捐 대장과 접선해 군자금을 받아서 운

반해 오는 것이 항일연군 주이석의 임무였다.

1945년 7월 중순, 일본이 곧 패망할 것이라는 확실한 정보를 입수한 완구는 더 이상 일본군 밀정으로 일을 할 필요가 없었다. 그렇다고 해서 완구가 조국 해방을 위한 전선에 나설 이유는 없었다. 빠른 시일 내에 살길을 찾아야 했다. 50엔씩 나왔던 월급도 두 달 전에 끊겼다.

완구는 군자금으로 배달 중인 금괴 15관을 원산에서 받아 빼돌렸다. 그러고는 해방 이후 곧장 평양으로 들어가 일본인 소유 토지를 헐값에 매입했다. 이대로 패망을 하게 되면 부동산을 떠메고 환국할 수 없다는 사실을 잘 알고 있는 일본인들이 부동산을 매각하기 위해 안달복달했다.

완구는 그들이 환장할 만큼 좋아하는 금을 주고, 그들의 부동산을 호가의 2할로 사들였다. 사법권을 틀어쥔 평양의 소련 군정이 인정하지 않는 거래였으나, 그놈들로부터 인정을 받아야만 거래를 할 수 있는 것이 아니었다. 거래는 금과 땅으로 하는 것이지, 인정으로 하는 것이 아니었다.

그런데 뜻밖에 사달이 났다. 법이 사리事理를 뭉개버린 것이다. 1946년 3월 5일 임시인민위원회에서 토지개혁법령을 공포한 뒤에 완구가 매입한 토지를 깡그리 몰수한 것이다. 일본인이 소유한 이력을 가진 토지라는 게 무상 몰수 이유였다.

이렇게 해서 개인 소유의 토지를 몰수해 국유화한 임시인민위원회가 엉뚱한 놈들에게 무상 분배를 했다. 인민위원회는 엉뚱한 놈들을 무산

자라고 했다. 이북 땅에서 이 말도 안 되는 날강도 짓이 1946년 3월 한 달 동안 합법적으로 벌어졌다.

백성은 '인민'이라 부르고, 애어른과 지위고하를 가리지 않고 '동무'라고 불렀다. 상놈들의 나라가 된 것이다. 완구는 남은 금괴 10관을 챙겨 도망치듯 서울로 내려왔다. 38선이 굳어지기 전이었다.

재조선 미군정도 소련 군정만큼이나 믿을 수 없는 수상한 시절인지라 완구는 금괴를 부동산이나 현물로 바꾸지 않고 간직했다. 서울에 와서는 금 닷 관을 빼앗긴 억울함으로 끙끙 앓다가 하나님을 영접했다. 완구를 어여삐 여긴 하나님이 그를 서북청년단으로 이끌어주셨다.

완구는 이북에서 빼앗긴 금 닷 관을 이남에서 쉽사리 벌충했다. 적산가옥을 불하받아—정확히 말하면 빨갱이들이 불하받은 것을 빼앗았다— 금붙이로 바꾼 것이다. 좌우로 나뉜 권력이 서로 죽기 살기로 힘겨루기를 하고 있었는데, 완구는 어느 쪽이 이길는지 종잡을 수 없는지라 권력에 붙지 않고 금붙이에 붙었다. 권력은 불안했으나 금은 안전했다.

남북에 사상과 이념이 서로 다른 정권이 들어서자 헐거웠던 38선이 단단해졌다. 그러고는 서로가 불안정한 권력을 옥죄기 위해 38선을 넘나들며 총질을 해댔다.

이북과 이남 모두가 피를 보고 나서야 그 대가로 권력을 잡았다. 제주에서는 남한 단독정부 수립을 반대하는 양민들을 빨갱이로 몰아 죽였다. 그러면서 이를 '반란'이라고 규정하고 여수, 순천 국방경비대에 진압 명령을 내렸는데 국방경비대가 부당하다며 이 명령을 거부했다. 그러자 반란군으로 규정하고 진압군을 보내 공격했다. 국방경비대는 반란군으로 몰려 싸우다가 죽었고 살아서 쫓긴 패잔병 중 일부가 지리산으로 숨어들어 빨치산이 됐다. 북쪽은 소련 군정과 공모하여 거치적거리는 정적들을 싸그리 숙청했다.

이렇듯이 서로를 적대적 관계로 만들었고 자기네들 안에서도 패를 갈라 다퉜다. 서로 인정하지 않았기에 서로 죽여야 살 수 있었다. 때문에 남과 북의 명분과 실리가 38선에 모아졌다. 38선은 남과 북 어느 쪽의 것도 아니었으나 그렇기 때문에 서로가 시도 때도 없이 지분거릴 수밖에 없었다. 분단국 권력자들의 명분과 실리가 38선에 있었다.

완구는 우려했던 전면전이 벌어졌으나 국부로 불리는 대통령이 워낙 자신만만한지라 믿지 않을 수 없었다. 그러나 앞장서서 싸우겠다고 호언장담하던 대통령이 개전 사흘 만에 도망쳤다. 경무대를 주시하고 있던 완구도 이 소식을 듣자마자 짐을 꾸려 뒤따랐다. 목숨과 금붙이만 지키면 전쟁은 크게 신경 쓸 일이 아니었다.

그런데 목숨과 금붙이가 한데 뒤엉키는 일이 터진 것이다. 바커라는 미군 놈에게 목숨값으로 금붙이를 몽땅 빼앗긴 것이다.

완구는 소파 뒤 벽면을 통째 차지하고 있는 수납 책장으로 갔다. 법률사전과 백과사전을 비롯한 금박으로 양장 제본한 전집류들이 촘촘히 꽂혀 있었다. 읽으려고 꽂아 둔 것이 아니라 서가도처럼 장식용으로 꽂아

놓은 것들이라 단행본은 없었다. 벽마다 촘촘히 내건 명화들도 모두 길거리에서 사들인 싸구려 복제화였다. 큰아들 여비서인 미스와인 '미'가 이 복제화들을 볼 때마다 눈살을 찌푸린다는 것을 알고 있었으나 그년 보라고 내건 그림들이 아닌지라 무시했다.

완구는 책꽂이 하단에 있는 미닫이 수납장을 열었다. 그러고는 오동나무 상자를 꺼내 책상 위에 올렸다. 거실 통유리창을 열심히 닦고 있던 방 여사가 완구를 바라봤다. 그녀가 유리창을 걸레질하는 것은 '밤일'을 하고 싶다는, 서로 약조한 신호였다. 완구는 못 본 척했다.

완구가 오동나무 상자 안에서 의수를 꺼냈다. 목재로 깎아 만든 팔뚝에 물음표 모양의 쇠갈고리를 단 오래된 의수였다.

완구는 자신을 쳐다보고 있는 방 여사를 손짓으로 불렀다.

"양 기사에게 연락해서 여섯 시까지 차를 대라고 해."

"다저녁에 어딜 가시려고요, 회장님?"

콧소리로 물었다.

아닌 게 아니라 뉘엿뉘엿 해가 지고 있었다.

"그건 자네가 알 거 없고. 차가 오면 이거나 실어놓게."

착용하고 있던 실리콘 의수를 빼 서랍에 넣은 완구가 오동나무 상자를 건네며 말했다.

"저도 같이 갈까요, 회장님?"

"내가 그렇게 좋아, 임자?"

음흉한 웃음을 지은 완구가 성한 오른손으로 방 여사의 엉덩이를 주물럭거리며 물었다.

“회장님도, 참. 짓궂으셔잉.”

방 여사가 엉덩이를 뒤틀며 엉큼한 웃음으로 맞받았다.

“자네는 호박전이나 부쳐놓고 기다리시게.”

“막걸리가 드시고 싶으시군요, 회장님?”

“비가 올 것 같지 않나?”

의수를 빼 외팔이가 된 완구가 하늘을 올려다보며 물었다.

저문 하늘이 찌뿌듯했다.

“옴마. 빗방울이 떨어지드래요.”

방 여사가 황급히 뒤꼍으로 나가는 문을 열며 말했다. 빨래를 걷으러 가는 것 같았다.

7

날이 끄물끄물했다. 하지스는 숙소와 가까운 스시집에서 사케 한잔을 곁들인 생선초밥으로 저녁을 먹고 낯선 거리를 구경했다. 온천 거리가 홍등가처럼 네온사인으로 번쩍였다. 그래도 시위가 없어서 한갓졌다.

그는 상점가를 둘러보는 척하면서 걷다 서기를 반복하며 사주경계를 단단히 했다. 뭔가 수상쩍은 분위기가 감지되면 주의를 강화할 필요가 있었다. 무엇보다 대여금고에 보관해 둔 딘의 결혼선물을 처리하는 문제는 신중한 고민이 필요했다.

딘이 정한 3성 호텔은 군軍에서 운영한다고 했다. 딘과 진주도 같은 호텔에 묵었다. 체크인할 때 진주가 객실을 같은 층으로 나란히 붙여 달라고 했으나, 하지스가 그러지 말라고 했다. 늙은이가 신혼여행에 방해가 되고 싶지 않다고 했다. 체크인 이후 체크아웃할 때까지는 서로 연락하지 말고 모르는 관계로 하자고 했다.

딘과 함께 하봉자를 배웅했던 비 오는 그날, 둘의 순애보를 들은 딘과 진주는 마치 새드 무비라도 본 양 눈시울을 적시며 마음 아파했다. 딘이 현대판 로미오와 줄리엣의 사랑 이야기 같다며 증조할머니의 결정을 이해할 수 없다고 했다. 하지스는 딘의 설레발과 진주의 부추김에 빠져 주책을 부린 것이 아닌가 싶었으나 이미 뱉어버린 말을 주워 담을 수는 없었다.

진주를 의식한 하지스는 말끝에 하나 마나 한 거짓말을 덧붙였다. 딘이 뭐라고 했는지는 모르겠지만, 채권과 주식 투자로 큰 손실을 본 딘의 아버지가 심리적, 재정적으로 힘들어서 결혼을 미뤘으면 했던 것이지 반대한 것은 아니라고 했다. 하지스의 말을 들은 진주가 빙그레 웃으며 말했다.

"할아버지 귀여워요. 그리고 고마워요."

하지스의 가슴 찡한 순애보와 외눈이 된 사연까지 들은 진주가 연장한 체류 일정을 알고는 딘을 설득했다. 그래서 자신들의 신혼여행 기간에서 이틀을 빼내 하지스의 가이드가 되어주기로 한 것이다.

한국이 낯선 하지스로서는 노근리까지 혼자 찾아갈 일이 난망했는데, 한국인 손자며느리가 차로 모시겠다고 하니 다행스럽고 여간 고마운 일이 아니었다. 마땅히 거절해야 했으나 거절하기가 힘들었다. 하지스는 둘에게 고맙고 미안했다. 그러니 같은 층에서 옆방까지 쓴다는 것은 적절하지 않았다.

축의금, 아니 신혼살림 자금을 보태주려고 가져온 물건은 결국 처분하지 못했다. 하봉자를 배웅한 비 오는 그날 밤, 하지스는 따로 캠프 험프리스를 찾아갔다. 딘을 부대 밖으로 불러내 대여금고 키와 비밀번호가 적힌 쪽지를 건네줬다.

하지스는 금고에 결혼선물이 있다고 했다. 그러고는 한 달 이내에는 대여금고에 절대 접근하지 말 것과 한 달 이후에 어떻게 할는지는 그때 가서 알려주겠다고 했다. 하지스는 선물을 현금화시켜 주려는 계획을 가지고 있었으나 그 계획에 차질이 생긴 것이다. 지금으로서는 선물을 처리할 마땅한 방법이 없었다. 다시 가지고 귀국해서 현금화시켜 송금하는 방법이 있었으나 지금 물건을 찾는다는 것은 위험천만했다. 나름 세탁을 한 물건이지만, 그래도 유실된 문화재였다.

상점가를 둘러보는 동안 특이 상황은 없었다. 그는 호텔로 돌아오는 길에 꽃가게에 들렀다. 노근리를 새벽에 방문할 예정이었다. 그러니 미리 꽃을 사둬야 했다. 붉은 장미로 쉰여덟 송이를 달라고 했다.

하지스가 붉은 장미꽃 한 다발을 품에 안고 막 호텔 로비에 들어섰을 때, 휴대 전화가 울렸다. 하봉자였다.

"하지스? 나예요, 봉자. 당신 아들이 당신을 보러 가겠대요."

뜻밖의 전화였다.

"……."

하지스는 정신이 아뜩해 뭐라 대꾸를 못 했다. 미처 예상치 못한 일이었다. 로비에 양발이 붙박인 양 멍하니 서 있었다.

"여보세요? ……괜찮죠?"

"……."

"당신이 묵고 있는 숙소는 알고 있어요. 그리로 지금 찾아가라고 할게요."

아마도 숙소는 딘이 알려줬을 것이다. 하봉자가 아닌 하남득이 찾아올 수도 있다는 것을 딘이 어찌 알 수 있었겠는가.

"자, 잠깐……. 지금 말이오?"

"예. 지금 간대요. 그런데 걔는 영어를 잘 못할 거예요. 토막 영어예요. 그래서 직접 전화를 할 수 없어 나한테 부탁한 거예요."

봉자가 틈을 주지 않고 덧붙였다. 부러 그러는 것 같았다.

"……."

"하지스. 왜 말이 없죠? 불편한가요? 싫어요? 안 되나요?"

다그치는 말투였다. 싫다고 하면 당장 따지며 덤벼들 기세였다.

"……."

"내가 부탁했잖아요, 내 생애 마지막 소원이라고……."

"꼭 지금 봐야 하오?"

정신을 추스른 하지스가 겨우 입을 열었다.

빡빡한 일정 때문에 몸이 그로기 상태인 데다 이런저런 문제로 스트레스도 심해 지금은 누굴 만날 기력이 없다고 했다. 58년 만에 만나는 아들을 아무런 준비도 없는 상태로, 이런 식으로 만나고 싶지는 않다고 했다. 변명도 끼어 있었으나, 헛말은 아니었다. 계속된 악몽으로 밤잠을 설쳐온 데다가 손발에 쥐가 나고 두통에 시달렸다.

"남득이는 당신이 지금 가 있는 대전에 살고 있어요. 그리고 오늘 보겠대요. 걔는 오늘 보고 싶대요."

"……."

하지스는 당황스러웠다. 이렇게까지 서두르며 닦달을 하는 이유가 있을까 싶었다.

"오늘은 안 될 이유라도 있나요?"

"……."

"걔 맘이 변할 수도 있고, 당신을 보려고 걔가 서울로 올라오는 것보다는 낫지 않나요? 그러니까 보자고 할 때 만나 보세요."

봉자가 윽박지르듯이 말했다.

"아, 알겠소. 하지만 내가 준비가 안 돼서……."

하지스는 거절할 수 있는 '부탁'이 아니라는 것을 알았다. 더 이상 버팅긴다는 것은 무의미하다는 생각이 들었다.

"무슨 준비가 필요하다는 거죠? 나도 아무런 준비 없이 당신을 만났잖아요?"

봉자가 쐐기를 박듯이 말했다.

"나는 그 아이를 만날 수 있는 아무런 준비가 되어있지 않소. 그건 당신도 이해할 수 있지 않소. 내가 그 아이를 만나는 것과 우리가 만난 것은 다르지 않소?"

"다르죠. 우린 남남이지만 하, 남, 득! 걔는 당신 핏줄이에요."

"아, 알겠소…… 만나겠소."

결국 만나겠다고는 했으나, 하지스는 대체 어찌해야 할는지 판단이 서지 않았다. 지나가던 투숙객이 손가락질로 하지스의 발밑을 가리켰다. 들고 있던 장미꽃 다발이 바닥에 떨어져 있었다. 하지스는 무릎을 꺾고 꽃다발을 주웠다.

하남득. 그 아이를 만나 마주 보고 있을 자신이 없었다. 객실로 돌아와 전전긍긍하던 하지스는 남득의 사진을 꺼내 협탁 위에 올려놓고 들여다보다가 봉자에게 전화를 걸었다.

서로 말까지 제대로 통하지 않을 것이라는데, 지난번 봉자가 편지로 일러준 프로필만 가지고 아들을 만날 수는 없었다. 그런 애비로 기억되고 싶지 않았다. 하지스는 아들에 대해 궁금한 것이 많았다.

창에 빗방울이 성글게 들러붙고 있었다.

8

거울 앞에 선 하남득은 헤맸다. 어떤 옷을 입어야 하고, 어떤 표정을 지어야 하고, 어떤 모습으로 어떤 말을 해야 할지…… 좀처럼 정리되는 것이 없었다. 정신이 멍하고 눈앞이 아뜩할 뿐이었다. 어머니가 죽었다고 한 생부를 어머니의 강요로 만나게 될 줄이야…… 사기극을 보는 양 믿기지 않았다.

남득은 세탁소 노 여사에게 가서 몸에 맞는 정장 한 벌을 빌렸다. 노 여사가 그 나이에 사원 면접을 보러 가는 것은 아닐 텐데 무슨 일로 정장이 필요하냐고 물었으나, 나중에 알려주겠다고 했다.

어머니는 하지스와 함께 노근리를 다녀왔으면 좋겠다고 했으나, 그러고 싶지 않다고 했다. 그녀는 뭐든 슬쩍 찔러보고 통한다 싶으면 마구 들이대는 성격이었다. 하지스를 만나라고 을러대는 강요를 들어줬더니, 노근리 동행까지 요구하는 것이다.

남득은 하지스를 만날 때 어머니와 같이 가는 것으로 알고 있었다. 그런데 자신은 이미 하지스를 만났으며, 부자간의 만남에 자신이 낄 이유가 없다고 했다. 그러고는 환갑을 코앞에 둔 어른이 아버지도 혼자 못 만나서 징징대느냐며 핀잔을 줬다. 아들 앞에서는 언제나 당당한 하봉자 씨였다.

남득은 언어까지 제대로 통하지 않을 것을 생각하니 두렵고 불안했다. 그녀는 이런 남득에게 부자간에는 대화를 말로 하는 게 아니라 가슴으로 하기 때문에 걱정할 필요가 없다고 했다. 남득은 그녀의 자기중심적 사고와 뻔뻔한 교설巧說에 참았던 화가 치밀었다.

"부자간이라니요? 58년 만에 처음 보는 부자가 어디 있습니까? 말이 되는 말씀을 하세욧!"

남득은 자신이 내뱉은 '부자간'이라는 말에 소름이 돋았다.

도대체 무엇 때문에 어머니가 하지스와의 만남을 재촉하며 닦달을 해대는지 알 수 없었다. 지난번 전화 통화 때 하지스를 만날 뜻이 없음을 분명히 밝혔다. 그런데 어젯밤 늦은 시간에 느닷없이 집으로 쳐들어와서는 하지스를 반드시 만나야 한다고 또다시 닦달해댔는데, 거의 생떼 수준이었다. 만나겠다는 약속을 하지 않으면 돌아가지 않겠다고 버텼다.

"아빠 어디 가?"

넥타이를 제대로 매지 못해 거울 앞에 서서 끙끙대고 있는 남득을 바라보고 있던 영수가 물었다.

"응. 할아버지 만나러……."

무의식중에 한 답이었으나, 무의식중이 아니었어도 영수에게는 사실대로 말했을 것이다. 영수에게도 할아버지가 있는 것이 당연했기 때문이다.

"누구?"

"영수 할아버지?"

"아, 아버지의 아버지?"

영수가 손가락질로 남득과 남득의 머리 위를 연이어 가리키며 물었다.

"응. 영수 아버지의 아버지."

영수가 무슨 말인지 알아듣지 못한 것인지, 무슨 말인지는 알아들었으나 그 뜻을 알지 못하는 것인지 종주먹을 쥔 자세로 오만상을 찡그렸다. 그러고는 물었다.

"돌아가셨잖아?"

남득은 아차 싶었다. 할아버지를 찾는 영수에게 엄마가 사는 하늘나라에 계신다고 일러준 적이 있었다.

"……."

답을 할 수 없었다.

"아니야?"

영수가 남득을 쏘아보며 물었다.

"나중에…… 갔다 와서 이따가 말해줄게."

남득은 지체할 시간이 없었다. 영수와 같이 갈 수 없는 것이 못내 아쉬웠다.

—나 같은 죄인 살리신 주 은혜 놀라워.

찬송가 소리가 서둘러 골목을 벗어나는 남득의 등을 떠미는 것 같았다.

엘리베이터를 타고 올라온 도완구는 11층에서 내렸다. 그러고는 비상계단을 통해 12층으로 올라갔다.

감시 카메라를 등지고 12층 복도를 두리번거리며 살핀 그는 1211호를 찾아 가볍게 노크했다. 어찌 된 일인지 노크를 하자마자 기다렸다는 듯이 문이 열렸다. 머뭇거리는 기척이나 누구냐고 묻는 말도 없었다.

완구가 문을 밀치며 객실 안으로 성큼 들어섰다. 감작스럽게 들이닥친 완구를 본 하지스가 놀란 표정으로 뒷걸음질 쳤다. 그러나 곧 완구를 알아본 하지스가 알은체를 하며 무슨 일로 왔느냐고 물었다.

잽싸게 돌아서서 문을 잠근 완구가 부산에서 못다 한 얘기가 있어서 찾아왔다고 했다.

"여긴 어떻게……?"

하지스는 어떻게 여길 찾아왔는지 묻고 싶었으나 무서워 말을 잇지 못했다. 게다가 문까지 잠그는 걸 본 하지스는 불길한 느낌에 빠져 안절부절못했다. 사전 연락도 없이 이렇게 무례하게 객실로 쳐들어올 정도의 못다 한 얘기가 뭐란 말인가.

"나, 나가주시오. 곧 올 사람이 있소."

완구의 기세에 눌린 하지스가 떨리는 목소리로 소리쳤다.

"오래 걸리지 않아. 잠깐이면 돼."

완구가 위협적인 말투로 윽박질렀다. 그러고는 의수에 걸치고 있던 재킷을 걷어냈다. 목제 팔뚝 끝에 달린 쇠갈고리가 불빛에 번뜩였다.

"왜, 왜 이러는 거요?"

쇠갈고리를 보고 뒤로 물러서다가 침대 모서리에 걸려 넘어진 하지스가 소리쳤다.

겁에 질려 허둥대는 하지스를 잠시 내려다보던 완구가 찾아온 용건을 꺼냈다.

먼저 하지스의 기억을 상기시켜줘야 했다. 긴 말은 필요하지 않았다. 1950년 7월 여름, 농가 마을, 장미 넝쿨 토담, 초가집을 말했다. 덧붙여 하지스가 강간한 여자와 쌍굴다리 학살까지……. 따로 설명 없이 단어들만 늘어놨다.

하지스가 완구의 말에 집중하는 것 같았다. 완구는 그가 기억을 되찾도록 하기 위해 잠시 뜸을 들였다. 그러고 나서 금괴의 행방을 물었다.

"나는 모르오."

완구는 쇠갈고리 의수를 번쩍 들어 올리며 재우쳐 물었다. 여차하면 내리찍을 기세였다. 하지스가 억울하다는 눈빛으로 완구를 올려다봤다. 그걸 왜 자기에게 묻느냐는 표정이었다. 완구는 시치미를 떼며 버팅기는 놈이 가증스러웠다. 생각 같아서는 당장 갈고리로 면상을 긁어버리고 싶었다.

"당신의 금괴를 빼앗은 사람은 바커지, 내가 아니잖소?"

하지스의 잔망스러운 항변이 가증스러웠다. 교수질을 해먹은 놈다운 말이었다.

"그래서 죽은 바커의 무덤에 가서 물어보라는 말이냐?"

완구의 말에 하지스가 흠칫했다. 바커의 죽음을 알고 있다는 사실에 놀란 것 같았다.

완구는 좋은 말로는 시간만 끌 뿐 원하는 답을 얻을 수 없겠다는 판단이 섰다. 게다가 올 놈이 있다고 하니 서둘러야 했다.

6·25 사변통과 전후 재건 시기에 이렇게 뻔뻔하고 의뭉스레 버티는 놈들을 수없이 다뤄 봐서 이골이 난 완구였다. 그는 이런 놈들은 어떻게 다뤄야 하는지 누구보다 잘 알고 있었다.

"남은 눈깔도 파내줄까?"

쇠갈고리로 하지스의 외눈을 가리키며 말했다. 그러고는 매트리스를 내리찍어 침대보를 걷어 올렸다.

바닥에 주저앉아 있는 하지스가 칼춤 추듯 갈고리를 흔들어대는 완구를 올려다보며 바들바들 떨었다. 찢어진 침대보 조각이 쇠갈고리에 매달려 깃발인 양 나부꼈다. 완구는 거친 동작으로 침대보 조각을 뜯어내고 다시 갈고리를 휘둘러댔다.

주춤주춤 뒤로 밀려난 하지스가 양손을 들어 올리며 진정하라고 했다. 완구가 치켜들고 있던 쇠갈고리를 내렸다.

장미 꽃다발을 얹어 둔 창틀 밑에 넘어져 있던 하지스가 천천히 몸을 일으켜 침대에 붙은 협탁으로 갔다. 그러고는 협탁 위의 사진 몇 장을 옆으로 치우고는 메모장과 펜을 집어 들었다.

이마를 짚은 그가 잠시 기억을 더듬는듯하다가 메모지에 몇 가닥의 선을 긋고 이런저런 모양을 그리는가 싶더니 그 밑에 몇 자 끄적거려 내밀었다. 메모지에 건물 배치도와 약도와 사찰 이름이 적혀 있었다. 대웅전으로 짐작되는 중앙 상단의 건물에 엑스 표가 되어있었다.

하지스가 자신이 그린 약도를 설명했다. 설명을 들은 완구는 놀라움을 감출 수 없었다. 이 양키놈들이 제법이었다. 불상 복장腹藏 속에 궤짝을 숨길 생각을 다 하다니…….

절에서는 탑신 속에 성물을 보관하기도 했지만, 복장 속에도 성물을 보관했다. 복장 속 성물들이 문화재 전문털이범들에 의해 도난당하는 일이 왕왕 발생한다고 했다. 그러나 중들은 존엄한 부처님의 복장을 여는 일이 불경스럽다 하여 그 안을 점검하는 일은 가능한 한 하지 않는다고 했다. 그래서 복장 속의 성물은 털려도 금방 알아내기 힘들다고 했다. 털이범들이 이 점을 악용한다고 했다. 그 복장 속에 금괴를 숨겼다고 하니 그럴듯했다.

설명을 들은 완구가 만약 이곳에 금괴가 없으면 다시 찾아오겠다고 하자, 하지스가 손가락으로 약도의 엑스 표를 집으며 이 대웅전 안으로 궤짝을 옮기는 것을 직접 봤다고 했다.

완구는 쾌재를 불렀다. 다시 찾겠다고는 했으나, 58년 전에 빼앗긴 물건의 행방을 알아내리라고는 기대하지 않았다. 그런데 그 행방을 생각보다 쉽게 알아낸 것이다. 단초를 얻었으니 이제부터 추적해 나갈 작정이었다.

잠시 쾌재를 불렀던 완구는 갑자기 맥이 빠지면서 화가 치밀었다. 무엇보다 겁을 먹은 것 같지만 하지스의 차분해 보이는 태도가 눈에 거슬렸다. 얄밉고 약이 올랐다. 금괴를 잃고 실의와 절망에 빠져 분노로 지냈던 숱한 날들이 억울하고 무의미하게 느껴졌다. 마치 놀림과 모욕을 당한 것 같았다.

"하지스! 이 새끼 너는 살인마야, 인마! 노근리에서 그렇게 많은 사람을 죽이고도 이렇게 당당하게 살아있다니…… 이 파렴치한 살인마 새끼!"

약도를 주머니에 넣은 완구가 다시 쇠갈고리를 내두르며 욕설을 질러댔다.

갈고리를 피해 옆으로 물러선 하지스가 겁에 질린 표정으로 완구의 광기 어린 두 눈을 쏘아봤다. 완구는 쏘아보는 놈의 외눈이 못마땅했다. 수백 명이나 죽인 살인마 새끼가 아직도 제 잘못을 반성할 줄 모르고 적반하장이로구나, 싶었다.

"이, 이게 네놈들 때문에 평생 달고 살아온 의수다, 이놈아! 이 의수로 네놈을 찍어 죽일 수도 있다. 하지스, 너는 저주받아 마땅한 놈이얏!"

완구는 영어와 한국어를 뒤섞어 마구 소리쳤다. 그러고는 또다시 갈고리로 매트리스를 퍽퍽 찍어댔다.

완구의 위협 속에서 협탁 위의 전화기로 비척비척 다가간 하지스가 송수화기를 집어 들었다.

"그날 내가 먹다가 버린 년을 네놈이 따먹었다. 네가 따먹은 년 이름은 알고 있나?"

완구는 하지스의 화를 불러 격동시키고 싶었다. 그렇게 해서 한바탕 난투극이라도 벌여야 화가 풀릴 것 같았다.

하지스는 완구가 발악을 하는 동안 손에 잡은 송수화기를 들어올렸다.

순간 하지스에게 달려든 완구가 잽싸게 송수화기를 낚아챘다. 그러고는 제자리에 돌려놨다.

창밖에서 마른번개가 번쩍였다.

"형네 집 종년인데, 내가 음메 소를 주고 샀다. 이름은 하봉자다. 하, 봉, 자! 하하하……."

완구가 하봉자를 외치며 미친 듯이 웃고 있을 때 천둥이 쳤다.

완구의 웃어대는 모습을 본 하지스의 눈에서 불꽃이 튀었다. 그가 알아들을 수 없는 괴성을 내지르며 완구를 향해 달려들었다. 굼뜬 동작으로 덤벼든 하지스가 완구를 벽으로 밀치려 했다. 그러나 싸움 기술을 타고난 완구인지라 하지스가 덤벼드는 힘을 역이용해 왼덧걸이로 내동댕이쳤다. 완력과 폭력이 몸에 밴 완구인지라 하지스는 그의 상대가 되지 못했다.

완구는 갈고리로 바닥을 짚은 채 성한 손으로 버둥거리는 하지스의 목을 졸랐다. 하지스가 양손을 들어 저항을 포기했으나 받아들여지지 않았다.

완구의 엉덩이 밑에 깔린 하지스가 버둥거렸다. 완구는 분이 풀릴 때까지 하지스의 목을 조르며 깔아뭉갰다.

잠시 후 창을 때리는 빗소리가 들리고 번개가 번쩍였다. 번갯불에 정신이 든 완구가 몸을 일으켰다. 그러나 분이 풀리지 않은 완구는 창틀에 올려놓은 장미 꽃다발을 집어 들어 하지스의 얼굴을 마구 내리쳤다. 뭉그러진 붉은 장미 꽃송이가 떨어져 사방으로 흩어졌다. 거칠어진 빗줄기가 속절없이 창을 두드려댔다.

"하지스 씨를 만나려고 왔습니다."

하남득이 프런트 직원에게 말했다.

"예?"

직원이 남득을 쳐다봤다.

"미국인 투숙객입니다. 약속하고 온 겁니다."

"혹, 하남득 선생님이신가요?"

고개를 숙여 메모지를 들여다본 직원이 물었다.

"예."

"이거…… 하지스 님께서 하남득 님이 찾아오시면 전해드리라고 맡겨 둔 겁니다. 그리고 하지스 님께서 오늘은 사정이 있어서 만나기 어렵고, 다음에 따로 연락을 하겠다고 하셨습니다."

직원이 호텔에서 사용하는 우편 봉투를 건네며 말했다.

"예? 아니, 약속을 하고 온 건데……."

남득은 직원이 무언가를 잘못 알고 있는 듯싶어 항의하듯 말했다.

"따로 연락을 드리시겠다고 했습니다."

직원이 남득의 뒤쪽을 바라보며 같은 말을 반복했다. 뒤에 순서를 기다리고 있는 사람이 있으니 비켜달라는 눈치였다.

"저…… 다시……."

"무엇을 도와드릴까요?"

다시 알아봐 줄 수 없느냐고 물으려 했으나, 직원은 이미 뒷사람을 응대하고 있었다.

남득은 하는 수 없이 옆으로 비켜섰다. 그러고는 건네받은 봉투를 열어 내용물을 꺼냈다.

반으로 접힌 누르께한 종이였는데 마분지 같았다. 양 손바닥 넓이의 낡고 얼룩진 마분지에 약도 같은 것이 그려져 있었다.

메모지도 들어있었다. 호텔 로고가 박힌 메모지에 영문으로 적은 꽤 긴 메모였다. 아마도 호텔에 투숙한 뒤 쓴 글 같았다. 또 약도에 있는 것과 같은 기호가 그려진 것으로 보아 약도에 대한 설명을 적은 글 같았다. 남득의 영어 실력으로는 온전한 해석이 어려웠다.

약도를 그린 선이 바래고 흐릿하게 뭉개진 것으로 보아 오래된 것 같았다. 조심해서 다루지 않으면 바스러질 것 같았다.

상하로 교집합 기호 같은 ∩ 표식이 다섯 개 그려져 있었고, 맨 아래 ∩ 표식 오른편에 × 표식이, 맨 위 ∩ 표식 오른편에 × 표식이 각각 그려져 있었다. 아래 × 표식이 위의 × 표식보다 흐릿했다. 빗금 친 타원형으로 다섯 개의 ∩ 표식과 × 표식을 묶어놓았다. 빗금과 타원은 근자에 표기한 것으로 보였다.

남득은 휴대 전화를 꺼내 약도를 촬영하고는 다시 반으로 접어 봉투에 넣었다. 영문 메모지는 따로 챙겼다. 난수표 같은 약도와 메모지 한 장을 받자고 온 것이 아닌 남득은 다시 프런트로 가서 하지스의 객실 번호를 알려달라고 요청했다.

"그건 알려드릴 수가 없습니다."

직원이 잘라 말했다.

"이 봉투를 전해주라고 한 맥 라마르 하지스 씨가 내 아버지요."

직원의 단호한 대답에 기분이 상한 남득이 봉투를 흔들어 보이며 말했다.

"예……?"

직원이 남득의 대꾸에 당혹스러워하는 것 같았다.

"아들이 아버지가 묵는 객실 번호를 알려달라는 거요."

남득이 직원에게 대차게 말했다.

"그러시면 직접 물어보시지요."

직원도 대차게 대꾸했다. 남득을 얕잡아보는 말투였다.

"아버지가 전화를 받지 않으시니 이러는 거 아니오."

남득이 사정조로 말했다.

"기다리세요. 여쭤보겠습니다."

잠시 남득을 쳐다본 직원이 마지못해 송수화기를 집어 들었다.

송수화기를 들고 있던 직원이 잠시 후 말하길, 객실 전화를 받지 않는 것으로 보니 외출 중이거나 샤워 중인 것 같다고 했다.

"무슨 일이 있는 것 같으니 객실 번호를 알려달란 말이오."

직원의 미온적인 태도에 화가 난 남득이 언성을 높였다.

"일, 이, 일, 일."

어처구니없다는 표정으로 남득을 쳐다보던 직원이 객실 번호를 일러줬다.

남득은 돌아서서 엘리베이터 홀 쪽으로 향했다. 그때, 한 노인이 엘리베이터에서 황급히 내렸다. 재킷으로 팔을 둘둘 만, 체구가 큰 노인이었다. 노인은 재빠르게 좌우를 둘러보며 방향을 가늠하고는 로비 중앙 쪽을 향해 달음박질치듯 직진해오다가 남득과 마주쳤다. 순간, 얼굴이 시뻘게진 노인이 어깻심으로 남득을 거칠게 밀쳐내고 지나갔다. 노인이 가쁜 숨을 몰아쉬며 지나간 자리에서 역한 술 냄새가 풍겼다.

하마터면 넘어질 뻔한 남득이 고개를 돌려 노인을 바라봤으나, 그는 아무 일도 없었던 것처럼 호텔 밖으로 순식간에 사라졌다.

남득은 방금 전 노인이 내린 엘리베이터를 타고 12층으로 올라갔다.

1211호 앞에서 벨을 눌렀으나 답이 없었다. 잠시 기다렸다가 다시 벨을 눌렀으나 여전히 답이 없었다. 노크를 해도 답이 없었다. 왠지 모를 불안감이 들었다.

남득은 어머니에게 전화를 걸었다. 프론트에서 있었던 일과 아무 대꾸가 없는 객실 상황을 전했다.

5분쯤 지나 어머니로부터 전화가 왔다. 신호는 가는데 휴대 전화를 받지 않는다고 했다. 불과 30분 전까지만 해도 통화를 했고, 그새 마음이 바뀌었을 리 없지만, 그렇다 해도 갑자기 전화를 안 받고 문조차 열어주지 않을 리는 없지 않겠느냐며, 이상한 일이라고 했다. 남득도 예감이 좋지 않았다.

남득은 복도 끄트머리에 있는 구내전화기로 달려가 프런트로 연락했다. 1211호에 비상 상황이 발생한 것 같으니 확인을 부탁한다고 했다.

잠시 후, 달려온 직원이 여러 차례 벨을 누르고 노크를 한 뒤 비상키로 문을 땄다. 객실이 난장판이었다. 침대 옆 바닥에 누군가가 누워있었고, 매트리스는 흉기에 찍힌 듯 손상되어 있었다. 뿐만 아니라 찢어진 침대보 조각과 뭉개진 장미 꽃송이들이 마구 널브러져 있었다.

남득이 재빠르게 노인에게 다가갔다. 경황없는 가운데 그가 아버지일 것이라는 확신이 들었다.

남득은 노인의 목을 받히고 기도를 확보했다. 그러나 숨결도 숨소리도 느낄 수 없었다.

프런트에 비상 상황을 알린 직원이 남득을 밀쳐내고 심폐 소생술을 시작했다. 남득은 복도로 달려가 구내전화기 옆에 있는 자동 심장 충격기를 가져왔다. 노인의 가슴을 압박하던 직원이 남득을 바라보며 고개를 저었다.

"아, 아니야…… 안 돼!"

남득이 울부짖었다.

9

하지스의 사망 사실을 어머니에게 전하고 병원에 남아있던 남득은 이튿날 아침 경찰의 수사 협조 요청에 따라 순찰차에 올랐다. 어젯밤 함께 온 낯선 미국인과 함께 영안실을 지키고 있던 어머니가 순찰차에 오르는 남득을 안쓰러운 표정으로 배웅했다.

경찰은 남득을 조사실로 들여보내고 돌아갔다. 경찰서 조사실 흡음벽 상단에 붙은 전자시계 숫자가 '09:16'이었다.

남득이 조사실로 들어설 때 조사실을 나오는 남자와 부딪혔다. 어깨에 무궁화 네 개를 단 남자였다. 남득을 기다리고 있던 형사가 의자를 가리켰다.

"다음에 보자고 했다는데 굳이 객실로 찾아간 이유가 뭐요?"

형사가 다그치듯 물었다. 링어 오르자 마자 공이 울리기도 전에 강펀

치를 얻어맞은 기분이었다.

남득은 형사가 대뜸 내지른 시비조의 질문이 마뜩잖았다. 조사실에서 남득을 기다리고 있던 두 명의 형사 중 하나였는데, 호텔에서 탐문 조사를 마쳤다고 했다. 형사가 어울리지 않게 테가 굵은 검은 뿔테안경을 쓰고 있었는데 볼에 칼자국이 있었다. 조커를 닮은 상이었는데 길에서 만나면 피할 상이었다. 남득은 느낌이 좋지 않았다. 질문이 뭔가 배배 꼬인 것 같아 겁이 나고 불안했다.

"제가 용의잡니까?"

혼혈아를 부랑아 취급하던 시절에 여러 차례 경찰서에 끌려가 강압 조사를 받은 경험이 있는지라, 남득은 대답 전에 형사를 꼬나보며 물었다.

"뭐얏?"

뿔테안경이 눈을 부라렸다. 기 싸움을 하려는 것 같았다.

"아님 피의자요?"

남득이 밀리지 않았다.

"헛. 이 양반 보게."

헛웃음을 지은 뿔테가 어처구니없다는 표정으로 남득을 노려봤다.

"협조해달라고 해서 온 거요."

남득이 말했다.

"누가 용의자라고 했소? 거, 묻는 말에나 답해주시오."

뿔테 옆에 앉은 상고머리가 뒷주머니에서 꺼낸 수갑을 테이블 위에 던지며 말했다.

"용의자도 아니고 피의자도 아닌데, 나를 조사실로 끌고 온 이유가 뭡니까?"

남득이 다시 물었다.

"누가 끌고 와?"

뺄테가 또 말을 낮췄다.

"당신들이 협조를 핑계로 끌고 온 거 맞잖아. 사망자 유족을……."

남득의 당찬 대거리에 두 형사가 서로 눈을 맞췄다. 뺄테가 같잖다는 표정으로 피식 웃었다.

남득은 비웃는 뺄테에게 조사실에서는 단 한마디도 협조하지 않겠다고 했다. 이런 위압적인 분위기를 받아들일 수 없기 때문이었다.

뺄테와 상고머리가 다시 눈빛을 주고받았다. 그러고 나서 곧바로 자리에서 일어난 그들이 남득을 다른 방으로 안내했다. 휴게실 같았다.

"1211호는 어떻게 들어간 거요?"

"호텔 컨시어지가 문을 따줬고, 그 직원을 따라 들어간 겁니다."

"컨시어지?"

"직원이오."

"직원이라고 하시오."

뺄테가 말했다.

"사망자, 아니 피살자가 당신 아버지라는 거요?"

"피살당한 겁니까?"

"내 질문에 답을 하고 나서 질문하시오."

"나도 뭘 알아야 답을 할 거 아니오."

"거, 참…… 씨발."

뽈테가 욕설을 뱉었다. 그러고는 석 장의 사진을 내보이며 물었다.

"이거 당신 맞지?"

"예, 그렇소."

사진을 들여다본 남득이 답했다.

"아버지가 아들 사진을 왜 협탁 위에 놓아둔 거요?"

"……?"

남득은 질문이 밑도 끝도 없어 황당했다. 그걸 어떻게 알 수 있겠는가. 다만 자신의 사진을 협탁 위에 올려놓고 들여다봤을 아버지 모습이 좀처럼 떠오르지 않아 안타까울 뿐이었다.

"사망자는 그 호텔에 왜 간 겁니까?"

남득이 아무런 대꾸가 없자 상고머리가 끼어들었다. 말투는 상냥했으나 예의 없는 표현이었다. 남득을 위협하려 수갑을 꺼내 집어던졌던 허세는 사라진 것 같았다.

"그걸 내가 어떻게 알겠소?"

남득은 형사의 질문들이 왜 이따위인가 싶었다. 이따위 멍청한 질문으로 시간 낭비를 하는 게 이해되지 않았다.

하지스 씨가 살해당한 것이라면 이렇게 애먼 사람 붙잡고 시간을 허비하고 있을 것이 아니라 제대로 된 수사를 해 범인을 잡아야 할 것 아닌가.

남득은 하지스와 자신과의 관계를 밝히고 호텔로 그를 찾아가게 된 자초지종을 설명했다. 그러고 나서 자신이 지금 피의자 심문을 받는 것이냐고 다시 물었다.

"수사에 협조를 해달라는 거요. 사망자가 친부라면서……."

뿔테가 '친부'라고 할 때 느물거리는 것 같았다.

"내가 아는 건 다 협조해드렸습니다. 더 이상 아는 것이 없소."

"친부라면서 아는 게 없다는 거요?"

"사이가 안 좋았나 보지."

뿔테와 상고머리가 만담하듯 주고받았다.

"오십팔 년 만에 처음 만나기로 한 생부라고 하지 않았소."

"왜요?"

상고머리가 물었다.

남득은 이놈들이 남이 말할 때 대체 뭘 하고 있었나 싶었다. 부러 딴전을 부리고 있는 것 같았다.

"그걸 다시 대답해야 하는 겁니까? 변호사를 부를까요?"

남득은 더 이상 말을 섞고 싶지 않았다.

"변호사 부를 짓을 한 거요?"

뿔테가 이죽거렸다.

"아는 건 다 협조했으니, 이제 가겠소."

뾜테를 노려본 남득이 의자를 박차고 일어났다.

"혹시 호텔에서 이분을 봤소?"

돌아서 나가려는 남득을 붙잡아 세운 상고머리가 사진을 들이밀었다. A4 용지의 컬러 프린트 사진이었다. CCTV 녹화화면을 캡처해 프린트한 것 같았다. 고개를 돌리고 있어 얼굴은 알아볼 수는 없었으나 옷차림을 보고 누구인지 단박에 알 수 있었다.

"로비에서 부딪힌 노인 같습니다."

'이 사람'이 아니라 '이분'이라고 칭한 사람은 벗은 재킷을 팔에 두르고 술 냄새를 풍기며 남득의 어깨를 밀치고 지나간 노인이었다. 맹탕들인 줄 알았는데, 나름대로 초동수사는 한 것 같았다.

"부딪쳤다고요?"

"예."

"마주친 게 아니고?"

"그러고 보니 부딪친 게 아니라 밀침을 당한 거네요. 그런데 부딪쳤느냐, 마주쳤느냐가 중요한 겁니까?"

"아, 그, 그건 아니오."

뾜테가 얼버무렸다. 그러고는 계속 물었다.

"아는 사람이오?"

"그, 글쎄요……."

남득이 고개를 갸웃하며 어정쩡한 표정으로 얼버무렸다. 알고 모르고를 떠나 확답을 해줄 필요가 없을 것 같았다.

"얼굴을 못 봤소?"

"그게……."

"그게?"

"자세히 보지는 못했소."

뺄테가 정수기로 다가가 물을 한 잔 뽑아 마셨다. 상고머리는 고개를 젖혀 천장을 올려다봤다. 자신들이 예상했거나 원했던 답이 안 나와 답답해하는 것 같았다.

물을 마신 뺄테가 휴게실 밖으로 나가 상고머리를 불러냈다. 둘이서만 나눌 말이 있는 것 같았다. 뺄테가 웅얼거리는 말 속에서 얼핏 회장, 팔십 고령, 의원님 등등 분절된 단어들이 흘러나왔다. 들으려고 해서 들은 것이 아니라 그들이 주고받는 소리가 들렸다. 뺄테가 웅얼대는 말과 달리 상고머리가 '그럴 리가……', '조사? 그 양반을?' 어쩌고 하는 말은 또렷하게 들렸다. 그들의 말을 엿들은 남득은 형사들이 '덤 앤 더머' 같다는 생각이 들었다.

남득은 휴게실 문을 조용히 열고 나왔다.

"저는 그만 가보겠습니다."

등을 돌리고 서서 쑥덕거리던 두 형사가 화들짝 놀라 남득을 바라봤다. 어머니와 아버지의 장례 절차를 의논해야 할 것 같아 더는 있을 수 없다고 했다.

"그, 그렇게 하시오. 하지만 장례는 우리가 시신을 넘겨줘야 치를 수 있을 거요."

상고머리가 말했다.

"부검을 합니까?"

남득이 물었다.

"자연사는 아니잖소? 압수수색 영장을 발부받았소."

사인 규명을 위해 시신을 압수했다는 뜻이었다.

"유족이 철저한 수사를 당부했소."

"유족이라뇨?"

당황한 남득이 물었다.

"딘이라고 했던가? 어제 같은 호텔에 투숙했던 손자라고 하던데…… 당신의 아들…… 아니, 조카 아니요?"

뿔테가 이죽거리며 말했다.

"……."

"그 미군 장교는 이 사람이 누군지 모른다고 했어."

상고머리가 남득을 가리키며 뿔테에게 말했다.

"대체 이 집안은 가계가 어떻게 되는 거야?"

뿔테가 짓까불었다.

"그럼, 난 이만 가보겠소."

남득은 이 자리에서 빨리 벗어나고 싶었다.

"잠깐, 잠깐! 왜 자꾸 도망치려 하실까?"

뿔테가 앞을 막아서며 빈정거렸다. 그러고는 손바닥을 펴 보이며 덧붙였다.

"봉투 좀 봅시다."

"예?"

"프런트 컨, 컨지 뭐냐, 지, 직원이 사망자로부터 받은 봉투를 당신에게 전해줬다고 하던데……."

남득은 허둥대는 뿔테에게 컨시어지에게 받은 봉투를 꺼내 건넸다.

뿔테가 내용물을 꺼내 살폈다. 그러고는 "이게 뭐요? 보물지도 같은데?"라고 물었다. 컨시어지를 몰라 헤맬 때처럼 마분지를 보는 그의 표정에 의구심이 엿보였다.

남득은 영문 메모를 따로 빼놓기 잘했다는 생각을 했다. 약도에는 기호만 있었다. 일직선으로 그려진 다섯 개의 ∩ 표식 위로 교집합 기호, 두 개의 ×표, 타원형 빗금이 전부였다. 암호와 다름없는 약도였다.

"이게 뭔지도 모르고 받았단 말이오?"

"……."

답을 할 수 없는 질문이었다. 뭔지 모르고 받은 것이 아니라, 뭔지 모르는 것을 받은 것이었다.

"우리가 좀 더 보고 나서 돌려주겠소."

압수를 하겠다는 말이었다. 남득은 압수를 하건, 되돌려주지 않건 개의치 않았다. 이미 휴대 전화로 찍었고 머릿속에 새겨둔 약도였다.

10

마음 같아서는 약도 속의 절로 한달음에 달려가고 싶었으나, 아무리 그렇다고 해도 오밤중에 절로 찾아가 잠자는 중들을 깨울 수는 없었다. 금괴 행방을 쫓을 실마리를 찾은 도완구는 조바심이 났으나 날이 밝기를 기다리는 수밖에 없었다.

완구는 양 기사에게 자신을 반석동 막내아들 집—호텔에서 10분 거리에 있었다—에 내려주고, 내일 새벽 5시까지 자신을 데리러 오라고 했다.

대전까지 내려온 길이라 오랜만에 막내아들 상수를 만나보고 싶었다. 만나면 해줄 말이 많았다.

JMC에서 규모가 세 번째로 큰 중부지사—대전·청주를 비롯한 충청 지역의 소도시를 관할했다—를 경영하고 있는 상수가 올해 들어 재산 분할 상속을 재촉하고 있었다. 어차피 상속할 재산이고, 아버지가 너무 늙어서 언제 노망이 들지 또 언제 죽을지 모르니, 몸과 정신이 멀쩡할 때 삼 형제의 지분을 공평하게 나눠 달라는 것이었다.

완구는 정말 그런 이유로 투정을 부리는 것이라면 다행이겠으나, 놀음판에서 또 대형 사고를 치고 뒷수습을 하려고 그러는 것은 아닌지 걱정스러웠다.

아무튼 이놈이 갑자기 자기 몫의 상속을 요구하며 생떼를 썼다. 툭 하면 광통재로 전화를 걸어 자기를 손톱만큼이라도 사랑하고 걱정하는 게 맞는다면 술을 작작 마시라는 잔소리도 퍼부어댔다. 두 형이 아버지의 과음에 대해 관심이 많다고도 했다. 결국 아버지를 걱정해서가 아니라 제 놈이 받아야 할 유산이 걱정돼서 그러는 것이었다.

완구는 막내놈이 이런 버르장머리 없는 잔소리와 제 형들을 헐뜯을 때마다 울화통이 터졌다. 성질대로 한다면 단매에 때려죽이고 싶었다. 그러나 눈에 넣어도 안 아플 놈인지라 그럴 수 없었다.

이놈이 제 형들 반의반만이라도 주변머리가 있고 주모만 있어도 회사를 통째 물려줄 수도 있었다. 그러나 음주가무와 노름과 계집질을 너무 좋아해서 그럴 수 없는 게 안타까웠다. 사내대장부가 계집질하는 것을 무턱대고 나무랄 수는 없겠지만, 사귀는 여자—통상 2년짜리였다—마다 살림을 차리고 돈을 퍼줬다. 그러니까 여자의 꾐에 빠져 이용만 당하는 것이었다. 나이 서른여섯에 다섯 번째 딴살림을 차렸는데, 문제는 요령부득이라 회삿돈을 표나게 빼내 살림을 차린다는 것이었다. 네 번째 여자와는 헤어질 때 말다툼을 하다가 주먹을 휘둘러 송사에 걸려들었다. 말도 안 되는 위자료를 요구해서 그랬다는 것인데, 결국 더 많은 위자료를 줘야 할 판이었다.

장남인 상기가 이런 철부지 막내를 보살펴주고 보듬어주기는커녕 사고를 칠 때마다 슬그머니 일을 부풀리고는 했다. 막내의 미숙한 사회성과 도덕성을 부각시키려 애썼다.

미국 MBA 과정까지 마친 큰아들 상기는 뱀처럼 똑똑하고 아귀처럼 욕심이 많은 데다가 야무지고 음흉한 놈이었다. 여기에 비해 상수는 세상 무서운 줄 모르는 철부지 숙맥이었다. 참 딱한 노릇이었다.

큰형이 꼬드겨 한통속이 된 둘째 상국도 만만치 않은 놈이었다. 어리숙한데 고집이 세서 가르쳐줘도 옳은 말과 그른 말을 구별하지 못했다. 마누라는 이 둘을 제 배로 낳은 자식들이라고 해서 끔찍이 두둔하며 챙겼다.

하지만 자신의 생모가 자살한 막내는 사고무친이었다. 완구가 죽기라도 하는 날이면 정말 낙동강 오리알 신세가 될 수밖에 없었다. 세 인간이 합세하여 상수 몫을 다 빼앗아 챙기고 쪽박만 채워 내쫓을 수도 있었다. 막내는 하이에나들 틈바구니에 낀 어린양 같은 놈이었다. 그러니 완구는 자나 깨나 앉으나 서나 이놈을 걱정 안 할 수 없었고, 만나서 가르쳐 주고 싶은 말들이 차고 넘쳤다.

그런데 막내는 집에 없었다. 닷새째 카지노에 틀어박혀 있는 것 같다고 했다. 60평 아파트를 혼자 지키고 있던 며느리가 느닷없이 들이닥친 시아버지를 붙잡고 하소연을 해댔다.

상수가 카지노에서 만난 여자와 바람피운다는 고자질이었다. 이번에는 연상녀 과부인데, 지방 대학 언어학 전공 여교수라고 했다. 며느리는 그 과부의 언변에 상수를 빼앗기지 않을까 걱정이 태산이라고 했다. 완구는 며느리의 안하무인 언변을 따라갈 여자가 세상에 또 있을까 싶었다.

며느리와 마주 앉은 완구는 치즈 쪼가리를 안주 삼아 발렌타인 30년산을 주거니 받거니 했다. 아들을 흉보고 욕할 때마다 완구는 헛기침을 하며 염소수염을 쓸어내렸다. 사실에 근거해 사리에 맞춰 조리 있게 하는 비난이라 그만하라고 할 수도 없었다.

유능한 이혼 전문변호사가 하는 하소연인지라 귀담아 들어둬야 할 필요가 있었다. 며느리의 비난과 항변은 장차 상수와 자신을 겨눌 칼과 창이 될 수 있을 것 같았다.

완구는 취기로 열이 올랐는데도 며느리가 하는 말에 등골이 서늘했다. 잘못 왔다는 후회가 들었다. 방 여사와 먹기로 한 호박전이 떠올랐다. 상수가 있을 때 다시 오겠다고 하자, 며느리가 왜 극구 자신을 붙들었는지 뒤늦게 알 것 같았다.

지난번까지만 해도 주된 하소연 대상이 여자를 보는 상수의 특이한 안목—며느리는 자신을 뺀 세상 모든 여자의 하자를 꿰뚫어 보고 있었다—과 방종과 무책임이었다. 그런데 이번 하소연 대상은 시아버지 완구의 뜨뜻미지근한 결단력과 추진력이었다.

며느리는 상속과 재산 분할에 관한 불만을 조근조근 따지듯 토로했다. 상기가 흘린 정보에 바탕을 둔 불만 같았는데, 유능한 변호사의 변론처럼 사리에 어긋남이 없었다. 언변 좋고 타이밍 판단이 빼어난 며느리가 취기를 빌려 시아버지는 철석같이 믿지만 큰시아주버니와 허랑방탕한 상수는 믿을 수 없으니, 회사의 지분 분할을 서둘러 하고 자기의 몫도 분명히 해 줄 것을 요구했다.

며느리는 이혼 전문변호사이지만 그녀의 아버지는 수십 년 동안 회사의 고문 변호사를 맡은 바 있었다. 때문에 그녀 또한 회사의 경영과 재무 상황에 대해 꿰뚫고 있다고 봐야 했다. 완구가 딴따라—첫째 며느리는 바이올리니스트이고, 둘째 며느리는 프리마 발레리나 출신이다—가 아닌 변호사 며느리를 얻었다는 자긍심이 극에 달했을 때, 회사의 형편과 관련 송사를 죄다 까발리고 시시콜콜 상의했던 것도 후회스러웠다. 쟁송에서 승소를 이끌어내려면 회사 사정을 속속들이 알아야 했기에 큰아들에게 들려주지 않은 회사 비밀까지도 털어놨던 적이 있었다.

똑똑하고 야무진 며느리가 상수를 택한 것은 완구의 재산과 상수의 허우대 때문이었다. 완구가 보기에 상수는 지난해 죽은 탤런트 김주승을 닮았는데, 걔보다 키만 약간 작을 뿐—상수가 작은 것이 아니라, 걔가 큰 것이다— 얼굴 생김새와 체형은 훨씬 빼어났다. 며늘아기도 완구와 같은 생각이라고 했다. 며늘아기가 아직까지 그 생각에는 변함이 없는 것 같아 다행스러웠다.

완구는 며느리와 둘이 마주 앉아 발렌타인 30년산 한 병을 모두 비웠다. 며느리가 내일은 심리 스케줄도 없고, 준비서면을 작성할 일도 없기 때문에 출근을 안 해도 그만이라면서 완구와 또박또박 대작했다.

며늘아기는 재판을 하듯이 시아버지와의 대화에 심혈을 기울이는 것 같았다. 결국 밤을 꼬박 지새웠다. 며늘아기가 조급증에 걸린 듯 결단을 보챘으나 완구는 동문서답을 하며 끝까지 버텼다. 그러느라 며느리 앞에서 상수를 흉보고 욕해야 했다. 완구가 며느리의 말발에 밀려 무려 다섯 시간 동안이나 염소수염을 쓸어내리며 술만 들이켜야 했다. 완구는 새삼 상수가 바람피우며 집 밖으로 나도는 것을 이해할 수 있을 것 같았다.

새벽에 두어 시간쯤 눈을 붙였을 때 며느리가 방문을 노크했다. 양 기사가 아파트 현관 앞에서 기다리고 있다고 전했다. 귀가 어두워 휴대 전화 기상 알람과 양 기사가 건 전화벨 소리를 모두 못 들은 것 같았다.

"아버님. 와이셔츠 갈아입으세요."

며느리가 포장을 뜯지 않은 새 와이셔츠를 건네주며 말했다.

"입던 거 입으마."

완구가 벗어 걸어둔 와이셔츠를 챙기며 말했다.

"단추 떨어진 와이셔츠를 입고 다니시면 남들이 깔봐요."

완구는 며느리가 건네준 새 와이셔츠를 받아 입었다.

완구를 태운 에쿠스가 한국전쟁 당시 딘 소장이 용감히 싸우다 행방불명됐다는 테미고개를 넘어 옥천 방향으로 내달렸다. 완구는 안 쓰던 근육을 써서 그런지 몸이 뻐근하고 안 듣던 잔소리를 들어서 그런지 마음이 착잡했다. 며느리가 밤새 들려준 하소연이 생각보다 심각한 것 같아 걱정스러웠다. 답답한 마음에 차창을 열었으나 후텁지근한 바람이 되레 가슴을 달궜다.

며늘아기가 이혼을 준비하고 있는 것 같았다. 지난번 며늘아기가 이혼 말을 꺼냈을 때, 상수가 자살 소동을 벌였다. 전혀 예상하지 못한 일이었다. 아직까지도 그 자살 소동이 쇼였는지 진심이었는지는 알 수 없으나 음독을 한 상수가 병원 응급실로 실려 간 것은 사실이었다.

아내의 요구대로 음주, 도박, 외박, 외도를 하지 않고 살 자신도 없지만, 아내 없이 살 자신도 없다는 것이 음독의 이유였다. 아내를 죽은 제 어미로 생각하는 놈이었다. 완구는 상수가 이러다가 제 어미처럼 정말 죽으면 어쩌나 싶었다. 제 어미가 그러다가 죽었다.

하지만 상수 문제가 아무리 심각하다고 해도 외팔이로 파란만장하게 살면서 일군 회사였다. 아들놈들에 며느리들까지 짜고 덤벼든다고 해서 천신만고 끝에 세운 회사를 균등 분배해 줄 수는 없는 문제였다. 삼복더위 땀띠 속에서도, 엄동설한 동상 속에서도 삐삐선을 목에 감고 원숭이 새끼마냥 전봇대와 담장과 지붕을 오르내리면서 유선망을 깔고 또 깔았다. 떨어지고 넘어져 살이 찢어지고 뼈가 부러진 것만도 몇 번이던가.

법적 근거—관련 법이 없었다—가 없는 사업인지라 미국 개척 초기의 이민자들처럼 먼저 달려가 깃발을 꽂는 놈이 땅을 차지하듯이 먼저 들어가 망[삐삐선]을 잇는 놈이 임자였다. 혈혈단신으로 망을 깔러 다닐 때는 해코지하는 불한당들의 접근을 막느라 전봇대와 사다리 밑에 맹견을 묶어두기도 했다.

1970년대까지는 삐삐선을 깔아 주로 다방과 음식점에 음악을 송출했다. 컬러텔레비전이 나온 1980년대에는 난시청 지역의 가정집에 삐삐선을 깔아 지상파 방송을 중계했다. 여관과 여인숙에 삐삐선으로 '삐짜 비디오'를 송출해 버는 돈이 쏠쏠했다. 1987년 유선방송관리법이 시행되기까지 이 모든 것이 불법 사업이었다. 그러니까 2008년 종합 유선방송사 JMC를 설립할 때까지 세 아들놈은 돈만 뜯어갔지 아무것도 보탠 것이 없었다.

과거의 기억 속을 헤매는 사이에 차가 '天金寺(천금사)' 일주문을 지났다. 7시 10분 전이었다. 양 기사가 절 로고가 새겨진 회색빛 스타렉스 승합차와 그랜저 승용차 사이에 차를 세우며 너무 일찍 온 것이 아니냐고 했다. 아침을 굶기고 운전시킨 것에 대한 불만의 표현 같았다.

"중들은 아홉 시에 취침하고 세 시에 기상한다는 걸 모르나?"

완구가 퉁을 놓듯이 말했다.

"스님들 수행 일과가 그러하신 줄은 몰랐습니다요, 회장님."

양 기사가 완구의 퉁에 대거리를 했다. 완구는 이놈이 종종 이런 식의 대거리로 자신을 비꼰다는 걸 알고 있었으나, 길한 일을 앞두고 시비하고 싶지 않아 참았다.

아침 예불을 끝내고 텃밭으로 가 김을 매고 있다는 주지를 만났다. 완구는 물안개 낀 밭두렁에 서서 호미질을 하고 있는 주지에게 명함을 건네고, 찾아온 용건을 말했다.

꾀죄죄한 적삼에서 돋보기를 꺼내 명함을 들여다본 주지가 구부정한 자세로 선 채 완구의 말을 경청했다.

"도와주실 거죠?"

완구가 재우쳐 물었다.

"……."

주지는 묵묵부답이었다.

"공짜로 열어달라는 게 아닙니다, 스님."

"나무관세음보살……."

주지가 밭두렁에 놓았던 호미를 집어 들었다.

"스님!"

완구가 윽박지르듯이 스님을 불렀다.

"부처님 복장은 함부로 열어볼 수 있는 서랍장이 아닙니다요, 회장님."

"찾는 것을 찾으면 불당 한 채 지어 올리겠습니다."

"무슨 말씀이신지……?"

완구는 자신의 진솔한 화법을 재깍재깍 알아듣지 못하는 주지가 답답했다. 어쩌면 의뭉스러워서 못 알아듣는 척하는 게 아닐까 싶었다.

"아주 오래전에 내 아버지가 이 절에 왔었답니다. 그러니까… 6·25 사변통에 피난을 하느라……."

완구가 플랜 B로 준비한 구라를 풀었다. 거짓말은 밀정 시절부터 입에 밴 특기였다.

"회장님, 송구합니다만…… 소승이 오늘 강의가 있는 날이라 바빠서 그러니……."

간략히 말해달라고 했다. 김을 매고 나서 김포 중앙승가대학교를 가야 한다고 했다.

완구는 중이 무슨 강의를 하나 싶었다.

"사변통 피난길에 아버지가 대웅전 부처님 복장 안에 족보와 가보 몇 점을 숨겨뒀는데, 엊그제 운명하시면서 그걸 찾으라는 유언을 남기셨습니다."

완구는 말을 하고도 멋쩍었다. 엊그제 운명했다는 아버지의 나이를 묻는다면 103세가 넘었다고 해야 할 판이었다.

얘기를 들은 주지가 성도 스님을 불러 달라고 했다. 양 기사에게 하는 말 같았다. 그러고는 텃밭에 쪼그리고 앉아 다시 김을 맸다. 그새 물안개가 걷혔다.

성도라는 중이 절의 이인자 내지는 주지의 오른팔, 아니 비서실장쯤 되는 것 같았다. 양 기사가 찾아 데려온 성도라는 중에게 주지가 말했다.

"여기 회장님께서 사변통에 시주하신 물건을 되찾아 가고 싶다 하시니 도와드리시게."

주지가 성도라 불리는 젊은 중에게 완구의 명함을 건네주며 말했다.

주지에게 합장으로 답을 한 중이 완구를 대웅전으로 안내했다. 그러고는 무엇을 어떻게 도와드리면 되는지 물었다.

"부처님 복장 안을 살펴보고 싶습니다."

완구가 불상을 손가락질로 가리키며 주지에게 했던 말을 반복했다.

"예?"

중이 정색을 하며 반문했다.

완구는 중의 정색에 짜증이 났다. 이것들이 도움을 청하러 온 중생을 놀리는가 싶었다.

"밭 매는 주지께서 방금 전에 도와주라고 하지 않았소?"

"그, 그게…… 처사님. 부처님 복장은 함부로 열 수 있는 게 아닙니다."

중이 타이르듯 말했다. 마치 불장난을 나무라는 어른의 말투였다.

완구는 주지가 '사변통에 시주하신 물건' 어쩌고 하며 젊은 중에게 일을 떠민 이유를 알 것 같았다. 의사 결정권자로서 청을 들어주기가 곤란하니 밑엣사람을 불러 얼렁뚱땅 떠넘기고 내뺀 게 아닌가 싶었다.

완구가 이런 생각을 하며 중과 대치하고 있을 때, 주지가 탄 검정 그랜저가 주차장을 벗어나고 있었다.

"양 기사. 차에 가서 빠루 가져왓!"

그랜저 꽁무니가 사라지는 것을 본 완구가 흥분해 소리쳤다. 이에는 이, 눈에는 눈. 이것이 고비에 처했을 때 써먹는 완구식 노하우였다.

“예?”

양 기사가 당황했다. 차에 장도리가 있을 리 없었다.

“빠루 몰라, 빠루? 빠루 가져오라고. 까짓거 뜯어버리고 변상해주지 뭐.”

완구가 양 기사를 몰아대며 소리쳤다.

“아…… 아, 옛!”

뒤늦게 완구의 뜻을 알아챈 양 기사가 차를 향해 몸을 돌렸다.

“자, 잠깐만이요.”

완구의 난폭한 기세에 눌린 중이 양 기사를 막아서며 휴대 전화를 꺼내 들었다.

“복장을 열어달라는데요, 큰스님.”

주지와 통화하는 것 같았다. 주지 말은 들리지 않고 중의 말만 들렸다.

“예?”, “길일에 다시 오시라고 할까요?”, “예? 지금이요? 알겠습니다.”, “그럼요. 약조한 것은 꼭 받아내야지요, 큰스님.”

몇 걸음 떨어진 곳으로 가 등을 돌린 채 통화를 한 중이 완구와 양 기사에게 대웅전 앞에서 잠시 기다려달라고 했다. 잠시 후 가사 장삼 차림을 한 중이 요사채에서 나왔다.

대웅전으로 들어간 중이 자신을 따라 삼배를 올리라 했다. 삼배를 할 줄 모르는 완구는 큰절을 했다.

중이 향을 피우고 목탁을 두드리며 예불을 올렸다. 복장을 열기 전에 올리는 예불 같았다.

완구가 지갑에 든 지폐와 자기앞 수표를 모두 꺼내 복전함에 넣었다. 120만 원이었다.

"이리로 오시지요."

중이 아귀가 어긋나 삐거덕거리는 불단 위로 오르며 말했다.

완구가 중을 따라 불상 뒤로 갔다. 세 개의 불상 중 가운데 자리한 큰 불상 뒤로 간 중이 등짝을 열었다. 그러고는 자신의 휴대 전화 불빛으로 컴컴한 복장 안을 비췄다.

어둠침침한 속에서 거미줄과 먼지로 덮인 이런저런 물체들이 어슴푸레한 윤곽을 드러냈다. 중의 휴대 전화를 채뜨린 완구가 복장 안으로 한 발을 내딛고 고개를 디밀었다. 그러고는 좌우를 살폈다.

궤짝이 보였다. 금괴 15관을 담은 그 궤짝이었다.

"진짜 여기 있네!"

완구는 절규하듯 외쳤다. 그러고는 이게 꿈인가 생시인가 싶어 자기 볼을 꼬집었다.

그때 복장 안으로 성큼 들어온 중이 완구가 내려다보고 있는 궤짝을 번쩍 들어 양 기사에게 건넸다.

흥분에 들뜬 완구가 복장 밖으로 꺼낸 궤짝의 걸쇠를 풀고 뚜껑을 힘차게 열어젖혔다. 삐이걱 하는 소리와 함께 먼지가 날리며 궤짝이 열렸다.

그런데 이게 어찌 된 노릇인가. "어, 어, 어, 어어……" 하며 잠시 버벅거리던 완구가 단말마의 비명을 내지르며 뒤로 넘어갔다.

금괴가 없었다. 궤짝 안은 둥글고 모가 난 돌들로 가득 채워져 있었다.

11

한국전쟁 58돌 기념 초청행사에 참석차 방한한 미군 참전용사가 지난밤 7시 30분경 대전유성의 모 호텔에서 의식 불명 상태로 발견되어 병원으로 이송 중, 사망한 것으로 밝혀졌습니다.

숨진 참전용사 맥 라마르 하지스 씨는 공식 방한 일정을 마치고 주한미군 장교로 복무 중인 손자의 결혼식에 참석차 한국에 남아있었으며, 경찰은 사망자가 79세로 고령인 점을 들어 심장마비로 사망했을 가능성과 객실에서 다툼의 흔적을 발견했다는 호텔 직원의 제보를 바탕으로 피살 가능성에 대한 수사도 같이 진행하고 있다고 밝혔습니다.

하지스 씨는 한국전쟁 초기에 상병으로 참전하여 낙동강 전선에서 부상으로 한쪽 눈을 실명했으며, 이번 방한 기간에 충무무공훈장을 받은 것으로도 밝혀졌습니다.

오륙도가 내려다보이는 베란다 밖에서 아침 해가 떠오르고 있었다. 일본 열도를 비추고 떠오른 해를 맞이하던 고노 마쓰오가 텔레비전으로 시선을 돌렸다.

하지스는 낯익은 이름이었다. 한국전쟁, 참전용사, 공식 방한이라는 단어 속에 끼어 있는 하지스라는 이름은 자신이 알고 있는 그 하지스가 틀림없을 것 같았다.

고노는 관련 뉴스를 듣기만 하고, 미처 보지는 못한 바람에 하지스의 얼굴을 확인할 수 없었다. 하지만 한국전 참전용사인 맥 라마르 하지스라고 하면 자신이 알고 있는, 영동 전선에서 본 그 하지스일 가능성이 컸다. 하지스의 사망 관련 뉴스에 이어 4대강 개발사업 뉴스가 진행 중이었다. 연일 다루고 있다던 미국산 쇠고기 수입 반대 시위는 나오지 않았다.

엠투엔(M2N) 사社의 리드코프 인수 추진과 일본 자금의 한국 대부업 유입 관련 뉴스가 이어졌다. 기자가 1998년 IMF 외환 위기 이후 일본 자본이 한국 대부업에 대거 침투해 사채시장을 잠식해버렸다는 표현을 썼다. 어조가 자못 비장했다.

국민보건체조로 몸을 푼 고노는 욕실로 들어가 목욕재계하고 신단으로 갔다. 할아버지와 할머니, 아버지와 어머니, 형과 동생들의 신위를 위계에 따라 모신 신단이었다.

"회장님, 아침 식사 준비됐답니다."

'텐킨온나天金女'가 층계참에 서서 서툰 일본어로 말했다. 낯가림이 심한 아이 같았다.

그녀의 서툰 일본어 발음이 고노는 정겹게 들렸다. 식민 통치 시기의 향수 때문인지 왠지 모르게 마음을 설레게 하는 조선인의 목소리였다.

"공양을 먼저 올리라고 해라."

고노가 말했다. 그는 신단에 제례를 먼저 하고 나서 아침을 먹었다.

"예. 할머니가 준비 중이세요."

그녀는 계약제로 집안 살림을 돌보는 가정부를 할머니라고 불렀다.

가정부는 고노가 일본에 있을 때 일주일에 한 번 집 안팎을 관리했고, 고노가 한국에 머물 때는 상주하며 침식 수발을 들었다. 일식 요리사 자격증 소지자였다. 보수는 회사가 지급했다.

고노는 방한 이틀째였다. 그는 1년 단위로 6월 말과 1월 초 각각 정기적으로 한국을 출장 방문했다. 통상 15일 일정으로 와서 하루 또는 이틀에 걸쳐 영업 실적과 업무 보고를 받고, 나머지 기간은 여행을 다니며 놀았다. 회사 대표와 한국에 상근하는 아들 다로太郞가 고노의 스케줄을 짜서 관리했다.

텐킨온나는 고노와 같이 생활하면서 여행안내를 하고, 건강을 보살피라고 회사가 붙여준 간호학 전공 여대생이었다.

고노를 15일 동안 케어하고 여대생이 받는 보수는 5,000만 원이었다. 5,000만 원을 현금 지급한다는 것이 아니고, 5,000만 원에 상당하는 사채빚을 탕감해줬다.

회사는 고노 방한 시기에 맞춰 급전을 빌려 쓴 채무자를 대상으로 이런 특전 기회를 제공했다. 텐킨온나 나애주는 대학생이 되고 나서 2년 동안 '천금 머니'에 5,000만 원의 빚을 졌다고 했다. 3개월째 이자를 못 갚고 있다고 했는데, 원금은 600만 원이라고 했다.

어젯밤 처음 만나 이런저런 이야기를 나누던 중에 무엇 때문에 생긴 빚이냐고 고노가 묻자, 옷과 명품 가방을 사고 의대생 오빠와 데이트를 하느라 생긴 빚이라고 했다. 말을 들어보니 옷과 명품 가방도 의대생과의 폼 나는 데이트를 위해 '투자'한 것 같았다. 회사는 허세에 빠진 나애주의 신체 포기 각서를 받아놓은 상태라고 했다.

고노는 이 세상 물정 모르는 천둥벌거숭이 같은 여대생이 '코오운온나(행운녀)'로 당첨—공개 추첨 형식을 취했으나 이런저런 조건에 맞는 채무자를 찾아내서 콕 찍는 선발이었다—된 것인데, 이 행운녀가 천금—千金이 아닌 天金이다—을 얻었다고 해서 텐킨온나라고 불렀다.

고노가 신단 앞에서 손뼉을 마주 치고 제식을 치렀다.

사쓰마薩摩(현 가고시마) 태생인 고노 마쓰오의 할아버지는 1899년 조선에 왔다. 고노의 할아버지는 산둥반도의 짱꼴라들은 자신들이 먼저 와서 조선 땅에 깃발을 꽂았다고 주장하지만, 그들보다 먼저 조선 땅에 와서 말뚝을 박은 사람들이 일본인이라고 했다.

그 할아버지의 뒤를 이어 근면 성실의 화신이라 할아버지 고노 쓰루키치鶴吉가 조선으로 건너왔다. 1910년 고자야시 겐로쿠가 운영하는 서양 의류 가게 '초지야丁子屋' 점원으로 근무하던 아버지는 당시 가미카제神風처럼 불어닥친 해외 이민 열풍을 타고 조선으로 왔다.

하와이—다수가 하와이를 이민지로 택했다—까지 갈 뱃삯이 부족했던 아버지는 15엔을 주고 부산항으로 가는 배를 탈 수밖에 없었다고 했다. 조선 땅에 와서 철도 공사 현장감독관으로 일을 하던 아버지는 1919년 조선인 3월 폭동 이후 사이토 마코토 총독이 문화정치를 하겠다고 발표할 당시 경찰에 투신했다.

조선 산하가 밥공기만 한 산들과 뒤엉킨 실타래 같은 강들로 조잡스럽게 널브러뜨려져 있고, 창자 같은 길들이 비비 꼬여 있어서 그런지, 조선 놈들의 속은 때 묻은 흰옷마냥 거무죽죽하고 조선 놈들의 의리는 짐승만도 못했다. 맺고 끊음이 분명한 직선은 없고 뜨뜻미지근한 곡선만 있는 나라, 상복이나 다름없는 흰옷을 즐겨 입는 어정쩡한 미개 족속들이었다. 어느 놈 아가리에 들어가 빼째 먹힐는지 모르는 놈들을 거둬서 잘 먹이고 잘 보살펴 잘 키워줬더니 툭하면 테러에 툭하면 배신행위였다.

아버지는 이런 배은망덕한 조센징들이 지천에 깔린 세상에서 살아가려면 총과 장검을 지닌 경찰직이 가장 바람직하고 안전하다고 했다. 무일푼으로 이민 온 아버지는 이런 표리부동한 나라의 분위기에 휩쓸리지 않고 부지런히 일하고 열심히 돈을 벌어 모았다.

세상 물정 모르는 학자 놈들이 아버지처럼 헌신적으로 일한 개척자들을 두고 하층 이주민으로 와서 하위 제국주의자로 출세한 계급이니 어쩌니 하며 함부로 비하하여 지껄여대지만, 고노는 아버지야말로 대륙

개척의 밀알이자 선구자라고 자부했다.

그러나 할아버지와 아버지가 죽을 둥 살 둥 해서 번 돈은 패전과 함께 미국 놈들이 모두 빼앗아갔다. 점령군 미군이 조선—항복한 일본의 부속국으로 취급했다— 내 일본의 국·공유 재산을 동결하고 공공기관을 접수했다. 그러고는 두 달 남짓 지났을 때, 사유 재산도 적산敵產이라는 딱지를 붙여 빼앗았다. 그렇게 빼앗은 일본인의 재산을 미군정 귀속재산이라고 했다. 미군들이 만든 미군정 법령 제33호가 이렇게 주장하는 근거였다. 날강도 같은 처사였다.

미즈타 나오마사 총독부 재무국장이 미군정 재무당국 측에 조선에 있는 일본인 물건을 본토로 가져갈 수 있도록 편의를 제공해달라고 요청했으나 거부당했다. 미군정은 한발 더 나아가 8월 9일 이후 일본인과 관계된 모든 행위는 무효라고 포고했다. 조선 땅에 있는 일본인의 모든 재물은 숟가락몽둥이 하나까지도 자기들의 전리품이라는 주장이었다. 패전국 황국신민의 설움이었다.

아버지는 고노 일가가 조선반도에서 46년 동안 피땀 흘려 얻은 소산을 고스란히 놔둔 채 절대 빈손으로는 돌아갈 수 없다고 했다. 서로를 부둥켜안은 채 〈이별의 노래〉를 뜨겁게 합창하고는 아버지의 결단으로 가족을 두 조로 나눴다. 아버지와 두 형은 원산항을 통해서, 할머니와 어머니와 마쓰오는 부산항을 통해서 각각 귀국하기로 했다. 두 개의 배낭에 각각 쌀, 된장, 소금, 우메보시를 나눠 담았다. '야미배' 편을 구한 원산항 조는 배낭과 함께 미군이 무단 반출을 금한 가산家産을 환금하여 챙겼고, 부산항 조는 양식 배낭만 챙겼다.

조선총독부 게양대에서 일장기가 내려지고 성조기가 나부낀 9월 8일 고노 일가는 집을 출발했다. 부산항 조는 열차편으로 부산에 도착해 세관 창고 짚더미 위에서 하룻밤을 지새우고, 이튿날 60톤급 일본 선적으로 26시간을 항해하여 야마구치현 북쪽 해안에 상륙했다. 그러나 야미배로 출항한 원산항 조는 동해를 건너지 못했다. 당시 6척의 야미배가 시간차를 두고 출항했는데, 그 가운데 두 척이 해뢰海雷에 걸려 수장됐다고 했다. 미군이 동해를 장악하기 위해 설치한 해뢰였다. 배가 거친 파도에 고삐 풀린 망아지처럼 바다 위를 떠다니던 해뢰에 걸린 것이다.

신단 앞에 합장을 하고 선 고노는 그때 수장된 아버지와 두 형의 위패를 바라봤다.

조선은행과 식산은행의 도움을 받아 조선에서 탁송을 맡긴 물건들도 본토에 도착하지 못하고 모두 사라졌다. 중간에 약탈을 당한 것이다.

일본인 귀국 열차에는 조센징 무장 강도들이 활개쳤다. 강도들과 공모한 조센징 기관사들이 운행 도중 산간 오지에 기차를 세웠다. 일본 헌병들이 자국민의 생명과 재산을 지켜주기 위해 감시원으로 동승했으나 무장 강도들 앞에서는 자신들의 생명조차 지키지 못했다. 무장 강도를 피해 요행히 부산항까지 가져온 물건도 미군들의 짐 검색을 통해 압수당했다.

2층 신단에서 제식을 마친 고노가 1층 식당으로 내려갔다. 고노는 가정부 할머니와 애주를 마주 보고 식탁에 앉았다. 한 식탁에 같이 앉아 식사하는 것이 고노의 요구 사항이었다. 지난해 아내의 병사로 홀아비가 된 그는 혼자 하는 식사를 싫어했다.

낫또와 전복죽과 우메보시 찬으로 조식을 마친 고노는 텐킨온나 나애주와 함께 도요타 승용차에 올랐다. 불공을 드리러 가기로 한 날이었다. 불보 사찰 통도사를 거쳐 경주 불국사를 다녀올 예정이었다. 고노는 방한 때마다 명찰을 찾아가 불공과 시주를 드렸다. 한국의 동쪽 바다에서 죽은 가족의 명복과 한국에서 하는 사업 융성은 한국 부처님 담당이 아니겠는가.

고노는 차가 차고를 벗어나자 아들 다로와 통화했다. 방한 미 참전용사 사망 사건과 관련한 언론 보도들을 스크랩해서 회장실에 가져다 놓으라고 했다.

12

도완구는 바커와 하지스에게 이를 갈았다. 이미 죽은 바커는 어쩔 수 없었으나 하지스는 당장 다시 찾아가서 죽여 버리고 싶었다. 그러나 거짓 약도를 그려준 놈이 나 죽여주쇼, 하며 호텔에 죽치고 있을 리 없을 것이기 때문에 곧장 서울로 향했다. 불전함에 넣은 120만 원도 억울했다.

광통재로 들어서는 완구를 낯선 사내 둘이 맞이했다. 인상이 비호감인 놈들이 거실을 차지하고 있었다.

방이금 여사에게 의수 상자를 건네며 주인 없는 집에 낯선 사람을 왜 함부로 들였느냐고 성질을 부리자, 대전에서 온 형사들이라며 무턱대고 들어온 것이라고 했다. 완구는 짐작은 했으나 형사라는 말을 듣고 긴장했다. 기분이 꺼림칙했다. 그렇다고 해서 저자세를 보일 이유는 없었다.

"누구 허락 받고 문을 열어준 거얏!"

완구가 삐쳐있는—호박전을 부쳐놓고 기다렸는데 연락도 없이 오지 않은 때문인 것 같았다—방 여사에게 냅다 고함을 질렀다. 그러고는 형사들에게도 경고하듯 "당신들 이거 무단주거침입인 거 알고 있소?"라고 했다.

"안녕하십니까요, 회장님? 어딜 다녀오시나 봐요?"

검정 뿔테 안경을 낀 형사가 완구의 말을 뭉개며 넉살 좋게 인사를 건넸다.

"그건 왜 묻소?"

완구가 불퉁스레 물었다.

"회장님께 몇 가지 여쭤볼 게 있어서 왔습니다요."

완구에게 다가선 뿔테가 신분증을 꺼내 보여주며 말했다.

"물어볼 게 있으면 이렇게 가택침입을 해도 되나?"

완구가 시비조로 비아냥거리며 으르렁댔다.

"그럴 리가요, 회장님. 큰아드님 허락을 받았고요, 여기 이 여사님께서 문을 열어줘서 들어온 겁니다요."

뺄테 안경이 굽신거리며 답했다.

"여긴 내 집이오. 큰아들 허락이라니……?"

"여기가 제이엠씨 사옥 아닌가요?"

JMC 사옥이라 대표이사인 큰아들 도상기의 허락을 받았다는 뜻이었다. 그러면서 '출두하시라고 통지 드리는 것보다 이렇게 직접 찾아뵙는 게 나을 것 같아서 큰아드님과 상의하고 온 것'이라고 했다.

완구는 뺄테의 말이 공갈로 들려 발끈했다. 이놈들이 번지수를 잘못 짚었다는 것을 일깨워줘야 할 것 같았다.

"영장 있어?"

완구가 다그치듯 물었다.

"지들은 이 소파에 얌전히 앉아서 회장님 오시기만을 기다리고 있었습니다요. 뭘 수색하거나 누구를 체포하려고 온 것이 아닙니다요, 회장님. 몇 가지 여쭤봐야 할 것이 있어서 온 거라고요."

상고머리가 뺄테를 거들었다.

"예 예, 그렇습니다요. 오해가 있으셨다면 푸시고, 기분이 나쁘셨다면 사과드립니다요, 회장님."

뺄테와 상고머리가 주거니 받거니 하며 화를 내는 완구를 달랬다.

"뭘 물어보려고 내 집까지 쳐들어왔는지 모르겠지만, 빨리 물어보고 가시게. 내가 지금 몹시 피곤해. 졸려."

완구가 하품을 하며 짜증스레 뱉었다.

"대전 유성에 있는 구봉 스파텔에 가셨지요?"

"온천 좀 하려고 갔었지, 왜?"

"이 사람 만나러 가신 건가요?"

상고머리가 프린트물을 들이밀며 다시 물었다. 하지스 여권 사진을 복사한 프린트물이었다.

완구는 불현듯 좋지 않은 예감이 들었다. 무턱대고 쳐들어온 형사들이 아닌 것 같았다.

"그려. 내가 만나면 안 되는 사람인가?"

완구가 대수롭지 않다는 듯 되물었다.

"그럴 리가요. 스파텔로는 왜 찾아가신 건가요, 회장님?"

"그 사람이 누군지는 알고 묻는 거지?"

완구가 또 되물었다.

"예. 육이오 참전용사 아닙니까."

"내가 방한한 참전용사들의 부산 오찬 모임을 협찬하고 거기에 참석한 건 알고 있나?"

"그런 건 저희들이 모르지요."

"모르면 그것부터 알아봐. 우리는 육이오 때 전쟁터에서 만난 사이야. 오십팔 년만에 거기서 그 전우, 아니 친구를 다시 만났는데, 얼마나 반가웠겠나. 그런데 시간이 없어서 서로 회포를 제대로 못 풀었어. 그래서 다시 만나기로 약속을 하고, 찾아가 만난 거야. 그게 무슨 문제라도 되나?"

"이분이 회장님을 만난 뒤에 죽었어요."

상고머리가 사진을 디밀며 말했다.

"뭐얏?"

완구는 정신이 아뜩했다. 그러고는 "죽어? 왜?" 하고 혼잣말을 중얼댔다. 화풀이를 좀 한 것 뿐인데…… 그 정도 맞았다고 해서 죽을 리가 없었다.

"그야 저희도 모르지요. 그래서 혹시 회장님은 뭐 아시는 게 있으실까 싶어 온 겁니다요."

뿔테의 말이었다.

완구는 이놈의 말본새가 왜 이 모양인가 싶었다.

"낸들 아나. 자네들이 알아내야겠지……. 그렇지 않나?"

"그렇죠?"

반문한 뿔테가 그걸 알아내기 위해 지금부터 묻는 말에 솔직한 답을 해달라고 했다.

어떤 관계냐, 만나서 얼마나 무슨 말을 나눴고, 무슨 일이 있었는지 처음부터 다시 말해달라고 하며 볼펜과 수첩을 꺼냈다. 취조를 하겠다는 뜻이었다.

완구는 일단 응하기로 했다. 하지스는 한국전쟁 때 영동 전선에서 인민군과 싸우다가 만난 관계이고, 서로 상이용사로 제대한 뒤 험난한 세상을 견디며 살아온 얘기를 나눴고, 그 얘기가 서러워 서로 부둥켜안고 운 일밖에 없었다고 답했다. 뿔테가 완구의 말을 받아 적었다.

하지스가 죽었다고 하니 어떤 말을 지껄인들 문제 될 것이 없었다. 완구는 자신의 말을 확인할 길 없는 형사들을 상대로 되는 대로 지껄였다. 상고머리가 침대보가 찢어지고 매트리스가 찍힌 것에 대해 물었으나, 자신이 있을 때는 멀쩡했다고 답했다.

상고머리가 뿔테와 눈빛을 주고받았다. 뿔테가 고갯짓을 하자 상고머리가 말했다.

"회장님께서 아까 들고 오신 상자 좀 볼 수 있을까요?"

"……그, 그걸 왜……?"

완구는 당황스러웠다.

"그냥 궁금해서요."

상고머리가 의구심 가득한 눈빛을 감추며 능청스레 답했다.

완구는 요청을 거부하는 것이 더 큰 의심을 살 것 같아 방 여사에게 의수 상자를 가져다주라고 했다.

나무 상자를 열어 의수를 들여다본 뿔테와 상고머리가 또다시 서로 눈빛을 주고받았다. 쇠갈고리를 확인한 것 같았다.

완구는 조마조마한 심정으로 그들의 하는 양을 지켜봤다. 술이 당겼으나 참았다.

의미심장한 표정을 지은 뿔테가 의수 상자를 방 여사에게 돌려줬다. 그러고는 완구에게 어젯밤과 좀 전까지 어디에 있다가 왔는지 알려달라고 했다. 왜 그러는지 상자에 담긴 의수에 대해서는 따로 묻지 않았다.

뿔테가 이 질문을 던지자, 상고머리가 잽싸게 곁에 있던 양 기사를 데리고 밖으로 나갔다. 아마도 따로따로 물어보고 나서 맞춰 보려는 것 같았다.

완구는 잠깐 당황했으나 사실대로 말해도 될 일이라 판단하고는 막내아들 집에서 잤고 이튿날 영동에 있는 한 사찰에 다녀왔다고 했다.

"절에는 왜 가셨나요?"

"불공 드리러 간 게 잘못된 거야?"

"가까운 절도 많을 텐데, 영동까지 가셨다니까……?"

"먼 데 가서 불공 드릴 때는 경찰 허락을 받아야 하는 거요?"

시비를 걸 듯 따졌다. 어차피 양 기사 놈이 밖에서 술술 다 불고 있을 것이다.

"아, 아니, 그건 아니고요, 회장님. 아까 대답하신 거에 대해 좀 더 여쭤봐도 되겠습니까?"

"내가 부족하게 한 답이 있소?"

"아유, 회장님도 참……. 그렇게 긴장 안 하셔도 됩니다요. 하지스 씨와 어떤 인연 관계이신지만 구체적으로 좀 더 말씀을 해주시면 됩니다."

뿔테가 비굴한 웃음을 흘리며 말했다.

"이봐. 여기 술 좀 가져와. 잔 세 개하고……."

완구는 주방 식탁에 앉아 고개를 뺀 채 거실 쪽을 훔쳐보고 있는 방 여사를 향해 소리쳤다.

형사들이 갈 때까지 버텨보려고 했으나 술기운이 떨어져 견디기가 힘들었다. 이러다가 자신도 모르게 화를 내거나 헛소리를 할 것 같아 불안했다.

"무슨 술로 드릴까요, 회장님?"

"먹던 거."

"안주는요?"

"거 참…… 새우깡을 내오든지, 멸치를 내오든지……."

"잔은 하나만 가져오시면 됩니다요, 여사님."

뿔테가 방 여사를 완구의 아내 내지는 내연녀쯤으로 아는 것 같았다. 그녀의 행동거지가 모호하기는 했다. 그 때문인지 형사들의 말투가 지나치게 공손했다.

방 여사가 오량주를 내올 때까지 완구는 침묵했다. 오량주를 본 완구는 지지난밤 방 여사와 마시다가 남긴 술이 오량주였다는 것을 알았다. 여자를 목적으로 술을 마실 때는 술이 수단이었기 때문에 주종이나 술 이름 따위에는 관심이 없었다.

"들어올 때 대문 기둥에 붙어있는 파란색 표찰 봤소?"

방 여사가 따라준 오량주를 받아 마신 완구가 잠시 뜸을 들인 뒤 호기롭게 말했다. 빈 술잔을 내려놓는 손이 바르르 떨렸다.

"예 봤습니다. 국가 유공자의 집……."

"사변통에 이걸 바치고 얻은 표찰이요."

실리콘 의수를 내보이며 말했다.

"아, 예…… 존경합니다, 회장님."

"또 뭘 봤소?"

"예?"

"어허, 한쪽 기둥만 보셨구만. 반대쪽 기둥에 붙어있는 독립유공자의 집이라는 표찰을 못 본 거요? 쪽발이새끼들과 싸우고 받은 건국훈장 독립장 표식이요."

"어르신, 아니 회장님 대단하십니다요, 충성!"

빨테가 갑자기 거수경례를 올려붙였다.

"난 쪽발이새끼들하고도 싸웠고, 빨갱이새끼들하고도 싸웠소. 대문 양쪽에 붙은 표찰이 대충 싸운 게 아니고 목숨 걸고 싸웠다는 증표요."

"아, 예. 회장님."

빨테가 머리를 숙였다.

"맥 라다크 하지스는 빨갱이새끼들과 싸우다 만난 내 전우요. 그 빨갱이새끼들과 싸우다가 서로가 병신이 돼서 오십팔 년 만에 만난 내 전우요. 됐소?"

"라다크가 아니라, 라마르입니다, 회장님."

"그게 뭐 중요하오, 전우라는 게 중요한 거 아니오? 그런 전우가 죽었다니 너무 슬프구만."

"아, 예…… 그러시겠습니다."

뿔테가 빈 잔에 술을 따르며 입맛을 다셨다. 완구가 그 술을 단숨에 비우고 말했다.

"자, 죽은 내 전우를 위해 한잔하시겠소?"

완구가 뿔테 앞으로 술잔을 불쑥 내밀었다.

"근무 중이라 죄송합니다."

다시 입맛을 다신 뿔테가 고개를 흔들어 거절했다. 그러고는 질문을 계속했다.

"누군가가 협탁 위에 있던 메모지를 사용했는데, 메모한 메모지가 없습니다. 혹 회장님께서 아실는지요?"

"내가 아는 걸 물어보시오. 모르는 걸 자꾸 묻지 말고……."

완구의 말에 뿔테가 웃었다.

"뒷장에 박힌 모양을 보니 약도와 글자를 적은 것 같습니다만……."

하지스가 잔수작을 부리느라 일부러 볼펜심을 꾹꾹 눌러쓴 것 같았다. 완구는 뿔테가 만만한 형사가 아니라는 생각이 들었다.

"난 메모를 하지 않았소."

오랑주를 넉 잔째 마신 완구가 동문서답했다.

"회장님께서 쓰셨다는 게 아니라……."

"내가 하지 않은 메모를 왜 나한테 묻는 거요?"

똑똑한 놈은 어리숙하고 멍청하게 상대하는 것이 완구의 처세였다.

그때 밖에서 다투는 듯한 고함 소리가 들렸다. 양 기사를 조사—심문했을 수도 있다—하던 상고머리와 큰아들 상기가 언성을 높여가며 말싸움을 하고 있었다.

이를 잠시 지켜본 뻘테가 밖으로 나가 상고머리를 데리고 들어왔다. 상기도 그들을 뒤따라 들어왔다.

"아니 팀장님. 이러시면 곤란하죠. 잠깐 몇 가지만 여쭤보면 된다고 해서 그렇게 하시라고 한 것인데, 이게 잠깐 몇 가지만 여쭤보는 겁니까, 피의자 심문 아닙니까? 변호사를 부를까요?"

갑자기 나타난 큰아들이 뻘테에게 항의하며 버럭버럭 소리를 질러댔다. 술기운으로 정신이 알딸딸해진 완구는 말려야 하는 게 아닐까, 라는 생각이 들 정도였다.

"다 끝났습니다, 회장님. 안 그래도 막 가려던 참이었어요."

그러고는 방금 전에 데리고 들어온 상고머리를 급히 돌려세웠다. 뻘테가 안 가려고 씩씩대며 버팅기는 상고머리의 등을 떠밀어 밖으로 나갔다.

"네가 여기는 왜 온 게냐? 애비 집에 형사를 불러들인 게 걱정돼서 온 게냐?

통유리창을 통해 진입로 박석 위에 서서 옥신각신하는 빨테와 상고머리를 바라보고 있던 완구가 큰아들을 노려보며 물었다.

"또 술을 하시는 겁니까? 여기는 아버지 사택이 아니라 회사 집무실입니다. 허구한 날 집무실에서 술을 드시면 어쩌자는 겁니까?"

"이놈 보게. 네 놈이 술을 사서 가져다주니까 마시는 거 아니냐."

"대체 무슨 짓을 하고 다니시기에 형사가 아버지를 만나자고 하는 겁니까?"

"내가 형사를 만나자고 집으로 부른 게 아니다. 네가 불렀다고 하지 않았느냐?"

"취하셨어요?"

"잠을 못 자서 피곤하다."

"회사 값어치를 또 이렇게 실추시키시느라 밤잠을 못 주무신 겁니까?"

상기가 들고 온 지방 일간지를 다탁 위에 집어 던지며 말했다.

> 참전용사 하지스 씨, 방한 중 숨져
>
> 피살 가능성 열어두고 수사 중
>
> 모 종편 명예회장 피살 직전 만남 가져

하지스 사망 기사에 '모 종편 명예회장'이 왜 등장한단 말인가. 완구는 기가 막혔다.

이놈이 코딱지만 한 지방지 타이틀에 애비 이름이 나가도록—실명이 나간 건 아니지만— 방관하고, 애비를 협박하려는 수작이 아닌가 싶었다. 지방 언론과의 관계를 이용해 장난질 치는 것이 이놈의 장기가 아니던가. 완구는 애비가 가르쳐준 수법으로 애비를 치려는 아들놈이 가증스러웠다.

"이번 일 마무리 되면, 그만 은퇴하세요. 더 이상은 아버지를 지켜드릴 수가 없어요."

"그 말 하려고 온 거냐?"

"예."

"뭐? 예에? 이런 호로새끼!"

오랑주 병을 거실 바닥에 내던져 깨뜨리고, 잔과 쟁반을 상기에게 집어던졌다.

"이거 아버지 거 맞지요?"

잽싸게 몸을 숙여 잔과 쟁반을 피한 상기가 손에 쥐고 있던 새끼손톱보다 작은 크기의 단추를 보여주며 물었다.

"그, 그게…… 어, 어디에서……."

"누가, 어디서, 어떻게 주운 것인지는 묻지 마시고, 아버지 와이셔츠 단추가 맞는지만 말씀하세요."

"……."

"대답 못 하시는 걸 보니, 맞군요."

"……."

"제수씨에게 아버지가 벗어놓고 간 와이셔츠는 태워버리라고 했으니 걱정 마세요."

"네놈이 날 협박하는구나?"

"왜 말씀을 그렇게 하세요. 아버지를 구해 드리려고 기회를 드리는 겁니다."

"기회? 이놈이 어따 대고 수작질이냐?"

"아버지는 지금 명예로운 퇴진을 거부하신 겁니다. 정말 안타깝습니다. 그리고 이 단추는 형사가 아버지를 만나겠다고 할 때, 사망 현장에서 확보한 이게 아버지 단추인지 확인해 달라고 제게 보여준 겁니다. 그걸 제가 빼앗은 거죠."

"뭐, 뭐얏? 네놈이 형사와 짜고 날 협박하는 게 맞구나, 호로새끼!"

완구는 현관을 나서는 상기의 뒤통수에 대고 악을 썼다.

"협박이 아니라 아버지의 운명을 아버지가 결정하시라는 겁니다."

신을 신고 돌아선 상기가 완구를 향해 충고하듯 말했다. 그러고는 엄지과 검지로 집은 와이셔츠 단추를 들어 보였다.

완구는 깨진 술병과 잔 조각들을 쟁반에 얹어 치우는 방 여사에게 새 술을 가져 오라고 소리쳤다.

날강도 같은 놈이 아닌가. 애비 재산을 통째로 삼키겠다고……. 완구는 분을 삭이느라 거실을 서너 바퀴 뱅글뱅글 돌았다. 더 돌고 싶었으나, 어지러워서 돌 수가 없었다.

13

맥 라마르 하지스가 죽은 이튿날 저녁나절 경찰서로부터 연락이 왔다. 상고머리 조 형사가 불퉁맞은 목소리로 추가로 물어볼 것이 좀 있으니 잠깐 나와 달라고 했다. 전화로 물어보라고 했으나 전화로는 곤란하다고 했다.

하지스 사망 건으로 두 번씩이나 불려갈 일이 없다고 판단한 남득은 불현듯 뭔가 이상하고 불길하다는 생각이 들었다. 남득이 서둘러 외출복을 챙겨 입는 것을 본 영수가 조금 있으면 강습 시간인데 어딜 가느냐고 물었다.

"오래 걸리지 않을 테니 연습들 하고 계시라고 전해줘."

"어딜 가는데……?"

남득은 하지스를 만난 일에 대해 영수에게 말해주지 않았다. 영수도 눈치만 살필 뿐 할아버지에 대해 일체 묻지 않았다. 무언가 말하지 못할 만한 안 좋은 일이 있다는 낌새를 느낀 것 같았다.

남득은 영수의 질문을 뭉개고 집을 나섰다.

상고머리가 묻지도 않은 부검 결과를 말해줬다. 먼저 주한 미군 장교인 손자 딘도 형사들의 주장에 따라 단순한 죽음으로 볼 수 없다면서 부검에 동의했다고 했다. 부검을 한 결과, 흉부 압박에 의한 쇼크사로 밝혀졌다는 것이다. 질식사라는 말이었다.

부검을 그렇게 빨리할 수도 있나 싶었다. 사망 이튿날 오전 중에 득달같이 부검을 했다는 게 믿기지 않았다. 남득은 부검을 정말 한 것인지 의심스럽다는 표정을 지었다.

"특수한 사망 사고잖소."

상고머리가 독심술사인 양 또 묻지 않은 답을 했다.

"공식 방한 일정이 끝났기에 망정이지 공식 일정 중에 죽었다면 나라가 좆 될 뻔했어."

뺄테가 상스러운 말로 덧붙였다. 국가 외교적 문제를 '좆'이라고 표현한 것 같았다.

"부검 결과가 나와서 묻는 건데, 하남득 씨가 갔을 때는 의식이 있었다고 하지 않았소?"

"……정확히는 알 수 없었습니다."

남득은 그런 말을 한 기억이 없었다. 그래서 조심스레 답했다.

"의식이 있었다고 했었는데…… 그런데 어떻게 사인이 질식사로 나온 거지."

뺄테가 혼잣말을 웅얼거렸다.

남득은 왜 자신을 불러놓고 이런 헛소리를 지껄여대고 있는 것인지 알 수 없었다.

남득이 객실로 들어갔을 때, 하지스는 얼굴을 천장으로 향한 채 누워 있었다. 기도를 확보했으나 숨이 멈춰 있었다. 컨시어지가 곁에서 지켜보고 있었다. 지난번 조사에서 한 말이었다.

"그걸 왜 저한테 묻는 겁니까?"

"안 물었는데. 그런데 질문하는 게 당신 버릇이오?"

"묻는 말에 답만 하세요."

뿔테와 상고머리가 또 만담을 하듯 부창부수했다.

"나를 심문하려고 부른 거요?"

남득이 의자에서 벌떡 일어서며 소리쳤다. 그는 둘의 몰상식한 태도에 기분이 몹시 상했다.

"거 흥분하지 말고, 객실은 왜 올라간 거요?"

"예?"

"직원 진술에 의하면 피살자가 안 만나겠다고 했다던데……."

이미 답을 한 질문을 다시 묻고 있었다. 58년 만에 서로 보기로 약속하고 왔는데, 어떻게 안 보고 돌아갈 수 있겠는가. 남득은 당신들이라면 그냥 돌아갔겠느냐고 묻고 싶었으나 참았다.

"이것 때문에 올라간 거잖소?"

뿔테가 마분지를 들이밀며 다그쳤다.

"직원에게 전해 받은 이 지도가 뭔지 모른다고 했잖소? 그게 뭔지 물어보려고 올라간 거 아니오?"

상고머리가 자신의 가정을 밀어붙였다.

"……."

남득은 대꾸할 필요를 느끼지 못했다.

"이거 보물 지도 같은 거 아뇨?"

상고머리가 껌을 질겅질겅 씹으며 뿔테를 거들었다.

"……."

남득은 이들이 왜 이렇게 억지를 부리는 것인지 생각이 필요했다.

"뭔지도 모르는 지도를 받았으니 물어봐야 하는 건 당연한 거잖아?"

뿔테가 또 반말로 지껄였다.

"알지도 못하는 비밀 지도를 받았는데 그게 뭔지 궁금하지도 않았단 말이오. 말이 안 되잖앗!"

상고머리는 고함까지 쳤다.

남득은 봉투 안에 메모지가 같이 들어있었다는 말을 할 수 없었다. 그 메모지에 약도에 대한 설명이 있을 터였다.

"말을 못하는 걸 보니, 이것 때문에 시비가 붙은 거로구만."

뿔테가 마분지 약도에 보물 지도라는 의미와 가치를 부여해 살해 동기 내지는 증거로 삼으려는 수작을 부리는 것 같았다. 어처구니가 없었다. 호텔 직원이 함께 있었다고 하지 않았는가.

"호텔 직원이 복도에서 통화를 마치고 돌아왔을 때, 당신이 사망자의 몸을 잡고 마구 흔들었다고 하던데…….”

혹 숨이 붙어있지 않을까 하는 희망 때문에 상체를 흔들어본 것이었다.

“이것 때문에 사망자를 먼저 만났던 거잖아. 그래서 둘이 다투다가 의식을 잃자 호텔 직원을 부른 것이고……. 맞잖아?”

뻘테가 마분지를 흔들어대며 소리쳤다.

“무슨 말을 하는 것인지 모르겠소.”

남득은 기가 막혔다. 뻘테의 말인즉슨 남득이 호텔 직원을 부르기 전에 하지스 씨를 먼저 만났다는 것이다. 다시 말해 하지스 씨를 죽이고 나서 호텔 직원을 불렀다는 뜻이었다.

“호텔 직원 말에 의하면, 프런트 앞에서 봉투에 든 이 비밀 지도를 확인한 뒤에 곧바로 피살자의 방 번호를 물었다고 하던데…… 아닌가?”

뻘테는 호텔 직원의 진술을 제멋대로 해석해 전가의 보도인 양 휘둘렀다.

“이 암호 같은 지도가 뭔지 알고 싶어서 객실에 올라간 거 맞잖아?”

“…….”

대꾸할 말이 아니었다.

“씨씨티비를 보니까 십이층 엘리베이터에서 내린 게 일곱 시 이십이 분이야. 호텔 직원이 당신 전화를 받았다는 시간은 일곱 시 삼십팔 분. 자그마치 십육 분이나 된다고…….”

“그 시간에 뭘 했는지 다 말했잖소.”

"그 말을 믿으라는 거야."

"내가 거짓말을 했다는 거요?"

남득은 이들이 각본을 짜고 표적 수사를 한다는 생각이 들었다.

"나중에 만나 설명을 해주겠다고 하니까 당장 알려달라고 고함을 지르고 몸싸움을 한 거잖아, 맞지? 그렇지?"

남득은 이놈들이 고양이 그림을 호랑이라고 우기나 싶었다.

봉투에 약도와 같이 들어있던 육필 메모지를 보여주려고 했던 남득은 생각을 바꿨다. 약도에 표시된 장소에 무엇이 있는지도 모르는 상황에서 이런 무대뽀인 놈들에게 메모까지 내줄 수는 없었다. 그 메모를 어떻게 악용할는지 알 수 없었다. 약도를 가지고 모종의 각본을 짰을 것이라는 의구심 때문이었다.

"천이백십일호에는 처음부터 호텔 직원과 같이 들어갔고, 아니 문을 따줘서 들어갔고, 그 호텔 직원과 같이 있었다고요! 객실 안에서 있었던 일은 그 직원에게 물어보세요."

흥분한 남득이 거칠게 항변했다.

"호텔 직원도 계속 당신과 함께 있지는 않았잖소?"

"……예?"

"프런트와 일일구에 연락을 하느라 오 분 정도 복도에 있다가 들어왔다고 하던데, 왜 거짓말을 하지."

1분도 채 안 된 시간을 5분이라고 우겼다.

"호텔 직원은 피살자가 살아있는 것을 봤다고 했어. 그런데 신고 전화를 하고 돌아와 보니 몸싸움을 하고 있었다고 하더군. 호텔 직원이 허위 진술을 한 건가?"

남득은 말문이 닫혔다. 뿔테가 앞뒤가 다른 말을 했다. 뿐만 아니라 의식을 되찾게 하려는 다급한 생각으로 상체를 몇 차례 흔들었던 것을 몸싸움으로 둔갑시켰다.

"오십팔 년 동안이나 버림을 받아왔으니 아버지에 대한 원한도 사무쳤겠지……."

양다리를 쩍 벌리고 앉아 틱 장애인 양 달달달달 떨고 있던 상고머리가 의기양양하게 씨불였다.

"그러게 자식을 오십팔 년 동안이나 내팽개친 아버지라니…… 우리도 그 원망은 이해가 가. 그래도 그렇지, 그렇다고 해서…… 아버진데, 그것도 그냥 아버지가 아니라, 우리에게 자유와 평화를 가져다준 참전용사이신데……."

뿔테가 주문을 외우듯이 주절주절 지껄여댔다. 강력범죄수사팀 팀장이 아니라 사이비 주술사 같은 놈이었다. 남득은 말을 마친 팀장이 자신을 힐끔힐끔 바라보며 느물느물 웃어대는 모습을 보며 소름이 돋았다.

남득은 두 형사가 벌이고 있는 지금 이 말도 안 되는 짓거리가 쇼가 아니면, 꿈일 것이라고 생각했다.

덤 앤 더머 같은 두 형사가 마분지 약도, 16분, 58년, 생부, 미군 참전용사 등등을 이틀 동안 자기들 멋대로 뒤섞고 조몰락거려서 친부 살해 사건이라는 흑마술을 부리고 있었다. 지렁이로 용을 만들어버린 것이다.

뿔테가 이 용으로 구속영장 발급을 신청했다고 했다. 그러고는 책상 서랍에서 꺼낸 수갑을 남득의 손목에 채웠다. 구속영장이 곧 도착할 것이기 때문에 먼저 체포하는 것이라고 했다.

"영수가 기다리고 있을 텐데……."

남득이 손목에 채운 수갑을 내려다보며 힘없이 중얼거렸다. 항의를 하고 저항을 해야 했으나, 너무도 어처구니가 없어 꿈 같다는 생각뿐이었다.

어떻게 이런 조사와 추론과 조작이 가능한지 믿어지지 않았다. 결과를 정해놓은 뒤에 과정을 만들고 그 과정에 원인을 꿰맞춘 것 같았다.

14

불공을 드리고 돌아온 이튿날 고노 마쓰오는 천금 머니와 산학협약을 맺은 대학의 초청 방문에 응했다. 일본인 유학생들을 대상으로 한 장학기금 전달식과 대학 발전기금 출연 약정서에 서명하고는, 기념사진을 찍었다. 그러고 나서 총장과 함께 홍보 도우미들의 안내로 캠퍼스 투어를 마치고 광안리 앞바다가 한눈에 들어오는 학생식당에서 오찬을 했다. 나애주 또래의 홍보 도우미들이 유니폼을 차려입고 수발을 들었다.

오찬을 마치고 천금 머니 사옥에 도착한 고노는 19층 회장실로 올라갔다. 책상 중앙에 파일 케이스가 놓여 있었다. 하지스 사망 사건 관련 보도들을 스크랩한 파일 케이스 위에 USB가 올려져 있었다.

1층 현관에서 대기하고 있다가 고노를 따라 올라온 여직원이 신문 보도는 프린트물로, 방송 보도는 USB에 담아놓았다고 했다. 고노 다로 사장님께서 회장님 눈이 어두우시니 프린트물을 보시는 것보다 영상을 보시는 것이 나을 것이라며 보도된 영상들을 준비하라고 했다는 것이다.

언론 보도 프린트물을 훑어보고 나자 여직원이 컴퓨터에 USB를 꽂고 작동했다. 성미 급한 고노가 영상을 빨리 보고 싶다고 하자, 속도를 2배속으로 조절했다.

뒤에서 부동자세로 서 있던 여직원이 고노가 영상 확인을 마치자 더 필요한 것이 없는지 물었다. 필요한 것이 있으면 부를 테니 가서 하던 일을 하라고 했다.

언론 보도 내용을 대략적으로 살펴본 고노는 웃음이 나왔다.

경찰은 용의자가 소지하고 있던 약도를 증거물로 압수했는데, 압수한 그 낡고 삭아서 헤진 마분지 약도가 살인 사건과 관련이 있는 것으로 보인다고 했다. 경찰은 암호 같은 기호와 선으로 그려진 약도가 무엇을 의미하는 것인지 용의자를 추궁하고 있다고 했다.

고노는 '그 낡고 삭아서 헤진 마분지 약도'를 보지 않았어도 그게 무엇인지 알 것 같았다. 58년 전 나강 M1895를 소지하고 있다가 잡힌 놈이 마분지에 그려준 그 금괴 약도가 아니겠는가. 자신의 예상이 맞았다는 것을 확인한 고노는 파일 케이스를 닫고 컴퓨터를 껐다.

대일본제국 천황의 은덕에 기대 36년이나 살아온 조센징이 스스로 무엇을 할 수 있겠는가. 전쟁이 끝난 뒤에 미국 놈들은 제 나라에 남아도는 밀가루, 설탕, 시멘트는 마구 퍼줬으나 조선을 온전한 일국으로 지켜주지도 못했고, 우리처럼 내선일체內鮮一體 정신으로 국민 경제의 근본을 돌봐주지도 않았다.

1961년 군사 쿠데타로 권력을 찬탈한 박정희는 춘궁기 보릿고개를 못 넘고 죽어 자빠지는 아사자들을 구해야 했다. 그래야 쿠데타를 정당화하고 민심을 수습할 수 있었다. 박정희는 만주군관학교—조선인인 그가 히로히토 일황께 충성을 맹세하는 혈서를 썼기에 나구모 신이치로 교장이 입학을 허가했다— 출신에 일본군 장교 출신인 다카키 마사오高木正雄였다.

그러나 나라 경제를 일으킬 밑천이 없으니 결국 일본의 은덕을 구할 수밖에 없었다. 그러려면 국교 정상화가 우선 되어야 했다. 내선일체가 무너진 상황에서 은덕은 함부로 베풀 수 있는 것이 아니었기 때문에 근거가 필요했다. 그래서 1965년 일한협정을 맺고 6억 달러(무상 3억, 유상 2억, 차관 1억)를 내줬다. 조선은 이 돈을 청구권에 따른 배상금이라고 주장했으나, 어디까지나 천황께서 하사하는 독립 축하금이었다.

그때 박정희는 꼬붕 김종필을 시켜 정치자금 명목으로 뒷돈까지 챙겼다. 이때도 조센징들은 미국산 쇠고기 수입 반대 데모를 하듯이 극렬한 반대 데모를 했었다. 그 데모에 참가했다고 주장하는 사람이 컨테이너 성벽을 쌓고 제 나라 국민과 대치를 하고 있는 지금의 대통령이라고 하니 아이러니한 나라가 아닌가.

고노는 한일 국교 정상화에 맞춰 운항을 재개한 배편으로 현해탄을 건넜다. 15년만이었다. 1950년 바커와 하지스 둘 다 낙동강 방어 전선에서 전투를 치렀다. 하나는 전사했고, 하나는 부상으로 의병 제대를 했다.

부상당한 하지스는 미국으로 귀국 전까지 양산 통도사 야전병원과 부산 미군병원에 있었다. 그러니 당시에는 영동을 들를 수 없었을 것이고, 1953년 휴전 이후부터 10년 동안 그가 한국에 들른 일이 없다면, 금괴는 천금사 대웅전 어딘가에 있을 터였다. 들렀다 할지라도 57킬로그램에 달하는 금괴를 소리소문없이 처리하기는 쉽지 않았을 것이다. 때문에 헛걸음이 된다 할지라도 직접 가서 확인해 볼 필요와 가치가 있었다.

천금사 부처님 복장 안에 궤짝이 있었다. 그러나 금괴는 없었다. 돌덩어리뿐이었다.

처음에는 누군가 금괴를 꺼내 가면서 돌을 채워놓은 것이라고 생각했다. 그런데 그럴 이유가 없었다. 고노는 애당초 궤짝 안에 돌이 들어있었을는지도 모른다는 생각이 들었다. 그렇다면 그날 동선을 놓고 반추해 볼 때 궤짝은 봉두리 야산 자락과 천금사 대웅전을 벗어난 곳에 있을 수 없었다. 바커는 마법사나 마술사가 아니었다.

고노는 바커의 의심 많고 음흉한 성품을 모르지 않았고, 또 짐작이 가는 바가 있었기에 군용 금속탐지기를 구해 바커가 움직였던 봉두리 야산 자락을 누볐다. 그러다가 마분지 약도 속에 그려진 오묘五墓를 찾았고, 상단 봉분 옆에서 금괴를 파냈다.

금괴를 찾았으나 일본으로 가지고 갈 수 있는 마땅한 방도—밀수선을 구하지 않는 한 몽땅 가지고 가건 찔끔찔끔 나눠서 가지고 가건 위험이 컸고 또 밀수선을 이용한다고 할지라도 운반비로만 해결될 문제가 아니었다—가 없었다. 금괴 궤짝을 찾아 일단 다른 곳으로 옮겨 묻어놓은 고노는 고민에 빠졌다. 행복하다 할는지 불행하다 할는지 모를 고민에 빠져 있던 그는 굳이 금괴를 일본으로 가져갈 필요가 없다는 사실을 깨달았다.

그는 금괴를 담보로 부산에 의류, 신발, 가발 공장과 종합무역상사를 차례로 차렸다. 말 잘 듣는 조선인을 찾아 바지사장으로 앉히고, 학벌 좋은 야쿠자를 비서실장으로 붙였다.

반공과 근대화를 통치 목표로 세운 박정희가 '수출입국輸出立國'이라는 기치를 내걸고 경공업 산업을 수출과 경제성장 동력으로 삼아야 한다면서 전폭적으로 지원했다. 감면 감세는 기본이요 세금 포탈과 원자재 밀수도 눈감아줬다. 박정희가 고노 사업의 뒷배가 되어준 것이다.

고노는 박정희의 통치 목표에 적극 부응하기 위해 전용 무역선을 구입해 부산과 시모노세키항을 들락거리며 수출 일선에 앞장섰다. 조선에서 값싼 원자재와 임금으로 만든 질 좋은 제품들을 일본과 직거래했다.

일본에서는 고가 명품과 다름없는 제품이라며 명품 브랜드 라벨을 붙여 팔았다. 명품 브랜드 제품의 디자인을 베껴 만든 것들—당시에는 디자인 라이선스가 크게 문제 되지 않았다—이기 때문에 적당한 시장 가격으로 거래들이 이루어졌다. 또 가짜인 것이 들통 나도 일본 판매상들의 문제이지 제조사의 문제는 아니었다. 참 좋은 시절이었다. 무역선이 돌아올 때는 일본 전자 제품을 실어왔다. 그렇게 밀수한 전자 제품은 관료와 공무원 들에게 뇌물로도 주고 팔기도 했다. 하늘에서 떨어진 금괴에다가 조센징들의 탁월한 손재주와 싸구려 노동력이 고노의 자산이자 사업 경쟁력이었다.

그러다가 1997년 한국에서 IMF 외환 위기가 터졌다. 직장에서 버림받은 가장들은 아내에게 버림받았고, 은행에 버림받은 중소기업들은 급전을 구하지 못해 흑자 도산했다. 한국 자금 시장에 미증유의 쓰나미가 덮친 것이다.

재벌기업들도 유동자금 경색으로 도산 위기에 빠졌다. 뼈와 살이 아무리 튼튼해도 피가 굳어 돌지 않으면 살 수 없는 법이 아닌가. 재벌이어도 달러를 찍어낼 재주는 없었다. 돈이 없으면 재벌이라 할지라도 망하는 것은 자본주의의 공리이자 본질이었다.

그런데 재벌이 망하면 한국 경제가 통째 붕괴할 수밖에 없는지라 어쩌겠는가. 정부가 나서서 부랴부랴 보증을 서주고, 국민 세금으로 공적 자금을 만들어 재벌들의 빚을 갚아줬다. 심지어 모 재벌은 외국인들 손에 넘어가게 될 경영권까지도 방어해주었다. 재벌들 살리려고 자본주의를 사회주의로 둔갑시킨 것이다. 하지만 중소기업과 서민들은 각자도생해야 했다. 그들에게는 숨구멍을 뚫어주거나 응급 소생기를 대주지 않았다.

고노가 버려진 조센징들을 돕기로 했다. 그래서 그는 한국의 IMF 외환 위기에 즈음하여 새로운 사업에 뛰어들었다. 한국의 위기는 고노의 기회였다. 물론 고노가 전환한 업종은 한국이 필요로 하는 것이었다.

고노는 그동안 일본으로 빼돌리지 못해 지하에 묻어둔 수익금으로 음성적인 사채업을 해오고 있었는데, 이를 합법적인 대부업으로 전환한 것이다. 업종의 특성상 재경부 관료를 거쳐 2선 국회의원을 역임한 한국인을 바지사장으로 세웠다.

회사명을 '신풍神風 머니'로 하려고 했다. 그런데 수구 성향의 바지사장이 말하기를 왜색이 짙으면 한민족들에게 반감을 얻을 수 있고, 사업에도 도움이 되지 않으니 '통촉'해 달라고 했다. 고노는 조센징의 편협하고 실속 없는 민족 감정에 '통석의 념'을 금치 못한다는 뜻을 밝히고, 숙고 끝에 '텐킨 머니' 즉 한국명 '천금天金 머니'로 했다.

공장을 짓고, 설비를 갖추고, 기술을 개발하고, 제품을 생산하여 판매하고, 애프터서비스까지 해야 하는 등 번거로움이 없는, 작은 돈으로 큰 돈 먹는 장사가 대부업이었다. 고노는 한국의 IMF 외환 위기를 지켜보면서 제조업의 시대가 가고 돈 자체가 상품인 금융업의 시대가 왔음을 직감했다. 상품은 만들고 팔아서 돈으로 바꿔야 했으나 돈은 그 자체가 스스로 사고파는 상품이었다. 그러니 굳이 돈을 벌려고 상품을 만들 이유가 없어진 것이다.

다만 사람 마음이라는 게 간사한지라 화장실 갈 때와 나왔을 때가 서로 다른 법이 아니던가.그래서 이게 서로 다른 게 아니고 똑같은 것이라는 것을 일깨워 줄 저승사자 같은 직원들이 필요했다. 이 직원들이 하는 일은 특수직이었다. 말이나 글이나 법으로만 일하는 게 아니라—그러려면 시간도 많이 걸리고 비용도 많이 든다— 힘과 연장을 써야 할 때가 많았다.

고노는 종합무역상사를 했기 때문에 한국에서 이런 특수직을 할 수 있는 부류와 접할 기회가 없었다. 그런데 다행히 부산은 일본과 지척인지라 구하면 얻을 수 있는 길이 있었다. 야쿠자의 동선과 돈줄이 부산에 닿아있어 그들과의 협력이 가능했다.

정치인과 장사치들은 걸핏하면 장난질들을 쳐댔으나, 주먹들은 모든 계산이 '앗사리' 했다. 또 이에는 이, 눈에는 눈이었다.

나애주의 경우처럼 대출원금 600만 원이 단시간에 상환금 5,000만 원으로 둔갑하는 것은 산술적 셈법이 아니라, 회사와 고객이 자유롭고 평등한 관계 속에서 합의한 특수 기하학적 셈법에 따라 이루어지는 것이었다. 고노는 이 간단해서 아름다운 셈법을 알고 싶지 않았고, 알 필요도 없었다.

15

"천십육. 여자 분들에게 인기가 많으신가 봐요?"

면회를 신청했으나 헛걸음을 하고 돌아간 사람의 이름을 하남득에게 알려준 교도가 히죽 웃었다. 조애란 씨가 접견실 앞까지 왔다가 돌아갔다고 했다. 처음 듣는 이름 같아 누구냐고 되묻자—구치소에 들어오고 나서 건망증으로 헤맸다—, 교도관이 그걸 왜 자신에게 묻느냐는 표정을 짓고는 인상착의를 말해줬다. 긴 얼굴에 입 크고 입술 두툼하고 엉덩이와 키가 컸다고 했다. 도배장판 조 여사였다.

1일 1회 이상 면회가 안 돼 돌려보내고 있으나, 누가 면회를 왔었는지는 수감자에게 알려주게 되어있다고 했다.

아침나절에는 조성미가 눈물바람으로 다녀갔다.

"오빠, 이게 무슨 날벼락이야? 고문당한 건 아니지? 누가 오빠더러 살인자래? 이건 말도 안 되는 일이야."

고문을 해서 살인자로 만든 것이 아니냐고 물었다. 고문을 통해 지렁이를 용으로도 만드는 세월을 직접 겪어서 잘 아는 여자였다. 화장을 하지 않은 그녀의 얼굴이 온통 주근깨 투성이였다.

성미는 횡설수설했다. 1980년 '서울의 봄' 어름에 시국사건으로 끌려가 고문당한 오빠가 그 후유증으로 28년째 정신병원에서 지내고 있었다. 그녀가 유흥업소 댄서로 나설 수밖에 없었던 이유였다.

"……."

손목에 수갑을 채운 순간부터 그 충격으로 말을 잃은 남득은 벙어리인 양 성미를 바라볼 뿐이었다.

뾸테의 말처럼 구속영장이 발부됐다. 남득은 이런 상식 밖의 황당한 누명을 쓰게 될 줄은 상상조차 해본 적이 없었다. 그는 아직도 믿기지 않았다.

"옵빠! 말 좀 해봐요!"

고문을 당한 게 아니라면 어떻게 오빠를 살인범으로 잡아넣을 수 있었겠느냐며 흥분했다.

여전히 묵묵부답인 남득의 얼굴을 찬찬히 뜯어본 성미가 댓 발짝가량 떨어져 있는 제복 차림의 교정공무원을 째려봤다. 그러고는 그와 눈이 마주치자, "내가 그쪽 얼굴을 죽어서도 못 잊을 만큼 똑똑히 기억하고 있을 테니까 이분, 하남득 씨, 천십육 번을 잘 부탁드려요"라고 했다. 성미가 부탁을 협박하듯 말했다.

성미가 찍자 붙듯 상대한 그는 남득에게 혐의형嫌疑刑 희생자가 될 수도 있다는 사실을 일러준 9급 교도矯導였다. 아무튼 그 교정공무원은 별일을 다 겪는다는 표정으로 성미를 바라보기만 할 뿐 대꾸를 하지 않았다.

남득은 면회를 마치고 돌아가는 성미를 불러 세웠다.

"여, 여, 영, 수…… 우리 영수를……."

막힌 말문이 터졌다.

"영수를 부탁한다는 거지. 알았어, 오빠. 영수 걱정 말고, 오빠 걱정이나 해요."

어머니는 수감 사흘째 되는 날 아침 댓바람에 다녀갔다. 이틀 동안 남득을 구해내기 위해 백방으로 헤매다닌 것 같았다.

어머니는 모두가 당신 탓이라고 했다. 그러고는 고개를 숙인 채 꺼이꺼이 울다가 미안하다고 했다. 어머니로부터 처음 듣는 사과였다. 남득은 어머니의 사과가 안쓰럽고 서러워 눈물이 솟았다. 어머니는 영수를 데리고 있을 테니 아무 걱정 말라고 했다.

남득은 어머니에게 우실 일도, 미안해하실 일도 아니라고 했다. 아버지를 해치지 않았다는 것은 굳이 말하지 않아도 아실 것이고, 자신이 이런 일을 치르는 것은 58년 만에 만나자마자 헤어지게 된 아버지를 천국으로 보내드리는 의식이라 생각하고 있으니 아무 걱정 말라고 했다. 그러고 덧붙이기를 어떤 고역을 치르더라도 생전에 아버지를 뵈었고 또 이런 표현이 어떨는지 모르겠으나 임종을 지켜본 기쁨에 비할 바가 못 된다고 했다. 아버지를 뵐 수 있게 해 주신 어머니에게 고맙고, 아버지에 대한 여한이 없다고 했다.

남득의 말이 끝나자, 어머니는 몸부림치며 오열하다 돌아갔다. 점심에 사식이 들어왔고, 어머니가 영치금을 넣고 갔다고 9급 교도가 일러줬다.

"천십유욱!"

교사矯士가 가락을 넣어 남득을 불렀다.

또 여자 분이 찾아오셨노라고 했다.

누구냐고 물었다. 1일 1회 일반 접견은 어머니가 다녀간 것으로 끝나지 않았는가.

"변호사 접견이오."

어머니가 유능한 변호사를 찾아서 선임하겠다고 했다. 유능한 변호사를 반나절 만에 찾아내서 선임했단 말인가. 그래서 물었다.

"국선인가요?"

교사가 국선은 아닌 것 같다며 들고 있던 명함을 건넸다.

법무법인 도·형度衡

변호사 염명숙

염, 명, 숙? 염명숙! 설마…… 그 명숙이? 잊을 수 없는 이름이었다. 남득은 이름을 보는 순간 누군가가 선뜻 떠올랐으나, 아득한 기억의 저편으로부터 아슴푸레하게 다가오는 누군가가 있었으나, 고개를 저었다. 동명이인이 아닐까……. 그러나 동명이인이라 할지라도 동명이인 변호사가 남득을 찾아올 이유가 없었다.

남득은 궁금증과 설렘과 헛헛한 기대를 안고 접견실로 들어갔다.

미니멀한 하얀 투피스 정장 차림의 여자가 의자에서 일어서며 남득을 바라봤다. 귀티와 중후한 분위기가 엿보이는, 그래서 남득에게는 멀고 낯설게 보이는 여자였다. 텔레비전이나 여성지에서 볼 수 있는 커리어 우먼이었다.

테이블 위에 여자의 것으로 보이는 아르마니 숄더백과 회색 서류봉투가 반듯하게 놓여 있었다.

짙은 누런색 복장을 한 남득이 머뭇머뭇 다가가 여자 앞에 섰다. 자스민 향이 코끝을 스쳤다.

"미안해."

여자가 손을 내밀며 말했다.

뭐가 미안하다는 것인지 알 수 없는 남득은 어리둥절한 표정을 지은 채 여자를 바라봤다.

"나, 명숙이야…… 기억하지, 오빠?"

서먹서먹한 태도로 어리둥절한 표정을 짓고 있는 남득을 여자가 뚫어지게 쳐다보며 말했다. 남득은 '오빠'라는 말이 생뚱맞게 들리면서도 왠지 귀에 익은 느낌이었다. 그녀의 표정 또한 모르는 남자를 쳐다보는 표정이라 할 수 없었다. 미안해, 라고 말을 할 때의 표정과 명숙이야, 하고 할 때의 말투와 오빠라는 호칭을 되짚자 남득의 아득한 옛 기억이 뭉근히 되살아났다.

남득이 손을 뻗어 여자가 내민 손을 잡으려 했으나, 성큼 다가선 여자가 남득을 왈칵 부둥켜안았다. 여자에게 안긴 남득은 자신을 안고 있는 여자가 염명숙이라는 것을 온몸으로 느꼈다. 순간 눈물이 솟구쳤다. 47년 전 남득이 명숙을 등에 업었을 때와 같은 느낌이었다. 포옹에서 풀려난 남득이 손등으로 눈물을 훔쳐내고 명함을 다시 들여다봤다.

변호사 염명숙

남득은 믿기지 않았다. 염명숙…… 염명숙이 어떻게 변호사가 되었으며, 또 어떻게 자신의 소식을 알고, 구치소까지 이렇게 자신을 찾아올 수 있단 말인가. 꿈인가 싶었다.

남득과 명숙은 한미중앙장로교회 부설 고아원에서 2년 동안 함께 지냈다. 남득의 어머니가 군산 영화동 미군 기지촌으로 떠난 1958년과 59년이었다.

1962년 '충북녘'에서 헤어진 뒤, 46년 동안 단 한 차례도 만나거나 소식을 들은 바 없는 명숙이였다. 그 전 해에 그녀의 유일한 보호자라 할 수 있는 외할머니가 노환으로 자리보전을 하게 되었다. 병든 외할머니는 더 이상 외손녀를 보육할 힘이 없다며 중앙통을 가르는 신작로 건너편—신작로가 부촌과 빈촌의 경계였다—에 있는 '청기와집' 삼성장군 애첩의 양녀로 보냈다. 그녀 나이 열두 살 때였다.

가문 좋고 백 좋은 부잣집—당시 흔한 판자 담이 아니라 빨간 벽돌

담을 두른 집이었는데, 예쁘고 도도한 선녀와 같은 여자만 가끔 드나들 뿐, 누가 사는지, 몇 명이나 사는지, 아는 사람이 없어 '비밀의 집'으로 불렸는데, 1년에 대여섯 차례 그 집 대문 앞에 별이 세 개 붙은 필통 크기의 철판과 교과서 크기의 태극기를 범퍼에 단 검정 코로나 세단이 주차되어 있었다— 선녀의 양녀로 입양됐다는 소식을 끝으로 그녀의 소식을 듣지도 만나지도 못했다. 그러니까 고아원 아이들이 '마귀공주'라고 놀렸던 염명숙은 선녀의 양녀가 되어 두레박을 타고 하늘로 올라간 것이었다.

남득은 명숙을 만난 것이 생부 하지스를 만난 것만큼이나 믿기지 않았다.

"앉자."

명숙이 어쩔 줄 몰라 정신을 못 차리고 있는 남득에게 말했다.

남득은 엉거주춤한 자세로 의자에 걸터앉았다. 아직도 이 여자가 염명숙인가 싶었다. 어느 한구석도 옛 흔적을 엿볼 수 없었다. DDT 살충제 분말이 덕지덕지 붙은 땜통에 코찔찔이, 물 빠진 검정 광목 치마에 닳아 찢어진 검정 고무신을 신고 다니던 그 마귀공주 염명숙이 아니었다.

"미안해, 정말……."

의자에 앉은 명숙은 다시 미안하다고 했다. 그러고는 눈시울이 젖는가 싶더니 어깨를 들먹이며 잠시 흐느꼈다.

"오빠는 내가 청기와집으로 들어간 이후로 나를 한 번도 못 봤겠지만, 나는 나이트클럽으로 찾아가서 오빠를 봤어."

나이트클럽을 찾아왔었다면 1980년 무렵이었을 것이다. 왜 찾아왔었는지, 언제 찾아왔었는지 묻지 않았다. 알아도 소용없는, 의미 없는 질문이 아니겠는가.

"튀김 좋아하는 미인을 사귀고 있는 거 같아서 아는 척 안 했지. 후훗."

그녀가 빙긋이 웃었다.

박여순과 튀김 먹는 것을 봤다는 말이었다.

"왜……?"

남득이 물었다. 물어보는 것이 도리일 것 같았다.

"오빠 만나려고 간 것은 아니고, 그냥 오빠를 보려고 간 거였어. 보고 싶었거든……. 다섯 번쯤 갔을 거야."

"다, 다섯 번…… 그랬구나…… 미안해."

남득은 자신도 모르게 중얼거리며 미안하다고 했다. 이미 뱉은 말인지라 거둬들일 수 없었다.

"오빠가 그렇게 보고 싶어 했던 아버지를 만나기는 만났네. 아무튼 다행이야……."

"……?"

"기사 봤어."

"……."

"오늘은 구치소장 특별 승낙을 받은 접견이라 면회 시간이 십 분이야."

"……."

"여자들한테 인기는 여전한가 봐?"

명숙이 멍한 표정을 짓고 있는 남득에게 말했다.

"……."

"수다 협약서야. 여기에다 사인해주면 내가 자주 와서, 자주 보고, 좀 더 많은 얘길 떠들다가 갈 수 있어."

서류 봉투에서 클립으로 묶은 네댓 장의 A4 용지를 꺼낸 명숙이 펜과 함께 내밀며 말했다.

"……?"

"변호사 선임계약서야. 이번에는 내가 오빠를 구할 거야, 믿어 봐. 이래 봬도 꽤 유능한 변호사야."

여전히 멍한 표정을 짓고 있는 남득 앞으로 서류를 밀어놓은 명숙이가 집게손가락 끝으로 서명할 곳을 콕 짚어 가리켰다. 펜을 받은 남득은 명숙이가 짚어준 곳에 서명했다. 그녀가 유능한 변호사인지는 알 수 없었지만, 총명성과 누구도 당해낼 수 없는 깡다구가 있다는 것은 일찍이 겪어봐서 알고 있었다.

1961년 추석 명절을 앞둔 어느 가을밤, 남득은 70리 길을 달려가 목숨 걸고 그녀를 구해냈다. 이제는 그녀가 남득을 구하기 위해 300리 길을 달려왔다고 했다. 네 배가 넘는 길이지만 차로 왔기 때문에 70리 밤길을 뛰어온 남득이보다 쉽고 편하게 왔다며 웃었다.

남득은 그녀가 자신을 구하기 위해 최선을 다할 것이라고 믿었다. 설령 최선을 다하지 않는다 할지라도 급물살에 떠내려가고 있는, 아니 회오리 물살에 빨려든 그로서는 지푸라기라도 잡아야 할 형편이었다.

명숙과 헤어진 남득은 옆구리에 손을 넣어 더듬었다. 왕 지렁이가 들러붙은 듯한 흉터가 손에 잡혔다.

감방으로 돌아온 남득은 영수 걱정이 태산 같았다. 매정한 어머니가 영수를 제대로 돌봐주리라는 믿음이 들지 않았다.

16

아세톤을 발라 빡빡 문질렀으나 복숭아 물이 지워지지 않았다. 매니큐어와 달리 손톱 속까지 물들인 봉숭아 물이니 지워질 리 없었다.

하봉자는 자신이 아들을 사지로 몰아넣었다는 생각에 하늘이 무너지는 것 같았다. 이 모든 불행의 단초가 자신의 얍삽한 욕심으로부터 비롯된 것이었다. 에미로서 남득을 볼 낯도 할 말도 없었다. 자신이 죽어서 끝날 수 있는 불행이라면 어서 빨리 죽고 싶었다.

친부 살해 피고인라니…… 이게 말이 될 법한 말인가.

봉자는 딘의 반反이성적인 태도를 도무지 믿을 수가 없었다. 몰상식하고 패악적이었다. 짧은 시간이었지만 봉자가 접한 그 딘이 아니었다.

남득이 하지스를 1층 라운지나 커피숍에서 만나자고 할 수 있었음에도 불구하고 컨시어지를 닦달해 객실로 올라간 것은 불순한 의도가 있었던 것으로 봐야 한다고 했다. 하지스가 이미 지금은 남득을 만나지 않겠다, 다음에 연락하겠다는 분명한 의사를 프런트 컨시어지 편에 전달했고 컨시어지가 이를 남득에게 전달했다는 점, 또 그런 상황이라면 남득이 하지스에게 먼저 전화를 통해 지금 만나고 싶다는 의사 표현을 얼마든지 할 수 있었음에도 불구하고 무조건 객실로 올라간 점도 상식 밖이기 때문에 엄중한 수사로 밝혀내야 할 필요가 있다고 했다.

남득이가 하지스를 만나는 과정에서 딘의 사고나 행동 방식과 어긋나는 행위를 했기 때문에 범죄가 의심된다는 주장 같았다. 그러면서 원망과 증오도 충분한 살해 동기가 될 수 있다고 했다.

신혼여행 중인 손자가 같은 호텔의 아래위 층에 투숙—딘이 봉자에게 하지스가 있는 곳을 일러주면서 말했다—하고 있었기 때문에 설령 남득이 라운지에서 만나자는 전화를 했어도 하지스가 받아들일 수 없었을 것이다. 남득이 객실로 찾아갈 수밖에 없었던 것은 불과 두어 시간 전에 만나기로 약속한 아버지가 갑자기 만나지 않겠다고 하니, 무슨 일로 그러는지 궁금하지 않을 수 없었을 것이다. 58년 만의 첫 부자 상봉이 아닌가. 또 객실로 찾아갔기에 응급조처도 하고 병원으로 이송할 수도 있었던 것이 아닌가.

그러나 딘은 주한 미군 지위를 등에 업고 경찰 상부 기관을 상대로 자기 논리에 입각한 억지 주장을 하며 살인범을 찾아내라고 난리—봉자와 면담할 때 서장은 '상부의 독려가 각별한 사건'이라고 했다—를 부렸다는 것이다.

봉자는 남득을 옥죄고 있는 딘을 만나지 않을 수 없었다. 대체 왜 남득을 살인자로 몰아가려 하는지 묻고 싶었다.

신혼여행을 취소하고 휴가도 반납한 채 평택 험프리스로 귀대했다는 딘은 봉자의 면회 신청을 거부했다. 면회를 신청한 봉자는 위병소 앞에 장승처럼 서서 기다렸다. 면회 신청을 거부당했기 때문에 영내 면회소에서 기다릴 수 없었다. 봉자는 깜빡 잊고 양산을 챙기지 않아 뙤약볕 아래 서 있어야 했다.

그녀는 면회를 신청한 지 15분 뒤에 위병으로부터 면회 거부 통보를 받았다. 하봉자라고 하는 면회 신청인을 딘이 모르는 사람이라고 했다는 것이다. 모르는 사람이라며 거부했다고 해서 무작정 돌아갈 상황이 아니었다. 그가 만나줄 때까지 기다릴 작정이었다. 봉자는 오진주의 연락처를 받아두지 않은 것이 후회스러웠다.

높직하고 긴 담벼락 한쪽을 등지고 두 시간쯤 서 있었을 때, 갑자기 비가 쏟아졌다. 장대 같은 장맛비였다. 강풍에 꺼들리는 굵고 거친 빗줄기가 도리깨질하듯이 봉자의 온몸을 두드렸다. 펄펄 끓는 기름 가마에 소금을 뿌린 것처럼 빗방울들과 물보라가 도로 위를 뒤덮었다. 기상 이변으로 잦아진 국지성 호우였다.

길어지는 빗속에서 위병조가 세 차례 바뀌었다. 세 번째 바뀐 선임 위병이 근무 교대를 하면서 전임자에게 봉자에 대한 인수인계를 받았는지, 자동 병정 인형 같은 걸음으로 그녀에게 뚜벅뚜벅 다가와 근무에 방해가 되니 그만 가시라고 했다.

아침과 점심까지 거르고 비에 흠뻑 젖어 녹초가 된 봉자는 더 이상 서 있을 기력조차 없어 담벼락에 기대앉아 있었다. 아뜩해지려는 정신을 겨우 추스른 봉자는 영어를 못 알아듣는 늙은이인 양 위병의 말을 무시했다.

봉자에게 말을 건 위병이 돌아간 지 20여 분이 지났을 때, 딘이 나타났다. 레인코트 차림이었다. 봉자의 상태를 본 위병이 자신의 판단을 상부에 보고하고 조처를 상신한 것 같았다. 미군 장교 면회 신청을 거부당한 주둔국의 민간인 노파가 부대 담장 아래서 비를 맞으며 다섯 시간이 넘게 기다리고 있다는 것은 예삿일이 아니었다. 자칫 무슨 변이라도 생긴다면 언론에 회자할 수 있는 대민 사고가 아니겠는가.

딘은 면회를 하려고 나온 것이 아니라, 봉자를 돌려보내기 위해서 마지못해 나온 것 같았다. 봉자와는 아무 관계도 아닌—하지스가 죽었으니 더욱 아무 관계도 아니었다— 딘은 그녀를 자기 할아버지를 죽인 살인자의 어머니로 대했다. 어쩌면 공범으로 생각하는지도 모를 일이었다.

딘의 증오 어린 표정을 본 봉자는 섬뜩했다. 결과적으로 봉자가 딘에게서 얻을 수 있는 긍휼과 자비는 한 점도 없을 것 같았다.

"하실 말씀이 있으시면 경찰에 가서 하십시오."

딘은 합의가 필요한 사건이 아니니 더는 부대로 자신을 찾아와 '임베

어러스트(쪽팔리게)'하지 말라고 했다. 딘은 붙임성 좋고 빼어난 매너를 보여줬던, 그 딘이 아니었다.

봉자는 모멸감을 느꼈다. 그래도 틈을 찾고 싶었다.

하지스의 장례 절차에 대해 물었다. 딘이 봉자를 노려보며 씹어뱉듯이 답했다. 당신들은 그런 걸 물을 자격이 없고, 당신들에게 답을 해줄 이유도 없고, 내가 알아서 할 문제이니 관심 갖지 말고 꺼지라고 했다. 말본새가 점입가경이었다. 따귀라도 올려붙이고 싶었다.

봉자는, 자신은 상관할 자격이 없는지 몰라도 네 할아버지의 혈육인 남득은 상관할 수 있는 문제가 아니냐고 하려다가 그만뒀다. 남득과 하지스가 부자간이라는 법적 증거가 없었다. 딘이 '당신들'이라는 표현을 썼다는 것은 남득이도 관심 갖지 말고 꺼지라는 말에 당연히 포함되었을 것이기 때문이었다. 그리고 괜한 시비를 붙고 싶지 않았다. 아무짝에도 쓸모없는 감정싸움은 해서 뭣하겠는가…….

다섯 시간이 넘는 기다림 끝에 딘을 만나기는 했으나, 아무런 해결 실마리도 얻지 못한 봉자는 눈앞이 아뜩했다. 그러나 이대로 손을 놓고 있을 수는 없었다. 집으로 돌아와 비에 젖은 몸을 씻고 옷을 갈아입은 그녀는 영수를 차에 태워 대전으로 향했다.

아들의 걱정을 덜어주기 위해 영수를 평택으로 데려왔는데, 오자마자 불안 장애를 보이더니 집으로 가겠다고 고집을 부렸다. 물론 평택으로 올 때도 마뜩잖아하며 버텼었다. 제 애비를 닮아서인지 어떻게 해볼 수 없는 쇠고집이었다. 도저히 더는 데리고 있을 수 없을 것 같았다.

아버지가 안 계시기 때문에 음악학원을 자신이 돌봐야 한다—음악학원이 망하면 아버지와 자신은 굶어 죽는다고 했다—고 했는데, 그보다는 할머니가 낯설고 어려워 피하려는 것 같았다.

영수를 대전 집에 데려다준 봉자는 '불기둥교회'를 찾아가 목사 사모에게 영수를 부탁했다. 곁에 있던 목사가 하영수는 하늘나라 치부책에 등록된 어린양이니 자신들이 돌볼 것이라고 했다. 불기둥교회 등록 신자라는 뜻이었다.

목사와 사모의 배웅을 받으며 교회를 나온 하봉자는 곧장 의정부를 향해 차를 몰았다. 변호사를 알아보기 전에 해야 할 일이 있었다. 봉자는 남득의 구속이 법적인 문제로만 보이지 않았다.

수모와 치욕쯤이야 문제 될 것이 없었다. 봉자는 온몸에 소름이 돋았으나 어금니를 악물었다. 살아생전에 그놈을 만나러 가게 될 줄이야…… 그놈에게 자신을 도와달라는 부탁을 하게 될 줄이야……. 그러나 남득의 무죄만 입증할 수 있다면, 악마에게 영혼이라도 팔아야 하지 않겠는가. 운전대를 움켜쥐고 고속도로를 달리던 봉자는 봉숭아 물이 든 손가락을 잘라내 버리고 싶다는 생각이 들었다.

제이슨 돌빈과 미국 생활을 정리하고 빈손—병을 고쳤으니 빈손은 아니다—으로 귀국한 하봉자는 다시 파주 기지촌을 찾아갔다. 기지촌은 사고무친인 봉자에게 송충이의 솔잎 같은 존재였다. 그러나 마흔둘인 그녀가 기지촌에서 할 수 있는 일은 없었다. 받아줄 업소가 있다 해도 다시 몸을 팔 수는 없는 노릇이었다. 월남전 종전 이듬해였고, 기지촌은 불황이었다.

양공주의 막장이라 할 수 있는 '히빠리(길거리 창녀)' 생활이 있었으나 차라리 죽고 말지 그렇게 살 수는 없었다. '마사지 팔러(퇴폐 안마시술소)' 안마사를 택했다. 그것도 도긴개긴 막장이었다.

그 막장에서 흑곰이란 별명을 가진 전덕형을 만났다. 그가 하봉자를 찍었다. 보다 정확히 표현하자면 전덕형이 오래전에 하봉자를 찍어두고 있었던 것이다.

그는 뒷골목 건달 두목이었는데, 단순히 남을 등쳐먹으며 주먹질만 하는 두목이 아니었다. 군산 '클럽 블랙 스카이' 사장같이 사업 수완이 빼어난 오야붕이었다. 물론 인성은 그놈보다 두서너 급 위였다. 건설자재 도매업—주로 에이치빔H-beam과 강판을 취급했다—을 하면서 관官으로부터 기지촌 여자들의 미군 응대 교육을 위탁받아 운영했다. 미군기지 보수공사도 따냈다. 생긴 것은 살기 가득한 저승사자였으나 다재다능하고 사업 수완이 빼어난 건달이었다.

봉자보다 다섯 살 연하였는데, 안마시술소에서 만난 뒤부터 그녀에게 헌신적으로 구애했다. 저녁마다 장미꽃 열세 송이—봉자를 사랑해온 13년을 상징한다고 했다—를 들고 안마시술소를 들렀다. 그래서 처음에는 안마사에게 지분대는, 철딱서니 없는 그렇고 그런 건달 오야붕으로 알고 있었다. 그런데 그게 아니라 하봉자가 베티 페이지로 불리며 미군 장교들에게 인기를 독차지하고 있을 때부터 전덕형이 그녀를 점찍어 둔 것이라고 했다. 하봉자를 향한 연심이 그의 성공 동력이라고 했다.

하지스의 거짓 구애와 돌빈과의 이중혼 등으로 지옥의 밑바닥을 기어본 봉자는 유부남의 사랑을 결단코 받아들일 수 없었다. 이것이 전덕형이 조강지처와 이혼하게 된 이유였다. 그는 본처와 호적을 정리하고 봉자와 결혼했다. 그러나 봉자는 뒷날 그의 아들 전용표로부터 이 결혼에 대한 대가를 혹독히 치러야 했다.

전덕형은 봉자와 결혼하고 1년도 못 돼 죽었다. 돌이켜 보면 그렇게 죽으려고, 아니 어쩌면 죽을 것을 예감했기에 봉자와의 결혼을 서둘렀던 것이 아니었나 싶었다. 아니면 자신과 결혼했기 때문에 일찍 죽은 것일 수도 있었다. 박복한 봉자는 그렇게 생각했다.

퇴근길에 집에 도착한 그는 차에서 내려 대문까지 걷다가 육사시미를 뜨는 야나기바柳刀에 찔려 비명횡사했다. 차에서 대문까지는 불과 댓 걸음이었다. 다재다능하고 사업 수완이 빼어났으나 외골수였던 것이 신군부 세력을 등에 업고 출현한 신흥 조직의 타깃이 된 이유였다. 그는 유난히 벚꽃이 흐드러지게 피었던 별 좋은 봄날에 죽었다.

의정부에 들어서자 땅거미가 두텁게 내려앉고 있었다. 길도 건물도 모두 낯설어 방위조차 가늠할 수 없었다. 27년은 짧은 세월이 아니었다. 봉자는 김기사의 도움을 받기 위해 갓길에 차를 세웠다. 김기사가 전용표의 빌딩으로 봉자를 안내했다.

16층 응접실에서 3시간 반을 기다렸다. 딘을 만날 때와 경우가 다른, 예정된 기다림이라 힘들지 않았다.

봉자는 퇴근하려는 여비서를 붙잡고 사정했다. 여비서가 시의회 의장과 골프 라운딩 중이고 그게 끝나면 만찬이 예정되어 있어 오늘은 만남이 불가능하니 내일 다시 와보라고 했다. 그러면서 이렇게 약속 없이 이렇게 불쑥 찾아오면 전 대표님이 계셔도 만나기 힘들다고 했다.

봉자는 여비서에게 자신의 이름을 밝혔다. 그러고는 전 대표와는 그의 아버지 때부터 각별한 연이 있는 사람이고, 오늘 중으로 꼭 만나야만 할 절박한 사정이 있어서 온 것이니 연락을 취해달라고 사정했다. 봉자의 사정을 들은 여비서가 송수화기를 들었다.

전용표는 8시 45분에 나타났다. 사십 초반이 된 그의 얼굴 생김과 몸짓에서 전덕형의 체취가 느껴졌다. 봉자는 자신도 모르게 긴장이 풀리는 것을 느꼈다. 그의 얼굴이 불콰했으나 취한 것 같지는 않았다.

"인사가 많이 늦었지만, 가게를 차려줘서 고마워요."

봉자는 말을 낮추지 않고 높였다. 그러나 비굴하고 구차해 보이지 않으려고 애썼다.

재즈 바 '백도어'는 전덕형이 비명횡사하고, 10년이 지난 뒤에 전용표가 부하를 통해 '석별금'—트렁크 하나만 들고나올 수 있었다—이라는 명목으로 건네준 돈을 기반으로 차린 가게였다. 심부름을 온 부하의 말에 의하면 전용표가 봉자가 사는 모습을 10년 동안 지켜봤다고 했다. 의붓아들에게 무일푼으로 쫓겨난 봉자는 구청 청소부로 일하고 있었다. 성격은 야만적이지만, 심성이 야비한 놈은 아니었다.

전용표가 전 남편의 아들이었으나, 그렇다고 해서 봉자가 의붓아들로 생각하거나 주장할 수 있는 사이는 아니었다. 그에게 하봉자는 친모를 내쫓고 아버지를 빼앗아 안방을 강탈한 천하의 죽일 년이었다.

전용표는 전덕형의 외아들이었다. 그는 자신의 어머니를 내쫓은 것도, 자신의 아버지가 비명횡사한 것도 모두 하봉자 때문에 일어난 것으로 생각했다. 그러니까 하봉자는 전용표 일가에 돌이킬 수 없는 불행을 가져다준 요녀이자 마녀였다.

"고맙다는 말을 하려고 갑자기 여기까지 찾아와 이 늦은 시간까지 날 기다리며 만나자고 한 겁니까? 이십오 년 만인가……? 아니 이십칠 년이네. 아무튼 뜻밖이네요."

봉자를 바라보며 햇수를 헤아린 그가 말했다. 손목에 새겨진 곰 문신이 꿈틀거렸다. 전덕형의 손목에도 같은 모양의 흑곰이 있었다.

'곰표건업 대표이사 전용표'라고 새긴 모던한 크리스털 명패 옆에 '경기도 도의원 전용표'라고 새긴 클래식한 자개 명패가 나란히 붙어있었다.

그가 도의원이 됐다는 것은 믿어지지 않았으나, 어떻게 그럴 수가 있나 싶었으나 요지경 세상이 아니던가. 그녀는 자신이 부탁할 일과 관련해서 해가 될 것 같지 않다는 얍삽한 생각이 들었다.

두 명패를 바라보며 잠시 이런저런 생각을 하던 봉자가 소파에서 벌떡 일어나 전용표를 바라보고 섰다. 여비서는 퇴근을 했고, 떡대 좋은 남자 둘이 징두리널 유리문을 등진 채 양쪽에 서 있었다.

"나를 한 번만 도와줘."

봉자는 무릎을 꿇고 머리를 조아렸다. 눈물이 떨어져 카펫을 적셨다.

"……?"

시가 상자에서 가래떡 굵기의 시가를 꺼내 입에 문 채 봉자를 꼬나보고 있던 용표가 의자에서 일어났다. 그러고는 봉자 앞으로 성큼성큼 다가오며 물었다.

"왜 이러세요? 대체 무슨 일입니까?"

놀랍고 걱정스럽다는 말투였다.

"이렇게 용서를 빌게…… 나를 용서해주고…… 내 아들 좀 살려줘요!"

그의 말투에서 용기를 얻은 봉자가 울부짖으며 용표의 바짓가랑이를 붙잡았다. 눈물이 그의 구두코에 떨어졌다.

문을 등지고 서 있던 두 떡대가 힐끔힐끔 고개를 돌렸다.

"이십칠 년 전 일입니다. 나도 아주머니에게 용서를 받아야 할 게 있는 놈이니 말해 봐요. 뭘 도와드리면 됩니까? 이참에 묵은 죄들일랑 서로 털어버립시다. 자, 뭘 도와드릴까요, 아주머니?"

그가 무릎을 꿇고 있는 봉자를 일으켜 세우며 말했다.

전덕형과 결혼하여 한집에 살 때, 봉자는 당시 열여섯 살이었던 이 의붓아들에게 알루미늄 야구방망이로 맞아 흉골과 갈비뼈 두 대가 부러졌고 앞니 석 대를 잃었다. 봉자는 응급실로 실려 갔다. 그날 저녁 아버지에게 죽도록 맞은 용표도 그 응급실에 실려 왔다.

전용표는 아버지 때부터 주한미군과 줄이 닿아있는 중견 군납업체 대표였다. 보급 장교인 딘과, 아니면 딘의 아내가 된 동종업체 종사자인 오진주의 아버지와 관계가 있을 것 같았다. 봉자는 그 관계에 기대를 걸고 싶었다. 만약 그런 관계가 없다면, 이제라도 만들 수 있는 능력을 가지고 있을 것 같았다.

그 관계가 봉자가 잡을 수 있는 유일한 지푸라기였다. 그가 아버지 흑곰의 피를 받은 사내라면 봉자의 청을 해결해 줄 수완이 없을 리 없었다.

딘이 억지 주장만 거두면 남득은 풀려날 수 있었다. 그게 봉자의 믿음이었다.

17

염명숙은 하남득을 다시 만나리라고는 꿈에도 생각지 못했다. 그것도 형사 피고인과 변호인 관계로…….

텔레비전 뉴스에서 그의 이름이 나왔을 때 살인 사건인지라 동명이인으로 생각했다. 자신이 알고 있는 하남득은 살인 사건과 엮여 뉴스를 탈 사람이 아니었기 때문이다. 그런데 한국전쟁 참전 미군 용사 방한 어쩌고 하는 말이 신경을 건드렸다. 하지스라는 이름도 어디선가 들어본 낯익은 이름이었다.

레거시 언론마다 그 사건을 범죄 드라마처럼 다뤘다. 다음날 조간신문을 통해 텔레비전 뉴스보다 상세한 내용을 접할 수 있었다. 기사를 보면서도 동명이인일 수 있다—어쩌면 그러기를 바란 것인지도 모른다—는 생각을 하며 긴가민가했다. 얼굴 사진이나 자세한 신상 정보가 없어 확인이 불가한 것도 있었으나, 설마 그가 친부 살해 피의자일 리가 있겠는가 싶었다. 그런데 명숙의 생각이 틀렸다.

경찰은 사망한 하지스 일가가 한국과 보통 인연이 아니라고 언론에 흘렸다. 그의 아들 시버슨이 과거 주한미군으로 왔다가 월남전을 치른 열혈 자유 수호자였고, 그의 손자 딘은 현재 주한미군 장교라고 했다. 이 때문인지 삼대가 한국의 방위와 안보에 '희생과 헌신'을 다한 바 있고, 또 다하고 있기 때문에 한미 혈맹관계를 굳건히 하기 위해서라도 당국은 수사와 재판에 최선을 다해야 한다는 해설 기사까지 쏟아져 나왔다. 명숙은 맥 라마르 하지스가 하남득의 생부 이름이라는 것을 기억해 냈다.

수사 기록을 훑어본 염명숙은 놀라웠다. 이렇게 허술하고 허접한 수사로 애먼 사람을 어떻게 구속까지 시킬 수 있었는지, 경찰과 검사의 재주가 신통할 따름—구속영장을 발부해준 판사도 마찬가지다—이었다.

호텔 직원 한 명의 일방 진술이 하남득을 혐의자-용의자-피의자-피고인으로 둔갑시킨 증언이자 증거의 전부라고 할 수 있었다. 마분지 약도와 필흔筆痕이 새겨진 호텔 메모 용지가 살해 동기를 밑받침해주는 물증이라고 적시되어 있었다. 더욱 기가 막힌 것은, 아니 웃기는 것은 다른 물증도 있으나 외교와 국가 안보상의 이유로 변호인의 열람을 제한한다고 했다. 수사 증거 기록 열람이 불가하다는 뜻이었다. 범죄 사실을 입증할 직접적인 물증조차 밝혀진 바 없다고 보는 게 옳을 것 같았다.

그러니까 호텔 직원 하나와 경찰 둘이 머리를 맞대고 입을 맞춰 만들었을 게 빤한 정황증거—한마디로 혐의 조작이었다—와 남득의 자술서가 구속 사유와 근거의 전부였다.

'보물 지도로 보이는 마분지 약도에 대한 해독解讀 과정에서 벌어진 몸싸움'을 살해 동기로 본다고 했다. 심문 중에 책상을 탁 치니, 억하고 죽었다는 박종철 고문치사 사건 수준의 억지였다.

허술하기 짝이 없는 경찰의 수사 기록과 기소 사유서를 살펴본 명숙은 남득과의 접견을 통해 하지스와의 만남 약속이 이루어지게 된 배경과 과정, 사건 당일 호텔에서 있었던 일과 조사 과정에서 주고받은 내용에 대해 세세히 물었다.

남득이 답한 내용과 그가 자술 서명했다는 내용이 상이했다. 자술서에는 하지스에 대한 오래된 유감과 원망이 담겨 있었다. 검사는 이를 침소봉대해서 기소장에 적시했다.

자술서 사본을 보여주자 남득은 사흘 동안 형사 둘이 교대로 같은 질문을 반복하며 잠을 안 재운 기억과 나흘째 되는 날 하지스에 대한 솔직한 감정만 몇 자 적으면 끝난다고 해서 그렇게 해준 것이라고 했다.

명숙은 경찰이 남득에게 호텔 로비에서 마주친 노신사—확인 결과, 도완구 JMC 명예회장이었다—에 대해 수차례 물었다는 사실에도 주목했다. 남득에게 물을 필요가 없어 보이는 질문인데, 왜 형사들이 수차례나 반복해서 그의 인상착의와 그가 누구인지 아느냐고 물어본 것인지 궁금하지 않을 수 없었다.

그녀는 파트너로 일했던 사무장에게 연락해 도완구 명예회장이 사건 당일 호텔에 간 사유와 가서 무엇을 했는지 조사해봐달라고 했다.

염명숙은 일단 구속 적부심을 신청하고, 담당 검사를 만났다.

"사망자가 이번 방한 때 충무무공훈장까지 받은 한국전쟁 참전용사에, 손자가 주한미군 현역 장교입니다. 언론 보도를 보셨겠지만, 중대한 사건입니다."

범죄구성사실에 관한 명숙의 질문을 검사가 여론 상황을 빌려 답했다. 공소사실에 인과관계가 성립되지 않는다는 사실을 알고 있느냐고 묻자, 걱정해 줘서 고맙기는 한데 법정에서 다퉈보자고 했다.

검사의 호기로운 태도를 본 명숙은 남득의 사건이 과거 공안 사건처럼 이미 결론을 내린 '하명 사건' 같다는 감을 잡았다. 아직도 이런 일이 있나 싶었으나 명숙의 감이 틀릴 리 없었다. 재판이 시작되면 심리審理가 상부 심기와 여론의 영향을 탈 것 같았다.

구속적부심은 물 건너 갔다는 생각이 들었다. 명숙은 변론 전략을 짜기 위해 수사 기록을 다시 꼼꼼히 들여다보느라 밤잠을 설쳤다.

이튿날 명숙은 법무법인 '도·형'을 찾아갔다. 도·형 상임고문의 자문과 도움이 필요했다. 명숙의 기준과 방식이 아니라, 검사의 기준과 방식에 맞춰서 다퉈야 할 사건이라는 생각이 들었기 때문이다. 이미 무기대등의 원칙을 벗어난 재판이 될 수밖에 없었다.

남득이 거짓말을 한 것이 아니라면, 사실관계나 법리를 놓고 따지는 것보다 '눈에는 눈 이에는 이' 율법으로 맞서야 할 것 같았다. 그래서 지혜와 경험이 풍부한 상임고문을 만나야 할 필요가 있었다.

오랜만이라며 반갑게 맞이한 늙수그레한 경비가 엘리베이터를 잡아주었다. 염명숙은 13층 상임고문실로 올라갔다.

서북향으로 ㄱ자형의 창이 뚫려있는데, 서쪽으로는 대법원과 대검찰청이, 북쪽으로는 서울중앙지검과 그 뒤에 숨은 서울고검이 한눈에 들어왔다. 13층 사무실 가운데 전망이 가장 빼어난 위치였다.

현역에서 한발 물러난 상임고문이라고 하지만, 도·형의 창업자이자 실세로서 도度와 형衡의 가늠자인지라 가장 전망 좋은 방을 차지하고 있었다. 볕 좋은 맞은편 남향 공간은 대표 사무실로 아들에게 내줬다.

상임고문실과 대표 사무실 사이 공간은 공동 비서실이었다. 늘 그랬듯이 하프시코드 연주곡이 흘렀는데, 도메니코 스카를라티가 자작하고 직접 연주한 곡이었다. 명숙은 현을 긁고 튕기듯 내는 소리가 신경에 거슬려 스트레스를 받았으나, 상임고문은 아이디어와 긴장을 가져다준다며 애청했다.

"오랜만이구나. 네가 이렇게 불쑥 찾아오다니……. 그래 어쩐 일이냐? 어쨌든 반갑구나, 어서 앉거라."

벽걸이 텔레비전을 보고 있던 상임고문이 명숙을 보고는 반가움을 감추지 못해 중언부언했다. 여전히 아버지 같은 표정이었다. 상임고문이 텔레비전을 끄고 자리에서 일어나 명숙을 맞이했다. 올해로 여든여덟을 맞은 미수였다.

"값싼 미국산 쇠고기를 배불리 먹여주겠다는데도 왜 저 난리들인지 모르겠다…… 참. 쯧쯧."

상임고문이 혀를 차며 궁시렁거렸다. 쇠고기 수입 반대 시위 뉴스를 보고 있었던 것 같았다.

몇 달 사이에 건강이 더 안 좋아졌는지 사무실 안에서의 대여섯 걸음을 지팡이에 의지했다. 명숙이 선물한 금장金裝 자우어 지팡이였다.

"대표님. 안녕하셨어요?"

공수 자세로 인사를 올린 명숙은 상임고문이 고장 난 로봇처럼 힘겹게 자리를 잡고 앉을 때까지 기다렸다가 소파 끄트머리에 엉덩이를 걸쳤다.

"가까이 와서 편히 앉거라."

"예, 대표님."

명숙이 상임고문 쪽으로 자리를 옮겨 앉았다.

"들어오면서 문패 못 봤느냐, 네가 나간 뒤에 나도 대표직에서 은퇴했다."

고령임에도 불구하고 굳건히 지키고 있던 대표 자리를 아들의 이혼에 대한 불만 표시로 내려놓았다는 것을 명숙은 파트너였던 사무장을 통해 알고 있었다.

"알고 있어요. 그래도 대표님으로 부르는 게 편해요."

명숙이 웃으며 대꾸했다. 그녀는 뒤늦게 남득에게 도·형 명함을 잘못 건넸다는 생각이 떠올랐다.

"집에서 부르던 대로 불러라. 그게 듣기 편하다."

은퇴했으니 대표라고 부르지 말라 하면서, 아들과 이혼한 며느리에게 아버지라고 불러 달라는 심보를 이해할 수 없었다.

"예, 아버님……. 일이 좀 있어서 뵈러 왔어요."

"일?"

"아버님 도움이 필요해요."

"내 도움? 내 도움이 필요하다고, 네가?"

"예."

"내가 오래 살기는 했나 보구나. 어디 무슨 도움이 필요하다는 건지

들어나 보자. 애비 도움이 아니라 내 도움이 필요하다는 거지?"

"아버님 도움이 필요해요."

"알았다. 내가 네 도움을 받으며 살았으니, 내가 널 도울 일이 있다면 도와야 하겠지. 그래 뭐냐?"

"그렇게 말씀하시니 민망해요, 아버님."

명숙 앞에 커피가, 상임고문 앞에 생강차가 놓였다.

"말해 보거라."

"6·25 사변통에 있었던 노근리 쌍굴다리 사건이라고 들어보셨나요?"

명숙은 뜸 들이지 않고 본론을 꺼냈다. 한국전쟁 당시 노근리 쌍굴다리에서 있었던 미군의 양민 학살 만행을 아느냐고 물어야 옳았다. 그러나 그렇게 묻는 순간, 사건 실체를 분단 이념의 시각으로 접근한다는 오해를 받을 수 있어 상임고문에게 반감을 줄 수 있었다. 상임고문에게 이념은 수단이 아니라 목적 자체였다. 그래서 표현 수준을 상임고문의 눈높이에 맞출 필요가 있었다.

"글쎄다…… 그런 일이 있었나?"

상임고문의 목소리가 굳어졌다. 그러고는 손에 든 찻잔을 내려놓았다.

"예, 아버님. 에이피 통신에 의해 세계적으로 알려진 사건이에요."

명숙은 쌍굴다리 사건에 대해 사실 중심으로 요약 설명했다. 상임고문이 점점 불편한 표정을 지으며 헛기침을 했으나, 진상 규명 조사 과정과 결과 그리고 현재 진행 중인 공원 조성 공사 상황까지 일사천리로 덧붙였다. 그러고는 상임고문의 선입견이나 부담감을 덜어주고 '공정한 판단'을 돕고자 2001년 빌 클린턴 대통령의 공식 유감 표명 성명서 영문 사본을 건넸다.

"이런 걸로 사과까지 했구나……. 역시 미국이다. 전쟁을 하다 보면 그런 불상사는 얼마든지 생길 수 있지. 사변통에는 온통 빨갱이 천지였다. 그런데 너는 그런 것까지 어떻게 다 아는 것이냐? 아니, 이런 말을 지금 왜 하는 게냐?"

상임고문이 불편한 심기를 드러내며 미심쩍은 표정으로 물었다. 좀 전까지 화기애애했던 분위기와는 달리 사뭇 굳어진 분위기였다.

"우리 모두의 고통이고, 아직 끝나지 않은 전쟁 이야기잖아요."

"지금 전쟁 중이라는 말이냐?"

얼굴을 찌푸린 상임고문이 쏘아붙이듯이 내뱉고는 찻잔을 집어들었다.

명숙은 살얼음판을 걷는 양 조마조마했다.

"종전이 된 게 아니라 휴전 중이잖아요, 아버님."

명숙은 분위기가 더 굳어지기 전에 어서 용건을 꺼내야겠다고 판단했다. 밤새 고민 끝에 짠 계획대로 밀어붙일 생각이었다. 말을 빙빙 돌려 총기 있는 노인네를 번거롭게 할 필요가 없었다. 그러다가는 자칫 불필요한 의심을 사거나 이념 논쟁에 휘둘릴 수 있었다.

"그 사건과 관련된 미군 참전용사 살해 사건의 변론을 맡게 됐어요, 아버님."

“……그 뉴스는 나도 봤다.”

“외신들도 관심을 보이고 있어요.”

명숙의 말에 상임고문의 표정이 굳어졌다.

“국선변호인이라 맡게 된 게로구나.”

“예. 쌍굴다리 피해자 가족의 아들이 오십팔 년 만에 만난 생부를 살해했다고 해서 기소된 사건이에요.”

굳이 부인할 필요가 없었다. 자진해서 맡았다고 하면 득보다 실이 많을 게 뻔했다. 때문에 얼렁뚱땅 넘어갈 생각이었다.

“네가 곤란하겠구나. 내가 빼 주마.”

상임고문이 시원스레 말했다. 감방에 갇힌 피고인을 빼내주겠다는 것이 아니라 명숙을 그 사건 변호에서 빼내주겠다는 말이었다. 그 사건 변호를 빼달라는 부탁을 하러 온 것으로 안 것 같았다.

“수사 기록을 봤는데, 살해 동기도 불분명하고 증거도 불충분해요.”

“아니, 얘야, 그런 거 신경 쓸 거 없다. 내가 알아서 하마.”

상임고문이 팔을 휘저으며 말했다.

명숙은 더 이상 사실을 감출 수 없었다. 변호를 자청하게 된 사유 전체를 이실직고하는 수밖에 도리가 없었다.

사건 일체를 소상히 들은 상임고문의 입장이 완강했다.

“내가 도울 수 없는 일이다. 늦기 전에 손 떼라.”

“그럴 수 없어요, 아버님.”

"왜 그럴 수 없다는 거냐?"

"그걸 또 말씀드리자면, 길어요. 나중에 말씀드릴게요. 그러나 분명한 것은 반드시 제가 그 피고인을 변호해야 한다는 사실이에요."

지금 여기서 어떻게 자신과 남득과의 관계를 시시콜콜 다 이야기할 수 있겠는가. 또 이야기한들 선민의식 속에서 상류 인생을 살아온 노인네가 하류 인생들의 복잡다단한 삶을 어떻게 이해할 수 있을 것—남편은 이 다름의 차이를 견디지 못했다—이며, 또 이런 명숙의 과거지사가 현재까지 이어질 수밖에 없는 사정을 노인네에게 어떻게 모두 설명할 수 있단 말인가.

"그래, 알겠다……. 무얼 어떻게 도와달라는 것이냐?"

명숙을 뚫어지게 바라보고 있던 상임고문이 말했다.

"사망자가 한국전 참전용사이고, 그 아들이 주한미군이었고, 손자도 주한미군이라고 해서 증거도 없이 죄를 만들어 무고한 일반인을 살인죄로 구속한 사건이에요."

"무고한 일반인이 아니라 친아들이라고 하지 않았느냐?"

"그래서 더욱 황당한 사건이에요. 친아들이 오십팔 년 만에 처음 보는 생부를 만나자마자 살해할 이유가 뭐겠어요? 그게 증오라는데 말이 안 되잖아요."

"그야 당사자가 아니면 너나 나나 알 수 없는 거 아니냐?"

모르는 소리를 함부로 말하지 말라는 상임고문의 훈계였다.

명숙이 기다려온 반응이었다.

"맞아요, 아버님. 그러니까 피고인은 생부를 막연한 증오 때문에 살해한 것이 아니라, 노근리 양민 학살자를 응징하기 위해 살해한 거예요. 보복 살인인 거죠."

명숙이 준비한 카드를 꺼냈다.

"아, 아니…… 너, 너 지금……. 그 주장을 나한테 도와달라는 게냐?"

예상한 반응을 보였다.

"예. 제 변론 프레임이자 전략이에요."

"……."

너무 황당했는지 대꾸가 없었다. 상임고문이 소파 팔걸이에 가지런히 올려놓은 두 손을 떨었다.

"한미 관계나 국익에는 전혀 도움이 안 되겠지만……."

두 번째 카드를 꺼냈다. 상임고문이 불편한 심기를 노골적으로 드러냈다.

대지주의 막내로 태어나 동경 유학 시 사이토 마코토 총독의 후원을 받는 아베 미쓰이에의 장학금으로 공부를 했고, 고등법원장을 거쳐 대법관까지 지낸 바 있는 상임고문이었다. 그래서 대한민국 법조계의 산증인으로 불리고 있으며, 현 정권 교체에 깊이 관여한 대선大選 공신이기도 했다. 최고 권력자와는 나이를 초월한 막역지우였다.

집권 초기부터 미국산 쇠고기 수입 문제로 첫 단추를 잘못 꿰는 바람에 나라가 아수라장이 됐는데, 미군의 양민학살사건까지 이슈화가 된다면 엎친 데 덮친 꼴이 될 수 있었다. 게다가 그 이슈 메이커가 당신의 며느리였다는 것이 알려지기라도 한다면 갑갑한 노릇이 아닐 수 없었다.

명숙은 보수 성향인 상임고문의 우직함과 단순성을 누구보다 잘 알고 있었다. 그 점을 이용한다는 것이 상임고문에게는 죄스러웠지만, 남득을 구해내야 했다.

상임고문도 노회한 법조인이었다. 명숙의 카드를 자기 방식으로 받아넘겼다.

“이이제이以夷制夷. 너도 기자들을 판관으로 이용하겠다는 말이구나.”

“예. 아버님이 가르쳐주셨잖아요. 법리는 법리로, 여론은 여론으로 싸워라.”

“피고와 어떤 관곈지는 모르겠지만, 꽤 절박한가 보구나.”

명숙을 누구보다 잘 아는 상임고문이 말했다. 수습 변호사인 명숙을 며느리로 발탁한 상임고문이었다. 도·형이라는 네이밍도 상임고문이 그녀의 변론 철학에서 따온 것이라고 했었다.

“아버님께서 이번 일만 도와주시면 복직할게요.”

명숙은 세 번째 카드를 던졌다. 타고난 승부사 기질이 있는 그녀의 스타일이었다.

“사랑하는 남자가 있었던 게야…….”

넋두리인 양 중얼댔는데, 명숙이 듣기에 떼를 쓰듯 찔러보는 말 같았다. 상임고문의 처세술 중 하나였다.

"아닐 거라는 거, 잘 아시잖아요?"

명숙은 상임고문의 부적절한 오해를 차단했다.

"그래, 안다. 그래도 확인하고 싶었다."

"그 사람이 없었다면 아버님과의 연도 없었을 거예요."

왜 피고에게 이토록 각별한 관심을 쏟고 있는지에 대한 최소한의 설명은 필요할 것 같았다.

"무슨 사연이냐?"

"열한 살 때 곡마단에 납치된 적이 있는데, 그 사람이 찾아와서 목숨 걸고 저를 구해줬어요. 그 사람이 없었다면 저는 변호사가 아니라, 저글링을 하고 공중그네를 타는 곡예사가 됐을 거예요."

"그런 모진 일도 겪었구나. 네게 은인이면, 내게도 은인이다. 최선을 다해보마."

상임고문이 명숙과 피고와의 과거에 대해 좀 더 알고 싶다고 했다. 굳이 드러낼 필요도 없지만, 그렇다고 해서 굳이 감출 이유도 없는 옛이야기를 꺼낼 수밖에 없었다.

'충북녘' 시절을 떠올렸다. 충북녘은 전후 팔도의 피난민들이 모여 조성된 도심 속 무허가 난민촌이었다. 충북선 철로변에 하꼬방과 흙벽돌로 급조한 50여 가구로 이루어진 이 궁벽한 마을에서 5년을 살았다.

충북녘에 살던 국민학교 1학년 때, 기마경찰의 말발굽에 밟혀 허리를 다친 후로 생계와 손녀 양육 능력을 상실한 외할머니—청주역 무연탄 하치장 인근 철로 변에서 하역 작업을 하다가 흘린 무연탄을 새벽녘에 몰래 주워다가 난방과 취사용 연료로 사용했는데, 이를 철도공무원이 불법 절취라고 신고하자 기동 순찰 중이던 기마경찰대가 긴급 출동한 것이다—는 명숙을 고아원에 맡길 수밖에 없었다.

남득도 충북녘에 살았는데, 그의 어머니가 군산 미군기지로 떠나면서 고아원에 맡겨지게 되었다. 이렇게 해서 둘은 고아원에서 오누이처럼 2년을 함께 지내게 되었다.

명숙이 열한 살 때였다. 충북녘 앞 차부에 짐칸을 개조한 두돈반 군용트럭 두 대가 도착했다. 곡마단 트럭이라고 했다.

트럭에서 짐을 내려 몽골 게르 모양의 대형 천막을 치고 만국기로 천막 주변을 치장한 단원들이 공연 선전에 나섰다. 입으로는 하모니카를 불고 양손으로는 손풍금을 연주하고 양발 뒤축에 매단 줄을 이용해 등에 진 큰북과 심벌즈를 두드려대는 늙은 어릿광대가 앞장서서 단원들을 이끌고 본정통과 중앙시장통을 돌았다. 광고 판자—공연 종목과 날짜와 시간을 적은—를 맨 샌드위치맨이 자신의 몸을 빙글빙글 돌리며 한평생 사는 동안 한 번 볼까 말까 한 기기묘묘한 구경거리를 열흘간 공연한다고 외쳐댔다.

호기심이 각별한 명숙은 그 기기묘묘하다는 구경거리가 보고 싶었다. 공연이 시작된 이튿날 명숙은 하굣길에 남득을 꼬드겨 곡마단 공연장으로 갔다. 남득은 공연장 안으로 몰래 들어갈 수 있는 비밀 통로를 알고 있었다. 남득을 따라붙은 명숙은 천막과 간이 변소의 연결 통로를 통해 틈입하는 데 성공했다.

그러나 그곳을 지키고 있던 어릿광대에게 걸렸다. 길거리에서 온몸으로 네 가지 악기 연주를 선보여준 늙은 어릿광대였다.

둘의 행색을 찬찬히 훑어본 어릿광대가 명숙에게는 자리에 앉아 공연을 보라고 하고, 남득이만 단장에게 넘겼다. 남득은 털보 단장에게 단검 자루로 머리통을 얻어맞고 내쫓겼다.

단장의 아내인 줄광대가 명숙에게는 공연 기간 내내 언제든 공짜 관람을 해도 좋다는 특권을 주었다. 명숙은 방과 후 꼬박꼬박 곡마단에 들러 공연을 봤다.

코끼리, 악어, 코브라, 말, 개, 원숭이, 앵무새, 닭, 비둘기가 조련사의 채찍질과 휘파람과 호각 소리에 따라 쇼를 했고, 지구의를 닮은 대형 원통 속에서 오토바이가 다람쥐 쳇바퀴 돌 듯 요리조리 빙빙 돌기도 했고, 꼽추가 외발자전거로 허공에 매단 외줄을 왕복했고, 줄광대 아줌마는 외줄 타기 뿐만 아니라 공, 접시, 링으로 신묘한 저글링을 했고, 공중그네도 탔다. 무엇보다 명숙이가 좋아하는 카드 마술도 했다.

곡마단을 둘로 쪼갠 탓—충주와 청주 공연은 두 팀으로 나눠 하고, 대전의 추석 대목 공연 때 하나로 합칠 것이라고 했다—인지 규모도 작고 공연 가짓수도 적었다. 다른 공연들은 여러 번 봐서 질렸으나, 카드

놀이는 반복해도 봐도 재미있었다. 볼 때마다 그레고리 미군 상사 아저씨를 떠올릴 수 있어서 좋았다.

공연 닷새째 되는 날, 줄광대 아줌마가 명숙을 카드 마술 보조로 썼다. 그래서 카드 마술에 명숙이 보조 역할로 출연하게 됐다. 카드 마술에 필요한 '학고짝' 좌대와 미 군용모포와 밥공기를 챙기는 것이 명숙의 몫이었고, 또 무대 위에 서 있으면 줄광대 아줌마가 명숙의 몸 이곳저곳에 카드를 숨기거나 찾아내는 묘기를 선보였다.

마지막 공연을 마친 날, 천막을 뜯기 전에 단원들의 무사 공연을 자축하는 막걸리 수육 회식이 질펀하게 벌어졌다. 곡마단에게 편의를 제공해준 충북녘 주민 몇 명과 카드 마술을 도와준 명숙이도 자축 회식에 초대받았다. 늘 배고픔에 시달렸던 명숙은 걸신들린 양 정신없이 주워 먹었다. 너무 많이 먹은 때문인지 갑자기 졸음이 쏟아졌다. 그대로 잠에 빠진 것 같았다. 얼마나 오랫동안 곯아떨어졌는지 알 수 없었다.

누군가가 소리를 지르며 뺨을 때리고 몸을 흔들어대는 바람에 겨우 눈을 떴을 때, 곁에 남득이가 있었다. 앞뒤로 기억 나는 게 없었다. 그의 얼굴이 야차 같았다. 얼굴이 피멍투성이였고 옆구리에서는 피가 흐르고 있었다. 몸을 추스르지 못하는 명숙을 남득이 등에 들쳐업었다.

곡마단 단원들이 보였으나 장소가 낯설었다. 모래사장과 강물과 큰 나룻배와 긴 다리가 보였다. 명숙을 업은 남득이 강둑길을 걷고 있었다.

"저, 저, 독종 악바리새끼…… 갸, 갸는 나중에 꼭 니 각시 삼으래이."

등 뒤에서 털보 단장이 외치는 소리였다.

"단장 놈이 널 납치했었구나?"

명숙의 이야기를 듣고 있던 상임고문이 말했다.

"예."

"정도 애비가 아느냐?"

상임고문이 물었다.

"말하지 않았어요."

"잘했다. 그 당시는 아이들을 납치와 유괴가 흔했던 시절이었지. 껌팔이, 신문팔이, 구두닦이, 소매치기들이 다 그렇게 해서 생긴 부랑아들이었다. 여식 애들은 잡아다가 애보개, 식모로 팔아 넘기거나 갈보로 만들기도 했지. 정도 애비는 그런 세상을 모를 거다. 알아도 이해하지 못할 놈이니 절대 말하지 마라."

"……."

명숙은 대꾸할 말이 없었다. 이미 이혼한 전 남편을 만날 일도 없었고 또 만난다 한들 과거지사를 말할 이유가 무엇이겠는가.

상임고문의 의중을 모르지는 않았으나 애 아빠를 자꾸 들먹이는 것도, 상임고문이 절대 알 수 없는 '그런 세상'을 잘 알고 이해하는 양 말하는 것도 부담스러웠다. 가난한 자들은 광우병 우려보다 값싼 쇠고기를 먹는 것이 더 중요하다고 생각하는 분이 아닌가. 그런 분이 자다가 오줌을 싼다는 이유로 저녁 식사 이후에는 물을 못 마시게 해서 목이 마르면 젖은 걸레를 짜내 목을 축여야 했던 명숙이와 남득의 고아원 생활 고초를 어찌 이해할 수 있단 말인가.

"그 사람도 아버님께서 정의와 약자를 사랑하신다는 걸 알고 있어요."

명숙은 뒤늦은 대꾸로 전 남편을 두둔하고 자리에서 일어났다.

"좀 더 있다가 가지 그러느냐……."

상임고문이 아쉬운 표정을 지었으나, 좀 더 있다가는 전 남편과 마주칠 수 있었다. 그 때문에 명숙을 붙들어두려는 것 같았다.

"정도 애비, 그 여자와 재혼 못 했다."

명숙이 방문을 나설 때, 상임고문이 말했다.

'그 여자'는 이름만 대면 누구나 아는 유명 중견 여배우였다. 전 남편과는 열여섯 살 나이차가 나는 여자였다.

명숙은 문고리를 쥔 채 잠시 멈칫했다. 그 뜨르르 했던 스캔들에 대한 뒷감당을 그가 어떻게 치를는지 걱정스러웠다. 어쩌면 그 뒷감당 때문에 상임고문이 명숙의 도움 요청을 소홀히 처리하지 못할 것이라는 생각이 들었다.

하프시코드 연주곡이 씁쓸한 명숙의 가슴을 바늘인 양 찔러댔다.

18

'뭐라고……? 블랙아웃? 금치산자?'

이것들이 어따 대고 개수작질이란 말인가! 분노와 놀라움이 뒤섞인 도완구는 사지가 뒤틀리고 금방이라도 가슴이 터져나갈 것 같았다. 정신이 자꾸 까무룩해지며 달아나려고 했다. 이러다가 쓰러지면 개죽음이라는 생각에 두 주먹을 움켜쥐고 안간힘을 쓰며 버텼다.

카지노에서 나왔다는 막내아들 상수로부터 전화를 받은 완구는 이놈이 자다가 봉창을 두드리는 것도 아니고 무슨 헛소리를 지껄이나 싶었다. 알딸딸한 술기운에 잘못 들었나 싶어 몇 번을 재우쳐 되물었다.

표현은 달랐으나 뜻이 같은 말을 반복했다. 아버지가 귀가 어두워 말을 못 알아듣고 있다고 생각했는지 고래고래 소리를 질러댔다. 보청기를 조금만 늦게 뺐다면 아마도 고막이 터졌을 것이다.

JMC 재무팀으로부터 세무 관련 고지서에 표기된 대표이사 명의가 바뀌었다는 보고를 받고, 회사 등기부 등본을 떼어 오라고 해서 직접 확인을 해본 결과, 공동 대표이사에서 아버지 도완구가 빠지고 어머니 정금숙이 들어간 사실을 알게 됐다고 했다. 재무팀이 그런 보고를 막내아들에게 할 리가 없었다. 만약 그게 사실이라면, 상수 놈이 또 사고를 치고 회사 명의로 급전을 융통하려 꼼수를 부리다가 알게 되었을 것이다.

"너 또 사고를 친 거냐?"

성질 급한 완구가 대뜸 고함을 내질렀다.

"아부지, 지금 그게 중요해?"

상수가 완구의 고함을 딱하다는 듯 받았다.

틀린 말은 아니었다. 상수의 말이 맞다면 지금 중요한 것은 대표이사 명의에서 도완구가 사라졌다는 사실이었다. 다시 말해 마누라와 큰아들이 짜고 JMC를 찬탈했다는 것이다.

무법천지였던 6·25 사변통도 아니고, 눈 뜨고 코 베인다는 자유당 시절도 아닌데, 어떻게 대명천지에 이런 일이 가능하단 말인가.

"빨리 좀 가란 말이야, 밟앗, 밟으라고!"

완구는 양 기사의 뒤통수를 쥐어박으며 외쳐댔다.

"회장님, 전들 빨리 가고 싶지 않겠습니까요. 러시아워라 차가 계속 밀리는 걸 어쩝니까요."

도를 넘어선 채근질을 참다 못한 기사가 성을 내며 투덜댔다.

"딱짓값 준다고 했잖아, 또박또박 신호 지키지 말고 밟앗! 어서 밟으라고, 썅!"

이성을 잃은 완구가 금치산자처럼 굴었다.

병원에 도착한 완구는 곧장 병원장실로 뛰어 들어갔다. 병원장에게 멀쩡한 자신을 치매로 몰아붙인 돌팔이 의사를 데려오라고 했다. 완구가 누군지 잘 알고 있는 병원장이 비서를 통해 과장과 담당의를 불렀다.

병원장과 과장—그동안 광통재로 왕진을 왔던, 지난번 혼절을 해서 입원해 있을 때 병실에서 상기와 쑥덕공론한 그 주치의였다—과 담당의를 앉혀놓고 따졌다. 흥분한 완구가 의사들을 양 기사 다루듯이 다그쳤으나, 통할 리가 없었다. 갑자기 원장실로 불려온 의사들이 서로 황당하다는 시선만 주고받을 뿐 완구의 항의에는 대꾸하지 않았다.

병원장은 과장을 쳐다봤고 과장은 담당의를 쳐다봤다. 젊은 담당의는 뜨악한 표정으로 과장과 병원장을 번갈아 쳐다볼 뿐이었다. 마치 팬터마임을 하는 것 같았다.

젊은 담당의는 환자의 주치의였던 과장 지시에 따라 치매 판정을 내린 것이었다. 과장은 담당의에게 환자 보호자의 협조하에 동거인처럼 함께 살고 있는 가사도우미의 증후 관찰 결과까지 포함해 판정한 것이라고 했었다. 또 담당의 자신의 의학 지식과 판단으로도 분명한 알코올성 치매였다.

담당의는 치매 여부가 환자의 주장에 따라 결정되는 것이 아닐 텐데 자신을 이 자리에 왜 부른 것이냐는 듯 뚱한 표정으로 병원장을 쳐다봤다. 그러고는 자신이 가져온 진료 차트 원본을 과장에게 내밀었다. 족히 반 뼘이 넘는 두께였다. 과장이 환자를 직접 상대하라는 뜻이었다.

"지난 오 년 동안 주기적, 지속적으로 관찰해 온 결과입니다."

과장이 담당의에게 건네받은 차트를 병원장에게 전달하며 말했다. 그러고는 완구를 향해 의자를 돌려 앉았다.

"회장님. 일전에 초면인 외국인을 특정인으로 착각하셔서 다투시다

정신을 잃으신 적이 있으시지요?"

과장이 물었다. 취조하는 듯한 말투였다.

"그, 그건……."

"방한한 미군 참전용사를 찾아가셔서 전우라고 하셨다면서요?"

"……."

"돌아가신 하지스 씨는 전우가 아니시잖아요."

"누, 누가 그래?"

"보호자 분이 확인해주셨어요."

"……."

"또 지난주에는 천금사라는 절에 찾아가셔서 스님들을 상대로 금괴를 내놓으라며 난동을 부리셨다면서요? 다 맞지요?"

"……."

완구는 꿀 먹은 벙어리인 양 답을 할 수 없었다. 맞다고 할 수도 아니라고 할 수도 없었다. 그러나 '난동'이라는 표현에는 부아가 치밀어 그의 염소수염이 파르르 떨렸다.

병원장이 안쓰럽고 걱정스럽다는 눈으로 완구를 바라봤다.

"아아, 기억이 안 나시는구나."

과장이 자신만 멀뚱멀뚱 쳐다보고 있는 완구에게 안타깝다는 표정을 지으며 말했다.

"……."

꿀 먹은 벙어리가 되어 묵묵부답인 완구를 보고 있던 과장이 병원장을 바라봤다. 오진은 아니니 걱정할 필요가 없다는 제스처를 보였다.

"뭐얏? 이 개새끼가 지금 무슨 개수작을 부리는 거얏!"

의자를 박차고 벌떡 일어난 완구가 과장에게 달려들었다. 그러고는 멱살을 잡은 채 달려든 힘으로 밀어버렸다. 과장이 과장된 비명을 내지르며 머리를 벽에 부딪혔다.

원장실이 순식간에 난장판이 됐다. 병원장이 인터폰을 눌러 경비를 불렀다.

벽에 부딪힌 뒤통수를 감싸 쥐고 몸을 추스른 과장이 병원장을 바라봤다. 이런 충동적 폭력을 직접 봤으니, 자신의 진단 결과를 믿으라는 표정이었다. 병원장은 완구의 상스러운 난동에 충격을 받아 정신이 없는 것 같았다.

"사모님이 생존해 계시는, 다른 여자와 혼인 계약서를 쓰시기도 했답니다. 결혼한 사실도 잊으셨던 겁니다. 이게 환자 보호자가 변호사를 통해 받아 준 증명서 사본입니다."

과장이 진료 차트 끄트머리에 첨부시킨 성혼 증명서 사본을 찾아 가리키며 쐐기를 박듯 말했다.

병원장이 고개를 끄덕였다.

완구는 원장실로 달려온 병원 직원들과 드잡이질을 하느라 과장이 원장과 주고받은 말을 듣지 못했다.

"야이, 개 같은 놈들아 너희들 짰지? 아니 매수했지? 다들 한패지?"

세 명의 직원에게 사지를 제압당한 완구가 버둥거리며 소리쳤다. 그는 도상기가 형사와 의사들 모두를 매수한 것이라는 확신이 들었다.

"회장님. 고정하세요."

직원들에게 데리고 나가라는 눈짓을 보낸 병원장이 완구를 바라보며 어린아이 달래듯이 말했다.

"도상기, 내 아들 도상기! 그 새끼를 당장 데려왓! 당장 데려오라고 이 개새끼들앗!"

19

검찰은 남득의 기소를 전격 취하했다. 경찰의 과잉 수사와 증거 불충분이 사유였다. 검찰이 경찰에게 부실 수사 책임을 떠넘겼으나, 경찰은 이의를 달거나 반발하지 않았고, 보강 수사를 하겠다고 하지도 않았다.

검찰에 부화뇌동했을 경찰 입장에서는 불감청이언정 고소원이었을 것이다. 처음부터 무리한 수사 지시를 받아 시작한 외압 수사였고, 정치적 의도가 의심되는 구속 기소였기 때문이다. 언론이 검경의 장단에 놀아났다며 ―검경의 견강부회를 언론이 침소봉대한 것이다― 뒤늦게 발끈해서 보강 수사를 왜 하지 않는 것이냐며 따져 물었다. 과잉과 강압 수사에 관해서는 침묵했다.

경찰은 검토는 해보겠으나, 지금으로서는 보강 수사를 할 계획이 없다고 했다. 검찰은 수사와 기소에 관해서 언론이 간섭하는 것은 적절하지 않다고 했다. 언론을 이용해 이슈를 조작한 검찰이 언론을 엿먹였다. 언론은 발길에 걷어 차인 강아지 모양 낑낑거리며 검경의 무책임한 태도를 기사화했다. 남득이 당한 억울한 피해에 대해서는 일제히 침묵했다. 해명도 사과도 없었다.

하남득이 구치소에서 나오는 날, 정문 앞에서 기다리고 있던 염명숙이 반갑게 맞이했다. 상임고문이 조용히 내보내기로 했으니 조용히 있다가 마중을 나가라고 했다. 언론과 접촉하지 말라는 뜻이었다.

명숙이 비닐봉지에 든 생두부를 남득에게 건넸다.

“고마워. 정말로 구해줬네.”

생두부를 받아든 남득이 말했다.

“그럴 거라고 했잖아.”

“고마워.”

남득은 명숙이 자신을 잊지 않았다는 것이 고마웠다.

“어서 먹어.”

남득은 생두부를 한 입 베어 물고 명숙을 바라봤다. 그녀가 무슨 수로 자신을 구해준 것인지 궁금했다. 그리고 이 일로 인해 그녀가 불필요한 대가를 치르거나 불이익을 당하는 것은 아닌지 걱정스러웠다. 어쨌든 검찰이 구속 기소까지 한 사건이 아닌가.

"오빠처럼 칼 맞아 가며 구해낸 거 아니니까 걱정하지마. 그때 딴짓하느라 늦게 와서 칼을 맞은 거잖아. 맞지?"

오빠라고 부를 때 스스럼이 없었다. 남득은 고아원 시절 많이 들었던 오빠라는 말이 새삼 과분하게 들려 겸연쩍었다.

"업고 가야하는데, 저는 차로 모십니다."

명숙이 농을 하며 차 문을 열어주었다.

남득은 옛 기억이 떠올랐다. 그날 남득이 딴짓을 하는 사이에 명숙이 납치를 당했다.

곡마단이 마지막 공연을 끝내고 철수하던 날, 남득이 다니는 교동국민학교 운동장에서 권투 시합이 열렸다. '아마추어 박씽 도道 대회 예선전'이라고 했다. 운동장 한복판에 사각 라인을 긋고 그 안에 물을 가득 채운 수십 개의 드럼통을 촘촘히 세웠다. 그러고는 그 위에 판자때기를 깔아 가설 링을 만들었다.

어린 시절 남득의 꿈은 딴따라가 아니라 권투선수였다. 링 위에서는 피와 피부색을 가리지 않았고 경기의 승패를 그것으로 결정짓지도 않았다. 상대를 많이 때리거나 때려눕혀 버리면 승자가 될 수 있는 경쟁이었다. 누구도 승자를 패자로 바꿀 수 없었다. 주먹질을 썩 잘하는 것은 아니었으나, 나름 한주먹했기에 이 불편부당한 경기가 마음에 들었다. 열세 살 '튀기' 남득은 그런 공정한 경기에 관심이 많을 수밖에 없었다.

충북녘에서 신작로를 건너면 쾨쾨하게 썩은 냄새를 뿜어내는 도랑을 끼고 '챔피온복싱구락부'가 있었다. 기름 먹인 판자때기를 얼기설기 엮어 가벽을 세우고, 아스팔트 루핑을 지붕으로 삼은 구락부였는데, 월 회비 500원을 낼 수 없어 다닐 형편이 못 됐다.

그러나 학교 운동장에서 열리는 권투 시합은 공짜 구경인지라 가지 않을 이유가 없었다. 남득은 링 위의 선수들과 한몸 한뜻이 되어 헛주먹을 내지르고, 박수를 치고, 탄성과 탄식을 내지르며 세 시간 동안 치열하게 치러진 권투 예선전을 구경했다. 그러고는 고아원으로 돌아왔다. 밤 아홉 시가 넘은 시간이었다.

"명숙이는?"

싸릿가지를 들고 개구멍 앞에 서서 기다리고 있던 바돌로매 원장이 물었다. 항상 둘이 오누이처럼 붙어 다니는 단짝인지라 같이 있다가 같이 올 것으로 알고 있었던 것이다. 남득은 원장의 물음에 화들짝 놀랐다. 무슨 변이 생기지 않고서는 명숙이가 이 시간까지 고아원으로 돌아와 있지 않을 까닭이 없었다.

불안에 싸인 원장의 표정을 보는 순간, 남득은 불현듯 집히는 게 있었다. 고아원을 빠져나온 남득은 곡마단 천막이 있던 차부로 득달같이 달려갔다. 차부에는 이전처럼 시내버스들이 세워져 있었다.

남득은 역전 파출소로 달려가 순찰용 자전거를 훔쳐 타고 신탄진으로 가는 국도를 내달렸다. 다음 공연지가 신탄진이라는 것을 알고 있었다. 둘로 나뉜—소도시와 소읍 공연 때는 곡마단 규모를 반으로 쪼갰다고 했는데 청주는 소도시라고 했다— 곡마단이 대전에서 하나로 합쳐지기 전에 신탄진 장에서 단발 공연을 할 예정이라고 했다. 털보 단장이 하나로 합쳐진 곡마단 공연은 멋지고 훌륭한데 보고 싶지 않으냐고 하면서 명숙에게 알려준 말이라고 했다. 이 말을 전해 들은 남득은 명숙에게 너를 꼬드기려는 수작이니 조심하라고 일러줬었다.

비포장 자갈길을 20리쯤 달린 자전거가 척산을 지날 즈음 빵구가 났다. 빵구 난 자전거를 그대로 타고 달렸으나 힘만 들 뿐 속도가 붙지 않았다. 남득은 신탄진과 부강 방면으로 나뉘는 갈림길에서 자전거를 논두렁에 버리고 뜀박질을 시작했다. 땀으로 인해 고무신이 미끄덩거려 제대로 뛸 수 없었다. 고무신을 벗어들고 30리쯤 내달렸다. 발바닥 물집이 터지고 피가 흘렀다.

신탄진 콘크리트 다리를 건널 때 어둠 속에서 강둑 위에 천막을 치는 사람들이 보였다. 남득은 두 대의 두돈반 군용트럭이 세워져 있는 것을 보고 그들이 곡마단이라는 것을 확인했다.

고양이 걸음으로 둔치 길을 통해 두돈반 트럭으로 다가간 남득은 짐칸을 살폈다. 다들 천막을 치기에 바빠 트럭을 지키는 사람이 없었다.

남득은 코브라와 원숭이가 실린 짐칸 귀퉁이에서 군용 담요에 둘둘 말려 있는 명숙을 찾아냈다. 잠에 빠져 있는 명숙을 두드려 깨워 짐칸에서 내린 뒤 들쳐업었다. 명숙은 잠깐 눈을 떴으나 몸을 추스르지 못해 걸을 수가 없는 상태였다.

그때 불쑥 나타난 그림자가 남득을 막아섰다. 털보 단장이었다.

"비켜요! 얘는 내 동생이에요."

남득이 당차게 말했다.

"걔 내려놔라."

단장이 말했다.

"안 돼요!"

"이놈, 말로는 안 되겠구나."

단장이 주먹으로 남득의 뺨을 갈겼다.

뺨을 맞을 때 등에 업힌 명숙이 땅바닥으로 떨어졌다.

"도망가!"

땅바닥에 엎어진 명숙을 내려다보며 소리친 남득이 단장의 불룩한 배때기를 머리로 들이받았다. 그러나 단장은 남득의 상대가 아니었다. 단장이 무릎으로 남득의 얼굴을 가격한 뒤 번쩍 들어 올려 패대기를 치고는 발로 차고 짓밟았다. 남득은 돌바닥을 나뒹굴며 죽기 살기로 그에게 맞섰다.

남득은 피떡이 된 입으로 도망가라고 외쳐댔지만, 의식을 못 찾은 명숙은 여전히 몸을 가누지 못하고 있었다.

남득은 여기서 맞아 죽든지, 명숙이를 데리고 가던지 둘 중 하나가 있을 뿐이었다. 뒤늦게 남득의 이런 다짐을 눈치챈 단장이 정히 그렇다면 죽여주겠다면서 칼침을 놓았다. 칼을 맞은 남득이 악, 하고 단말마의 비명을 내지르자 지켜보고 있던 줄광대 아줌마가 달려와 남편의 허리에 매달렸다.

"이러지 마. 이러면 당신 천벌 받아. 우리가 어떻게 해서 곡마단원이 됐는지 잊었어?"

줄광대가 칼 든 단장의 손목을 잡고 늘어지며 말했다.

"무슨 생각을 그렇게 오래 해?"

국도를 달리다 신호를 받느라 멈춘 명숙이 물었다.

"줄광대 아줌마가 없었다면 우린 그때 어떻게 됐을까, 요?"

차 창밖을 내다보고 있던 남득이 말했다.

"곡마단 오누이로 귀염을 받다가 곡마단 부부로 사랑을 받았겠지. 단장이 자기들처럼 그렇게 되도록 맺어주지 않았을까, 요?"

명숙이 말끝을 흉내 내며 답했다.

"줄광대 아주머니에게 감사해야 하나, 아니면 줄광대 아주머니 말을 들어준 털보 단장에게 감사해야 하나……. 아무튼 고마워."

남득이 멋쩍게 웃으며 말했다.

"나한테 고맙다는 말 자꾸 하지 마. 오빠는 목숨 걸고 나를 구해줬잖아. 또 그때는 오빠가 아니면 아무도 나를 구해줄 수 없었잖아. 그렇지만 오빠는 애당초 무협의였기 때문에 내가 아니어도 누군가는 반드시 구해줬을 거야."

명숙은 자신 말고도 남득의 기소 취하를 도와준 사람이 있는 것 같다고 했다. 그럴만한 사람을 생각해 보라고 했다. 남득은 아무리 생각을 해봐도 그럴만한 사람이 떠오르지 않았다.

명숙은 남득을 범인으로 지목하여 외교적, 정치적 사건으로 만든 딘이 기소 취하에 반발하지 않고 있는 것이 의아하다고 했다. 그래서 명숙은 딘을 설득시킨, 아니면 딘을 제어하는 누군가가 있다고 생각하는 것 같았다. 남득의 석방은 상임고문의 힘만으로 될 수 있는 일이 아니었다.

20

영수가 보름 만에 집으로 돌아온 아버지를 부둥켜안고 훌쩍거렸다. 어머니도 남득을 맞이했다. 명숙으로부터 연락을 받고 평택에서 내려와 기다리고 있었다고 했다.

열쇠장이 박 노인과 세탁소 노 여사도 남득을 맞이했고, 장구동 목사와 사모 그리고 낯이 익은 댓 명의 사람들이 남득을 알은체하며 고생했다는 말과 함께 박수를 쳤다. 학원 수강생도 끼어 있었다. 장 목사가 오함마 같은 손으로 꽃다발을 건넸다. 낯선 사람들도 보였는데 불기둥교회 형제자매들이라고 했다. 영수가 아버지 석방을 소문내고 다닌 것 같았다.

남득은 머쓱한 표정으로 환영 인사를 받았다.

영수가 음악학원과 수강생들을 돌봤다고 자랑했다. 그러면서 장 목사님의 사모가 끼니를 챙겨주고 학원 운영도 도와줬다고 했다. 때문에 아버지가 주님의 은혜에 감사하기 위해 교회에 나가 기도도 하고 찬송가 반주를 해야 한다고 했다. 그렇게 하라고 하나님이 아버지를 집에 데려다준 것이라고 했다. 아버지에게 열심히 전도하는 영수를 장 목사가 대견한 표정으로 바라봤다.

남득은 영수의 눈물을 닦아주며 생각해 보겠다고 했다.

"하영수, 너. 이모도 많이 챙겨줬잖아!"

조성미였다.

영수가 눈을 흘기고 있는 성미를 바라보며 머리를 긁적였다.

남득을 마중 나왔던 사람들이 모두 돌아가고 난 뒤 성미가 귀가 환영 점심을 사겠다고 했다. 남득은 점심을 먹을 마음의 여유가 없었다. 지금 해야 할 일이 있으니 저녁은 이따가 같이하자고 했다.

당장 어머니에게 보여줘야 할 것이 있었다. 컨시어지가 전해준 하지스의 메모 쪽지였다. 어머니에게 보여줄 짬이 없어 신발장 구두 속에 숨겨둔—경찰이 두 번째 부를 때 숨겨뒀다— 쪽지였다. 내용을 빨리 확인하고 싶었다.

"이게 다냐?"

돋보기를 끼고 영문 메모 쪽지를 읽은 어머니가 놀랍다는 표정을 지으며 물었다. 무언가 예상한 게 있었는지 갑자기 허둥대는 기색이 역력했다. 남득은 휴대 전화 사진 폴더에서 저장해 둔 약도를 찾아 건넸다. 해상도는 떨어졌으나 식별에는 문제가 없었다.

"아버지에게 받은 것이냐?"

어머니는 대뜸 아버지가 준 것이 확실하냐고 물었다. 확인이 아니라 다짐이라도 받으려는 말투였다.

남득은 아버지라는 단어가 생경했으나 그렇다고 했다. 사진은 메모 쪽지와 같이 받은 마분지 약도를 찍은 것이고 원본은 경찰이 빼앗았다고 했다. 잠시 숨을 고른 어머니는 기다리고 있던 것을 받은 것처럼 담담한 표정으로 사진으로 찍은 약도를 들여다봤다. 남득은 어머니가 보물 지도 같은 약도에 대해 무언가 알고 있다는 것을 직감했다.

메모를 읽은 봉자는 사진의 약도가 금괴를 숨겨둔 보물 지도임을 단박에 알았다. 하지스가 자신에게 전해줄 것이 있다고 한 것이 바로 이 약도였을 것이라는 확신이 섰다.

다섯 개의 ∩ 표식 옆에 아래위로 두 개의 × 표가 있었는데, 색이 바래 흐릿한 × 표는 58년 전 도완구가 표기했을 것이고 선명하게 보이는 새것은 나중에 하지스가 추가로 표기한 것 같았다. 색마 같은 도완구가 소지하고 있던 나강 M1895 권총이 발각되는 바람에 제 목숨을 구걸하려고 미군에게 그려 바친 그 금괴 지도가 틀림없었다.

봉자는 당시 고노라 불린 통역사가 일본말로 '훈보(무덤)'라고 하며 손가락 다섯 개를 폈다 오므렸다 하면서 '고(5)'라고 하자, 손목 문신 미군이 영어로 '툼'과 '파이브'를 외치는 소리를 들었다. 그러니까 다섯 개의 ∩ 표식은 무덤을 뜻하는 것이었다.

하지스가 쓴 메모 쪽지에 'Barker was killed in action without taking the gold bars(바커는 금괴를 찾지 못하고 전사했다)'라고 적혀 있었다.

메모와 약도를 확인한 봉자는 남득을 자신의 차에 타라고 하고 영수에게 말했다.

"할미가 아버지와 급히 다녀올 데가 있으니 저녁 먹을 때 보자."

"어디요? 어딜 가시는데요?"

봉자는 대문 밖까지 따라 나오며 묻는 영수를 뒤로 하고 차에 올랐다. 테미고개를 넘은 차가 공설 운동장을 비껴 대전역 인근 공구상가로 갔다. 도로변에 차를 세운 봉자가 남득에게 신용 카드를 건네주며 금속탐지기를 사 오던지 빌려오라고 했다.

공구상 주인이 빌리려면 탐지기값 두 배를 보증금으로 맡기고 별도의 사용료를 내야 한다고 했다. 그것도 카드는 곤란하고 현찰만 가능하다고 했다. 남득은 어쩔 수 없이 금속탐지기를 카드 구매하고 사용법 설명을 들었다.

봉자는 죽은 하지스에게 새삼스런 연민의 정을 느꼈다. 하지스가 봉자를 잊지 않고 살았다는 것도 새삼 고맙게 느껴졌다.

봉자는 영동 일선재 주인어른 사랑방에 상을 들고 들어갔다가 얼핏 훔쳐봤던 금괴가 눈에 선했다. 바커가 가지고 있던 마분지 약도가 어떻게 해서 하지스의 손에 들어갔는지, 또 하지스가 왜 그 약도를 남득을 통해 자신에게 줬는지는 모르겠으나, 어쨌든 그 약도는 정당하게 받은 보물 지도였다. 메모 쪽지에는 금괴가 'genocide victim(학살 희생자)'를 위해 쓰이기를 바란다고 적혀 있었다.

금속탐지기를 트렁크에 실은 남득이 차에 타자 봉자가 액셀러레이터를 힘껏 밟았다. 번잡한 공구상가 지역을 벗어난 차가 국도를 타고 영동 방면으로 힘껏 내달릴 때 손톱에 스민 붉은 봉숭아 물이 정오의 햇빛으로 반짝였다. 그 붉은 빛이 보석인 양 찬란했다. 봉자는 그렇게 보였다.

참고 서적

『한국전쟁』 박태균 | 책과함께 | 2005

『한국전쟁: 한국전쟁에 대해 중국이 말하지 않았던 것들』
왕수쩡(나진희 · 황선영 역) | 글항아리 | 2013

『콜디스트 윈터: 한국전쟁의 감추어진 역사』
데이비스 핼버스탬(정윤미 · 이은진 역) | 살림 | 2016

『이런 전쟁』 T. R. 페렌바크(최필영 · 윤상용 역) | 플래닛미디어 | 2019

『브루스 커밍스의 한국전쟁: 전쟁의 기억과 분단의 미래』
브루스 커밍스(조행복 역) | 현실문화 | 2017

『노근리 사건 조사결과보고서』 노근리사건조사반 | 2001. 1

『노근리 다리: 한국전쟁의 숨겨진 악몽』
최상훈 · 찰스 헨리 · 마사 멘도사 | 잉걸 | 2003

『한국전쟁기 인권침해 및 역사인식문제: 노근리 사건 등 미군관련 사건을 중심으로』 정구도 외 | 두남 | 2008

『끝나지 않은 전쟁: 노근리 이야기 2부』 정구도 원작 | 박건웅 만화 | 보리 | 2015

『그대, 우리의 아픔을 아는가』 정은용 | 다리미디어 | 2000

『노근리는 살아 있다』 정구도 | (사)노근리국제평화재단 | 2020

『한국전쟁에서의 소부대 전투기술』 러셀 A. 구겔러(조상근 편역) | 북갤러리 | 2010
『두레방 여인들: 기지촌 여인들과 치유와 회복의 시간』
두레방신학 30년, 문동환 | 삼인 | 2017
『전쟁미망인, 한국현대사의 침묵을 깨다』 이임하 | 책과함께 | 2010
『한국대중음악사: 통기타에서 하드코어까지』 이혜숙 · 손우석 | 리즈앤북 | 2012
『문화와 유행상품의 역사 2: 트렌드와 히트상품으로 본 미국 대중문화 100년사』 찰스 패너티(이용웅 역) | 자작나무 | 1997
『평양의 소련군정: 기록과 증언으로 본 북한정권 탄생비화』
김국후 | 한울 | 2008
『밀정, 우리 안의 적』 이재석 · 이세중 · 강민아 | 지식너머 | 2020
『독립군의 길따라 대륙을 가다』 조동걸 | 지식산업사 | 1995

기타 DAUM, NAVER, Google을 통한 검색 자료

붉은 그늘

초판 1쇄 인쇄 2024년 11월 1일
초판 1쇄 발행 2024년 11월 8일

지은이 고광률
펴낸이 정해종

펴낸곳 (주)파람북
출판등록 2018년 4월 30일 제2018-000126호
주소 경기도 회동길 480 아트팩토리엔제이에프 B동 222호
전자우편 info@parambook.co.kr
인스타그램 @param.book
페이스북 www.facebook.com/parambook/
네이버 포스트 m.post.naver.com/parambook
대표전화 031-935-4049

편집 현종희
디자인 이승욱

ISBN 979-11-7274-017-7 03810

- 책값은 뒤표지에 있습니다.